中国现当代文学研究方法论

朱寿桐 著

南京大学出版社

图书在版编目(CIP)数据

中国现当代文学研究方法论 / 朱寿桐著. -- 南京 ：南京大学出版社，2024.9

ISBN 978-7-305-26350-7

Ⅰ. ①中… Ⅱ. ①朱… Ⅲ. ①中国文学—现代文学—文学研究—研究方法②中国文学—当代文学—文学研究—研究方法 Ⅳ. ①I206.6-3

中国版本图书馆 CIP 数据核字(2022)第 227644 号

出版发行 南京大学出版社
社　　址 南京市汉口路 22 号　　邮　编 210093

书　　名 中国现当代文学研究方法论
ZHONGGUO XIANDANGDAI WENXUE YANJIU FANGFA LUN
著　　者 朱寿桐
责任编辑 束　悦

照　　排 南京南琳图文制作有限公司
印　　刷 南京新世纪联盟印务有限公司
开　　本 787 mm×1092 mm　1/16　印张 24.5　字数 522 千
版　　次 2024 年 9 月第 1 版　2024 年 9 月第 1 次印刷
ISBN 978-7-305-26350-7
定　　价 118.00 元

网　　址 http://www.njupco.com
官方微博 http://weibo.com/njupco
官方微信 njupress
销售热线 (025) 83594756

目　录

绪论　汉语人文学术与中国现当代文学研究方法

第一编　中国现当代文学研究方法综论

第二编 中国现代文学史研究理路的多维拓进

第三编　中国现当代文学作品研究与读解

第四编　中国现当代文学学术本体与文学批评

第五编　中国现当代文学学术论文的写作与操作

绪论

汉语人文学术与中国现当代文学研究方法

相对于中文领域的其他学科而言，中国现当代文学是一门后起的学科，也可以说是一门新兴的学科；它与百年前的新文化运动以及百年来的现代思想文化运作同根同生，是中国现代社会生活主体面貌和主导精神的审美反映和艺术承载。于是，它的历史的悠久性和传统的厚重性固然无法与源远流长的传统学科如中国古代文学相比较，但它形成了新的传统，形成了充满生机与魅力的新的格局；它带着新兴的社会理念、价值观念和人文信念，也带来新兴的艺术方法、运作方法和学术方法，带来当代学术文化的新气象。

中国现代文学研究方法，当然须以文学自身的研究为本体。但文学研究是学术研究的一个分支，因而必须厘清学术研究、文学研究与中国现代文学研究的关系。当然，这里讨论的学术研究是近指，指的是与文学研究密切相关的人文学术的研究。

文学研究与人文学术研究相通，是一种不必拘泥于社会功利性考量的学术行为。也就是说，它的学术"有用性"并不需要那么落实。人文研究解决的是人类社会的历史认知、人类文明的精神认知以及人类生活的审美认知等问题，这诸多方面的学术认知和研究不会直接影响到当下生活方式的选择甚至意识形式的调整，因此，一般来说，这些方面的研究对于社会生活没有直接的和实际的影响作用。但是，这种研究通往人类精神结构的解析，通往民族文化传统的揭示，通往社会价值理念的论证，因而在一定社会意识形态的形成之中，在一定社会文化生活的构成之中，具有举足轻重的意义。

在非常通俗的意义上，人们将以文史哲为基本价值构成，以这些基本构成方面的历史认知、规律总结、价值分析和前景预示为基本内容的学术研究，称为人文学术研究。在中国，人文学术研究有着悠久的历史、深厚的传统和辉煌的积累，其历史厚度和时代辉煌与这个古老国度的厚重人文传统相匹配。

文学研究是中国人文学术研究中最醒目也是最活跃的学术门类之一，它产生了各种各样的理论，产生了各种各样的批评理念，从孔子时代的"诗无邪"说和"诗教"说，汉代的《诗》序，到南北朝时代的《文心雕龙》《诗品》，再到宋代以后历朝历代的诗话词论，各种各样的特定文论、曲论、剧论，构成了中国特有的文学学术传统，并建构了中国传统的文学学术话语系统。王国维的人文学术研究特别是文学学术研究可以称得上中国传统人文学术的终结以及西学学术方法引进的开端的标志。

在这样的学术阐论基础之上，我们对中国现代文学研究及其方法论的历史以及其基本价值形态，需要进行一番过细的梳理和深入的论析。

第一章 汉语人文学术的原语价值与文学研究规范

中国现代文学研究应该是汉语文学研究的一部分。之所以用汉语文学涵盖通常所谓中国文学，用汉语新文学指称通常所谓的中国现代文学，是因为“汉语作为一种语言，天然地构成了一个无法用国族分别或政治疏隔加以分割的整体形态，这便是汉语的‘言语社团’作为汉语文学‘共同体’的划分依据。所有用现代汉语写作的文学，无论在祖国内地还是在台湾、香港、澳门等其他政治区域，无论是在中国还是在别的国家，所构成的乃是整一的不可分割的‘汉语新文学’”。[①] 因此，我们的中国现代文学研究，应该是汉语文学和汉语新文学研究的一部分。

而包括中国现代文学研究和批评在内的汉语新文学的研究和批评，又是汉语人文学术的一个组成部分。汉语新文学的探讨最终须落实到汉语学术的探讨。在现今的学术语境中，汉语学术又是汉语文化的一个重要命题。

对于汉语文化世界而言，现在面临着一个学术完全开放的时代。以科学技术主导的学术研究将人文学术挤逼到较为边缘的地位，以英语以及其他外国语言主导的学术发表将汉语学术发表也挤逼到了较为边缘的地位。甚至在汉语文化圈中，随着现代学术检索手段的应用与普及，随着各种“CI”(Citation Index)信息评价体系的介入与运用，汉语的学术发表也逐渐呈现出灰暗羞怯、理屈气短的样态，在许多学术评价场合都无法与外语学术发表显示出同样的敞亮鲜丽、理直气壮的神气。即便是在汉语世界或者汉语文化圈内，学术统计和学术评价将汉语人文学术完全摒除在外的情形也绝非个别。其中暴露出的问题远非一个国家和若干地区语言政策的制定、落实等行政层次那样浅表。尽管在学术发表的问题上，不能简单套用“越是民族的，越是世界的”这样一种文化逻辑，但对于世界上使用人口最多，人文学术原语内涵特别丰富且很多内容无法在异种语言状态下得到有深度的学术呈现的汉语而言，其原语发表的语言价值、学术价值以及文化价值都不容低估，特别是对于汉语文化世界的学者和人文科学家，普遍面临着对这

① 朱寿桐主编：《“汉语新文学”倡言》，中国社会科学出版社，2011年，第12页。

些价值的重新认知并进一步提高的问题。

一、汉语人文学术与西语人文学术

汉语人文学术面临着的挑战，是在西方学术话语的直接影响和笼罩之下才趋于激烈与严峻。当汉语人文学术处于封闭的自给自足的传统状态之中，即研究的对象是汉语原语材料，研究的理论与方法出自汉语人文学术的自然承传，研究的成果自然也在汉语语言状态下呈现，学术接受和学术传承都在汉语文化范畴内进行。在汉语人文学术的传统中，我们展开完全属于汉语文化的义理之辨，考据之学，辞章之析，我们在小学与史学之间爬梳着可能的学术链接，在经学与子学之间寻觅着只有精通汉语文化元典的人们才能懂得的微言大义。这样的汉语人文学术与外国人无关，也基本谢绝外国的人文学术作无谓的侵入，当然也不可能与外国人文学术理论与方法构成一般意义上的交叉与对比。

然而，这样长期以来自成一统的学术道统和学术格局到了晚清开始被打破。如果说在政治意义上的对外开放是被迫打开国门的结果，则文化和学术意义上的对外开放是中国读书人和文化人主动打开心扉拥抱西方学术文化的结果。王国维等将西方的理论运用于中国传统戏曲的研究，并采用西方研究方法对传统意义上的汉语人文学术对象进行卓有成效的解读与阐论；严复对《天演论》的翻译将西方自然科学理论与方法引入了汉语人文学术和汉语文化认知系统，影响了几代知识精英的同时也影响了整个中国近现代文化。随之，从汉语文学研究的学术范畴而论，文学史的研究方法长驱直入，带来了林传甲、黄人等人的中国文学史撰著热潮，由此形成了贯通整个20世纪汉语文学学术的文学史撰著热，包括郑振铎写出了第一本《中国俗文学史》，连鲁迅都写出了第一本《中国小说史略》。

西方学术如同西方文化一样，取得了相对于汉语学术和汉语文学的理论优势、方法论优势，在相当程度上取得了对于汉语学术和汉语文学的强势导引的文化权力。在汉语文学的意义上，即便是在鲁迅这样的文坛领袖心目中，对于西方文学和外国文学的尊崇也非常真诚、由衷。在《中国新文学大系》小说二集导言中，鲁迅认为自己的小说之所以被视为“表现的深切”与“格式的特别”，完全是因为中国读书界“怠慢了”外国文学，这样的表述既将汉语新文学最初的创新都归结为外国文学的影响与导引，也将中国读书界的那种新鲜之感理解为对外国文学陌生、隔膜的结果。他还始终对翻译西方文学作品保持着持久的热忱并作出不凡的贡献。在理论上他欣然接受厨川白村的“苦闷的象征”说，对弗洛伊德的精神分析学甚至尼采、叔本华的学说都有深刻的体验，对勃兰兑斯的批评业绩推崇备至，赞赏有加。甚至于在西方世界并不特别突出的文学家，鲁迅也从不吝惜自己的赞赏与崇敬。当文坛出现这样的传言，说是鲁迅等得到诺贝尔文学奖一定层次上的提名，鲁迅一方面表明自己和梁启超都“不配”，另一方面则认为《小约翰》的作者就很值得接受这一重要奖项。“诺贝尔赏金，梁启超自然不配，我也不配，要拿这钱，还欠努力。世界上比我好的作家何限，他们得不到。你看我译的那本《小约翰》，我那里做得出来，然而这作者就没有得到。”①如果说鲁迅对诺贝尔奖的推辞还带有自我谦逊的意味，那么对《小约翰》的作者、荷兰作家望·蔼覃(Frederik van Eeden)的推荐则完全出于真诚的敬意。鲁迅对西方文学和文化的态度奠定了汉语新文学界对于西方文学和文化的态度，那是一种心悦诚服地接受、真情实意地采信的态度。

一时之间，在汉语学术方面，西方学术理论和学术方法的影响力可谓强劲而全面。传统的汉语人文学术本来就遭遇到新文化运动的强力冲击，它不仅直接体现传统文化的思想内涵，与腐朽的封建文化意识形态有一种同构关系，而且所传达的学术方法也与新文化倡导的科学精神相违背。胡适一方面倡导考据，另一方面则在实用主义意义上强调西方“实证”之学，并且在西方学术方法的鼓励下不断鼓吹实证研究方法论，将这样的方法论以传统学术的考据之学进行包装，因而落得了一个“考据癖”的雅号。当这个新文化的“导师”循循善诱地谆谆告诫要演示一种研究方法的时候，他心目中所指的一定不是沿用了上千年的各种各类传统研究方法，诸如传统意义上的考据之类，而是以西学为主的实证研究方法。

传统的汉语人文学术不言而喻地成为旧文化的组成部分，势必遭到新文化摧枯拉朽的否定与批判，这样的否定与批判使得传统学术方法连同其学术道统自五四以后全面地退却到汉语人文学术的边缘，经史子集的学问体系在一些大学的课程设置和图书目录学设置中仍然得到有限的尊重，但也就是一种目录体制意义上的尊重而已，人文学者的学术研究，包括处于这种课程设置中的教书授业的内容，也基本上都融入了西方学术体制的历史、理论、批评之道。西方学术体制至少到了中国现代大学教育普遍化之际就已占据了汉语人文学术的主导地位，这时候的大学人文教育和研究都已经按照西方体制分门别类，文学、哲学、史学等基本分离，而每门学问的展开都基本上按照历史研究、理论研究和学术批评的类型划分，以我们今天习惯了的论文和论著形态作为学术成果的主要载体。

西方学术体制连同其所带来的研究方法和学术规范，对汉语人文学术的现代化发展，对汉语人文学术之于现代大学教育体制的适应，以及对于汉语人文学术与世界当代人文学术的接轨，都具有决定性的范导作用和积极的促进作用。汉语人文学术近百年的发展之路，虽然历经崎岖，多遇坎坷，但毕竟在西方学术的引领和范导下完成了研究

① 鲁迅：《致台静农》(1927年9月25日)，《鲁迅全集》第11卷，人民文学出版社，1981年，第580页。

体系、教育体制、学术规范的建设，而且经过30多年的磨合，在汉语文化世界，这种研究体系、教育体制和学术规范已趋于整合，成为汉语文化构成中的一个重要成就。

仍然以汉语文学的学术体制而论，我们可以将上述判断在文化史层面上落实得更为具体。经过西方学术的范导和引领，我们的汉语文学学术研究建立了以文学史研究、文学理论研究和文学批评为主要框架的研究体系。文学史研究从纵向方面建立了中国古代文学史、中国近代文学史、中国现当代文学史、各种断代文学史等研究门类；从横向方面则建立了外国文学史、各区域文学史、各民族文学史的研究门类；从内部关系而言形成了各种文体史研究、各种题材文学史、各种流派文学史、文学思想史和文学学术史等研究课题群，从外部关系而言则形成了各种文化关系的文学史，如世界文学史、比较文学史、不同语种文学的交流史等等。文学理论研究在汉语文学学术体系中已经坐大为一个重要学科，特别是与美学研究结合以后，已经发展成一个重要的研究门类。汉语人文学术中的文学理论从历史的纵向分类有古典文学理论和现代文学理论，从空间分类则有中国文学理论与外国文学理论，从学科分类则有文艺美学和文学理论、各种文体理论、各流派文学理论，从意识形态角度分析尚有马克思主义文学理论等等。文学批评在汉语新文学学术领域同样有了长足的发展，学术体系亦趋于完备。有文学评论意义上的文学批评，也有文学理论的探讨与批评，还有文学史研究方面的文学学术批评，尤其是在鲁迅的光辉旗帜影响下，汉语新文学领域崛起了一种以社会批评和文明批评为主要内容的文学的批评本体写作，它强化了汉语新文学的批评系统。上述所有这些研究体系的形成及基本格局，非常鲜明地呈现着西方文学学术引领、范导的痕迹。

汉语文学的教育体制基本上形成于西方教育体制引进之后，因而它在几乎所有的方面都带有西方教育体制的深深烙印。汉语文学研究传统及其相应的学术体制，如义理、考据、辞章之学，基本上被纳入了西方文学研究和教育体制中的作品分析和作家研究范畴，是作品分析和作家研究方面的一种并不特别重要的研究方法，而作品分析和作家研究仅仅是西方文学研究系统中的基础工作，在此基础上还有文学流派研究，文学社团研究，文学史研究，文学理论研究，文学与社会、政治、经济、文化、科学、心理、伦理等其他外部范畴的关系研究，等等。于是，在一定学术范围内，西方文学研究和教育体制不仅笼罩、收编了传统的汉语文学学术，而且完全覆盖了汉语文学研究传统。除了极少现代大学文学教育部分沿用了经史子集的学术体制和教育体制，整个汉语文化世界的文学教育，从小学到研究院，都已经普遍沿用西方文学学术的研究系统和教育体制，课程设置以文学鉴赏、文学评论、作家作品研究、文学理论研究、文学体裁研究、文学流派研究、文学社团研究、文学现象研究、文学史研究为基本内容和基本序列，全面贯彻和实行西方文学研究体系。于是，汉语文学教育所使用的理论系统、教材系统，教学秩序、教学程序等都沿袭和使用西方文学教育规制。

由于汉语文学的研究体系和教育体制都基本沿用西方文学学术系统，汉语文学研究的学术呈现虽然主要采用现代汉语，但学术规范则主要采用西方文学学术体制。汉语文学的学术研究其主要呈现方式再也不是传统学术的标点、校阅、评点等学术格式，而是论文、论著等文体形态；而学术论文、论著的规范也渐渐以西方学术体制为通则。具体地说，与传统学术范式相比较，西方体制的学术规范呈现出三方面的学术取向：整体化的思维模式，学科化的研究范式，西方化的判断程式。

如果说传统的汉语文学学术主要以文学作品的个案为研究对象，即便是《文心雕龙》，也分别是以《楚辞》等作品个案或者一些文学现象个案为研究对象和言说内容，司空图的《诗品》、陆机的《文赋》等都侧重于以具体的作品个案和文学个别现象为解剖对象和阐论目标，那么，西方的文学学术则主要以整体性的文学历史和一般文学现象的观照为基本对象，具体的作品研究往往成为整体性的文学学术的组成部分，而且一般的作品研究都归属于整体的文学史研究和文学理论研究。西方文学学术会从历史的宏观视野总结文学发展的一般规律，正像斯太尔夫人的《论德国》总结出德国文学艺术地域性发展的重要规律那样，或者从理论的宏深体系解剖文学呈现的复杂现象，从而得出更加抽象更加系统化的理论命题，正如丹纳的《艺术哲学》总结出文学史形成的三要素那样。西方文学学术总是将丰富复杂的文学作品串联成体现一定规律的文学史链接，将纷繁绮丽的文学现象阐释为体现相当理论深度的文学理论和美学理论素材，所有这些作品和文学现象的研究必须在文学史的整体性和文学理论的基础上才能够获得其自身的意义和价值，所有的文学学术都主要在论证其中的关联性。这样的学术思维养成了我们的汉语文学学术历史地、全面地、规律性地看取文学作品和文学现象的良好习惯，不过也造成了我们的汉语文学学术对于西方理论体系的某种依赖。

本着整体性的学术思维，西方文学学术坚持文学的学科化，建构了一种区别于汉语传统学术的文学研究范畴与方法论体系。如果说传统的汉语学术其经史子集各有基本的研究对象和研究方法，则这种研究对象的划分并不以文学和非文学为依据，研究方法也从不以文学或其他门类而论。西方文学学术建构了文学专属的学术领域，包括对文学的体裁范畴做了精确的认定，对文学创作模式如叙事性与抒情性、悲剧性与喜剧性、虚构性与非虚构性、史诗与非史诗等理论范畴展开了长期的辨别与廓清，并总结出文学研究的基本范式。这种范式很容易在文学流派特别是理论流派的意义上进行定位，在长期的学术运用中体现出将文学学术推向一门学科的文化努力。汉语文学学术的现代体制与当代体制的建立，应该归功于西方文学学术的这种学科化的研究范式的展开，但这种学术体制和学术范式同样养成了汉语文学学术对于西方文学学术的依赖。

西方文学的学术思维和学术范式对于汉语文学学术的建构起到了积极的引领和范导作用，同时也养成了汉语文学学术对于西方文学学术规范的依赖。这种依赖最严重的后果便是在理论上和研究方法上往往形成了以西方文学理论和西方学术为规范的认知习惯。就汉语新文学范畴而言，我们最熟悉和最适应的文学理论系统主要来自西方，我们使用的批评术语、理论概念同样主要来自西方，这样，汉语文学的学术往往以西方文学学术为规范。对于文学现象的分析，对于作家作品的评析，对于文学价值的论定，都往往习惯于以西方观念和西方理论为准则，为参照，为依据，由此形成了汉语文学学术的基本规范。这一在长期的学术实践中自然形成的规范，不仅仅体现在汉语文学学术之中，在汉语人文学术中也相当普遍。这种规范无意帮助了汉语人文学术的成熟，但长期相沿成习、相因成势，就会同时形成某种惰性，某种学术上的戾气，对于汉语学术的发展，对于汉语人文学理论的提高，对于汉语人文学术的主体性建设，同样造成一定的负面影响。

二、汉语人文学术的内涵与特性

人文学术是关于人文研究的方法和成果的综合呈现。人文学术的英文表述为 humanities and academy，这种表述并不是很恰当，因为人文学术应该是偏正关系的词，是“关于人文的学术”，但用 and 连接使之成为复合词，就有可能导致理解的偏差。“人文”一词在中国古代就已经出现，《周易》曰：“观乎天文，以察时变；观乎人文，以化成天下”，但如今作为学术和学科概念的人文还是来自西方。文艺复兴时期使人文主义深入人心，到后来发展成新人文主义，都是对人文主义深入探讨的结果。然而人文主义和新人文主义的理念相差很大，有时甚至是背道而驰的。人文主义反对中世纪宗教神学对人的迫害，反对以神的权威压制人的尊严。例如《哈姆雷特》等经典作品中塑造的很多经典人物形象的意义就可以概括为“人的高贵超过天神的高贵”，说明此时的人文主义在反思宗教神学。而欧文·白璧德(Irving Babbitt)提出的新人文主义“主张理性、纪律和秩序，提出人应当自省、自律，以传统文化标准来约束自己，达到一定的道德高度，实现人性的平衡，从而拯救世界”①。他认为人道与人性包含着人类不完美的方面，都需要通过宗教加以改善，把人的思想、道德、精神境界都往宗教方面提升。虽然这两种思想逻辑是截然不同的，但它们都以“人文”作为中心词，向阅读界、读书界和文化界进行精神的渗透和思想的宣传。无论是文艺复兴时代的人文主义还是 19 世纪末 20 世纪初欧文·白璧德心目中的人文主义，都从正面肯定了人文的内涵，把“人文”当作一个具有褒义性质的术语进行使用。在这两种人文主义中，和人文学术联系更加紧密的人文主义应该是欧文·白璧德的新人文主义，因为它主要强调人的精神世界、精神境界和道德境界的提高。人文(humanitas)这个词最初来自意大利，用来指代在大学里面教历史、文学、思想、哲学、宗教的学者或教授，这些人文学者不仅要有学问，还要衣冠楚楚，谈吐风雅，而且对于人的教化，对于社会良性的发展充满着关怀，并且显示出一种榜样的姿

---

① 李然：《欧文·白璧德“人性论”思想述评》，《牡丹江大学学报》，2014 年第 8 期，第 101－103 页。

态。他们的所作所为被称为 promiscuous benevolence(空泛无边的、无处不在的懿行),这些行为不仅是善意的,更是优雅的,这才叫人文,即中文所说的文质彬彬,充满着人性,充满着人意,很有修养,很有关怀。

后来人们对人文主义有了不同的理解,比如李欧梵,认为"Humanism 这个词从'五四'时期就开始有了。它基本上有三种翻译,一种叫做人文主义,一种在'五四'时候更流行的叫做人道主义,还有一种叫做人本主义"①。这三种主义是完全不同的,不能统一称之为人文主义,如果不能完全理解人文主义和新人文主义的背景,就很难理解现在"人文"的含义。人道主义的英文是 humanitarianism,这是一种悲天悯人的主义,和人文主义 humanitarism 的理念差异性非常大。某种意义上说,周作人在五四时代提到"人的文学"这个概念的时候,就批判过悲天悯人的人道主义,他认为悲天悯人的人道主义至少不应该是"人的文学"的主流。我们在理解中国现代文学、中国新文学的时候经常把这类同情下层劳动人民,写劳动人民的血和泪的文学当作中国新文学的主要成果,这种认知虽然不能说错误,但是非常的浅显,没有很好地把握住五四时代的人文主义的理念。事实上,关于劳动人民的血和泪的主题在《诗经》中就已经出现,到杜甫的"三吏三别",都是对人道的同情和关顾。如果把人道主义当成是中国新文学主要的贡献,那么这个贡献就显得微不足道了,至少不能显示真正的五四的时代精神和五四人文主义的风采。人文主义不是简单的人道主义,如果认为人文主义和人道主义相吻合,那就大大降低了人文主义的内涵。而人本主义和人文主义的相差更大,人本主义(anthropologismus)是从人类学和人种学的角度切入对人的理解。从词根就可以发现,一个词根为 anthrop(o),来自希腊语 anthrōpos,意思是 man,human being(人,人类),另一个词根源自拉丁语 hum-,意思是泥土、大地,之后衍生出 human-这个新的词根。

人文主义也不能简单地理解成"以人为本"。卢梭首先在《社会契约论》中提到"以人为本"这个概念,他说"人生而自由,但却无往不在枷锁之中"②。这里,他强调的是人类自然习性的解放和自由:人在自然状态条件下,在没有任何束缚、约束和规约的干扰下,会感到回归自然的自由和畅快。这并不是人文主义,真正的人文主义恰恰相反,是对人进行约束。人文的关怀必须确保人在教化的条件下,提高自身思想和道德水准。把人文主义概括成以人为本,虽然很方便大众理解,但这是一种粗概的、粗疏的和粗略的理解,这种理解是不可靠的。

围绕着人文这个词进行辨证的过程中,应该认清历史上的人文主义对于普及人文学术有着重要的作用:在学科概念和文化概念的把握上,把"人文"加以学术地对待。我

---

① 李欧梵,季进:《再谈知识分子与人文精神》,《江苏大学学报(社会科学版)》,2004 年第 1 期,第 1-12 页。

② [法]让·雅克·卢梭:《社会契约论》,罗玉平、李丽编译,人民日报出版社,2007 年。

们现在提到人文这个词，不仅不害怕，甚至很亲切，因为它饱含着一种学问，饱含着一种懿行，饱含着一种力量，饱含着一种文化的学术概念和学科概念。不论是人文主义、新人文主义，还是各种各样的人文主义，在学术史和研究方法上，与人文学术还是有很大的距离。但是今天所形成的人文的学术概念和学科概念以及人文学术所具有的正面价值，都是与各种各样的人文主义的历史运作有极大的关系。“现代人文学科肇始于文艺复兴时期”①，正好处于人文主义思潮的兴起。而人文学术是对于人文学科中的文本进行的研究，学术包括学与术，“所谓学，指的是经由学习以获取人文知识、人文教益及人文陶冶；至于所谓术，指的则是有助于学的各种方法。就其实质而言，人文学术活动乃是一种全面教育或即教化过程”②，即前文所讲的一种精神意义上的提升。文化意义上的“人文”是一个十分庞大的内容，例如儒家文化，就是“以人文主义为核心，包含天人合一、仁者爱人、以和为贵、和而不同的理论”③。所以人文主义对“人文”学科化、学术化以及在文化方面都具有积极正面的阐述意义。

人文学术是关于人的思想文化及它的艺术呈现的形态所形成的文明史和文明结果的研究，这就是人文学术的基本内涵。在分类的意义上包含哲学、历史、艺术、语言、文化等，这里仅仅列举出了部分，并不是全部。在哲学的范畴里包含宗教、思想、美学以及形而上的方法论。方法论是人们把握世界、认识世界、分析世界的途径，是方法的理论阐释和精神概括，是一种抽象的哲学。历史学中包含考古学、人类学、人的种族发展以及人类文明发展各个阶段历史的总结回顾。从艺术范围看，可以分为文学和其他各种各样的艺术，“广义的艺术主要包括实用艺术（建筑、园林、实用工艺、书法），造型艺术（绘画、雕塑、摄影），表情艺术（音乐、舞蹈），综合艺术（戏剧、戏曲、电影、电视）以及语言艺术（诗歌、散文、小说）。狭义的艺术专指语言艺术以外的其他艺术种类”④。由于语言的架构非常复杂，因此在语言学中，人文学术研究包含人文的语言学、社会的语言学，甚至可以从自然科学的角度进行研究，比如语言与人的神经构造的关系或什么样的神经结构会对语言产生影响等。最后还有与社会学、民族学、民俗学以及各种文化现象结合在一起的社会文化学，都属于人文学术的系统。

汉语人文学术与其使用的语言（汉语）和承载的文字（汉字）密切联系在一起。从这个意义上说，在进行中国文化或者汉语文学、中国语言和汉语的学术研究方法的考察之前，先要明白汉语人文学术具有的特点和优势。当然，在一些文化人的心目中，汉语和汉字在现代文明的历史进程当中，并不是一个非常有优势的工具和承载的形态。从西

① 孙晓霞：《文艺复兴时期的人文学科与艺术知识体系的革新》，《南京社会科学》，2021 年第 7 期，第 147 - 156 页。

② 曹文彪：《人文学科：从学术到科学》，《东南学术》，2004 年第 2 期，第 139 - 148 页。

③ 彭谦，夏强：《论中华民族文化认同中的儒家思想》，《满族研究》，2018 年第 1 期，第 1 - 4 页。

④ 李欣黎：《艺术概论的研究范围与方法》，《发明与创新（职业教育）》，2018 年第 9 期，第 63 页。

方文明进入中国以后，新文化运动的提倡者们就已经注意到西方文化更有优势的一个方面，就是西方语言更实用。陈独秀倡导“实利的而非虚文的”①，就是因为西方文化很有效率，在走向现代文明和现代秩序的过程中很实用。中国汉字基于象形文字的基础，需要逐个加以辨识。在我们走向现代生活、现代文明的时候，汉字不仅没有优势，甚至成了负资产。钱玄同，古文字学家，在五四新文化的浪潮中曾提出废灭汉字的设想：完全取消汉字。他在《中国今后之文字问题》中提出：“则欲废孔学，不可不先废汉文；欲驱除一般人之幼稚的野蛮的顽固的思想，尤不可不先废汉文”，“中国文字，衍形不衍声，以致辨认书写，极不容易，音读极难正确”，且“中国文字，论其字形，则非拼音而为象形文字之末流，不便于识，不便于写；论其字义，则意义含糊，文法极不精密；论其在今日学问上之应用，则新理、新事、新物之名词，一无所有；论其过去之历史，则千分之九百九十九为记载孔门学说及道教妖言之记号。此种文字，断断不能适用于二十世纪之新时代”。最后钱玄同先生甚至高呼：“我再大胆宣言道：欲使中国不亡，欲使中国民族为二十世纪文明之民族，必以废孔学、灭道教为根本之解决；而废记载孔门学说及道教妖言之汉文，尤为根本解决之根本解决。”②根据钱玄同先生所说：从实用的角度来说，汉字难以书写，不适合迅速地掌握，需要一个一个地认、读和写，使用起来也很麻烦，要学会一千个以上的汉字才能勉强使用文字，不像英文，学会 26 个字母后，就能拼写。另外，将文字用于科学的运算和各种梳理逻辑结构的表述时也很不方便。在这种情况下，钱玄同先生提出了废灭汉字的设想，并且在当时得到很多人的认同，包括鲁迅。虽然鲁迅没有直接同意废灭汉字，但是他提倡汉字的拉丁化，把中文用拉丁文加以拼写。同时他还积极地主张使用世界语。世界语是一种人造的语言，用西方的字母拼音代替各个民族自身的文字。这一系列活动背后隐含的意义就是认为汉语文字太累赘，不实用，不方便。但是，汉语言文字的优势充分地体现在现代文化的承载、表达和研究上，不言而喻，这些优势主要体现在汉语和汉字的人文文化和人文学术层面，人类许多非常重要的人文学术资源都是用汉字加以承载的。中国古代的灿烂思想文明和文化的载体主要是汉字，各种经典都成为汉语人文学术的最重要的对象和资源。除了中国，周边不少国家的文明经典也是用汉字作为承载工具。大约在我国明朝时期，朝鲜世宗大王才召集了一批能臣创造了属于朝鲜的汉字，“在朝鲜王朝世宗大王时期，朝鲜王朝在政治、经济、文化、科技、军事上都得到一定的发展，国力有所增强。但是当时国家却没有自己的文字，而是采用汉字书写。只有少数贵族才认识汉字，普通平民只会使用韩国语，却无法用文字互相传递信息，造成很大的不便。世宗大王深感拥有自己本国文字的重要性，于是在他的

① 陈独秀：《敬告青年》，《青年杂志》第 1 卷第 1 期。
② 钱玄同：《中国今后之文字问题》，《新青年》第 4 卷第 4 期。

倡导下，成立集贤殿，召集主要大臣共同研究文字的创立”。① 而在此之前，所有文明的积累都使用了汉字。日本和东南亚地区，相当一些国家、地区用汉字来承载他们古老的文化典籍。这些可以清楚地说明，汉字在这个意义上承载了中国以及中国周边地区主要的一些国家的人文学术资源。汉字不仅是中国的而且是世界的重要人文学术资源的承载体，对于人类文明发展史以及人类的学术文化来说是一个很重要的板块，也理所应当成为研究对象。汉字历史性的承载和现代性的承载，本身也都是人类人文学术的重要研究对象和重要学术资源。现在世界上使用人数最多、影响最大的文字当中，汉字是唯一一个保存了人类在文明伊始阶段文字创造的方法论——以象形文字为基础，音译和意象相结合的文字创造方法。之后也有文字使用类似创造的方法，但是这种方法最伟大的承载就是汉字。所以汉字和汉字文化具有人类文字创造历史的活化石的意义。

古生物学家们很重视对比较古老的化石的研究，因为这是自然科学研究的重要资源，在中国人文领域，文字化石也是如此。汉字以及汉字文明不仅对于汉语学术具有重要的意义，它对于整个人类人文学术都具有非同寻常的意义。汉语文明以至于汉字人文学术由于能够通过文字展示人文记忆的原真性，因此汉字具有的人文价值应该比后来纯粹的语音文字更有优势。语音文字就是记音文字，很快捷、很方便、很管用，但在人的认知意义上，它就不一定占有优势。在阅读西方语音文字构成的文献中，经常发生每个单词都能读得懂，但是组合在一起就读不懂的情况。换言之，如果一个母语非汉语的人士阅读汉语文献，基本不会出现读懂每一个字，但是全文不能理解的状况，除非是遇到言外之意这类的语言游戏。一般来说，汉语承载的文献，只要能读懂文字，就能读懂意思。出现上述的情况是因为语音和意义之间，对于外来的学习者来说没有必然联系。“中国文字的产生、发展过程，是一个古人称为‘六书’（象形、指事、会意、形声、转注、假借）的造字过程，在这个历史过程中，总存在着一个稳定的影响民族思维方式的文化传统。而意象性思维作为一种主观情愿与外在物象相融合的思维方法，以其观象比类的逻辑—认知途径，历史积淀地规范着中国古代文字发展的历史进程，引导着中国古人在造字过程中的审美观念与方法”，即“中国文字是表意文字，它的形体结构和意义之间有着密切的关系”。② 而汉字的形状、构成的样貌，与认识汉字以后自然获得意义之间的关系是自然且紧密的，古文也是如此。虽然单个古文字的意思可能不知道，但是在学习之后，放在句子中马上就能明白它的意思。能够理解古汉语的人不仅仅是学习语言或古代汉语的学者，也不只是中文系的学生，大多数人都可以达到虽不是精通，但至少能够看懂的地步。古英语则相反，只有极少数的人能理解。这就意味着，汉语文明或汉字

---

① 张炎钰：《浅析中国宋理学对韩国文字创立的影响》，《学理论》，2011 年第 22 期，第 127 - 128 页。

② 贾磊，张晓芒：《汉文字认知结构中的意象性思维》，《黑龙江社会科学》，2020 年第 2 期，第 128 - 134，160 页。

文明在人文学术资源的原真性和传真性方面一直保持着自己的优势，比如读先秦的经典，即使是文化水平参差不齐的情况下，阅读者都能或多或少读懂其中一些内容。

现在看来，在五四时代，一些偏激的新文化人士提出废灭汉字的要求并不可能实行，因为汉字承载着中华文明记忆的主体部分，也是最重要的部分。因此，在现代人看来，应该在不同的情况下分析先驱者说话的方式以及他们选取的角度。在某些科学的语境下，可以提出废灭汉字。比如在物理学和数学这类学科上，没有汉字的牵累和掣肘，使用外语可以更方便公式的推演和题目的计算。但是在人文学科方面提出废灭汉字，不仅不实际，而且本身有违文化伦理。现在研究五四新文化运动时，常常会批判全盘西化的偏激思想以及可笑的废灭汉字论，这些批判多少有点简单化。新文化运动的先驱对汉字和汉字文化传承的意义有深厚的情感，他们比谁都清楚文化信息的重要性，所以废灭汉字论应该是在以下两种语境条件下展开的：第一，在科学技术特别是运算的公式表达上；第二，在文字的学习上。废灭汉字的想法不应产生在人文学术的意义上。

汉语人文学术非常精确地传达了中国文化经验和文化思维的一种特性，而这种思维的经验和特性就是从语言文字中传载下来的。中国人的思维特性是一个很复杂的问题，是文学和语言学都难以解决的问题。《辩证唯物主义常识》指出："劳动促使意识的物质器官——人脑的形成和发展，促使思维的物质外壳——语言的产生和发展，也促使意识内容的日益丰富。"[①]但是，"语言是思维的物质外壳"这种概括是不准确的，因为语言本身体现着人类思维特别的规律。有一种假设是中国人的思维比较强调主体，就是主体意识比较强，这与语言习惯和语言方式相关，简单来说就是强调主语。而西方的语言经常以缺失主语的方式出现，有时候主句淹没在各种各样的从句和装饰性的语言体构当中。汉语，特别是古汉语不习惯也不经常用从句展开句式，这样主体部分就很容易被突出。追根溯源，是因为中国哲学重在悟性，西方哲学注重理性。"主张悟性的儒、释、道在本质上都是参与的……主张参与的必然强调主体意识，以'人'为出发点。主张理性的西方哲学其前提是保持物我之间的距离，只有隔开了距离，才能对研究对象进行冷静的剖析。因此主张理性的必然主客体分明，需要强调主体意识（人）时强调主体意识，需要强调客体意识（物）时强调客体意识。与只强调主体意识的汉语相比，英语经常强调客体意识的特点非常突出。"[②]像这样一种思维特性的表达和显示使得汉语人文学术具有它自身的特点和优势。问题在于五四时代废灭汉字论者真切感应到汉字的时代适应性太差，进入科学文明时代，在科学的术语和科学的技术表述的时候汉字成为累赘，这是不争的事实。就连鲁迅的文章中都经常出现外文词语，这是因为那个时代占据主要文化地位的关键词直接的原生态就是外语，用中文陈述是可以的，但往往词不达

---

① 《辩证唯物主义常识》编写组：《辨证唯物主义常识》，人民教育出版社，1982 年，第 15 页。

② 潘文国：《汉英语对比纲要》，北京语言文化大学出版社，1997 年，第 361 - 362 页。

意。如果要进行科学运算，只能用西方的文字、符号来代替。比如在90年代，想要运行台式电脑，从开机开始就必须手动输入一个一个密令。即使在电子运行效果很好的条件下，输入工程师提供的一整套英语语言的指令，也要七八分钟后才能进入操作，根本不可能出现用汉字输入电脑就能运营的情况。所以五四时代的语言学家、文学家以及新文化的倡导者，他们提出废灭汉字，检讨汉字的时代适应性的想法是一针见血的。而现在汉字的时代适应性完全没有问题，由汉语人士为主体开发设计的电脑软件使得运用汉字操作电脑已经完全不是问题，汉字已经跨越了跟不上时代要求的鸿沟，更不用说，汉字本身还具有艺术性，它是艺术表达的效果。世界上只有汉字具有艺术素质，即其书写本身既可以传情达意进行交流，也是展示某种艺术的美感。汉字的书法艺术展现出汉字除了传载意义本身之外，还具有书写的艺术和审美的可能性。笔者2001年冬天与好友一起访问美国的思想家丹尼尔·贝尔时，后者就说过："中国是一个把自己的文字书写成一种 fine art（纯艺术）的民族，这是深不可测的。"即使他对中国的文化和文学不甚了解，但是他承认汉字的艺术性。另外从文字的角度来看，汉字的构成本身也有艺术的法则。形声字和会意字包含着生活的逻辑，也包含着古代人的艺术性，这表明汉语的人文学术实际上在人文学术研究方法上是不容忽视的，我们应该有充分的汉语人文学术的自信。汉语人文学术必须用汉语言文字加以实现，用其他的语言文字来抵达应有的学术深度是非常困难的。

人文学术就是创意思维的体操，是语言文字的运动、创造的成果和历史的积累，依赖于与自己的研究对象密切相关的语言文字。其他的学问或学科，对于研究对象所处的语言文字环境的依赖性不那么强烈，不会因为哪个科学家是哪个国家的人，就规定解读这位科学家的思想理论必须使用这一国家的语言。而人文学术不一样，人文学术是语言文字的一种，学术资源属于哪个语言文字系统，那么最后抵达这个学术研究的最高层面和最高境界就必须是这个资源所依赖的文字。所以汉语的人文学术研究想要抵达学术的深度，必须依靠汉语言文字，这是人文学术实现的必然的条件。另外，人文学术还需要考虑学术研究的自由与担当的问题，学术研究和其他精神活动一样，都应该对现实、对社会、对各个方面有所担当。但是由于人文学术主要是人的创意思维的一种结果方式的考察，考察的对象是人的创意思维本身，因此责任的担当变得相对来说要弱一些。这种担当分量的降低就意味着自由的可能性会比较多。而自然科学、社会科学的研究就不一样，它们的担当是伟大的，有时是决定性的。关键时代的关键科技其所承担的对于人类社会的责任担当可能会超过百分之百。社会科学的研究也往往比人文学术的研究担当要大得多，比如房地产，假如有人发出一个言论说某地的房产价格在未来的一年内要跌百分之三十到百分之五十，他要负很大的责任。因此，这种担当性的提高决定了学术研究方法的自由度大为降低，学术担当性与自由度往往呈反比例。人文学术由于现实和历史担当成分比例都比较低，因此在方法的选择和创新，研究、开发和应用的自由度上有更大的空间，尤其是文学，社会担当很少落实到对作家的追究，对作品的追究。人文学术的担当本来就不明显，文学创作的担当就更不明显了。文学研究享有的方法论选择的自由度和学术研究本身的思维的自由的空间更大，所以文学研究更应该有创新的可能性。

汉语人文学术的方法的特殊性体现在传统方法与现代方法的分离，研究对象与方法、学术环境与方法和方法论的缺失。由于汉语承载的人文学术的资源很古老，于是从古老的学术资源当中诞生出古老的传统的研究方法，但是传统的方法跟现代研究汉语人文学术的方法是分离的。传统的方法是以国学传统的研究路数为基础，而现在大家熟悉的研究方式是以西学介入以后产生、融合然后重新形成的方法，所以传统的方法和现在的方法是分离的。再加上传统的汉语人文学术虽然有自我总结的一套方法，但是缺少科学意义上的方法论，也就是哲学意义上对方法论的探索，这就意味着传统的汉语人文学术的方法还不够完整。中国的学术可以积累各种各样的方法，但是对这种方法进行形而上的总结的情况不是很明显。方法论在传统学问包括现在都是很欠缺的，不是汉语人文学术的优势。所以，学者更应该加强对汉语人文学术的研究。

人文学术有其特点，而汉语人文学术研究只能且必须使用汉语言文字来加以承载和实现，其他的语言是无法抵达汉语人文学术的真谛和应有的学术深度的。

三、汉语学术与汉语语言优势

西方人文学术的研究系统、教育体制、理论体系，在长期的学术实践中取得了对于汉语人文学术的某种优势地位，形成了汉语人文学术自然遵循的学术规范。这种历史情形是时代运作和中国社会思想文化运作的结果。它为汉语学术在现当代社会的形成、发展、成熟及其与世界人文学术对话资格的获取奠定了基础。然而，西方学术对于汉语学术传统的抑制，对于汉语人文学术个性的形成及世界性影响的发挥的负面影响，同样是不可否认的事实。

西方人文学术在众多领域影响了汉语人文学术的理论格局、观念系统、学术框架与学术规范，事实上形成了“西学为体”、汉语文化为用的学术文化传统。在众多学术领域，我们习惯于借取西方学术理论作为判断的学术依据甚至作为学术言说的基础话语，习惯于采用西方的人文学术研究方法研究我们面对的汉语人文学术对象，不少学术工作甚至是在为西方理论的论证和概念的使用提供汉语文化素材和汉语学术资源。这种现象一度非常普遍，使得我们的学术研究者养成了这样的习惯：“自觉地”抑制我们的理论创造和学术开拓的种种可能性，使之以瞠乎其后的现实形态与西方学术进行所谓“交流”。显然，这样的交流在一般情形下很难是平等的，双向的。无论是汉语文学学术还是别的汉语学术领域，长期以来，理论创造的可能及其相应的学术冲动受到了重重抑制，因为西方学术理论的强势地位及其对于汉语人文学术的全方位覆盖，在汉语学术世界，在理论方面和学术构架方面初步养成了依赖西方学术的习惯和惰性。

必须承认，西方人文学术和文学批评，在方法论意义上有许多方面值得汉语人文学术加以借鉴，正因如此，鲁迅当年非常推崇厨川白村西方理论阐释和勃兰兑斯的文学理论与文学批评。不过鲁迅从来没有将西方理论和批评上升为一种我们必须尊崇的意识形态意义加以倡扬，正相反，他对弗洛伊德理论和尼采学说在倾心接受的同时始终保持警惕与批判，告诫人们需防止“科学家似的专断”，也须克服“哲学家似的玄虚”。[①] 借鉴西方人文学术和文学批评的某种方法和先进思路，但在观念和价值判断方面保持汉语人文学术和汉语文学批评的自身独立性，这是理性的科学的开放态度。

过于依赖西方学术的惰性主要从以下三个层面影响了汉语人文学术和汉语文学学术的总体成就及其独创力的生成。

首先，汉语人文学术和汉语文学学术在一些选题和一些学术目标自身建构的过程中，自觉地以西方学术理论和学术研究范式为学术归属，汉语学术研究似乎只是为那些理论、概念和方法提供论据，提供论证材料或者提供未必有实际意义的调查数据，汉语学术界的一些学者都常常习惯于为西方学术作这类义务性的贡献。当有人从西方学术界那里引进了后现代主义的理论与概念，我们立即从自己的学术资源和文学资源分析中找到相对应的文学材料或社会材料去证明这种学说在汉语人文现象中的对应性，而且几乎每一个教条都被论证得那么言之凿凿，那么精准可靠。当有人将东方主义的学说运用到某个国际政治文化研究领域的时候，更多的学者一窝蜂地讨论汉语文化和文学的边缘现象与中心关系，其基本效应仍然是在为西方新潮理论提供学术佐证。这样的理论和学术现象不仅在中国大陆屡见不鲜，便是在港澳台地区乃至海外汉学世界也层出不穷，而且有时候会占据汉语人文学术的显著位置。如果这样的学术状况成为一种主流或成为习惯势力，那将置我们的汉语人文学术于十分尴尬的地位：当我们忙不迭地为西方理论特别是那种自以为是的新潮理论提供汉语人文学术的相关佐证的时候，西方新潮理论家及其虔诚的推手不仅并不领情，而且还会指手画脚地订正我们汉语表述的种种歧误，埋怨我们的汉语表述如何缺乏规范或者如何包含歧义，甚至嘲笑我们的理论掮客表现得如何不够专业，对于原创理论的理解如何缺乏理解力。梁实秋作为白璧德新人文主义的重要推手，就曾经讥刺鲁迅“看不懂”白璧德的著作，因而没有资格“讥讪”白璧德主义。[②] 如果一个研究白璧德的学者“看不懂”白璧德论著的原文，那当然是一种缺憾，但如果是在中国应用白璧德主义或者是批判、质疑白璧德学说，他完全

① 鲁迅：《〈苦闷的象征〉引言》，《鲁迅全集》第10卷，人民文学出版社，1981年，第232页。
② 梁实秋：《序》，《梁实秋论文学》，台北时报文化出版事业有限公司，1978年，第6页。

可以针对白璧德主义的翻译者、推介者的次生资源进行批判与质疑，因为在对于中国思想现实的影响方面，起作用的正是关于白璧德学说的翻译与推介，而不是白璧德原著本身。这种情形下，是否真正“看得懂”白璧德的原著远不是非常关键的问题。而梁实秋那副盛气凌人的派头，自恃多修读了几年英语课程，就看不起在他看来读不懂白璧德的人，这是典型的思想掮客的心态和风格。凡是西方的学术理论，如果运用于中国的社会实践和思想现实，就应该处在被选择、被改造甚至是被批判的观念形态，而不是处在被还原、被尊崇进而被神化的地位。必须警惕这样的学术现象：将还原西方理论的重要性，尊崇甚至神化西方理论家的虔诚性视为人文学术的重要指标。

其次，还必须警惕汉语人文学术建设和发展中的一种习惯，一种面对西方人文学术的精神软骨症：明明是古人已论述过的学术现象，却对古人的命名采取选择性遗忘的态度，而试图以西方理论和学术命题取而代之，虽方枘圆凿而在所不惜；明明是自己可以命名的学术现象，却失去了命名的勇气，而千方百计在既有的西方概念之中寻求对应，挖空心思寻找西方的理论进行佐证，虽“强制阐释”①而津津乐道。中国的戏剧明明有自己特定的苦情剧传统，即在情节的展开和故事的刻画中突出主要人物的凄惨的遭际与悲凉的命运，但我们却无法离开从古希腊就形成的“悲剧”观念，而且必须恪守亚里士多德的“悲剧”规范，恪守的结果就是中国没有典型的悲剧。的确，中国很少有典型意义上的西方式的“悲剧”，尤其是在人物的生命格局和命运结局的意义上，在个人性格的意义上，但典型的中国苦情剧例如《窦娥冤》、《梁山伯与祝英台》，甚至还有《武家坡》，最后的“大团圆”或类似于“大团圆”结局处理乃是一种正义伸张、正气弘扬的道德要求，这往往体现为一种必然的戏剧处理，而绝不构成对于戏剧叙事过程中主要人物“苦情”的冲淡或者抹煞。因此，中国传统的苦情戏不应该简单对应于西方的悲剧，然后再用西方的悲剧理论和悲剧规范来硬套中国的苦情戏，最后痛心疾首地检讨我们的传统戏剧不够悲剧或不够规范。不过，凡是研究戏剧的汉语人文学者谁又能免除这样的尴尬？我们对于戏剧所进行的任何学术言说其实都离不开西方戏剧学术和戏剧理论的规定，比方说经常讨论的“情节”、“人物”、“结局”等等。面对相关的学术话题，我们的学术表述已经离不开这些舶来的概念。为数不多的汉语人文学者已很难逃脱这样的习惯或者仍在形成这样的习惯：必须将扶着西方学术理论的墙裙才能让汉语人文学术站立起来，离开了西方学术和西方概念，他们的汉语人文学研究几乎会处于失语状态。这清楚地说明，在西方人文学术的长期笼罩下，汉语人文学术对于有些人而言弱化了自己的学术自信。

---

① 关于强制阐释，见张江《强制阐释论》一文，载《文艺争鸣》2014 年第 12 期。“强制阐释是指，背离文本话语，消解文学指征，以前在立场和模式，对文本和文学作符合论者主观意图和结论的阐释。”这里主要讨论的是“场外征用”的理论现象。

再次，更为重要的是，西方学术本体的认知及其相应的价值观，不仅在一定程度上减弱了汉语人文学术的学术自信，而且也减弱了汉语人文学术的原语自信。这种原语自信减弱的严重后果在学术发展的世界化和学术交流的国际化浪潮中愈益突出。对于汉语原语学术表述和学术承载能力的怀疑，能够在一定程度上否定汉语人文学术的世界意义，进而在世界化浪潮中怀疑其独立性、正当性与合法性，这在世界人文学术构成认知中已经逐渐形成一种较为流行和较为常见的现象，不仅严重侵害了汉语人文学术的独立发展，实际上也损害了世界人文学术的不同原语资源的建设，在世界化的人文时代损害了学术人文的世界化。

在普遍开放的时代，人文学术的世界化意义不是在于学术文化及其表达语言的单一性，而是相反，在于多元学术文化交流的普遍性，以及多种原语学术的互补性。共同的学术文化认同和相近的学术语言表达当然也很重要，尤其是在学术交流中，作为交流平台的文化和交流工具的语言的同一性，其价值不容低估。正因如此，在汉语世界学习英语并鼓励使用英语不仅仅是一种时尚，更是一种文化和学术的硬性要求，甚至是指标性要求。但是，这种学术文化和学术语言的同一性绝不意味着鼓励和提倡学术文化和表述语言的唯一性。不同学术资源所滋生的学术文化都各有其值得珍视的素质和值得尊重的特色，由此构成了世界学术文化交流的必要性和可能性；不同学术语言在承载和表达各自原语学术方面都有其自身的特性与魅力，由此构成了世界学术文化的丰富复杂与歧异纷繁。汉语人文学术无论从学术文化的角度还是从学术语言的角度都突出地拥有上述素质与特色、特性和魅力，应该作为世界学术文化的一个重要组成部分参与到学术人文世界化的运作之中。

一定的学术和文学资源最权威最本真的表述应该是其所属的原语，因为只有原语表达才能充分地体现相关资源的内涵和意义，同时为别的语言的学术和文学交流提供最本原和最可靠的文本。从这个意义上说，任何缺乏原语表述的民族学术资源和民族文学作品都可能不再是其纯正的样态。因此，离开了原语表达的学术与文学对于其所属的语言文化而言固然是软弱无力，便是对于世界学术、文学文化的交流而言也会毫无深度与生气。

汉语不仅是世界上使用人数最多的语言，不仅是人类文明史上拥有最悠久历史的语言，而且也是在人文表述、文学表述、学术表述功能方面最具优势的语言。长期发展的历史使得汉语拥有了两套成熟的表述系统，即书面语表述系统与口语表述系统。即便是在白话文占据统治地位以后，白话文的文学表述和学术表述仍然体现着清晰的现代书面语语体特征，与真正的口语白话拉开了明显的距离。在汉语现代语体百多年的发展过程中，还培育成了一种特别的书面语系统以对应西方学术和西方文学的翻译，这就是现代汉语中的翻译语体。只有非常成熟且拥有非常宽阔的表述空间的语言才可能同时容纳这些不同类型的语体系统。不错，汉语文学和汉语学术的翻译处理一开始曾经非常艰难，因为汉语学者、作家和汉语翻译家在面对西方学术和西方文学的时候已经强烈地察觉到后者的文化异质性和表述独特性，他们一开始就想认真地、严肃地承认并处理这样的异质性与独特性，于是翻译语言曾是那么佶屈聱牙，僵硬死板，梁实秋等攻击的鲁迅式的“硬译”便是如此，李金发诗歌的“翻译体”也是这样。这其实正是以异常认真、严肃的态度对待西方文化和文学的异质性与独特性的必然结果。以韩侍珩翻译勃兰兑斯的《十九世纪文学主潮》和朱生豪翻译莎士比亚戏剧为标志，汉语的学术翻译和文学翻译在语言表述上走向成熟，也走出了自身的魅力。当其他民族语言在对异族语言进行翻译时必须加以语言的俚俗化处理然后付诸口语化传达的时候，汉语却无须这样，这个以文字与语言处于可分可合、分合有据关系之中的特定语体与语态，其所拥有的丰富而多层次的表达能力，巨大而空旷的表达空间，能够直接抵达外国语言文字所展示的不同的意义层，并且以与那种语言表述相匹配的语体、语态进行表述，这样的表述可以与汉语原语的口语和书面形态都保持足够的距离。

其实，以汉语承载的各种外国语言文化资源包括外国文学作品的翻译以及外国学术理论的引进，其语言形态都明显地体现出翻译语体的特性与风格，令人甫一接触便强烈地感受到翻译语体的别致、新颖，这便是汉语书面语表述中存有翻译语体这一特殊语言文化现象的明证。经过汉语翻译体处理过的外国文学无论是在叙述语言还是在人物语言的风格上都体现出与汉语原语有明显差异的特性，经过汉语翻译体处理过的外国理论则比中国传统的理论更富有逻辑感，理性表述也常常具有特别的劲道与力度。如果说我们尚不能从理论上明确描述翻译语体特殊的语法、词法和句法、辞章结构，那是因为我们的学术研究尚未抵达这样的境界，甚至，很多研究者尚未意识到从现当代汉语中析离出翻译语体的必要性与可能性，因而从未想到对这样一种可以感知的特定语体进行独立研究。拥有特别的翻译语体系统，是汉语的素质和特色的体现。汉语的文字系统基本外在于它的语音系统，文字系统所表述的意义与语音系统所表述的意义之间就出现了某种多层次分析的可能性，因而在它自身的口语系统和书面语系统之外就可能分析出类似于翻译语体这样的语体系统。

正因为汉语拥有特别的翻译语体系统，在进入翻译操作的时候，无须将翻译对象进行汉语原语的特别处理，这导致汉语的翻译能够在较多地保留原文语言文化信息的前提下进行，因而汉语的翻译常常比其他语种的翻译更能够保持翻译对象的纯正和优美。如果说其他语种的文学和理论翻译都常常需要将翻译文本进行口语化甚至浅俗化的处理，因而翻译传达基本上须以口语语体进行，那么，汉语翻译则无须对翻译对象进行这样的口语化和浅俗化处理，因而翻译的结果不仅无须以口语语体呈现，而且还能诉诸与汉语书面语相平行同时也有所区别的翻译语体。只有在现代汉语语种之中，翻译的文本可能在语言精美度方面超过汉语自身的一般表述，包括书面语表述。这正是汉语的优势，是汉语相对于那种文字和语言联系过于紧密因而缺少意义空间的西方语言的一种文化优势，是汉语在转译、传述外国文学和外国人文学术方面的优势。这一优势的确更能提高人们对于汉语原语学术的重视。

四、汉语人文学术的原语价值分析

汉语人文学术，从成果的发表样态而言，包括两个方面的内容。其一是以汉语操作和承载的所有人文类的学术成果，其中包括对以汉语为原语的人文学术资源的操作与处理，也包括对以外语为原语的人文学术资源进行汉语处理和承载的学术成果，例如对人文范畴内外语汉译资源的研究与学术发表。其二是以汉语人文文本为基本学术资源的各种学术成果，在较次要的意义上包括一些以外语作为学术语言处理汉语人文学术资源的特定成果。在本论题的意义上，有必要暂且排除上述较次要意义上的以外语作学术处理的内涵，将这一、二两方面综合起来，则可以表述为，汉语人文学术是对汉语人文资源以及其他人文学术资源进行汉语操作并通过汉语承载的各种学术成果类型的统称。

1. 汉语原语学术的统计学意义

任何文献资源和文化资源的学术处理都首先必须依靠文献资源所依托的原初语言。既然汉语是人类语言中使用人数最多①同时也是历史最为悠久的语言，从语言资源意义和语言使用的广泛度来说，汉语人文学术就应该在世界人文学术中占据极其重要的位置。这种类似于简单多数的逻辑也许在挑战者面前仍然缺少说服力，但非常值得注意的是，在人类文明遗产中，用汉语承载的文献资源和文化资源无疑是分量最重、数量最多的学术源泉，对它的学术处理当然主要依靠汉语。承载着全世界近 1/4 世界古老文明伟大成果的汉语文化典籍，以及围绕着这些典籍数千年来形成的汉语人文学术，固然必须通过汉语语言文字加以呈现和流传，其实，便是融入了相当多的西学内涵的现代学术，包括借用西方学术方法对汉语文化典籍和现代资源进行研究的当代学术成果，也主要依靠汉语进行传述，并在汉语文化圈中进行传播，才能实现其基本的学术效用。从这一意义上说，汉语文化尤其是汉语人文学术文化在世界文化建设中所占的比重及所处的地位一向被严重低估。现代科学兴起以后，科学以一种文化伦理的倾向性取得了话语优势，并逐步取得了压制和覆盖人文学术的文化霸权，于是，西方中心或西语中心的科学话语在文化习惯上便形成了取代人文社会科学的势头。人们习惯于将

---

① 据统计，汉语使用率在全球人口中占 20.7%。见毛翰：《为了中文的明天，中国应叫停英语热》，《书屋》2009 年第 6 期。

以美国为中心地带的英语学术发表视为当代学术文化的主流，殊不知这样的学术印象和文化判断可能只适合于自然科学，在人文学术领域，这样的判断可能带有关键性的错误。据有关资料，以 2003 年这一年的期刊统计为例，中国以汉语为主要语言载体的期刊共 9 074 种，平均期印数为 19 909 万册，总印数为 29.47 亿册。其中综合类 571 种，哲学社会科学类 2 286 种(占全年期刊种数的 25.19%)，自然科学技术文化类 4 497 种(占全年期刊种数的 49.56%)，教育类 975 种，文学艺术类 535 种。而且，期印数的统计，哲学社会科学类约为自然科学技术文化类的 2 倍。① 与此差不多同时的统计，美国(自然是以英语为主要承载语言)期刊发行总量在 17 000 种，但其中消费类期刊种数便达 6 000 多种，占全年期刊种数的 35%左右。② 如果按照中国期刊的比例测度美国期刊结构，自然科学技术文化类占到全年期刊种数的 50%上下，则应在 8 500 种，倘若在年期刊总数扣除 35%消费类期刊之后，再扣除自然科学技术文化类的上述估计数目，则美国以英语为语言载体出刊的其他类别的期刊约为 2 500 种，其中社会科学和人文学术类的期刊即使占据到 50%，也不过约为 1 300 种。即便将英国、澳大利亚等英语为主体语言的国家类似的人文学术期刊数目再作进一步的推算、累加，则汉语人文学术在期刊发表方面的贡献显然不会少于英语人文学术的贡献。

当然，简单的数字统计和推算并不能代替学术影响和文化地位的认定，但从中可以分析出，汉语人文学术就研究人数、潜在的读者范围而言，无疑是世界当代文化中不容忽略的巨大存在。在这样一种数量对比之中，任何试图忽略汉语人文学术的文化影响和应有地位的价值评判都归于徒劳。

而且，即便是从人文学术的应有品质方面分析，汉语承载的学术成果同样具有不可否认以及不可忽略的价值。汉语人文学术从学术资源语言属性的角度论定，应该是世界人文学术研究成果中的重要品类，在世界人文学术构架中是不可忽略且须占据重要地位的品类。

2. 汉语学术原语价值的信息学原理

毫无疑问，所有的汉语人文学术资源客观上都要求汉语的学术处理和学术承载。一种复杂的学术资源至少包含着信息源意义和价值源意义，一定学术资源的研究实际上是通过其所固有的信息源的抵达，阐扬其所包含的价值内涵。从学术意义上说，信息源的抵达是价值内涵发掘和阐扬的基础与前提；将已经被发掘和阐扬的价值内涵，转化为一定的信息能量，这便是传播意义上的文化行为。对于汉语人文学术资源而言，用外语所进行的只能是将已经被发掘和阐扬的价值内涵进行信息能量的转换，或者，可能在

① 参见李频主编：《中国期刊产业发展报告》，社会科学文献出版社，2005 年，第 10 页，第 2 页。

② 参见李频主编：《中国期刊产业发展报告》，社会科学文献出版社，2005 年，第 72－73 页。

较浅层次上迫近汉语人文学术的信息源参与部分的价值源的发掘与阐扬，但绝不能以外语真正抵达并充分解析汉语人文学术的信息源。在学术评估过分强调国际化和西方化的社会语境下，汉语人文研究会大量出现翻译体学术，即通过别种语言（一般来说是英语）将汉语人文学术的价值内涵翻译成外语发表。

有识之士早就指出，这样的翻译体学术很难达到某种学术的深度。为什么呢？因为语言翻译一般只能在传播意义上使用，很难真正用在学术表述和学术真意的抵达。如果将语言传达和翻译的对象分为三个层次，则第一层次体现为外在情节结构类型信息源，一般是指故事、历史事件、新闻事件、人物关系等等，这是用别种语言同样可以传达和表述的信息源，而且翻译成别的语言一般不会遗失很多的信息资源。不同国家的历史可以通过各种语言进行翻译和传播，其信息的完整性一般都能得到保证。叙事性的文学作品是最为理想的翻译对象，因为这样的翻译同样会保证信息的相对完整性。近现代以来外国文学作品的翻译对于中国读者的影响力有多大且是何等深刻，这是每个人都有真切体验的事实。这实际上也吻合了皮亚杰所论述的语言行为差异的第一层次："语言模式通过叙述和回忆能很快地描述一联串动作。"情节性的信息源适合于这一层次。①

第二层次可以称为理念申述类型信息源，通常是思想和学理性的内容，一般可以进行翻译，但在翻译中势必会流失许多信息资源，使得这样的翻译要么变成明显浅显化的概述，要么就成为佶屈聱牙、生硬艰涩的天书。许多理论著作的翻译就是如此。汉语人文学术资源往往与汉语原语的表述紧密结合在一起，但也可以在一定的逻辑关系上得到理解和传达，这就是通过外语翻译的某种可能性，但在翻译中势必会流失许多信息内涵。许多学术命题的翻译或外语表述，如对"天"、"春秋"等概念进行外文翻译和外文的学术传达，不仅会流失许多重要信息，而且还会增加不少不必要的误导性信息，从而给这种概念的学术表达和理解添加许多障碍。即使不是理解力的问题，外来语的表述、思维方法，也会使得研究对象和材料的原真性受到改造。当我们进行学术辩论的时候，同一种语言之间出现的概念范畴还需要进行连篇累牍的辨析，那就意味着不可能在不同的语言之间展开深度的学术探讨。于是，在这一层次上的理论翻译是可能的，但往往仅诉诸知识层面的接受，无法诉诸学术层面的探讨，即难以进行交流性的阐发。

第三层次则是语词固化类型信息源，即作为翻译和被表述的对象，它是与原语资源联系在一起的，包含着这种语言表述所承载的立体的文化内涵。显然，这样的信息根本无法通过别种语言进行翻译，甚至，别种语言根本无法直接抵达。许多理论和学术的翻译都不得不保留原语词汇，道理就在这里，它属于语词固化的信息，拒绝接受任何别的语言的翻译。这种情形类似于在汉语人文学术中引用古文资料，如果将这些被引用的

① 皮亚杰(J. Piaget)：《儿童心理学》，商务印书馆，1986年，第65－66页。

古文资料一律翻译成现代汉语，那样的学术论文会成什么样子？其实，通过外语表述和传达汉语人文学术的情形多与此相类似，因而，除了简单的文化读物，一般而言，以外语翻译或直接传述汉语人文学术，与学术承载语言的当然要求和自然要求正相违背。

汉语人文学术很少在第一层次展示自己的品质。由于它很少在理论的系统性方面显露出自身的优势，汉语人文学术一般也罕见在第二层次得到外语翻译。汉语人文学术其研究对象有其特殊性，属于汉语学术原典和经典的资料，往往只在古代汉语的原语意义上能够抵达并得到阐解，甚至现代汉语都无法真正抵达或成功传达，因而作为研究对象的汉语人文学术资料及信息源都呈现出一定的汉语语言固化的学术情形。汉语人文学术中的许多概念，如“气”、“道”之类，原本拒绝一切翻译，是语言固化的典型。其实汉语人文学术资源中的许多内容都是如此。这里，还未涉及属于汉语自身的学术，如汉语音韵学、文字学、训诂学等等。这样的学术命题，其语言固化现象更为彻底。

外语对于汉语人文学术的事功很大程度上比较容易建立在信息能量转换的传播意义上，而在抵达和解析汉语人文学术信息源方面所起的作用将极为有限。因此，用外语处理的汉语人文学术，如果体现为文化传播意义上的一种介绍文字，一种批评文体，或者一种综述架构，那很可能达到挥洒自如、游刃有余的境界，但其研究的学术深度及其学术效果，始终难以与汉语原语的学术处理相提并论，因为只有汉语原语能够准确地、成功地抵达汉语学术资源的信息源内核。

3. 汉语学术原语价值的语言学阐论

在信息学意义上是这样，在语言学意义上也是如此。汉语人文学术之所以只能在传播意义上接受外语表述，而不能在研究意义上完全接受非汉语原语的处理，是因为学术研究要求与学术资源相一致的“元语言功能”。根据雅各布逊的理论，人类语言具有基本的六大功能，即语言的指称功能或指示功能，语言的表情功能，语言的意欲功能，语言的交感(phatic)功能，还有诗歌功能和“元语言功能”。指称功能、表情功能、意欲功能、交感功能都可以通过一般意义的传达或转达在非原语领域得到实现，诗歌功能一般较难实现这样的传达或转达，而“元语言功能”，也就是满足了“某些信息含有解释代码的意图”的条件，[①]则更是非原语难以成功抵达，遑论达到研究的水准和学术的深度。汉语人文学术资源在信息源意义上包含着繁复的意象，深刻的且充满着历史厚度的文化内蕴，这些意象和内蕴尽管都可以在意义层面展开，但它们与固有的语言文字、词汇语法等凝结成一种拒绝非原语拆解的特殊结构，只有元语言功能的发挥和原语学术操作能够在绕开人为拆解的前提下迫近和抵达这样的特殊结构。一般而言，外语的学术处理只能在已经展开的意义层面进行，它无法迫近和抵达这样的特殊结构。如果硬性

---

① 涂纪亮：《西方现代语言哲学比较研究》，中国社会科学出版社，1996年，第228页。

通过外语迫近和抵达这样的特殊结构，则学术的探讨便处在自然的停滞状态。或许，善于用外语处理汉语人文学术资源的专家并不会承认这样的情形，他们会非常自信地认为通过外语已经完成了这样的迫近与抵达，其实这是很少从相关的外语学术文本读者的角度思考问题的结果。从作者的角度思考与从读者的角度思考其结果将会大不一样，作者是在胸有成竹的情况下反观自己的文章中所描画的竹子的形貌，而读者则往往是在相对空白的意念状态下被动地接受这样的概念和形貌，其间造成的差异相当大。而在同一语言条件下，特别是在“元语言功能”的制约下，就不可能存在着这样的差异。

正因为有这种“元语言功能”的作用，所有学术资源的信息世界，只能通过“元语言”系统才能真正抵达，所有学术资源的构成方式，只能通过“元语言”的同构解析才能真正解读。于是，汉语学术资源所构成的信息世界，一般来说，只能通过汉语系统才能真正抵达，汉语学术资源的基本构成，也只有汉语方式能够解析。

并非所有的学术成果一定要进行“元语言”处理，但是，一定深度、一定层次的汉语人文学术，却只能通过汉语自身承载才能圆满地完成，而一旦通过其他语言转译或传达，就会大为逊色。因为，在不同的语言之间，能够互相转换并且在相对意义上确保其准确性的，是较为自然的语言单位，也就是词汇，当若干词汇组成句段进而构成话语以后，翻译或外语传达的准确性就难以得到保证。而有学者认为，从异种语言之间的关系而言，话语已经是最小的语言单位：“语言的基本单位不是词，也不是句子，而是话语”，而“话语是正确组织起来的、意思完整、前后连贯的言语单位”，[①]意义在话语连接中起主导作用，这就造成了用别种语言进行组织，并加以逻辑性结构处理的难度。

汉语人文学术，同任何其他语言学术成果相仿佛，在其学术意义上具有不可替代的独立价值，具有任何翻译体学术承载所无法完成或实现的学术目标。如果说这是一种学术通则，适合于描述任何不同语言所承载的人文学术之间无法彻底通译的关系，则诉诸汉语人文学术，相较于西方语言人文学术，其学术的原真性更需要汉语承载、传达和表现。

4. 汉语学术与汉语文学的原语本律

任何学术研究，当然包括汉语人文学术的研究，其主旨在于寻求学术本真，发掘学术的价值内涵，然后再图学术传播，学术传播显然拥有与学术普及相类似的文化价值。从这个意义上说，汉语人文学术必须坚持原语操作和原语表述，只有在学术传播和学术普及的意义上，汉语人文学术才可能接受甚至欢迎其他语种的承载要求，而在寻求学术原真的学术本义上，汉语人文学术显然会拒绝其他语种的参与，更不用说作为承载主体

---

① 著名英国语言学家 M. Halliday 的观点，参见王福祥：《话语语言学概论》，外语教学与研究出版社，1994 年，第 47 页。

参与学术表述。尤其是对于人文学术而言，由于其学术资源不可避免地依赖于其原语文化及其相应的环境，思想内涵与原语言的语汇系统，与原语的历史、文化指涉密不可分，因而叩问或追寻其学术本真，必定离不开学术对象的原语资源。

因此，汉语原语操作应该是汉语人文学术资源处理的最自然的方式和最本质的要求。这是由汉语人文学术的特定资源所决定的。原语学术操作的奥秘在于微观意义上的文化语源同构性，即，在较为微观的文化阐释、文化运作和文化处理过程中，所供阐释、运作和处理的文化资源必须与进行阐释、运作和处理的语言具有同源关系，由此方能保障这种阐释、运作和处理的原真性和完整性。

外在于语言的大文化，一般是指相关“国家的地理、历史、政治、经济、文学、艺术等”，也叫知识文化。而内在于语言的文化，或者叫“语言中的文化”，“直接影响语言形式、特征和风格的文化因素”，体现“生活方式、风俗习惯、民族心理（如价值观、是非标准、宗教信仰）和意识过程（如思维特征、思维方式、思维风格）”等文化特征。一般认为，知识文化往往“间接作用于语言”，而语言中的文化则“直接作用于语言，存在于语言形式之内”。如果说知识文化通过一般的翻译、传播都可以习得，第二种文化即语言中的文化，“则直接制约着语言，影响语言的形式、特征和风格。它隐含在语言系统内部，与语言形式有机地融为一体，本族人习以为常，而外族人却难以辨认、理解”。① 在这样的层次和这样的意义上，翻译往往力不能逮，因而一般来说，汉语文学的研究成果，汉语人文学术成果，甚至是汉语文学作品的翻译，常常都无法真正抵达汉语原语表述的精深度，更无法传达汉语原语的鲜活度。一定的语言模式浇铸了思想模式，通过思想模式又构建了一定的文化内涵，因而有人认为，“不同的语言系统具有不同的思维模式，从而具有不同的文化精神”。② 如果说“文化精神”在这里有点夸张，置换为“文化内涵”就显得更为准确。从这样的角度看问题，可知“翻译的根本问题不是语言的差异，而是文化的差异”③。

在学术交流普遍化的开放时代，原语学术转化为外语学术表述的现象比比皆是，例如汉语人文学术，就需要转化成英语进行学术表述，以利于与汉语文化和汉语文学相关的国际学者交流。但随着国际化学术评价系统的建立并被普遍采用，汉语人文学术的外语表述正在由学术交流功能演变为学术本体功能：在西方学术评价体系为主导的学术文化环境中，以英语为国际普通话的外语学术表述，哪怕是对汉语文化和文学资源的阐释与处理，都可能被视为学术的正宗或学术的主体，其他语言哪怕是汉语原语的学术表述都被视为应该忽略的边缘性学术形态。因此，即便是在汉语文化圈中，仍有许多活

---

① 朱立才：《汉语阿拉伯语语言文化比较研究》，新世界出版社，2004 年，第 7－8 页。

② 陈保亚：《语言文化论》，云南大学出版社，1993 年，第 143 页。

③ 王德春：《国俗语义学》，《语言与翻译》1992 年第 2 期。

跃而权威的学术评价体系并不承认汉语人文学术的地位,明明是对汉语文化和汉语文学学术资源的阐释和处理,也往往以英语论文为正宗、主脉的学术形态,而以汉语的学术表述为次要甚至是无效的成果。在学术评估中将研究汉语文化和汉语文学的汉语学术成果视为无物的情形绝非仅见的现象,而且越来越普遍,几乎形成一种学术潮流。这样的潮流绝不是开放时代学术交流的健康体征,因为这种以外语的学术表述凌驾于原语学术表述的学术文化和学术形态,完全超出了正常的学术交流的范畴,呈现出学术买办甚至是学术殖民的心态。学术交流是在文化平等的平台上,各种原语学术通过翻译、介绍等中介性环节进行信息交换的文化行为,而外语独尊的学术评判体系置原语学术于不平等的劣势地位,这不仅严重伤害了原语学术的文化尊严,而且也严重践踏了原语学术的自身优势,严重违背了一定语言的学术文化和文学资源其最切近最完全最精深的学术处理只能是原语表述这一本质规律,因而与真正科学的学术语言定律背道而驰。

语言定律在学术文化中显然更偏向于原语学术。原语学术具有阐释和操作处理的直接性和意义增殖性的多种天然优势。任何学术资源如需保持其意义和内涵的原真,就必须直接使用其承载的原语,只有原语的直接使用和介入才能保持这样的原真。再高明的翻译也会产生信息流失甚至信息意义变异的情形。汉语人文学术的研究对象和材料,天然地决定了汉语原语学术的必然性。

原语的学术增殖效应需要更多的研究。一般而言,对于一种语言文化现象,一种语言文学文本在作为一种语言学术资源进行学术阐析的过程中,会很自然地面临着信息交换和信息内涵得以重新释绎的问题。在原语世界,这样的交换和释绎往往不会改变信息的意义,也不会减少信息的内涵,但如果需要进入外语处理,则必然会造成信息意义在一定程度上的变异,或者造成信息内涵的或多或少的流失。因为同一原语社区往往有一种共同的语言能力,这种语言能力被定义为"语言使用者内在化的知识":"我们可以想象一个理想的、同质的语言社区,这里没有言语方式或方言上的变化。可以进一步假设,这个言语社区的语言知识,作为认知结构的一个组成部分,统一地表征在每一个成员的心智中。"①理论上说,拥有同一原语的语用者都能共同维护原语内涵的丰富性和语言信息的完整性,在语义的使用和理解方面都能达到某种自然的统一性。

而外语在处理学术资源语言表述的能知和所指意义时,很少能够做到左右逢源、游刃有余,常常会主动或被动地删除、遗漏一些也许是重要的信息内涵,这样,一定学术资源的外语处理和外语翻译往往必然性地削减内涵的厚重度、意义的深刻度和信息的丰满度。而在正常的原语学术处理中,特别是在本体语言表述的能指与所指意义的揭示方面,往往很难造成这样的主动或被动的删除、遗漏现象,信息内涵的流失现象机会也

① [美]诺姆·乔姆斯基:《乔姆斯基语言学文集》,宁春岩等译,湖南教育出版社,2005年,第85页,第414页。

因此会大为减少。更重要的是,原语阐析和原语处理有可能根据研究者在原语文化范围内的创造性发挥或联想性深掘,对学术资源或研究文本进行增殖性的阐解与分析,在具体的研究甚至在学术表述中会深化学术资源的内涵,强化学术文本的某种重要信息,从而造成有价值的学术增殖现象。卓越的原语学术研究者往往都可能使得他所面对的学术资源出现这种学术增殖现象。甚至,这种学术增殖现象在研究成果与接受者之间也可能产生。由于人文学术研究往往都需从常识说起,从基本概念说起,而在原语文化的范畴内,无论是学术文化的常识还是其所沿用的概念,都包含着对于身处于这种原语文化之中的研究者和读者而言更为宽阔的阐释空间,也就是说同处于这种原语文化中的人们才有可能共享常识与概念所具备的这种较为宽阔的阐释空间,于是由此建构的学术阐论和学术阅读的基本秩序,就同时酝酿着学术增殖的效应。这样的增殖效应在外语处理中就不可能出现,因为当人们使用外语对原语学术资源进行处理的时候,所运用到的常识,所采用的概念,都必须在外语所提供的相对狭窄的阐释意义上进行把握,不可能容有相对宽阔的阐释空间,于是就无法产生上述学术增殖效应。以文学研究为例,在汉语原语文化的学术语境中,无论是研究者还是接受者,都可能对诸如"意象"这样的概念进行较为广阔的意义阐析,可以联想到古代文论中的"意"和"象"分别所代表的或曾经代表的内涵,又从其合成意义上做更进一步的分析,再结合西方"意象"概念的传入,以及其分别在流派意义、艺术手法、审美境界等方面的基本含义,从而开拓出难以想象的阐释和论述空间,这一空间内的汉语人文学术和文学批评的施展,必然为相关论题的研究提供足够的学术增殖的空间。而如果论述外语中的文学"意象",则必然锁定在外语"image"的几个有限的义项上,不可能像在汉语学术场域进行那样开阔自如的中外合证以及纵横捭阖的古今联想,因而也就不可能像在汉语学术展现中那样产生学术增殖效应。

汉语原语优势的认知,还关系到学术的语言自信,学术语言的尊严。著名语言学家邢福义指出:"国家的兴盛,不能不研究语言问题。除了本体研究外,时代让我们还要关注语言尊严问题。领土的完整、母语的尊严,这是一个国家的两大基石,或者说,是一个国家的两大标志。"[①]文化尊严,是文化所应有的纯洁性、独立性、独特性、严肃性、多元性、先锋性等特质在一定的社会条件下所应享有的地位,应当受到的肯定、尊重与保护,因为它说到底是民族尊严、人类尊严、历史尊严、文化尊严,是一个时代性、科学性、实践性很强的命题。[②] 显然,学术语言的独立性与政治语言、文化语言的独立性一样都非常重要,所不同的是,政治语言和文化语言的独立性主要取决于政治、文化的内容,如果政

① 《护卫母语尊严——访语言学家、华中师范大学资深教授邢福义》,《中国社会科学报》第178期第3版。

② 朱昌平:《论文化尊严》,《宁夏大学学报》(人文社会科学版)2010年第5期,第147页。

治、文化的内涵不具有独立品性，这方面的语言独立性也就是一句空话；而学术资源的原语品性决定了原语学术阐析和处理的必然性及其必然性优势，这种优势可以为语言学、语言文化学和社会语言学的基本定律所阐释。

5. 结语：回到汉语人文学术

于是，应该积极呼吁并大力倡导汉语人文学术特别是汉语文学研究的原语建设，努力提高汉语人文学术以及汉语文学研究的原语水平及其影响力。

汉语人文学术以及汉语文学研究，主要是指以汉语文本为基本学术资源并且以汉语作为承载体的学术成果。汉语人文学术无论是从学术资源、学术成果还是从学术研究总体力量方面而论，都是一个庞大的学术世界。明确了汉语学术概念之后，我们应该理直气壮地建立汉语学术的自身规范，甚至建立汉语学术自身的符号系统、表意系统，当然更重要的是理论系统、学问体系的结构系统等，并更科学地建立汉语人文学术的语言系统。包括学术成果呈现的注释、参考文献格式等都可以本着汉字的特性自我命定并形成自己的规范，就像现代标点符号汉语早已建立了自己独特的规范一样。

在世界化的学术评估风潮中，汉语人文学术处于劣势。英语话语权在学术领域构成的垄断，使得世界上历史最为悠久、内涵最为丰富、使用人数最多的汉语受到西方主体的文化法权的重重打压。现在必须从话语层次上重新获得原语学术的权力。首先必须从学术主体性的建设方面认识并解决这个问题。学术主体价值的体现，主要体现在民族语言的学术原语的正当性，这才是学术文化独立性的关键。汉语人文学术需要对人类文明作出贡献，而且也能够作出贡献，但这贡献必须以树立并维护民族学术语言的尊严为前提，这是汉语人文学术和汉语文学研究自身规范性建设的基本目标。

第二章
方法论概说

方法论对人类把握世界、开展学术研究极为重要，它是本体论与认识论的中介，也是我们对通往本体性、真理性认知路径的总结。认识论是方法论的基础，方法论是对认识论的提炼探索，是把认识论推向本体论高度的桥梁路径。对于方法论在文明进程中的作用，我们一直未能充分估价与肯定。就中国近代文化发展而言，方法论在人类文明发展中起了“革命”性的作用，从新文化运动开始时胡适、陈独秀等人对方法论的倡导与实践，到左翼文化时期“科学的文艺论”、辩证唯物主义、现实主义的深远影响，再到改革开放时期聚焦于改革方法的改革文学创作，以及上世纪 80 年代方法论热这一文化现象，这是一部中国文化发展史，也是一部方法论“革命”史。人文学术的前进更新和方法论的前进更新密切相关，人文学术观点的创新必须依赖于方法论的创新，出类拔萃的研究者总是有着自己独特且适合自己与研究对象的方法论。

这里是关于方法论的一种概略性的介绍和讨论，亦是我们围绕方法论展开的一些思考与讨论，首先我们从宏观的角度来认识方法论。

一、宏观认识中的方法论

众所周知，人类理性把握世界的哲学范畴，从其途径、成果和构成来看包括本体论、认识论、方法论。本体论是关于世界和客观事物的本质性的认知，关于世界和客观事物、客观现象的本质规律的呈现。认识论是我们对于通过对客观世界、物质运行轨迹等进行一种知识性的迫近和抵达的认知结果，通俗地讲即知识。方法论则是本体论和认识论的中介，无论我们怎样通过认识论来抵达本体，且不说能不能抵达本体，我们实际上都须经由一定途径与方式展开，所以方法论是本体论与认识论之间必有的连接方式。因此，对于我们人文的认知以及学术研究，方法论显得特别重要。

“方法”一词在中国和西方都有其形成的历史，都体现了一种人文传统的格局。“方法”在中国最早和最正式的使用人们一般认为是从墨子开始，据《天志》中篇记载：“中吾矩者谓之方，不中吾矩者谓之不方，是以方与不方，皆可得而知之。此其故何？则方法明也。”①这里的“方”与“法”原本分开，“方”就是一种测量的手段，依据一个尺度去衡量特定事物其长度、宽度及长度和宽度的关系，比如是长方形、正方形或者说是否符合特定方形特征。“中吾矩”中的“矩”就是度量的这样一个准尺。“方与不方，皆可得而知之”，是因为这里有用“方”来作为一种“法”。在西方的文化传统里，我们则以 1637 年法国杰出哲学家笛卡尔出版的著名哲学论著《方法论》作为西方方法论学术的一个极重要的成果。在这本书中，笛卡尔提出了“我思故我在”这个影响世界几百年的哲学命题。我们无论是做学问，还是认识世界，还是解决各种各样的日常问题、社会问题、人生问题，都体现为一种方法论的命题效应。

方法论是什么？回答这个问题之前，我们首先应回答方法是什么。方法是我们对于本体现象一种真理性的认知途径、路径。从比较哲学的宏观意义上来说，方法就是一种对于本体的真理性认知的明确的路径，方法论就是把这种真理性认知的路径总结成一种学问，或者把它提炼成一种问题，并且探讨解决的办法。方法论顾名思义就是一种关于各种方法，各种认知世界、真理的路径，然后去明确这种认知路径的方法，以它们为讨论对象并产生的思想理论成果。

在这个意义上，我们可以比较清晰地看到方法论与认识论之间的关系：首先，认识论是方法论的基础。我们对于世界的认知，对于真理的认知，对于各种各样现象的认知，对于各种现象运行规律的认知，一开始都是在认识论意义上，我们得到了印象、观察的结果，形成知识以及相关知识的系统。这就是认识论作为基础性的存在。其次，方法论是对于上面提到的所有认识、认知结果进行的思考和探索、提炼和总结。人类认识的目的是要抵达一种真理的发现，一种真理的表述，一种通向那种真理性的认知的思维成果的总结，这样的认识才有意义。不通向对于真理和规律的表述，或者说领悟的认识，往往缺少真正的价值。

所以，认识作为人类的智力活动，其结果都是通向或者应该通向一个本体认知的目标，一个真理性和规律性的总结。《论语·阳货》里孔子曾说：“诗可以兴，可以观，可以群，可以怨。迩之事父，远之事君，多识于鸟兽草木之名。”②这段话前面几句都很好理解，在家里为父亲服务，在宫廷为君主服务，但对于最后一句“多识于鸟兽草木之名”，我们想给予统一完整的理解与解释时则遇到很大困难。我们在《诗经》里自然可以认识很多草木鸟兽之名，比如“关关雎鸠”中的鸟类，“彼黍离离”中的植物，但是认识了草木鸟兽之名为什么可以事父、事君？其实我们上文论述提供了很好的解决思路：人类认识行

---

① 墨子著，清毕沅校注，吴旭民校点：《墨子》，上海古籍出版社，2014 年，第 114 页。
② 朱熹：《四书章句集注》，中华书局，1983 年，第 178 页。

为的结果，认知的结果，如果不通向对于本体的解释，不通向对于真理性和事物运行规律的总结，那么我们这种认识意义就不大。孔夫子在《论语・阳货》中说的实际上就是这样一个现象，都是草木鸟兽之名，为什么可以事父事君？是因为我们在对于草木鸟兽之名的认识认知基础上，可以总结出事物运行的规律，可以总结出这个世界的某种本体。我们知道草木鸟兽之名以后，就知道鸟兽草木的生死荣枯，这里面体现的是四季往复等自然现象的运作，以及动物生命日月星辰之间的关系，进而我们至少有可能获得下面的认知：鸟兽与人一样有生老病死，所有的生物都离不开、都不可能违反这样的规律，而草木春荣冬枯、动物生死繁衍正体现了世界规律性的变化。也正是进行草木荣枯鸟兽生命轨迹这样一个规律性的真理性的认知和表述的时候，我们的相关认知，包括草木鸟兽之名，才有了意义。因此，"多识草木鸟兽之名"实际上就是"多识草木鸟兽之命"，了解自然生物背后的命意，这就是认识论。

而认识论要达到本体论的目标，这中间有一个很重要的桥梁、环境、路径、方法，就是方法论。我们如何把认知、认识论的结果推向本体论高度，这个过程就形成了非常丰富、复杂、生动的方法论。这就是认识论和方法论的关系。认识论和方法论关系非常紧密，没有认识论，我们的方法论无从产生。方法建立在广泛的认知成果基础之上，想出一种办法，探讨一种路径，前面总需要有相关知识的基础、观察的基础。认识论是方法论的基础，而且认识论必须借助于方法论，才能使它的认知结果得到提高，然后深化到本体论的真理性的表述境界。

对于认识论与方法论之间的关系，如果我们稍微通俗一点来阐述，非常像高等教育的本科阶段和研究生阶段。我们在高校中文的本科阶段，大家也学文学、语言学，但学习的基本是认识论的结果，是一种知识层面的积累结果。大家学文学史有时需要去背知识点，这些知识点以及各种各样的课本主要是揭示一种知识性的内容。所以大学本科阶段基本上是一种认识论层面的各种学问的积累，认识论的学问积累。可是研究生阶段就不同了，本科阶段没有研究方法的课程——可能也有，如果有的话那是超前实施——研究方法课、方法论课应该在硕士特别是博士阶段开设，研究生阶段的学习应该重视研究方法和方法论内容，在这个意义上，学习者就不应该满足于、局限于认识论意义范畴，应该在研究方法方面有更多的关注与考量，应该重视方法论的进修，应该掌握相应的方法论系统和方法学理论，应该学会实践成熟的研究方法，设计新颖的研究方法，体悟多样的研究方法，总结有关各种研究方法的方法论和方法学理论。

当然，我们把认识论和方法论之间的关系比喻成大学本科跟研究生之间的关系，是比较通俗、机械的说法，这并不意味着到了研究生阶段，我们认识论层面的问题就全解决了。认识论系统的基础必须加强，这是学术研究的基础、前提，即便是到了博士研究生层次，也还是要重视原始资料，包括现代文学原刊、各种出版物的原版等等。当然也还需要熟读一些文学研究的理论著作和文学史，这些任务还是在认识论层面上的补课。

翔实的认识论基础是学术研究的重要保障，而科学的方法论修养是通往成功的学术研究的关键。

关于方法论跟本体论之间的关系，必须上升到哲理层面进行考察。人类所有认知的目标，都是指向一个真理性的思维境界，一个规律性的总结和发现。这些真理性、规律性成果的呈现，都是我们周边世界、事物、各种社会现象的本体性体现。因此，本体论应该是比认识论和方法论更高的思想境界和思维成果，它可能通向我们认识的终点。

认识论的终点应该是本体论，哲学家可能会热衷于探讨是否存在真正终极性真理，如果存在，终极性真理是否可能存在于人间，存在于人类的认知所能抵达的范围，因为确有一种观点认为真正的本体只能在超人、宗教、上帝层面存在。人不仅不能创造终极性真理，而且还无法抵达终极性真理。本体论在哲学表述中也许是最为神秘的一种范畴，它在一定意义上总是试图挣脱认识论的范畴，有可能导向玄思和不可知论。不过在我们的研究中不应该如此神秘。只能无限接近，而我们试图抵达的这条路径、方法，就是方法论。

我们还要注意的是，正是由于我们的认知可能无法抵达本体论，因此本体就显得非常神秘，难以把握。神秘和难以把握的一个重要的特征，就是我们这里揭示出来的：本体论既是一个终极目标，同时也是我们人类思维的起始点。

本体论的结论如被认为不可能从认识论推知，也还是可以在一定的方法论中得以呈现，人类试图去揭示、接近的真理或规律等，它们很可能实际上在我们一开始认知这个世界时就存在。既然它是本体论，就是说并不是等我们认知了它它才存在，而是在我们刚刚认知这个世界时，它已经成为我们认知的一个起点，已是客观的存在，并且不仅仅是存在，它还能被我们一开始的思维，原始的思维，人刚刚能够思考的最原始、古老的思维所认知。本体论的神秘性就表现在这里。人类早期文明的哲学认知水平，对世界把握的理论水平，往往达到我们今天可能包括未来都无法企及的高度和深度。今日思想家和哲学家的思想无法真正抵达老子《道德经》的境界，亦无法抵达佛教文明基础古印度哲学的水准。印度哲学在三千年以前的那种认知水平，包括它对于世界特别是时间的把握，我们今人的思维原创力真的无法跟他们那样的思想境界相比。而且，我们还不能保证这是古人思维的最高水平，因为我们现在看到的《道德经》也好，还是古印度的哲学也好，都是经书本传下来的思想，在这之前很可能还有更了不起、更伟大的思想学说，但是由于各种原因没有得到传承。

因此从这个意义上来说，如果说我们人类的思维认知有一个代表真理、规律的最终表述和最终完成的思想形态，即本体论存在，那么，人类一开始认识、表述这个世界时就已有人掌握，能够抵达，或者说至少比我们今天的人更接近对本体的认知、真理性的解释。但无论怎么样，当我们把本体论当作一个思维目标去追求时，方法论非常重要。

由于本体论可能是被人类刚刚认知总结世界运行规律时所把握的，因此，这样的把握很可能是一种领悟，是一种人类直觉意义上与真理、规律的对接。这里不存在方法论的问题，方法论出现在这个阶段之后。于是，我们人类抵达本体论可能有两个途径，时间上偏后的途径是一种经得起科学检验，被实践证明为行之有效的方法论，是一种理性抵达本体论的途径。而与此同时，很可能还有一个感性抵达、直觉抵达的途径，而且，很可能在越古老时，在人类的思维越处在原始阶段时，人类这种直觉的能力越强、越灵，所以能够直接抵达本体，而今天的人有了各种各样的认识论，也掌握了一些方法，反而没有能力在那种直觉和感悟的意义上直接抵达本体，抵达对本体的认知。

这一点在人类早期神话传说里似乎早已揭示。诚如马克思主义关于精神生产与物质生产不平衡现象的论述所揭示的那样，人类童年时代生产力低下，却可以创造出文明时代难以企及的神话灿烂。这实际上也可以解释为通过直觉抵达本体的现象。处在蒙昧时代，人们可以把高高的天空设想为神秘的天庭，人们可以通过直感直通天庭，甚至可以通过想象编撰天庭的故事，幻想天庭中活动的人物（神仙），甚至构想出天庭与人间相交通、相交集的缠绵悱恻的故事。但到了有科学知识的时代，人类能够在宇宙时空的架构中认识地球的位置和形状，认识地球与其所处星球之间的空间关系，天庭的想象便不可能再生，不可能被确信。

天庭的想象当然不过是本体的象征。本体论的存在需要借助于科学方法和研究途径去抵达，去认知，因此，需要方法论作为抵达的桥梁和途径，这样才能达到对本体的认知。

二、方法论“革命”历程

本体论代表着规律与真理，固然很重要，可方法论也很重要。在现代学术语境下，方法论所起的作用我们一直没有充分加以估价和肯定。审视现代文明运作中的方法论，它几乎始终引领着不同阶段社会思维和文化运作的革命。不可否认，在中华文化发展的重要历史阶段，方法论起到了革命性的作用，在中国近现代历史上尤其如此。

回首中国新文化的光辉起点，以陈独秀、胡适为代表的先驱者，从创办、编辑、运作《青年杂志》到《新青年》，包括后来的《新潮》，一直致力于对新文学、文学革命和新文化运动的倡导。一个特别值得重视的现象是，他们的倡导，往往总是在方法论上面寻求突破。新文化运动中对“德先生”、“赛先生”的提倡，基本都是从方法论角度展开的。其实“德先生”、“赛先生”并不是创办《新青年》的陈独秀一个人提出来的，梁启超在新文体倡导中，在他的政治小说当中都曾大力介绍西方民主政治，类似的表述都往往从方法论角度着眼。中国近代对“科学”的倡导则更早，比如说澳门地区，较早成为中国舶进西方科学方法的文化集散地，因此，澳门对中国的近代化起了极大的促进作用。其中一个重要方面，就是澳门为很多近代思想家、科学家提供了他们所需要的西方科学技术的知识系统，因为澳门那时是东方世界，特别是中国连接西方世界的基本桥梁、平台，因为澳门是西方世界进入我们中国这片土地最早的港口，最早的落脚地。在明代后期，葡萄牙人以及后来的意大利人，像马可波罗、利玛窦、郎世宁等等，他们到中国传教都是通过澳门这个平台进来。当时西方书籍、杂志、报纸通过教会途径进入澳门非常方便，而对于其他地方，哪怕对于广州来说，这种引入都不方便。林则徐在禁烟前后为了掌握夷情，借助澳门这个平台窗口大量地引进西方文献资料，在广州组织一大批翻译家进行翻译，然后像编译局那样再把所有内容一期一期地编辑出版，出版的成果即是《澳门月报》。在林则徐及其团队把西方各种科学知识翻译进来后，一开始很多人都看不懂，西方的物理学、数学、化学，跟我们的知识体系完全不一样，林则徐于是又组织一批本土科学家来研究这些书籍，来研究西方的科技，体现出相当高的学术水准。于是，澳门便成为西方知识进入中国的中转站，为中国近代化提供了非常重要的科学文化资源。可见，“科学”及其方法论在《新青年》之前就已经被倡导，而且鲁迅、苏曼殊等近代文学大师都翻译或写作过科幻作品、科普类文章。

对科学的崇尚，对民主的推崇，是由来已久的新文化运作的内容，有识之士早已意识到西方科学文化对于中国文化进化的重要性，现代西方文明对中华文化的革新有很大帮助，科学特别是科学认知方法、科学思维方法对中国社会进步的促进作用，在近代启蒙文化中占有突出地位。连鲁迅早期的文言文都包含了《科学史教篇》等科学历史和方法的宣教作品。在《新青年》、《新潮》群体如胡适、陈独秀、鲁迅、周作人、傅斯年、罗家伦开始进行新文化运动运作时，这种对科学、民主的倡导可能已经有数十年甚至更多时间。陈独秀、胡适等人所作出的重要贡献之一，就是用方法论来证明，用他们特别感兴趣的方法论的实践来证明包括民主、科学在内的西方文化跟中国文化之间的关系，证明我们可以借鉴西方文化来改造改变中国文化的某种内质。他们在思想观念方面固然作出了重要贡献，但仍然不能忽略他们在方法论的建设方面所作的贡献。

胡适发表《文学改良刍议》，陈独秀发表《文学革命论》，固然是《新青年》时期倡导文学革命和建立新文学的开篇之作，但文学革命的意识，创建新文学的意识，并不是自此才开始。梁启超早就提出文界革命、小说界革命、诗界革命、戏曲界革命。当然，也不能将介绍欧洲文学思潮当作陈独秀的最大贡献。陈独秀是在《现代欧洲文艺史谭》中有系统、有层次、有秩序地介绍欧洲文学思潮，揭示出欧洲文学由古典主义到浪漫主义，由浪漫主义到写实主义，由写实主义到自然主义的发展进程。这种贡献是一种知识层面的介绍，本质上是一种认识论。陈独秀最值得关注的，也是重要的贡献，是把他中国文化开放，中国文化变革的思想，用一种特别敏锐的方法论阐述出来，阐述得非常精彩。陈独秀在1915年发表过《东西民族根本思想之差异》①。这篇文章具有方法论的意义，它揭示出西洋民族以战争为本位，东洋民族以安息为本位；西洋民族以个人为本位，东洋民族以民族为本位，以集体为本位；西洋民族以法治为本位，以实利为本位，东洋民族以感情为本位，以虚文为本位。陈独秀这篇文章中的思考与鲁迅所进行的国民性思考与批判相吻合，对国民性某种劣根性和某种优势进行深入分析，而这个分析正是通过比较文化学方法甚至人类学研究方法展开的。

从今天的学术角度分析，陈独秀的思考分析是属于比较文化学、比较人类学，是一种文化比较，在思维方法及学术方法上有一种巨大的突破。应该清楚那时候的中国学术界还没有引进比较文学和比较文化的研究方法，也缺少相应的理念，陈独秀完全是按照自己的学术匠心，探索出适合于他的论题并吻合于他的论点的研究方法。陈独秀当然没有概括出比较文化学，或者比较人类学，但是他通过实践探索了这样一种可以在文明比较当中来产生自己判断、来总结自己观察的一种方法。他使得黄遵宪、梁启超等早已提出来的，在18世纪90年代甚至于80年代就已经具有相当普及性和相当影响力的观点得以论证，那就是中国必须开放，必须引进西方文化，引进西方文明的思路，通过一种方法论，通过陈独秀自己还没有给它命名的这种方法论加以"解决"。

胡适更不用说，他在研究中国哲学、中国文学、《红楼梦》，还有中国白话文学史这些对象时，再三强调：我主要是提出一种观察的方法。他在《胡适文存》"序例"曾专门总结："我这几年做的讲学的文章，范围好像很乱，——从《墨子·小取》篇到《红楼梦》——目的却很简单，我的唯一的目的是注重学问思想的方法，故这些文章，无论是讲实验主义，是考证小说，是研究一个字的方法，都可说是方法论的文章。"②方法论显得特别重要。胡适的方法源自他在美国接受的实验主义学术训练，实验主义非常强调通过普遍的调查实验总结一套方法。新文化运动缔造者、倡导者其实也已经清楚地意识到，新文化乃至新文学的倡导并不是自他们而始，但他们努力探讨新文化建构、新文学建设的具体方法，包括批判旧文化，处理旧文化与新文化之间关系的方法论。因此，新文化旗手们的贡献乃在于用他们通过对方法论的发现、总结，以及实践应对西方文化的冲击，对中国文化与西方文化的关系进行重新阐释，因此，他们的主要贡献并不在认识论，或许也不在本体论。本体论是要揭示中国文化走向世界的基本规律，要为中国文化能够走向世界化、走向现代化作出论证。新文化运动确实体现了世界的潮流，体现了中国文化发展的重要方向，这一点是有本体论意义价值的，但这不是从新文化运动旗手们开始，同时，他们也并未在认识论方面贡献多少建树，相关认识、知识早已有之，所以，文学革命、新文化运动，就五四这一段时间而言，主要是方法论的革命。

---

① 发表于1915年12月15日出刊的《新青年》第一卷第四号。

② 胡适：《胡适文存》"序例"，上海亚东图书馆，1926年。

当新文化和新文学发展到第二个阶段，即革命文化和左翼文化阶段，在20年代末到30年代这一段时间，起革命作用的也是方法。当时瞿秋白、鲁迅他们都在积极介绍"科学的文艺论"。科学的文艺论即由社会主义的苏联介绍进来的以马克思主义文艺理论为基础的创作方法，一种对文学进行研究、批评的方法。

1930年3月2日，鲁迅在上海市虹口区多伦路201弄2号左联成立大会上发表重要讲话，即《对于左翼作家联盟的意见》。在这篇讲话里，鲁迅表达了从1927年到1929年这一段时间，他跟创造社和太阳社之间论争时对许多问题的思考，其中有一个重视方法论的观点，鲁迅说得十分清楚："前年创造社和太阳社向我进攻的时候，那力量实在单薄……骂来骂去都是同样的几句话。我那时就等待有一个能操马克思主义批评的枪法的人来狙击我的，然而他终于没有出现。"[①]这些朋友拿着马克思主义的方法来狙击"我"意味着"我"尊重马克思主义的方法，而且"我"很希望他们能够让"我"见识马克思主义的方法。那个时候的鲁迅很愿意了解，很盼望着能够掌握科学的马克思主义文艺论和方法。

当我们分析鲁迅这一个时期的思想状态时，必须注重他对于方法论的态度。鲁迅为什么没有说"我"期盼着大家用马克思主义的"观点"来教训"我"？来狙击"我"？因为观点层面的层次太复杂，无法能够完全把握、真正了解，但方法是可以去体悟的，是可以去了解、感知的。所以从方法上面抵达对于马克思主义思想精髓的把握是可能的。这是鲁迅对马克思主义的批评枪法格外重视的原因。在那时的左翼文艺运动中，人们大力倡导马克思主义的辩证唯物主义，这个辩证唯物主义就是方法论的体现。马克思主义的本体论是历史唯物主义，就是用唯物主义的方法看待人类的历史，看待历史的走向，而其在方法论层面则叫辩证唯物主义，有时也把它表述为唯物辩证法。甚至左联时期提出的各种现实主义都体现为文学和思想意识方面的方法论意义。现实主义在《新青年》时期就已经被视为非常重要的文学创作方法。陈独秀在《现代欧洲文艺史谭》一文中阐述欧洲文艺由古典主义到浪漫主义到写实主义到新浪漫主义，或者叫自然主义时，重点强调现实主义的方法论意义，现实主义作为文学创作方法是最可靠的，尽管中国现在还是古典主义时代，今后当趋向于现实主义。[②] 总之，从陈独秀到鲁迅，再到沈雁冰，新文学家都一致认为现实主义作为创作方法的意义，认为现实主义是文学应该采取的创作方法。

现实主义在左联时期同样被倡导宣传，但是左联时期发生了一个很重要的细节变化：作为方法论的现实主义同时被当作世界观，也就是说作为一个作家思想倾向、文化倾向、创作态度的体现。现实主义原本是一种文学方法，一定历史时期发展成为一种创

---

① 鲁迅：《对于左翼作家联盟的意见》，《鲁迅全集》第4卷，人民文学出版社，2005年，第241页。

② 陈独秀：《现代欧洲文艺史谭》，《青年杂志》第1卷第1期，北京书店，2011年，第176－177页。

作潮流,不过在无产阶级文学的理论环境下内化育成一种文学倾向甚至思想理念。方法论具有一定的工具性,而对于文学倾向和文学观念的现实主义,人们的选择会被赋予道德性、唯一性,当然这和左联时期“左”的思潮及思想习惯在起作用有关,但我们可以看到当时的现实主义作为一种方法,其重要性被提高到作为一种根本的思想态度,不但被提高到相当的高度,而且形成了传统。一直到新中国,在文学研究领域我们还能感到现实主义不仅是一种创作方法,它还是一种文化倾向和创作倾向。某一个作家,不论是当代作家还是古代作家,如果拥有现实主义标签,一般来说这个作家就没有问题。杜甫没有问题,因为杜甫已经早就被认为是现实主义的诗人,李白则不一样,因为李白怎么也没办法套上现实主义这个帽子。因此对李白我们有时说他很好,有时也把他说得很糟,现实主义就像一个铁帽子王的王冠一样存在。另外,在我们的文学研究和文学批评当中,还出现了一种现象,即当我们认为创作思想不好,创作态度不好,或者作家有问题,就把他的作品说成反现实主义。反现实主义的绝对是坏的作品。反现实主义就意味着思想反动,艺术方向不正确。

理论史的事实就是如此,现实主义本来是一个方法,可是通过左联的运作,当我们对它进行了一种革命性的阐释以后,现实主义就变得等同于一种思想倾向,甚至等同于一种政治立场。现实主义被赋予了它本身难以承受之“重”。当然,这种比较“左”的文学和学术思想的贯彻,它的实践后果是有害的。当方法论被“提升”为思想观念论之后,当人们独尊现实主义以后,实际上违背了现实主义作为创作方法所体现的文学规律和艺术规律。现实主义作为文学方法,被赋予政治的、文化的、伦理的负担,成为“反”不得的对象,这实际上是对文学创作规律的一种干扰,不过这又是方法论得到特别重视的理论结果。但是我们不能不承认这个事实,在左翼文学运动当中,在革命文化的运作当中,方法论被提升到思想倾向这样的一般被视为本质论的对象去对待。所以在后来的革命文化运作当中,方法论一直是我们政治工作强调的重点。中国共产党的领袖虽然非常警惕“唯心主义猖獗”的现象发生,但最重视的还是诸如“党委会的工作方法”、“反对党八股”、“改造我们的学习”等方法论问题,甚至将“辩证法”还是“形而上学”上升到是社会主义还是修正主义的政治问题来看待。这样的理论阐述表明,中国共产党的领导人对党内的观念自信非常清晰,但对方法论的自信总是觉得有加强的必要。观念问题的解决远比方法论问题要容易,而方法论的重要性决定了这方面的问题又必须提高到思想观念的高度加以看待。这就是在新文化乃至革命文化的运作中,何以方法论的倡导常常与观念论的建设相含混的原因。其实,这种特别重视方法论的思维,与新文化运动的倡导者动辄“教人一个不受人惑的方法”显然有某些相通之处。方法论是思想观念论的保证,没有一个“不受人惑”的方法论的训练,就不可能树立起相应的思想观念。

我国进入改革开放时期后,宏观意义上的方法被关注、重视也得到了体现。改革开放初期,大家在认识论的意义上和本体论的意义上有争议,但是争议极小。中国要不要改革开放？那时应该是个伪命题，尽管可能有人从自身的利益着想不希望改革，但是没有人会明目张胆地反对改革开放。关键是如何改革，也就是说改革开放方法问题，改革开放的路径和方法，这才是最值得讨论的。

就文学领域来说，我们的改革文学从蒋子龙的小说《乔厂长上任记》开始，后面有高晓声的《陈奂生上城》、柯云路的《新星》等各种各样的作品。这些改革文学作品有一个非常有意思的共同点，它们的重点都在写这些作品当中的主人翁如何改革，这才是问题的关键，至于要不要改革，作品当中不需要讨论。如果我们那时的作品旨在刻画几个人物辩论关于某地区、某企业是否要改革，这个作品一点意义都没有，味同嚼蜡，它激不起大家阅读的兴趣，大家兴趣的关键点是探索如何进行改革，比如一个工厂如何一步一步地走向改革。《新星》写的是古陵县如何进行改革，1985 年杨在葆曾执导并主演的一个电影叫《代理市长》，这部电影的焦点即中国南方城市瀛洲如何改革的问题。改革开放释放出来的社会热点、文化热点和文学表现的热点，都是改革的方法问题，而不是要不要改革，或者敢不敢改革，当然也不是改革的目标，这些都没问题，本体论没有问题，但是如何改革，这是一个问题。

对于改革开放那个时代来说，其关键点就是方法论的打开、方法论的探索、方法论的总结。于是这样一个围绕着方法论的改革开放热潮，让我们看到那个时代的文化特征和文学特征。我们现在研究上世纪 80 年代初改革开放时期文学时，往往都忽略了这一点。当我们把那时某个作品的主题概括为作品热情地歌颂了改革开放时期的某种精神，以及如何热情歌颂改革，这个把握度无疑太浅，没有把握到点子上。在那个时候，关于要不要改革开放，改革开放为了什么，这些都不是真正的问题，真正的问题是如何着手改革开放，改革开放的路径、方式、程度、原则、规律是怎样的，是一种方法论的总结与突破，是一种关于方法论的问题。我们应该从这个角度来把握那个时代。

由于在改革开放时期，从整个文学建设的层面看，人们都很重视方法论，所以，80 年代在我们的人文学术，特别是文学研究方面以及社会科学文化研究方面，出现了方法论热现象。这一现象在 1985 年前后形成，其首要的表现是在许多西方文学、文化、社会学、美学研究领域，我们对研究方法论予以大规模的引进和介绍。其次，不少已经非常有影响的西方文化、学术文化，以方法论的形态迅速进入中国，且在中国得到比较迅猛的发展。在当年那个历史语境下，西方现代意义上的学术文化已有近百年历史，一直在中国没有产生强烈的反响，但是在改革开放的 20 世纪 80 年代中期，随着方法论热的兴起，它们迅速进入中国。那个时代，文学研究领域内，最具影响力和冲击力的文学学术都特别重视方法论，以至于方法论可以成为一个学科的主体内容，例如比较文学。

比较文学诞生于法国，后来兴盛于美国。就比较文学方法本身而言，中国优秀的学者思想家一开始已经意识到它的可行性、有效性，令人难以置信的是，陈独秀已经能够从比较文化学这样一种方法层面研究东西民族根本思想之差异，非常娴熟地使用比较文化学的方法撰著《东西民族根本思想之差异》，应该是比较文化学研究在中国最早的学术实践。鲁迅是最早有意识地使用比较文学方法来研究新文学的杰出学者之一。除了很多人做过相关研究的《摩罗诗力说》，可以分析《中国新文学大系·小说二集导言》这篇文章，在这篇导言里面，鲁迅实际上一直是用中外文学比较的方式来展开对于中国新文学，包括对于他自己创作的论析，作出了娴熟而深刻的比较文学阐述，虽然他没有指出这就是比较文学。那时的鲁迅未必真正去研究比较文学的法国学派、美国学派，但是他能够从自己的切身体验出发，感知《呐喊》和《彷徨》以表现的深切和格式的特别“颇激动了一部分青年读者的心”①，而且鲁迅接着说：“然而这激动，却是向来怠慢了介绍欧洲大陆文学的缘故。”②显然，鲁迅觉得如果我们长期以来重视欧洲文学，关注欧洲文学，就不会产生阅读《呐喊》的那种“激动”，因为这在欧洲和俄国的作品中早已有之。当然鲁迅也坦率地承认，他的《狂人日记》比果戈理的同名小说更加忧愤深广，这正是比较文学方法的运用。此外，鲁迅在文中还从狂飙社里面的那种狂飙突进，联想到尼采的文学观念，比如在评论向培良《飘渺的梦时》时，鲁迅说：“在这里听到了尼采声，正是狂飙社的进军的鼓角。尼采教人们准备着‘超人’的出现，倘不出现，那准备便是空虚。”③然后又从莽原社、沉钟社，尤其是从沉钟社那里面看到德国文学的影响等等，这些都是鲁迅在这样篇导言中揭示的比较文学的方法，鲁迅实际上是中国比较文学和比较文化研究的开拓者。

鲁迅在《文化偏至论》、《摩罗诗力说》以及《中国新文学大系·小说二集导言》中辉煌实践的比较文化、比较文学方法，由陈独秀、沈雁冰、郑伯奇等以精彩的学术分析所加持，形成了中国现代重要的学术传统，即中国比较文化和比较文学研究传统，这一传统直到改革开放时代才得以弘扬光大。中国上个世纪 80 年代出现了比较文学热，比较文学才高歌猛进地进入我们的文坛，我国几个重要的大学纷纷兴建比较文学研究机构，比如：1981 年，大陆第一个比较文学学术组织北京大学比较文学研究会成立，并出版了《北京大学比较文学研究通讯》；1982 年，北京师范大学成立了比较文学教研中心；1985 年，中国比较文学学会在深圳大学成立。现在看来，中国新文学研究、中国现当代文学研究在 80 年代取得比较大的发展，其背后一个很重要的原因就是研究中国现当代文学的人、研究中国新文学的人懂得使用比较文学方法。比较文学在今天的学术体制中已经成为重要的内容，在中文学科的学科体制中也占有举足轻重的地位，这样的格局都与 20 世纪 80 年代那一波比较文学研究热密切相关。

如果我们仔细观察，会发现那个时候人们谈到比较文学，谈论比较文学重要性时，

---

① 蔡元培、胡适等：《中国新文学大系导论集》，岳麓书社，2011 年，第 106 页。
② 蔡元培、胡适等：《中国新文学大系导论集》，岳麓书社，2011 年，第 106 页。
③ 蔡元培、胡适等：《中国新文学大系导论集》，岳麓书社，2011 年，第 120 页。

一般都不把比较文学当作一种方法论，大家更愿意把比较文学肯定为这是一个学科，这是一门学问。不是忽视方法论，而是把方法又在学术文化的学术体制上做了提升，把它提升为一种学科，把它提升为一门学问，一个在学科构成或学术构成上具有更重要地位的方法论。

那时候我国学人对方法论的倡导令人向往。大量的自然科学和社会科学方法论都被文学研究界拿来作为文学研究新潮的方法论加以使用，效果非常之好。那时候在文学研究界起引领作用的所谓“三论”——系统论、控制论、信息论，原本是自然科学或社会科学研究的方法论，都被文学研究者所征用，用来解释文学史问题和文学现象，非常有成效。一些语言学研究方法所形成的理论，如结构主义理论，话语理论等等，都在文学研究领域生根开花，产生了极好的学术效应。人们发现，像 discourse 这种话语理论，文学批评用得最普遍，语言学用得都没这么多。这些都是一种方法热带来效应。当然，方法论的引进未必都是精切准确的。有的时候是生吞活剥，有的时候是强词夺理，有的时候是似懂非懂，但是那时的人们仍然照用不误，在粗疏的把握中体现出筚路蓝缕的勇毅和坚定。被统称为“新批评”的批评方法和研究方法也乘此时机大规模舶进，形成了文学批评的新潮，构成了文学研究和文学批评新方法的热潮。新的方法论冲击了我们原来比较僵化死板的文学研究和文学批评以及文化批评和文化研究。这种冲击取得了很好的效果，方法论又一次完成了自己的革命，这一革命不仅是本身的革命，而是方法论帮文化文学研究，帮助新时期学术完成了一种话语革命、观念革命。

在总结这一波方法论新潮的时候，有人提出这是“八十年代文学批评的文体革命”。这样的概括虽然很有力度，但也有某种人为的避讳。这一个伟大的年代在文学批评和文学研究方面的确发生了革命，但可能不是文章体式的革命，更准确的说法应该是方法论或研究方法上的革命。论者其实知道这一点，他说的是文学批评的问题，这里的文学批评就是文学研究、文学评论，“批评文体实际上是指批评语言体式、思维方式和批评风格融合而成的批评文本结构”①。所以，文章中提到的文学学术方面发生了革命，实际上主要依然是方法论上的革命。

三、人文学术方法论的意义

方法论在人文学术领域中的意义非常重要。一般所说的方法论体现在哲学意义、社会生活意义或思想意义上，我们需要正视方法论在人文学术方面的意义。我们一开始已经总结，在人类认知和把握世界、把握社会运作基本规律方面，我们有三个重要的

① 刘再复：《论八十年代文学批评的文体革命》，《文学评论》1989 年第 1 期。

认知阶梯，就是认识论、方法论、本体论，在三个阶梯当中，方法论的意义从人文学术的角度看，可以做这样的总结和论证：

方法本身有时能够取得本体论所具有的那种价值和意义。在一定的语境下，方法可以当作一种观念倾向和思想内容，它能够作用于人文学术包括文学研究，作用于一种思想观念，一种本体性认知。这或许是一种比较简单的认知方法所得出的结论，如果将方法理解成物质的结构方式。在世界的物质秩序当中，在世界的某种社会运作当中，人文学术的方法论本身，它有时是可以加入本体认知，直接进入本体论。物质世界存在着这样一种现象，即相同的物质，但由于结构不同，形态会大相径庭。化学分析表明，钻石的元素构成跟石墨的分子元素构成是一样的，都是碳元素，但是钻石跟石墨这两个物质其价值感差异何其巨大。钻石与石墨之间的物质品质和形态的差异，某种意义上是结构方法的差异。它们的元素构成是一样的，只因为内部的结构方式不同，形态与价值便大相径庭。所以在这个意义上来说，在人文学术的本体性认知当中，我们也应注意到：认知和解析的结构、路径、方法不同，很可能导致我们对于人文对象的价值认知结果完全不同。因此，不同的角度和不同的解析方法可能影响人们抵达人文学术的某种目标。同样是对于某种对象的认知，认知的方法不同，结果性质就可能大变。这一道理，在我们的日常生活中也同样适用。面对同一社会事件，当我们对表述方法、认知角度进行调整，很可能亦对结果产生巨大影响，甚至是反转性的影响。

人文学术的成果一般来说都是思想、思维认知的成果，应该清楚地认知思想如何形成，结构如何，路径如何，具有什么样的思维方式，这本身就至关重要。而且，应该清楚认识一种思想形成的路径、其内在的逻辑，有时候比认清那个思想要表达的结果是什么更为重要。这就是说方法论的结构，有时比思想本体思想结论的揭示更重要。事实上也正是这样，对于一个特定学术研究对象，对于一种思想成果，我们想要认清这一思想是什么，问题不大，而且，思想者自己往往会再三为你阐述，帮你强调重点，但是如果你想要厘清这种思维形成的结构、框架、路径等方法论层面的内容，则是非常难的，当然也是非常重要的。

所以，人文学术需要方法论来帮助。一般来说，一定时代的人文学术更新与方法论的更新有直接关系，与研究者研究方法的更新有极大的关系。比如，我们研究的对象以及主体是固定的，但是我们的切入方法不同，我们的解决方法不同，那么它的内容就完全不一样。《战国策》里有一篇《触龙说赵太后》，文章中赵太后不愿把她的儿子送去做人质，对身边人说："有复言令长安君为质者，老妇必唾其面！"[①]但左师触龙采用了不同的游说策略，赵太后最终在他的劝说下同意把儿子送去做人质。同样，对于这件事，不同的研究可以得出不同的结果：从历史角度的评价来看，为了让自己的儿子有功于国，

① 高诱注：《战国策》（二），上海书店，1987年，第87页。

为了国家，把儿子送去做人质，这是家国大义战胜了个人情感；但如果从和平主义的角度，从女性母亲、人性关怀的角度来看，一个母亲怎么可能忍心把自己的孩子做一个政治质押物，从人性角度来看是有问题的。所以切入的角度和方法不一样，得出的结论也不一样，而且可能是完全相反的结论。

此外，人文学术观念的创新，必须依赖于方法创新。方法论的更新以及有效的使用，有时候对文学研究或者人文研究的创新具有决定性的意义。1980 年代系统论引进后，在分析中国现代文学的一些学术问题时得出的结论非常精彩。比如说如何看鲁迅《阿 Q 正传》里面的阿 Q 形象，对于这个问题人们一向争论不休，按照鲁迅的说法："我的意见，以为阿 Q 该是三十岁左右，样子平平常常，有农民式的质朴，愚蠢，但也很沾了些游手之徒的狡猾。"[①]阿 Q 是落后的不觉悟的农民的典型。同时，有人说这是中国国民性，阿 Q 不是落后的不觉悟的农民阶级，不是农民阶级的形象，他是中国愚昧的国民性的形象变形，就是说他是中国国民性的代表，是落后的国民性的典型。还有一种观点认为：不光是我们中国有，外国人也有阿 Q 的特征，所以这是一种人性弱点的典型，人性共通性弱点的体现。关于阿 Q 形象的典型意义，有这三种代表性看法，三种说法相互碰撞、互不相让，很长时间作为一桩文化悬案存在。林兴宅等引进了当时颇具影响力的系统论，对这一问题作出了令人信服的分析。[②] 从系统论的角度和方法分析阿 Q 形象的典型属性问题，可以看出，当进入不同的系统分析，他的典型意义就可以作出不同的论定。从阶级论的系统分析，阿 Q 当然属于落后的不觉悟的农民阶级的典型；而从民族性的系统分析，阿 Q 代表的又是中国国民性的典型；从人性系统分析，阿 Q 当然反映了一定人性的典型。系统论的开放性还为阿 Q 形象典型性的更多分析提供了条件。所以，这是鲁迅研究和中国现代文学研究观念上面的一大创新，而这个创新确实是观念的创新，但是它根本不是来自观念的发现，而是来自方法论的创新。

人文学术长期的经验证明了：凡是出类拔萃的研究者、学者，在方法论方面总有自己独特的东西。一个学者在一定的人文学术里，如果他取得一定的成功，一般来说，他总是找到了适合他本人，同时也适合于他选定的研究对象的那样一种特别的方法论。从新颖有效的角度和路径抵达人文学术的研究，就是方法论的收获，包括论文写作，包括如何有效地、别致地呈现在人文学术方面的建树，这呈现本身也是一种方法论的结果。

我们研究的方法论，不是简单的学术操作方法、论文写作方法、怎么样总结归纳推理等等，方法论当然也涉及这些，但这些不是我们主要的研究对象，本书主要探讨在汉语新文学研究领域，包括中国现当代文学、世界华文文学研究范畴内，如何建构相应的方法论学术格局，进而具体探寻各种研究方法的可能性与实施路径。

---

① 鲁迅：《寄〈戏〉周刊编者信》，《鲁迅全集》(第 6 卷)，人民文学出版社，2005 年，第 154 页。

② 林兴宅：《论阿 Q 的性格系统》，《鲁迅研究》1984 年第 1 期。

第三章
方法论意义上的中国现当代文学与汉语新文学

近代以来，特别是新文化运动以后，包括传统文学研究在内的人文学术研究开始走出传统，接受西方学术体制和学术话语体系，建立以西学为基本参照系的新文学研究传统，比较典型的有胡适的新红学、郑振铎等人的中国文学史研究以及俗文学史研究。中国现代文学史上第一个文学社团——文学研究会，确实在文学研究上下过很多功夫，以西方文学研究话语进行中国传统文学研究的学术文章在《小说月报》上揭载颇多。鲁迅的《中国小说史略》、《汉文学史纲要》等尽管使用的学术语言基本上是文言，但学术观点、学术结构和学术体系仍然主要参照了西学传统。文学史研究本来就是西方学术体制的文学学术内涵，只不过这种学术体制在更早的时候通过日本、俄国等东方渠道间接进入中国，为中国人文学术界所吸纳、袭用。林传甲、黄人于20世纪初年最早涉历中国文学史的研究①，被认为是受到日本和俄罗斯的汉学影响所作出的标志性的学术建树。

一、汉语新文学的学术体制与学术方法

中国现代文学研究自然是在新文学产生以后，学术话语自然是西方体制意义上的文学研究和文学批评。中国现代文学研究的最初成果最早体现在《新青年》的新文学倡导和新文学批评文字，陈独秀系统介绍西方文学的《现代欧洲文艺史谭》，以及他那可以称为文学革命宣言书的《文学革命论》，胡适关于新文学和白话文倡导的文字，如《文学改良刍议》、《建设的文学革命论》等，还包括对现代小说和现代戏剧文学的“顶层设计”，如《论短篇小说》、《易卜生主义》等，其他当然还包括周作人的《人的文学》和《平民文学》

---

① 林传甲所著《中国文学史》，1904年由上海科学书局出版；黄人的《中国文学史》1907年开始在《东吴》、《学桴》连载，后成书于1910年。

理论的提出，包括钱玄同、刘半农在理论上演出的文学革命的“双簧戏”，包括鲁迅、李大钊、罗家伦、傅斯年等人的新文学倡导和论争，甚至包括学衡派对新文化和新文学的反对意见，由于同样基于西方的学术话语体制，其实也是从一定的角度参与了中国现代文学的学术建设。吴宓等人对古典主义和新人文主义的介绍、阐释与倡导，正像梁实秋在1920年代后期的理论展开一样，都应该被视为中国现代文学学术文化的当然内容。

1920年代初，新文学由倡导期进入专业性发展期，主要标志是新文学专业性出版物的系列化推出，以及专业性文学社团的陆续出现。与此相联系，中国现代文学的学术研究也趋于专业化，虽然这时候的新文学研究主要还体现在文学批评层面。沈雁冰和郑振铎在文学研究会的出版物上进行过新文学发展路向的具体讨论。他们还在《小说月报》上开辟《创作讨论》、《创作批评》、《文艺丛谈》等栏目，发表对于新文学创作和新文学作品的研究与批评文字。差不多同时成立的创造社也在自己的出版物上，集结了一批研究和批评新文学创作的理论成果。创造社除了强调文学“为艺术而艺术”、强调文学创作的“天才”而外，还主张文学批评，并且努力实践文学批评。成仿吾、郭沫若等通过《创造季刊》、《创造周报》等，相当繁密地发表文学研究和文学批评文章，在新文学界曾掀动过相当的风波，例如成仿吾的《诗之防御战》①，不仅系统地提出了情绪表现论的创造社文学观，而且对新诗产生以来的创作进行了全面的理论清算，涉及胡适、康白情等几乎所有有影响的新诗创作者。《〈呐喊〉的评论》②等则对鲁迅的创作进行分析与批评，引发了鲁迅再编《呐喊》愤然抽去《不周山》的反击行为。

中国现代文学的研究和学术建构，很自然地从文学批评开始，而且往往发端于论争中甚至是意气的争论中。这样的批评，哪怕是否定性的批评，同样能提供相当的学术信息和理论素养，因而也同样具有学术含量。成仿吾对鲁迅《呐喊》的评论固然有许多方枘圆凿的议论，他固执地用情绪表现、自我表现的理论衡量《呐喊》，但《呐喊》中的大多数篇章偏偏就不适合于这样的理论，《狂人日记》、《孔乙己》、《药》等作品表现的是对于传统文化毒素的批判，以及对国民劣根性的毒性发掘，即便有自我表现也是间接的，而其所注重的则是深刻的理性批判，不是情绪抒写。然而情绪表现理论自有其文学价值，亦有文学史依据，不能因为它不符合鲁迅的创作而全遭否定。一定的理论在用于文学批评的时候须针对一定合适的对象，这是成仿吾的文学批评给予新文学研究从反面提供的方法论的启发。

中国现代文学研究的成熟标志，是1935年上海良友图书有限公司编辑出版的《中国新文学大系》。这也是历史上第一套有关中国现代文学的大型资料和研究丛书。此丛书由赵家璧主编，分别约请胡适、郑振铎、沈雁冰、鲁迅、郑伯奇、周作人、郁达夫、朱自

---

① 成仿吾:《诗之防御战》，《创造周报》第1期。

② 成仿吾:《〈呐喊〉的评论》，《创造季刊》第2卷第2期。

清、洪深、钱杏邨等，他们编集了十卷“大系”:《理论建设集》、《文艺论争集》、《小说一集》、《小说二集》、《小说三集》、《散文一集》、《散文二集》、《诗集》、《戏剧集》和《资料索引集》。每集皆冠有高水平的导言，全书之前有蔡元培的总序。这些导言和序都对新文学“第一个十年”的文学成就进行了系统、全面和有深度的学术分析，成为中国现代文学史研究的学术基础和资料基础。此前各种新文学研究著作亦有所出版，但在学术深度和学术影响力上皆不及《中国新文学大系》的研究成果，此成果对以后出版的各种版本、各种背景的中国现代文学史专著都有直接的积极的影响。

中国现代文学研究已经经历了近百年的发展。近百年后所进行的中国现代文学研究，在学术理论上已然不同于当年的新文学研究，在学术范围上也早已非当年的新文学研究可比，因而，现在需要对中国现代文学的学术概念进行厘定。

中国现代文学概念范围有大小宽窄之分，狭义上的中国现代文学就是指五四新文化运动以后到中华人民共和国成立之前的这三十多年的文学历史，相对于中国近代文学和中国当代文学而独立自处。广义上的中国现代文学则习惯上包括中国当代文学，俗称“中国现当代文学”。不过作为研究方法的探讨，这样的概念把握确有许多问题。很难设想对于作为海外华文文学家的白先勇、洛夫、严歌苓等人的研究，会在方法论上与对国内作家的研究有什么本质的不同，正像这些不同区域的汉语文学家在创作方法上其实也并无实质性差别一样。不同语言的文学由于文化内涵的差异以及审美习惯的差异、思维语言的差异等等，会必然地形成研究方法的差异，也在客观上要求这种差异得到学术实践的承认；不同时代的文学由于时代环境的不同、社会生活的改变、审美趣尚的变化、语言方式的差异等等，也会要求在研究方法上进行相应的调整。但是，在同一时代的同一汉语文化环境中，汉语文学（特别是以现代汉语为语言载体的汉语新文学）所要求的研究方法应该是相通的，虽然在不同区域存在着社会环境的差别，语言习惯上可能也有一些差别，但这样的差别可以得到迅速的认知和理解，不需要特别在研究方法上予以另辟蹊径，不需要将同一时代的不同区域的同一语言文学在方法论上硬性辟为不同的对象。

中国现代文学在概念上可以包括中国当代文学以及台港澳文学。显然，台港澳属于中国。以前的中国现代文学研究往往不包括台港澳文学的部分，将它们独立在中国现当代文学之外，这当然既不够严谨也不够严肃。但一个非常麻烦的问题是，俗称海外华文文学的这部分常常与台港澳文学，特别是台湾文学紧密相连，白先勇、洛夫、聂华苓的文学创作及其影响力都发端、发酵于台湾，他们作为旅美华文文学家与台湾文学的关系可以说是剪不断、理还乱，人们如何可能将他们在海外的文学摒除在“中国现当代文学”之外？还有严歌苓、虹影这样的所谓海外华文文学家，她们或在中国台湾或在中国大陆取得最初相当丰厚的创作收获及相应的文学影响力，他们的创作也许在海外进行，也许他们中的一些人已经成为海外华人，但他们的文学活动之地乃至人生活动之地主要在“中国”，这样的文学家的创作，又如何能与“中国现当代文学”切割开来？然而，国族概念又是最为严肃也特别严格的概念，依照这样的概念又无法将诸如上述文学家所处身其中的“海外华文文学”纳入“中国现当代文学”范畴。

从文学语言所体现的文化内涵和文化特性而言，依照国族概念在“中国现当代文学”与“海外华文文学”之间进行人为切割，不仅没有可能，而且有违文化伦理。语言作为文学表达的必然途径，不仅仅是文学的载体，更体现着文学的生命。语言是思维的物质外壳，与人们的文化思维紧密联系在一起。文学的思维、构思、表现，即其所体现的生命形态，都与一定的语言密切关联。一定的语言所含有的文化信息和文化意蕴，直接决定了其所承载的文学的生命样态。自然，汉语体现着汉语文化的内涵与特性，也体现着汉语文学的生命样态。共同的汉语文学有着共同的生命样态，因此，汉语文学不应该以国族划分乃至地域划分的理由人为地遭到分割。在这样的意义上，可以考虑有时候可用汉语文学概念指称诸如“中国文学”之类的国族文学概念；相应地，也可以考虑有时候可用汉语新文学概念指称“中国现当代文学”的概念。

从汉语新文学的发展历史及其所体现的文化传统而言，我们也不应该将“中国现当代文学”与所谓“海外华文文学”分割开来，因为他们共同拥有五四以来的新文化和新文学传统。这一传统不仅体现在白话文的使用上，也体现在作为文学精神的文学价值理念方面，体现在作为审美倾向的文学艺术倾向方面。由于地域政治的疏隔，不同板块的汉语新文学在思想内容的表现方面会有一定的差异，但承继新文化和新文学传统的文学精神和审美倾向是相通的，这样的相通性有助于我们在研究中将它们视为一个完整的整体。

从新文学研究的方法论而言，汉语新文学的一体化具有更加明显的现实性。由于不同区域的新文学创作、新文学运作和新文学发展都拥有共同的语言载体、共同的文化特性、共同的文学精神和审美趣味，其文学的生命样态甚至生命体征都是相通的，有关它们的研究在方法论上自然也就趋于相通。因此，本书集中探讨的中国现代文学研究方法论，其实同样适用于所谓“海外华文文学”；它们实际上都统属在汉语新文学的概念之下，应该说是汉语新文学研究方法论。

也许有人会担心，在研究方法的意义上强调汉语新文学的统一性，而以此弱化“中国现当代文学”的国族性，这在政治上是否会招致诟病？其实，讲求汉语新文学的全球统一性，不仅不会弱化中国作为文化中心和政治中心对于汉语新文学的主导作用，而且会强化这种作用。因为任何游离于中心的文学和文化，对于故国的语言文学和文化都会怀有明确的、深刻的甚至是难以逃避的归宿感，这是海外汉语文学家的民族心理自然而真切的表露；其中既包含着相当热烈的文化情感，也体现着某种相当鲜明的文化规律。对于汉语新文学而言，由于其文化和文学的发祥地，以及最大读者群居地都明确在中国，其最终的文化归宿地也就无可争辩地指向中国。如果说中国是全球华人社会的心理中心，则这个中心就具有了华人和汉语使用者“集体认同的象征单位”的某种意义，①也就必然成为华人世界文化归宿感的对象。这种文化归宿感是相当深刻的，甚至可以被视为民族和种群集体无意识的体现。分处于不同区域的人们，只要一提到汉语新文学及类似概念和话题，即便不考虑那里拥有为数最多最为密集的读者群，即使不考虑中华文化的区域象征性或民族精神家园的意义，也自然会将思维的焦点聚集到中国大陆，将联想的目标锁定于中国大陆。

二、中国现代文学学科“短板”与方法重建

中国现代文学学科在正式的官方目录中叫作“中国现当代文学”，看上去则是一个非正式的、临时撮合的学科概念，认真考究起来也不甚严谨。但这一概念在学科建设方面似乎已经约定俗成，在学术建设方面也逐渐被接受。不过，从概括性和逻辑性方面分析，汉语新文学的概念更具有优势。

本书采用“中国现当代文学”概念，也是出于“约定俗成”的意味。习惯性的理解上，“中国现代文学”似可涵盖“中国当代文学”的内容，勉强从政治逻辑上推论，当然可以将台港澳文学包含其中，至于所谓“海外华文文学”，则只能尴尬地置于此概念之外。

中国现代文学本来被叫作“中国新文学”，这一学术和学科概念从新文学尚未正式产生之日起到 1950 年代之前，可以说是占主流的正式概念。1950 年代以后，随着中国现代文学学科的正式建立，随着政治意识逐步渗入并且逐渐引领着这个新兴的然而本来也相当学术的学科，中国新文学概念逐渐隐退，中国现代文学和中国当代文学概念占据主流。这一历史情形揭示了“中国新文学”与“中国现代文学”概念的消长关系，同时也显示出中国现代文学学科的某种“短板”现象。

“中国新文学”作为概念起于何时，起自何处，起从何人，需要详加考证。不过至少在《文学改良刍议》的前一年，即 1916 年春，胡适便在《沁园春・誓诗》中表达了类似文学革命的“文章革命”的某种决心，并正式提出了“新文学”的命题：“为大中华，造新文学，此业吾曹欲让谁?”②如果说早在 1915 年的诗歌中胡适即有“文学革命”之倡——“神州文学久枯馁，百年未有健者起。新潮之来不可止，文学革命其时矣”，③那么，胡适明确提出并倡导“新文学”概念应该是 1916 年 4 月的这首《誓诗》。除了使用“新文学”

① 詹秀员：《社区权力结构与社区发展功能》，台北：洪叶文化事业有限公司，2002 年，第 26 页。

② 胡适：《沁园春・誓诗》，1916 年 4 月 12 日，《胡适文集》第 1 卷，人民文学出版社，1998 年，第 136 页。

③ 胡适：《送梅瑾庄往哈佛大学》，1915 年 9 月 17 日，《胡适文集》第 1 卷，人民文学出版社，1998 年，第 124 页。

概念概括或设计“革命”后的文学以外，胡适还常用“活文学”——1916年7月所撰《〈去国集〉自序》中便坦言：“胡适既已自誓将致力于其所谓‘活文学’者”，[①]有时候又用“真文学”——胡适在1917年所撰《历史的文学观念论》中认为经过改良之后的“今日之文学”应为“真文学”，[②]不过他最热心使用的概念还是“新文学”。他以“提倡新文学的人”自诩或自许，认为“中国”应该“实行预备创造新文学”，[③]在这里，“中国新文学”的正式命题已经呼之欲出。而早在1917年1月发表的那篇被称为“文学革命发难篇”的《文学改良刍议》中，胡适已将新文学即“白话文学”论证为“中国文学之正宗”，[④]强调了中国新文学与中国文学之间的某种必然联系。周作人在那篇非常著名的《人的文学》中，同样将他们正在倡导的这种文学称为“新文学”：“我们现在应该提倡的新文学，简单地说一句，是‘人的文学’。”这种“新文学”在逻辑上又是属于“中国的”，因为“中国文学中，人的文学，本来极少……”[⑤]李大钊于1920年1月4日在《星期日》周刊的“社会问题”号上发表《什么是新文学》一文，表明这时候“新文学”已经成为一个通行的概念，只是面对一般读者需要提出更翔实更权威的解释。1924年，胡毓寰在商务印书馆出版《中国文学源流》一书，有理由相信此书对周作人后来出版《中国新文学的源流》有一定的影响。关键是此书的最后一章是《新文与新诗》，明确标明为新文学的史述，可以视为“中国新文学”作为正式概念最初的学术显现。

中国新文学被约定俗成为专用名词和正式概念，是在1930年代。这十年间出版的有影响的相关学术著作，大多采用“中国新文学”这样的概念。类似的专书计7种：周作人著《中国新文学的源流》[⑥]，王哲甫著《中国新文学运动史》[⑦]，王丰园著《中国新文学运动述评》[⑧]，赵家璧主编《中国新文学大系》10卷本[⑨]，吴文祺著《新文学概要》[⑩]，霍衣仙著《最近二十年中国文学史纲》[⑪]，李何林著《近二十年中国文艺思潮论》[⑫]等。其中5种直接采用了“中国新文学”概念，只有2种采用了“近二十年中国文学”的计数法概念，“中国新文学”概念的专著采用率为70%。由于钱基博的《现代中国文学史》主要论述

① 原刊1920年3月上海亚东图书馆初版之《尝试集》，现参见《胡适文集》第3卷，人民文学出版社，1998年，第5页。

② 原载《新青年》第3卷第3号，现参见《胡适文集》第3卷，人民文学出版社，1998年，第32页。

③ 胡适：《建设的文学革命论》，《胡适文集》第3卷，人民文学出版社，1998年，第64页，第75页。

④ 胡适：《文学改良刍议》，《胡适文集》第3卷，人民文学出版社，1998年，第28页。

⑤ 周作人：《人的文学》，《周作人经典》，南海出版公司，2001年，第3页，第6页。

⑥ 北平人文书店1932年9月版。

⑦ 北平杰成印书局1933年9月版。

⑧ 北平新新学社1935年9月版。

⑨ 上海良友图书有限公司1935年版。

⑩ 中国文化服务社1936年4月版。

⑪ 广州北新书局1936年8月版。

⑫ 上海生活书店1939年9月版。

的是新文学以前的"现代"文学史,只是到了卷末才附论了新文学的历史,与胡毓寰的《中国文学源流》结构相似,因而在内容上不宜与上述中国新文学专题著作相混淆。

1940—1950年代,"中国现代文学"作为学术概念进入中国新文学研究视野,但总体上尚不能取代"中国新文学"作为中心概念的优势地位。这期间出版的中国现代文学史研究专著和教材计有:李一鸣著《中国新文学史讲话》①,任访秋著《中国现代文学史》②,老舍、李何林、蔡仪、王瑶合著《中国新文学史研究》③,王瑶著《中国新文学史稿》④,蔡仪著《中国新文学史讲话》⑤,丁易著《中国现代文学史略》⑥,张毕来著《新文学史纲》⑦,刘绶松著《中国新文学史初稿》⑧,复旦大学中文系现代文学组编著《中国现代文学史》⑨,孙中田、何善周等著《中国现代文学史》⑩,吉林大学中文系中国现代文学史教材编写小组编著《中国现代文学史》⑪等。为了严格统计口径,其间出版的专题性文学史,如田仲济著《中国抗战文艺史》,蒋祖怡著《中国人民文学史》等,尽管影响很大,但未计入。上述11部著作中,以"中国新文学"作为主题和支撑概念的著作同样占大多数,为此类书出版总数的54%,数量过半,仍然可见"中国新文学"比起"中国现代文学"来,是更容易为人普遍接受的概念。

但是,1940—1950年代出现了5部以"中国现代文学"作为支撑概念的文学史专著。这是一个重要信号,表明"中国新文学"学科概念正面临着来自"中国现代文学"学科概念的有力挑战,"中国现代文学"作为学科概念的比例在蹿升。尽管"新文学"概念已经拥有强大的历史惯性,让人们几乎是欲罢不能地沿用这个概念,但它所体现和继承的毕竟是新文化运动和新文学倡导的历史传统,而不是新民主主义革命的伟大传统,后一个传统以五四运动和中国共产党走上历史舞台为标志。于是,相对新潮的中国现代文学研究力量开始走出"中国新文学"的概念传统,而逐渐树立起"中国现代文学"的学术异帜。

从"中国新文学"到"中国现代文学",这种学术和学科概念的历史转换,所反映的是这个学科由学术到政治的话语转换。"中国新文学"强调的是以白话文运动为中心、以

---

① 上海世界书局1943年11月版。

② 上卷,河南前锋报社1944年5月版。

③ 内附《〈中国新文学史〉教学大纲(初稿)》,新建设杂志社1951年7月版。

④ 上册:开明书店1951年9月版;下册:新文艺出版社1953年8月版。

⑤ 新文艺出版社1952年11月版。

⑥ 作家出版社1955年7月版。

⑦ 第1卷,作家出版社1955年11月版。

⑧ 作家出版社1956年4月版。

⑨ 上海文艺出版社1959年8月版。

⑩ 吉林人民出版社1957年9月版。

⑪ 吉林人民出版社1959年12月版。

新文化运动为基础的新文学传统，虽然上述运动都带着强烈的反传统意味，但“中国新文学”概念却是以传统的“中国文学”作为巨大参照，在学理逻辑上承认着其与中国文学的内在联系。相比之下，“中国现代文学”则在概念内涵和外延两方面与中国传统文学进行了人为的区隔，与传统的中国文学组成了一种否定关系。人们在以政治的视角对“现代文学”进行学术认知的时候，所强调的可能是这种文学的“现代”性质，这样的“现代”性质通常以“新民主主义革命”理论加以概括，与传统中国文学的基本性质不仅完全不同，而且两相对立。“中国新文学”暗示着其与“中国文学”必然的历史联系、美学联系、文化联系和艺术联系，而“中国现代文学”则可以完全无视这种联系的必然性，特别是加入政治化的解读以后，以决绝的态度割断这样的联系变得稀松平常。从这一意义上说，“中国新文学”作为学术、学科概念，其学术合理性和文学本体性至少比“中国现代文学”更强。“中国现代文学”作为正式的学科概念，其形成过程其实也是相关学术话语的政治化的过程。历史地看，这种政治化的方向是正确的，但它毕竟克服了“中国新文学”概念的学术合理性和文学本体性，存在着以政治话语取代文学话语和学术话语的潜在危险。

严酷的学术实践证明，这样的推断并非多虑。经过1950年代的政治运作特别是政治对学术的整顿，中国大陆可以说完全放弃了对“中国新文学”学术概念的坚持，而几乎清一色地转向了“中国现代文学”的学科命名。尽管从学理上说，这时期的相关学科的正式名称本来应该是“中国新文学”，因为1951年由老舍、李何林、蔡仪、王瑶联合编撰的《〈中国新文学史〉教学大纲》代表官方立场和言论，具有某种教育行政指导性的意义。不过，有迹象表明，是来自行政方面的意旨改变了这个学科概念。首先是另一个教学大纲的颁布，传达了非常明显的学术指令：将“中国新文学”的学术概念统一置换为“中国现代文学”。1957年，王瑶、刘绶松等编撰的《中国文学史教学大纲》①出版，这部大纲明确为教育部审定之综合大学中文系中国文学史教学大纲，这部官制大纲带有标志性地将原来的“新文学”置换为“现代文学”，大纲的第9编标题就是“现代文学”，这足以表明官方学科名称就此定局。其次，一个重要现象是，当时大学中文系普遍设立的相应学科其关键词是“现代文学”或“中国现代文学”，这从复旦大学、吉林大学成立的两个“组”的组名即可看出。1961年中国人民大学出版的《中国现代文学史》，编撰集体也是“文学史教研室现代文学组”。显然，那时的大学中文系所设置的此一专题的教研机构一般都被称为“现代文学”机构，可见，当时该学科的正式名称已经是“中国现代文学”了。

文学史教材或专著的情形也是如此，1960年代以后，更严格地说应该是1957年王瑶、刘绶松等编撰的《教学大纲》发布以后，出版的相关中国新文学史教材与专著，便以清一色的“中国现代文学史”呈现其专题与概念了：几乎是无一例外。至少是1980年代

① 高教出版社1957年8月版。

以前，中国大陆出版的所有有一定学术知名度和影响力的“中国现代文学史”都突出了“中国现代文学”这一学术、学科概念，①同一时期“中国新文学”作为关键词的文学史只有在台湾和香港或有出现。②

台港学者之所以使用“中国新文学”概念，是因为他们没有经过1950年代以后的学术、学科革命，可以借助于由来已久的习惯自然而然地使用这个相沿成习的概念。其实，即便是在中国大陆，许多老学者都习惯于使用“新文学”的概念。从那个时代出来的老先生一般不接受“现代文学”的概念，只习惯于“新文学”。我曾有一篇文章回忆已故的南京大学中文系老教授程千帆先生，他是国学泰斗，中国古典文学的学术权威，学名远播，很多人愿意将自己的著作赠送给他，倘有新诗集、当代散文集之类的书，他常常接到后就转送给我，说是自己很久不接触“新文学”，这些书对他没什么用处，但对我的研究或许会有些帮助。③ 由此可见，像程千帆先生这样的老人，即便一直处身于中国大陆，显然也亲历过学术、学科的那场革命，但由于不是直接浸身于“现代文学”之中，也会随着以往的习惯坚持使用“新文学”这个概念。

现在我们不得不接受“中国现代文学”这个并不规范的正式概念。由于这个概念对于“中国新文学”发挥了长期的克服作用、修正作用、颠覆作用、替代作用，我们今天的学科建设、学术研究已经对“中国新文学”产生了习惯性的心理疏离，“新文学”从语感上已经被人为地隐退到是对新文化时代文学现象的某种联想的唤起，而不再有资格充任一种正式的学科概念。

其实，较之于“中国新文学”，“中国现代文学”不仅显示着以时代话语冲击学术话语的“短板”，而且在学科命名的科学性上同样存在着“短板”。

首先，“现代”这个概念的多义性和歧义性。

“现代”作为一个文化概念，在时间上的指涉意义远比我们想象的丰富。我们现在对“现代”概念仅仅从“现代史”的意义上进行前后30年的时间把握，至多再融入“当代史”的概念，将新中国成立以后的时代也算作“现代”的延伸，这样的理解仍然显得相当狭隘。钱基博的《现代中国文学史》④将“现代”确定在清末民初，将这一历史转折时期的文学分为古文学（传统语体的文学）与“新文学”（现代语体的文学）两大系统，前一系统以王闿运、章太炎、刘师培、陈衍、王国维、吴梅村等为代表，后一系统以康有为、梁启

---

① 1960年代出版的《中国现代文学史》有北京大学中文系本，中国人民大学语言文学系文学史教研室现代文学组本；1970年代（实际上集中在1978—1979年）出版的《中国现代文学史》有田仲济、孙昌熙主编本，唐弢、严家炎主编本，北京大学、南京大学等九院校编写组本，林志浩主编本，中南七院校中文系现代文学教研室本等。

② 如周锦著《中国新文学史》，台湾长歌出版社1976年版，司马长风著《中国新文学史》，香港昭明出版公司1975年版。

③ 见《豪华的书籍》，莫砺锋主编：《程千帆先生百年诞辰纪念文集》，江苏古籍出版社，2013年。

④ 上海世界书局1933年9月版。

超、严复、章士钊、胡适为代表。该书在编首论述了启“现代”文学之先声的上古文学、中古文学、近古文学和近代文学，为“现代中国文学”的前世今生做了翔实的学术寻证。这不仅是一部“通古今之变”、“兼新旧之长”的文学史教材，而且也是将“现代”文化概念把握得特别精准、理解得特别深透的学术专著。

钱基博的《现代中国文学史》，是在“中国新文学”的话语场中最早、最醒目地提出“现代文学”概念的专书，虽然以后出现的数以百计的文学史专著都沿用了“现代文学”这一关键词和核心概念，但几乎所有这些后来者在对于“现代”以及“现代文学”的概念把握上都难以对钱著望其项背。学术认知上对“现代”观念进行最大限度的拓展，使用了大“现代”的概念，不仅可以克服后来所习惯的“现代”概念的狭隘与偏执，而且对于认知中国现代文学的现代性起点与标志具有深刻的启发意义。毕竟，辛亥革命是中国历史上千古未见之大变局，从根本上变革了中国社会的政治结构，改变了中国历史的发展方向，这一事件对于文学和文化的影响应该具有划时代的深刻性。

关键更在于，钱基博非常准确地将“现代”定位为历史时代概念，而不是像许多后来者那样，模糊了“现代”作为历史时代概念和作为文学性质概念之间不可含混的界限。大部分《中国现代文学史》的编撰者既将“现代文学”理解为现代历史时代的文学，同时又将它理解为现代品性的文学。这样的含混导致了中国现代文学研究人为地产生出许多模糊的学术地带，也导致了“中国现代文学”学术和学科概念的缺乏严谨。钱基博认定“现代文学”就是“现代历史时期”的文学，这一历史时期的“新文学”固然应包含其中，便是传统文体的“古文学”，同样也应该涵括其中。在钱基博的《现代中国文学史》中，传统文体的“古文学”的学术阐论还占据着最重要的位置和较大篇幅。他的这种学术眼光和学术魄力远为后来研究“现代文学”的人们所不及，后者往往在“现代文学”中无视传统文体的“古文学”的存在，只是片面地研究新文学。这不光是研究者学术基础相对薄弱，面对“古文学”力不能逮的问题，重要的还是在“现代文学”的学术概念把握上缺少眼光和魄力的问题。

“现代文学”的概念正式形成于1930年代，那是一个讲求“现代”性的“摩登”时代，出现过将“新文学”之“新”置换为“现代文学”之“现代”的时尚。《现代中国文学史》并不是真正的中国现代文学史，作者是从晚唐时代讲起，一直讲到晚清，他所界定的现代是指文学的古体开始解体，从中晚唐开始，向今体发展，同时又运用“现代”西方文学史体系，以小说、戏剧、经曲等现代学术意义上的“文体”作为历史叙述的内容。他真正论述到我们所说的“现代文学”这部分则是在书中的“附录”部分，那时补述白话文以后的文学，不过他仍将这样的文学称为“新文学”。

钱基博把握“现代文学”和“新文学”这两个概念的时候有自己的明确判断，但他同时用“现代文学”与“新文学”进行历史叙述，多少对当时的文学史家特别是中国现代文学研究者有一种启发。文学史研究者有时候沿用“新文学”旧称，有时候又使用“现代文学”新概念，但一般都是指现在意义上的中国现代文学。茅盾那时候主编的一套丛书命名为《现代文学家丛论》，而那部影响深远的《中国新文学大系》仍然使用“新文学”概念。

的确，“中国新文学”作为概念，其指涉非常清楚，内涵和外延都容易把握，而且不会产生歧义，同时又符合新文学倡导者与最初建设者的认知和使用习惯。而“中国现代文学”单就“现代”的概念把握就存在着许多歧义现象，这样的歧义很容易导致学术的混乱。钱基博最初使用“现代中国文学”概念时认知非常清晰，准备也非常充分，这“现代”就是指历史时代，在这一历史时代中产生的文学，文体无论古今，文艺无论新旧，都是其合理的研究对象。如果对钱基博开辟的“现代文学”研究传统有准确的理解与把握，则以后的各种“中国现代文学史”都应该既研究“中国新文学史”，也研究“现代”时期的“中国文学”史。许多学者做不到这一点，更多学者认识不到这一点，因而“中国现代文学”作为学术和学科概念的天然缺陷，至少相对于“中国新文学”而言，就显得彰明较著。在1930年代，“现代”还包含着与历史时代相联系但又不单是指历史时代的文化内涵，那就是被音译成“摩登”的那种意思。那时候的各种“现代”文艺，主要体现着文艺上的先锋意义和现代主义，诚如大型文学杂志《现代》所昭示的那样。《现代》杂志的前身是《新文艺》，创刊于1929年9月，由戴望舒、施蛰存等编辑，本来就有追逐文艺新潮的意思。1932年5月，这批新潮文人借现代书局的平台创办《现代》文艺月刊，所要突出的正是“现代”文化价值观：“《现代》中的诗是诗，而且纯然是现代的诗。它们是现代人在现代生活中所感受到的现代的情绪用现代的辞藻排列成的现代的诗形。”[①]这里讨论的与其说是“诗”，不如说是“现代”，是对“现代”的强调与重申。反反复复不厌其烦地申述“现代”，表明这一概念对于当时的诗人和文学家来说是如何重要，如何新潮，简直就是一种“理想类型”。那时候，“现代”一词显得非常重要，得到了新潮文学家集束式的爆炸式的使用，成为一个时代的文化标志，除了现代文学、现代艺术、现代杂志而外，还有现代工业、现代生活、现代思潮等等。在这样的理论氛围中，在这样的一种时代潮流下，以“现代”取代“新”成为一种必然趋势。他们对“现代”从生活方面来说也十分向往：“所谓现代生活，这里面包括着各种各样的独特的形态：汇集着大船舶的港湾，轰响着噪音的工场，深入地下的矿坑，奏着Jazz乐的舞场，摩天楼的百货店，飞机的空中战，广大的竞马场……”[②]这是一种典型的“摩登”时代的节奏和“摩登”生活的结构表述，呼唤着的当然也是摩登的文学：那不是一般的现代文学，而是与新潮的表现主义、新感觉主义主义、荒诞主义有关的文学。

1930年代充满着这种“现代”的文化语境，那时候产生的“现代文学”概念便多了一些非历史时代的成分，这也是后来运用“中国现代文学”概念的人们需要明白的历史

---

① 施蛰存：《又关于本刊中的诗》，《现代》第4卷第1期。

② 施蛰存：《又关于本刊中的诗》，《现代》第4卷第1期。

情形。

当然，在当时就有学者彷徨于“新文学”与“现代文学”之间，困惑于这两个概念形成的学术撕裂感和文化张力。他们中有人选择了用年代记数法表述这种学术和学科命题。李何林在1939年出版了一本研究新文学运动的专书，既不用“新文学”也不用“现代文学”作中心词，题为《近二十年中国文艺思潮论》。这个书名体现了当时学术界超越于“中国新文学”和“中国现代文学”之辩的学术用心。早在1930年，上海太平洋书店组织各方面的专家撰著一套总题为“最近三十年”的历史丛书，论述甲午海战至1920年代末中国政治、文学、教育、军事、经济、外交、交通、学术等领域的发展变化情形，陈子展为此丛书撰著了《最近三十年中国文学史》一种。显然，李何林这部影响甚巨的思潮论受到了这套丛书的影响，对于他所面临的这一段文学史采用了“近二十年”的纪年概数描述法。

从大学教学这一方面而言，“中国新文学”或“中国现代文学”学科走过了一条相当曲折的道路，最终，这一学科以令人难以想象的速度发展壮大，俨然成为中国大陆大学中文专业最重要的学科之一。其间确实有学科自身克服“短板”，蜕变演进的劳绩，但更多的则是借助于时代外力，取得了较为显赫的学科地位。一个学科如果不是凭着自身的实力、魅力和潜力赢得了崇高的学术地位，那么在大学教育发展的历史上，即便获取了辉煌，这辉煌也仍然会显示出自身发展的“短板”效应。

现代大学中文教育采用西方学术体制，在文学专业教学方面走出传统的经史子集教学模式，开始以文学史和作品选读等科目落实文学教学，这样的历史可谓相当短暂。北方有京师大学堂的林传甲，南方有东吴学堂的黄人，他们在20世纪初承担起“中国文学史”的教学和教材编写任务，实际上可视为相应学科的中国开山人。中国新文学的课程则在新文学萌发以后的10年左右时间内，也即是在“中国文学史”进入中国大学课堂的20多年后，赫然以独立开课的方式进入大学中文系教学体系，这反映了这个非常年轻的学科所具有的某种生气与活力。

“中国新文学”最初进入大学课堂的现有记录是1929年，著名新文学家杨振声那年开始在燕京大学开设“新文学”课程。差不多同时，他以清华大学文学院院长兼中国文学系主任的身份支持朱自清开设“中国新文学研究”课程，朱自清开此课的讲课提纲被后人整理发表在1982年上海文艺出版社出版的《文艺论丛》第14辑，题为《中国新文学研究纲要》。这是“中国新文学”作为独立课程在大学中文专业正式开设的最早的可靠记录。而周作人应沈兼士之约在辅仁大学开设的相关课程，后来讲义结集为《中国新文学的源流》，虽有“新文学”作为关键词，但主要讲论的还是传统文学，“新文学”只不过是这门功课的附录部分，放在课程后面作为照顾性涉及的内容。这情形类似于陈子展从1928年起在南国艺术学院开设《中国近代文学》讲座，主要讲述《中国近代文学之变迁》的内容，末尾再附属讲论“十年来的文学革命运动”。这种以新文学附于传统文学之骥尾的学术操作方式被黄修己称为“附骥”式的学术结构。①

1920年代末至1930年代初，“中国新文学”走进大学专业课堂一时之间蔚然成风，除了上述大学开设的相应课程而外，苏雪林在武汉大学亦开设类似的课程。不过，这在当时毕竟是一门边缘性极强的课程，“中国新文学”或“中国现代文学”作为学科远未建立起来。一个中文系的教授最见功力也最显风采的主要不是新文学课程，而是传统文学甚至是考据学和文字、音韵学之类。即便是文学大师和学术大家开设的新文学课程，在各个大学的教学体制内也都没有放置在主干课范围内。这种边缘化的课程安排很难调动起学生选修的热忱和教师开课的积极性，于是有人回忆，朱自清先生在清华大学开设的“中国新文学研究”，至1934年还保留在大学的课程目录上，但实际上，朱自清先生已经有3—4年未开设这门课了。这表明，即便是在现代文明气息非常浓厚的清华大学，即便是朱自清这样的文学大师开设这样的课程，中国新文学研究作为一个学科无论在学生方面还是在教授方面，都可能是灰溜溜的，尽管新文学在当时的文坛上仍然热热闹闹。

抗日战争开始以后，由于形势所迫，我国的大学课程建设显得非常蹇促，“中国新文学”这门边缘性课程很难得到进一步发展。新文学的创作和文学思潮、流派正在运作中，但是有关中国新文学史的教学工作没有明显进展。有资料表明，在西南联大，朱自清又恢复开设中国新文学研究课程，闻一多、沈从文都分别讲授过有关新文学的课程。但有关“中国新文学”或“中国现代文学”的学科建设与学术发展始终处于停滞状态。

新中国成立以后，中国现代文学的学科地位发生了翻天覆地的变化。随之，中国现代文学的学术重要性也得到了时代性的凸显。

中国共产党取得全国领导权以后，除了政治、军事、经济、行政体制的调整而外，比较用力的是高等教育体制的调整与设计。如果说全面开展于1952年的院系调整，是中国共产党将全国高等学校进行国有化、专业化调整和社会主义改造的巨大工程，那么，对于包括中国现代文学建设在内的高等学校文法各系专业设计与调整，则是以社会主义观念和方法灌注于意识形态教育体制的系统工程。院系调整的第一步是全面肃清帝国主义在中国进行“文化侵略”的高教机构，全面整顿教会大学；教会大学如燕京大学、辅仁大学、金陵大学、东吴大学、圣约翰大学等等，有些被取消，有些遭合并。第二步将原来“出身不好”的大学，削减其实力和影响力，例如国民党时期的中央大学，原是当时全国规模最大、学科最齐全的大学。在院系调整中，有的学院发配到外地，有的学院独立办学，留在原校的只有文理学院，还被迁出中央大学原址，搬迁到金陵大学所在地，新成立南京大学。南京大学被定性为一般性的综合大学，直至1964年才被教育部列为全国重点大学。第三步是执行苏联高教模式，减少综合性大学的数量，建立各种各样的专

① 参见黄修己：《中国新文学史编纂史(第二版)》，北京大学出版社，2007年。

科学院。这种模式在国家百废待兴、亟需建设的时候是非常适用的，它特别有利于一些专才的迅速养成。但这样的高教体制造成各学院学科单一，不符合培养复合型人才的要求。总的来说，高等教育院系调整是在特定历史条件下采取的必要而且合理的政治措施，它是中国共产党在上层建筑领域实行全面占领的必然举措。

但中国共产党更重视高等教育在意识形态领域的社会主义改造。早在 1950 年 5 月，发动院系调整的两年之前，政务院教育部就颁布了《高等学校文法两学院各系课程草案》，这说明中国共产党是如何重视这些与意识形态密切相关的学科改造和学科建设工作。这次学科改造和学科建设就使得中国现代文学在中文系的学科群体中得以登堂入室，"中国新文学"立刻被宣布为重要学科，"中国新文学史"作为重要课程，其内容被规定为"着重在各阶段的文艺思想斗争和其发展状况"，其由原来在高等教育的课程体制中处在边缘位置，现在急遽上升到学科主流甚至是领导地位。

政治指导导致中国现代文学课程地位急遽上升，在某种意义上它成为在文学和文学史的学术领域为新民主主义和社会主义做宣传的主干课程，成为文学门类中政治色彩最强烈、政治功能也最强势的领导学科。于是，在它正式成为主干学科的 1950 年代，由什么样的教师来执教这个学科和课程，乃是高校基层党组织都要过问的事情，实际上类似于政治课，任课教师成了一种政治安排。许多在大学中文系执教的著名新文学家，如施蛰存、陈铨等，会由于各种政治原因与此课程无缘，而只能执教别的课程。有资格执教中国现代文学课程的多是被认为又红又专、政历清白的教授，或者是新中国培养起来的"根正苗红"的青年教师。

如果说 1950 年代初期的文法学院课程调整是中国现代文学学科地位急遽上升的关键点，则 1950 年代末期"中国当代文学"概念的出现，是这个后来并称为"中国现当代文学"学科迅速坐大的关键点。1957 年左右，一些敏感的青年教师和大学生察觉到新中国快要走过十年的辉煌历程，其文学已经形成了不同于中国新文学或中国现代文学的崭新气象，这样的文学应该拥有相应的文学史概念和相应的学术命名。因此，山东大学、北京大学、华中师范学院等学校的一些老师，学生组成研究小组，利用新中国成立十周年的契机，纷纷撰著《中国当代文学史》，正式提出"中国当代文学"的概念。虽然严家炎、唐弢、施蛰存等专家就这样的文学史命名提出过怀疑，但各学校当局都不约而同地支持"中国当代文学"的学术设想，并进一步支持这一专题的学科建设和课程设置，相当一段时间内，大学中文系往往是中国现代文学和中国当代文学两个教研室并存。无论是从业人员编制数量还是课程量的安排，中国现代文学和中国当代文学在大学中文系都成了最重要而且也最大的学科。源远流长的中国古代文学在相当多的大学里其课程设置、人员安排都与中国现当代文学平分秋色甚至稍逊一筹。中国现当代文学学科在中国高校教研体制中的做大做强，乃是过分地强调文学的时代属性，挟时代以令学术的结果，一定意义上说也是时代令学科布局失控的突出现象。时代力量既成为中国现当代文学学科所历史性凭借的某种优势，同时也成为它不正常发展和畸形壮大的某种短板。

三、中国现代文学的学术传统与方法论基础

中国新文学也就是中国现代文学研究具有两方面的学术基础：第一是中国文学的学术基础，第二是西方文学史学和文学理论的学术基础。

广泛意义上的中国文学的学术系统是传统国学长期建构的结果，其所有成果积累都足以形成中国新文学研究的基础。这样的学问可以追溯到三千年前，《诗经》中的作品所反映的生活多是在那个时代。然而说到“中国文学”这个学术概念，实际上在19世纪末才从俄国、日本引进中国。在日本那时还普遍叫作“支那文学”。最初在自己的著作中引进中国文学概念，并且编著中国文学史的有南北两位师尊，一个是在京师大学堂的林传甲，另一个是东吴学堂的黄人。他们在这两个大学堂开设相关课程，并在20世纪的纪元年代用“中国文学”体制编著教科书以建立中国的“中国文学”学术基础，而在以前中国的同类学术都是按照经史子集系统，这种学科体制后来在台湾大学中文系课程系统中还留有痕迹。从这个意义上说，直接成为中国新文学学术基础的并不是传统的国学研究，而是属于“新学”系统的“中国文学”研究。经过新文化运作倡导并建立起来的新文学，乃是顺着“中国文学”的学术基础被命名为中国新文学，这个概念是跟中国文学直接对接的，是个非常年轻的学科，因而需要在学术上形成属于它自己的新的传统，需要在学术理论和学术格局上打下属于它自己的坚实基础。

既然“中国文学”的研究在学术体制方面也属于“新学”，则组成中国新文学研究主要学术基础的部分都与西方文学和西方学术系统有关。于是在探讨中国现代文学学术传统的意义上，相关的学术内容和学术目标又趋于一致。

1. 比较视野与方法所形成的中国现代文学学术传统

成为中国现代文学学术基础的价值观念，是尊崇现实主义的理论传统。从陈独秀开始，几乎所有新文学倡导者都热衷于介绍现实主义，力推现实主义，倡导现实主义，由此形成了中国现当代文学尊崇的现实主义文学传统和学术传统。陈独秀在《新青年》创办伊始便发表《现代欧洲文艺史谭》，介绍欧洲文艺思想之变迁，乃由古典主义（Classicalism）“一变而为理想主义（Romanticism）”，到了19世纪之末，“科学大兴，宇宙人生之真相，日益暴露，所谓赤裸时代，所谓揭开假面时代，宣传欧土自古相传之旧道德，旧思想，旧制度，一切破坏文学艺术亦顺此潮流由理想主义再变而为写实主义

(Realism),更进而为自然主义(Naturalism)"①。尽管在他看来"自然主义"比现实主义(写实主义)还要先进,但他重点强调的内容还是现实主义的。陈独秀在1915年致张永言信中即明确表示:"吾国文艺,犹在古典主义理想主义时代,今后当趋向写实主义。"为什么不趋向于更"进化"的自然主义?陈独秀1916年同样是在回复张永言的信中指出,"自然主义尤趋现实",但"虽极淫鄙亦所不讳",并提供一则参考材料,谓"此日本政府所以明令禁止自然主义之文学之输入也"。② 另在著名的文学革命檄文《文学革命论》中提出著名的"三大主义":"推倒雕琢的阿谀的贵族文学,建设平易的抒情的国民文学";"推倒陈腐的铺张的古典文学,建设新鲜的立诚的写实文学";"推倒迂晦的艰涩的山林文学,建设明了的通俗的社会文学"。③ 同样明确打出了"写实文学"的旗号。胡适也从文学思潮和社会功能方面肯定现实主义,在《文学改良刍议》中倡导:"惟实写今日社会之情状,故能成真正文学。"④正是在现实主义的意义上他倡导"易卜生主义",明确指出"易卜生的文学,易卜生的人生观,只是一个写实主义"。⑤ 至于到了"为人生"的文学时期,沈雁冰也基本上是按照陈独秀对欧洲文艺历史进程的理解,分析出"西洋小说已经由浪漫主义(Romanticism)进而为写实主义(Realism)、表象主义(Symbolicism)、新浪漫主义(New Romanticism)",并且也认为"我国却还是停留在写实以前",⑥因而当务之急是倡导和实验现实主义,因而认同以现实主义为新文学的文化基础和学术基础。

革命文学兴起以后,现实主义的批判性和真实性受到特别的尊重,左翼文学和以后的革命、战争文学都高张现实主义的大旗,于是"革命的现实主义"、"普罗列塔利亚现实主义"、"社会主义现实主义"、"抗战的现实主义"等现实主义潮流此起彼伏。文学运作是这样,文学创作是这样,文学批评和文学研究也无不以现实主义的理论原则为基础观念。

显然,作为中国现代文学的学术传统和理论基础,现实主义观念乃是其揭露现实,批判现实,倡导现实生活中积极的反抗的精神,而不是在于"写真实"以及反映社会生活的广阔度。沈雁冰在《评四五六月的创作》⑦等文章中,曾试图用文学的真实论和生活的广阔度要求现实主义创作,批评文学青年创作中爱情描写泛滥,而且多为"观念化",即缺少活生生的生活真实性。他统计了三个月发表的一百二十多篇小说创作,题材分类如次:属于男女恋爱关系的,最多,共得七十余篇;农村生活的,只有八篇;城市劳动者

---

① 陈独秀:《现代欧洲文艺史谭》,《青年杂志》第1卷3—4号。
② 陈独秀:《答张永言》,《独秀文存》,安徽人民出版社,1987年,第628页。
③ 陈独秀:《文学革命论》,《新青年》第5卷第2号。
④ 胡适:《文学改良刍议》,《新青年》第5卷第1号。
⑤ 胡适:《易卜生主义》,《新青年》第4卷第6号。
⑥ 沈雁冰:《小说新潮栏宣言》,《茅盾文艺杂论集》(上),上海文艺出版社,1980年,第6页。
⑦ 《小说月报》第12卷第8号。

生活的，更少了，只得三篇；家庭生活的，也不过九篇；学校生活的，五篇；一般社会生活的（小市民生活），约计二十篇。

随后又补充说，“写到一般社会生活的二十篇，实际上大多数还是把恋爱作为中心”，而“描写家庭生活的九篇，实在仍是描写了男女关系”。于是，“竟可说描写男女恋爱的小说占了全数百分之九十八”。正因如此，沈雁冰在编集《中国新文学大系·小说一集》的时候，竭力推荐描写农民生活和城市贫民生活的小说，如利民的《三天劳工的自述》、王思玷的《偏枯》、朴园的《两孝子》、李渺世的《买死的》，认为这些作品最能够代表文学研究会的“人生”倾向和现实主义。以这样的“题材”论强调对于爱情以外的书写的偏爱，罔顾文学内容和文学技巧的“偏枯”，其价值观念显然并不适用于新文学的评判。沈雁冰的这种现实主义批评观并没有得到现代文学研究者的有效继承，尽管一些不负责任的文学史研究者也跟着举例说利民、王思玷、李渺世等人的作品如何如何，其实这些作品质量和技巧都相当薄弱，根本不足以被列举为文学研究会“为人生”的代表作。许多跟着沈雁冰表彰这些“写实经典”的文学史教科书的撰写者其实都未必真正通读过这些幼稚而生涩的小说。

在遴选中国新文学初期的小说作品方面，鲁迅的《中国新文学大系·小说二集》选得最为精彩，包括蹇先艾的小说，高世华的作品，以及沉钟社、语丝社、莽原社、未名社、现代评论社的小说创作，甚至他历来并不看好的凌叔华等人的作品。被鲁迅选入此作品集的，都是上乘之作：不仅是这些作家的优秀作品，也是那个时代难得的精粹之作。鲁迅之所以把握得那么准当，是因为他并不囿于现实主义的理论框架，包括“世纪末的果汁”在内的各种文学流派和文学方法的作品，只要写出人生的深意，写出生命的怅然与喟叹，都可能入鲁迅的法眼。

作为中国现代文学最伟大的奠基人，鲁迅不仅以《狂人日记》、《阿Q正传》、《药》等超卓的创作为中国现代文学创作的思想和艺术创设了难以企及的标高，又以议论精警、风格犀利的杂文建立了中国现代文学批评本体的写作典范，而且还以敏锐、机锋的理论思维开拓了中国现代文学的文学批评和学术研究传统。鲁迅传统不拘泥于他自己认同的现实主义理论，他对浪漫主义和各种新浪漫主义的创作也多有赞赏并作出深度的学术剖析。他这样评述沉钟社的创作“心情”：

> 但那时觉醒起来的智识青年的心情，是大抵热烈，然而悲凉的。即使寻到一点光明，“径一周三”，却更分明的看见了周围的无涯际的黑暗。摄取来的异域的营养又是“世纪末”的果汁：王尔德（Oscar Wilde），尼采（Fr. Nietzsche），波特莱尔（Ch. Baudelaire），安特莱夫（L. Andreev）们所安排的。[①]

① 鲁迅：《〈中国新文学大系〉小说二集序》，《鲁迅全集》(6)，人民文学出版社，2005年，第251页。

鲁迅非常注重从具体的创作中探寻“异域的营养”，由“罗家伦之作则在诉说婚姻不自由的苦痛”，联想到易卜生《娜拉》和《群鬼》的机运，由冯沅君的放弃创作而转入文学史研究，联想到匈牙利诗人彼兑菲的名言，由“蹇先艾叙述过贵州，裴文中关心着榆关”，联想到丹麦文学批评家勃兰兑斯论证的“侨民文学”，由黎锦明“蓬勃着楚人的敏感和热情”的创作联想到易卜生以及斯特林堡（鲁迅写作斯忒林培黎）式的投枪，并在狂飙社的作品中听到了尼采的声音，从“向培良的这响亮的战叫，说明着半绥惠略夫（Sheveriov）式的‘憎恶’的前途”，如此等等。[①] 鲁迅的视野是那样开阔，思路是那样清晰，能从各种风格的文学创作中联系到外国文学家的作派与风格，思想与言论，并且反过来都能对中国现代作家作品的解读提供有价值和有说服力的解读意见，这为中国现代文学研究走出了一条视阈开阔且见解精深的比较文学路数，为半个世纪之后才趋于热门的以中外比较文学方法研究中国现代文学与作家作品的学术方法奠定了基础。

鲁迅并没有系统地接受过比较文学的训练，但他的学术敏感和学术功力，以及对外国文学及外国文学史的稔熟与深彻的把握，使得他开创性地走出了一条中外比较文学研究之路。这条学术之路是那样地坚实而宽广，以至于比较文学通常具有的“影响研究”和“平行研究”都在鲁迅的这番卓越的学术展示中得以完备的呈现。鲁迅的这种比较文学研究法其实更多地来自他自己的创作体验和学术感悟，因此作为研究方法呈现得非常灵动而鲜活。鲁迅从“影响研究”的角度对自己的创作进行了这样的阐述：

> 从一九一八年五月起，《狂人日记》、《孔乙己》、《药》等，陆续的出现了，算是显示了“文学革命”的实绩，又因那时的认为“表现的深切和格式的特别”，颇激动了一部分青年读者的心。然而这激动，却是向来怠慢了绍介欧洲大陆文学的缘故。一八三四年顷，俄国的果戈理（N. Gogol）就已经写了《狂人日记》；一八八三年顷，尼采（Fr. Nietzsche）也早借了苏鲁支（Zarathustra）的嘴，说过“你们已经走了从虫豸到人的路，在你们里面还有许多份是虫豸。你们做过猴子，到了现在，人还尤其猴子，无论比那一个猴子”的。而且《药》的收束，也分明的留着安特莱夫（L. Andreev）式的阴冷。但后起的《狂人日记》意在暴露家族制度和礼教的弊害，却比果戈理的忧愤深广，也不如尼采的超人的渺茫。[②]

鲁迅以自己的坦诚和谦逊分析了自己的创作与俄国文学和德国文学之间的“影响”

---

① 鲁迅：《〈中国新文学大系〉小说二集序》，《鲁迅全集》（6），人民文学出版社，2005 年，第 247－263 页。

② 鲁迅：《〈中国新文学大系〉小说二集序》，《鲁迅全集》（6），人民文学出版社，2005 年，第 246 页。

关系，并以自己开创的中外文学比较的学术路数解读中国现代文学及作家作品，使得中国现代文学研究拥有了借外国文学的“他山之石”来攻自己的文学之玉的广阔的学术天地。应该说，鲁迅的学术开创使得中外比较文学早就有了厚重的学术基础。

2. 文体研究与社团研究方法构成的中国现代文学学术传统

《中国新文学大系》的编撰奠定了中国现代文学研究的三个重要的学术基础：其一是中国现代文学历史分期框架与格局的形成，其二是中国现代文学文体研究体制的成熟，其三是中国现代文学社团研究体制的建立。

中国新文学的研究应该是从新文学诞生之日起就已经开始，不过真正建立中国新文学研究的资料体系和学术框架，当以《中国新文学大系》为标志。该书的出版对中国新文学的定义和学科体系作了基础性的规定，并且从学术上定义了中国新文学“第一个十年”的文学框架。在《中国新文学大系・小说一集》导言中，茅盾已经采用新文学的“第一个十年”和“第二个十年”的说法，并且说编集《中国新文学大系》之时（1935 年），“最近五年来”，“是新文学史上第二个‘十年’的后半期”。[①] 以后出现的各种新文学史基本上按照这个框架展开，后来又有编集《中国新文学大系》[②]的出版项目，基本上是按照第二个十年、第三个十年的学术框架操作的。

历史的发展不可能完全按照十年为一单元，机械地向前发展，故而以十年为一发展时期的研究框架只是一个大概的操作策略，并不是十分精准的时段把握。《中国新文学大系》各集主编其实对这个时间段把握得也很不一样。茅盾理解的新文学“第一个十年”是从“民国六年（一九一七）到民国十年（一九二一）这五年的期间，（这是中国新文学史上第一个‘十年’的前半期）”，而后半期是 1922 年到 1926 年。[③] 胡适在“建设理论集”《导言》中也重申了良友图书公司的策划理念，是“替这个新文学运动的第一个十年作第一次的史料大结集”，但因为他所整理的是新文学“理论的发生”，所以他的工作重点则放在“民国六年到九年之间”。[④] 所谓的“第一个十年”和“第二个十年”等表述，不过是对各个新文学发展阶段的一个概略性的时间把握，就像习惯上讲述中国现代文学史概略性地表述为二十年代、三十年代、四十年代的文学一样。文学发展不是军人的正步走，不可能每一个时段都正好是十年或者等距离一段时间。但《中国新文学大系》的编撰系统确立的基本上以十年为一个发展周期的学术格局，既吻合中国新文学发生发

① 茅盾：《导言》，《中国新文学大系》（小说一集），上海良友图书印刷有限公司，1935 年，第 12 页。

② 上海文学出版社于 1980—1990 年代编辑出版。从第二个十年开始，卷帙浩繁，因有“长篇小说卷”等大篇幅的作品收集。

③ 茅盾：《导言》，《中国新文学大系》（小说一集），上海良友图书印刷有限公司，1935 年，第 4 页。

④ 胡适：《导言》，《中国新文学大系》（建设理论集），上海良友图书印刷有限公司，1935 年，第 1 - 2 页。

展的基本节奏,也初步描画出中国新文学思潮更迭、风气流变的“生代”构架。就中国现当代文学发展的历史格局而言,以“十年”为一个“生代”,大致是行得通的。

承担各卷编撰的人物的都是当时的文学大家:“建设理论集”由胡适编选,“文学论争集”为郑振铎编选,“小说集”共分三卷,分别由茅盾、鲁迅、郑伯奇主持编选,“散文集”分两卷,由周作人和郁达夫分别编选,“诗集”则是朱自清编选,“戏剧集”是洪深编选。另外“史料索引集”由阿英编著。此书系的主题部分是七集创作作品集,清楚地表明,西方化文学体制的小说、散文、诗歌、戏剧四种文体格局,已经在新文学发展的这第一个十年中形成了应有的体系。这种具有浓厚的西方文学文体传统的四分法架构,相当长一段时间成为中国现当代文学的主体框架,中国现当代文学研究一般也是根据这四种文体建立相互联系的学术分野。鲁迅的《中国小说史略》的撰著与出版,表明他的文体专门史研究意识在中国文学学术界非常超前。值得反思的是,中国现当代文学研究的文体专题在此后的数十年学术实践中并没有取得重大进展,甚至各体文学的专门史著作撰著的意识都长期未能形成。等到1980年代初,夏志清的《中国现代小说史》在海外出版流转到内地,学者们才在惊异和错愕中猛然醒悟,此后,各种版本的中国现代小说史专著纷纷涌现,随后,中国现代戏剧史、中国现代诗歌史和中国现代散文史等文体专史才呈现出热闹一时的局面。这些文体专史的研究全面铺开并各呈格局的局面,在1980—1990年代之交趋于稳定,而这时距离《中国新文学大系》按文体分类进行系统研究的开端,已经过去了近一个甲子。

《中国新文学大系》还开辟了以文学社团为考察单元进行新文学研究的学术道路,这同样意味着一种有价值的学术建树。茅盾主持编集的“小说一集”主要收录文学研究会作家的小说,同时,作为一个对新文学发展概况的研究与检阅,在《导言》中茅盾还对全国各地“社团蜂起”的文学史现象进行了认真的记录和论述,体现出中国现代文学研究以社团运作为基本单位的学术意识。“这一时期,是青年的文学团体和小型的文学定期刊蓬勃滋生的时代。从民国十一年(一九二二)到十四年(一九二五),先后成立的文学团体及刊物,不下一百余。”[①]鲁迅编集“小说二集”,本是对文学研究会、创造社以外的重要文学社团所创作的小说进行检视、收集,但鲁迅具有更加明显的全局眼光和更加高超的文学史把握能力,还将《新青年》、《新潮》群体纳入文学社团的框架中进行分析,而且对每一个重要社团和创作群体的分析和概括,总是精辟、精炼、精到、精切,几乎每一条断语都成为中国现代文学研究的经典的定论。鲁迅还对一向缺少专题研究的文学社团研究提出了非常精彩的学术判断:“文学团体不是豆荚,包含在里面的,始终都是豆。”[②]这是告诫研究者,通过文学社团研究中国新文学的发展,既要准确、精到地解释

---

① 茅盾:《导言》,《中国新文学大系》(小说一集),上海良友图书印刷有限公司,1935年,第5页。

② 鲁迅:《〈中国新文学大系〉小说二集序》,《鲁迅全集》(6),人民文学出版社,2005年,第264页。

一个社团内部共同的风格和倾向，同时也要注意社团内部的风格差异和文学趣味、习惯的差异性，在这种差异性的识别中认知他们的共同性，这样才会丰富、深刻。鲁迅实际上提出了文学社团研究的方法论问题。中国现代文学研究的学术积累一直都没有对鲁迅提出的这种方法论予以足够的重视，甚至都没有继承鲁迅、茅盾等当年已经成功地、经典性地展开了的以社团为单元研究中国新文学发展史的研究方法。此后的半个世纪，中国现代文学的社团研究还停滞在《中国新文学大系》的学术开创的格局上，几乎无任何进展。直至改革开放的1980年代初，中国现代文学研究和资料整理开始复苏，当年动员全国出版力量组织编制的大型中国现代文学研究资料丛书，为中国现代文学学科奠定了新的学术基础。与此同时，“中国现代文学运动、论争、社团资料丛书”也陆续推出，其中社团资料的整理促进了中国现代文学社团研究的启动。创造社研究率先跃入中国现代文学研究界，社团文学的研究才开始陆续展开。后来出版有《中国现代文学社团流派》①等较为综合性的著作，本世纪初出版的《中国现代社团文学史论》，②算是对中国现代文学社团的研究作了一次简略的学术总结。

中国现代文学社团在文学史和文学运作过程中所起的作用非常明显，可对社团的研究仍然相当薄弱，尽管从目前来看，似乎各个重要的新文学社团都已经有了学术解读和资料整理，但社团研究总体情形还不能与社团在现代文学运作中的地位和作用相媲美，而且更难以企及鲁迅等中国新文学学术开创者对社团的价值认知和研究水平。近40年来有多个学术团队专攻中国现代文学的社团研究，出版了一批丛书，但一般都标示为“中国现代文学社团史”丛书，而实际上则多为“中国现代社团文学史”的研究。这两个概念是不一样的。“中国现代文学社团史”需要整体讲述中国现代文学阶段社团出现、运作、活动、论证、创作以及消亡、解散的情况，并总结出现代文学社团上述“文学行为”的规律，而不是像上述丛书所显示的，只是以各个文学社团为单位陈列它们的文学行为和对它们的评论分析。“中国现代社团文学”的学术把握继承了鲁迅等《中国新文学大系》编撰者的学术传统，是从社团的视角研究中国现代文学。“中国现代文学社团史”和“中国现代社团文学史”的学术表述的参差，反映了中国现代文学社团研究方面理论准备不足、方法论建设不够的问题，实际上主要是没有很好地继承《中国新文学大系》的学术传统，没有充分重视、认真开发和应用鲁迅等人当年通过社团分析研究中国新文学历史的方法论基础。

鲁迅等人当年的社团研究还树立了非常优良的学术先例，就是没有将社团的研究与文学流派和思潮等勾连在一起。鲁迅在《中国新文学大系·小说二集》导言中，从没

---

①　贾植芳主编，范柏群、曾华鹏副主编，江苏教育出版社，1989年。

②　《中国现代社团文学史论》，此书的封面错题为《中国现代社团文学史》，人民文学出版社，2004年。

有将浪漫主义、新浪漫主义等各种流派与社团文学对应起来或者混淆在一起，即便是分析到王尔德等人的“世纪末的果汁”，也没有与唯美主义、象征主义等思潮、流派混成一片，或者以相应的流派、思潮分析冲淡和取代社团文学的研究。茅盾是一直介绍和倡导现实主义与自然主义文学流派、文学思潮的，但在《中国新文学大系·小说一集》导言中也没有滥用现实主义或自然主义的流派、思潮套袭于文学研究会及相应的小说创作方面。郑伯奇在《中国新文学大系·小说三集》里倒是将西方文学思潮作了历史性的梳理，可恰恰没有将这些“主义”对应于创造社文学的分析。后来的中国现代文学研究总是将成套的文学思潮、流派分析紧扣在相应的文学社团身上作成块的学术概括，说起文学研究会立即就对应现实主义，而说起创造社立即就对应浪漫主义，新月派自然对应唯美主义，这样的社团研究往往陷入了固定的流派认知和思潮析理之中，社团自身的文学特性以及复杂性反而被淹没了。其实，将文学研究会理解成现实主义条块，就很难理解庐隐、孙俍工甚至冰心、许地山的小说特性，而他们的创作在这个社团中占有很重要的地位。创造社的文学倾向很容易被论证为浪漫主义，但也很容易推翻这种论证。如果准确地阐释并认真地继承、合理地开发鲁迅等人当年社团研究的方法和思路，文学社团研究就会少走些弯路。

3. 鲁迅的学术传统与鲁迅研究的基础

在中国现代文学研究的学术传统和研究基础的建设中，鲁迅的地位非常突出，这表明鲁迅不但是新文学最杰出的创作者，最有特色和创造性的写作者，也还是中国现代文学学术传统最重要的缔造者和实践者。李何林在 1937 年出版了一本研究中国新文学历史的书——《中国近二十年文学思潮论》，这本书的特别之处，是在前面有两幅照片作为插页，一幅是鲁迅，另一幅是宋阳(瞿秋白)。李何林明确地，也是独特地将这两位伟大的文学家并称为中国现代文坛的领袖人物。瞿秋白虽然是个政治人物，但是长期从事文学工作，是左翼文学的灵魂人物。特别是在左翼文学运动的尾声中编撰此书，而瞿秋白、鲁迅都已经溘然作古，这样的安排和定位应该能够理解。

作为文学家特别是文学批评家，瞿秋白为中国现代文学研究作出了重要贡献，特别是他用阶级分析的方法对鲁迅进行研究，不仅为后来成百上千的鲁迅研究者所难以企及，而且也令鲁迅所深深折服。鲁迅写给瞿秋白的条幅：“人生得一知己足矣，斯世当同怀视之。”能够让鲁迅称为“知己”而且是唯“一知己”，可见鲁迅对瞿秋白的认同与佩服程度有多深。

瞿秋白为鲁迅编了一本《鲁迅杂感选集》，在这部书的序言中，瞿秋白对鲁迅及其杂文作了精辟的学术分析，实际上对后来的鲁迅研究都起到了启发和引导作用。

瞿秋白首先对鲁迅杂感文体作了非常准确而很有个性的学术把握，认为这样的杂文属于“社会论文”，是文学家用来进行战斗的特别文章体格。“革命的作家总是公开地表示他们和社会斗争的联系；他们不但在自己的作品里表现一定的思想，而且时常用一个公民的资格出来对社会说话，为着自己的理想而战斗，暴露那些假清高的绅士艺术家的虚伪。”接着瞿秋白例举他所熟悉的苏联伟大的作家高尔基，说高尔基在创作之余写作了许多“社会论文”。接着，瞿秋白认为鲁迅的杂感其实是一种“社会论文”——“战斗的‘阜利通’（feuilleton）”，是“文艺性的论文”。[①]

这样的论述不仅给杂文特别是鲁迅体的“文艺性论文”作了文体论证，为以后的学者研究鲁迅和鲁迅杂文奠定了概念性、理论性和学术性的基础，而且还启发了鲁迅研究特别是鲁迅杂文研究的后续进展，也即关于鲁迅“批评本体”写作现象的论述。

“批评本体”说用于鲁迅的杂文写作应该说相当贴切，因为，“文学的批评本体是指文学家本着社会责任和文化义务，以文学身份所进行的社会批评和文明批评的写作行为及其结果，这样的结果往往体现为杂文，当然也可以在变异和装饰的处理中演化为别种文体”。而“鲁迅既是一个伟大的文学家，又长期热衷于社会批评和文明批评的杂文写作，而且自己认定这样的写作不属于创作本体，实际上就是承认了文学的批评本体写作的存在。他的批评包含着一些文艺批评，不过更多的却是文学家身份的社会批评”。批评本体写作既属于文学写作，又不属于文学的创作本体写作。这样的定义受到法国哲学家德里达的“文学行为”说的启发，认为“文学行为不单是指一般意义上的文学创作，其实，文学研究和文学身份的批评也是本体性的文学行为；因此，文学的本体行为除了创作本体这一基本形态而外，还有文学的学术本体和批评本体形态”。[②] 不过更重要更直接的学术启发来自瞿秋白“战斗的阜利通”和“社会论文”、“文艺性论文”的定位。

瞿秋白《鲁迅杂感选集》序言为中国现代文学研究和鲁迅研究奠定的另一个学术基础，便是从“思想革命”的视角看取鲁迅文学的价值与历史地位。学术界应该并且已经充分估价王富仁的重要著作《中国反封建思想革命的一面镜子——〈呐喊〉〈彷徨〉综论》的学术开创意义，该书认为《呐喊》和《彷徨》的独特思想意义在于，“首先是当时中国‘沉默的国民魂灵’及鲁迅探索改造这种魂灵的方法和途径的艺术记录。假若说它们是中国革命的镜子的话，那么，它们首先应当是中国思想革命的一面镜子”[③]。将鲁迅这位杰出的“革命家”定位在“思想革命”的领域与层面，并且认为鲁迅与俄国革命的一面镜子托尔斯泰相比，后者并没有像鲁迅那样“站在时代思想的高度”。这些都是石破天惊的学术开拓。这样的学术开拓与瞿秋白早先的学术开辟有密切关系。瞿秋白就是从“思想斗争”、“思想革命”的角度肯定鲁迅的历史地位和时代贡献的。他认为鲁迅的杂

---

① 何凝：《序言》，《鲁迅杂感选集》，青光书局，1933 年，第 2 页。

② 朱寿桐：《论鲁迅写作的批评本体意义》，《鲁迅研究月刊》2018 年第 4 期。

③ 王富仁：《中国反封建思想革命的镜子——论〈呐喊〉〈彷徨〉的思想意义》，《中国现代文学研究丛刊》1983 年第 2 期。

文是“中国思想斗争史上的宝贵的成绩”，[1]鲁迅伟大的批判功绩以及它无与伦比的价值主要在“思想革命”方面：

> 辛亥革命之后，中国的思想界就不可避免的完成了第一次的“伟大的分裂”；反映着群众的革命情绪和阶级关系的转变，中国的士大夫式的知识阶层就显然的划分了两个阵营：国故派和欧化派。这是在“五四”的前夜，《新青年》早期的新文化运动的开始时期。当时德谟克拉西先生和赛因思先生的联盟，继续开展了革命的斗争；这是资产阶级民权革命的深入，也就是现代式的知识阶层生长发展的结果。鲁迅的参加“思想革命”是在这时候就开始的。[2]

这不仅成了中国现代文学研究领域的定论，而且也开辟了从思想史和时代思想高度的角度取视鲁迅和鲁迅文学的学术传统，并成为后来研究鲁迅、研究中国现代文学的重要理论资源和方法论遗产。

《鲁迅杂感选集》序言是中国现代文学研究的学术经典，该文对鲁迅的人格所作的阶级分析非常深刻，同时也非常精辟。瞿秋白不是简单地从鲁迅的阶级“成分”、家庭出身和社会经济地位论定鲁迅的政治属性和文化身份，而是从马克思主义的阶级论与社会文化学观点相结合的意义上分析鲁迅，得出了这样的结论：“鲁迅是莱谟斯，是野兽的奶法所喂养大的，是封建宗法社会的逆子，是绅士阶级的贰臣，而同时也是一些浪漫谛克的革命家的诤友！他从他自己的道路回到了狼的怀抱。”[3]作为封建阶级的逆子贰臣，鲁迅的叛逆性格特别是思想上的叛逆性是他的人格风范的集中体现。又由于他是从封建宗法社会中叛逆的“逆子”，是从“绅士阶级”逃脱出来的贰臣，他能够将自己原来所属的社会和阶级当作审视和批判的对象。对于他而言，那个社会和那个阶级的内涵以及外延是那样地清晰，因为他已经离开了“此山中”，可以识得庐山真面目。作为叛逆和批判的优势，他又对那个自己浸淫了很久的社会以及那个他曾经所属的阶级了解得特别深刻，因而他的叛逆从思想意义上意味着那个社会和那个阶级整体性的崩坍，他的批判也将达到从未有过的烈度与深度。

这种痛心疾首的、灵魂撕裂的人格分析和令当事者心惊肉跳的文化身份的确认，使得鲁迅不得不佩服瞿秋白犀利的学术观察和精切的学理分析的能力，可以说，瞿秋白的观察和分析抵达了鲁迅灵魂深处的痛感，那是心灵撕裂的隐隐作痛，还有触及精神隐秘的痛快淋漓。这样的观察和分析实际上帮助鲁迅揭示了这样的心理现实：为什么他在

---

① 何凝：《序言》，《鲁迅杂感选集》，青光书局，1933年，第2页。
② 何凝：《序言》，《鲁迅杂感选集》，青光书局，1933年，第8页。
③ 何凝：《序言》，《鲁迅杂感选集》，青光书局，1933年，第3页。

对中国文明和中国社会进行批判的时候，总是感觉到自己的文字中，其实也就是在自己的灵魂里，残留有浓重的“毒气和鬼气”。瞿秋白像一个没有身背桃木剑的高明的道士，只是在黄裱纸上随意点画了几笔，就将鲁迅身上的“毒气和鬼气”侦悉出来，挤逼出来，进而明白无误地揭示出来。原来这是他所属的阶级的自然留传的痕迹，是他所熟悉的社会必然熏染的一种色彩和斑点。鲁迅由此将瞿秋白引为唯一知己，明确地表示对他的阐述欣然接受。瞿秋白牺牲之后，鲁迅带病为他的遗著的出版四处奔走，这就是瞿秋白的《海上述林》，内容不仅都是鲁迅收集、编定的，便是书籍的设计、装帧，也都是鲁迅亲自审定。该书分上下两册，1936 年以“诸夏怀霜社”的名义出版，用重磅道林纸印制，配有玻璃版插图，封面分皮脊亚麻布品和蓝色天鹅绒品两种，俱是当年最上乘的装书材料。又以皮革镶书脊，书名烫金，书口刷金。这是在整个书籍印制工艺史上登峰造极的精品之作。鲁迅特意安排开明书店所属的美成印刷厂打纸型，然后通过内山完造寄到日本东京印装。很明显，鲁迅对自己的书籍从未如此上心、尽心，如此追求至善至美。由此可见，鲁迅对这位知己的感怀是如何深挚。

中国现代文学研究在中国新文学发生、发展的十数年以后，在鲁迅等杰出的文学家和文学研究者筚路蓝缕而又精彩绝伦的开辟中，形成了自己的学术传统、创建了自己的学术基础，只是对先驱者学术传统的继承，对原已形成的研究基础的开发，表现得较为迟缓。对这些学术传统、研究基础的全面继承和开发，则需等到改革开放、拨乱反正形成气候以后。此前，政治性的讲求让中国现代文学研究的丰富性受到一定影响，这种影响的结果是，受到批判和否定的新文学家越来越多，能够成为中国现代文学学术研究对象的文学家越来越少，于是，鲁迅等开创的学术传统、研究基础，连同新文学研究所特有的学术伦理，都难以发挥正常的影响作用。改革开放、拨乱反正的时代气氛，让中国现代文学恢复了原有的元气与活力，在全面继承和发展新文学研究的学术传统的基础上，不断开拓创新，这样才有可能建立起这个学科的学术辉煌。

四、学术责任感与中国现代文学研究方法

无论是中国现代文学研究还是古代文学研究，文学研究都需要有一定的方法，一定的规范，还要负起一定的学术责任。

一般来说，文学研究无须担负多大的社会责任，一般的道义责任也比较弱，需承担的是学术责任。这是人文学术研究与其他类别的学术研究很不一样的地方。科学家应该有他的责任感和学术承担感，而文学研究者也应该有自己的学术责任感。

曾有人对文学研究界未能预测到诺贝尔文学奖得主是谁而质疑文学研究者，并以地震学家未能预测一场地震相比较。是的，文学评论界没能预测莫言的获奖。其实，历

届诺贝尔奖得主几乎都无法预测。但这和预测地震是同样性质的问题吗？显然不是。第一，诺贝尔奖项是特定的人群投票决定的，人为因素相当重。这种人为因素并无特定的规律可循，也无多少必然性可依，因而其结果怎样终究无法预知。而诸如地震等属于自然现象，本应通过各种地质结构分析，通过各种自然现象的分析，通过各种地质运动规律，客观地报道某一地区的地质状况，并尽可能给予灾难预警。地质灾害的发生至少排除了任何人为力量的干预。排除了人为力量干预的现象往往都是有规律可循的现象。换言之，文学事务几乎全部由人为力量干预构成，其中的规律几乎无迹可寻。第二，对于这样一种在实际意义上并无规律可循的文学事务，任何预测都是假定性的推论，严格地说不应属于预测，也不应该有所谓的预测；即便有预测，也是一种批评游戏的展开。而类似于地震、气象之类的预测，则是相关科学研究的应有之义，也是相关科学家无法逃避的责任，是严肃的科学任务。因而这是两种性质完全不同的“预测”。第三，最关键的是，关于诺奖得主的预测哪怕错了，甚至每次都错了，也不会影响任何人的生命，不会影响到任何地块的社会生活，这与失败的或者无所作为的地震预测动辄导致成千上万人罹难的后果难以比譬，更无法同日而语。从责任感方面而言，将文学事务的批评游戏式的所谓“责任”同地震预报之类的科学职责混淆起来，是非常愚蠢的说法。

由此，我们可以非常沮丧地意识到：文学研究没有太大的“用处”，它不能用来解决自然界的任何问题以及社会问题；同时我们又可以略感安慰：谁也不会愚蠢到指望任何文学研究来解决自然界的问题与社会问题，我们自己也无须想到去解决任何这样的问题。从这个意义上说，文学研究者不必主动去负起各种社会道德责任。文学也可以在道德意义上有限度地进行“冒险”。如果安娜·卡列尼娜这个人出现在我们的社会中，那她就是有道德问题的人，就会遭到鄙夷与谴责，但文学作品可以这样刻画她，以赞赏的角度去写她，文学研究和文学批评都可以赞美她，不必因此遭受道德的谴责。如果生活中出现繁漪这样的人，同样会遭到人们的耻笑和鄙夷，但是文学创作家和文学研究者都可以一起发现其闪光点，发掘其性格中的美好和人格上的堪比金子的宝贵。除了道德责任无须太多苛刻地承担而外，文学研究应该承担的社会责任不是没有，但指数相对比较弱，与其他学术研究比起来，社会责任指数特别弱。如果是法学研究，对许多社会影响较大的判例就不能说三道四，尽管学术是“自由”的，但一个法学专家的不同意见很可能在社会上和社会舆论中发酵，形成某种社会热点同时也酿成某种社会事件，那将会是一个很大的问题。如果是房地产研究，也不能像文学研究这样很“自由”地说话。一个有影响的房产经济学家，其公开发表的每一句话都可能对房地产市场造成影响，那种影响一旦形成就会产生他自己都无法承担的社会责任。文学研究就不是这样，一个作品，一个作家，你按照自己的观点进行评价，哪怕有些出格、离奇，一般来说不会在社会上造成什么大的躁动，不会影响到正常的社会生活。除非引起政治的批判，像当年俞平伯的《红楼梦》研究所遭遇到的那样。不过那成了一种政治运动的题材，并不反映文学研究的常态。

虽然不能说文学研究的社会责任指数是零，但当有人以社会责任的名义指责文学和文学研究的时候，他一定不是站在文学和文学批评的立场上发言，而是站在别的立场，例如政治批判的立场上说话。这在中国外国都是有传统的。1930—1940年代的美国，左翼政治批判家指责艾略特属于"不负责任者"(the irresponsible)，艾伦·退特发表《诗人对谁负责?》一文予以辩护："诗人对什么负责?"这是一个"无须多做解释"的问题，实际上是个伪问题；诗人不应当担负"对道德的、政治的和社会的健康状况要尽的责任"。[①] 文学研究也是如此，它无须承担对于道德的、政治的和社会的各种责任，它的责任就是按照学术的要求做好它自身，这可以说是一种学术责任。

所谓学术责任，就是指学术研究对于学术材料的真实性、学术逻辑的严密性、学术方法的可靠性和学术观点的正确性所应该承担的责任。文学研究在学术研究中具有特殊的地位，但也必须承担这样的学术责任。

文学研究所承担的学术责任，相对于其他学术研究来说，也显得比较弱。不同种类的学术研究其所负担的学术责任相对而言也有所不同。从理论上说，自然科学的学术责任最强。自然科学面对人与自然的各种关系，微观的与宏观的，它从认知的角度解决是与非、对与错等至关重要的问题，因而它的学术责任就是人类责任，就是历史责任，就是社会责任。从责任指数看，自然科学学术责任的指数最大。虽然在理论上自然科学研究可以而且不应肩负社会责任和道义责任，但实际上并非如此，其所承担的社会责任和道义责任可能比社会科学还大。比如克隆科技，其所承担的社会责任和道义责任之大，甚至成为当代社会科学和自然科学共同面对的一个难题，一个世界性的、人类性的难题。

科学研究的社会责任和道义责任问题，不仅在克隆技术方面是一个世界性的、人类性的难题，在诸如核科学方面同样是这样的问题。世界上各个核大国都在拼命加大投入进行核试验，提高核科学的技术水平，其他国家也在想方设法参与核科学的研制。核科学的高端发展能够导致地球的崩毁，人类的毁灭，但同时又是目前的人类社会所需要的。这难道仅仅是科学技术的问题? 它所担负的社会责任和道义责任比我们想象的要大得多。从某种意义上说，自然科学的学术责任之中其实包含着非常重大的社会责任和道义责任。

社会科学的学术责任与自然科学的学术责任相比，就比较弱一些，因为它有时候不直接通向世俗生活层面的是与非甚至对与错的判断。人文科学更是这样，其学术研究往往不通向与日常人生相关的是非判断，主要是进行学理分析和观念论辩。人文科学的共通性是关于人的学问，包括人的历史、人的哲学、人的文化、人的创造。其中最典型

---

① 见赵毅衡编选：《"新批评"文集》，中国社会科学出版社，1988年，第456页。

的内容包括文史哲。哲学研究的是人创造的精神结果，历史研究的是人创造的客观实践的结果，文学艺术研究的是人创造的以审美形态出现的精神结果。在这些人文科学研究中，哲学研究和历史哲学都可能在所承担的学术责任中包含有较明显的社会责任和道义责任。哲学与人的世界观连接在一起，因而一种哲学可以鼓动起人和社会的正能量，又有一种哲学正好相反，比如说悲观主义哲学传统，从叔本华一直到尼采，直到世纪末的哲学思考，通向对人的价值的否定和怀疑。这样的哲学在社会道义方面不鼓励人们去积极面对世界、面对社会、面对人类，这种哲学的社会责任道义责任就发生了问题。历史研究在有些场合也必须负起相应的社会责任感。比如对南京大屠杀的历史事实，就需要研究者带着学术良知，同时更带着社会良知和道义感进行研究。这时的历史研究就会异常沉重。文学研究一般而言可以超越这样的社会责任和道义责任，因而往往也不会那么沉重。

文学研究在人文科学和社会科学研究中常常更倾向于体现为一种分析性的成果，而不是判断性的成果。与一般的社会科学、人文科学相比较，文学研究的学术责任更弱，因为它所采用的主要是文学家的创作成果，它所研究的主要是文学家精神活动的某个瞬间，它所依仗的分析材料和分析依据比一般的社会科学分析更加偏于主观，更加体现个性、特性甚至偶然性，这些对象之中甚至容不下一般理论的阐释或一般规律的套用，因此，它的学术责任也就不那么强。

有意思的是，文学研究中有的课题通向是非研究，可以作出是与非的判断，但偏偏这样的课题常常是无关宏旨的小题目。例如有些文学史实的考证，里面就有是非问题，但研究过后会发现，这样的是非把握与文学史的总体把握其实并不构成多大影响。南京大学邹恬先生在“文化大革命”期间做过一调查研究工作：考证鲁迅在南京路矿学堂求学期间实习过的青龙山煤矿所在地。他写过这方面的论文，但自己认为这样的论文并不重要。这样的考证可能通向对错是非判断，但这样的对错是非对整个现代文学史的认知不会有多大影响。鲁迅在这里实习过还是在那里实习过，鲁迅终究是否在某个煤矿实习过，这样的历史事实弄清楚了还是没弄清楚，都不会影响对鲁迅文学成就和文学史功绩的总体评价，更不会影响到对整个现代文学历史的认知与评价。我自己也曾经参与过这样的考证：郭沫若是哪一天从上海去日本，联合郁达夫等讨论确定创造社成立事项的。我们甚至从当时的报纸上查到轮船的船期，从天气报告的记录中查到与郭沫若叙说的相关信息之间的关联，试图确证郭沫若此行的具体日期。为此，有教授还质疑过，拿出了另外的资料进行否定性证明。不过其实无论郭沫若哪一天出发的，这事实都改变不了，他确实在那一段时间折返日本，从事组织创造社的活动。并非说这样的考证和论争就没有价值，但它虽然可以用于是非判断，其所担负的学术责任却很小，无论其是否如何，都不会影响我们对郭沫若在创造社成立过程中所起关键作用的评价，也不会影响我们对历史上创造社组织构成的基本认知，更不会影响文学史对创造社文学地位和历史作用的整体评估。

现在有一种趋向，在博士论文选题中，有意学习日本的那种偏重于事实考据的研究方法，将一个作家的某个作品其所反映的历史场景与真实的历史事件进行细致的对比研究。这样的研究往往很踏实，资料性很强，甚至能够通向是非判断，但它并不能承担很强的学术责任，因为它的实证研究再有效，也不能重估这个作品的文学史成就，也不能重新确定这个作家的文学史地位。李劼人的作品往往与近代以来川中政治和社会生活联系在一起，如果有人专题研究《死水微澜》、《大波》等长篇小说所反映的社会事件与历史上实有的社会事件之间的联系与区别，其间进行耐心细致的比对，分析出哪些情节是纯写实的，哪些事件是半写实的，哪些场景则是全虚构的，这样的研究会非常有意思。不过这样的研究其意义不可高估，它最终不能在李劼人评价方面、在李劼人的历史地位和时代关系的评估方面得出新意。

文学研究，特别是中国现代文学研究，主要的学术目标不是类似于学术考证这样的是非判断，而是在学术分析和观念论辩。其所承担的学术责任基本上不是是非判断，也不包含多少附带的社会责任和道德责任。如果我们的文学研究不是有意去闯荡学术禁区，不是有意去作观念的政治冒险，我们就尽可以享受学术研究的自由快感。事实上也正是如此，一般从事文学研究的教授、文学评论的专家，活得相对比较轻松，感觉相对比较自由。只有在文学这个行当里，一位老师可以把刚刚思考的问题作为课堂内容交付给他的学生，与他们一起探讨。其他行当看来都不可以。面对文学研究，学者们能够负起的责任，只有学术责任，这使得他们有足够的心性保持心灵的自由。

当然，面对学术责任，也并非所有的人都能够应付裕如。文学研究，特别是以白话文学为基本研究对象的中国现当代文学研究，往往是文学的学术研究与文学评论混杂在一起，这样所要求的学术门槛较低，不少人会凭着“写文章”的本领随便涉足这样的研究，在没有经过严格的学术训练的情形下，甚至可以成为这个专业炙手可热的教授。这样的教授往往学术的操持力欠缺，也缺少可靠的研究方法，甚至没有相对稳定的研究对象，可能像一个幽灵在各种文学的专题之间游荡。关键是没有经过严格的学术训练就不会知道学术的基本责任，同时也不可能担负起这样的责任。这种没有操持、缺乏训练、根本谈不上对学术负责的人，他们对文学研究，特别是中国现当代文学研究的学术严肃性破坏极大，同时也滥用并亵渎了文学研究的相对自由。

文学研究不仅相对于自然科学、社会科学和人文科学拥有较多的自由，即便相对于其他姊妹艺术学科如绘画、音乐、雕塑、戏剧的研究同样拥有较多的自由。与文学研究不同，艺术研究常常将艺术史、艺术理论的研究与艺术鉴赏分开。艺术鉴赏具有主观性，以个人对于线条对于色彩对于声律和韵律的好恶来评判，而艺术史和艺术理论研究则是在学理意义上或历史规律性认知意义上展开，从色彩学、线条学、韵律美感等角度进行判断。艺术鉴赏总是面对人们喜好的艺术作品，而艺术理论和艺术史研究则可以把不喜欢的作品作为研究对象。到了文学研究领域，情况就不同了：文学研究中的文学鉴赏与文学理论和文学史研究可以浑然一体，文学鉴赏是文学批评的基础，文学批评与文学理论甚至文学史研究相通。文学研究与一般艺术研究之间形成的这种方法论上的差异，乃取决于文学创作与艺术创作之间的方法论上的差异。文学、艺术都是人们精神创造的结果，但创造和实现的方式、途径有较大差异。文学的表现和物质承载是用语言文字进行直接表述，而语言是思维的物质外壳，与文学创造性的思维互为表里。文学通过语言文字直接诉诸表述，不需要借助任何物质中介，因而也不需要任何操弄物质中介的技巧。其他艺术创作则在人类创造性思维与作品呈现之间添加相应的物质中介，而操弄这种物质中介的技巧和方法需要经过特殊的训练。例如画一幅画，需要先进行构思，考虑用什么作为主色调，什么是主配色，什么是次配色，勾勒人物线条的结构与位置，呈现近景与远景的线条风格与色块粗细。将这样的艺术构思呈现出来，不仅需要相应的彩色颜料、合适的画笔等等，更需要创作者有足够的技术准确地甚至超越性地实现初步的构想，用色要精准，画线要到位，构图要灵动，同时须符合美术透视的原理和物象比例的逻辑。这样的技巧可不是一朝一夕就能掌握的，需要经过长期、系统甚至艰苦的训练。一个人如果想画一幅关于青城山的画卷，构思可能非常之好，让人看到这幅画不仅想起青城山的美和壮，还能想到人类历史的创造，李冰父子的功绩，可以具体地设计出以三分之二画青城山，另外三分之一虚拟成与都江堰相关的物象景观人物等等。但如果这位设计者全无绘画训练，画出来的山不像山，水不像水，树不像树，人不像人，典型的“四不像”，那么所有的构思都无法诉诸呈现。所以作为一个画家要掌握绘画技艺，然后才可能进入创作，所有的构思才能得到呈现，呈现了才知道构思是否完美，呈现是否到位。这就是人们常说的“艺匠”，既要有艺术构思的力量，更要有艺术呈现的技巧。音乐也是这样，对于一股音乐情绪，先在语言文字层面作构思，然后在音符旋律方面进行表达，要找到音符，还要设计音质，构想用什么样的乐器在什么位置进行表现，是用钢琴、小提琴或者琵琶、二胡、笛子或别的什么作为主体表现器乐。对于不擅操弄这些乐器的人来说，再好的音乐设计也无法呈现，勉强呈现出来的那种声音会令人难受得出乎想象。操弄这些乐器，或者将构思的旋律用音符呈现出来，所需要的技术同样需经过长期、系统甚至艰苦的训练。除了文学而外，所有的艺术创作都需要凭借这种技术型的“艺匠”，以及相应的物质材料作为中介。

语言文学最为简单，就是用语言文字把自己构思的思想情感传达出来。它不需要特别的物质，所有的物质就是能印字的纸张。这纸张的质地与文学的内容并不构成直接关系，在此很容易联想到国画用的宣纸与油画用的画布，其质地与绘画效果的关系是如何紧密。文学的物质呈现不需要技巧，也不讲求物质。一个没有受过文学专业训练的人照样可以写作，只要他能够写字，他就可以完成文学的物质呈现，当然，呈现得好与不好，也就是说艺术描写的技巧和语言的功力有高有低，这是另外一回事。用于印刷一首诗的纸张质量如何，与这首诗的好坏完全没有关系。

文学呈现对于物质的依赖非常之小，对操弄相应物质的技巧要求也几乎归零。凡是对物质依赖越低、技艺要求越低的艺术种类，思想和精神含量越大。文学作品对于写作者而言不需要独修技艺，物质含量也就是一行行的字，用什么纸张怎样印刷其实都与作品的内容无关，更不影响其精神含量。抗战时期物资匮乏，纸张质量很差，印刷质量也无法保障，但这样的物质和技术并不会影响到《抗战文艺》等出版物的文字质量和文学水准，甚至在战争后期还出版了《鲁迅全集》，鲁迅作品自身的优质水平并不会因为纸张的粗糙和印制工艺的简陋而受到影响。但如果没有相应的纸张和绘画技术，就无法完成上乘的美术作品，后者对物质和技巧的依赖比文学大，甚至更绝对。这就是文学与其他艺术之间的关键区别。这一关键区别使得文学作品所拥有的精神和思想含量最大，最密集，因而文学研究往往更多地体现分析和思想解读的内容。在艺术创作中，对于物质依赖的程度，以及对于操弄物质的技巧的要求，往往与作品包含的精神和思想容量成反比。文学基本不依赖于物质，除了那点可怜的用于印刷的纸张而外，因而更不依赖于操弄这种纸张的技巧，它所包含的精神内涵和思想内容就最密集、最充分，这是因为呈现它的物质不会消耗它的精神和思想容量，它所要求的物质呈现技巧也不妨碍和干扰它的精神和思想表达。绘画所依赖的物质明显高于文学，绘画所用的纸张有严格的选择性和规定性，油画还得用画布，其所用的油墨颜料等也有相当的选择性与规定性，与此相联系，绘画所要求的技巧更是一种专业的训练，因此，比较依赖于物质与技巧的绘画作品所表达的精神和思想内容一般来说会低于文学作品。与绘画相比，雕塑对于物质的依赖更大，不同的雕塑要求不同的质料，或者铸铁，或者青铜，或者象牙，或者玉石，其对于创作者所要求的技巧则是十分专业，比绘画者的训练还要更艰苦更严格，这样，雕塑作品比绘画作品所包含的精神思想要单薄得多。建筑艺术是最依赖物质的，建筑所要求的技巧包括工艺也是最严格的，因而建筑艺术作品所表达的精神思想内涵也最简单。一般而言，一个建筑艺术品所包含的精神思想可能用几句话可能几十个至多上百个字就可以概括，一个雕塑作品所包含的精神思想则需用一两段文字两三百字庶几可以概括，一幅绘画作品所包含的精神思想内涵则可以用一小篇文章、千余字的篇幅可以概述，而一个很短小的文学作品，例如一首五言绝句诗，其所包含的精神、思想可能需上万字甚至更多文字容量进行传达，如《静夜思》只有 20 个字，但对这个作品思想内涵和精神品质的分析可以写成一篇 2 万字的论文。

文学表现由于通过语言文字，一般都在文学家的直接操控之下，很难形成出乎作者意料的文学效果。但艺术创作不一样，由于艺术创作过程是依赖于物质材料并运用艺术家的艺匠和技巧对物质材料进行复杂加工的过程，其创作结果常常不能为艺术家所左右，有时候会达到精彩绝伦、出人意料的效果，这是艺术表现最为神奇的现象，也是艺术天才发挥到最佳状态的体现。这种超出艺术家自己的想象，让自己的创作构思获得超越性表达与呈现的现象，在文学创作中是难以实现的，但在其他艺术创作中则常有可能出现。这里或许可以借王尔德的小说《道林格雷的画像》来做一个极端的说明。道林格雷是一个美丽的男性，他被一个画家以精湛的技艺和美妙的表现手法描绘出来，那幅画不仅传达了道林格雷的美貌，而且还具有某种神秘的意味，美得令人颤栗。道林格雷凭借着他的美貌欺世盗名，行为不端，灵魂堕落，沉迷于声色犬马之中，那幅画像也随之发生了变化：由于长久闲置在黑暗的阁楼上，画像发霉了，美丽的图画现已变得面目狰狞，丑恶无比。道林格雷从中似乎看到了对自己命运的诅咒，在失去理智的迷狂和绝望状态下杀死了那位杰出的画家，同时也疯狂地毁坏了这幅画像。这是一个虚拟的故事，但这个故事从悲剧性的角度带着神秘诡异的意趣说明了艺术表现可能具有的出人意料的效果。

在文学表现中，这种出乎意料的效果，神乎其技的夸张，一般来说很难产生。文学的表现是语言文字的表现，它与文学家的创作构思和相关思维完全吻合，经常同步，文学家完全可以在任何创作环节把握住自己的艺术表达。从消极的方面说文学的呈现往往以文学家的思维意识为限度，不会带来令文学家自己以及读者格外惊喜的效果；但从积极方面而言，文学家能够自主地把握创作节奏和创作目标，在创作过程中一直处于主动的状态，比其他创作中的艺术家显得更为自由。文学批评和文学研究应该充分估价这样的自由。

中国现代文学研究同样应该注意到文学的这种自由。虽然在现代文学语境下，文学自由论曾经相当敏感，而且引起过多次激烈的论辩，但那些论辩多是在文学与政治、与社会、与人生、与时代的关系上展开的。现在我们需要在学术责任和文学创作技术层面这双重意义上，在文学研究的方法和观念意义上展开对文学自由的观察。

中国现代文学研究主要包含文学鉴赏、文学批评、文学理论、文学史学这四大块。文学鉴赏是文学阅读和文学接受的高端层次，是对文学作品发掘其精神内涵、美学价值、艺术魅力、技艺水平的肯定性的研究和学术评价的结果。文学批评应该比文学鉴赏更复杂，它包括对于文学作品和文学现象的正面鉴赏与评价，也包括对其负面效应和艺术不足的学理批评。文学理论是从文学创作及各种文学现象中总结、提炼出来的文学内部运作规律性的阐明或文学外部关系的学理认知，而文学史研究是在一定的历史视野和理论把握中对文学现象发生、发展的历史过程进行规律性、节奏性探索与把握的学术行为。从学术研究的角度而言，文学鉴赏和文学批评可以视为文学学术的准备和基础，文学学术研究常常要求在文学史学意义上展开，要对文学理论、文学现象、文学社团、文学思潮等进行文学史学的考察。这样的学术考察既属于历史的，也属于理论的，但由于不必负担社会、道义责任，甚至在学术责任的承担方面也比历史科学更为轻捷，因而它的自由度就更大。

中国现代文学研究的学术自由度非常醒目地体现在，它甚至可以疏离文学作品自身的实际，疏离文学创作的历史可能性，而进行自由的理论发挥，这是文学研究的特权，是文学研究超越于历史研究所拥有的特定的学术自由。

对于具体的文学作品和作家的创作实际而言，理论和批评发挥的过度阐释，在社会科学和人文科学的学术责任感上，算是一种缺陷。然而，在文学研究中，这样的学术发挥得到了包括现代阐释学在内的许多新潮学术理论的支持。这样的新潮学术理论认为，所有的文学作品一经正式发表，便以一种相对于作者意志的独立姿态出现，它成为客观的社会文化文本，有权力独立接受任何来自外界对它的解读与阐释，而这样的解读与阐释的正确与否与原作者及当时的社会文化语境及相应的创作心理没有直接关系。

这就是说，在中国现代文学研究中，特别是在文学鉴赏和文学批评意义上，可以对文学作品或人物进行学术性阐释和批评性解读，无须像在一般的历史研究中那样需要对历史的真实材料负起学术责任，无须对作家创作的原意或文学历史的原有情景负起学术责任。只有文学研究有这样的权力，因而文学研究的学术自由度显然大过其他人文学术研究和社会科学研究。

中国现代文学研究还拥有自由联想的思维优势，而这在一般的人文研究和社会科学研究中常被要求谨慎对待。同样就觉慧与鸣凤的人物关系而论，可以展开相当自由的学术联想，并以此展开较为深入的文学史研究。觉慧之于鸣凤，既有青春期的异性爱慕情绪，又有五四新文化运动影响下的个性解放、人格平等和自由恋爱的时代精神的鼓舞，带着启蒙主义和平民主义意味。他对鸣凤的爱情不是真正的两情相悦，而是一种居高临下的启蒙模式的爱情关系的展现。觉慧爱鸣凤，但同时他深知要培养鸣凤，教导鸣凤，有条件的时候他会提出让鸣凤去读书，受教育，经过这样的培养使得她成长为一个新女性，一个新的知识女性，然后才可能有资格与自己比翼双飞。这就涉及中国现当代文学中的“培养爱人”模式。到了《雷雨》中的周冲，对他所喜欢的四凤，便勇敢地、明确地提出了要让四凤去读书的想法。这种“培养爱人”的模式是五四新文化浪潮中的一个闪亮的时代命题。这个命题在鲁迅的《伤逝》中有着精彩的开头，子君冲破了家庭的阻扰，勇敢地迈出了自由恋爱的第一步，抛别了各种轻侮和妒忌的眼光与涓生同居在一起，喊出了“我是我自己的，他们谁也没有干涉我的权力”的时代强音。但同居以后，她却沉迷于饲阿随、喂油鸡的俗常人生之中，甚至沦为一个市井平民，为着生活的鸡零狗碎与周围庸俗不堪的邻居纠缠不清。涓生不安于爱情理想的破灭，不满足于日常人生的琐碎，他告诫子君，爱情需要时时更新，人生的要义并不仅仅在相爱的人双宿双飞。然而这种试图“培养爱人”的努力并不见效，子君不仅不懂得这样的道理，而且与他讨论、向他抗议的兴趣都没有，最终，子君回到了旧家庭，然后在沉闷的生活中忧郁而死。这是中国现代文学史上第一个“培养爱人”的模式样板，当然也是归于失败的首例。其后，郁达夫的长篇小说《她是一个弱女子》，是另一种类型的“培养爱人”的模式展现，结果同样归于失败。到了杨沫的《青春之歌》才算成功。林道静先是在共产党员卢嘉川的感召、影响、吸引下走上了革命道路，接着又在爱人江华的“培养”下成为又漂亮又有革命觉悟的知识新女性。“培养爱人”模式在革命的和政治的成功前提下取得了历史性的成功。如果革命和政治不能成功，“培养爱人”的模式也往往不能成功。早在《青春之歌》之前，叶紫的小说《星》讲述的便是在政治革命中“培养爱人”的故事，随着政治革命的失败，被“培养”的爱人仍然回到旧的生活秩序中，成为生活车轮碾压下的沙砾与微尘。

“培养爱人”应算是中国现代文学的一种叙事模式，这一叙事模式的发现不可谓不别致，但很难说很成熟。别致而并不成熟的观察却可以拿到中国现代文学研究的课堂上来讲述，或者可以写成文章来发表，这就说明了中国现代文学研究的学术自由度颇高。越是拥有高度的学术自由，就越需要研究者拥有较好的自身造诣与修养，这样才能拿捏好学术自由的尺度，在学术与非学术之间进退有据，游刃有余。

基于上面的认知和论证，本书的研究范畴和基本思路得到了初步明确。

中国现当代文学研究方法论中的“中国现当代文学”，显然是一个从俗从众的概念，是一个在表述上尽可能避免张扬的本分概念。方法论的学术展开不可能只局限在“中国现代文学三十年”的狭窄频道，甚至也不可能只是在所谓中国现当代文学的学术范畴之中展开。不能包含在“中国现当代文学”中的“海外华文文学”，也会成为我们的方法论思考所不时关涉的内容，因为对于海外华文文学的研究，在方法论方面很自然地归于中国现当代文学研究的一统局面。在这样的意义上，用“汉语新文学”来整合包括中国现代文学、中国当代文学、台港澳文学和海外华文文学的学术建言，仍然显示着学术合理性与学术可行性。

汉语新文学，在其主流板块的代表性和在最通常意义上的习惯表述中被模糊地叫作中国现代文学，或者更“正式”的称谓是中国现当代文学。作为一个在中国当代高等教育和文化体制的学术架构中占据重要位置的独立学科，作为一个拥有近百年学术积累和成果积累并形成一定传统的优势学科，作为一个在大中华不同地区具有不同位势但无论怎样都受到密切关注的焦点学科，关于它的学术总结应该而且有条件全面展开，对于它所形成的独特研究方法的探讨，是其学术总结的应有之义。

汉语新文学学术研究方法论的探讨，首先必须对其所属的学科进行历史的和学理的梳理和论证。因此，我们对这个学科的中心词“新文学”与“现代文学”的形成历史及其演化规律做了初步的学术整理，并对汉语新文学的学术范畴进行理论界定。其次，研究方法必然与各种研究的学术观点甚至政治、社会、文化观念密切联系在一起，而厘定各种研究方法与这些复杂观念的关系，是我们展开方法论研究的必要步骤。研究方法是一种架构，在学术本体的呈现中，它自身并不是内容，用于学术阐论甚至学术判断的学术观点及政治、社会、文化观念，当然还有具体的研究对象本身才是学术内容。因此，任何学术方法的研究试图离开具体的研究内容走向抽象，都是不现实的。这其间的关系之复杂性，本来就是一个专门的研究课题，本书无力也无暇在这方面提供详密的理论思考。

再次，也是更为重要的，即便是对于汉语新文学或中国现代文学这个历史相对短暂的学科而言，研究方法的总结也只是一种管窥式的学术把握，一种点评式的学术阐论，不可能将非常丰富非常复杂的各种研究方法尽收眼底，也不可能就中勾勒出一个清晰的方法系统。俗谚有“条条大路通罗马”，其实世界上人们关注的任何一个地点，都可能有“条条大路”通达，而且不仅仅是条条大路，条条小路也可以通达，除了大路小路之外，尚有不同层次的其他路径可以通达，如空中路线、如水上路线等等。我们的研究方法论只能是若干个系列研究方法中的一个相对狭窄的、可能比较清晰的路径揭示。尤为重要的是，上述“条条大路”之类毕竟还指向一个明确的目标，汉语新文学或中国现代文学研究往往并不会提供如此统一的、了无歧义的、明确无误的学术目标，因而它所关涉到的路径将会更多，更复杂。因此，本书并不是汉语新文学或中国现代文学的研究方法的一个或一条哪怕是最微小的路径、线索的总结，而只是围绕着研究方法展开的学术讨论，因而是研究方法论。

因此，这是部研究研究方法论的书，而不是设计研究方法的书，本书无力也无法建成一个可供遵循的学术线路图让初学者找到一条可靠的学术捷径。

从事学术研究，需要总结和自觉地运用研究方法。中国传统文化对研究方法的重视往往超过对学术理论的重视。古人云：工欲善其事，必先利其器。其实，事欲善其器，必先利其道。如果说器是做事的承载物，在学术研究方面可以说是一定的理论，那么方法就是道，器之上乃有道，“以道御器”在我们的话题中可以解释为以一定的方法带动理论思考。可以拿解数学题来做比喻：面对一道相当有难度的数学题，我们如果将所有的定律、定理都记得很熟，也未必管用，重要的是找到一种合适的方法，才能使得这些定律、定理使用得法，才能最终解开难题。学术研究就是如此，文学研究也是这样，方法常常比一般的理论显得更为重要。

金代元好问《论诗》诗有“鸳鸯绣出从教看，莫把金针度与人”句，借助古代传说强调方法的重要性，这里的“金针度人”便是授人以渔的意思，是一种方法论的传承。这种秘不示人的态度是否值得赞赏是一回事，但由此可以看出古人对方法的重视。外国文化特别是西方文化也非常重视方法，他们的神话中往往比较强调魔力发挥的方法或抵达的途径。中国的神话中人如果飞翔，一般腾云驾雾即可，可西方人设想的飞翔则必须借助某种工具，比方说阿拉伯神话中的飞毯，或者欧美童话中的类似于哈利·波特所用的笤帚。这都是重视方法的文化结晶。中国神话中要让一个智者获得超凡的洞察力，往往是神乎其神的夜观天象或者掐指一算，犹如《三国演义》中诸葛亮所常做的那样，而西方的安排则比较讲究方法的逻辑性，《格林童话》中白雪公主的行为往往被狠毒的皇后所察觉，哪怕是她被逐出宫殿流落天涯，原因是皇后拥有一个魔镜，她可以通过魔镜观察到她要观察的一切，包括千万里之外的远处发生的事情。

中国现代文化的兴起也从讲究方法论开始。胡适非常强调学术研究方法的更新，这不仅体现在他大力介绍实验主义，不仅体现在他的《红楼梦》研究以及中国哲学思想的研究所十分突出的方法意识，他自己还总结出诸如“大胆假设，小心求证”的治学方法论，对现代文化和学术建设作出了别开生面的贡献。鲁迅撰著《中国小说史略》，也为学界提供了一种“拟”称方法：话本之后有“拟话本”，后来尚有“拟宋市人小说”、“拟晋唐小说”。这些都是鲁迅独创的学术概念，毋宁说也是鲁迅独创的研究方法：将在本原文体的基础上进行某种新创的文体，统称为“拟”体，这一个“拟”字，即可见得两种文体文化之间的联系与区别。其实，为鲁迅所讽刺的顾颉刚对古史的考据也提供了新颖的方法：以文字之象形寻证远古人文信息，包括“禹是一条虫”的推论，无论结论是否准确，但思维方法都具有一定的启发意义。陈寅恪对现代史学的贡献之一便是开辟了以诗证史的方法。

方法的获得需要得到学术训练。对于初进学术门槛的研究者而言，学术训练是十分必要的；学术训练包括学科知识和研究资料的全面把握，相关学术理论的深入进修，研究方法恰当而准确的运用。如果说学科知识和研究资料的把握可以在具体的学术研究中积累，相关的学术理论的进修也可以自助进行，研究方法的获得却只能通过传道授业，或者通过有丰富学术经验的人士指点，光是靠自己摸索和领悟当然也可以掌握一些研究方法，但这种研究方法是否准确有效，则是另外一个问题。如果说，从事文学研究的学术人士非常有必要经过系统训练，那么这样的训练主要是在研究方法方面。中国现代文学研究的门槛相对较低，致使一些未能得到系统的方法论训练的学者同样可以在这一研究领域施展拳脚。这其中的原因非常复杂，主要是在这一研究领域中，文学评论、文学批评和文学的学术研究含混一起，而需要方法论训练的主要是文学的学术研究。文学批评可以有一定的方法论，也可以凭借某种悟性、才情和判断力进行。方法论的讲求，至少在中国现当代文学的学术研究领域是非常重要的。

中国现代文学研究方法最基本的训练，在于面对不同的研究对象，尝试选择多个研究角度，尽可能选择较新的研究视角。中国现代文学研究一般习见常闻的研究角度是社会学的解读和政治学的批判，后来新批评方法融入以后，心理分析等研究角度也常被应用。最近一二十年，后现代理论传入，女性主义、后殖民主义、新历史主义的研究视角时时成为中国现当代文学的学术法门。除了这些，学术研究方法论还将鼓励更多更新的研究视角切入我们面临的中国现代文学作品与文学现象。善于在不同的研究对象面前设计和运用不同的切入角度，是文学研究方法的历练达到相当高的层次的标志。

时刻保持批判意识，经常在对俗常的研究进行批判性反思中进行新的学术研究，这是保持学术创新的旺盛生命力的基本方法。学术的生命在于创新，而创新的前提在于批判。善于批判性地审视常见的理论和一般的学术结论，是中国现代文学研究也是其他领域的学术研究进行学术创新的基础。因此，学术研究方法的训练应该从学术批判性思维的训练开始。

文学的现象是丰富复杂的，对于文学现象的解读也需要有丰富复杂的方法论构成。这种丰富复杂性要求文学研究须力避研究方法的僵化或僵死，要求研究方法尽可能显示出某种灵动性。不同的研究对象应该有使用不同研究方法的灵动性努力，而且需建立这样的信念：对于真正的文学研究对象而言，每一个研究对象都会有最适合它的研究方法等待着我们去发现，去挖掘，去总结，去运用。西方学术体制的引进让中国现代文学文化中崛起了一种新的学术范式，那就是各种文学史的研究，文学方法的研究给中国现代文学带来了很深刻的文化意义，这样的意义不仅体现在文学学术研究方面，还体现在文学创作上，更体现在文学思潮的运作方面。1930 年代左翼文学内部的论争对新文学的发展产生了强大的助力，而这些论争围绕着辩证唯物主义创作方法展开，乃是文学方法的探讨引导着文学思潮的运作。直至毛泽东时代宣传革命的现实主义与革命的浪漫主义相结合，仍然体现着文学方法对文学思潮的导引作用。改革开放以后的中国，学术研究方法和文学方法几度成为热门话题，带动了 1980 年代中期令人难以忘怀的社会科学研究热。中国现当代文学研究那时也为各种新方法烘焙着，生发出旺盛的学术创造力，包括世纪文学的观察方法、比较文学研究方法、古今打通的系统论方法、文艺社会学的细化（如文学经济学，文学社团学的暗暗崛起）方法等等，都为中国现当代文学的学术发展提供了良好的契机。

当然，所有研究方法的探讨都是为学术研究服务的。为方法而方法的研究也许是最无用的学术作为。一切学术方法的设计与选择都应该促进学术对象的阐解，促进学术发现或学术观点的创新。这里可以用显微仪器的更新来做比方。假如一个检验单位原有一台显微镜，用来做人体细胞的切片检查。他们费尽心思购买了一台新的，很可能是进口的显微镜，为了论证这种购买行为的必要性，当事人用一个生理切片做实验，原有的显微镜检测的结果是发现了三个病变细胞，新购的显微镜检查出的结果与之完全吻合：发现三个病变细胞！由此来证明，新显微镜的购置完全必要，这是不是很荒唐？新显微镜购置的必要性，需要建立在其检验功能多于、高于老显微镜，如果功能与检测结果完全相同，则为工具而工具、为方法而方法地置换新的显微镜，在理论上并不值得做文章。当然在实际运用中，也许由于显微镜的老化，需要进行设备更新，但没有从方法论上加以渲染的必要。在文学研究中，新设计和新探索的研究方法譬如那架新显微镜，它如果不能在作品分析或文学现象解读中提供原有通行的研究方法所不能提供的新思路和新发现，如果研究结果仍然与运用传统的研究方法所进行的研究一模一样，那么这样的方法论更新就没有多大的意义。

当然并不是说为了防止新的研究方法在文学研究中被滥用，就一定固守原有的和通行的研究方法，这样至少显得低调、保险。其实，根据不同的研究对象调整比较合适的研究方法，是学术研究的发展之道，也是学术创新的重要途径。在中国现当代文学研究中，固守于传统研究方法而明显不适应研究对象的情形时有出现，这就迫使我们须在研究方法的更新和研究视角的转换方面作出较多的努力。一位资深的研究人员曾以非常传统的现实主义研究方法批判金庸的武侠小说创作，指出这样的作品“脱离现实生活”，“使中国文学从现实人生的描绘转到了虚幻世界的编造”，且“伪造矛盾冲突，以争强斗狠、打打杀杀为能”。人物塑造方面存在着“公式化、概念化、模式化”的现象，等等。[①] 应该说，这些所谓“痼疾”确实是金庸小说所有的，更确切地说是金庸作品所免不了的，甚至还可以说有些“痼疾”还是金庸创作所刻意营构的。例如争强斗狠，打打杀杀，这难道不是武侠小说的本质特征么？研究者可以宣布这样的武侠文学不适应今天的生活，应该退出历史舞台，但它偏偏在今天的读书市场上依然走俏，今天的“舞台”尚不容其“退出”，研究者反过来还必须承认武侠小说现存的权力和价值，这时候你就须调整自己原有的研究角度，从武侠文学应该有的那种“套路”对作品和此类文学现象进行分析和评论，而不是用大家都熟悉的现实主义研究方法要求并指责武侠文学的创作方法。如果将研究视角调整到武侠小说这一特定的文体并且尽可能设计出适合于这一研究对象的新的研究方法，例如像以前的戏曲评论一样，为适应传统戏曲的演出范式而设计出一套研究话语，如角色、门道、青衣、花旦、刀马旦、小丑、亮相、旁白、科白、喊场、圆场等等，武侠小说的研究也可以根据其文体特性设计出一套研究话语，如各种武打的套路，各种仇怨的概括，秘籍的争夺模式，秘功的传授模式，神隐的模式，感化的模式，等等，这才是武侠文学应有的研究之道。武侠文学自身的性质决定了它不可能属于现实主义，如果我们一定要用现实主义的研究方法对待，那只能是方枘圆凿，不着边际。现实主义确实要求文学作品表现现实人生，而武侠文学就需要“脱离”人生，在虚拟的历史空间去构思，去畅想，去尽情地发挥和演示那些在现实生活中不可能存在的人和事。有的时候，武侠小说就像传统戏曲一样，就是要在人物和人物关系的设计方面走“公式化、概念化、模式化”的路子，这是它的一种“游戏”法则，有如传统戏曲中的脸谱、服装，目的正好是去个性化的。如果从武侠小说创作和阅读的潜在规则、惯有特性出发，研究者就不会对这种在包括武侠小说在内的许多文学类型中都难以避免的公式化、模式化处理予以指责。

当然，方法不是万能的，研究方法必须为学术创新服务，但不等于掌握了方法就能够抵达学术创新的目标。学术创新需要厚重的学术修养，也需要敏锐的才思和真知的洞见，在厚重的学术修养中，学术方法和相应的研究经验是应有之义，除此而外，还要有丰富的理论素养，详密厚实的知识积累。从某种意义上说，方法论的训练是一种无奈的

---

① 袁良骏：《再说雅俗——以金庸为例》，《中华读书报》1999 年 11 月 10 日。

训练。一个精神创造力旺盛、思想力十分充沛的学者，可以脱离任何方法论的束缚而自创格局、自成系统，例如尼采这样的天才，他的著述无论如何也不会受方法论的支配。1801—1804 年施雷格尔（August Wilhelm Schlegel）在柏林发表题为"启蒙批判"的观点，向归训于经济生活的庸俗哲学及其墨守成规的方法论宣战，同样他也拒绝了方法论的拘囿。但我们的中国现代文学研究仍然要强调方法，因为这一学术领域目前还不会向有创造力的批评家提供那么宽阔的批判空间。中国现代文学研究亟需建立自己的学术规范，而学术规范的建立必须仰仗于可靠的学术研究方法的建设。

第一编

中国现当代文学研究方法综论

第四章

文学研究与中国现代文学研究方法

文学研究是一个大的学问体系，内容繁多，包含着两维四极。文学研究的两维是指理论研究之维与历史研究之维，四极应是指中国、外国、古典与现代。具体地说，文学研究包括中国古代文论和中国现代文论研究，包括外国古典文论和现代文论研究，还包括中国古代文学史、中国现代文学史、外国古典文学史、世界现代文学史的研究。这样的两维四极描述显然还不是文学研究的全部，因为这两维四极还存在叠加状态和交叉状态；作为叠加状态的研究领域包括总论性的文学理论，通常所说的文学概论，它连带着文学研究中的哲学、美学。叠加状态还体现在，文学理论之维的研究可以有历史之维的介入，这就产生了各种理论史学；而作为文学历史之维的研究还可以有理论之维的介入，这就是各种文学史学理论。文学史学史的研究也是这种叠加的结果。作为交叉状态，则一般可以理解为比较文学的研究，包括广义的文学比较研究，例如中国现代文学与中国古代文学之间构成的比较研究。

应该能看出来了，我们所从事的文学研究的学科往往还不在上述两维四极的概括之中。比方说研究中国当代文学，研究海外华文文学，研究台港澳文学，研究中国近代文学，研究文学史学，研究文学家的年谱和传记，甚至就是文学批评，等等，近些年涌现了文学地理学、文学心理学、文学社会学、文学文化学等众多新兴交叉学科，都不在上面的学术范畴的概括之中。文学研究的内涵比我们想象的要复杂得多，也庞杂得多。这需要我们从文学研究方法论的角度进行梳理。应该习惯于从方法论的角度梳理文学研究的内涵与范畴。

一、文学研究方法的社会学意义

文学研究在一般意义上作为学术研究显得更纯粹一些，因为其研究对象大多与社会政治生活拉开了一定的距离。正常情形下，文学不会被要求承担多少社会责任，因而文学研究也不会被要求承担更多的社会责任。中国现代文学研究不仅在学术责任方面与其他学术研究相比较少承担,在社会责任和道义责任方面拥有的学术指数更低。这里牵涉到一个复合概念:文学的学术责任中的社会、道义责任问题。一般而言,任何意识形式都可能承担一定的社会、道义责任,但是否将这样的社会、道义责任纳入学术责任之中去明确,去要求,这就是问题的关键。政治可能对包括文学在内的各种艺术和意识形式,从社会、道义责任的角度提出要求,如果不是以学术的名义和文学的名义提出了这样的社会责任要求,不是将这种政治要求和政治批判"内化"为文学应有的意志,将以社会、道义责任出现的政治意识转化为学术责任,那样也不会造成真正的文学困惑或学术难题。

因此,文学与政治、文学与社会责任的一般理解,可以在文学学术意义上展开,特别是在中国现当代文学研究的学术责任意义上展开,这里有较为宽阔的可开辟的理论空间。

1920年代初期,中国新文学尚立足未稳,文艺社会学的批评方法和研究方法就已经进入中国文坛。沈雁冰改版并主编《小说月报》的第二年,即1922年,就明确表示接受丹纳的艺术哲学,表示"我现在最信仰泰纳的纯客观的批评法。此法虽有缺点,然而是正当的方法"①。伊波利特·阿道尔夫·丹纳(Hippolyte Adolphe Taine)的《艺术哲学》所揭示的批评方法就是文艺社会学的理论基础和方法论基础。1920年代后期,中国新文学刚刚取得稳固的地位,文艺社会学研究方法通过郁达夫对厄普顿·辛克莱(Upton Sinclair)《拜金艺术》一书的翻译,得到了进一步加强,而辛克莱所表述的中心思想"一切的艺术是宣传",顺理成章地被革命文学家包括鲁迅在内都当作文艺社会学研究方法甚至是文艺政治学研究方法的理论基础。鲁迅对于大肆利用辛克莱这一思想的做法很有保留,不过他也表示"相信辛克来儿的话":肯定"一切文艺,是宣传"的命题。②

文艺社会学包括文艺政治学进入文学批评和文学研究,与中国现代文学发展过程中的政治批判潮流相对接,在中国现代文学研究方法中经常占据主要地位。中国现代文学研究的许多重要成果,其实都是通过文艺社会学乃至文艺政治学的研究方法取得的,因此,对于这样的社会学、政治学的文学学术不应简单否定。

当然,文学研究在较为理想的学术环境下应该是思想的运动、情感的搏击、精神的伸展,需要自由的心性,需要全身心的投入与沉浸,需要足够的能量维系完整的思想悸动、充分的情感体验、丰富的精神投射,这样才能赢得文学研究特别是文学的历史和审美研究所必需的学术和理论资源。

---

① 沈雁冰:《通信》,《小说月报》第13卷第4期。

② 鲁迅:《文艺与革命》,《鲁迅全集》(4),人民文学出版社,2005年,第84页。

其实，文艺社会学甚至文艺政治学对于中国现当代文学研究的影响已经如此之大，以至于在研究生培养第一线的教授感叹，我们的文学研究者已经不善于分析作品，解读作品，审美地评判作品的优劣，只是习惯于、热衷于进行包括主题思想在内的社会性、政治性意义的分析与论辩。也就是说，文学和艺术因素的分析，审美方面的资源揭示不够充分和丰沛，而非文学、非艺术、非审美的学术分析构成了文学研究学术力量的耗散。其实，这样的顾虑只有在比较极端的政治要求下才真正存在，一般意义上引入文艺社会学、文艺政治学的研究方法并不会构成对于文学的艺术研究与审美研究的耗散。

文学研究中，构成对于艺术、学术资源耗散的因素较多，如果在一般情形下，将这些耗散因素仅仅或者主要归结于文艺社会学和文艺政治学的元素，显然失之夸张。因为社会分析、政治分析只要运行得当，可以成为文学、艺术研究的非常重要的元素，其所起的作用不一定都是对文学研究的思想、情感和精神资源的耗散。诸如外在于文学的民族、政治、宗教等因素，可能事关一定时代一定族群的生存方式和精神诉求，在一个有着某种禁忌的社会环境中文学创作必须对该禁忌实施有效的回避。而与此同时，在文学的历史或者在或异质文化中的文学却有可能非常热衷与此禁忌相关的主题与题材。这样的现象以及所解释的诸多因素是文学研究应该加以关注的，它们对于一定的文学而言乃属于必要的考量因素，因而它们同样构成了文学研究的合理要素而不是能量耗散因素。

其他因素哪怕是非常重要的因素切入文学研究和文学史研究，可能都会对文学研究的学术性、艺术性、审美性的判断造成某种干扰，因而必须从方法论上设计一套合理路径，用以抵御或者轻减其他因素对文学研究所造成的能量耗散现象。

应该注意到在文学创作实践中，作家为了抵御或者轻减其他因素对文学表现的扰动，会强化某种精神和思想的含量与烈度，可能造成夸张的效果，但会有效地防止能量的耗散，保证作家希望表达的情感烈度和思想浓度在作品中的顺利呈现。王蒙的小说《闷与狂》，经常通过感情的宣泄、语言的爆炸力，甚至连续采用四十个排比句，借助语言文字的强力将自我情感表现出来，其实就是为了防止在各种背景性的叙事以及读者的社会关涉性的解读中感情和文学资源被耗散。

创造社的理论干将成仿吾曾认为，文学的表现内容应该是与人性密切相关的情感，他在《诗之防御战》一文中旗帜鲜明地表述道："文学始终是以情感为生命的，情感便是他的终始。"他认为这样的观念的坚持乃是为诗歌打一场"防御战"，用情感夸大的方式来"防御"理性等其他因素的侵扰或者耗散。"由鲜美的内容与纯洁的情绪调和了的诗歌，是我们所最期待的。我们即不主张感伤主义 Sentimentalism 的文学，而情感在诗歌上的重要与他的效果，我们是不能赞赏的，尤其当我们想起过量的理智怎样把诗歌的效果打坏了的时候。理智是我们的不忠的奴仆，至少对于诗歌是这般。他是不可过于信任的，如果我们过于信任他，我们所筑成的效果，就难免不为他所打坏。而最可恶的叛徒，便是浅薄的理论 reasoning。诗的职务只在使我们兴感 to feel 而不在使我们理解 to understand。”同时总结出“这样的”诗的规律：“凡智的欢喜只是一时的，变迁的，只有真情的愉悦是永远的，不变的，像吃了智慧之果，人类便堕落了一般，中了理智的毒，诗歌便也要堕落了。我们要发挥感情的效果，要严防理智的叛逆！”这就是他的“防御战”：“我们要起而守护诗的王宫，我愿与我们的青年诗人共起而为这诗之防御战！”①

这里的引述并不是为了替创造社和成仿吾“张目”，赞许并宣传他们不无偏激的文学理论和诗歌主张，而是分析并借鉴他们的批评方法，那就是，为了抵御“理性”、“理智”因素对诗歌创作所造成的可能的干扰，必须加大力度强调情感的重要性，强化诗歌表现的情感浓度，这便是他所谓的“诗之防御战”。他的“防御战”对象虽然没有明说，但实际上是指文艺社会学，也就是被他们暗指为“独霸文坛”的文学研究会所倡导的为人生的文学批评和文学倾向。

就一般的文学研究而言，必须加大力度从文学内部规律、文学审美特质和文学表现的文化内涵解剖文学现象，这样的高浓度、高烈度的文学学术和文艺美学的研究可能对必然产生的文学的社会责任和时代使命等外在因素的摄入进行某种必要的冲和，从而在完成了某种社会责任和时代使命的前提下能够保持文学研究的学术个性，以及相应的艺术学魅力。本来，文学研究在社会责任和道义责任方面拥有的指数不会很高，因为如果试图通过文学来承担社会责任和道义责任，非文学的成分将会在学术操作的过程中迅速增值，以至于加大到足以否定文学品质和文学精神的程度。文学研究中需要调动并运用多方面的理论资源、精神资源、学术资源，其中，属于社会学和各种文化伦理学的外在资源所占据的比例一开始不会很大，而属于文学自身的本体资源总是天然地占据较大的部分，以至于成为主体资源，其他还有美学、艺术学、心理学资源等，属于中继性资源。一般来说，这三种资源不可能均衡地存在于文学研究的运作之中，同时也不可能一成不变地按照原有的配置在研究过程中起作用。主题资源的元素一般不会流失，但也不会扩大，因为主题资源与文学现象、文学文本和文学因素自身的含量密切相关，其在文学研究和文本分析以及文学现象的考察中所占的分量可能会显示为一个较为恒定的值。但这样的值所显示的能量指数会在学术运作中被其他社会性因素所中和，会退居于较为次要的地位。社会性因素包括各种伦理性因素的考量对于文学研究而言当然是外在的资源，但它相对于任何文学、文化资源都具有不容置疑的强势，它会裹挟着时代的要求、文化的使命乃至于更加宏大的责任与更加神圣的价值，将所有疏离于自己的理念、精神和价值等都挤逼到非常边缘的状态，这是思想文化和学术文化领域的一种惯常现象。至于文学研究中的中继性资源的份额，一般也难以保障。因此，在比较意义上处在价值劣势或者伦理边缘的学术资源，包括文学理论和文学方法的主体资源，应该

---

① 成仿吾：《诗之防御战》，《创造周报》第1号。

加大内涵的设定，准备抵御或者冲和强势话语的挤占，夸张一点说，这是文学研究方面的一种“防御”策略。

不应该绝对地排斥从社会责任的角度研究文学。文学的社会价值功能有时候是相当重要的。中国现代文学史上最杰出的文学家鲁迅，从一个文学者的角度所阐发的思想、所表达的精神，深刻而精彩，从而成为中国现代思想、政治、文化的重要资源。由于文学可以大规模地涵容政治、社会、文化的因素，文学家如果要求必须负有一定的社会责任和道义责任，是合情合理的，在这样的情形下，从社会责任和道义责任研究、批评文学也具有历史的和学术的合理性。因此，人类许多伟大的思想家、政治家都常常通过文学批评和文学研究阐述自己精彩的社会观和文化观。革命导师马克思、恩格斯对莎士比亚、歌德、席勒、海涅、雪莱、拜伦、欧仁苏、哈克纳斯等重要文学家都发表过精彩的论述。这些论述一方面表达了这些思想家、革命家对文学艺术的理解以及他们的文学艺术观，另一方面也是借此表达独特的人文情怀和政治关怀，包括历史理念和意识形态。这些都成为超越于文学自身的宝贵的精神财富。

文学研究与其他学术研究的分野，就是能够以自身的独特性理论资源去支持乃至于消化从其他意识形式的角度所进行的研究。具体的文学研究常常能够支持然后消化社会的甚至政治性的解读，并保持文学研究的专业性、历史性和理论性。例如《红楼梦》研究，经历过多少意识形态性的解读，但最终都不能掩盖甚至冲淡文学解读、审美解读以及文化解读的学术品性。革命领袖希望用这样一个经典的文学文本作党内教育的教材，认定《红楼梦》是政治小说，号召高级干部阅读这部小说，这当然都是从文学社会学甚至是政治学的角度提出的要求。有些高级干部还真的从《红楼梦》中读到了阶级斗争普遍性的意味，说是大观园中仆人间的斗争，厨房里的斗争，可以概括为“公党与母党的斗争”。这样的解读当然不能取代文学的、审美的和文化的阅读，更不能算作学术解读，不过可以成为学术解读的一种参照物，从一个侧面体现了文学文本意义的多样性、学术含量的丰富性以及文化现象的多元性。

现代著名教育家蔡元培先生曾通过索隐的研究法分析《红楼梦》的政治含量和民族斗争因素，当时不少学者都不能认同他的政治化的学术解读，但不可否认这样的解读仍然具有某种方法论的意义：毕竟，政治解读是文学研究的一种方法。后来政治学研究发展成为冲击、冲淡其他研究方法的主要方法。如果一个文学作品中隐含着某种政治隐喻和影射的因素，索隐式的研究甚至是政治索隐式的解读便有了一定的文本基础。《红楼梦》一书当然充满着很多影射和隐喻的成分，许多人的名字都带有明显的隐喻意味，如甄士隐（真事隐去）、贾雨村（假语村言）等，而且其情节叙述也多有对明清两代政事的影射，于是，蔡元培先生在他的《石头记索隐》中从政治角度解析出《红楼梦》的“排满”主题，以及种种反清复明的情绪，具有一定的合理性。鲁迅非常精辟地指出，一部《红楼梦》“单是命意，就因读者的眼光而有种种：经学家看见《易》，道学家看见淫，才子看见缠绵,革命家看见排满,流言家看见宫闱秘事……”[①]这里的革命家便是指蔡元培。

这种政治化的索隐式的研究所带来的缺憾,主要在于会对文学的学术研究,对文学经典的审美研究造成能量上的耗散。文学的学术研究如果能将人们的注意力集中在或聚焦于作品表现的审美情境,作品呈现的复杂的人物关系和社会关系以及从中体现的事态、时态和世态,作品塑造的人物及其精微的心理世界的刻画,还有文学描写和文学呈现的历史性突破和艺术性追求,则这样的学术成果一般不会导致文学学术和审美含量的耗散,免除能量耗散的研究会通向对文学对象和文学现象完整性卫护与特征性的确认,也就是说,能够有效地保持文学学术研究的个性、特性与独立性。其他因素的考量,包括类似蔡元培索隐式研究的政治性考量,都会在一定程度上耗散文学现象和文学对象研究的学术个性、学术特性和学术独立性。

如何避免或者减缓外在于文学、艺术、审美的学术因素对文学、艺术、审美研究造成的能量耗散?应该知道,文学研究、艺术研究和审美研究其实是开放的,多元的,可以容纳各种各样的其他元素参与其中,包括政治考量在内的社会分析要素和视角、方法都未必一定对文学、艺术和审美研究构成能量的耗散,有时候运用得当可以成为能量强化的重要因素。马克思、恩格斯对莎士比亚化的论述,对席勒式的批判,对歌德和海涅的赞赏,对哈克纳斯创作现象的讨论,甚至对弗莱里格拉特的讽喻,虽然都是从政治而且往往是从无产阶级政治的立场和角度进行的,但所批评、所阐证、所申述、所分析的内容常常比一般的文学研究和文学艺术批评更有力度,更有理论魅力和学术影响力。特别是马克思主义关于“物质生产的发展同艺术发展的不平衡关系”的论述:“关于艺术,大家知道,它的一定的繁盛时期决不是同社会的一般发展成比例的,因而也决不是同仿佛是社会组织的骨骼的物质基础的一般发展成比例的。”“在艺术本身的领域内,某些有重大意义的艺术形式只有在艺术发展的不发达阶段上才是可能的。”[②]这样的论断是文学艺术发展与社会经济文化发展关系的真理性阐释,当然与政治观察和社会观察紧密相关,但在进行政治关怀和社会关怀的同时,更多地强调包括文艺在内的“精神生产”发展的基本规律,以及由此派生的文化现象。这样的观察是一般文艺家和文艺评论家所难以进行的,也难以得出这样精辟的结论,思想家和政治学家从社会政治发展的角度总结出这样的艺术规律和文化规律,对于文学艺术和其他精神生产领域的研究当然会有很大的助益和指导作用。

---

① 鲁迅:《〈绛花洞主〉小引》,《鲁迅全集》(8),人民文学出版社,2005 年,第 179 页。

② 马克思:《政治经济学》导言,《马克思恩格斯全集》,第 2 卷,人民出版社 2005 年,第 27－29 页。

二、文学研究中的政治因素

文学作品一旦成为文学传播的文本，文学运作一旦成为文化运动的历史，就是一种客观的社会存在，不仅应该接受文学研究和艺术、学术的分析，也应该接受社会、政治、道德的批评及价值审定。

这就意味着，文学研究自然可以从文学、艺术和审美的角度展开，这是相对于“职业的”文学研究者而言；但对于持有一定政治见解和社会态度的批评家而言，自然也可以从外在于文学的角度，如政治的社会的角度对文学提出各种社会、道义责任，包括相应的指责与批判，不过同时也应仅限于在相应的政治、社会角度展开，不应该成为文学内在省视的依据或学术责任认定的标杆。政治家、社会活动家等一般不可能从文学的角度谈论文学，他们必须负有相应的社会责任和道义责任，可以借用文学作为工具，但完全不是为了解决文学问题。马克思作为一个伟大的政治家，对莎士比亚、席勒、海涅、哈克纳斯等文学家都有论述，不过他是借道文学来阐述自己的政治观点，政治倾向性和社会道义感是他观察问题和阐述问题的基础。这些文学批评常常非常精彩，包括我们津津乐道的“莎士比亚化”和“席勒式”的天才论述。[①] 然而这样的判断和阐述都是从特定的政治要求和社会文化立场出发的，并非从莎士比亚或席勒这样的文学家出发，同时也并不最终归向文学阐释或文学史讲述。文学研究者可以学习革命导师从政治社会和革命的角度高瞻远瞩批判文学家的思想境界和相关观点，但不宜用伟大导师的政治观点以及政治观察方法代替自己的文学研究和文学史观察，也就是说不应该将革命导师从政治社会角度提出的文学评判内化为文学研究和文学史研究的学术责任甚至学术指标。

对于马克思主义者而言，任何文学现象的解析和文学观点的阐述，都不可能盖过甚至冲淡政治倾向和政治观点的分析。伟大的德国诗人海涅是马克思一直颂扬有加的无产阶级文学家，当德国作家弗赖利格拉特指责海涅作品里存有色情描写的成分时，马克思主义者站在“政治正确”的立场为海涅辩护，讽刺弗赖利格拉特的作品里人物“干净”得像是被阉割了的小鸡。从文学研究、美学研究甚至是社会伦理学研究的角度而言，这样的辩护与指责在西方批评家的眼目中似乎并不十分有力，甚至有失“公道”，但必须清楚，这里所进行的是政治批判，在政治上他倾向于并赞赏海涅，因而他必须“牺牲”文学理论和文学现象判断中的某种“公正”为他从政治角度所赞赏的作家辩护。从政治角度

① “莎士比亚化”和“席勒式”这两个概念出自马克思《致斐·拉萨尔》(1859 年 4 月 19 日伦敦)：“不应该为了观念的东西而忘掉现实主义的东西，为了席勒而忘掉莎士比亚。”

发出的评价有其政治的公正，这是一种保障政治倾向性的公正，这样的公正不可能直接移置于文学角度的评价，因为文学的学术研究必须在一定的而且是必要的条件下引述政治倾向性批评，虽然政治倾向性批评在文学批评和文学研究中享有一定的优先权。

同样的道理，我们对毛泽东的相关文学论述也应持有这样的态度。我们对毛泽东在特定历史条件下的文学观念和文学批判应怀着理解的态度，那是一种政治领袖对文学的政治要求；同时，我们的文学研究又不能完全按照政治领袖在特定历史条件下的政治要求来进行学术判断。毛泽东曾说，"一部《水浒》，好就好在投降"。1974 年到 1975 年毛泽东还因此发动了全国性的评水浒运动，于是宋江成了全国人民的"公敌"，因为宋江鼓吹投降，策划招安，以轰轰烈烈的梁山泊农民革命运动为代价让自己进入统治阶级的正统序列。毛泽东一直非常认同农民起义，在潜意识中他将自己领导的人民革命事业与陈胜、吴广的农民革命事业，与梁山泊农民革命事业联系在一起，因而是否放弃和背叛农民革命事业，是否"投降"，成了他的一种政治心结。他发动全国性的批判宋江"投降派"运动，表达的正是对人民革命事业的无比忠诚的政治态度。这种政治态度借助《水浒传》的评论得以畅快淋漓地、顺理成章地显示，其要害绝对不在分析和评价《水浒传》作品本身。文学研究者可以充分尊重和深刻理解毛泽东评《水浒传》的政治动机和表达政治忠诚度的热忱，但如果在文学研究和文学史研究领域完全按照毛泽东的这个判断来研究《水浒传》，来分析和评价宋江这个人物，那就是对政治判断的简单因袭甚至抄袭，就是没有尽到学术分析和论证的责任。

政治家、革命家对文学作品和文学现象的评判自有他们的立场和角度，有他们的道理和观点，他们承担着社会革命的使命，承担着改朝换代甚至改天换地的道义责任，文学在他们看来是应该为政治服务也是能够为政治服务的对象，因此，对文学提出类似的要求。比方说像《在延安文艺座谈会上的讲话》所提出的那一切是政治的文艺观，站在政治的和革命的立场上看都十分正常，也非常通情达理，但还是应该防止以政治自觉代替文学自觉，以社会、道义责任代替文学研究的学术责任。

当然，从政治或其他社会批评的角度提出对文学的要求，需要出于政治和社会批评的善意。在特定的时代条件下，一些人怀有政治阴谋对文学提出苛刻的要求甚至是无妄的指责，就超越了从政治和社会批评角度评论文学的界限，这样造成的结果常常是灾难性的。康生当年针对李建彤的小说《刘志丹》，提出"利用小说反党"的指控，既不属于正常的文学批评，也不属于善意的文学的政治社会批评。

文学创作的艺术责任和文学研究的学术责任，本质上是相当自由的，至少比起文学以外的其他行业，其社会、道义承担相对轻捷。对于文学所可能承担的社会、道义责任，应该从二元论的角度和立场加以把握。从政治、社会的角度和立场，人们要求文学创作和文学研究负起社会、道义责任，不仅不应受到责难，而且可以说是天经地义；可从文学创作规律和文学研究的学术责任而言，文学可以相对疏离社会、道义责任，进入自身自给自足的运作之中，进入相对自由的境界。

这种观点非常接近文学自由论。文学自由论在政治、社会的角度和立场看永远是危险的，因为它常常意味着对社会责任的放弃或对道义责任的忽略，然而从文学理论和文学发展的规律来看，从文学的学术责任意义上看，文学的相对自由不仅是可能的，而且是应该的。历史上曾兴起过几起对于文学自由论的声讨与批判，用历史的长镜头看，文学自由论往往拥有更多的学术合理性，批判文学自由论的观点往往带有更多的历史局限性，其原因盖在于，文学自由论不仅更接近文学的本质，而且也是从文学的创作规律和文学自身的学术责任出发的，批判文学自由观的观点常常主要是从政治、社会的角度和立场出发的，带有明显的时代政治要求。1930年代的文学自由论者如苏汶、胡秋原他们，竭力主张文学自由，对当局利用新闻检查制度干预文学自由的行为予以谴责，同时对左翼文学家从政治角度对文学提出的革命要求也深致不满。他们宣称“我们是自由的知识阶级”，表明“我们的态度是自由人的立场”，然后强调“文艺至死是自由的，民主的”。对于这种文学自由观的倡导，反弹最激烈的是左翼文学界，从鲁迅到瞿秋白、周扬，都对文学自由论进行过猛烈的抨击，不过所有的抨击都不是从文学创作的规律和文学研究的学术责任出发，而仍然是从政治、社会的角度与立场强调文学应负的社会、道义责任，让文学作为政治斗争的工具，作为革命的武器之类。——“新兴阶级站在消灭人剥削人的制度的立场上，所以能够真正估定艺术的价值，能够运用贵族资产阶级的文艺的遗产……他们在文艺战线上，一样是为着创造整个的新社会制度——整个的新的社会制度——整个的新的宇宙观和人生观而斗争的。一切统治阶级的，以至于小资产阶级的文艺，他们都要批判，都要分析。”①这样的抨击看起来非常武断，有些强词夺理，从二元论的角度与立场来研判，其正确性如何就非常清楚了：他们这完全是从“新兴阶级”的政治出发的文学观察。

左翼文学家希望通过政治的角度去研究文学，希望通过阶级的立场去解读文学，把文学的社会责任和道义责任强调到高于文学自身的程度。从政治角度和社会立场来看，这种对文学自由论的批判是合理的，因此连鲁迅都站在左翼文学家这一边。但从文学学理的角度，从文学自身的立场去分析，则文学自由论亦有其合理性。

在文学研究的意义上对文学进行政治解读，并不是从左翼文学家开始。其实早在五四时代就有蔡元培先生的个案。他那时虽然是一个学者，但非常善于从政治角度解读文学。他在《石头记索隐》里开创了从政治角度解读《红楼梦》的现代学术传统。继承这个传统的还有后来的政治人物和批评家等，他们对《红楼梦》等作品的政治解读为中国古典小说的现代阅读开辟了新的路径，但将这些作品图解成政治小说甚至是阶级斗争小说，便容易把政治的文学解读变成实用主义和庸俗社会学的解读。

---

① 瞿秋白：《文艺的自由与文学家的不自由》，《现代》第1卷第6期。

政治角度和社会立场的文学研究不仅会令人有痛快淋漓之感(当然是在政治倾向吻合的时候),而且会养成一种学术的政治依赖性:由于政治视角和政治立场总能够高屋建瓴地看取文学艺术中的许多现象和许多问题,其穿透力往往盖过文学研究的学理分析,不少文学研究者便习惯于用政治观察和社会分析代替文学研究和文学的学术分析,养成了这样的习惯便会产生文学研究中不应有的政治依赖性。这种政治依赖性使得前文分析的二元论立场和角度化为一元论,那是中国现当代文学研究的一种极被动极难堪的境界。这样的情形并不是在特定的历史时期,比方说“政治挂帅”的语境下才会有,即便是在今天,我们仍然可以产生这样的政治依赖性,即习惯于对文学作品作颇具力度与快感的政治解读。前些时候,王蒙的小说《闷与狂》出版了,不少评论者就习惯于从政治运动对人的命运的拨弄、对人生秩序的扰动角度来解读这个其实只是个人情绪流的作品。这样的政治依赖性的解读或能体现出相当的深度与力度,而且可能与作者的期颐相吻合,因为很容易发现,作家王蒙其实在畅快淋漓地表现自己的情绪流的时候,也时不时地表露出这种人生的政治依赖性。例如他对红歌的某种辩护与赞美,其实就体现出政治依赖性,因为那些红歌在特定的政治年代带着与他生命记忆密切相关的政治气氛和政治旋律,同时也带着作家难以割断的政治情结。这些红歌可以启导创作者的创伤记忆,但同时也证实处在回忆状态的那段生命体验的全部丰富性,因而他愿意保持这样的政治气氛和旋律,使得自己特定时代的生命体验得以完整地保存与复鲜。

政治依赖性普遍存在于我们的生命体验和人生评价之中。例如一个长期在国外学习、生活的人,即便在国内曾经吃过许多苦,就像白桦在1980年代初期创作的电影剧本《苦恋》所展现的那样,他可能仍然非常苦恋着自己的故国,这同样是政治依赖性的体现,哪怕他所依赖的政治是一种正处于被批判状态的政治,也不会影响他对这种政治治辖下的故国的情愫。既然那段政治那样的岁月与主人公特定时代的生命体验连在一起,那么这段生命记忆就会找寻那种政治标记作为自己的归属地,别人可以批判甚至否定那种政治气氛,但是他无法容忍别人否定他那段与特定政治联系在一起的生命的真实性甚至丰富性,哪怕伴随着某种疼痛感。面对这样的文学现象和文学创作,我们须明白这是一种政治依赖性的价值体现,但我们的研究则应该尽量避免从政治角度去判断,去分析,而应该首先是一种生命研究,以人物或作者的生命解读为主,读出其中政治的色彩、味道,有关政治的立体体验给生命体带来的全部丰富性,甚至包括疼痛感的丰富性。这样,我们的研究既揭示了政治依赖性的历史现象和个人情结,同时也避免了简单的政治判断而导致的文学学术的薄弱与肤浅。

面对文学创作和文学研究的政治依赖性,我们的文学研究不应从政治角度解读文学,分析文学,而且应该尽可能地从文学角度将文学研究处理为一种生命研究。与政治力量相比,文学的学术力量,文学研究的力量当然是柔弱的,但如果文学研究调动起生命分析,那样的学术力量就可以与任何文化力量相媲美,就可以不必完全依赖于政治依赖性的习惯与力量。

政治也是通向情感的桥梁,但往往不是唯一的桥梁;文学作品里可以有政治,但政治的表现必须借助于生命的感动力和情绪的魅力。面对政治性较强的文学作品,文学研究者应该尽可能借助生命感动力和情绪的魅力分析,疏离文学研究特别是中国现当代文学研究长期养成的政治依赖性。文学研究可以从作品的生命和情绪分析中丰富和提升政治内涵,而不是从政治角度出发一味地唱政治高调。苏联小说家艾特马托夫也写革命,作品中往往包含当代政治。但他不像有些当代社会主义文学家那样将政治概念化和口号化,他常常能以丰富的生命内涵和感动人的人性力量充实到政治倾向之中,这样的作品就非常饱满。他的小说《和儿子会面》完全是体现社会主义政治情感的作品,写一个俄罗斯农民,早上起来忽然觉得有一件大事要做,就吩咐他的老婆备干粮备马车,他要出一趟远门。他精神抖擞地赶着马上路了,一路上看到两边的青山在伴随,头顶上矫健的雄鹰飞翔在蓝天白云间,他为这些雄鹰而感到由衷的骄傲:“这可不是叽叽喳喳的麻雀!”他赶到了另一个村寨,原来这是他儿子工作过、战斗过的地方。他去看望了儿子当年的房东,看一看儿子作为一个革命烈士曾经为之奋斗为之洒一腔热血的地方,他心满意足了,心满意足地踏上了归程。是的,他的儿子早就去世了,他突发奇想去儿子曾工作、战斗、牺牲的地方,在内心里就像是与儿子会面。没有悲哀,没有痛心的渲染,在政治上那种“正能量”的情感与倾向很纯正,很热烈,但一点也不干瘪,一点也不抽象,因为作者在作品里,在老农夫的心里,尽可能让革命烈士的生命“复活”,“复活”在俄罗斯的蓝天白云之间,“复活”在天上盘旋的雄鹰的飞翔之上,“复活”在与儿子有关的那山水村寨以及人物身上。看着这一切,老农夫唤起了关于儿子,关于儿子的英勇、悲壮和伟美形象的全部联想,就如同看到了儿子鲜活的生命一般。我们的文学研究可以不仅仅从革命烈士的革命精神和政治境界切入作品分析,也不仅仅从老农夫对革命的认同和支持这样的政治立场分析情节,而应该从生命的感兴,生命感兴的全部丰富性和感动力着手分析,将政治倾向性、政治意义依附在生命感兴和生命意义的揭示之中。

既不抹杀作品的政治内涵、政治倾向性和政治意义,同时又克服了政治依赖性,疏离了政治角度的直接分析,而代入生命感兴和生命意义的揭示,这使得文学研究有可能获得更多的学术自由度。

三、文学研究方法中的文学道德与社会道德

我们文学研究的健康的心理基础应该是人性的感动,由此出发带动政治感动和道德感动。一个真正的文学的和人性的感动常常能超越政治的感动和道德的感动。可以去读读雨果、狄更斯等写法国大革命的作品,这些作品一般不以政治判断为主,一般都

是以人性作为判断的依据，一个个感人的场面都出于人性光华的闪烁而非政治道德的折服力。雨果在《九三年》中刻画了革命的青年指挥官郭文，以及他们的政治对头反动军队首领朗德纳克，但他们之间的政治敌对关键时候常常让位于人性善的认同。在一次对反动军队的围攻中，郭文指挥的革命军眼看着就要逮捕到朗德纳克，但一场大火让朗德纳克差点逃脱。已经脱险的朗德纳克听到身陷火中的三个孩子母亲的呼救，便冒着被俘虏的危险回头冲进火海，把孩子们救了出来。目睹这一切的郭文被朗德纳克的行为所感动，他放走了朗德纳克，因为那一刻看到了反动军人朗德纳克身上的“圣徒”的一面。私自放走敌军指挥官的后果是十分严重的，郭文回到自己的军队中自请受死。郭文的导师，革命军队的另一位指挥官西穆尔登与郭文一样认定郭文应该判死罪，可当郭文被执行死刑的刹那，西穆尔登也用枪结束了自己的生命：他知道郭文是个好军官，判他死罪让西穆尔登良心上过不去。这样的作品判断人的标准主要不是政治立场，而是以人性的善为判断依据。这样的文学显然不适合用革命的政治的标准去研究，去分析。

对于中国当代文学的一些富有特色富有个性的创作，也应该通过这一特定的研究方法进行分析。至少莫言、陈忠实等杰出当代文学家的创作，虽然不脱离政治，但在人物的塑造和刻画方面都已经习惯于走出单纯的政治判断，而倾向于展现人性要义。莫言的《丰乳肥臀》在这方面处理得最为精彩：上官家的成员中有各种各样的政治身份，有些还是装神弄鬼的人，还有外国人，但对他们身上所体现出来的人性，几乎“一视同仁”地进行甄别与处理，并不以他们属于哪一政派为判断标准，而是以人性为判断标准。陈忠实的《白鹿原》里面的黑娃，虽然成为政治正确的农会积极分子，但人性中的恶还是干扰了他的政治品德。这样的人物形象都需通过人性的尺度加以衡量，加以分析，加以评价。

文学研究应与和文学密切相关的艺术学、美学以及人性情感建立最紧密的关系，它不应排斥社会的甚至政治的解读，但不应以社会政治解读取代艺术学、美学和人性情感的分析。文学研究和文学批评的艺术学、美学和人性情感的解读属于学术基础与本位，而社会政治乃至文化解读属于发挥与意义投射。科学的社会政治解读从来不会要求相关的学术放弃自身的本体研究，倒是有些作家和批评家本末倒置地滥用社会政治解读权，而对文学原理和艺术规律造成损害。

文学创作可以说在一定意义上是一定情感的审美表达，文学研究应该首先迫近这种情感，并且将文学表现的情感在人性价值和人性意义方面得以评价与确认，以此揭示出作品的艺术性与审美素质。如果作品要同时表现社会性的内容乃至政治性的因素，则必须通过人性的情感表现这一重要的途径和桥梁，也就是说，文学批评和文学研究应该清楚地揭示出，文学作品里可以有社会关怀和政治关怀，但必须借助人性表达的途径，必须借助情感抒写的媒介与桥梁。

文学史的实践证明，优秀的文学作品可以表达一定的社会意识和政治关怀，但必须以人性的发掘和情感的抒发这些方面的成功处理为前提。苏联小说家艾特马托夫的小说，既反映革命理念，也包含明显的政治倾向，属于苏联时代典型的社会主义文学。即使是他歌颂卫国战争和社会主义建设的作品，不仅不排斥人性的内容和个人情感的因素，而且将这种人性与情感沿着正确的政治轨道推向美与崇高的境界。前面分析过的《和儿子会面》是一部歌颂革命烈士的革命小说，但通过失去儿子的父亲的父性关怀，人性化地表达了革命的正义感。中国当代文学名作《黎明的河边》也有这样的革命情愫与个人情愫相交融的描写。峻青写到革命烈士小通讯员的一家为当年的战争作出了巨大的牺牲，当年被保护的革命者回到胶东，看着烈士坟墓上的丛生杂草，对烈士的革命情感中同样包含着个人情愫的伤感。不过，艾特马托夫却很少涉及这样的感伤，更多的是借革命情感实现个人情感的解脱：那里的山山水水，那里的一草一木，那里的村舍农田，那里跑动着的马车和喧嚣着的农人，那里的一切都是作为英烈的儿子当年所熟悉的，亲近过的。那里的一切对于英烈的父亲来说都能证实儿子的曾经存在，曾经生龙活虎地、轰轰烈烈地在那个空间的灿烂的存在。这里有革命事业的颂扬，有烈士功绩的缅怀，也有意识流的笔法，有潜意识心理的描写，有美丽山川和美好人性的讴歌，当然也有人情美的写照。艾特马托夫将一个老父亲老农民心中对儿子的思念写得如此细腻、委婉、凄楚动人，充满人性美、人情美。在这里，人性之美与革命政治一点也没有冲突，甚至没有一点违和之感。

不少文学研究者曾经反思中苏文学的差异性，认为苏联领导社会主义文艺事业有经验，既建设了社会主义文学，又具有感人的艺术力量。为什么会这样，值得总结的内容有很多，但我们的革命文学往往是建立在批判人性论的基础上，从 1920 年代后期就开始批判人性，到了左翼文学运动时期与“自由人”、“第三种人”论证，仍然批判人性论，1940 年代文艺整风运动又继续 1920 年代对梁实秋以及人性论的批判，至于社会生活意识形态化以后，人性论的批判更是达到了清算的境地。一直到 1980 年代清除精神污染，同样反对人性论。当然，资产阶级的人性论有许多虚伪的情感做矫饰，在特定的历史条件下赋有反对暴力革命的精神，这些都应该为革命文学界所警惕，所否定。但是，人性之中确有善良、美好的正面价值，诉诸文学、艺术的表现，往往是最动人的内容。梁实秋在与鲁迅进行革命文学论争时，认为伟大的文学乃基于普遍的人性：“伟大的文学亦不在表现自我，而在表现一个普遍的人性。”[①]梁实秋将人性与文学的关系朝着绝对化方向理解，认为文学“发于人性，基于人性，亦止于人性”，[②]断言“文学是最根本的人

① 梁实秋：《现代中国文学之浪漫的趋势》，《浪漫的与古典的》，人民文学出版社，1988 年，第 20 页。
② 梁实秋：《文学的纪律》，人民文学出版社，1988 年，第 122 页。

性的艺术”[①]。不过梁实秋的人性论甚多偏颇之处和绝对之说，有时候非常粗糙，自相矛盾，如说人性是“普遍的”，资本家和劳动者“他们的人性并没有两样”，可是他又说“好的作品永远是少数人的专利品，大多数永远是蠢的，永远是和文学无缘”，然而文学偏偏就是人性的产物，“并没有两样”的人性却怎么会在对待人性的表现时有霄壤之别呢？但这些缺陷和过激之论是梁实秋自己的错误，并不是人性论天生就有的毛病。批判梁实秋并不意味着一定需否定文学与人性的紧密关系。文学研究的学术思维和表达应该避免政治敏感度的反映，即一些牵涉到敏感意义和敏感联想的关键词都在回避和排斥之列，学术表达应该有能力区分相关词语概念的指涉范围，应该更多地在中性意义上使用相关词语概念，而不是将其敏感度调谐到政治倾向和伦理品质的层次。这就是说，在正确的、科学的定义制约下，人性是一个中性词，可以用来服务于我们的文学表现和文学学术，不应该因为与梁实秋或者别的人的言论扯上关系而刻意回避。

1. 学术视野中的文学道德与世俗道德

文学从来都含有相当的道德因素，因而应该可以接受道德批评。但是，文学形象、文学情节、文学思想等又不可能完全接受世俗的道德批判，也就是说，世俗道德常常并不能直接拿来评判文学道德。因为世俗道德根据的是家庭伦理和“朝廷”伦理，属于社会性的伦理价值观，而文学表现的道德常常更主要的是依据人性伦理，社会性的伦理往往在文学中要服从人性伦理。

因为文学是人学，文学创作、文学研究都须以人学为伦理基础，而人学之所以不是社会学，就是因为人学的基础是人性的价值系统而不是社会性的价值系统。

于是，人性因素的考量对于文学艺术而言至关重要，文学的基础就是人学，文学是关于人情人性的表现，因而文学研究也须迫近人情人性的话题。对于文学研究造成学术和艺术审美能量耗散的因素，过于浓重的社会政治考量可能是一种因素，不过在一些拥有庸俗社会学情怀的文艺家那里，文学表现中世俗的道德因素占据上风，最有可能导致学术与审美的能量的耗散。须知文学的道德与世俗的道德有些时候吻合，有些时候则互相冲突。文学道德需克服世俗道德对人性的扭曲。巴金的《家》里，瑞珏难产，是因为高家要避免“血光之灾”，将她送到简陋的屋子里生产，得不到及时的救治，这样的安排在诗礼传家的大家庭，在世俗道德特别是孝道中无可厚非，但表现在文学和小说情节中，就成为违背人性伦理的罪恶事件，是世俗道德作为一种信条禁锢人性、戕害生命的铁证。传统孝道在鲁迅的批判视野里常常是肉麻、庸俗、反人性的。《二十四孝图》中的《老莱子娱亲》的故事，属于“将肉麻当作有趣”的典型，是一种不近“人情”的庸俗故事，

---

① 梁实秋：《文学是有阶级性的吗？》，《新月月刊》1929 年第 6—7 期合刊。

"诬蔑了古人,教坏了后人"。[1] 鲁迅最痛恨的是《郭巨埋儿》,因为这个故事通过明显编造的情节宣扬为尽孝道不惜戕害儿童生命的"道德",以致儿时的鲁迅看了以后见到他的祖母就觉得是不共戴天的仇人,哪里还能达到倡导孝道的结果? 即使是面对文学道德和世俗道德最容易取得一致认同的"孝道",在一些深刻的文学批判家那里也还是构成了基本的冲突。作为伟大的文学家,鲁迅就对以二十四孝为代表的中国社会最为热衷的"孝"文化进行过彻底的批判,认为这种社会道德有许多肉麻、庸俗甚至反人性的成分。《郭巨埋儿》是一个鼓吹孝道而泯灭人性的极端故事。说是汉代有郭巨者,家境贫寒,育有三岁一子,老母常常为照顾孙子减少自己的食物摄取。郭巨就跟妻子商量,家里贫穷不能给母亲充足的食物,而母亲总是将有限的食物省下来给孩子吃,"何不将这孩子活埋掉?"幸好去埋孩子的时候挖到了黄金,家境迅速改变了,才没有"成功地"埋掉孩子。这故事编得不是肉麻的问题,而是让人读后心里发麻、心生恐惧:为了尽孝道,想舍弃并杀死三岁的孩子,而且是活埋! 这种想法真是荒唐得可以,残忍得可以,只有孝子味,却毫无人性味。鲁迅幽默地表白说:看了这故事——

> 我已经不但自己不敢再想做孝子,并且怕我父亲去做孝子了。家景正在坏下去,常听到父母愁柴米;祖母又老了,倘使我的父亲竟学了郭巨,那么,该埋的不正是我么?
>
> 从此总怕听到我的父母愁穷,怕看见我的白发的祖母,总觉得她是和我不两立,至少,也是一个和我的生命有些妨碍的人。[2]

孝道本来是好事,但包括《郭巨埋儿》所宣扬的以牺牲幼童的生命(而且是以最残酷的方式)为前提去实施孝道的做法,去实践传统文化,是典型的以偏激的世俗道德冲击人性之美、善的拙劣的"创造"。那个叫作郭巨的人不要说做出这样的事情,便是产生这样的想法就已经失去了基本的人性。这样的故事当然来自民间,但民间的流传从来都不可能如此残忍、血腥而无人性。流传在里下河一带的民间故事中的"埋儿"情节实际上是"卖儿"情节,那个为了更有能力奉养母亲的孝子决定将儿子卖给一个家境殷实的人家,卖的过程中得到了上天赐予的财宝的回馈。[3]《二十四孝图》中的"埋儿"应该是"卖儿"的拙劣的错讹。非常有幸,有关二十四孝的故事没有被我国的文学创作反复演绎,没有产生相关的经典型作品。事实上,这种庸俗不堪的社会道德本来就与文学的道德两相冲突,因而这种庸俗的道德没有沉淀为文学遗产,也不应在普通的启蒙读物里被

---

① 鲁迅:《二十四孝图》,《鲁迅全集》(2),人民文学出版社,2005 年,第 262 页。

② 鲁迅:《〈二十四孝图〉》,《鲁迅全集》(2),人民文学出版社,2005 年,第 263 页。

③ 朱寿桐:《文学与人生十五讲》,北京大学出版社,2014 年。

反复使用。

这类孝道故事没有出现在文学作品中，说明世俗的道德没有成为文学遗产，不会在正宗的文学作品里引起注意。形成传统的文学表现始终并且首先尊重人性的美与善，然后再关注其他道德包括世俗道德。

鲁迅这样的中国新文学缔造者和中国新文化的倡导者，正是在非人性的意义上否定旧道德的，典型例证如《郭巨埋儿》这样的作品，将所提倡的道德（孝道）与人性关怀对立起来，并且试图否定人性，显示出非常腐恶甚至残暴的文化心态，这样的旧道德确实应该否定，甚至应该诅咒。于是鲁迅在《二十四孝图》一文一开始这样写道："我总要上下四方寻求，得到一种最黑，最黑，最黑的咒文"，诅咒"反对白话，妨碍白话者"，[①]其实，即便是反对白话文的人，其德行也不至于坏到让鲁迅如此诅咒；鲁迅咬牙切齿地真正想诅咒的乃是借着文言文死灰复燃的《郭巨埋儿》之类的旧道德传播问题，以及它的恶劣的创作者。

2. 文学研究对高调恶俗伦理的批判

文学研究应该有属于它自己的自由度，但合理的自由度不应该仅仅从政治学术的疏离甚至解脱中获得，还可以从与社会道德审视拉开的必要距离中获得。从社会道德的立场分析许多现象，包括文学现象，需要遵循道义，受制于道义，在社会道义感的约束之下。这样的理论场域下，文学学术所拥有的自由度当然相对较窄。通过文学研究，应能清楚地揭示，文学研究所面对的文学道德常常不受社会道德的制约，所体现的自由度往往也自然会大一些。

文学表现的道德，有时候与世俗的道德相吻合，如对前辈的孝道的提倡，对美好事物美好境界的向往，对坏、恶、残暴行为的憎恶，如此等等，套用鲁迅在纪念殷夫时所说的那句话，是"对于前驱者的爱的大纛，也是对于摧残者的憎的丰碑"[②]，这些是很容易统一的一致的道德。但更多的时候，文学道德与世俗道德并不吻合，有时候甚至相互冲突，各自走向其相反的方面；这种冲突发生的时候，文学表现的道德会显示出与一般社会道德不同的宽容度，甚至经常出现反向的道德判断。一般而言，文学道德尺度的自由具有更大的空间。

如果说文学的道德以人性的尺度为基本尺度，那么，成为习俗的社会道德常常可能导致对人性的伤害，这样它们就正好立在相反的对立的位置。曹禺的《雷雨》中，蘩漪与周萍的不伦之恋，在文学研究的语境中常常得到同情甚至赞许，人们通过这样一种不伦关系的形成、发展和悲剧性的结局，为蘩漪所承受的家庭专制的压迫，为蘩漪所经历的

---

① 鲁迅：《〈二十四孝图〉》，《鲁迅全集》(2)，人民文学出版社，2005 年，第 258 页。

② 鲁迅：《白莽作〈孩儿塔〉序》，《鲁迅全集》(6)，人民文学出版社，2005 年，第 512 页。

个人追寻的挫折，为蘩漪所遭遇的始乱终弃的命运，深深地不平，进而痛心疾首地为之呐喊，为之辩护，这样的呐喊与辩护都溢出了世俗道德。

中国现代文学的研究也必须树立这样的“道德意识”：人性之美和善为文学的基本道德，底线性的道德，其他的世俗道德在文学和艺术的表现层面不应该拿来作为耗散、抵消和否定基本道德和底线性道德的因素。在世俗道德意义上被肯定的伦理道德，如朋友之道、兄弟之道、亲情之道，在文学艺术的表现中都应该为人性之美和善让位，而不是相反，以上述世俗道德耗散、抵消和否定人性底线。于是，托尔斯泰创造的俄国文学最光彩的形象安娜·卡列尼娜，在家庭伦理方面是一个不负责任的女子，可以说是一个“坏女人”，但她为了自己人性中美的追求而舍弃了世俗道德所肯定的那一切，她在文学上就是一个符合道德规范的殉情者。中国现代文学提倡新道德，反对旧道德，落实到家庭伦理和社会伦理方面，就是相对忽略那种道义承担的道德部分，而将同情面调谐到个人情感的抒发，那是最贴近人性本真的方面。罗家伦的小说《是爱情还是苦痛》是五四前期的著名代表作，所探讨的是新道德：一个青年人回到家被父母勒令与不认识的女孩结婚，他被迫接受了，但觉得这不像人过的日子，已经体尝到青春爱情滋味的青年学生尽管遵守了父母之命，履行了孝道，但却被剥夺了爱的权利，内心十分苦痛。这样的作品是一种道德翻案文章，属于新文化运动中鼓吹道德解放和人性解放的作品。从这个意义上说，新道德以相当柔弱的姿态出现在罗家伦的作品中，发出了是爱情还是苦痛的问诘，体现了那个时代的文学道德与世俗道德相互碰撞、相互砥砺的难题。

在那个建设新文化批判旧文化，张扬新道德批判旧道德的时代潮流中，新道德的宣传与探索属于新文学创作的热点。包括胡适的《终身大事》、罗家伦的《是爱情还是苦痛》、欧阳予倩的《潘金莲》，都是宣传与探索新道德的作品，也因新道德的阐述而成为时代关注的焦点。胡适的《终身大事》是一篇经常被人误解的新道德反思的杰作，其思想的深刻性一直未得到充分揭示。这部短剧中的女主人公田亚梅，是一位勇敢追求自己幸福的新女性。她的自由恋爱的对象是陈先生。先是母亲不答应，说我们是读书人家官宦世家，陈先生与我们门第不符。田亚梅的父亲教训母亲观念陈腐，但还是不要女儿与陈先生结婚，因为古来田陈是一家，姓田的跟姓陈的从宗法传统上不能通婚。田亚梅义无反顾，坚持走自己的路，在楼下陈先生汽车喇叭的呼唤声中，告别家庭，自己完成了自己的终身大事。一直以来，现代文学研究专家都指责田亚梅思想解放不彻底，最终嫁给的是有汽车的资产阶级人物陈先生。这样的指责隐含着社会的甚至政治的道德判断，因为这样的道德定势是，个性解放婚姻自主常常走向与穷人的结合。胡适这样描写田亚梅，正是冲破了社会、政治道德的约束，打破了这种平民主义爱情的定势，真正让情感，最贴近人性的男女相约之情来左右人物的行为、选择和命运。这样的描写不仅突破了旧道德的束缚，而且也突破了新道德的政治、社会定势。

欧阳予倩的《潘金莲》颠覆了原来《水浒传》中的人物定型，把潘金莲写成追求自我幸福实现自我价值的正面形象，实际上是在潘金莲身上诠释了新道德因素。剧中的潘金莲凭着自己的人性觉醒追求个人幸福，这是她被逼嫁给又矮又丑又无能的武大郎以后必然而又合理的人生选择。所不幸的是她追求的对象是武松，武松仪表堂堂，英气逼人，但道德观念陈腐保守，当然不能理解潘金莲的爱。追求武松不成，潘金莲将西门庆想象为武松，将对武松的情感移情于西门庆身上。一切事情败露以后，自然面临着武松的杀戮。当锋利的尖刀对准她的时候，勇敢的潘金莲袒露出自己的胸膛，面向武松进行终极表白，表明自己的挚爱与痛恨。这是一篇精彩的道德翻案作品，是相对于世俗的道德人伦而响亮地唱出的人性之歌。

《潘金莲》这个剧作从其问世之日起就存有争议。评论者在为宣传新道德、张扬人性叫好的同时，也反思这样的“翻案”文章是否太过挑衅人们的文化伦理。的确，潘金莲在中国读者的接受习惯上就是一个道德的叛逆者，一个千夫所指的“淫妇”，与西门庆、王婆勾结毒杀亲夫的罪魁祸首，在这样一个已有道德定评的人物身上作新道德的翻案文章，是否有矫枉过正之嫌？这是一种社会阅读心理和接受心理的调适问题，其实作者欧阳予倩无须负社会道义责任。试想如果这部戏剧中的人物不是借用的潘金莲、武松这样具有“历史”和“道德意义”的形象，而是隐藏了这些历史记忆和道德记忆中的人物或陌生名字，读者和评论者会质疑作品中宣传的新道德吗？会反对剧作中的女主人公为追求自己的爱而不顾家庭伦理甚至不惜以身试法的行为吗？然而，借助于已有影响、已有定评的道德典型做翻案文章，容易形成较大的社会影响和文化传播效果，就像钱玄同、刘半农在文学革命讨论中上演一出“双簧戏”一样，都是为了增强社会影响和文化传播效果。

中国新文学从一开始就在新文化新道德的鼓励下试图探讨适合于新文学道德的路径，于是出现了一批道德翻案性的创作。像鲁迅这样伟大的文学家，还深透一步，通过《伤逝》、《幸福的家庭》等小说，《娜拉走后怎样》等杂文，翻新文化新道德的案，追求的是一种更见社会深度、人性深度的文学境界。鲁迅是对世俗道德反思最彻底的伟大的思想家，同时，他对新道德也保持某种反思甚至批判的热忱。鲁迅所创作的《幸福的家庭》，乃在梦呓般的幸福畅想中穿插着世俗生活的干扰，表明如果没有相应的物质条件，“幸福的家庭”的梦想终究会遭到现实的嘲弄。《娜拉走后怎样》这篇杂文同样告诫走个性解放之路的青年人，在经济权没有获得，在物质条件没有具备的情况下，妇女解放以及人格独立依然只是一种梦想。《伤逝》对新道德展开的反思与批判更加深刻。表面上这个作品是赞赏和歌颂恋爱自由的，子君和涓生勇敢地自由恋爱，勇敢地生活在一起，但他们并不幸福，因为琐屑的然而又是必须的生活的开支压迫得他们难以产生任何幸福之感。在这种情形下，涓生疲惫了，宣布不再爱子君，子君只好像鲁迅所预言过的出走的娜拉那样，仍旧回到旧家庭之中，然后抑郁而死。涓生怀着深切的忏悔怀念子君，同时深深检讨着自己的自私与无情。但鲁迅没有站在涓生的情感立场上同样指责涓生的自私与无情，相反，鲁迅倒是对子君那种过于相信爱情能够解决一切人生问题的幼稚的价值观有所批判，鲁迅倒是同情涓生的更深刻的现代人生观和价值观：一个青年人不应该为爱情的枷锁所束缚，应该在人生的更大场域独自奋飞。

涓生的世界观和价值观的确有些自私，这也成为小说中的他面对不幸去世了的子君深深忏悔的重要原因。但一个青年人试图冲破哪怕是自由恋爱建立起的家庭的束缚而寻求独自奋飞在更大的人生疆场的诉求，符合更深层的人性要求，一种比爱情的需要更加现实的人性诉求。通过对子君和涓生两个新人精神世界的探寻与塑造，鲁迅在新道德反思的方面建立了批判的功绩。

中国现代文化和文学的道德建设，在左翼新文化运动中也仍然发挥作用，丁玲的《莎菲女士的日记》等作品，表现的正是个人道德与社会道德分庭抗礼的道德文化。直至 1940 年代的延安文学以及 1950 年代的社会主义文学中还具有可圈可点的历史印痕。延安时期丁玲的小说、王实味的杂文等等，都有将集体主义道德纳入个人道德和人性表现轨道的倾向。社会主义文学阶段，个人意志的尊重、革命需要面前，对个体生命的尊重等道德描写在创作中还占有较大的分量。萧也牧的《我们夫妇之间》，探讨了在社会主义时代如何尊重个人的人生态度以及个性展现问题，峻青的《黎明的河边》对小通讯员一家的牺牲，除了从革命角度予以崇高的致敬而外，还充满着人道主义的对于生命的珍惜与反省。这说明，即便是在社会主义文学语境下，与人性和人道主义联系在一起的新道德仍然是文学表现的热门主题。但这样的道德反思与表现越来越排挤以至于边缘化，取而代之的是让社会道德就像在人们所熟知的社会生活中一样，排挤、打压最终驱逐个人道德和人性表现。由于受到社会道义和责任的强势影响，也由于中国现代文化史上屡次对人性论的批判和声讨，这种偏离了五四新文化新道德建设轨道的文学曾经非常流行，但终不会具有长久的影响，因为它们不符合文学表现的原理与规律。

中国现代文学研究，至少在道德批评和道德建设层面应该肯定人道主义和人性观，因为这是文学道德中最基础性的内容。在文学表现中，最基础的道德不必屈从于高层次的社会公德甚至社会道义，这就是文学表现也是文学研究中的道德逻辑。让社会道德排挤、打压乃至最终驱逐个人道德和人性表现，这样会造成文学表现和文学研究中的高调恶俗：就是以唱政治高调的方式排斥人性和人道主义等基础层次的道德，其结果不是通向人性的感动，而是通向虚假和做作，实际上会导致哪怕神圣的高层次道德失去了基础性道德因素的支撑，使之变得不通人情，面目可憎，庸俗不堪。如果这样的高层次道德被诠释为爱国主义之类，那么实际上会将爱国主义以高调的方式庸俗化。

从维熙在 1980 年代的创作常常体现出这种高调恶俗化的道德表现，即非常高调地刻画人物的爱国主义情怀，但又像釜底抽薪一样抽去了爱与美的人性道德，使得社会道义层面的社会道德、政治道德成为“高调恶俗”的装饰，实际上是让这样的高调道德成为不食人间烟火的伪装和雕饰，从而成为高不可攀但实际上面目可憎的高调宣传品。这位作家曾奉献过很有影响的《大墙下的红玉兰》，刻画一位革命干部在失去自由的“大墙”内，得悉敬爱的周总理去世的消息，悲痛难忍，决定扎一个花圈献给伟大的逝者。监狱条件简陋，无法获得合适的材料扎上白花，这时大墙之外盛开的玉兰花深深地启发同时也诱引着遭受多年冤屈的革命干部，他毅然不顾危险，爬上梯子，去摘取最适合扎成花圈的白色的玉兰花。但狱警误以为犯人要越狱，开枪了，那位可敬的革命干部喷出的鲜血染红了玉兰花。这是可敬的革命干部，但更是一位莽撞的英雄，只是为了表达对领袖的崇敬之意，不惜冒着生命危险最后如愿以偿地牺牲了自己的生命。这不是用自己的生命去赢得一场殊死的战斗，也不是用自己的生命去保护人民的生命财产安全，更不是用自己的生命去保卫别人的生命，而是用自己的生命去换取一种崇敬心情的表达。这种道德是高层次的，但却以对生命价值的漠视使那种本来崇高的革命情感受到了损伤。

如果说《大墙下的红玉兰》还包含着对革命领袖的深挚情感，这种情感的神圣意味具有足够的力量抵消对生命的眷顾与怜惜，那么，《雪落黄河静无声》则是将生硬、矫情的爱国情感用来抵消热烈的爱情的热度，显示出更加奇怪的“高调恶俗”笔法。《雪落黄河静无声》写的是一个叫范汉儒的知识分子，因政治迫害进监狱，爱上了在狱中做医生的女犯陶莹莹。他们在受到严厉管制的监狱中艰难地相爱，艰难地传达爱意。忽然监狱“战略”转移，从此天各一方，根本不知道对方的去向和命运，但那种爱的牵念依然炽热，依然深浓。灾难结束后，冤案得到平反，范汉儒在广州工作，一直想着美丽的女医生，利用一切关系绞尽脑汁要找到那个自己日思夜想的爱人。终于打听到陶莹莹在北方黄河边上的一个城市做医生，范汉儒不顾一切赶到陶莹莹所住的城市，找到了陶莹莹。不过范汉儒的出现并没有给陶莹莹带来多大的惊喜与激动，她的反映异乎寻常地冷淡、沉静。他们相约在黄河边上的公园，详谈别后的人生。这是一个寒冷的晚上，天要下雪，公园里面有个亭子，我们的两位主人公如约来到了黄河边。范汉儒迫不及待地问她为什么这样对待他们期盼了很久的爱情，陶莹莹忧伤而冷静地说，因为我知道你不会爱我。范汉儒更加不解，他是那样急切地想见到她，那样迫切地想得到她，怎么可能不爱她？陶莹莹依然冷静地说，等你听到我怎么进监狱的故事以后，你就不会爱上我了。原来，陶莹莹犯的是“叛国罪”。陶莹莹在政治运动中受到迫害，极度无望之际想偷渡国境，偷渡的时候当时的男友被打死，自己则以叛国罪入狱。范汉儒完全没有这样的思想准备，他很难想象他所爱的人原来是一个对祖国失去信念的叛国者，一方面觉得不可思议，同时也觉得无法接受，在一种无助的状态下，他懵懵懂懂地走向了爱情无望的前程。作品刻画和表现一种爱国主义的道德情怀，同时将这种政治道德放在与爱情、人性相对立的尴尬境地。对范汉儒而言，他要在祖国之爱和青春之爱之间做选择，把人性的基本道德与高调的社会道德对立起来，而且那种以爱国做装饰的社会道德是那样的空洞、抽象，这使得这种看上去高调的社会道德在丰满的鲜活的充满人性之美的爱情面前显得尤其恶俗。但作者就是要选择这种高调的恶俗来抵消美好的爱的情感。

文学研究应该确立以人性的基础和基本的人性善为道德文学分析的基本原则，这样才能侦悉文学作品道德感动的奥秘，否则就无法解释更无法抵达文学道德因素感动力发挥的途径。道德认知必然地包含着善的认同，而善作为一种价值判断必须与最基本的人性善联系在一起。如果一种道德在基础部分的人性善内容被抽取、被架空、被稀释、被否定，则这样的道德即使是崇高的，神圣的，由于缺少了人性善的基础，也会变得空洞、抽象、高调而恶俗。至于那种与崇高和神圣并不十分相关的道德表现，则更会显得恶俗不堪。

当代阅读经验可以轻而易举地告诉我们，高调恶俗的道德把握实际上是一种较为普遍的存在，这可能与长期以来相应的文学批评在这方面的理论乏力有关。对于文学创作中道德把握的高调恶俗现象，文学批评从来无法做出令人信服的理论指谬工作，一般来说，由于所宣扬的高调恶俗道德往往以崇高的或者是更高尚的形态出现，评论者和研究者要对这样的道德把握和道德形象的塑造提出批评，则往往会冒一定的道德评价的风险。问题更在于，学术研究界和理论批评界迄今还拿不出诸如"高调恶俗"的相关理论和相应概念进行学术应对。这是文学批评和文学研究难以产生令人信服的理论力量的重要原因。

如果说从维熙的作品中所表现的高调恶俗道德现象还是属于崇高范畴的"高调"道德，这样的"高调"多少还带有某些令人崇敬的成分，那么，有些作品所宣扬的道德并没有这种崇敬成分，却仍然抽取了其中的人性因素，离开了人性善与美的基础。这是一种硬撑式的"高调"，以一种忘记了人性与本我的麻木作无谓牺牲的强调，体现出的所谓高调恶俗更加浓重。

在这个意义上可以解读张洁名著《祖母绿》的道德书写，了解这部作品所颂扬的不可理喻的道德牺牲为什么会令人恶心。《祖母绿》的写作背景是 1957 年那场事关几十万知识分子命运的反右风暴，张洁塑造的曾令儿正是在这时候遭遇厄运的女右派。其实善良美丽的曾令儿是为了让自己爱恋的男友左葳能够政治过关而"冒领"了右派的罪名。曾令儿知道当右派必须发配到边疆改造，可是她无怨无悔。在临别前的夜晚，她又作出了一个姑娘家最大胆也最沉重的决定，与男友实现爱情，并怀着男友的孩子去北大荒。20 年的北大荒生涯，曾令儿母子饱经风霜，备受歧视，不仅勇敢、坚强地活了下来，曾令儿还在北大荒那么艰苦的环境下精研学术，成了知名学者。冬去春来的时节，曾令儿以杰出校友的身份回到母校，见到她的昔日恋人左葳，一直在上海过着养尊处优而又碌碌无为的生活。在这种情形下，似乎患有"牺牲狂"疾病的曾令儿又一次出手，利用自己的专业优势帮助她的昔日恋人，让他的业务水平得到提高。作品把曾令儿对男友的忠贞爱情比喻为宝石般的道德，将她的一味牺牲、莫名其妙的奉献喻为"祖母绿"式的爱和道德。这是一种为了爱情而一味地牺牲自我的道德，表现了一种舍弃利己道德而成就利他道德的高调风格，但让人看到的是一种变了味的忠贞与矢志不渝，在一种无法理喻的牺牲的快意中试图表现“牺牲狂”式的个人选择。虽然爱情与相应的情感属于个人的道德范畴，但毕竟比自私的利己的道德成色高，格调高，以个我的私德服从于成色更高、格调更高的爱情道德，这仍然是一种“高调”的道德选择和道德处理，不过为了并无多少价值甚至并无多少理由的爱情而鼓吹这样的牺牲与奉献，那就是一种“高调恶俗”的体现。

无论恋爱对象是否值得，一个完美道德化身的女性却要为之作出全部奉献。于是一个优秀的作家写出了一个离奇的爱情故事，同时也写成了一个恶俗的道德故事。这样的描写与其说是在美化一种道德，还不如说是在蹂躏、消费一种无私奉献的品德。作品通过恣意践踏个人人性尊严与健康的方式，让曾令儿把自己的一生以及这一生几乎所有的价值交付给一个没有任何价值的爱恋对象，所体现出的道德观念不仅不伟大、高尚，而且显得庸俗、陈腐。文学批评、文学研究应该正视这样的道德描写的“高调恶俗”现象，通过令人信服的理论分析，通过人性表现得到的层次分析法，对这样的作品进行正当的批评与指谬。这些作品已经问世 40 多年了，而且一直处在文学史学术描述的视域之中，但相应的理论失语使得人们对这样的道德扭曲的书写仍然无法作出准确有力的价值批判，这是文学研究难辞其咎的责任。

文学研究应该在道德评判和道德批评方面拥有足够的发言权，因为文学反映的道德内涵可以与一般的社会道德和世俗道德保持相当的距离，有时候甚至可能走向相反的方面。文学学术不仅应该对上述“高调恶俗”的道德摹写进行揭示与批判，而且应该对文学创作中有意设立道德困境的文化现象予以分析与阐释。一般社会生活中，人们的道德意识和道德判断是相当明确的，但到了文学创作和文学欣赏的语境之中，相关的道德是非就可能变得模糊，甚至变成了一般意义上的非道德判断。这是因为文学所信赖、依靠的道德，总是与最基本的人性之善美联系在一起的，而社会道德及世俗道德总是在社会、伦理之善性肯定的前提下试图对人性进行压制与排斥。于是，文学所肯定的道德有时候便与社会道德和世俗道德处于对立的境地。托尔斯泰笔下的安娜·卡列尼娜在世俗的道德框架中是一个十恶不赦的偷情者，是一个母亲不像母亲、妻子不像妻子的坏女人，但在小说中却是一个非常值得我们同情乃至尊重的勇敢的女人，这就是世俗的道德判断与文学的道德评价之间截然相反的情形。在这样的一种道德判断差异中，我们还可以援引福楼拜笔下的艾玛(《包法利夫人》)，曹禺笔下的蘩漪(《雷雨》)，等等。

正是在这样的意义上，一些态度偏激的文学家会否认文学的道德性，否认文学道德讲求的合法性，从而提出文学本质上是非道德的。王尔德、波特莱尔等唯美主义者也就是在这样的语境下抛出了他们的唯美主义艺术观。否认文学艺术的道德性成了他们富有快意的理论表述和情绪宣泄。其实，否定文学的道德性还不是非常偏激的观点，最偏激的观点往往是鼓吹文学的反道德性。波特莱尔的著名作品《恶之花》就是典型的例证。许多作家都在挑战道德的意义上寻找人物刻画的创意。王尔德小说《道林格雷的画像》里面塑造的美得出奇但同时也恶得离谱的道林格雷，就是这样一种创意的结果。

五四时期的新文学家一般都可称得上新道德的倡导者和旧道德的批判者，他们处理新旧道德关系的通用方法就是用新道德挑战旧道德，否定旧道德。在这一意义上，欧阳予倩不仅创作了《潘金莲》，还创作了《泼妇》。郁达夫可以勇敢地推出《沉沦》系列作品，甚至可以大胆地展示《茫茫夜》这样石破天惊的挑战世俗道德的作品。当然并不是所有的新文学家都会这样大胆地挑战道德，但会通过设置一些道德难题的办法启发人们反思道德问题，不仅同样能够达到批判和否定旧道德和世俗道德的目的，而且可以引导人们将道德思考引向更深刻的境地。

许多文学现象都可以从作家有意设置道德难题的角度进行阐释。有时候囿于时代局限，一种道德设计在这个时代往往不能被接受，但在另外一个时代的读者看来就很容易被接受，这样的情形在那个不易被接受的时代就属于道德难题。一个思想解放的时代，一个好的文学作品，就会常常让人们的道德感遭遇难堪，也就是让人们面临着某种在那个时代看显然属于道德难题的境地。蘩漪在那个时代爱上了连自己都感到不应该爱的人——周萍，一个继子，一个骗子，一个懦夫，一个从任何一个角度看都不值得去爱的人。与其说作家曹禺让蘩漪爱上这样一个不该爱也不值得爱的人是一种心理病态的揭示与鞭挞，不如说是作家有意安排了一个"局"，让剧中的人物陷入一种道德困境，这样的道德困境让人难堪，令人困惑，发人深省，同时使得局中人都不同程度地受到这种困境的胁迫与困扰，由此产生灵魂的震撼和心理的纠结。其实，托尔斯泰笔下的安娜·卡列尼娜，屠格涅夫《初恋》中的少年和他的父亲等，都被作家安排进一种难以轻率摆脱的道德困境之中。道德困境更有利于调动人物的全部情感，并进入一种复杂的矛盾交叉点，这样的情节也很具有戏剧性，因而被文学作品特别是戏剧作品大量使用。伟大的作品都非常善于设置道德困境，安娜·卡列尼娜面临的是道德困境，电影《廊桥遗梦》中的女主人公弗朗西斯卡同样面临着道德困境，她们的命运走向不同，源于她们处理道德困境的方法不同。安娜选择了激烈的方式，牺牲家庭而为爱情赴难，而弗朗西斯卡正好相反，为了完成做妻子和母亲的责任而放弃了与爱人金凯私奔的机会。她们一个付出了生命的代价，一个付出了刻骨铭心的爱的情感，但都是通向对道德困境的解决。

中国现代文学的传统，是将道德困境放在新道德的建立这样的光明一线得以解决。《终身大事》就是这样处理的，其中宣传的新道德可能许多研究者都没有能意识到。女主角田亚梅勇敢追求自己的幸福，执意要嫁给陈先生，母亲反对，理由是门第不符——对方不是书香门第，田亚梅的父亲教训母亲观念陈腐，不过具有讽刺意味的是，他从更加陈腐的宗族角度反对这桩婚姻：古代田陈是一家族，姓田的跟姓陈的不能通婚。田亚梅义无反顾，告别家庭，自己完成自己的终身大事。中国现代文学研究者一般都说田亚梅的爱情仍然有局限：她是踩着陈先生的汽车喇叭声走出家庭的，最终嫁给有汽车的资产者陈先生。其实这样的"局限说"非常"局限"，难道田亚梅一定要嫁给一个无产者才算是没有"局限"吗？爱情是两情相悦，发乎情便是真爱，在情感之外，对方的家庭背景、对方的财富水准等等，都不在考量之列，这才是真爱情。从这个意义上说，胡适让田亚梅跟着汽车喇叭声走，更能体现出富有现代意义的爱情至上的道德，本着这样的道德可以拒绝情感以外任何因素，包括与嫌贫爱富道德相反的劳动本位、贫穷本位的世俗道德，这是一种真正的新文化的道德判断，在这方面，倒是我们研究者常常受到一种与嫌贫爱富心理相对立的道德限制，这常常是一种不易觉察的道德局限。

中国现代文学的核心内容是提倡新道德，那是一种非常适应文学表现的道德。罗家伦的小说《是爱情还是苦痛》是新文学作品中探讨新道德难题的作品。一个青年人回到家被父母勒令跟不认识的女孩结婚，他只得服从，被动接受了，但婚后的生活让他觉得过着不像人过的日子，初尝到青春爱情的滋味同时又遍尝被逼无奈的苦痛。这样的作品所宣扬的是新文化倡导的新道德，鼓吹个性解放，宣传人格自主，强调婚姻自由。这成了五四新文学的时代主题，新文学表现的新道德甚至成了一种时代的道德冒险。欧阳予倩在这样的浪潮中创作了剧本《潘金莲》，它颠覆了原来《水浒传》里的人物定型，把潘金莲写成追求自我幸福、追求自我价值的新型人物，写成了新道德的勇敢追求者。潘金莲有着捍卫自己个人意志、个人情感和个人幸福的意识，她不甘心被迫嫁给又矮又丑又无能的武大郎，而对器宇轩昂、英气逼人的英雄武松心生爱慕并勇敢表达。"一身正气"、恪守人伦之道的武松严词拒绝了潘金莲，实际上是残忍地辜负了潘金莲，后者只好将对武松的合理情感投射到外貌极像武松的西门庆身上。武松发现了潘金莲、西门庆的"奸情"并决意杀死他们为兄报仇，这时的潘金莲更加勇敢，以自己袒露的胸膛对准武松冰冷的扑刀：坦然地表白了自己的内心情感，并表示死在他的刀下是一种幸福。这是新文学创作中最早的"翻案"书写，而且是那么彻底的，完全颠倒了道德判断的"翻案"书写：潘金莲在欧阳予倩的笔下一改历代文人所不齿的淫妇形象，她成了最具人性的勇敢的爱情追求者，成了愿意为爱而面对带血的钢刀毫无惧色的大勇者，她成了时代的英雄，也是那个时代所需要的英雄。在爱的道德下，任何其他的道德，如夫妇之道、兄弟之道、朋友之道等等，都成为微不足道的道德。

上述作品不仅是新文化中的道德翻案文章，也是文学道德的精彩传达。文学道德拥有比社会道德更大的自由度，文学研究应该充分利用文学道德的这种自由度，在自己的学术责任建构中建立一个较之社会道德批判更有宽度也更有魅力的超越性道德意识。

不过相当一段时间以后，中国现当代文学创作中本来具有的道德自由、道德宽容和道德探索意识慢慢被忽略了，以至于一些作家"苦心孤诣"，将一般的社会道德误解为文学道德，甚至以政治道德代替个人道德，出现了不少令人非常尴尬的文学作品。特别是在表现"文革""伤痕"的文学作品中，这样的道德"奇葩"尤为密集，张洁的《祖母绿》、从维熙的《雪落黄河静无声》堪称代表。

文学研究中的道德问题与社会学科甚至自然科学中包罗万象的各种相关问题都可能产生纠结，在学术研究中，不宜将道德问题简单化，不能以简单的伦理和社会道德为标准，不能以人们习以为常的世俗道德作为文学的道德深度。如自然科学已经遇到许多难题，例如关于克隆的问题，以及当代生物学科的其他尖端性学问，往往在社会道德和人伦道德的范围内遭到怀疑，而且，这当中涉及社会心理、伦理学等远远超出自然科学的问题，这些难题一旦进入文学之中，进入文学作品的表现之中，相关文学作品的分析就不可能依据我们非常熟悉的世俗道德和人伦道德进行，所得出的结论也不可能符合我们日常的道德判断水准。因此，简单的、日常的、世俗的道德判断将会遇到越来越复杂的挑战。文学研究者和文学创作者都应该有这样的准备。当然，在思想解放运动的初期，人们判断日常生活中的事件，经常习惯于用简单的、日常的、世俗的道德评判，以此取得最大范围、最高程度的社会理解和民众信任，但随着文学的发展，随着社会问题解释的深入，道德问题的深度把握就成为文学创作和文学研究之必须。

一个好的文学作品不是让我们如此简单甚至如此弱智地去面对作品中人物以及作家自己的道德分析，而应该是让读者在道德判断面前倍觉复杂，难以做简单判断。难以进行道德判断却又是道德话题的当然主人公，例如托尔斯泰笔下的安娜·卡列尼娜，例如曹禺笔下的蘩漪，例如王尔德笔下的莎乐美，这些人物都不能简单地作道德评价，然而又不得不在道德意义上审视她们；她们的道德或具有挑战、反叛社会道德的意义，或具有在宗教情感的掩护下玩火自焚的狂态，她们远离了我们在张洁作品中"欣赏"到的曾令儿这样的道德完人，但她们的道德内涵非常深刻，非常复杂，以至于我们无法骤然评判她们的对错与是非，但又无法不衷心赞赏她们的畸美与魅力。

优秀的文学常常将读者引向道德的地雷阵，让我们在复杂和棘手的道德判断面前无所适从，最后只能放弃与世俗社会道德相通的判断，改为用人性判断冲淡甚至替代道德判断。屠格涅夫的小说《初恋》就是这样，它让一个叫作弗拉基米尔-彼得罗维奇的少年爱上了邻居——美丽的公爵小姐齐娜依达，而齐娜依达疯狂地爱上的人竟然是少年的父亲，她甚至能够忍受父亲用皮鞭对她的抽打。这是类似于"莎乐美"式的爱情。莎乐美是天主教神话里的美丽人物，国王被莎乐美的美所倾倒并追求她，但莎乐美根本不为所动，她全心全意爱着一个被关在水牢里的祭师，甚至她全部的情感只是寄托给这个祭师从幽暗的水牢中发出的单调的声音。这个祭师约翰同样不爱莎乐美，他的所爱只有至高无上的上帝。这是一个关于宗教与爱情的连环悲剧，一种互不对接互不呼应的追求链，因而这样的爱情都以悲剧告终。这个情节在王尔德的同名戏剧中被演绎过，作为一个宗教与爱情的不朽母题，在西方许多文学作品中被反复演绎。

如果说文学道德包括文学的道德判断可以疏离甚至背反于社会道德及其判断，那么，它当然应该以更大的力度疏离甚至背反于政治道德。政治道德是社会道德中的一种特别的形态，有时候会被一种政治语境所凸显和强化。不过在伤痕文学时期，有的作家将文学道德政治化，不仅不拉开文学道德与政治道德和社会道德之间的距离，而且将文学道德等同于政治道德。从维熙那时候的创作就热衷于此，《大墙下的红玉兰》就是以文学道德等同于政治和社会道德的代表性作品。特别是后此而发的《雪落黄河静无声》，可以说是文学道德政治化的典型。毫无疑问，爱国主义是崇高的情怀，作为政治道德和社会道德，爱国是不可置疑的道德底线。在政治和社会的道德意义上，范汉儒和作家的选择是正确的。但诉诸文学表现，情况就是另外一副样子。文学中的道德序列，是以最接近人性的"私德"为最重要，代表政治和社会道义的公德应该让位于私德。在范汉儒与陶莹莹之间，接近人性的"私德"是忠于爱情，信守诺言，爱国主义的公德不应该在文学处理中完全克服和取代私德。在这样的意义上，文学作品中的范汉儒出于爱国主义的公德，背叛了自己的爱情和私人情感，这是遵守了政治、社会道义而违背了人性法则和私人道德。因此，这篇小说除了编造的虚假而外便是道德难题设置的简单化和庸俗化。

如果一定要将人物置于道德困境之中，那么，杰出的文学家往往会这样安排：公德让位于私德，社会道义让位于个人情感。因为文学的感动力首先不是来自政治、社会道义，而主要是来自人性和个我情感。这几乎就是一种规律。杰出的文学家面临这样的道德困境总是让个人情感战胜公共情感，或者说战胜社会一般的道德理念。即便不是杰出的文学家，聪明的写作者也应该避免将公德与私德放在一起两相对立，甚至最后让公德克服私德，让公共情感克服私人情感，这是一种非常愚蠢的安排，它最终不可能通向文学的感动，因为它不符合文学道德法则。屠格涅夫的《初恋》虽然将父子同爱一个女人的尴尬情境刻画出来，但屠格涅夫没有让青年弗拉基米尔-彼得罗维奇进行选择，更没有让他展开对父亲的道德控诉或者进行道德的自我谴责，作家聪明地避开了道德问题，将父子俩在人性的善和爱情的真这样的层次上进行对等的拷问。托尔斯泰的《安娜·卡列尼娜》将女主人公安娜置于亲情与爱情的道德困境之中，然后让她依然选择了爱情，她离开了丈夫，抛别了孩子，勇敢地投入了爱人的怀抱。在一般的社会道德层面，这种选择爱情而搁置哪怕母子间的亲情的做法一定会遭到指责，但在文学的道德序列中，这是一种很自然的也很正当的选择，因为爱情较之亲情更为私人化。类似的情形在美国电影《廊桥遗梦》中，还是"不端"的爱情战胜了婚姻和家庭组构成的亲情。作品中女主人公最后的遗书，使得她跨越了世俗的社会道德，而最终以一种意愿出轨的方式抵达了自己的私人情感的最深秘处。

文学道德的准确把握是文学研究健康的心理基础。文学道德把握的重点在于人性的感动而不是政治和社会的道德感动。人物的"好坏"之分首先根据的是人性的善恶，政治的忠奸并不是判断人格好坏的最主要依据。这样的构思和描写具有一定的风险，但非常符合文学的道德法则，更重要的是将意识到的历史内容，可以把握的文学人物，在人性的丰满装饰中变得更为充实而有魅力。

第五章
中国现代文学与文学文化研究

中国现代文学的文化学研究已经是一个有相当积累[①]的传统课题，一度还相当热门。包括1980年代初中期由林兴宅等专家引入的新方法论用之于中国现代文学的诸多学术领域，作为人文社会科学热和文化热的一种前沿性参与，都为中国现代文学的文化学研究起到了推波助澜的启发与呼唤作用。然而当我们用各类文化学的角度取视中国现代文学各种现象的时候，总以为这是“以他山之石”攻中国现代文学这块璞玉，以至于一些强调文学研究“纯粹性”的学者担心中国现代文学研究这种“文化化”的趋向是否会危及文学学术自身的独立性。其实，一个相当重要也不难理解的问题却被学者所长期忽略：文学是文化的一个特定的成分，中国现代文学是中国现代文化的一个重要组成部分，因而，文化研究势必可以包含文学研究，虽然不能取代文学研究。显然，中国现代文学研究可以为其自属其中的中国现代文化或中国新文化研究所涵盖，它是中国现代文化或新文化研究的一个重要而富有特色的组成部分，可以被称作中国现代文学文化的研究。

显然，这与已经形成积累与影响的中国现代文学的文化研究并不一样。文化学对于中国现代文学研究的介入再不是方法论意义上的一种另辟蹊径，而是学术本体意义上的一种范畴拓展。这是一种文化研究，但是对文学这样一种特殊种属的文化的研究，因而它同时属于文学研究。文化研究和文学研究在这样的学术建构中不是体现为相互对立甚至相克相制的关系，而是体现为相互包容或者相得相生的关系。方法论意义上的文化研究与文学研究可能构成相互对立和克化的结果，对一种文学现象进行一种特定的文化学考察，往往会影响同时对其进行纯粹的文学分析，而本体论意义上的文化研究与文学研究则可以在研究成果上构成相互开发、利用的格局，相互启发甚至彼此

① 这方面的积累相当厚重，具代表性的概有：以阶级文化和政治文化为视点对鲁迅和中国现代文学作家展开的研究，以青春文化对郭沫若和创造社的研究，以乡土文化甚至湘西文化对沈从文等人的研究，以都市文化对新感觉派的研究，以绅士文化对徐志摩和新月派的研究，以人文主义和新人文主义对学衡派的研究，以官场文化、消费文化、传媒文化对当代小说的研究，等等。

强化。

具体到中国现代文化或新文化与中国现代文学或新文学的研究，情形更是如此。文化学作为一种方法论，更多的带有外来学术方法的性质：一方面，它一般都与西方新型的文化学术联系在一起，带有一种与新批评俱来的气度与品性，特别是后现代文化，其先锋性和舶来品质非常明显；另一方面，它一般都体现着政治学、社会学、历史学、语言学等外在于文学甚至美学的气度与品质。将这样的文化学方法用于中国现代文学的大多作品和现象研究，确有隔靴搔痒甚至是方枘圆凿的“外道”。但是，作为文学文化的本体研究，中国现代文学文化研究则不仅对于中国新文化研究来说相当必要，便是对中国新文学研究来说也格外重要。新文化的轰轰烈烈的产生和崎岖曲折的发展，已经有了一百年波澜壮阔的历史，除了在其产生之初，对它的言说和研究往往很难与文学结合起来。谁也不会否认文学作为艺术的种类属于文化的一个部分，但很少有人想到在中国现代文化层面确认文学的地位和影响力。重要的是，中国现代文学在几乎大部分的学术表述中，特别是在文学史表述中，都很难与中国现代文化分割开来，但就是缺少足够明确的学术意识：为什么不好好地研究中国现代文学文化？为什么不切实撰写一部中国现代文学文化史？的确，中国现代文学的许多层面、许多现象，都应该老老实实地落实在文学文化的意义上进行解析和认知，无论是文学的时代性运作、文学家作为文化人的自我设定及行为指向，还是文学作品的文化属性，将中国现代文学的许多问题置于文学文化的学术平台上，应有更精确的取视和理解。

一、文学革命：文学的文化革命

中国新文学一般被理解为中国新文化运动最有特性和代表性的积极成果。蔡元培在《中国新文学大系》总序[①]中明确指出了批判旧文化与清算旧文学，同时提倡新文化与倡导新文学之间的深刻关系。胡适、陈独秀则在《新青年》发动新文化的当年就明确持此之论，认为“旧文学、旧政治、旧伦理，本是一家眷属，固不得去此而取彼；欲谋改革，乃畏阻力而牵就之，此东方人之思想，此改革数十年而毫无进步之最大原因”[②]。因此，在他们看来，旧文学沉淀着旧政治、旧伦理等旧文化的几乎全部糟粕，因而新文化的倡导和推行必须以推倒旧文学为前提，进而通过新文学的建设抵达理想的佳境。正是由于这样一种深刻的历史关系和文化关系，新文化运动特别是在其起始阶段与新文学运动之间几乎凝结成胶着状态。新文化运动的倡导者多为胡适、鲁迅、周作人、刘半农这

① 蔡元培：《总序》，《中国新文学大系》（建设理论集），上海良友图书印刷公司，1935年。
② 胡适、陈独秀：《通信・答易宗夔》，《新青年》第5卷第4期。

样的文学家，即使不是典型的作家、文学评论家，他们的新文化言论也往往多落实到文学批评和文学运作层面，于是陈独秀写有气势非凡的《文学革命论》，李大钊写有《青春》等文，还有傅斯年的若干旧文学批判与新文学倡导的言论，以此在他们并不十分稔熟的文学运作层面展开新文化的鼓噪。在《新青年》编撰群体中，吴虞、易白沙、高一涵等都是思想文化界甚至是政治和社会学界的哲人，但他们都或多或少关注过新文化倡导和建设中的文学问题，并在相应的话题中发表过别致的意见。

从文学运作层面展开新文化的倡导，其实并不是从新文学倡导之日才开始，也就是说并不是以胡适发表《文学改良刍议》、陈独秀发表《文学革命论》为标志。稍此之前，胡适就已经在与《新青年》主编陈独秀等人的通信中提出"文学革命"的问题，而陈独秀在创办《青年杂志》之后，便非常关注世界文学的潮势与中国文学的旧账，在发表《文学革命论》之前，已经陆续推出《现代欧洲文艺史谭》，借欧洲文学发展之重引发中国新文化倡导与建设问题。至少在《新青年》创办之初，陈独秀等人对文学的加盟和企盼是相当热切的，在新文学尚未成形的状态下，他们连载苏曼殊的小说《碎簪记》①，体现出这样一种文化认知和相应的心情。当然，更早可以追溯到梁启超，其在清末主要通过小说界革命、诗界革命、文界革命和戏剧界革命等言论发挥其文化改良的思想理念，是将文化改良与文学革命混成一片的始作俑者。文明戏的兴起则发扬了晚清通过文学改良抵达文化改良的传统，一面也强化了新文化运动从文学发难，以文学作文化改良前锋的时代风尚与气息。

可以说非文学家在时代的感召下不惜借重于文学和相应的文学话题倡言新文化，标举新文化，这反映出新文化倡导的漫漫长途中一种企求落实的心态。文化话题天然地呈现出无限开放的态势，新文化的提倡常常会因文化概念和话题的开放性而流于散漫，流于漫漶。为了避免这样的情形，自近代以来，各个时代的文化改良者和新文化倡导者都想方设法在文化探讨方面寻求最切近、最可行的着陆点，那便是文学。五四新文化倡导者也是如此，他们习惯于也同样娴熟于将新文化倡导置于文学层面寻求着陆点和着力点。显然，这样的文学观念阐述都以文化为出发点和归趣点。许多新文化倡导者在言说文学、关注文学、编辑文学，但却往往避免走入文学，甚至是在文化批判和文化倡导意义上分明绕着文学在转圈。

正因如此，到了中国新文化运动全面启动的五四时期，几乎所有新文化运动倡导者都与文学扯上了紧密的关系，几乎所有的新文化倡导者和推动者都摄入了批判旧文学倡导新文学的思想文化运作。这样的交叉与纠结造成了这样一种简单的历史事实，至少是造成了这样一种非常明显的历史印象，新文化运动两个相互交叉的醒目口号便是：反对旧道德提倡新道德，反对旧文学提倡新文学。至少人们愿意作这样的理解与解释：

---

① 《新青年》第2卷第3期始。

“五四运动所进行的文化革命则是彻底地反对封建文化的运动，自有中国历史以来，还没有过这样伟大而彻底的文化革命。当时以反对旧道德提倡新道德、反对旧文学提倡新文学为文化革命的两大旗帜，立下了伟大的功劳。”①旧文学的清算与旧道德的批判紧密相连，新文学的建设与新道德的提倡彼此结缘，其间所有的巨大落差和回旋空间显示着文化的可能性和文化范畴的历史场域。

似乎有一种神秘的拉力，当然是来自文化的，虽然有时候是徒劳地，但经常是有效地阻碍新文化倡导者真正进入文学，同时，将那个时代一些真正的文学者及其关注与思考引向文学以外的文化领域，甚至集中于社会批评和文明批评。鲁迅在新文化倡导中作出了巨大贡献，他在社会批评和文明批评方面所做的贡献其影响力和号召力并不下于他的《狂人日记》等作品的贡献，而且发声更早，力量更大。《坟》中所收的杂文，以及为历史和时代所倍加珍惜的《新青年》“随感录”文字，常常越出文学领域，常常偏离文学话题，这时候作为文学家的鲁迅，无疑是用笔在文化领域冲锋陷阵的战士。其他如胡适、周作人、刘半农等文学家，也都纵横决荡于文学以外的文化批判和文化论辩之中。对于这群为进入新文学作了充分准备的文学家来说，新文化的倡导和建设乃是这场文化运动的本体，新文学只是新文化发展的必经路径、可靠工具与应有之义。在这样的意义上，他们以及相关的言论从未离开过文学，他们作为文学者在社会批评和文明批评领域行使着批评本体的文化职责。

中国新文化意义上的文学革命，实际上是以文学的名目公然进行的文化革命。对于旧文学的批判从来就是在疏离文学自身的文化层面逐次展开的。批判旧文学承载旧思想和旧道德，乃是在思想文化和道德文化层面反思旧文学。周作人倡导人的文学，成为新文化运动的一个重要关键词，其实所阐述的乃是社会文化层面的思想，甚至是道德判断的文化主张。他认为“用这人道主义为本，对于人生诸问题，加以记录研究的文字，便谓之人的文学”，这里的人的文学所呈现的乃是“个人主义的人间本位主义”。② 这是一种以社会文化甚至是社会道德文化的判断代替文学判断的新文学理论，更多地体现为新文化理论。

周作人“人的文学”学说之所以影响巨大，就是因为他从文学文化的角度而不是单纯文学的角度提出了旧文学批判和新文学建设的重大命题。稍后在《新文学的要求》一文中，他进一步强调文学的人性和人类性问题：“一，这文学是人性的；不是兽性的，也不是神性的；二，这文学是人类的，也是个人的；却不是种族的，国家的，乡土及家族的。”③这样的理念较之“个人主义的人间本位主义”，社会文化的成分减少了，但仍然是明确地

① 《毛泽东选集》第2版第2卷，人民出版社，1991年，第700页。
② 周作人：《人的文学》，《新青年》第5卷第6号。
③ 周作人：《新文学的要求》，《晨报副刊》1920年1月8日。

将文学当作一种文化的品类加以对待。他们所从事的一切都是围绕着新文化运作和新文化建设，只不过是更多地从新文学的角度切入了这样的运作与建设。这同时也解释了为什么包括文学研究会、创造社在内的新文学团体，其关注的重心往往总是从文学偏离出去，逐步挪移到社会文化甚至政治文化方面。无论从其基本的立意还是从其努力的目标方面分析，这些文学社团其实是围绕着新文化倡导与建设展开的文化社团，他们的文学观念和文学主张乃是新的时代与历史条件下文学文化建设的观念与主张。

二、文学革命的论争：在新文化范畴内进行

与此相适应，表面上站在新文学对立面，实际上则是在充任新文学倡导的制衡力量的所谓复古派、守旧派，包括甲寅派、学衡派，也同样是从文化的角度，以文化的态度对待新文学倡导中的种种论题的。林纾等反对“引车卖浆者流所操语”进入文学，难道是真正的文学态度？作为文学阅读者、欣赏者、翻译者和写作者，他不会不知道，自古以来，中外皆然，文学的人物语言原本就是要符合人物的身份，文学作品中只要出现引车卖浆者流，则这样的人物的发声越是“引车卖浆者流所操语”越好。在文学理论和文学规律意义上，“引车卖浆者流所操语”不会形成任何问题，只有到了文化态度和文化取向的层面，是否认同和取用这样的语言，才成为一个原则性的问题。因此，他在致蔡元培“太史”的那封著名的信中，指斥新文化运动倡导者“覆孔孟，铲伦常”，这种文化上的颠覆才是他所不能容忍的，在文学上所显示的“尽废古书，行用土语为文字”的危险，也是一种文化倾向上的危险。

在新文学和新文化倡导过程中，明确反对新文学的许多所谓的“封建复古派”文人，其实都不会真正反对以白话文为主要载体的新文学，因为，诸如刘师培、章士钊等人都曾和陈独秀一样，积极参与过白话文学的写作，而且，他们的白话文写作曾是如此认真，以至于章士钊感叹：写白话文比写文言文还难。他们后来之所以“反叛”，主要是因为从文化上感受到来自新文学界对于自己文化底线的威胁，与林纾等人对新文化倡导中“覆孔孟，铲伦常”文化倾向的深沉忧虑。因此，无论是“国故”派还是甲寅派，对新文学的责难和抨击主要是从文化倾向和文化立场出发的，他们察觉到作为一种文化导向，白话文学在风格上会使得文化中的典雅与庄重的内涵流失，在内涵上会使得传统文化遭到颠覆与瓦解。

在新文学与新文化的倡导中，头脑特别清醒的是胡适。他积极推进白话文，倡导文学改良和文学革命，但他意识到这样的倡导不应危及传统文化的根基，于是在文化上又加入了整理国故之类的运作。这是一个试图将新文学的倡导与新文化的提倡加以某种区隔的新派人士。然而在将新文学与新文化天然地牵扯在一起的习惯思维之下，胡适

被视为一个不折不扣的矛盾体，甚至被当作新文学建设的一个不坚定分子。其实他是一个清醒的新文学倡导者，只是他的清醒在时代文化的运作中显得不合时宜。

在文学的层面，吴宓等学衡派人物并不排斥新文学的西化因素，他自己的诗歌尽管多为旧体，但情感多流于西方式的浪漫，甚至他的恋爱经历和情感方式都迫近西方风格和现代模式。但在文化态度和文化理想的表述上，他更愿意坚守传统化的理性精神，并以此批判新文化的浪漫倾向。他对于新文学的理论论辩通常都是在文化倾向上展开的，这方面影响最大的是他的《论新文化运动》一文，以及梅光迪的《评提倡新文化者》。吴宓在文化意义上将人的境界分为三级，即“天界”、“人界”、“物界”，认为“人界”以道德为本，“凡人之天性皆有相同之处，以此自别于禽兽，道德仁义，礼乐政刑，皆本此而立者也”。而人的理想境界是抵达“天界”：“人可日趋于高明，而社会得受其福。吾国孔孟之教，西洋苏格拉底、柏拉图、亚力士多德以下之说，皆属此类。近人或称之为人本主义。又曰人文主义（Humanism）。”[①]这些在人文意义上展开的思辨与论辩，早已超越了文学的考量和展述。可以说，他们与新文学倡导者的格格不入，主要体现在文化倾向上，而不是文学倾向上。

受特别服膺传统文化和文化传统的新人文主义的影响，学衡派以及稍后的梁实秋都标举古典主义。如将这样的情形理解为一种文学思潮和文学流派的倡导性运作，进而得出他们反对新文学的进化理念，那就是一种皮毛之见。其实，他们标举古典主义批判浪漫主义的同时，并不妨碍他们在文学情绪的表现方面甚至在文学创作方面倾向于浪漫主义的实践。对此一种可靠的解释便是，他们在文化倾向上钟情于古典主义，但在文学趣味方面，在真正的文学感性表现中，却适应于浪漫主义。吴宓等人在《学衡》杂志上大量介绍蒲伯、伏尔泰等古典主义文学家，大肆阐发古典主义的模仿理论，这仍体现出一种文化态度，与其文学兴趣方面显示出的浪漫化的倾向，并不处在同一层面，也不构成事实上的冲突。这是一种错层结构，文化思维方面的古典主义倾向与文学兴味方面的浪漫主义倾向相伴而行，但并不相向交会，因而也不至于相互冲突。

梁实秋是一位浪漫主义文学倾向相当浓厚的作家，他早期的文学兴趣与创造社颇为相投，因而以较浓厚的热忱参与了创造社的初期活动。即便是进入美国力图拜于新人文主义者白璧德门下之际，他也没有放弃研究卢梭的设想，尽管他知道白璧德一向将浪漫主义始作俑者的卢梭视为思想上的死敌。后来他的散文写作时常显露出古雅的趣味和理性的精神，但并不乏性情的表现和灵性的炫张，这些都可以归入浪漫主义的文学趣味。然而，他的文学倾向却趋向于古典主义，于是在这样的文化层面，他热切地批判

① 吴宓：《论新文化运动》，《学衡》第4期，1922年。

中国现代文学的浪漫化趋势,①以极大的热忱鼓吹古典主义及其文化精神。在这样一种文学与文化的错层构架中,梁实秋所表现出来的思想的定力远逊于吴宓等前辈,他大规模地倡导与鼓吹人性,并且在神圣化的话题上展开人性论,在很大程度上睽违于新人文主义的理性精神。诚如上文所揭示,吴宓等在推介新人文主义文化理念的时候,将人性集中体现的"人界"视为应当克服和防范的精神境界,这表明,梁实秋其实没有真正理解新人文主义理性精神的精髓。然而他批判自己所欣赏的浪漫主义,倡言自己所不能守护的"文学的纪律",显然是从文化的立场理解文学之后的一种精神扭曲的现象。

热热闹闹甚至轰轰烈烈的文学革命的论争,必须从新文化乃至文化的角度考察才能厘清各种复杂的问题,才能厘清各种深刻的关系。单纯从新文学乃至文学的角度分析各个流派,确实很容易将他们区分为新文学的促进派与新文学的反对派或者背叛者,但从新文化的范畴加以甄别,就会显露出无可置疑的复杂性。学衡派表面上是新文学的反对者,他们从理念到创作都明显倾向于传统文学,但他们的文化倾向则是属于现代主义范畴的新人文主义②,只不过是对传统特别加以尊崇的现代主义思想理念而已。他们在文化观念上取法于西方文化系统,哪怕是在尊崇中国文化传统的话题上都不过是西方人文主义价值的理论呈现,因而,他们的文化理念和文化倾向与开放的新文化倡导正相吻合,完全可以视为新文化运作的一个重要方面军。甲寅派从新文学方面考察似乎是章士钊式的"反叛"者,是站在新文学对立面的"复古派",然而从文化角度看,甲寅派从来就不是真正的复古派、守旧派。有人分析出甲寅派的政治文化理论带有浓厚的西方宪政理论的痕迹。③ 这进一步说明,它至少在某种政治文化倾向方面应该属于新文化的范畴。

新文化的思想论域本来相当宽阔,参与新文化倡导与建设的历史与理论元素本来相当复杂,但在以新文学为论述重心的学术研究中,这样的论域被人为设限,这样的元素被二元对立地简单化。必须从新文化的宽阔视野和多元参照中体认文学革命论争,才能准确地把握这场论争中的许多本质性的文化问题,也才能真正理解新文化的价值内涵与历史形态。

---

① 梁实秋:《现代中国文学之浪漫的趋势》,《浪漫的与古典的文学的纪律》,人民文学出版社,1988年。

② 伍蠡甫在《现代西方文论选》这部现代主义文论选本中,将新人文主义理论家白璧德的论述收入其中。参见,《现代西方文论选》,上海译文出版社,1983年。

③ 陈友良:《民初留英学人的思想世界——从〈甲寅〉到〈太平洋〉的政论研究》,社会科学文献出版社,2013年。

三、新文学的文化及其研究

文学，从一般的概念出发，是作家以一定的语言文字塑造形象刻画意象以反映人生表现自我的一种艺术创造的结果。但这种一般化的文学概念与新文学倡导者和建设者的文学价值理念相距甚远。他们的新文学概念完全避开了表现自我这样相对“狭隘”的理解，以至于创造社最初提出“表现自我”的情绪化理论之际，立即遭到了新文学界的警觉甚至忌疾，包括这种理论的主倡者郁达夫在内的创造社作家纷纷进行自我辩解甚至是自我否定，被动地接受文学“为人生”的主流价值观。此外，新文学倡导者也不倾向于文学消极地“反映人生”、“表现人生”，而是要积极地“为人生”。“为人生”的文学观念成为从《新青年》时代经《新潮》时代到文学研究会时代最基本、最稳定也最有力的主流观念，它为几乎所有最重要的新文学倡导者所接受，其中包括新文学的直接缔造者鲁迅。在鲁迅看来，“为人生，并且改造这人生”，是他一直坚信不疑的文学信念，而且他确信这样的文学理念来自俄罗斯，是一种深有根基广有影响的价值理念。

当文学被认定为具有“为人生”(而不是为文学自身)的价值功能时，它实际上已经被定位为一种社会角色和文化角色，这样的文学必须以相应的社会和文化角色的承担与完成为价值使命。当这种文学的倡导者和参与者对这样的价值功能和文化使命深信不疑的时候，文学的文化定位便不可避免地衍化为一种事实。五四新文学因此可以被锁定为一种新文学的文化现象。

在这种新文学的文化现象中，文学家被普遍地界定为文化人，文学作品被普遍地定位为文化认知和文化批判的文本。

当文学研究会在自己的成立宣言中宣布，“将文艺当作高兴时的游戏或失意时的消遣的时候，现在已经过去了”，强调“文学是一种工作，而且又是于人生很切要的一种工作”，[①]这时他们就是将文学视为一种文化，将文学工作视为一种文化工作，进而将文学创作者视为更加社会化的文化人。这样的文学宣言其实是文学文化宣言。也正因如此，文学研究会除了从事文学创作而外，还致力于文学研究甚至文化研究，《小说月报》不仅发表小说创作，还发表文学研究论文、文学批评和文学理论探讨，更还发表一些历史文化和美学的文章。文学研究会以自己的实际作为否定了将其局限于文学领域甚至小说领域的狭隘理解，它的成员被理所当然地定位为人生的工作者，通过文学进行为人生工作的人士也就是文化人。于是，从 1920 年代到 1930 年代，文学家和作家被广泛地视为或称为文化人。这样的角色定位实际上体现着新文化运动中将文学视为文化、将

① 《文学研究会宣言》，《小说月报》第 12 卷第 1 期。

文学创作视为文化工作的新传统。

这样的传统使得鲁迅等许多新文学家并不专以文学创作为要，而是通过通常被称为杂文写作的方式进行社会批评和文明批评。鲁迅、周作人等所参与的语丝社运作，陈西滢等主导的《现代评论》派的运作，都主要在文学创作以外的社会批评和文明批评方面展开，体现出新文学家较为普遍的文化工作倾向。在中国现代文学研究中，学者为了将价值至高的鲁迅杂文等纳入文学范畴，费尽心机论述杂文写作属于文学创作的类型，杂文文本属于文学作品的范畴，或者致力于分析杂文的抒情性、形象性，或者努力寻找杂文中的艺术美因素。事实证明，长期以来研究者类似的学术努力终究是徒劳的，至少类似结论的论证显得非常勉强：包括鲁迅杂文在内的现代杂文文本实际上很难归结为文学作品，它们只能属于文学家进行社会批评和文明批评的特殊的写作文本，属于文学中的"批评本体"的写作结果①，与创作本体的作品有很大的差异。其实，文学家的"批评本体"的写作体现的乃是文化工作的成就，是典型的文学文化的结果。新文学建设的起步阶段，几乎所有重要的新文学倡导者都热衷于社会批评和文明批评的杂文写作，乃是这一时段的新文学更集中地体现出"文学文化"特征的重要标志。

在这种非常强烈的文学文化语境和背景下，新文学创作的传统常常"外化"为非文学性的文化品质。中国新文学的研究者曾经对史上第一篇新文学小说展开过一些争辩，不少人倾向于确认陈衡哲写于美国反映留学生生活的《一日》为新小说的开篇之作。否定的意见则认为这不是一篇完整意义上的小说，不过是一篇生活散记。显然，倾向于确认此为首篇小说的研究者基本上没有从文学内部的文体状貌、文体特征考虑问题，而是从白话文化，从留学生现代文化生活表现的角度考察文本，这样的考察一个显著的特征便是经常越过作品的文学价值和文学魅力，而是从文化倾向、文化批判的力度甚至文化认知的价值确认作品的意义。这种充满文化意味的文学价值确认从一开始就成为中国新文学研究和批评的主流意向，这种主流意向决定了研究者和批评家对于文学价值很高的作品同样作如此理解和确认。鲁迅的《狂人日记》在更广泛的学术认知中被确认为是中国新文学的第一篇小说作品，可是从它诞生之日起直到差不多一百年后，研究者和批评家都习惯于从反对礼教，反思历史与传统并奏振聋发聩之效的文化批判意义上确认其价值，对此作品的文学分析并不罕见，但对其文学史地位的认定一般还是锁定在文化含量和文化意义上。虽然鲁迅同样习惯于从文化含量和文化意义上解析和确认文学作品，但对自己最初发表于《新青年》并产生新文学原初影响力的作品如《狂人日记》等还是倾向于文学的分析与认定，他认为这些作品之所以产生影响，之所以能够显示"'文学革命'的实绩"，"颇激动了一部分青年读者的心"，乃是因为它们显示着"表现的

① 朱寿桐：《论中国现代文学的批评本体形态》，《文艺研究》2006年第9期。

深切和格式的特别"这样的文学魅力和文体风格。① 至今,研究者对鲁迅自我表述的"表现的深切和格式的特别"缺乏得力的论证,因为对《狂人日记》等代表性新文学作品的学术兴奋点从来都集中在它们的文化批判意义和文化倡导功能上。

更重要的是,基于对此类文化批判意义和文化倡导功能的某种兴奋,中国现代文学研究对待那些有一定新文化内涵但在文学价值方面明显欠缺的新文学作品,往往采取泛滥的"历史主义"态度,予以最大度的接纳和体谅化的理解。这就导致新文学初创时期的许多文学作品其文学价值在文化倾向的撺掇下被普遍高估,一些含有某种新文化倾向但文学素质较差的作品公然被当作精品和名品推介,如《新潮》时期的罗家伦的《是爱情还是苦痛》,汪敬熙的《雪夜》、《一个勤学的学生》,杨振声的《渔家》、《贞女》,叶绍钧的《这也是一个人?》以及俞平伯的《花匠》,等等。这些作品或是简单地阐述了一种新文化思想,或是表达了一种新文化倾向的情绪,情节单一甚至单薄,描写拙朴甚至生硬,抒情直接甚至做作,缺乏文学的生动性及其魅力。但就是这样的作品,长期以来一直被定位为新文学的初期代表性作品,甚至被当作新文学的典范。这些作品被高估,乃是文学界和文化界以文化思维要求文学,以文化内涵理解文学,以文化精神统摄文学的必然的学术结果。这样的结果对于文化——当然是先驱者兢兢追求的新文化非常有帮助,至少可以助其声势,增其威力,然而对于文学自身建设来说,未必是一种助力,因为它基本上没有从文学的创作与接受规律出发构思与规范作品,也不可能符合读者对于文学作品的一般性阅读与欣赏要求。重要的是,这样的思维和批评定势会降低人们对新文学作品的艺术要求和审美要求,最终连文学自身应有的文化深度也趋于忽略。沈雁冰在主持《小说月报》编务的时候,就非常重视《三天劳工的自述》、《偏枯》、《买死的》等小说,因为这些小说表现了下层贫民的人生。这是从基本的平民主义文化倾向看取文学作品价值的结果。其实这些作品平民主义倾向虽然明显,但并不深刻,仍然浮掠在人道主义甚至是周作人所批评的那种悲天悯人的人道主义层次。这些作品文字拙涩,描写僵硬,叙事平朴,情节简单,水平非常一般。但在用新文化的价值立场进行批评的时候,它们的上述文学素质都可以忽略不计。

以文化要求文学,以文化倾向的正当性高估文学进而让文学素质一般的作品晋升为新文学的经典,这是新文化运作中的一种普遍现象,甚至可以理解为是一种新文化传统。这样的传统有效地强化了新文化的声势,但终究影响了新文学的成熟与经典化建设。

---

① 鲁迅:《导言》,《中国新文学大系》(小说二集),上海良友图书有限公司,1935年。

第六章

中国现当代文学研究中的理论配置与概念处理

文学的学术研究以及文学史研究，从一定意义上可以归结为一种理论研究。但它又与纯粹的文艺学理论研究有所不同，它的基本学术目标不是理论的建树，理论包含其中，理论是它的特色显现。中国现当代文学的学术研究和理论建设、理论应用之间的关系，是一个相当复杂的问题，既是学术问题也是理论问题。应该探讨在文学理论、文学史、文学现象研究中，如何界定理论的分量、成色以及理论在学术阐释中相对均衡的配置等，这些因素都会影响到论文的学术品位和学术质量。

一、中国现代文学学术与理论的重要性

就我们现在所从事的中国现当代文学研究而言，理论是十分重要的。没有合理理论含量的论文往往不是一篇优秀的学术论文。在中国现当代文学学术成果评估中，经常会出现以一篇论文所含的理论含量来判断学术论文质量的现象，理论的深度与高度常常成为衡量论文质量的重要尺度。

这初步看起来似乎是中国现当代文学研究与中国古代文学研究的明显的区别。中国现当代文学研究和汉语新文学的研究，与传统的汉语文学学术研究有很大的不同，那就是中国现当代文学研究天然地带有理论内涵，理论分量的加大是其最重要的特征。中国现当代文学，包括相关的学术研究，都是从西方的文学传统和西方文学批评、文学史运作传承而来的，其在进入中国文坛的时候都带有强大的理论包装。西方文学创作成果进入中国，无论是翻译介绍还是理论推介，都具有浓重的理论色彩，都借助鲜明的理论之力，中国文人对西方文学的接受、消化与张扬，也都建立在较为明确的理论认知和理论启悟基础之上，这在梁启超以及那一辈人的引介与倡导中便能充分领略，到了《新青年》时期更加鲜明强烈。《小说月报》自 1921 年改版以后一直是文学研究会的文

学平台，无论是此刊的刊名还是文学研究会宣言中对刊物的定位，都是一个纯文学期刊，可在操作实际上，则体现出文学理论、文学史研究、文学翻译以及文学思潮流派介绍等几乎与文学创作平分秋色的格局，这同样说明新文学建设之中理论因素一直占据着重要位置。至于现代的文学学术，更是直接受西方文学学术启发和引导的结果。无论是用于文学创作的指导还是用于文学学术的建设，在新文化、新文学语境下所使用的理论当然主要来自西方，与传统的理论系统有较大差异。几乎在任何一种研究思路和研究方法意义上，现当代文学的研究与传统文学研究比较起来，理论含量的要求都有较多提高。

与生俱来的强烈的理论素质可以被理解为中国新文学乃至中国新文化的重要特征。中国新文学的倡导者、建设者和最初的接受者，大多是从文学的理论质数认知、领略西方文学的，例如，往往是从浪漫主义、现实主义的文学倾向性把握各种文学文本的价值、意义与魅力。这样的情形一直得到延续，以至于后来的文学学习者也是按照这样的理论认知的序列打开了西方文学和中国现代文学的玄奥与真谛。理论包装和理论裹挟的文学认知提高了接受者的理论水平，但也可能导致接受者在文学感受和审美表达方面存在着“理论先行”、“概念先行”的障碍，反倒于文学创作方面抑制了灵性的参与和创造性。在西方文学和世界文学的影响下的中国现当代文学创作力一直未能达到至高至大的境界，是否与这种对世界文学认知的“理论先行”序列相关？这是值得研究的一个问题。

“理论先行”、“概念先行”的概括虽然看上去有点武断和负面，但确实是中国现代以来对世界文学的认知序列和接受秩序的一种实事求是的概括，也是中国现代文学的研究者、学习者对中国现代文学总体认知的序列以及接受秩序的特征，还是中国现代文化和学术的某种特征性的体现。即便是古代文学的研究，到了现代历史文化和学术文化语境下，也特别重视理论成分，也特别突出其中的理论要素。

古代文学的学术研究具有厚重的传统，按照传统的学术分类法，它含有考据、辞章、义理之学。其中义理之学应该与我们所理解的理论含量的论析有比较密切的联系，虽然其他研究方法也可以融入理论的要素。当然，古代文学研究在现代学术体系内也逐渐走向了对理论含量的重视。胡适在“五四”时期倡导“考据”，声明自己有“考据癖”，这样的声明就伴随着来自西方特别是实验主义的理论阐述，也正是胡适，将古代文学和古典文献的研究方法，包括考据这样的传统方法，纳入了他一再强调的“方法论”的学术体系。一个“论”字之加表明这研究方法已经被附着了许多理论的成分。辞章之学也从纯粹的研究方法进入理论范畴，有学问的研究者可以从原本与理论关系不大的辞章分析中抽绎出丰富的理论内涵。吴承学的文体史研究理论内涵就很充沛，而且往往以理论内涵的厚实为其学术特征。张伯伟在1980年代曾对古代诗学中的“摘句”进行理论总结，发掘出辞章之学中丰富的理论内涵。由此可见，即便是中国古代文学的研究，在现代学术体制中也会突出其中的理论成分，彰显其中的理论因素。

突出理论的现代学术格局反映在现代学术文化的秩序方面，就中国现当代文学研究而言，乃是对传统的考据之学的相对忽略。中国现代文学研究自认为年代趋近，资料纷繁，线索清楚，文献俨然，就减慢了对于史料考证的研究与教学，只是这个在古代文学和文献的学术研究当中最见硬功夫的学问在现代文学研究领域成了无用武之地的摆设。在浩如烟海的文学典籍和资料当中，把文学史实和关键现象的来龙去脉研究清楚，辨析清晰，需要研究者很丰富的资料积累和阅读功底。但对于中国现当代文学研究而言，这样的功底和基础都似乎显得不那么必要。其实这样的认知暴露出中国现当代文学学科的不健全，体现出这个学问体系在一定程度上的不成熟性。

随着中国现当代文学学科建设的成熟，中国现当代文学领域的资料研究越来越受到重视，近十年的国家社会科学基金重要招标项目，在中国现当代文学领域多为较大规模和较完全系统的资料整理与出版。这应该视为中国现当代文学学科建设走向成熟的重要标志。其实，这个学科一开始就非常重视资料的整理、考订与出版。《中国新文学大系》在 1930 年代上半期的编撰工作就很重视这个学科资料的搜集、整理，总共 10 卷本，居然专门辟出 1 卷作“史料索引”，而且是著名文学家和文献学家钱杏邨主持编定的。1960 年代中国现代文学研究与出版，也非常重视史料以及原始期刊的整理、复印，到了 1970 年代末，中国现代文学研究系列丛书中也包含有较为大型的资料丛书。这是中国现代文学研究的一脉很重要的传统：对文学史料的特别重视。中国现代文学学科刚刚开始研究生学位教育之际，有不少大学就开设了中国现代文学史料课程。这样的课程体系表明，研究中国现当代文学应该有史料的训练。这门年轻的学问起始与古老的学问一样，史料的整理、考订、辨析显得越来越重要。

但是，现代学术文化格局中的资料研究势必与理论研究结合起来，无论是文学理论、创作理论还是学术理论，都能够参与到中国现当代文学史料研究之中并发挥灵魂的作用。中国现当代文学的资料研究面临的问题其实也很多，包括一些原始资料难以寻证，第二手资料甚至包括作家的日记、书信、回忆录等都需要付出特别的功夫进行甄别、考证、辨伪、指谬等等，这些都需要相当刻苦的学术训练。除了这样的学术训练，还须有相当的理论判断能力和理论阐释能力，这样才能体现中国现当代文学研究的优势与魅力。研究现代文学的学者都应该重视作家回忆录之类的第二手史料，同时又必须对这样的史料保持高度的警惕，必须对之进行甄别、考证、辨伪、指谬等等，这样才能确保史料的可靠性、真实性。这样的史料辩证工作是否包含着一定的理论内涵？显然是。中国现代社会发展的复杂多变，特别是人的政治关系的快速变异，使得很多史料，甚至包括作家的日记等等，都可能经过特别的增删、改订，更不用说作家对自己的作品在不同的历史条件下进行频繁的删改、重写了，最典型的就是郭沫若。这种文献文本普遍的改订现象应该被视为中国现代文学一个特别独特的史料现象，也需要特别的理论加以概括与阐解。当研究者热衷于“重写文学史”并展开相关学术讨论的时候，应该格外重视文学史料的“重写”、“改写”问题，这是还原中国现代文学历史真相的问题。这需要一种特别的理论加持与探讨。应该将中国现代文学历史时期如此普遍的文本“改写”、文献增删的现象提炼为一种事关文学文本形成史和演变史的，甚至是社会文化学意义上的理论现象，有学者将它概括为“二次传播”现象，赋予一定的概念，进行富有学科特色和时代特色的学理分析，这样形成的理论和理论模型，或许可以被当作中国现当代文学学科对于世界文学学术研究的一个贡献。

上述关于中国现当代文学的学理认知，即在中国现当代文学资料研究、版本研究中涉入相当的理论要素，可以成为这一学术领域的一个新的学术生长点。中国现代文学的研究，特别是文本研究以及文学史研究，所依据的作品的版本、资料的文本，都需经过特别的功夫进行辨别、考证，以确证其历史的真实性。作品文本的不同版本以及在这些不同版本修改中体现的历史文化心态，应被当作中国现代文学研究的珍贵的历史资源和理论资源。现代文学中的大部分作家都经历过不同的历史时期，由于形势的不同、政治氛围的变化、作家自我心境的改变，不同时期多数作家会对作品作或多或少的修改、增删。如果以修改、增删过的文学作品判断他以前的创作思想，那就会导致相关研究的虚假性。郭沫若的《女神》修改过很多次，许多研究者包括文学史撰著者往往都根据修改后的版本来进行分析，于是得出结论说郭沫若在1910年代后期到1920年代初期政治理念就已经达到了马克思主义的理论高度，这是明显违背历史真实的结论。如果要研究《女神》创作时期的郭沫若的文学思想和政治思想，必要对《女神》文本进行时代的还原，切实弄清楚哪些内容是后来增删的，哪些内容是《女神》初版本具有的，而那些内容则是诗人编辑《女神》初版时改定的，也许发表在《学灯》副刊上的文字并不如此。这需要很繁难的版本校阅，需要多版本的比较。在中国现代文学研究中，这样的版本校阅和文本考订越来越成为普遍的基础性的学术需要。

如果再深入一些进行考察，则作家人生与文学作品的关系研究也需要进行认真的考证与探究，并且同样需要理论的介入与阐释。郁达夫是中国现代文学史上最坦诚地承认其作品是作家的“自叙传”的一位，他的许多小说和散文都是写实性的。我们的郁达夫研究如果要深入、细致，就应该尽可能确证他的哪些作品以及作品中的哪些情节、细节与作家的人生经验、人生体验直接相连，这需要在详细研读郁达夫作品的同时，详尽考察他的人生经历和精神轨迹，从而确定他的哪些作品真正是属于“自叙传”的写实，哪些作品则是小说家的虚构，真实叙写与小说虚构各占多少成分。这需要对郁达夫的人生轨迹和生活经历作详尽的考据。这一方面也很少有人真正去实践，难度太大，工作量非常琐碎，绝不是看几本作品选或者作家传记所能解决问题的，必须广泛研读与郁达夫有关的历史资料、文化资料，郁达夫自己的日记、书信、散文，广泛征引同时代文人及其他有交集人物的生平材料及各种各样的回忆录，然后进行比对、统计、印证，还原作家当时的生活情态、人事交往和起居样态。这样的广泛参照、立体比照，正是基于现代文史材料存在着普遍的变衍、蜕化情状这样的文化事实。这样的文化事实需要透过一种理论加以概括和总结。

中国现当代文学研究中的资料整理和文本辩证，与中国古代文学和古典文献研究中的考据之学差距颇大，需要嵌入理论要素，将资料整理和文本辩证当作具有历史阐释和理论疏解的过程。整理或还原中国现代文本和历史史实，都应该带着一定理论的思考，即在中国现代文学的资料研究中要贯穿一种理论意识。资料的发掘和文本的辨认，常常伴随着一种理论的发现，或者资料研究与文本校订，其结果可以通过理论方式进行阐述。

对于郭沫若早期在日本的人生经历与文学创作，需要整理、考订和辩证的内容很庞杂，但如果能够维系于一种理论阐释，则那些考订的内容就会如成串的珍珠，条理相连，不致散乱。《女神》甚至包括更早期的诗歌，是以郭沫若在日本的生活为基础的，同样是非常真实的抒写。即便是《地球，我的母亲》这样的想象恣肆的诗篇，据他自己所说，也是自己非常直接、非常深切的感受的写照。他在1950年代与蒲风谈论自己这时期写的诗歌，说这些创作主要的生活背景和情感背景乃在日本福冈，而不是在四川。他曾说，没见过海或大海的人是无法理解他在《女神》中表达的情感状态的，即部分慷慨激越，部分平明舒缓。这番粗看起来好像文理不通的表述其实才是他人生感受和生命体验的准确而完整的表现。他所说的"海"是福冈近边博多湾的内海，用郭沫若的话说"平明如镜"，一派祥和，而他说的"大海"则是被海中道隔开的内港以外的外海，那里波涛汹涌，恣肆汪洋。《女神》中的诗歌大半平明舒缓，乃是"海"边的感兴使然，少部分则慷慨激昂，分明是"大海"体验的表现。由此观之，即便是诗歌创作，郭沫若也基本遵循着文学是作家的自叙传的理论路径，这与郁达夫的文学感悟息息相通。

正因如此，郭沫若的小说创作就成了郁达夫风格的翻版。创作于日本时期的小说，前期有《残春》、《牧羊哀话》，后期有《行路难》、《漂流三部曲》等，前期倾向于虚构，鼓励自己的想象和幻想，后期则转为现实生活的一种直接的书写，体现出典型的郁达夫"自叙传"风格。郭沫若作为一个作家、一个诗人，他的写作有来自两方面的冲动：一方面有表现自我生活感受的冲动，这些作品往往是实写；另一方面是驰骋自己灵魂想象的冲动，这时往往是虚写。一个文学家有交替的两个冲动，这在文学的心理学上形成一种平衡。诗歌也是如此。郭沫若《女神》中的作品，多写自己的生活感受，也有表现自己灵魂的驰骋，灵魂想象的驰骋与冲动，伴随着人生体验的痛苦与迷茫，都在诗歌创作中获得了平衡。这样的情感结构，这样的心态平衡，在他后来的诗歌创作中同样得到体现：他的《星空》抒写的是灵魂驰骋的感受，而他的《前茅》表现的正是现实的人生感受。而各个诗集中的作品又交织着这样的两种心态，从而达到了又一层次的心理平衡。能够在这两方面达到平衡的作家，创作便是快乐的，达不到平衡状态，创作必然是痛苦的。

郭沫若和创造社同人的创作大多能够达到快乐的境界。

同样，这种具有理论含量的资料整理和文本辩证也比一般的资料考订更能达到学术的快乐境界，因为这里包含着一种史料与理论的平衡。中国现当代文学的学理认知和学术认知都具有“理论先行”的特点，因而理论的涉入就能够满足学术的期待与文化的期待，就能够导致研究的快意。中国现代文学研究的传统非常重视学术研究的理论含量，对史料的考证以及文本的版本认定、作家行迹的认定等多所忽视，殊不知这些研究皆可以通向某种关键性的理论探索。文本的变衍勘动，资料的蜕化错讹，形成了中国现代文学文化，需要通过一定的学术理论加以概括并进行阐解。文本的变衍勘动和史料的蜕化错讹在中国现代文学资源中如此普遍、如此深刻，也确实需要相应的文化理论跟进注绎。这是中国现代文学研究界至今未能完成的任务，甚至也是中国现当代文学研究者未能真正意识到的一个不应该被忽略的环节。

二、中国现代文学的文体研究及理论要素

既然现代学术格局中的考据之学都应该融入理论的探讨，则辞章之学更应该有理论导引。辞章学在古代学术系统中是一门很重要的学问，辞章学涉及的关于文体的研究，在中国古代文学体系中非常复杂，远远不像西方文学中的简单的文体三分法或者四分法。比如“诗”的概念，在不同时期不同行当中有完全不同的意思：在先秦的时候完全可以认为是《诗经》；后来演化为一种文体，到了近体诗占据历史舞台中心位置的时候，专指律诗绝句，不像我们现在，将词、曲、楚辞、歌、古调等等，凡押韵的文体都叫诗。诗还指一门学问，即诗学。中国的诗学与西方的诗学又基本不同。中国的诗学是指专门研究诗经以及律诗的学问，它相对于词学、曲学和剧学，而西方的诗学更多的是与原始的戏剧研究联系在一起的美学研究。它们都不是文体学意义上的学问。

中国传统文体学之所以繁杂、繁难，是因为文章的“体制”由于礼数而变得纷繁复杂。古代散文的种类至少有400种，因为不同的散文，其内容、对象不同，写作的体制甚至所用的文辞都不一样，礼制规矩非常复杂，如不把各种文体的来龙去脉、走向由来、职能功效理解清楚，就会出现问题。这里的学问之大以至于很多古代文学泰斗都难搞清楚，比如同样是祭奠的文章，祭奠先辈和祭奠朋友、同辈，从格式到措辞都不一样。一位文学泰斗在写祭奠母亲的文言文章中，写出“死者已矣，生者……”这样的文字，就是犯了大忌，因为这样的表述把母亲和自己以死者和生者来作对等比照，是对母亲的“大不敬”。

中国现代文学中的文体辞章比较简单，学术要求不会那么严格。但是，这正是造成文体理论缺乏的重要因素。中国现代文学家都认为自己写什么样文体的文章是一种非

常自然的选择，不需要在文体理论上有考察甚至认知的必要，文体理论便被置于很次要的地位。这样就带来了一个问题：原先被作者当作自然的某种文体实际上在别人看来就可能是另外的文体，而且文体与文体之间的边界也未必那么清晰，这样势必出现混合文体现象。对于这样的现象，如果不从文体理论上加以把握，就会形成一种学术的困扰。鲁迅的《呐喊》所收录的《兔和猫》、《鸭的喜剧》，鲁迅自己是当作小说文体的，但实际上处在小说与散文的混合文体状况。周作人在编集《中国新文学大系》"散文一集"时，对于小说与散文文体的混合处理得就非常随意："废名所作本来是小说，但是我看这可以当小品散文读，不，不但是可以，或者这样更觉得有意味亦未可知。"[①]这样的处理从阅读兴味方面看显然是合理的，但容易造成文体认知的混乱。可见那时候的文学家普遍不太重视文体理论和文体认知。

忽视文体建设和文体理论的建设，必然导致对一些混合文体以及新创文体的认知迷误，以至于影响文学研究的深度和效率。例如，长期以来人们重视鲁迅杂文，但实际上一直不能很准确地界定鲁迅杂文的文学属性，使得鲁迅杂文价值的确认一直成为鲁迅研究中的一个难题。这实际上是杂文文体的理论未能跟上的结果。鲁迅曾认定写杂文"在劳作者自己，却也是一种'严肃的工作'，和人生有关，并且也不十分容易做"，[②]因此他非常痛恨那些"和杂文有切骨之仇"的论调。不过从文体上他也坦率地承认杂文不同于"作品"，杂文的写作不同于"创作"。鲁迅后来总结自己的"创作"时，不无谦逊地称自己"可以勉强称为创作的"，只有《呐喊》、《彷徨》、《故事新编》、《野草》、《朝花夕拾》，"此后就一无所作，'空空如也'"。[③] 他清楚地区分出自己的杂文写作与文艺性的创作之分野："也有人劝我不要做这样的短评。那好意，我是很感激的，而且也并非不知道创作之可贵。"[④]总之，至少在他的心目中，杂文文体不属于文学创作。堪称鲁迅学生的胡风也认为杂感不是创作，尽管它的作用比创作作品还要重大："不用说'杂文'和'速写'，都应该得到积极的评价，它们不能代替创作，然而却负上了创作所不能够完成的任务。"[⑤]

一方面，越是接近鲁迅杂文观的论述，越是倾向于将杂文写作与文学创作区分开来：鲁迅自己断然论定他的杂文不属于文艺创作；鲁迅周围的人部分地承认鲁迅杂文有一定的文艺属性，但也认同这种杂文不是创作；一般的研究者和评论者则倾向于认定鲁迅杂文的文学性、艺术性和创作性。另一方面，捍卫鲁迅维护鲁迅杂文的研究者和评论者将鲁迅的杂文视为一种文艺创作，攻击鲁迅否定鲁迅杂文的批评家也同样将鲁迅的

---

① 周作人：《导言》，《中国新文学大系》（散文一集），上海良友图书印刷公司，1935年，第13页。

② 鲁迅：《做"杂文"也不易》，《鲁迅全集》第8卷，人民文学出版社，1981年，第376页。

③ 鲁迅：《〈自选集〉自序》，《鲁迅全集》第4卷，人民文学出版社，1981年，第456页。

④ 鲁迅：《华盖集·题记》，《鲁迅全集》第3卷，人民文学出版社，1981年，第4页。

⑤ 胡风：《关于速写及其他》，《文学》第4卷第2号。

杂文当作一种文艺作品来对待。在这一有违鲁迅文体观和杂文观的问题上，两股力量倒莫名其妙地达成了一致。要深入解决这个学术问题，必须从文体理论上确认杂文之类文体的真正命意和真正内涵。

鲁迅认定杂文不属于文学创作的作品，但同时鲁迅明确，写作杂文是文学家的责任，是在特定的历史情境中文学家的使命和义务。这实际上揭示了一个非常简单的文化事实：文学家写作的未必都是创作品，类似于杂文这样的写作品完全可以在一般的创作品之外成为文学家必然的文化产品和文学产品。既然是非创作品，就不必一定将这些文学产品交付于文学创作的标准去衡量，用文学创作的一般理论去批评。因此，将鲁迅杂文归属为批评本体的文学写作品，①是准确地确认鲁迅杂文品性和价值的有效方法与途径。

批评本体说指出，文学行为不单是指一般意义上的文学创作，其实，文学研究和文学身份的批评也是本体性的文学行为；因此，文学的本体行为除了创作本体这一基本形态而外，还有文学的学术本体和批评本体形态。必须再三强调的是，文学的批评本体并非文学批评，文学批评术语文学研究范畴，倒可以归入文学的学术本体。文学的批评本体是指文学家本着社会责任和文化义务，以文学身份所进行的社会批评和文明批评的写作行为及其结果，这样的结果往往体现为杂文，当然也可以在变异和装饰的处理中演化为别种文体。

鲁迅既是一个伟大的文学家，又长期热衷于社会批评和文明批评的杂文写作，而且自己认定这样的写作不属于创作本体，实际上就是承认了文学的批评本体写作的存在。他的批评包含着一些文艺批评，不过更多的却是文学家身份的社会批评。他自己就声称："我所批评的是社会现象。"②杂文主要体现着文学本体批评的对象乃是社会现象。

鲁迅没有明确"批评本体"的概念，但他在坚持杂文不同于创作的同时，又满怀信心地认定，杂文就是一种文学写作，这实际上就坚定了杂文的文学本体论意识。在这样的意义上，应能完整而准确地理解鲁迅这段话的深刻含义：

> 攻击杂文的文字虽然也只能说是杂文，但他又决不是杂文作家，因为他不相信自己也相率而堕落。……我们试去查一通美国的"文学概论"或中国什么大学的讲义，的确，总不能发见一种叫作 Tsa-wen 的东西。这真要使有志于成为伟大的文学家的青年，见杂文而心灰意懒：原来这并不是爬进高尚的文学楼台去的梯子。托尔斯泰将要动笔时，是否查了美国的"文学概论"或中国什么大学的讲义之后，明白了小说是文学的正宗，这才决心来做《战争与和平》似

① 参见朱寿桐：《论中国现代文学的批评本体形态》，《文艺研究》2006 年第 9 期。

② 鲁迅：《拳术与拳匪》，《鲁迅全集》第 8 卷，人民文学出版社，1981 年，第 81 页。

的伟大的创作的呢？……

但是，杂文这东西，我却恐怕要侵入高尚的文学楼台去的。[①]

这是关于杂文文体最有力和最深刻的理论阐述和情感表述。必须从“批评本体”的角度看确认杂文文体作为批评本体在文学中的合法性存在，而不应该总是将杂文视同于散文，在文体上作勉强的学术论证。

还可以继续从散文说起文体问题。现代人写散文，也有各种文体习惯。鲁迅的杂文是一种写法，朱自清的抒情散文是另一种写法，而徐志摩的“浓得化不开”的散文更是别一种写法。所有的这些散文文体都呼唤着相应的文体学和文体美学理论相伴随。

新诗的发展同样伴随着诗歌文体的成熟。胡适的《尝试集》只顾及语言的白话化，未及在诗歌文体上有新创的考量，他甚至还借用旧体诗的体制写白话诗。沈尹默、周作人的白话诗实践开始有了一定的文体意识，郭沫若在这方面出力最勤，他的白话诗有戏剧体的《凤凰涅槃》，有民歌体的《女神之再生》中的歌诗，有散文诗体的《我是偶像的崇拜者》之类，有仿辞赋体的《残月黄金梳》等。这些诗歌体格都是在白话诗初创阶段的伟大尝试，都想尽可能多地展现新诗的体格之美，都值得通过汉语审美理论和汉语新诗的形式美模型对其进行学术论定。可见，这样的文体研究仍然是需要理论支撑的。

中国现代文学的文体大多不是现成的形态，而是处在不断的摸索之中，这样就需要理论研究跟进，需要对文体探索的理论进行梳理，需要对现代文体理论进行总结。这样的理论包括总结和探究各种文体形态形成的历史，包括各种文体标识的演变及其规律的阐析，例如新诗的格律理论及其发展的脉络，例如新诗韵律发展演化过程中的理论支撑，甚至可以深入新诗标点符号的演化史，包括何时取消了标点符号，包括图像诗出现的历史必然性以及理论逻辑，等等，又如何时出现无韵诗，必须从理论上阐释取消韵律的诗学原理，废除音乐性后对诗歌文本的影响等，这些都应该从理论上进行阐释。

其他文体在现代文学历史的构架中也都衍生出许多值得进行理论探索的问题，而且也只有相应的理论探索才可能解释这些文体现象形成的历史和发展的脉络。中国现代小说的雅俗之分实际上是小说文体问题，把通俗小说和一般小说区分开来，需要相当深刻的理论作为依据。当代文学研究界还未能准确有效地区分出通俗小说与一般小说，导致有不少研究者索性否认这种学术区分的必要性，否认这种学术区分的可能性，其实这些都是小说文体理论的积累未能跟进造成的后果。一般将通俗小说与一般小说的区别说成是传播与接受的关系，是创作心态的差异，是创作方法的分歧，其实都未能触及焦点。重要的是通俗小说的文体特性与一般小说的文体特性有明显的差异，需要对这种差异性的历史和发展状况进行理论的阐析。戏剧文体也同样需要相应的理论体

① 鲁迅：《徐懋庸作〈打杂集〉序》，《鲁迅全集》第6卷，人民文学出版社，1981年，第290－291页。

系进行分析与阐解。在对现代戏剧展开研究时，必须把戏剧理论包括中国传统的戏曲理论作深入开发，大量发掘戏剧理论中包含的大量的信息，从戏剧情境、戏剧结构、人物造型、戏剧高潮、戏剧节奏、戏剧冲突、戏剧性格等方面揭示戏剧文体的特征，并在戏剧理论框架中展开对戏剧历史、戏剧文学和戏剧文化的研究。

总之，中国现代文学的许多叙述问题都可以归结为文体问题，而文体问题的解决又必须依赖相关的理论特别是文体理论。

文体研究不单是文学体裁的特征性考察，从理论上来说还是文学创作思维和文学表达风格等关于文学创作和文学呈现的许多重要方面的检视。俄国杰出的文学批评家别林斯基甚至认为，文体实际上等于作家个体的独特存在：文体对于一个作家而言就是他的才能，他的思想的具现；而对于一个重要作家而言，“文体是思想的浮雕性、可感性”的体现，“在文体里表现着整个的人”。在这样的思路上，别林斯基认为，文体至少等同于作家在文学表现中的独创性的所有方面的综合：“文体和个性、性格一样，永远是独创的。因此，任何伟大作家都有自己的文体；文体不能分上、中、下三等：世界有多少伟大的或至少才能卓著的作家，就有多少文体。”①

伟大的鲁迅不会从这个角度考虑文体问题，他曾对有评论家将他称为“文体家”持有相当保留的态度：“但他称我为 Stylist。”②不过，鲁迅不满意这位批评家的是，他将“Stylist”理解成“体裁家”而非“文体家”。“体裁家”是纯粹形式上的讲究，而“文体家”是兼具语言、形式与思维特性的。于是至少在别林斯基的文体理论中，“文体家”应该是一个十分肯定的概念。对这种“文体”和“文体家”的认知存在着理解上的差异，还是因为在文学理论层面，对“文体”的理论探讨缺少足够的和必要的积累的缘故。

对于文体和文体理论予以高度重视的研究者甚至认为，整个八十年代的文学革新都可以用文体革命来概括。“八十年代的文体革命，一方面是‘五四’文体革命的继续，另一方面又区别于‘五四’的文体革命。”因为“‘五四’的文体革命是一次确切意义上的文体革命。这场革命的最明显的标志是以白话语言符号系统取代了延续数千年的文言符号系统”，而八十年代的这次“文体革命”，则是与新的文学思维相联系的重要内涵的变革，这里的“思维格式”“包括思维结构，思维方式和批评的基本思路等”。③ 这样的认知与别林斯基所理解的“文体”观念大致相近，文体实际上是思想的具现，其意义早已超出了语言本身。

应该重视这种将八十年代的文学批评乃至整个时代的文学称为“文体革命”的概

① [俄]别林斯基：《别林斯基论文学》，上海译文出版社，1979 年，第 234 页。

② 鲁迅：《我怎么做起小说来》，《鲁迅全集》(4)，人民文学出版社，2005 年，第 527 页。一般认为陆逊这里的“他”指黎锦明，他在《论体裁描写与中国新文艺》一文中，将鲁迅和叶圣陶并称为“体裁家”(Stylist)(《文学周报》第 5 卷第 2 期)。

③ 刘再复：《论八十年代文学批评的文体革命》，《文学评论》1989 年第 1 期。

括，这是一种睿智而带有理论突破意识的学术选择。改革开放为八十年代的文学和文学思想带来了空前的活力。这里有创新的活力，各种新潮的文学艺术思潮带着浓厚的创新意识占领着我们的文坛，诗歌中的朦胧诗和后朦胧诗的此起彼伏，戏剧中的荒诞剧与小剧场实验花样百出，小说从伤痕文学到反思文学再到改革文学，可谓高潮迭起；这里有开放的活力，西方各种新潮理论汹涌而至，新批评的翻译和新潮文学作品的引进并驾齐驱，文化热、方法热以及各种各样的热潮席卷文学界和理论界，任何阻碍开放影响改革的观点和理论以及在文学艺术上的类似创作现象都会受到严厉的批判。这是一个在文学上催人奋进、逼人改革、引人创新的时代，与此相反的一切落伍的意识都会受到嘲弄与清算。正是在这样的时代，党的领导机构主动发起对于文学界"歌德"倾向的批判，认为倡导"歌德"，将不"歌德"的倾向视为"缺德"行为的言论是文艺界刮起的一股冷风，要求文艺界继续解放思想，按照文艺规律调整自己前进的步伐。那个时代文学蒸蒸日上，那个时代新意层出不穷，那个时代的文学有它的粗糙，有它的幼稚，有它的甚至荒诞的痕迹，但总体上确实处在革命的潮势之中，处在充满活力和生命活性的热烈状态。然而许多反思再反思的声音总是试图淹没这时代发展和进步的潮势，猛烈的清算力量越来越强势，许多关于这一时代文学革新、文学创新和思想解放、文化开放的谈论一度会成为灰色的话题。面对这一伟大时代的文学建树，人们想到了用"革命"这一富有力度的词语进行概括，但这一词语天然的刺激性和冲击力也许会对本来应该加以维护的八十年代文学整体造成伤害，于是聪明的研究者便在"革命"之前加上了一些限制词，将这种"革命"限定在"文学批评"领域，而且是"文体革命"。事实上，人们热烈谈论的并不仅仅是甚至主要不是文学批评的问题，而是对整个八十年代文坛的文学创作和文学运作进行兴致勃勃的讨论，所以这话题应该是"八十年的文学革命"。用"文体革命"替代"文学革命"同样是一种学术策略，在论者这里，"文体"已经漫漶为"文学"的全部或者大部，文体理论实际上也同样涵盖了文学理论的全部或者大部。

三、中国现代文学的理论学术传统

中国古代文学研究也强调理论内涵，特别是古代的义理之学，包含的理论自然较为丰富。但这种义理之学并不是对应于中国现当代文学的理论要求，义理之学往往不是指文学理论和美学理论，而更多的内容是指政治学理论、社会理论和哲学理论一类。从义理的角度研究一个文学作品，往往意味着要从政治学理论、社会理论和哲学理论进行分析。中国现当代文学的学术研究当然离不开历史的考察、政治的评估，离不开各种社会学、心理学、文化学、民族学的讨论，但进入中国现当代文学学术的理论内涵和理论传统的要件，往往是文学、艺术学和美学的要旨。

义理之学对于古代学术非常重要。科举写八股文，写策论，实际上就是要讲义理。考生写八股文，写策论，一方面文字表达要很娴熟；第二方面，用典故要用得很好很准确；第三方面是最重要的方面，就是整个论述要非常有道理，既符合先贤之道，符合孔子孟子的学术，又能够联系现实，对于当下的王权统治有所帮助，这才是高水平的文章。这样一种策论，它需要的是义理，就是政治学、社会学和哲学方面的理论。这就养成了我们的读书人，思考什么问题都从一般的理论出发，慢慢再写到一个具体的事务、事实的习惯。人们曾讽刺那种写文章不及时点题，不直接进入正题的现象叫“秀才卖驴，下笔千言，不见驴字”。在讲究义理的时代以及特定的文人群体中，这种现象应该说是非常普遍的。当一个习惯于讲“义理”的人提起笔来写，哪怕就是写卖驴文契，从义理出发，讲到人之常情，由善待动物到怜恤家畜，再到买卖公平，钱物两讫，这一路写下来，千字何多？

讲求“义理”训练出来的人就会养成这样一种思维方式，哪怕是一件很俗常的事务，都会从理论层面展开。这在一般的场合虽然有些可笑，但在学术研究的意义上，恰恰是一种良好的思维习惯和学术训练。中国现当代文学研究正需要这样的理论自觉，需要相应的理论，以便从美学、艺术学的理念层面展开对于文学现象的把握和对文学规律的描述。文学的学术研究有时候要借助于哲学、社会学、政治学理论，但是学术研究主要的任务则在于从文学理论、美学理论，后来包括艺术心理学、创作心理学、社会心理学这样一系列理论角度去解释文学现象，描绘文学发展的规律。

中国现当代文学研究所依赖的理论主要是西方文化背景下的文学理论和美学理论，而中国古代文学的义理之学主要依据于圣经贤说之类、治国经世之道，尽管中国现当代文学的解读也可以借助传统的文艺理论，但构成这一学问基础的理论要素和传统还是西方文学和美学理论。中国现当代文学所处的时代，中国现当代文学学术所面临的生态，与古代文学所对应的时代风尚，与古人所处的学术生态并不一样。古代的学术生态显现出两极化的趋向。一种趋向是把文学抬得很高，认为文学能够成为“经国之大业，不朽之盛事”。孔子认为文学的作用之大可以进行社会教化和管理国家。孔子说：“入其国，其教可知也。其为人也，温柔敦厚，《诗》教也……温柔敦厚而不愚，则深于《诗》者也。”孔夫子就认为文学完全可以发挥教化的力量，完全可以把整个社会风气改变过来。这在古代社会并不是没有可能，那时候人们接受外部信息的渠道比较单一，容易受到熏染，受到潜在的影响。现代人接受信息的渠道太多了，来自文学和《诗经》之类的教诲可能是多种信息来源中最苍白无力的，岂能发挥任何意义上的教化作用？现在的《诗经》如果作为教化的教科书，可能连小孩子都接受不了。正因为那时候孔子相信《诗》具有教化作用，他才想到用《诗》教育自己的孩子，对自己的儿子说：“不学诗无以言”，一个人不学《诗》就没资格说话，这样的文学，岂不就是曹丕《典论·论文》中所说的“经国之大业，不朽之盛事”？也正因为这样一种极端化地理解文学的趋向，中国古代文学思想家都不安于经营文学理论和美学理论，他们不会关心或是太多地关注文学本身的理论。即使是像刘勰、司空图这样的理论家，在探讨诗学和文学理论的时候，也仍然会用很多的功夫去研究文学如何载道，如何传承义理，如何去体现国家、民族大义。文学在这种极端化的理解中反而失去了有关其自身的理论探讨的动力。

另外一种极端化的趋向，是把文学和文学学术当成一种纯粹消遣的玩意。《红楼梦》中的贾政便是持有这一观点的典型代表，他认为不是四书五经，不是仕途经济之类，其他的都是闲杂之书。古人关于文学的学问，也往往带有消遣的意味，评点、校注、考释，都是闲暇之余，将自己的学问、见识和感想编织在诗书之中，其中一般不需要理论加持。古人还有一种特别的学问，即索隐之学，把隐藏在字里行间的作者个人信息，通过文字侦查的手段一一揭示出来，把作者隐藏的深秘心理，隐匿的人际关系，隐秘的思路与用心，以及其他隐私情状，分别加以识破或点穿，这是学问，但更像是一种游戏。不过别以为这样的研究法只是适用于消遣，蔡元培先生就沿用了这样的索引法，写了一部《石头记索隐》，灌注的以及宣传的却是反清排满的革命思想，这是将传统的索引法应用于现代政治的一个范例。蔡元培用索隐的方法，将《石头记》定义为反清复明的革命小说：《红楼梦》中的红楼，红色为朱，朱就是朱明江山，《红楼梦》即是梦红楼，梦大明江山。《石头记》实际上是石头城记，即记明朝的初建之都南京的故事。贾宝玉说女儿都是水做的，这女儿便指的是汉人，“汉”字有水偏旁；又说男人都是土做的，影射满人和鞑虏，“達”字确实是“土”做的，而且这个字除了“土”即是一个“逆”，即叛逆了汉人江山。这些索隐基本上不包含理论的成分，但在蔡元培反清复明思想的表述中，则有了政治理论和文化观念的意蕴。在政治意义上和宏大的社会意义上采用索隐研究法，蔡元培是一种创新，而一般的索隐派研究多在消遣和娱乐的层面展开，发掘隐藏在作品中的隐私秘辛部分，让读者增加阅读的趣味。

一般而言，索隐派的研究往往令人不以为然。即便是蔡元培这样发掘政治寓意的索隐法研究，也同样受到学界的诟病。其中有一种诟病的言论就认为，对于《红楼梦》这样的作品，不宜往革命思想和倾向方面作索隐与解释。从古代文学学术研究的两极化方面看，把文学捧成经国之大业，不屑于研究理论的东西；而把文学作为闲暇的寄托，也不会要求太多的理论。

中国现当代文学是一个自给自足的社会性运作的文化系统，在理论上既不会强调为经国之大业，或者社会教化之神功，也不会承认它就是自娱自乐的消遣工具。它是文化建设的重要组成部分，既不依赖于经国、诗教、社会教化等宏大命题，也不体现百无一用的闲暇玩器。因而需要我们的文学研究对现当代文学文化，以及历史、规律等作出理论概括和总结，这就需要历史理论、社会理论、文化理论、文学理论、美学理论的加入。这是中国现当代文学的学术生态决定的，现当代文学学术离不开理论，并且需要进行学术性的理论建设。

四、中国现当代文学研究的理论运用原则

现当代文学的学术论文，其宗旨中包含强烈的理论要求。文学学术研究的宗旨应该是对文学现象和文学规律作出阐释，甚至文学理论的研究也需要学术上的理论支撑，只不过是探讨抽象的、形而上的理念和方法，同样用以阐解文学理论及其发展的现象和规律。既然中国现当代文学研究要研究文学运作和文学史的现象和规律，相关的阐解必须要一定的理论，必须对文学运作、文学历史、文学文本作原理的和规律性的阐解。这样的阐解应能反映一种理论，或者能够抽绎出某种理论。

文学研究的理论应用必须遵循适用性原则，即什么样的研究需要什么样浓度和纯度的理论，任何课题的研究既要重视理论，但也无须滥用理论，这些都应该有一个基本的把握。

文学研究对象和课题中存在着两种现象，一种是需要理论阐释并且能够进行理论阐释的现象，另一种是无法也无须进行理论阐释的现象。中国现当代文学研究的大部分内容属于前一种现象，不过也存在着一些研究话题反映着后一种现象。例如，创造社成立的时间问题，到底是1921年的几月份在东京开会成立的，再如，鲁迅与周作人兄弟失和的直接原因到底是什么，这些史料和事实的研究应该有相当重要的价值，但其所包含的理论突破的可能性其实相当小，这些事实的差异性中所包含的理论含量相当有限。当然，不具有理论含量的学术研究特别是史料辩证和资料考订，仍然有其学术价值。在古代文学研究中这一部分往往占有很大比重，例如有关《红楼梦》作者的研究，各种所谓“红外线”的研究，关于作者是否叫作曹雪芹，曹雪芹家世如何，甚至牵涉到江南织造府的历史，漕运史，各种遗址的考证，等等，还有作者是否另有其人，比方说是不是如皋冒辟疆等等，甚至联系到脂胭斋的身份及其与作者的关系等等，这些内容越来越偏离了《红楼梦》文本本身，但俨然成为当今“红学”的重要板块。这样的作者之谜的考订辩证非常必要，涉及作家的人生体验与人际关系与作品中的人物、情节关系的对应问题，同时很可能也关系到蔡元培那样的对《红楼梦》政治寓意的侦悉，不过其中包含的理论要素毕竟有限。中国现当代文学研究不再以解读历史谜团为宗旨、为旨趣，而是要阐释时代和文学的关系，时代对文学的影响，某一时期文学的发展规律，这个时代文学文化热点及其成因等。学术的热点、指向、宗旨都发生了变化，变化的结果是中国现当代文学研究必须吁求相当的理论含量。

关于文本的阐解也是如此。中国现当代文学研究引进了新批评的阐释学方法，更加注重文本的分析、细读，并且将这种细读的结果上升为一种理论阐释。这样重视文本的解读特别是细读，对于以往文学研究过于空洞、宏观而不够踏实的现象是一种很好的

矫正措施，特别是青年学者，应该习惯于从文本出发进行学术论证的方法，以此建立自己的研究视野，发表自己的理论观点。可见文本细读并不是学术的宗旨和目的本身，而必须通向一种文学现象的阐解和理论的阐述。

阐释学理论强调文本细读，另外还肯定文学作品误读现象的合理性，但这样的误读需要对文本理论内涵及其价值有所提升，能够给读者提供更为广阔的发挥和想象的余地。当然这还是需要理论的积累，需要理论把握的能力。蓝棣之发表过一系列细读、解读乃至合理误读中国现当代文学经典作品的文章，收录在他的著作《现代文学经典：症候式分析》[①]中，他对于经典作品哪怕是合理误读，都有相当的理论含量，对学术研究的理论品质有明显提高。有时候"误读"以作家和人物的潜意识心理作为理论阐释点，具有相当的合理性，而且赋予人物更加复杂、更加立体的精神构造，使得人物形象更加鲜活生动，有血有肉，因而这是一种"合理的误读"，是一种善意的误读，是能够使人物形象以及作品本身出现价值升值效应的创造性误读。在判断作家是带着某种心理疾患（"症候"）进入创作的问题上，这是非常成功的理论提升。中国现当代文学研究须要注重这种理论的阐解、提升。

适当、适度的理论思维和理论运用，能够使中国现当代文学的文本分析达到一般的评论所难以抵达的学术深度。这也是这个领域的研究之所以需要重视理论成色的原因。文学文本的分析学术宗旨决定了必须有理论含量，用以阐释文学规律和文学现象，只有通过理论提升才可能提升研究的质量。许多情形下，文学的文本分析及其意旨判断，往往都是从一般的社会伦理和文学伦理的角度"合情合理"地进行，于是出现这样较为常见也较为浅显的学术概括：或从一般的生活逻辑进行逻辑决定，或从人物性格的发展轨迹循序推定，或从作品中的议论和人物的话语表达抽取出关键语句作证。这样的概括往往流于一般化、常识化、浅表化，需借助某种理论的力道才可能进行深入分析，揭示出作品和人物形象的深刻内涵。如解释鲁迅小说《伤逝》的思想主题，一般都会引述作品中人物涓生的札记，认为小说的主旨便是这样的人生思考："人必生活着，爱才有所附丽。"许多研究者都从这一句话中分析出深刻的人生道理。《伤逝》拍成电影的时候，还用醒目的字幕将这句话作为片头的主旨思想赫然推出。涓生的这句感慨当然没有错，肯定也是作者鲁迅所认同的，但难道这篇小说的主题果真就这么明显简单么？人必须先生活着，才可能爱，才可能承载和运作爱情，这难道真的是深刻的哲理吗？这是不是一种生活性的常识？显然，这种人人皆知的道理并不可能是鲁迅全力论证的思想，鲁迅真正想揭示的思想、精神应该在更隐秘的层次。作品中鲁迅的主要同情面显然是在涓生这边，同情涓生是因为他除了需要爱，渴望爱，还需要在人生的疆场上有灵魂的奋飞，在生命的途程中有梦想的启航。作为一个青年人，他还希望有追求，有冒险，希望有

---

① 人民文学出版社，2006年。

理想的放飞和灵魂的历险。这是一种不因为片面的爱而放弃人生的其他全部“要义”的健全人格显现。这种“孤身前往”而奔赴灵魂冒险的疆场的意向，在作品中通过一系列反复出现的意象得以承载和显现：“怒涛中的渔夫，战壕中的兵士，摩托车中的贵人，洋场上的投机家，深山密林中的豪杰，讲台上的教授，昏夜的运动者和深夜的偷儿……”《伤逝》中反复出现的这一个意象群体是怎样的一个群体？他们都是冒险者，物质上、知识上、精神上的冒险者，而且是孤独的冒险者。希求涓生这样的青年在拥有爱的同时还不忘记梦想的翅膀扇动，还不放弃灵魂的冒险以及与命运作一种精彩的较量，这才是人生的真义！

把《伤逝》的主题解读到这一步还不够，因为我们现在还只是解释了这个小说文本通过人物所表现的深刻意涵，还没有将它放在现代人生和现代社会的层面进行更具有思想高度的解读。鲁迅的这篇小说应该有这样的思想高度，它能够以灿烂的主题点亮现代人生中的思维与感悟的灯座，从而在现代文学发展的某个环节中显示其关键的、重要的价值。

《伤逝》中的涓生、子君实际上是五四新文学建设时期“人的文学”主题催生的宁馨儿，涓生的梦想和冒险的灵魂可以解读成现代文学对于“人”的设计并达到一种辉煌的境界。五四新文学家都普遍地致力于建设“人的文学”，并对现代人格进行思考、设计与文学表现。五四初期的文学中，叶圣陶的《这也是一个人?》呼唤人格平等，俞平伯的《花匠》吁求尊重人格的健全，郁达夫表现的是现代人格当中“敢爱”的一面，王统照表现的是现代人格中“富有同情心”的一面，冯沅君的小说强调的是“爱”，她认为为了爱人什么都可以牺牲，人生的意义只在于追求爱。冰心的《超人》塑造了意识到自己缺陷的人物形象，探索保护人格的独立性问题。这些作家所塑造的人物的人格都是单面的，而鲁迅的《伤逝》使现代文学的人格设计呈现出全面与健全的模态：一方面要强调爱的追求、爱的价值、爱的意义，另一方面也并不偏废对于人生的其他要义（爱情、知识、财富）的追求。这些要素的集合便通向一个现代健全人格的范式的形成。鲁迅比他那个时代的所有作家都更自觉地进入了知识分子健全人格的模型设计。鲁迅在这方面具有超前意识，同时也超越了后来者。后来的作家去刻画哪怕是理想人物的人格时也往往显露出片面的人格范型，前面分析过的巴金《家》里的觉慧形象，就不显示着一个健全的人格。他光是想去奋飞，而将爱情遗忘在隐秘的角落里。他对鸣凤有深深的爱，但是一遇到事业上有冒险和追求的时候就将这种爱挤逼到人生心灵的边缘。鲁迅《伤逝》中的涓生热烈地追求爱的实现，同时在渴望纷飞、冒险的时候又对“爱”有所检讨。他是希望爱与奋斗、冒险同时起航，驶向人格的健全与生命的飞扬。他在偏离了子君的世界而左顾右盼的时候，实际上并没有忘却这种爱，得悉子君死讯，涓生因爱深深忏悔，希望“在孽风中拥抱子君，乞她宽容，或者使她快意……”。他比任何人都更懂得爱的重要，同时他也懂得爱不能偏废其他的人生要义，这种人格设计在现代文学史上是非常重要、非常有意义的。但是，我们不从现代人格学和现代文化的人学理论角度去阅读和分析《伤逝》，我们就很难理解到这样的神的层面。这是体现灵魂的深和人格的健全的重要作品，应该能够理解，《伤逝》的文学意义和文化意义在今天仍然存在，从现代人格设计的角度去看取《伤逝》才会意识到它在中国现代文学史上重要的无可取代的地位。

在五四初期，甚至自浪漫主义以来的西方文学中，文学创作都致力于将爱情加以美化、绝对化。爱意味着灰色人生中唯一的“玫瑰色的光环”。“只要有了爱”成为诗歌和其他文学作品向浪漫境界和审美理想飞升的前提。爱把所有的真、善、美都包含在内。不仅仅浪漫主义文学是这样，现实主义作家也是如此，狄更斯的《双城记》就是将爱情描写得异常的崇高和无比的美妙，重要人物的所有牺牲都是为了爱，为爱牺牲自己直至生命才是最有价值的，也是最美的。五四时代的人生派文学家、现实主义的实践者，如冰心、王统照等等，都在宣扬“爱与美”的境界。这是一种爱情至上的理想，在文学艺术的表现中可谓美艳动人，但在严酷的人生和严峻的现实之间则显得微弱、偏执。中国新文化营造了蓬勃向上的时代氛围，呼唤着《凤凰涅槃》式的复兴精神和健康、华美的人格风采，鲁迅的《伤逝》就是这样从中国和西方浪漫主义文学传统中从容走出，呼唤着健全的有力量的人格风采。鲁迅等当时都在一定意义上偏爱尼采以及他的“超人”学说，实际上就是对于强大的、健全的人格精神的尊重。

在这样的意义上应该重新估价“革命加恋爱”的创作模式，对这种革命的罗曼蒂克倾向不宜全盘否定。爱应该只是人生中的一个重要部分而已，并不是像西方文学传统中的爱情至上主义者所描绘的那样将爱看成人生的全部。《伤逝》最先将爱情的追求与人生其他要义的追求并列起来，不是彼此冲淡甚至彼此消解。这是非常健全的人格设计。蒋光慈、丁玲、胡也频、阳翰笙等人在1930年代创作的“革命加恋爱”作品，鼓吹革命和恋爱双丰收，这同样是在尊重健全的人格选择，其社会意义和文学意义不容低估。也正是在这样的意义上，裴多菲笔下的“生命诚可贵，爱情价更高。若为自由故，两者皆可抛”的诗句，与爱情至上主义者取同样的思维方式：回避健全人格，走向偏执一端，不过这里选择的是“自由”，为了自由可以“抛除”爱情。为了自由和革命，爱情可以抛弃，可以忽略不计，这在后来的革命文学中多有表现，杨沫的《青春之歌》中一位革命者劝导一个失恋的青年革命者：“爱情，不过就是爱情嘛！”这同样是“皆可抛”的思维模式的呈现。

这种融合了社会学、人格学和文学的理论分析，让我们看到了一个完全不一样的《伤逝》，它几乎像是一个孤本，站在一个健全的人生和人格角度去审视爱。爱和人生其他目标齐头并进，这才是一个健全的人生。鲁迅从理性的角度将现代文学的人格设计得非常健全。

通过对鲁迅《伤逝》的分析，我们实际上做了一个理论介入文学研究和作品解读的模拟试验，在这样的试验中，理论无处不在，但又潜隐不张。从《伤逝》的主题阐释到《伤逝》作品和人物形象的时代价值和人格意义揭示，一直体现着一种关于社会、艺术、文学和审美的理论思考与理论阐证，这样的理论阐证也一直伴随着对作品的解读和人物精神世界的分析。其实对于文学史研究来说，对于中国现当代文学规律和文学现象的研究和分析也可以而且应该这样，以一种理论思维和理论追问、追索的方式展开分析与总结，阐解文学规律和文学现象的学术把握中，理论把握以及对于理论深度的追求，是必要的，也是应该的。当然，中国现当代文学研究不是文学理论的专题研究，理论阐述甚至理论介绍一般而言不是中国现当代文学研究的学术目标。中国现当代文学研究不能为理论服役，而应该将理论当作自己的工具，而不是为理论研究提供无偿的试验场地。

对症的理论在中国现当代文学研究中会呈现出不言而喻的有效性。许多非常新潮的西方文学理论，由于并不适合用来解读中国现当代文学，其有效性就非常有限。前些年非常热门的“后殖民主义”理论，固然很有创意，很有启发性，但用来阐解中国现当代文学作品以及各种现象，就显得方枘圆凿，无用武之地。马克思主义理论是中国现当代文学研究最有效的理论资源，马克思主义文学理论中的几乎每一个关键论项，都适合于用来研究和揭示中国现代文学的种种现象，甚至可以直接用来表述文学史的发展规律。因为中国现当代文学是在马克思主义理论中非常注重的阶级、阶级矛盾和阶级斗争，以及民族斗争乃至无产阶级专政等特定语境下产生、发展、壮大和成熟的文化形态与文体形态，相应的革命运作和社会运动对应相关的理论，因此，这样的理论解释这样的文学运作和文化运动显然是最为合适的。中国现当代文学所对应的历史大多处于革命性的社会运动状态，即便是革命战争和民族战争结束了，支配社会运作的意识形态仍然处于阶级斗争和民族斗争之中，于是，精神内质非常吻合或对应于这种战争和斗争的马克思主义理论就自然成为最能阐释这种社会文化现象并深刻地揭示其规律的理论资源。

这不是意识形态的宣传，而是一种关于理论对症性的思考。固然，马克思主义理论始终充满着一定的政治倾向性，但马克思主义又是科学的、学术的理论系统，完全可以作为一种理论资源运用于现当代文学和文化的研究。凡是在历史进程中充满着阶级矛盾、阶级斗争和民族革命运作的国家与地区，其所产生的文学必然也充满着这样的斗争与革命的内容，对这样的文学文化的解读与研究，同样必须借助于阐述阶级斗争与民族革命的理论体系。近代以来俄国和苏联的历史发展呈现了这样的内容。相应地，俄国文学与苏联文学也反映了这样的内容。对于这样的文学形态和文化形态的研究与论析，运用马克思主义的理论资源最为合适，也最能够引向深入。正因如此，俄国革命文学和苏联文学不仅产生了许多文学大家，而且也产生了诸如普列汉诺夫、别林斯基、车尔尼雪夫斯基、卢那卡尔斯基等伟大的研究者，他们的理论同样创造了比起西方经典的文学理论来毫不逊色的学术奇迹，关键是这样的理论非常有特色，对于俄罗斯文学有着强烈的针对性，同时，他们非常精彩和娴熟地运用并发挥了马克思主义文学理论，从而铸成了世界文学理论史上最重要也最辉煌的一个板块。在中国广袤的土地上，相当长一段时间同样充满着阶级斗争和民族革命，因而在这个历史背景和社会土壤上产生的文学、文化当然也不可避免地带着这种斗争与革命的精神内质。其所对应的理论当然也应该是马克思主义系统的理论资源。中国现当代文学研究没有产生与普列汉诺夫和别林斯基那样的伟大的理论家和具有世界性影响的学者，但这并不妨碍我们在中国内部的横向比较中得出这样的观察结论：能够用马克思主义理论资源从事中国现当代文学研究的地域往往在这方面的学术更有成就，如果不习惯于用马克思主义的理论资源参与研究，则取得较大较深刻成就的可能性就小得多。事实正是如此，中国经过马克思主义理论的历练，在中国现当代文学研究方面，总体而言，往往更有理论内涵，也更有学术深度。

一种有价值的理论资源总是能够启发研究者做更进一步的思考和开发，因此，中国现当代文学研究所借助的理论，哪怕是最完备的理论，也要把它当作一个可塑性的理论。在用这样的理论进行现当代文学规律和文学现象的阐析的时候，需要对之进行发掘，进行发挥，让我们的学术研究也作为相关理论提升和理论健全的一种文学史资源。许多新潮的理论固然可以拿来作为一种系统资源加以运用，但同样要意识到它们并不是健全的理论，常常是真理与缺陷交织地呈现。特别是海外的中国现代文学研究经常习惯于使用的萨义德的“东方学”理论，德里达的文学行为理论，都是卓见与某种偏见的混合。这样的混合一方面提醒我们在引用和运作这些理论的时候应保持某种批判的态度，另一方面也告诉我们，这些理论的某些薄弱点，实际上可以视为理论原创者卖出的“破绽”，是为我们在研究中更进一步的发挥与探索留下足够的余地。当中对于文学和文学品质的消解是非常偏见的。有的理论甚至是非常荒诞的，但正因为这些理论的荒诞、病态和偏激，其才能够流行于世。有些理论确实是非常流行，但是我们要先引用它们、运用它们，然后用我们的文学规律去健全它们。

理论的合度性的考量，就是持之有度，避免现当代文学研究中的理论含量过度集结。我们重视现当代文学研究理论的含量，但是由于我们前面的原则在里面，尤其是理论的工具性原则，它是工具，它处在一个被我们运用的状态，所以我们在整个论文的布局上面不能用太多的篇幅去进行理论论证。因为中国现当代文学史研究的主要任务是要用某种理论来说明、阐述现当代文学中的文学现象和文学规律，而不是说明理论本身。

现当代文学研究中理论密度的合理性，还体现于要匀称地阐释理论，不能硬性集结。中国现当代文学研究属于文学史和文学现象、文学规律的研究，毕竟不是理论研究的文章，所以理论的配置必须合理。理论不宜高密度集中地出现，而必须像治病吃药一样，用“温开水送服”的方式进行。温开水送服有几个好处：一是它带有一定的温度便于融化。二是温开水比较适合人体的接受度，有利于将药送到位。“温开水送服”实际上是理论的合理密度的问题，也可以说是非常重要的理论配置原则。

五、中国现代文学学术概念及逻辑范畴不对称现象

事物的发展都可以被概括为一定量的范畴加以分析或言说，根据哲学的基本原理，事物的范畴一般都是在两两相对意义上得以呈现的。正是基于这样的认识，我曾对中国现代文学进行过范畴研究。不过我的关于中国现代文学范畴研究都是在一种逻辑对称的意义上展开的，其中不免包含着一些勉强和尴尬的成分，那就是，无法解释有些范畴并不符合这种逻辑对称，中国现当代文学中存在着大量的逻辑范畴不对称现象。例如“新文学”作为范畴概念，其逻辑对称的应该是“旧文学”，当然新文学刚刚诞生的时候或在诞生的过程中，新文学确实将雕琢的阿谀的旧文学当作自己的克服对象，不过在新文学发展过程中，其所付出的更多的精力却是在应付新文学中出现的各种旁枝斜出的现象，在克服新文学中不符合主流意识的“异类”，也就是说，与新文学处在相对位置的相当长时间内其实不是逻辑上的旧文学，而是那些同样可以称为新文学的现象。

中国现代文学甚至包括当代文学的发展，大多是在湍急的时代潮流的推涌下进行的，包含着激进的焦虑和突破常规的躁动，这使得它所显示出来的程式与秩序往往并非井井有条、按部就班，而是错综复杂、交织一团，于是，许多逻辑范畴都可能出现不对称现象。新文学家们早就注意到，新文学发展的十几年时间便将西方文学发展了近200年的历史匆促地展演了一遍，很难想象这种展演是按照时间比例有秩序地呈现着的。事实是，西方不同国度的多股思潮、不同时代的各种流派都挤压在一起，基本上是以一种共时态影响于中国新文学家并作用于中国新文坛，因此在中国新文学发展的这一阶段，作为范畴的各种思潮、流派概念其逻辑对应的往往并不是与其原先对称的概念：现实主义本来是对浪漫主义的反动，而在新文学界，新潮社和文学研究会倡导的现实主义文学却是对于近代以来古典主义和通俗文学的反叛；如果说创造社等社团认同的是浪漫派文学，则这种浪漫派并不是直接反叛古典主义的结果，而是不满意于现实主义和庸俗主义而兴起，且与英法唯美派对衔接、与德国表现派有“共感”的文学派别。更重要的是，创造社并不是浪漫主义的积极鼓吹者和热烈信奉者，事实上五四新文学建设中浪漫主义作为艺术方法并没有像人们想象的那么普遍，不仅那所谓“浪漫的一代”没有出现，便是一直被人们看作浪漫主义代表的郭沫若等，也只是在一些诗兴思维上有一些浪漫的认同，其诗学观念与其说是浪漫主义的倒不如说是带有先锋色彩的自我情绪表现论——创造社与文学研究会的“对立”其实是情绪表现论这种观点与现实主义这一流派的抗衡，它们之间显然不是对等的逻辑范畴关系。与此同时，李金发的象征主义，洪深的表现主义，郭沫若的未来主义，田汉、闻一多的唯美主义等，都在纷乱中登堂入室，它们都不再像在原发地那样拥有清晰的反抗目标，因而它们作为一种审美范畴，就明显地

失去了逻辑的对等物。

中国新文学发展的这种逻辑范畴不对称现象，一方面与时代洪潮的推涌有直接关系，另一方面也与中国新文学极速发展的自我期待及其造成的自我焦虑密切相关。五四新文化和整个新文学建设的过程中始终伴随着这样的自我焦虑，它使得新文学家在世界潮流面前失去了基本的耐心与定力，从没想过按照历史演进的序列有条不紊地接受西方文艺思潮以及马克思主义文艺理论，而是在不断折叠和反复覆盖的历史处理中凸现这些思潮和理论的先进性与召唤力，在基本割断了各种历史联系的基础上将它们移置于最新潮、最突出的地位，其结果便是：这些思潮和理论在模糊了其历史相对性的情形下各自得到了有力的标举与捍卫，而这些被标举和捍卫的东西也就理所当然地脱离了它们原本隶属的逻辑范畴，作为概念的逻辑范畴的对称性便依次打破。

打破这种逻辑范畴的对称性，是中国新文学重要概念的历史特征和时代特征，也是准确理解这些概念内涵的关键之点。革命文学和左翼文学时期，最有影响的关键词显然是“普罗文学”，与“普罗文学”处在逻辑对称位置的理应是“资产阶级文学”，但事实上新文学诞生以来，代表资产阶级意识形态的文学并未成为文坛的主导，于是这一概念及其所代表的意识形态在上个世纪20年代末30年代初的中国其实并没有很充分的逻辑对应，这就使得它的倡导者拼命向那些具有小资产阶级意味的自由主义观念“寻仇”——确实，普罗文学界对自由主义文艺思潮的抨击热忱显然远远高于对其他各种文艺和文化思潮的批判，即使是国民党当局主导的“新生活”运动和具有国民党政治文化背景的“文言复兴运动”，也并没有燃起左翼文学家的足够的批判火力。与此相似的是，“左翼”文学逻辑对称的范畴是“右翼”文学，但左翼文学界似乎始终没有弄清楚它应该正色面对的右翼文学到底在哪里，于是将最猛烈的攻击用来针对那些至多可算是中间派的自由主义文艺思潮。

虽然我们还没有把握将中国新文学逻辑范畴的这种不对称概括为一种规律，但作为一种现象应该说是相当普遍的。可以说从新文学诞生之日起，一直到现在，中国文学的许多概念都处在这种逻辑范畴的不对称状态，相应地，批评文学、研讨文学的一些言说概念也同样陷入了这种逻辑范畴不对称状态。新文学最初的通行概念是白话文，白话文所对应的逻辑范畴应该是文言文，但是新文学家们在白话文的旗帜下兴起的批判热忱及其锋芒是否主要针对文言文？答案是否定的。在胡适率先发表一系列倡导白话文的文章的同时，他的同志虽然几乎齐声赞同，但也都同他本人一样，将关注的热忱倾注在白话文的辩护、捍卫和实验上，却很少花精力研究、分析和讨伐文言文。从陈独秀的《文学革命论》开始，新文学倡导者就将自己批判的主要锋芒直接指向了旧文学和旧文化，具体地说就是旧文学和旧文化包含的旧思想旧观念，而不是承载这些思想观念的旧文言。正因如此，文言文并没有在白话文取得绝对优势地位后销声匿迹，更没有声名狼藉，而是继续在一定范围内保持其魅力和地位：即使是新文学倡导者，在许多情形下都还是操持与他们的教育背景相符合的文言文进行写作，包括他们用以为白话文辩护的文章，不少都是用文言文写成的。这就是说，新文学产生之初，被叫喊得最响亮同时影响也最大的“白话文”概念，其实际对应的是“旧文学”和“旧文化”，而不是逻辑范畴中的文言文。这种逻辑范畴的不对称现象使得文言文最终逃避了声誉扫地的历史厄运，它固有的语言魅力没有被新文学倡导中往往显得非常苛刻的猛烈批判所剥蚀，于是文言文仍然存续于中国现代语言结构之中。这样的现象应该是符合历史理性的，它实际上是关于白话文概念的逻辑范畴不对称现象带来的积极后果。

通过逻辑范畴不对称的现象分析，可以对新文学史上的一些症结问题作出另一途径的解答。例如我们常常跟着文学研究会和创造社的新文学家去论辩和探讨“人生派”与“艺术派”的对应问题，不过当人们将创造社概括为“艺术派”时，创造社同人并不接受，郁达夫就曾理直气壮地分辩道：古来哪一种艺术是与人生没有关系的？诚哉斯言！这句话一方面说明，创造社同人显然并不认为自己是属于所谓“艺术派”，另一方面又说明，在他们的心目中，“为人生而艺术”同“为艺术而艺术”并不是必然处于逻辑对应关系中的范畴，“为人生”是一个在文学话题上无所不包的大概念，而“为艺术”则是在此基础上派生的具有一定理论针对性的小概念，两个概念是不对称的。与此相类似的还有“与抗战无关”的论争。过于纠缠“与抗战无关论”的批判者之所以现在看来有些苛刻，有些过于“上纲上线”，是因为他们太习惯于从相关范畴的逻辑对称性原则去理解有些概念，觉得既然提倡“与抗战无关”，就意味着否定和排斥与抗战有关的东西。其实，从逻辑范畴的不对称现象来分析，梁实秋在抗战如火如荼的时刻主编《中央日报》的《平明》副刊，首先强调的还是与抗战有关的文字，只是希望在此前提下不一定每一篇甚至每一下笔都与抗战话题密切相关而已，无论从涉及的范围还是从强调的程度来看，“与抗战有关”和“与抗战无关”都不是一个对称的逻辑范畴；当人们把它阐释为一个对称的逻辑范畴的时候，那不热心抗战甚至反对抗战的帽子便会强加到梁实秋的头上。

从某种意义上说，人们对于新文学史上的“问题与主义”公案的理解也须借助于这种逻辑范畴不对称现象。胡适之当年提出“多研究些问题，少谈些主义”，被人们攻讦为旨在否定马克思主义的传播，试图用实用主义的“问题”来冲淡甚至阻滞“主义”的引进。这样的批判实际上也有相当的强加意味，尽管胡适不信仰马克思主义甚至也会反对马克思主义，但他提出“问题与主义”的问题并不是专门针对马克思主义和社会主义的，况且它实际上并没有反对任何“主义”的意思，只是觉得许多问题不具体地加以分析解决，谈论主义便容易流于空洞，因此，最好是在谈论和研究若干问题的基础上再去引进和争论主义。胡适的这种理念典型地体现出实用主义的理论品格，我们尽可以分析这种理论的缺陷与局限，但却没有必要夸大这番理论中的片面性，更不应该将“问题”与“主义”这两个不对称的概念硬性理解为一对逻辑范畴，以此来推论胡适以具体“问题”的研究来阻碍进步的“主义”，最终达到反对这种“主义”的目的。其实，在胡适的心目中，“问题”是小概念，“主义”是大命题，正因为两者具有不对称的性质，才可以说两者不应是相互对立相互排斥的两个方面，研究问题与谈论主义并不构成特别的矛盾，只是有个先后和缓急的问题。承认“问题”与“主义”的不对称性，才能准确理解胡适当年提出这一命题的含义，才能比较公正地分析和评判胡适的相关论点。

中国现当代文学发展过程中充满着理论论争和政治批判，尤其是政治批判，其所形成的历史“结论”往往都不能令人满意，其中的观念错误和认识错误已经通过相当一段时间以来的学术反思予以撇清。不过从思维方法论上仍然可以总结出这方面惯有的错误，那便是对逻辑范畴不对称现象的忽略和否认，偏执地滥用逻辑对称法则将莫须有的观念强加给被批判者。上个世纪50年代初掀起的批判电影《武训传》的运动，一个中心命题便是该影片以武训的乞讨办学否定周大的造反革命，其思想方法是将革命与反革命置于同一逻辑范畴之中，只要是不革命的必然就意味着反革命。其实乞讨办学与造反革命并不是一个对称的逻辑范畴，两者之间不是对立和相互否定的关系，影片倡导的不过是一种类似于艰苦创业的精神，一种重视文化教育的理念，这种精神与理念同革命与否并不对称。但批判者所实行的批判理路便是强行将这两者对称起来。稍后在文艺上批判所谓“黑八论”，也是基于这样的思维方法。“现实主义，广阔的道路”论被理解为不满乃至于消解现实主义，“中间人物”论被理解为对英雄人物的不满和敌视，如此等等，都是在简单的二元对立意义上将相关理论中的合理成分推向荒谬和反动。其实，“现实主义”作为概念，尤其是新中国文艺工作者的概念，其相对的不一定是反现实主义，要开辟现实主义的广阔的道路，更不是要走向反现实主义；“中间人物”概念相对的也不单是英雄人物，强调中间人物的刻画并不必然意味着削弱和反对英雄人物的塑造。这些认识方法的错误，需通过引入和灌输逻辑范畴的不对称现象加以纠正。

即使是一些文学史问题，如果从新文学比较普遍的逻辑范畴不对称现象加以分析，也比较容易得到符合情理的解释。长期以来，人们对创造社的“方向转换”一直感到扑朔迷离：创造社最初倡导自我表现，强调自我的价值，鼓励自我的反抗，是一群态度激烈的个人主义者，可短短几年，他们在革命文学浪潮中一跃而为无产阶级文学的鼓吹者，成为革命文学的中坚，他们的转向何其之大，转向的速度何其之快！其实，问题的症结在于，如果说创造社最初信奉的是个人主义，是自我中心，甚至是他们一度宣扬的自我主义(Egoism)，那么，与此相对称的逻辑范畴应该是大众和集体主义。创造社倡导的革命文学固然包含着“集团主义”的喊叫，包含着大众的呼吁，但核心内容是这些吗？当然不是。核心内容是由他们一个个个人发出的阶级的反抗声音，是个人情感融入革命形势以后发出的巨大声响，是他们这些“革命的印贴利更追亚”对人民大众和无产阶级的呼唤与激励。可见，至少是在革命文学倡导的那一段时间，他们并没有改变原先那种以自我为中心的思维方式和思维路向，革命的浪潮中凸现的依旧是他们“自我”，他们远没有抵达像后来普罗文学所要求的化归大众和阶级的“集团主义”，更没有做到将自己的思想感情融化到工农兵当中去的程度。从逻辑范畴意义上说,“自我”对应的是“集团”、“集体”与大众,创造社从自我表现到后来的自我凸现与自我反抗,而不是直接转向集体和大众,即没有在根本上发生“转向”,因而“转向”起来比较容易。

由此甚至可以对一些有关新文学史的言说概念重新进行学术反思。例如常常被人们谈起并引起热烈争论的新文学现代性问题,其作为概念之所以越辩越暗,越谈越模糊,是因为人们没有找准它的逻辑范畴的对应概念。谁也不能否认中国新文学具有相当的现代性含量,不过是人们在理解现代性的内涵时出了问题,围绕着什么是现代性的话题许多人都兴奋异常、喋喋不休。援引逻辑范畴不对称现象理论来分析,不难发现,中国新文学家的现代性理念远不是在相对于逻辑对称意义上的传统性提出来的,或者不仅仅是在相对于传统性的意义上提出来的,而是相对于乡土中国的都市性和国际性,相对于故步自封的开放性和革命性,相对于人文道德的个人性和自由性等方面阐发出来的。因此,如果我们拘泥于现代性与传统性这样的逻辑范畴对称性去理解现代性,那就会陷入非常尴尬的境地,我们会发现,诸如胡适、郭沫若这些对现代性特别是文学的现代性最为热衷也推进最有力的新文学家,却可能是对传统文化最为留恋的人:郭沫若在一派“打倒孔家店”的声浪中明确表达过对于孔子的崇拜,胡适在反思和讨伐传统文化的语境里发起“整理国故”的运作,这些都是令人难堪的事实。明白了中国新文学逻辑范畴不对称的普遍现象,也就容易理解现代性对应的并非传统型的概念,于是更容易理解何以推进现代性的新文学家同时会积极表达对于传统文化的趣尚。

由“现代性”概念的种种逻辑范畴不对称性甚至可以联想到,在当代中国被炒得沸沸扬扬的“后现代”概念其实也存在着这种逻辑范畴不对称现象。在“后现代”概念产出的大后方美国,“后现代”(post modern)最初产生于建筑领域,它并不直接与“现代”(modern)构成逻辑范畴关系,而是与所谓“滞后现代”(late modern,也即我们常说的迟发现代化)直接相对。正因为这样,“后现代”指涉的内涵有很多实际上与“现代主义”正相吻合,同时,在拉美等迟发现代化区域,“后现代”文化现象反而比美国等现代主义发达的区域更加典型。我们的相关理论译介者和应用者不知道与“后现代”相对应的逻辑概念应是“滞后现代”,而不是想当然的“现代”,于是误以为“后现代”理所当然地是现代主义的发展或者反叛的结果,从而在许多所谓“后现代”现象的理解上乃至于在“后现代”概念的论辩上出现了很大偏差。至今为止“后现代”概念在中文表述中仍然是那么晦暗、模糊,盖是因为我们原是在“后现代”与“现代”之间存在着的这种逻辑范畴不对称关系上对前者作了有偏差的理解。

可见,中国现当代文学研究中迫切需要引入逻辑范畴不对称的概念,这样对于我们准确把握许多理论问题大有助益,许多无谓的理论争辩都可以因此避开。例如与现代性概念相联系的文学的经典性命题,在前些年也引起过不小的争执。一些权威的文学史家编选了不止一个版本的20世纪经典文学作品选,随即招来了许多献疑、商榷、责难甚至批判，其中争议最大的问题便是，凭什么你确定这些是经典作品而另外的就不是？这不仅是对于一些具体作品是否具有经典性的争议，更重要的是还凸现了人们对经典性这一概念理解的差异。其实，如果从逻辑范畴的不对称性来理解经典性概念，这些论争或许可以化解：编选经典作品的专家并没有在与非经典甚至低档次相对的意义上确认经典性，他们在理解一部分作品的经典性的同时并不否认另外一部分作品的经典性，或者，在自己所确认的经典性之外并不打算否定别人从另外的角度确认经典性的可能。一般的逻辑推论总是会认为经典性概念的对应范畴就是不够经典、非经典甚至低档次，而我们有理由相信，许多研究者并没有在这种对称意义上使用经典性概念。

关于中国新文学逻辑范畴的不对称现象的揭示，是中国新文学现象研究的一种方法论的思考和应用，当然这样的应用也可能通向一些观念的调整，那正是我们希望看到的。我想要强调的是，这种逻辑范畴不对称现象在中国新文学近百年的发展中竟是那样普遍地存在着，以至于如果有朝一日有人将此当作一种规律来表述，我绝对不会吃惊。事实上我也想作这样的尝试，作为这种尝试的具体运作，就是从中国现当代文学中任意抽取一些概念，看看是否能够分析出其中蕴含着的逻辑范畴的不对称性，如果能够，则是否可以对这一概念指涉的文学史现象作出更新颖更清晰更简洁的解释。

在中国文坛向西方敞开自己的大门时，言说观念在逻辑范畴的不对称现象就几乎成了一种必然和普遍的现象。中国传统文化常常通过诗文的对仗训练让人们很自然地养成了对称、骈俪的思维习惯，但在西方文化传统中，尤其是在多元化了的近现代文化表述中，关键性的概念术语常常以不对称的样态出现。例如被人们广泛言说的“日神精神”，按照逻辑对称原则其相对的应是“月神精神”，然而众所周知它却对应着“酒神精神”。这确实与人们思维的开放度、多向度和广阔性有很大关系。从这意义上说，中国现当代文学观念表述和历史表述中的逻辑范畴不对称现象，正体现了现代文化语境走向开放，走向多向度和广阔性的时代特征。

我们在自己的学术爬梳中发掘了这一现象，并试图通过一系列具体的不对称范畴的研究深化对这一现象的认知。这一次抽样论述的是“长篇”与“成熟”的错位、“先锋”与“真实”的乖谬、“反讽”与“真理”悖逆这几个关键词，我们的具体分析、研究都揭示了它们作为概念所具有的逻辑范畴的不对称特性，也分别从文体、流派、手法和文类等较为广泛的方面，为我们进一步揭示中国新文学的逻辑范畴不等称现象乃至规律提供了切实的个案。

第七章
中国现当代文学研究的材料处理

文学研究离不开资料和材料。中国现当代文学研究也是如此。之所以用“材料”这个词，而不用“资料”，是因为材料的范围比资料的范围大。学术研究、文学研究的资料，一般是指文字史料、批评史料之类的东西，往往不包括作品。而这里所说的材料包括文字、图像、史实，也包括作品。比如鲁迅研究资料，就包括鲁迅的生平、鲁迅的研究著作，而往往不包括《阿Q正传》、《狂人日记》之类的作品，作品和资料是对应在一起的。所以，这里用“材料”这个词。材料既包括资料、文本，也包括非文字的东西。

材料是我们现当代学术论文的主要构体和内容。在现当代文学研究中，如果离开了材料，论文就写不成。所以，我们要认识材料，然后理性地把握材料、合理地利用材料，文章写出来才有内容、有规范、有档次。不懂得材料的使用，不懂得使用材料的规矩、原则，学术研究就会大为逊色。

一、文学学术研究材料的认知

中国现当代文学研究通常所用的材料，可分为三类：硬性材料、弹性材料、装饰性材料。

首先分析硬性材料。硬性材料是一个选题当中必须出现和加以处理的文本和史料，这里往往包括作为研究对象的文本。例如研究鲁迅，鲁迅的小说、鲁迅的文学作品就是硬性材料，在学术文本中是必须出现的，离开它是无法研究的。如果研究阿Q形象的意义，那么《阿Q正传》就是必然的硬性材料。硬性材料除了作品本身，就是各种相关的溯源性的资料。同样研究《阿Q正传》，鲁迅写的关于《阿Q正传》的一些基本的文章就是硬性材料，如鲁迅的相关著述，《〈阿Q正传〉的成因》、《英译本〈阿Q正传〉序》、《我怎么做起小说来》等文章，这些比较集中地论述《阿Q正传》的溯源性文字，都是硬性材料。如果研究鲁迅与梁实秋的论争，那么论争的基本的文本和一些杂文，如

《“丧家的”“资本家的乏走狗”》等就成为硬性材料。如果要论述《女神》,《女神》就是硬性材料,围绕着《女神》的郭沫若本人以及其他人的重要的原始论述材料也是硬性材料。硬性材料是无法逃避、无法忽略、必须运用的材料,是整个文章各种观点成立的主要依据。各种观点必须有材料来支撑,硬性材料是最基本的材料,是不能疏忽的。但是,一些随机性的发言,就不能作为最基本的硬性材料来运用。硬性材料要作为我们研究的最基本的东西。

其次是弹性材料。弹性材料是在一定的论题范围内,经过分析比对,具有某种相对性价值的资料。弹性材料和硬性材料不同,硬性材料是不管有没有分析比对都是有用的,只是不去分析不去加以比对,是研究者自己没有尽到责任。弹性材料分为两类,一是弹性材料中与硬性材料同构的文本和史料。硬性材料是作为研究对象的文本和各种原始资料,而弹性材料的第一类就是与它同构却又不完全相同的材料。它是文本,但这个文本是可讨论的文本,而不是当然的文本。可讨论的文本包括可参照文本,比如说研究《女神》,《星空》中的某些诗篇也可以用来和《女神》参照。这些参照,在分析比对中才有价值,否则就没出现的必要。它之所以重要,是因为可用它来论证《女神》之后郭沫若的诗歌是怎么继承怎么转变的。再比如《女神》是郭沫若 1916 年到 1920 年之间写的集子,但是他还写了其他的诗,却没有收集到《女神》里,拿它来作为参照,在分析中才显得有意义。这些都是可参考文本,而不是必须的,但有参考价值。人民文学出版社于 2008 年出版过《〈女神〉及佚诗》一书,其中收录了《女神》时期甚至《女神》诗歌创作之前的郭沫若早期作品,这样的材料可以用来参证分析郭沫若的《女神》,进而分析中国新诗萌芽时的样貌。如果研究郭沫若《女神》时期或更早期的创作,《女神》佚诗就成了硬性材料,但如果研究中国早期白话诗或新诗,研究早期新文学家的创作活动,《女神》时期没有收入《女神》的文本,就成了弹性材料。可见,硬性材料与弹性材料之间的关系是相对的,相对于研究题目和学术宗旨。如果是《女神》版本研究,创作时期诗人情感状态和创作心理研究,则《女神》固然是硬性材料,而《女神》前后的佚诗同样是硬性材料。但如果我们的题目是研究《女神》本身,或者研究郭沫若创作与五四新诗、新文学的关系,《女神》以外的作品就不是硬性文本,而是用来比照和参证的文本了,是弹性文本。

必须注重中国现代文学作品的版本研究。版本研究使得所有相关性的文本都成了硬性文本,这些可以参照的文本应该用来作为不同版本的比较。在研究一个作家的创作的时候,往往以一个版本作为依据。但是,在现代文学发展过程中,作家的作品不断地修正、印刷、重刻出版,这就形成了多种文本。当研究其中一个文本的时候,以另外一种文本作为讨论的材料,这时另外一种文本就变为一个可参照的可讨论的弹性文本,是与硬性材料同构的。与硬性材料同构的另一种材料,称为可辨析的原始材料。硬性材料是各种与我们研究对象密切相关的原始资料,但是这个原始资料是有层次的。有的原始资料是有绝对价值,是硬性的。比如鲁迅关于《阿 Q 正传》的描述,关于《阿 Q 正传》产生前后的分析，是最权威的、无可替代的。而且鲁迅关于自己作品的创作谈，是从不说假话的，像这样的就是硬性材料。但是，有些作家为了掩盖一些内容，他也对自己的作品进行解释，而且是事后进行解释，这种解释是作家说的，是原始材料，但是这种材料需要辨析，需要我们去判断是真是假。郭沫若的很多创作叙述就要经过分析，这些材料就会变为弹性材料，不能成为写论文的绝对依靠的对象。人民文学出版社出版的《新文学史料》，收集了大量作家的回忆录，大都是作家本人写的，是当事人的事情，但由于是事后的追忆，事隔了很多年，客观上可能有很多的舛误，主观上也可能由于各方面的人事关系、处境的不同，有时候会忌讳一些东西，掩饰一些东西，这些都属于原始材料，因为都是本人写的，本应属于硬性材料，但其实应该当作参考资料，当作弹性材料，我们使用的时候都应该加以辨析、比对。可辨析的原始资料与硬性的原始资料之间的关系一般是以时间是否接近我们论述的对象以及原始资料提供人的身份是否更接近研究对象作为标准。一般来说，与原来的事件和文本相隔的时间越长，这个材料的硬性程度就越低，这是基本原则。另外，提供资料的人的身份与当事人的身份，距离越远可信度越低，原始资料的硬性程度就越低。

弹性材料的第二类是再生性材料。再生性的材料很可能是理论。文学研究特别是文学史研究论文中，理论常常以材料出现。借助一种或多种理论来分析文学现象，这理论本身就是一种材料。这种理论的材料都是再生性材料，因为大多不是原创理论。文学研究中最原始的材料应该是文学的现象、历史的现象、文本的现象，各种理论都是从这种现象中抽象出来、总结出来的，所以叫再生性材料。

再生性材料还包括统计性的分析。统计的数据是客观材料，但是这个数据要经过我们的分析和比对，才有意义。我们做这种统计本身就有我们的前设观念和指导思想，然后我们要根据这个统计得出某种结论，这种统计可以作为我们得出某种结论的参照，所以是一个再生性的弹性材料。统计材料尽管是客观的，但进行统计的是人，统计的原则、统计的对象、统计的模型是由人定的，所以这个客观里实际上有很多的主观性因素，不能作为硬性材料来运用，不能用来作为我们得出某种结论的硬性的工具。它是弹性的，必须经过我们的分析比对才是有用的。

文学研究中的装饰性材料，即在文学学术论文中可能会出现的用于修饰性、粉饰性、装饰性的材料。它可以使文章风格变得活泼，视野变得更加广阔，但是基本上无助于直接得出某种结论，不能直接帮助我们的学术推论。有的人写文章时会引用诗句来说明一个时期的社会情况、文化发展的状况。这样的诗句具有很大的概括性，表明了那个时代的特征。但像这样一种材料的运用起着的是一种装潢、修饰的作用。有时候，人们会在行文中引用一些材料，使自己的视野变得开阔，变得见多识广，类似于修辞中采用的博喻的方法，引用各种各样的材料来说明那个时期的社会情况。越是接近评论性的文章，越可能把这些装饰性的材料当作比较主要的东西，但是它应该是附属性的。勃兰兑斯的《十九世纪文学主流》里经常用装饰性的材料，他甚至把一些文学家的细枝末节的生活琐事作为叙述的材料，来说明作家的趣味。

二、材料选择的原则

文学研究同建设工程一样，选用材料须注意材料的“品牌”。材料的引用必须注重材料的权威性。一般来说，文学文本需要以权威版本作为硬性材料，有时候，初版本也至为重要。不过，通行的文学研究往往以作家文本的权威版本作为主要依据。在中国现代文学研究领域，人民文学出版社、上海文艺出版社等重要出版机构的版本历来被视为权威性版本。《鲁迅全集》有各种各样的版本，共时性的版本就有数种，历时性的情形更为复杂，在文学研究、论文写作中，如果不是考察某个版本的价值与贡献，一般需选用人民文学出版社最新版的全集本，如果在一般征引时选用其他版本，则显得缺少材料运用的品牌意识，而且也不能让人放心。

在作品版本的选用方面，品牌性优先于原始性。中国现当代文学研究与中国古代文学研究有所不同，后者非常重视原始材料特别是文本的最早版本。按道理当然是最原始的材料文本最能说明问题，但是在中国现当代文学研究中，往往应该尊重，至少应该充分考虑作家后来修订的定稿文本。像郭沫若的《女神》，如果不是特别去比较郭沫若《女神》里面最初的诗歌的样子，一般是以流行本或权威版本为准，而不是以它的最初版本为基本依据。包括郁达夫《沉沦》中的小说，包括创造社最初的出版物《创造季刊》，多属于这样的情况。《创造季刊》的第一版，是最原始的东西，价值很高，专门研究的人也找不到原版本了。即使找到了，据当事人回忆，那里面漏洞百出，校对非常粗糙，那样的版本简直不能采用，如果勉强使用了这样的材料，对于创造社最早的成员也显得并不恭敬，所以还是以他们后来修订出版的流行本为主要依据。中国现当代文学的研究，一般是以流行本为权威版本。至于哪个作家的作品以哪一种版本为权威材料，为流行版本，这些都在长期的研究积累中约定俗成。便是巴金和金庸的小说代表作也是如此，研究巴金的《激流三部曲》，研究金庸的小说，一般不可能也不必要从原来的报纸上去找回他们的连载，除了进行版本的校订研究，一般还是以作家的改订本、成型本为权威版本，这是研究材料选择的一个原则，一般来说比较合理，而且也尊重当事人。但是当真正回到历史的原点去进行历史的文本研究的时候，就不能用流行本作为硬性材料了，必须注意到当时最初文本的状貌。

在中国现当代文学研究中，材料选择的比例比材料的数量更重要。材料不是越多越好，当我们有很多材料选择的时候，不是所有的材料都要用，这个时候要考虑比例，比例更加重要。硬性材料和弹性材料之间构成一种比例，不能硬性材料很少，弹性材料堆得很多。表面上材料越多，说明越丰富，但是如果硬性材料只用了一点点，弹性材料很多，喧宾夺主，这样就容易造成材料的堆积。弹性材料中，一般来说，如果根据比对和分析，能够直接得出结论的最有代表性的材料，才可以选择。同类的材料一般来说选择最有代表性的，注意比例。附属性的材料要更加少，否则不像是学术论文而更像文学批评。

三、材料使用的原则

1. 必要性原则

硬性材料是论文必需的，但并不是所有的材料都同等重要。这些材料仍可分为必要材料与一般材料，甚至是非必要材料。非必要的材料是一种装饰性的东西，需要把握分寸。所有材料的使用都必须坚持必要性原则，即有明确的观点后支撑观点必需的，决定观点是否成立的才使用。观点不成立不能成为论文，观点成立但是不新不是一篇好论文，观点既新又要成立，才是一篇好论文。必要性原则适用于文本材料、原始材料、理论材料、弹性材料。有些学者的论文材料很多，但是往往不必要的材料也用进来，把很多不必要的东西都引进来，这样论文就可能被拉得很长。如有学者研究离散文学，对离散这个词从屈原说起，离论题很远。如论述某个作家的某种文学倾向，对这个作家的代表性的作品不分析而是只用作者的话来虚化，这种使用材料的方式就不可取。硬性材料是必要的，以弹性材料取代硬性材料是不能接受的。同时弹性材料不能堆砌，不是越多越好。

中国文学研究中的材料使用须坚持原真性原则。这个是与学风关系比较密切的问题，引用材料必须注意上下文，必须有适当的引用幅度。引用材料一定要认真处理好直接引用与间接引用之间的关系。直接引用，要给人一定的幅度，一定的余地，让读者能够看到这个材料，而不能断章取义，不能说吻合自己观点的字就用，不吻合的则不用，这样就太实用主义，不可取。要尊重材料原本的上下文意思，有一定幅度、一定的空间，在不得不间接引用时，尽量尊重材料原来主体的意义，客观地把原来的意思表现出来。不能走捷径，要有老实的学术研究的态度，不得隐藏原来的意思。有的时候别人虽提出了这个问题，但在论述过程中对这个问题有所消解，不能隐藏别人原本的意思强制地拿过来应用。在论辩当中经常对别人的观点断章取义，攻其一点，不及其余，引用这个材料中对自己有利的部分，这是不好的做法。原真性第一个意思即忠诚性。另外，要尽量把原材料的真实面貌本原地表现出来。比如以前的文学论述有明显的错字，明显的缺陷，文学研究者就任意地改了，但有可能改错了。我们要原本地引用原文，尽可在后来的论述中补充说明哪个字错了，证明你已经认真地看完原文。要保持材料的原真性，不能妄改。如田汉有一段著名的话似说艺术把人类引向迷人的“法悦之境”，这“法悦”一词即让人达到一种迷狂的状态，很多人引用这样的话，但不明白法悦的意思，于是擅自改为怡悦。他们不知道在1920年代田汉、周作人等经常用法悦指涉一种迷狂状态。

2. 同一性原则

除弹性材料我们有必要引用不同的版本，我们使用的其他材料的版本必须保持一致，除非把另一个版本做硬性材料来比较研究。有些人在论文中老是引用不同版本，导致材料使用上的错乱感，显示着学术不够严谨、不够严肃的状况，应该避免。另外，我们引用的理论，特别是翻译的理论，翻译的词汇语汇，不同的翻译不同的概念，不能混淆。如译名，如果不是引用的，在一篇文章、一本书中写法必须统一。要尊重材料的原真性，在直接引文中必须照抄。不统一，就显得不懂规矩，不符合规范。

材料运用也有一个合理密度。材料运用过分堆积，甚至密不透风，也会形成“结石”现象。因此，“结石”现象不仅体现在理论阐证，也体现于材料论析。理想状态是硬性材料的引用与弹性材料引用要有合理密度，能够穿插开来，有观点腾挪的余地。理论和材料都要能合理穿插，合理分布，这样可避免“结石”现象。要进行理论阐述，理论不是平白无故的阐述，文章避免反问、设问句，设问句式，往往体现论述力度欠缺。论述的问题要有清晰的来历，尽量从文本中抽取一个问题进行理论阐述。还包括对材料进行辨析，我们的论文要避免说明一个观点，然后用比如许多作品或形象的罗列。不要堆砌，作品罗列这就是材料的结石。要把形象材料进行分析比较，而不是罗列完就可以了。分析材料，比较论证都需要在一定的密度管理上体现研究者的功力。

第二编

中国现代文学史研究理路的多维拓进

第八章
汉语新文学理路引入翻译文学研究

将中国现当代文学拓展为汉语新文学的研究，形成了近年来的一个学术热点；而汉语新文学作为一种方法论的意义尚需要进一步阐析。

从翻译文学考察汉语新文学研究方法的独特性及其对于中国现当代文学的开拓意义，可以论证汉语新文学概念的学术价值。汉语新文学概念使得我们有了从学术方法论的角度将翻译文学纳入中国现当代文学研究的可能性。

汉语翻译文学的定位至今依然是一个充满争议的问题。一种意见是笼统而简单地把汉语翻译文学划归外国文学范畴；另一种意见是承认汉语翻译文学的双重属性，模糊地认定其既是外国文学，又是中国文学。第一种意见无视汉语翻译文学文本的自主性，混淆原著与译本，将译者智慧的结晶完全抹杀，显然颇不妥当。后一种意见看似全面而公正，但这种骑墙的态度并不利于问题探讨的深入乃至最终解决，模糊式的定位势必会让这个问题更加纠缠不清。事实上，翻译文学的自主地位完全可以确立，"翻译规范与主体性、翻译距离和视角转换、意义阐释与翻译策略等决定了翻译文学的独立地位，跨文化对话的空间、异质与通约、翻译的文化差异、翻译的文化语境、不同语言的文学规定性也影响到文学的翻译文本的形态"①。一本英语文学作品，大概会有法语、德语、西班牙语、汉语、日语等不同语言的译本，很难在这些不用语言的译本之间划等号，同样在一种语言下还会有不同译者的译本，这些译本之间也不可能划等号。对待汉语翻译文学，理应从翻译文本的汉语形态认定其归属，并且应根据实体的译文文本给予汉语翻译文学准确的定位。

罗兰·巴特(Roland Barthes)有个经典的比喻，文本是"编织物"："文被构织之际，恰如当着我们的面在女工手指下制作着一幅瓦朗西安(Valenciennes)花边……随着图案的形成，每一个线头的推进，都被扣住它的别针标识着，且渐渐前移：序列的界标也一样：它们是阵地，为了对意义作顺次包围，它们被占领，然后又放弃。这个过程对所有文

① 彭建华：《文学翻译论集》，浙江大学出版社，2012年，第2页。

都具有效力。”[1]翻译文学[2]不可否认是一种特殊的“文本”，在本书中更明确地说，它是指五四以来由外国文学作品翻译为现代汉语的文学文本。译者依据原著或原著先有的译本，通过“翻译”让文字的序列渐次前移，逐步制作出一幅“瓦朗西安花边”，与“创作”具有同样的“编织”过程，形成了可供阅读的文本，然而这样“编织”的文本却常被忽略。汉语翻译文学的定位问题在中国现当代文学学科领域一直没有得到足够的重视，以至于对许多文学家、文学现象的研究失之于偏颇。汉语翻译文学在“中国现当代文学史”中的“缺席”，不仅是一种遗憾，更是对众多翻译者及翻译文本的不公。用“汉语”所“编织”的文本无疑是外文原著文本的“重生”，它完全应该出席在本民族语言的文学史中。“汉语新文学”最大限度地框定了新文学历史和现实形态的基本范围，完全包容“中国现代翻译文学”的事实存在，赋予汉语翻译文学以清晰的定位。

一、翻译作为传播方式，具有文本重构的意义

自从现代文明开启以来，中国文化向世界敞开曾经闭塞的心扉，特别在晚清以降，觉醒的中国知识分子掀起了一浪高过一浪的向西方学习的热潮，以 1898 年发生的两件事为例便可以感受到这种热潮喷涌的时代风气。这一年政治上的大事件是戊戌变法的失败，但文化上，严复所翻译的《天演论》刊行与梁启超所作的《译印政治小说序》发表，无疑极大地影响了中国文化的变革，并且掀开了中国翻译文学事业新的篇章。第二年林纾翻译的《巴黎茶花女遗事》正式印行，随后更多的仁人志士投身于翻译文学事业的洪流之中，外国文学作品经翻译为汉语开始大量涌入中国，为国人所知。仿王德威所言“没有晚清，何来五四”，可以毫不夸张地说：“没有翻译文学，何来五四新文学！”甚至可以进一步断言，没有现代汉语的翻译文学，就不会有“中国现当代文学”。

依据传播学理论，可以将传播分为本源性传播与次源性传播。“所谓本源性传播，就是一种原创的思想观念和批评话语通过一定的途径本着一定的目标所进行的传播行为……相对于本源性传播资源来说就属于次源性传播，次源性传播与本源性传播之间的思想资源是一致的，但在传播的具体内容、传播的方式以及传播的效果等方面则存在

① [法]罗兰·巴特：《S/Z》，屠友祥译，上海人民出版社，2000 年，第 263 页。

② 翻译家杨武能在《中国翻译词典》中这样区分“翻译文学”与“文学翻译”概念：“翻译文学与文学翻译关系密切，常混为一谈，却并非同一个概念：文学翻译定性于原著的性质，与之对照的是其他门类的翻译……翻译文学定性于译著的质地和水准，即本身必须仍旧是文学。因此，后者并非前者的必然结果，而只是其成功的高水平的结果。”参见林煌天主编《中国翻译词典》，湖北教育出版社，1997 年，第 186 页。

着明显的差异。”[①]从文学发生学的角度来看这两种传播，翻译文学更为直接地接近“本源性”传播，同时翻译文学又以其“次源性”传播来影响着文学的进程，翻译文学是文学传播过程中核心的“中介”。特别是在“中国现当代文学”的语境之下，翻译文学的核心“中介”价值尤为突出，它所带来的影响极为深远。民主科学知识的宣传、旧道德旧伦理的反抗、“人”的发现，这些西方启蒙思想无一不是首先经由翻译这种传播方式在中国生根发芽；小说地位的提升、诗歌形式的变革、话剧的成功引进，中国文学在翻译这种传播方式的推动下从传统走向现代。翻译作为传播方式，其结果具有文本重构的意义。翻译的本质是一种语言转换的实践活动，译文的文本语境主要是发生在译入语语言文化中，最广泛的译入语语言文化文本对译文进行变异、替换、改写、补充、撒播、修正和调整，译入语语言文化文本的动力关系使翻译实现译文折射的累加、增益、增殖，译作的最广泛的文本间性重新建立起来。“正是这种存在于译入语语言文化的崭新的文本间性替代了译文对原作的依赖，从而使得译文获得独立地位。”[②]译文独立地位的获得，就是文本重构意义的体现，即次源性传播结果的达成。

次源性传播的过程，使文本的迁移与文学建构之间发生相互作用，这种作用在翻译与创作的地位关系上表现得尤为突出。这不仅是说在文学史长河中，翻译的文学、文学的翻译成了众多文学家毕生重视的“志业”，而且很多时候在他们心目中会把翻译看作与创作具有同等地位的大事。这一看法在“媒婆与处女”的论争中表露无遗。1921 年 1 月郭沫若致李石岑的信中说：“我觉得国内人士只注重媒婆，而不注重处子；只注重翻译，而不注重产生……处女应当尊重，媒婆应当稍加遏抑。”[③]郭沫若的说法随后引发了文学研究会郑振铎和茅盾对此种观点的强烈批判。郑振铎用一篇《处女与媒婆》来回应郭沫若：“他们把翻译的功用看差了。处女的应当尊重，是毫无疑义的。不过视翻译的东西为媒婆，却未免把翻译看得太轻了。翻译的性质，固然有些像媒婆，但翻译的大功用却不在此……就文学的本身看，一种文学作品产生了，介绍来了，不仅是文学的花园，又开了一朵花；乃是人类的最高精神，又多一个慰藉与交通的光明的道路了……所以翻译一个文学作品，就如同创造了一个文学作品一样；它们对于人们的最高精神的作用是一样的。”[④]同年的 12 月 10 日，沈雁冰在《小说月报》上发表《一年来的感想与明年的计划》一文，呼应郑振铎的说法，强调翻译与创作文学作品同等重要。第二年的 2 月 21

① 梁笑梅：《〈小说星期刊〉与香港早期新诗的次源性传播》，《中国现代文学研究丛刊》2010 年第 3 期。

② André Lefevere. *On the Refraction of Texts*, in Mihai Spariosu (ed.). *Mimesis in Contemporary Theory: An Interdisciplinary Approach*, 1984. André Lefevere. "*Mother Courage's Cucumbers: Text, System and Refraction in a Theory of Literature*", in Lawrence Venuti (ed.). *Translation Studies Reader*, 1982.

③ 郭沫若：《郭沫若书信集（上）》，中国社会科学出版社，1992 年，第 87 页。

④ 郑振铎：《处女与媒婆》，《时事新报》副刊《文学旬刊》第 4 号，1921 年 6 月 10 日。

日，郑振铎发表《介绍与创作》于《文学旬刊》第29期，又一次批判了郭沫若的观点。一直到十年之后的1932年还存在这种论争的声音，12月15日鲁迅发表《祝中俄文字之交》："有的主张文学的'崇高'，说描写下等人是鄙俗的勾当，有的比创作为处女，说翻译不过是媒婆，而重译尤令人讨厌……排斥'媒婆'的作家也重译着托尔斯泰的《战争与和平》了。"[①]对此论争郭沫若也多有辩解，他认为说"翻译是媒婆"是对他原话断章取义的结果，并且自夸以翻译字数多寡来论，没有几个人能够超过他。郑振铎在1923年将"媒婆"的说法换成"奶娘"，[②]更加符合了文学界对翻译文学的期待与看法。无论是郭沫若还是郑振铎、沈雁冰、鲁迅，几乎所有重要的文学家对待翻译文学这一传播方式都极为重视，这是不争的事实，他们首先是翻译家，其次才是文学家。

没有翻译文学的大量实践，没有翻译实践所沉淀的深厚文学功力，没有通过翻译所先"拿来"再创新的文学思维，很难想象会有精彩纷呈的周氏兄弟的文学创作。这一切由"翻译"作为传播方式所重构的文学文本在以周氏兄弟为代表的一代汉语新文学家笔下生辉，又通过他们传播给了更广大的受众，他们相对于后来者从传播学角度来看又构成了另一种"本源性"，这也正是把他们称之为"启蒙思想家"的关键所在。从汉语新文学产生和发展的过程以及汉语新文学与外语文学的特殊关系来看，之所以翻译这种传播方式其结果可以深刻重构中国文学，是因为自晚清以来西方文学对于中国文学而言，始终处于一种强势的地位。文学的高下之分，文学地位的不平等，自然让西方文学可以居高临下地通过翻译这种传播方式大量进入中国文学。译者在最基本的层面上是从事语际转换，在更深的层面上是打破社会和文化的某种平衡。不论是固守、支持还是革新、颠覆某一体系的文化，翻译所重构的文学文本都可以加强或者削弱这个接受体系，译者借助翻译的文本为译入语语境提供了新的话语方式。维美尔（Hans J. Vermeer）认为，在翻译的过程中，翻译意图和目的取决于任务，必要时由译者自己进行调整，由译者自己来安排他的翻译议程。[③] 因此译者的主体性包括译者介入翻译对象的选择、翻译目的和翻译策略的确定，以及对作品的阐释、语言层面上的艺术再创造。汉语新文学的译者主体异常自愿地接受西方文化体系，心甘情愿地拜师于西方，这种文化自愿心理强化了西方文化体系在中国的传播，并且通过翻译文学的文本重构着中国的文学现实。"翻译的意义与价值，在于'华化西学'，使西洋学问中国化，灌输文化上的新血液"[④]，外语文学经由翻译进入汉语新文学的机体中，驱动中国文化建设的原动力，融合、革新、再造中国文学。

翻译文学这么重要的传播力量，如此重要的文学实践，而且留下了数量极其庞大的

---

① 鲁迅：《祝中俄文字之交》，《鲁迅全集》（第5卷），人民文学出版社，1973年，第55－56页。

② 郑振铎：《翻译与创作》，《时事新报》副刊《文学旬刊》第78期，1923年7月2日。

③ Hans Vermeer. *Skopos and Commission in Translation as Action*. London：Routledge，2000.

④ 贺麟：《论翻译》，陈福康著：《中国译学理论史稿》，上海外语教育出版社，1992年，第344页。

汉语文本，但是在“中国现代文学”、“中国当代文学”等概念的笼罩之下，在它们所划分的“疆域”之内，不但剔除了翻译文学的存在，甚至连翻译文学的汉语文本也被一笔勾销。从鲁迅著作版本辑录的变迁来看，鲁迅译作数量庞大，丝毫不少于他的创作，甚至有过之而无不及。1938 年版和 1973 年重印的 20 卷本《鲁迅全集》，其中后 10 卷全部是翻译作品。而 1958 年版、1981 年版、2005 年版《鲁迅全集》其实只是创作全集，是半个或小半个鲁迅。1958 年单独出版了 10 卷本《鲁迅译文集》，材料比 20 卷本的《鲁迅全集》的译文部分搜集得更加齐全。2008 年福建教育出版社出版了更新版本的《鲁迅译文全集》，收入了鲁迅的全部译作，终于还原了“完整的鲁迅”。① 如果撇开鲁迅的译作，就如同劈开鲁迅一样，这样面目全非的“鲁迅”恐怕是谁也不愿意见到的，所以必须承认鲁迅的翻译作品是鲁迅汉语文学作品不可分割的部分，鲁迅正是本着“别求新声于异邦”的崇高理想，用一生的翻译行动，“借他人之酒杯，浇自己之块垒”，输入外国进步文学促进国人的觉醒，同时通过翻译这种传播方式重构着中国的文学。

二、翻译作为语言资源，对文本进行重新编码与定型处理

文化自愿心理导致汉语新文学家们虚心向西方文学取经，乐意将西方文学作品大量翻译成汉语新文学文本，并且把这些文学文本当成本人乃至本民族文学不可分割的有机组成部分。汉语新文学第一部白话诗集《尝试集》，胡适收入了他的译诗《老洛伯》、《关不住了》、《希望》、《哀希腊歌》、《墓门行》；徐志摩的《巴黎的鳞爪》收入他的译作《生命的报酬》、《鹞鹰与芙蓉雀》。胡适与徐志摩显然没有将这些译作当成外国文学作品，而是当成自己进行文本重新编码后的作品，当作汉语新文学的作品。同样，著名翻译家傅雷所翻译的《约翰·克里斯朵夫》在中国一代又一代读者中产生巨大影响，这是傅雷燃烧了生命与艺术的激情才实现的，是原作无法完成的。这些译作所产生的影响远不仅是引起读者的共鸣这一个方面，更重要的是它已经成为一种宝贵的资源。扩大来说，外国文学的翻译不仅成为汉语新文学的启发和参照的他山之石，更重要的是，经过新文学家的翻译、介绍等种种努力，翻译文学已经成为汉语新文学重要的文学、文化、思想资源。

这种“文学资源”具体到每个作家每部作品时，情形是复杂的，或者说每个作家在从事具体的创作时，他所接受的翻译文学的影响是多方面的，并且会将其内化在文学创作的过程之中。但可以确定的是，翻译文学所带来的“外来因素”是从本民族的传统和作家本人已有的创作道路中无法找到解释的，它们经过作家的消化与吸收，已经渗透到新

① 顾钧：《鲁迅翻译研究》，福建教育出版社，2009 年，第 2 页。

文学创作之中，参与了汉语新文学艺术创造、发展、演变的过程，并成为汉语新文学灵魂与风貌的一个有机的组成部分，这也就是翻译文学成为汉语新文学“文学资源”的意义所在。

这一“外来因素”在汉语新文学历史中表现得极为明显也相当突出，成为汉语新文学重要的特征之一。最明显的莫过于模仿，新文学中出现了大量模仿西方文学的作品，如庐隐的《或人的悲哀》，无论从名称到题材，还是内容到格调，都是在模仿歌德的《少年维特之烦恼》。新文学的第一篇白话小说《狂人日记》模仿果戈理同名小说的痕迹也很鲜明，可贵的是鲁迅不是停留于模仿，而是专注于创新。两篇《狂人日记》，鲁迅的恐怖而严肃，果戈理的则荒诞而滑稽。鲁迅的《狂人日记》还糅合了安特来夫的小说风格，饱含着尖锐而深刻的理性批判精神，为我们创造出了虽然是第一篇然而分量极重的现代白话小说，被誉为“创造新形式的先锋”。鲁迅的另一篇代表作品《阿Q正传》，周作人指出其反讽技巧系模仿果戈理、波兰小说家显克维奇（Henryk Sienkiewicz）和日本小说家夏目漱石。著名汉学家韩南据此研究了阿Q在文学上的原型，他发现《阿Q正传》和显克维奇的《胜利者巴泰克》（“Bartek the Victor”）以及《炭笔素描》（“Charcoal Sketches”）惊人地相似。[①] 鲁迅的创作与翻译这两种工作之间的关系非常密切，特别是在1920年下半年，他开始大量翻译外国小说。换句话说就是，鲁迅在创作《呐喊》时，一边翻译一边创作，并且相互交错。这在王富仁的《鲁迅前期小说与俄罗斯文学》、孙郁的《倒向鲁迅的天平》、张铁荣的《比较文化研究中的鲁迅》、程致中的《穿越时空的对话：鲁迅的当代意义》等书中都有论述。“外来因素”深深地参与了鲁迅的创作，翻译文学作为文学资源提升了鲁迅从事新文学活动的层次，翻译与创作彼此的相互配合让鲁迅插上了翱翔于汉语新文学天地的双翼。

对于其他新文学作家而言，翻译文学所带来的文学资源性意义也是清晰可见的，可以描绘出无数条受翻译文学影响的新文学创作轨迹。单从诗歌体裁来看，这多条的新文学创作轨迹就无比绚烂：郭沫若的诗歌从“泰戈尔式”的冲淡，到“惠特曼式”的奔放，再到“歌德式”的深沉；冰心、宗白华的“小诗”受泰戈尔《飞鸟集》和日本俳句影响产生；徐志摩诗中那拜伦傲视一切的反抗、雪莱的理想与热情、济慈的唯美情绪、华兹华斯的清脱高远、哈代的悲观厌世、泰戈尔的沉思流丽、波特莱尔的直面人生，融合出迷人的光彩；李金发、冯乃超、穆木天与法国象征派诗人的联系；闻一多借鉴西方唯美的巴那斯主义；戴望舒与魏尔伦及英国颓废派的联系；冯至的《十四行集》与莎士比亚的“十四行体”；汉园三诗人何其芳、李广田、卞之琳与法国后期象征派；九叶诗派与理查兹、里尔克、艾略特、奥登、瓦雷里的联系；艾青与凡尔哈仑、波特莱尔……即便是被称为“农民诗

① 刘禾：《国民性理论质疑》，王晓明主编：《批评空间的开创：二十世纪中国文学研究》，东方出版中心，1998年，第177页。

人”和“泥土诗人”的臧克家也间接地从新月诗派那里接受了西方文学资源的养料。以翻译文学为核心中介所传播的西方诗歌作品、诗学理论，成为新文学诗人最为重要的文学资源。

有关翻译对文化的发展到底有何重要的意义，季羡林是这样看待的：“英国的汤因比说没有任何文明是能永存的。我本人把文化（文明）的发展分为五个阶段：诞生，成长，繁荣，衰竭，消逝。……若拿河流来作比较，中华文化这一条长河，有水满的时候，也有水少的时候，但却从未枯竭。原因就是有新水注入，注入的次数大大小小是颇多的，最大的有两次，一次是从印度来的水，一次是从西方来的水。而这两次的大注入依靠的都是翻译。中华文化之所以能长葆青春，万应灵药就是翻译。翻译之为用大矣哉！”[①]翻译文学的大规模出现，促发了西方文化在中国的广泛传播，深刻地改变了中国的文化。新文化运动、文学革命带来了中国文化史上巨大的“断裂”与“阵痛”：“从文学观念到作家地位，从表现手法到体裁、语言，变革的要求和实际的挑战都同时出现了。暴露旧世态，宣传新思想，改革诗文，提倡白话，看重小说，输入话剧。这是一次艰难而又漫长（将近历时五分之一个世纪）的‘阵痛’。”[②]这种“断裂”与“阵痛”体现于具体的“人”上面，那就是新文学作品中人物形象和新文学作家本人的情感、交际、行为方式更多地接近西方文化，而不是回到中国的传统文化。

新文学代表人物的婚姻、爱情都有着“断裂”的苦楚和“阵痛”的感伤。鲁迅为了给母亲娶一个“媳妇”，而不是给自己娶一个“老婆”，与朱安成亲，婚后却过着如同僧人般的生活，对抗传统婚姻的姿态显而易见。后来与许广平结合，起初并未曾设想生育子女，周海婴自言他是父母避孕失败的产物，鲁迅这种“丁克（Double Income No Kids）”家庭的想法完全叛离了中国的传统文化。这种“断裂”与“阵痛”不仅仅是在婚姻与爱情这个层面发生作用，以翻译文学为核心中介的西方文化输入冲击了旧伦理旧道德的各个层面，从而深刻地改变了中国人的日常生活方式。恰如有学者在探究中国人际关系与主体性建构的问题时所言：“五四以反对偶像崇拜的话语攻击儒家家庭和人的亲属结构，并以西方化的自由意志和生物本质的个体手段取而代之。”[③]

1970 年代，以色列学者伊塔玛·埃文-佐哈尔（Itama Even-Zohar）吸取俄国形式主义、结构主义、一般系统理论与文化符号学的积极因素，将翻译文学视为文学多元系统中的子系统，客观描述翻译文学在主体文化中的接受与影响，提出了多元系统（polysystem）概念。[④] 如今在翻译文学、比较文学、外国文学研究领域运用非常广泛。

---

① 许钧：《文学翻译的理论与实践：翻译对话录》，译林出版社，2001 年，第 3 页。

② 黄子平、陈平原、钱理群：《论“二十世纪中国文学”》，《文学评论》1985 年第 5 期。

③ ［澳大利亚］杨美惠：《礼物、关系学与国家：中国人际关系与主体性建构》，赵旭东、孙珉译，江苏人民出版社，2009 年，第 39 页。

④ 廖七一：《多元系统》，《外国文学》2004 年第 4 期。

有学者依据这一多元系统理论对五四新文化运动时期的翻译文学地位进行了专项研究，指出翻译文学在五四时期的中国文化多元系统里处于中心地位，具体而言表现于三个方面：翻译文学体裁更加广泛完备；翻译的策略和方法有了较大改变；翻译文学开始对文学多元系统产生积极重要的影响，甚至帮助塑造了新的文化文学多元系统。[①] 其第三个方面尤为重要，因为五四新文化运动最彻底的改变乃是中国的思想，引领着、支配着新文学的思想体系正是西方近代以来兴起的民主、科学思想以及个性主义、人道主义等核心价值观。思想是行动的先导，是中国文化多元系统的中枢，翻译文学带给中国一座资源丰富的思想宝藏，新文学家们有的直接从中采掘，有的则间接获取。新文学家们多数都有留学经历，有的甚至精通多门外语，相比较之前晚清的严复、林纾，在外文掌握上的优势非常明显，这也就促使翻译文学能够在文化系统中占据着中心地位，从而使民主、科学、阶级、妇女、解放等新观念能够深入人心。

翻译文学所传播和建立的思想资源对于新文学家们的文学创作具有指导性的意义，而新文学家们又以他们汲取这种思想资源的文学创作作为示范和阵地，向更广泛的人群传播思想，于是这些新文学创作同时也成为思想资源。以斯宾诺莎为代表的泛神论，流行于十六、十七世纪西欧各地，认为“神”是非人格的本源，这个神不在自然界之外，而是和自然界融合为一，“神即自然”。这种思想否定了超自然的本质，属于一种唯物主义的自然观。郭沫若接受了这种思想，并根据五四时代斗争的需要对其进行新的理解和改造。他的《女神》对自然的赞美占有相当多的篇幅，而且充满了诗人破坏与创造的激情。表现主义思想通过翻译文学的介绍经由两条路径来到中国：一是经由日本转译而侧重于介绍以德国为发祥地的现代表现主义思潮，一是通过克罗齐论著的译介侧重于介绍表现主义美学和文学理论。这种思潮不仅影响了新文学的小说创作和小说理论的建立，还影响到了新文学的戏剧创作。表现主义文学思潮及其代表作奥尼尔的《琼斯皇》，对洪深的《赵阎王》、伯颜的《宋江》、谷剑尘的《绅董》、曹禺的《原野》这许多戏剧创作产生影响，而这些戏剧创作又成为后来戏剧创作可资借鉴的宝贵资源。“在翻译文学的启迪之下，中国现代文学的表现空间与艺术形式得到极大的拓展。农民这一中国最大的社会群体走上文学舞台，女性世界得到本色的表现，个性与人性得以自由的伸展，心理世界得到深邃而细致的发掘，景物描写成为小说富于生命力的组成部分，审美打破中和之美至上的传统理想，呈现出气象万千的多样风格。”[②]思想资源最大限度地解放了新文学作家们的审美想象力，让人们看到了迥异于传统文学的汉语新文学作品。新文学的主要文学阵地《新青年》、《小说月报》等刊物推出一期又一期的翻译文学“专

---

① 胡筱颖：《翻译文学地位的多元系统解读：以五四新文化运动时期为例》，《四川师范大学学报（社科版）》2011 年 9 月。

② 秦弓：《论翻译文学在现代文学史上的地位：以五四时期为例》，《文学评论》2007 年第 2 期。

号”:“易卜生号”、“俄罗斯文学研究”、“法国文学研究”、“被损害民族的文学号”、“非战文学号”、“泰戈尔号”、“安徒生号”……掀起了一波又一波的思想热潮:“易卜生热”、“拜伦热”、“泰戈尔热”……这些思想热潮对于现代精神的启蒙、作家群体的形成、作品风格的多样化、读者审美趣味的养成乃至整个新文学的发展,意义极为重大,这也正是翻译文学对于建立新文学思想资源的重大意义所在。

外国文学对中国文学现代性的影响很大程度上是通过翻译文学完成的。对大部分的中国现当代作家而言,世界文学语境实际上是根据中国文学文化的需要所做的选择、取舍和剪裁。翻译文学成为本土文学爱好者和研究者乃至许多国民了解外国文学和世界文学的一个“窗口”,也成为中国作家和学者获得对文学自身了解的本土社会条件之一。换言之,翻译文学在一定程度上建构了本土视野中的世界文学景观,也积极地参与了本土文学与文化的现代性建构,强大的资源优势所进行的文本重新编码,形成了中国特有的文学文化现象。莎士比亚戏剧的汉译者众多,重要译者有朱生豪、张采真、朱维基、戴望舒、顾仲彝、徐志摩、梁实秋、孙大雨、柳无忌、曹禺等。其中朱生豪于 1942 至 1944 年间完成,主要依据牛津版《莎士比亚全集》所作的翻译赢得广泛推崇,他的译本在之后五十余年的时间里被多家出版社不断刊行重印,几乎成为唯一被定型与认可的莎士比亚戏剧汉译文本。需要引起重视的一个问题是,翻译文学的文本不仅在汉语新文学中重新编码,而且在汉语新文学中定型。以传统的文言文语言翻译,无法定型外国文学的汉译文本。林纾的翻译之所以备受诟病,除了翻译技术方面的缺陷外,根本上而言是语言转换的问题。不进行由文言文向白话文的转换,就不能建构本民族文学与文化的现代性,在翻译文学层面也就无法对外国文学的汉译文本予以定型。那些文言文的翻译文学文本从没有被当成定型的文本,但一旦进入汉语新文学的历史中,大家都愿意维护现代汉语所定型的外国文学文本,即便重新翻译也无法推翻原来的定型文本,文本归宿在现代汉语定型的翻译文学文本上。汉语新文学构架所释放的文化能量排斥定型文本以外的翻译文本,这是因为在接受外国文学的过程中,人们愿意接受现代汉语定型的文本;并且只有期待翻译文学文本成为本民族语言定型文本的时候,希望其融入本民族自身语言和文化结构中的时候,更为需要它的定型。汉语新文学引入优质的外语文学作为汉语新文学的结构材料,尽管源语言是外语,但文化革新的期盼心情使得翻译文学定型的要求越来越迫切。《少年维特之烦恼》定型于郭沫若的翻译,“死魂灵”(而不是“死灵魂”)定型于鲁迅的翻译,异域文化语境中的文学书写在汉语新文学中重新编码并且形成定型的文本,凸显了汉语新文学的特性,建构了中国文学的现代性。

三、翻译作为再创造途径，变革中国文学的文本样貌

通常把鲁迅的《狂人日记》作为现代白话文的第一篇小说，如果从翻译文学的角度来看，情形完全不同。早在1916年夏天，身在美国的胡适将自己用白话文翻译的俄国泰来夏浦的小说《决斗》寄给陈独秀，陈独秀后来在2卷1号，也即《青年杂志》更名为《新青年》后的第1号上发表了这篇小说，这是《新青年》上刊登的第一篇现代白话文，翻译文学在文学革命正式倡导之前首发先声。新文学的先锋们选择从"语言"的角度向旧文学进攻，是釜底抽薪的策略，只有动摇并根除旧文学的"载体"文言文，才能彻底打垮拥有上千年根基的旧文学。随着古文大家章太炎弟子钱玄同、鲁迅及更多的同仁加盟和以鲁迅为代表的翻译文学、现代白话小说创作大量涌现，现代汉语文体才被逐步树立，中国文学的文本彻底变革。

一方面，汉译外国文学有效地开掘了现代汉语表达的丰富性，既极大地强化了现代汉语的表达力度，又拓展了现代汉语的表达方式。另一方面，汉译外国文学逐步规范了现代汉语，使得现代白话文脱离日常口语，走出了日常白话的阈限，从而进入书面语的表达体系。正如有学者所概括的："翻译的语言在很大程度上消解了中国古典文学语言的正统性，使之'欧化'进而'现代化'。"①新文学创作需要各方面的语言营养，除了民间的、传统的，在五四新文化运动时期更为主要的还是来自翻译文学的养料。这是由翻译本身的性质所决定的，它具有双重性：一边要面对外语，一边要面对汉语。两者在相互的碰撞与交织中产生出新的语言，也就是译介学中常说的"创造性叛逆"文学翻译现象。这里要明确一点，那就是文学翻译不同于科学翻译，文学翻译不可能与"源文本"等值或等效，"迄今为止在中国文学翻译中，我们还找不到一部完全等同于原著的翻译文学作品"。② 因而翻译文学常常成为创造新语言的"急先锋"，在五四新文化运动时期尤甚。翻译文学对于汉语新文学语言上的变革具体表现在三个方面：词汇、句法、固定用法。

经由翻译引进到汉语中的词汇实在不胜枚举，有学者将中国历史上这种外来词汇的输入现象划分为三次大的浪潮：第一次是古代佛教传入，第二次是近现代的西学东渐，第三次为当代改革开放。③ 新文学的翻译在第二次浪潮中起到了关键性的作用，这是因为五四新文化运动的变革目标直指文言文，译文语体由文言转为白话，为外来词的"存活"和流转大大增加了机遇和方便。另外在文学创作中，作家为了表达自己的独特

① 王宁：《现代性、翻译文学与中国现代文学经典重构》，《文艺研究》2002年第6期。

② 高玉：《论翻译文学的"二重性"》，《天津社会科学》2009年第5期。

③ 张德鑫：《第三次浪潮：外来词引进和规范刍议》，《语言文字应用》1993年第3期。

体验或者出于某种特定的艺术目的,会创造一些新的词汇,这些词往往在最权威的字典上也难以查到,给译者制造了很大障碍。[①] 因此新文学家兼翻译家们会在翻译的过程中据此创造出新的词汇,并将它进而用于自己的文学创作,这种情况也会产生大量的新词。还有种情况就是通过音译的办法直接创造新词,这分为直接音译、音译加意译、音译兼意译三种形式。当然,可能还会有其他的情况在新词创造中出现,但不管怎样,新文学的翻译极大地丰富了现代汉语的词汇,并且参与了现代汉语的建构,这是不争的事实。

有学者专门考察《独秀文存》(安徽人民出版社 1987 年版)一书,分析了这些新词汇的特点,并把它们命名为"五四新词汇"。[②] 其研究指出,新文化新文学运动的主将陈独秀所使用的新词汇中,外来词占很大比重,比新生词、翻新词要多得多。这里的"外来词"就是前文所言音译及音译、意译相结合创造的词汇,比如我们熟悉的"德莫克拉西"、"赛因斯"、"巴力门"、"阿卜索宁"等。陈独秀留学日本,新文学家兼翻译家中留日的不占少数,因此很多新词都由他们通过日语转译进现代汉语。明治维新后,日本从西欧吸收了大量语词,而日语借用了许多汉字,其中很多词汇是用汉字书写的,这也给新文学家们介绍、翻译、传播这些词汇带来了极大的便利。当然也有很多从日语翻译过来的词汇,读音和意思都跟原来的汉字不一样。但这类来自日语的外来词无疑是数量最为庞大的群体,比如革命、经济、文化、法律、环境、同志、人力车、入场券、马铃薯、哲学、法人、美术、消防、寿司、榻榻米……另外,五四以来的翻译文学还从俄语和英语中大量输入词汇,如俄语音译的词苏维埃、卢布、孟什维克、伏特加、布尔什维克等,英语音译的词拷贝、费厄泼赖、吉普、麦克风等。从法语、德语、意大利语输入的词汇也存在一些,比较典型的有芭蕾(ballet 法语)、纳粹(Nazi 德语)、法西斯蒂(Fascisti 意大利语)。[③] 可以看到,直至今日这些由翻译文学介绍进来的词汇依然活生生地表达着现代中国人的思维和情感,现代汉语中这类通过翻译文学产生的新词,其词汇量的广度远远被低估了。

新文学作品中常出现"食洋不化"的"欧化"语句,这与翻译文学对现代汉语写作的影响密不可分。在探讨这个问题之前,需要先说明五个问题,以免引起误解。第一是新文学创作实践在前,新文学语言的语法研究在后,第一部比较完备的白话文语法著作黎锦熙的《新著国语语法》一书 1924 年才出现,[④]这就是说新文学作家并没有现成的文法、语法摆在他面前供他参照和规范他的写作,因此新文学创作的语言现象会很复杂;第二是现代白话文语体的形成是一个长期过程,是众多新文学作家综合了本民族语言的各种因素并借鉴了外来因素"合力"创造的结果,并且在不断发展变化着,不会定格在

---

① 金兵:《文学翻译中原作陌生化手法的再现研究》,复旦大学出版社,2009 年,第 177 页。
② 吴欣欣、芦茅:《从〈独秀文存〉看"五四"新词汇的特点》,《安徽史学》1993 年第 3 期。
③ 曹永光:《简论现代汉语词汇的发展》,《天津师大学报》1998 年第 3 期。
④ 岳方遂:《语法研究百年之历史嬗变》,《安徽大学学报(哲社版)》1999 年第 1 期。

某种语句模式上而停滞不前，这也带来了语言现象的复杂性；第三是外来因素的来源非常复杂，就判断一个语句来说，不可能如词汇一般追根溯源，可能来源于翻译的触动，也可能来源于学习外语时的感悟，还可能来源于新文学作品自身的阅读；第四是汉民族语言始终没有停止与其他民族语言的交流，古代汉语、现代汉语都如此，民间语言、方言、口语、书面语等融合现象也十分复杂；第五就翻译文学来讲，翻译的源文本主要来自“斯拉夫语系”、“日耳曼语系”、“拉丁语系”和日语，各语系之间的语法差别也很大，于是新文学作家据此借鉴时的情形会很复杂。因此这里谈现代汉语句法的“欧化”现象，是针对新文学文本语句的大体概貌而言，纯粹意义上的“欧式”语句是没有的，这是应当明确的。

新文学语言的“欧化”概括可以用一个反例来说明。解放后有人向老舍提问：五四运动以后的作品，包括许多有名作家作品在内，一般工农看不懂、不习惯，这问题怎么看？老舍一面肯定五四以来向西方学习这一方向及其成果，一面又明确地指出，“五四运动对语言问题上是有偏差的”，这主要体现在片面崇拜欧美语言的“复杂”和“精密”，而轻视中国语言的“简炼”，形成一种盲目的“欧化”偏向，他认为作家应当学习“人民的语言”，“创作还是应该以老百姓的话为主”，“从人民口头中，学习简炼、干净的语言，不应当多用欧化的语法”。[①] 撇开当时说这番话的社会政治背景和正确与否不谈，老舍对五四新文学创作语言的“欧化”倾向这一概括，是无疑义的。具体到作家作品来看，鲁迅语言中的大量语句可以说是欧化句法的典型代表。《野草》中我们读到这样的句子：“四面又明明是严冬，正给我非常的寒威和冷气”（《风筝》），“烟草的烟雾在身边，是昏沉的夜”（《好的故事》），“四面都是敌意，可悲悯的，可诅咒的”（《复仇其二》），“我顺着剥落的高墙走路”（《求乞者》），“（我）在隘巷中行走，衣履破碎，象乞食者”（《狗的驳诘》）……这样的语句既陌生又模糊，显然夹杂了外来因素，但这种欧化的语句却又表现出极为高超的语言艺术，让人叹为观止。《伤逝》一开篇：“如果我能够，我要写下我的悔恨和悲哀，为子君，为自己”，这种欧化的语句拥有着悚动人心的力量，当你一读仿佛便有震撼心灵的感受。汉语中的因果、条件、假设和时间状语从句，通常是从句在前，主句在后，按时间顺序的原则支配，而英语等西方语言则相对灵活，《伤逝》的这一语句明显受到了翻译文学的影响。徐志摩的《沙扬娜拉》：“最是那一低头的温柔，像一朵水莲花不胜凉风的娇羞，道一声珍重，道一声珍重，那一声珍重里有蜜甜的忧愁——沙扬娜拉！”主语始终没有出现，但语言的审美表现力得到强化，诗行的建构采用了“混合的梯式”，从语言到形式都是欧化的。正如诗人余光中所评：“他的诗在格律上，句法上，取材上，是相当欧

---

① 老舍：《关于文学的语言问题》，《出口成章》，作家出版社，1964年，第76页。转引自王一川：《近五十年文学语言研究札记》，葛红兵主编：《20世纪中国文艺思想史论》第一卷，上海大学出版社，2006年，第105页。

化的。”①

晚清的翻译注重意译，不太在乎源文本语言形式上的表达，所以对汉语语言的影响主要在词汇层面。五四伊始，翻译开始注重直译，汉语所受影响就不止于词汇层面，而波及句法层面。晚清的译者如林纾根本不懂外语，所以有人认为他的翻译就不是“翻译”，顶多只是“改写”。五四新文化运动以后，“人们开始相信，从翻译得来的新字词和新语法，更能表达从西方输入的复杂思想，也能帮助改造汉语，于是直译开始占上风，导致欧化白话文蔓延”②。傅斯年在《怎样做白话文》中说“欧化”就是“直用西洋文的款式、方法、词法、句法、章法、词枝(figure of speech)……一切修辞学上的方法，造成一种超于现在的国语，欧化的国语，因而成就一种欧化国语的文学”③。《小说月报》1921 年 6 月号上，茅盾提出创作家及翻译家该大胆使用欧化文法，郑振铎则言为求文学艺术的精进起见，他极赞成语体的欧化。在五四新文学时期，翻译文学的直译与创作语言的欧化是同时进行、相辅相成的，新文学作家、翻译家们将他们在欧式句法中感受到的魅力强力地传递到汉语中，创造了一篇又一篇的“美文”，变革了中国文学的文本。

固定用法是指五四新文学以来，由于翻译文学的推动及译文中的直接使用，某种语言规范和某些惯用语在现代汉语里固定下来，并一直延续至今的语言现象。可以从两个方面来说明：一是现代标点符号的使用，二是来自外来语翻译的现代汉语惯用语。标点符号在中国的最早使用可以追溯到甲骨卜辞，汉代以后符号的种类多了起来，出现了“句读”。宋代雕版印刷术广泛应用时，标点符号在校勘中有较多使用。到了清代，标点符号的种类已经相当之多，但一直没有官方颁布的规范性标准。西式标点在鸦片战争以后传入我国，主要指英式标点，现代英文标点有 20 个，常用的是 12 个。④ 五四新文化运动中，翻译文学兴盛，西式标点符号在译文中大量使用，新文学倡导者极力提倡使用这种新式的西式标点符号，即现代标点符号。现代标点符号的提倡和使用与翻译文学的推动、白话文的建设是紧密联系在一起的，新文学家兼翻译家陈独秀、胡适、鲁迅、周作人、钱玄同、陈望道等人对此发挥了重要作用。1919 年 4 月，胡适、钱玄同等 6 人在国语统一筹备会第一次大会上提出了《请颁行新式标点符号议案》，第二年 2 月 2 日，北洋政府批准了这一议案，于是现代标点符号在官方认可之下正式进入现代汉语。新中国成立后，1951 年、1990 年、1995 年国家也三次颁布了《标点符号用法》，与之前区别不大。现代标点符号至今仍是现代汉语必不可缺的语言规范之一，包括汉语拼音的确立，都离不开翻译文学的推动和新文学家兼翻译家们的努力，我们绝对不应该遗忘他们的功劳。

---

① 余光中：《徐志摩诗小论》，《余光中选集三・文学评论集》，安徽教育出版社，1999 年，第 208 页。

② 王克非：《近代翻译对汉语的影响》，《外语教学与研究》2002 年第 6 期。

③ 胡适：《中国新文学大系》(建设理论集)，良友图书公司，1936 年，第 220 页。

④ 任丽青：《标点符号里的大学问》，上海人民出版社，2011 年，第 2－10 页。

顺便提一下“她”字的发明与固定。当年周作人在翻译瑞典作家斯特林堡的小说《改革》时遇上了英文“SHE”，只好在“他”字之后注上一个“女”字。刘半农创造了“她”字，在《新青年》6卷2期刊文《英文“SHE”字译法之商榷》，与周作人讨论，后来得到了《新青年》同人的一致赞同，于是现代汉语中终于有了“她”。[①] 鲁迅后来在《忆刘半农君》一文中回忆此事时，将这种当年与旧语言势力的斗争形容为“大仗”：“现在看起来，自然是琐屑得很，但那是十多年前，单是提倡新式标点，就会有一大群人‘若丧考妣’，恨不得‘食肉寝皮’的时候，所以的确是‘大仗’。”[②]在“她”字的固定之外，还有许多来自外来语翻译的名言、警句、谚语等逐渐出现在现代汉语里，成为现代汉语惯用语或者说是一种现代汉语的经典表述。比如来自莎士比亚代表剧作《哈姆雷特》第三幕第一场的一句独白：“To be，or not to be，that is the question.”卞之琳将其翻译为：“活下去还是不活：这是问题。”尽管有学者对卞之琳的翻译有不同意见，[③]这句话还是在现代汉语中渐渐被固定为一种常用的表述。雪莱《西风颂》里那句“If Winter comes, can Spring be far behind?”常被翻译为“冬天已经来了，春天还会远吗?”这句翻译已经在现代汉语中被固定地使用了，成为一种经典的表述。名句通过翻译固定在现代汉语中使用，不仅仅是局限于语言层面，关键是它改变着人的思维与情感，在接受者与接受环境方面，产生了一种新的融合甚至新的意义，成为接受者语言文化的一部分，这种现象被有的学者称为“接受者与接受环境的创造性叛逆”[④]。扩大至语篇来看也是这样，比如戏剧《娜拉》（又译《玩偶之家》），小说《牛虻》、《钢铁是怎样炼成的》等，深刻地影响了中国人的思维与情感，在中国产生的效应远远超越于它们的原产地，这种现象在文学接受研究里又被称为“传说的力量”。

四、汉语新文学对于“中国现代翻译文学”的包容性

综上所述，既然翻译文学从传播、资源、语言三个视角上来说，都与新文学密不可分，那么把翻译文学定位为外国文学显然不妥当，这是以最粗暴的方式对待翻译文学。外国文学的译介直接成为五四时期思想启蒙与政治救亡的重要工具，促成了文学审美观念的转变。[⑤] 翻译文学在新文学这一历史特定时期成为文化上的决定性要素，因为

---

① 严家炎：《“五四”新体白话的起源、特征及其评价》，《中国现代文学研究丛刊》2006年第1期。

② 鲁迅：《忆刘半农君》，《鲁迅选集》（第四卷），人民文学出版社，1983年，第49页。

③ 张庆路：《论莎剧名句 To Be, or Not to Be, That Is the Question》，《中国翻译》1990年第3期。

④ 谢天振：《论文学翻译的创造性叛逆》，《外国语（上海外国语学院学报）》1992年第1期。

⑤ 参见任淑坤：《五四时期外国文学翻译的三重追求》，《五四时期外国文学翻译研究》，人民出版社，2009年，第118－137页。

现代语言运动是一个反传统、科学化和世界化的语言运动，与形成现代民族国家同步进行。国民教育体系中，小学语文课本就已存在翻译文学文本，如《伊索寓言》，往后比重逐渐加大，大学更是设立了“外国文学”课程，在中文系绝对是必修。翻译文学在本民族语言教育中的地位如此重要，是因为教育界的先驱早意识到这个重大问题：发展本民族的语言，离不开翻译文学。从陈子展的《最近三十年中国文学史》到朱自清的《中国新文学研究纲要》、王哲甫的《中国新文学运动史》都设有翻译文学的专章，然而翻译文学后来却消失在汉语文学史的叙述之中，这是一种残缺。用源文本归属翻译文学为外国文学，不仅含混而且荒唐；无视翻译文学汉语文本和翻译家的存在，这是对中国现代、当代文学历史事实的极大不尊。中国现代翻译文学以汉语的方式讲述着这个世界，是外国文学中国化进程里的主角，是外国文学文本的重生，是汉语新文学的重要构成。

外国文学文本牵涉到不熟悉的语言指涉、文化传统和社会背景，是一种由多种力量综合而成的文化产品，这种源自不同文化区域的文学文本总是内含着复杂的历史因素和与之相关的观念表征符码。当一个文本迁移、旅行到其他文化、民族时，源语言背后具有丰富历史内涵和文化意义的文化符码、观念体系大多不能进行表层的直接迁移，而是在与本土的观念体系进行深层次的碰撞后，通过文本重构的方式得以曲折呈现。“汉语新文学”概念突出了“汉语”的特性，凸显了这一深层次碰撞的重大意义，使翻译文学一直被当作外国文学的错误理念得以纠正，使这种以文本重构方式呈现的文学文本有了合适的地位与归属。以“中国现当代文学”框定文学作品而设置樊篱，既无法表明语言转换的价值，又不能涵纳翻译文本的存在，更不会正视文本重构的意义；而以“汉语”视角来看，就会自然而然地将翻译文学视为本民族的文学。“汉语新文学”贯通了“现代”与“当代”的时代鸿沟，打破了“国家”与“民族”的研究阈限，以汉语语言的文本实际敞开了学术思维的空间。“汉语新文学”涵盖“翻译文学”，不仅重新界定了“中国现当代文学”，而且拓展了文学研究的思维。承认中国现代翻译文学这个事实存在，承认翻译文学在改造现代汉语过程中重要的决定性作用，就是以开放的思维处理好民族文学自身与世界文学的关系，就是更科学地认知中国文学之于世界文学的价值；让精彩的、经典的翻译文学文本成为自己的文化遗产，不仅使汉语新文学研究领域的视野得到极大解放，同时也是为世界文学贡献自己的文化智慧。汉语新文学的世界性意识对于翻译文学研究乃至文学创作研究无疑是一道曙光。鲁迅曾言：“注重翻译，以作借镜，其实也就是催进和鼓励着创作。”[①]当下的世界，文学创作与文学翻译关系更为紧密，如果没有葛浩文、陈安娜的翻译文本，莫言的文学创作文本绝对不会走向世界，翻译与创作这一问题在莫言获得诺贝尔文学奖的今天，是否更加值得去关注、去深思呢？答案显然是肯定的。

---

① 鲁迅：《关于翻译》，《鲁迅全集》（第5卷），人民文学出版社，1973年，第148页。

汉语新文学研究方法使得中国现代文学的文本范畴得到了有效的拓展。一个最具说服力的现象是：莎士比亚的戏剧作品，巴尔扎克的小说创作，无论朱生豪、傅雷等杰出的翻译家翻译得如何尽善尽美，也无论它们如何影响并吸引了中国几代读者或者学生，我们都无法将其列入中国现当代文学的文本范畴，因为它们是英国文学和法国文学的经典文本。然而，它们分明又是通过我们的汉语形态承载的，它们体现了汉语的美妙与精粹，体现了汉语的力度与韧性，甚至，它们所呈现的汉语形态，也就是汉语的翻译语体，比起我们汉语文学的日常语言形态还要精纯优美，我们怎可能轻易将这样的作品和文本都从自己的文学世界剔除出去？怎可以随便将我们用汉语承载的所有的美妙与精致都交付给外国文学？且看看“罗密欧”面对“朱丽叶”的阳台所抒发的诗性的心声：

> 那边窗子里亮起来的是什么光？那就是东方，朱丽叶就是太阳！起来吧，美丽的太阳！赶走那妒忌的月亮，她因为她的女弟子比她美得多，已经气得面色惨白了。既然她这样妒忌着你，你不要忠于她吧；脱下她给你的这一身惨绿色的贞女的道服，它是只配给愚人穿的。那是我的意中人；啊！那是我的爱；唉，但愿她知道我在爱着她！她欲言又止，可是她的眼睛已经道出了她的心事。待我去回答她吧；不，我不要太卤莽，她不是对我说话。天上两颗最灿烂的星，因为有事他去，请求她的眼睛替代它们在空中闪耀。要是她的眼睛变成了天上的星，天上的星变成了她的眼睛，那便怎样呢？她脸上的光辉会掩盖了星星的明亮，正像灯光在朝阳下黯然失色一样；在天上的她的眼睛，会在太空中大放光明，使鸟儿误认为黑夜已经过去而唱出它们的歌声。

将这样美好的汉语翻译算作英语文学的文本？英语读者并不会接受；但也不可能算作中国现代文学的文本，我们根本无法从国族意义上将这样的文学文本收归己有。但是，如果从语言的角度，从汉语的角度，这些精美的汉语翻译明显就属于我们的文本创造，它们就是我们的一种特别的文学文本。于是，用汉语呈现的这些英国文学、法国文学作品不属于我们的中国现代文学，但毫无疑问属于我们的汉语新文学。

汉语新文学的研究理路，有效地拓展了中国现代文学的文本范畴。

第九章
汉语新文学语体研究与翻译语体阐示

汉语新文学作为研究方法引入中国现当代文学研究视野，不仅会从文本上拓展中国现当代文学的研究领域，而且会使得文学思维的物质外壳和基本资源的汉语语言问题得以凸显。在汉语新文学的概念论证中，汉语语言作为现代文学思维要素的价值和意义已经得到充分论述，但从文学研究的角度，如何评估语言体式之于中国现代文学建设的价值和意义，需要进行更加深入的论析。

中国新文学运动发端于白话文运动，而白话文的语言形态含有不同的语言体式，也就是说拥有不同的语体。白话文也即现代汉语建设的核心目标应该是现代汉语的书面语体，这是鲁迅等新文学家经过艰辛摸索找到的一种新文化发展路径。现代汉语应有现代口语、改良文言和现代书面语这三类语体，而现代书面语体中尚有现代白话语体、现代规范语体和现代翻译语体的分别。翻译语体及其语言体式的高规格定位是现代汉语重要的语言特色。读者无论阅读小说还是一般的论文，可以从语言体格很快判断出哪些是翻译的作品，这是因为人们已经确认了并习惯地认知了翻译语体的特色。翻译语体的运用成为中国现当代文学创作的一种重要的语体自觉的结果。

一、新文学书面语体的寻觅与发现

中国现代文学的光辉起点是建立白话文正宗的语言体制，新文学运动在胡适等人看来其实就是白话文运动。在新文学倡导者中，多数人并不愿意像胡适那样简单地看取新文学运动。如果将白话文的倡导就算作文学革新，则鲁迅认为，光是白话文运动显然并不能解决中国的文化革命问题："单是文学革新是不够的，因为腐败思想，能用古文做，也能用白话做。"[①]他们普遍认为光有白话并不能实现新文学的创造与建设，按照鲁

① 鲁迅：《无声的中国》，《鲁迅全集》(4)，人民文学出版社，2005 年，第 13 页。

迅的意思，至少还应有“思想革新”，按照李大钊的意思，至少还需有宏深的思想、学理，坚信的主义，优美的文艺，博爱的精神等作为“新文学运动的土壤、根基”。① 优美的文艺应该包括文学的语言。其实胡适也能接受这样的观察，胡适当年在探讨文学改良问题的时候也并没有光是讨论白话文，而是注意到“言之有物”的首要条件，这里的“物”明确指的是“思想”与“情感”。② 胡适当年在倡导新文学的时候确实有失之于简单化的缺陷，但这种简单化的缺陷并不是在他不关注文学的内容而只注重语言形式，而是在他将白话化的现代汉语建设想得过于直接、潦草：“话怎么说，就怎么写。”③另外，就是他对白话文的理解过于简单，让人联想到似乎就是白话口语。

话怎么说，就怎么写，其实就是黄遵宪“我手写吾口”的另一种说法。而黄遵宪的这一提法诞生于1868年的《杂感》诗中。如果白话文写作真是如此简单，那么现代白话文的建设早在半个世纪前的黄遵宪时代就可以完成了。因为先驱者如裘廷梁等意识到“白话为维新之本”，他们应该将白话文的实践当作维新事业的当务之急。事实上，如何建设白话文纠结了19世纪后期20世纪初期数十年，牵动了几代文化精英的敏感神经。白话文倡导运动中许多有志之士都投入了白话文的写作和宣传之中，其中包括后来“反叛”了白话文，被称为“封建复古派”的章士钊、刘师培等人。他们一开始积极投身于白话文写作，但后来之所以反对白话文，则是因为白话文太难了，于是倡导让青年人写文言文。说白话文太难，并非矫情，乃是基于这样的历史情形：章士钊、刘师培等人从小浸泡在文言文的阅读、吟诵和写作之中，每提笔即写文言乃属顺势而为，相比之下白话文要写得明白、精炼、畅达乃至雅致，全无依凭，甚至全无参照，须调动自己的创造性思维，运行自己的才情与机杼，甚至须作出自己的领悟与判断，这对于初学文章作法者，真是何其难也。试想这样的白话文，岂是“我手写吾口”、“话怎么说，就怎么写”就能遽尔而成的？刘师培曾写过一篇白话文，题为《学术》，文中写道：

> 中国到了现在，那守旧的人，不晓得看新书，又不能发挥旧学的大义，这维新的人，得一点儿新学的皮毛，无论什么旧学，他都一概看不起，把中国固有的学术，就弄得一点没有了。

非常明显，刘师培努力将此文写成白话文。他知道口语化是白话的重要保证，于是运用“一点儿”之类的语言口语化处理；不过毕竟不能贯彻始终使用口语，其中“守旧”、“大义”、“维新”、“学术”等还是书面化的用语。在诉诸文字的白话文写作中，要做到完

---

① 李大钊：《什么是新文学》，《李大钊文集》，人民出版社，1989年，第146页。

② 胡适：《文学改良刍议》，《新青年》第2卷第5期。

③ 胡适：《建设的文学革命论》，《中国新文学大系》(建设理论集)，上海良友图书印刷有限公司，1935年。

全使用白话口语其实非常困难。在传统文言熏陶下的读书人可以凭借娴熟的记忆和刻苦的训练迅速套用文言表述方法进入文章操作，可要从白话口语中提炼、萃取出适合现代汉语书面表述的语料来，必须有能力，有才情，有心造的机杼，因此，章士钊、刘师培这些本来是白话文的拥护者和勇敢实践者，后来都从文化教育的角度反对白话文而主张文言文，因为习惯于读文言写文言的他们认为对于年轻人来说，白话文写作难于文言写作。白话文之难，难在其实无法真正做到"我手写吾口"，假如真是"话怎么说，就怎么写"，所写出来的东西可能就溃不成文。真正的白话文应该是精致、凝练、优美且有相当的表现力度的现代书面语，或者可谓现代语体文，这样的白话文需要设计，需要锤炼，在其还没有成熟的样态和明确的规范之前，还需要天才，需要机杼，这哪里是初学文章者能够胜任的？

更重要的是，在日常语言没有进入规范化运作的时代，即在类似于"普通话"、"国语"的规范并未真正形成的情势下，来自各个方言区的人士都在"我手写吾口"，都在"话怎么说，就怎么写"，那所写出来的东西必然五花八门，形如"鸡同鸭讲"，难以交流。广东人的"吾口"与上海人的"吾口"即使能在各地方言特有的文字辅助之下勉强写出来，也难以成为能被其他方言的读者所顺利接受的文本。这是近现代白话文倡导者没有认真面对并深入讨论的问题，但是一个非常现实也非常难于克服的问题。白话文倡导运动在中国发动有数十年之久，直到20世纪20年代才基本得到普遍的实质性的成果，原因盖在于这个问题未能得到真正的解决。

此外，除了白话的"语体"之外，白话文的倡导者还须考虑并探索白话的"文体"问题，这就是梁启超的"新文体"运动所具有的意义。梁启超倡导的"新文体"坚决地走出了传统文言文的语言格局，走向了"俗语文学"："文学之进化有一大关键，即由古语之文学，变为俗语之文学是也。"[①]可是，这样的新文体最后还只能是"改良文言"，也就是用"新语境"、"新语句"[②]装点了、充实了、改造了传统"文体"，并不是真正的白话文。"改良文言"的梁启超的新文体实际上是另一种在文言文基础上"改造"了的"白话文"。

至少从梁启超的新文体运动开始，一直到新文化运动，先驱者都在紧张地甚至是焦虑地探索白话文的"写法"，并且已经感知到白话文的"写"与"说"是完全不一样的。鲁迅的《狂人日记》之所以被公认为中国现代文学的开篇之作，并不真的是因为它开启了白话文写作，而是因为它最先找到了白话文书面化叙事路径与表达的体式：

> 今天晚上，很好的月光。我不见他，已是三十多年；今天见了，精神分外爽快。才知道以前的三十多年，全是发昏；然而须十分小心。

---

① 梁启超：《小说丛话》，阿英编：《晚清文学丛钞》（小说戏曲研究卷）卷四，中华书局，1985年。

② 梁启超：《汗漫录》，夏晓虹编：《梁启超文选》（上），中国广播电视出版社，1992年，第383页。

这样的表述一方面明确走出了文言的轨道。事实上,《狂人日记》前面的楔子所用的纯正古朴的文言文,可能是鲁迅有意安排与正文的白话进行对比的。另一方面,也脱离了白话口语的语气和语式,当然同时也免除了方言土语的困扰,在探索性地但又是稳步地向现代汉语书面语体进发。这正是先驱者伟大而艰难的语言自觉:白话文的关键乃是白话书面语体制的建立。只有书面语才能精炼、雅致、表述有力,也只有书面语才能抵达一种全民共同语的规范境界,否则,白话口语势必通向方言化的泛滥,导致语言交际能力和接受可能性的下降。

鲁迅这样的先驱者分明意识到了,通向精致、雅致并富有表现力的现代汉语语体必须摆脱文言的窠臼,也避免落入方言土语的陷阱,这样才可能建立新鲜立诚的共同语,这样才能建立现代汉语书面表述的规范。

在这样的意义上,我们可以解决长期困扰文学史界的一个问题。人们注意到陈衡哲的白话小说《一日》发表时间比鲁迅的《狂人日记》早近一年,论白话小说的起源,是否应该确认《一日》才是真正的现代文学开端? 答案是否定的。白话文学和白话小说早就存在,并且成果积累相当厚重,按照胡适之的白话观,唐宋传奇、明清小说等都不乏相当成熟的白话文学作品。即便是现代白话,如以白话口语化而论,至少在文明戏时代就已经相当纯熟。包天笑创作的文明戏《燕支井》,这样表述一个老太监李莲英对岑椿萱所说的话:

> 不是咱们谈一句老话,从前儿你们老大人在时,咱们就有交情的了,那时你老还在当公子哥儿的辰光。光阴真快哇,一转眼儿,你老顶子又红了。

老太监所操典型的京白口语,拉声拉调,啰啰唆唆,老气横秋,显摆卖弄,既传达了人物的个性,也显示了人物的身份,的确可称得上纯熟的口语。李莲英故既养尊处优又故作姿态,既不可一世又皮里阳秋,既有京城腔调又有宫廷声气,应该是非常精彩的人物语言,同时又是纯正且纯熟的口语。不过这样的口语用于人物的道白自然非常恰当,而且也特别传神,但如果用于作家叙事或者理论阐述,就显得非常不合适,也不够精炼和雅致。因此,白话文学并不简单的就是白话口语的写作,必须面临着书面化的问题。而不满足于白话口语,在书面化的意义上写出未脱离文言窠臼的半文言,也不能算是真正的现代语言表述。陈衡哲的《一日》就是这样的未脱文言窠臼的准白话小说,在 1980 年代较早推出这篇小说的台北成文出版社在编者按语中也承认,这篇小说叙事其实还有明显的文言痕迹,因而说是真正的白话文学究竟有些勉强。①

至此,我们认识到了白话文其实并不是一种"标准的"、单纯的"规范"形态,作为现

① 《出版说明》,《一日》,台北成文出版社,1978 年版。

代汉语的文字呈现，它至少包含三种语言体态：一是真正的白话口语语体，一般在戏剧和小说作品中通过人物语言加以呈现；二是改良文言，或者是文白相杂的传统蜕化语体，梁启超的新文体努力建构的就是这样的语体；三是现代汉语的书面语体，是以白话为基础，经过审美化锻造和规范化努力的适合于书面表达的语体。鲁迅的《狂人日记》以及其他新文学作品，对于现代汉语白话文而言，其开创之功便是在现代汉语书面表达方面的设计与尝试。白话文学的先驱者为此付出的精力、时间和智慧上的代价，是后来者难以想象的。

这就意味着，同样是汉语这样的语言形态，应该能够从不同的语言体式进行分析。如汉语文言和现代汉语白话，其实都可以分为口语语体、文言语体（也就是改良文言或者如学者所提出过的“现代文言文”①）和书面语体，那么，古代汉语文言也可以分为说话语体、传统语体和改良语体。说话语体是以古代白话为基础，以说话人或话本小说的那种生活化表述为特征的语言体制，传统语体当然是指正宗的文言文体制，而改良语体实际上是指各个时代为减弱泥古倾向而进行的文言革新的种种尝试的结果，诸如梁启超的新民体改良文言之类。

二、现代汉语翻译语体的文化自觉

白话文作为汉语语言应用文体的一种俗称，其实包含着多种语言体式。作为新文学的设计者、缔造者和伟大的实践者，鲁迅那一辈人通过他们的文学创作、文学翻译和其他文学实践，已经基本厘清现代汉语的白话语体与书面语体的基本语言特性及其相互关系，从表述规范、语用特性等方面确定了这两种语体的言语风貌。但包括这些伟大的设计者、缔造者和实践者在内，人们都没有意识到，现代汉语同时还为白话文语境下的汉语文学、理论表述准备了另一种特别的语体，那就是翻译语体。

翻译语体在文化实践中主要用于文学和理论翻译，其在表述风格和语体规范方面有别于已经形成相对稳固的联系与制约关系的汉语白话和现代汉语书面语。翻译语体作为一种语言风格乃至表述习惯的展示，已经并正在为当代小说创作所应用，形成了引人入胜的一种文学和文化的语体景观。

梁启超关注和介绍矢野文雄的《经国美谈》，从周宏业的中译本可以读到，在后编《自序》的《文体论》中，矢野文雄告诉中国读者：“今者，我邦之文体有四：曰汉文体、曰和文体、曰欧文直译体、曰俗语俚言体。而此四体各具长短，概而论之：悲壮典雅之场合，宜用汉文体；优柔温和之场合，宜用和文体；致密精确之场合，宜用欧文直译体；滑稽曲

---

① “现代文言文”一概念参见熊焰：《现代文言文语体研究与语料论析》，中国文史出版社，2009 年。

折之场合，宜用俗语俚言体。”[①]可见，日本人已经注意到有一种“欧文直译体”，其实这也可以视为现代汉语中翻译语体的滥觞之一。

从文学欣赏的角度而言，翻译小说或翻译文学可以一目了然，因为它具有若干外在性的语言特征，包括人名和地名以及历史名词所承载的异域文化风貌。不过，最容易被忽略而又最不应该被忽视的应该是将上述异域文化风貌连接起来、呈现出来的汉语语体，那是一种既区别于汉语白话也区别于现代汉语一般书面语的翻译语体。其基本语言特性可以概括为：多层次的定语、状语成分的高密度出现，倒装句或无主句的经常穿插，从句的普遍出现以及与从句相关的特定连词如“如此、以至、即便、要不是、于是”等在实际语用中无法省略，从而构成了翻译语体的必然遗形。

翻译语体是汉语新文化运动的必然结果，也是这场新文化运动对于民族文化和世界文化的一种特别的贡献。其实，当林纾进行外国小说翻译的时候，或者当严复翻译西方文化典籍的时候，古文是翻译的语文载体，也就是说，翻译家将所翻译的内容通过自己最习惯的古文文体进行传达。当然这里所说的古文并非严格意义上的上古之文，乃是一般通俗意义上的文言文之别称。钱锺书看出林纾的翻译“所用文体是他心目中认为较通俗、较随便、富于弹性的文言”[②]，应该是非常精切的判断。这些翻译家一般都是非常执着的古文家，他们对古文文体的迷恋甚至可以超过对其翻译对象的坚持，于是林纾可以大张旗鼓地反对白话文进而反对新文化运动，而新文化运动倡导的思想基础正与他们大规模翻译外国文学作品时所信奉的某种理念相吻合。这样的情形下，虽然有了较大规模的翻译，但独立的翻译语体当然不可能形成。鲁迅兄弟翻译的《域外小说集》也是如此。传统文言语体便是在民国旧派文人（通常称为“鸳鸯蝴蝶派”小说家）的译笔之下，尽管已经多倾向于白话传达，但往往服从传统白话小说所谓“某生体”[③]的叙事文体语式，故而也不可能营构真正的翻译语体。翻译语体的构成，是白话文运动走向深入，全面建构现代汉语语体的必然结果，属于五四新文化运动的直接成果。

新文化运动所带动、催生和裹挟着的白话文运动，直接继承着近代启蒙主义运动中的语体革命的传统，从改良主义的社会文化功能角度出发，从特定的语言进化观出发，对现代汉语的理想形态及其语言形态作出了富有时代性的设计。如果说在传统文化语境下白话文占有属于自己的一席之地，曾经丰富、生动地存活在小说文体以及俚俗生活之中，那么，现代白话文运动则不满足于白话在个别文体中的有限存活，不满足于白话仅仅在俚俗生活中发挥作用，在整个汉语系统中“以白话为正宗”是这场运动的基本目

---

① 关于《经国美谈》的译者及在《清议报》的连载状况，参见邹振环：《〈经国美谈〉的汉译及其在清末民初的影响》，《东方翻译》2013年第5期。

② 钱锺书：《林纾的翻译》，《中国翻译》1985年第11期。

③ 某生体，原指唐宋传奇类小说往往以“某生”开头稍显僵化的叙事模式，后又用“新某生体”讽喻以西文字母代“某生”的新叙事模式。见朱大枬：《新“某生”体》，《晨报副刊》1923年6月25日。

标，而正宗的现代汉语语体又必须面临着向生活的各个方面全面渗入，向各种文体的规范性表述寻求出路。在前一种意义上建构的是现代汉语白话的口语语态，在后一种意义上建构的则是现代汉语白话的书面语语态，而在书面语语态建设中，翻译语体又成为十分醒目的组成部分，虽然这一部分迄今为止尚未充分进入文学研究和语言研究的学术视野。

中国传统语言在其漫长发展过程中形成了口语与书面语分属于不同的语态表述系统，及习惯上所说的白话与文言系统，这种两种语态并列的语言格局被近代启蒙主义者和新文化倡导者确认为文化保守、落后的重要原由，于是“言文一致”成为他们共同追求的改革目标。然而“言文一致”的追求并不能掩饰汉语具有多种语态可能性的言语特征。汉语在长期的文明发展中形成的历史悠久、文字众多、同义词众多以及涵盖方音土语众多的特性，决定了它对于不同语态语体的巨大包容性，这样的包容性不仅造成了古已有之的言文不一致现象，而且也使得新近改良的现代汉语同样无法避免言文分离的局面。白话文运动固然成功地推翻了文言文作为书面语一统天下的统治地位，但随之而来的并非真正如白话文倡导者所期许的那种语言局面，即“我手写吾口”，用胡适后来的阐释，乃是“话怎么说，就怎么写”①，将所有的书面语都等同于白话口语。多种表述选择，多套文字与词语选择，使得汉语无论在传统语境还是在现代语境下，都无法真正实现言文一致或口语与书面语的一致，在这种情势下，文学语言的改革便主要体现为书面语的改革。由于白话文运动实际上是一种文化批判运动和文化改革运动，其主要运作的语言载体是文章之类的书面语，白话文取得“正宗”或主体言语的位置以后，便迅速疏离口语语态，而向现代书面语的语态作积极而艰辛的努力。从这个意义上说，白话文运动更加直接和更加鲜明的目标原不是白话口语运动，而是白话书面语运动。

事实上，任何时代的白话口语都是在悠久的历史和最底层的人生现实中自然形成并演化而来的，一切的语言改良和文学革命都不可能对之产生实际的影响；这样的影响倒是可以直接施加于一部分写作者，他们在写作中自觉调整语言习惯，在风格的审美选择、词汇的语用选择甚至句法的改铸与锤炼等方面走出既不同于传统表述又疏离于白话口语的现代书面语路径。从新文化时期一直到1930年代现代汉语书面语的趋于稳定、成熟，白话文运动实际上都在努力建构汉语白话书面语的新秩序。从《狂人日记》开始定型的鲁迅体书面语，到胡适、周作人、郭沫若、郁达夫等从不同的文化背景、思想背景出发所锻造并贡献出的各自的白话书面语体，都加入了这种书面语新秩序的营构。在这样的意义上，应该对1920—1930年代出现的所谓“新文艺腔”另眼看待：其实这种明显疏离于实际生活中的白话，同时又与传统的文言拉开了绝对距离的拿腔拿调、忸怩

① 胡适的阐释是：“有什么话，说什么话；话怎么说，就怎么说。”《建设的文学革命论》，《胡适文集》(3)，人民文学出版社，1998年，第60页。

生涩之语体，正是先驱者探寻、设计和实践现代汉语白话书面语的结果。

白话书面语的设计运用了许多语言资源，最重要的是白话口语，传统文言也是其中无法回避的重要成分，不过，翻译语汇在现代汉语白话书面语构成中显然是相当重要的因素。大量的翻译语汇对现代汉语书面语起到了某种支配性作用，而对外国文学和文化典籍及其表述方式的接受又为现代汉语书面语的语体、语式历练提供了非常有效的参照系。这样的因素其价值作用的持久效应便形成了现代汉语书面语表达的翻译语体。

翻译语体是指现代汉语翻译家对外国文学和文化典籍进行汉语翻译时所选择的，较大限度地尊重外文表述习惯的汉语书面语表达语式。它是外国文学和文化原典尽可能忠实的翻译，又是一种特殊语体和特定语式的汉语表达。外国文学家可以这样展开他们的小说，而中国的翻译家竟可以如此准确地传达在他们自己书写语言的特性，以此交代一种常见的场景或人物：

> 八月初旬，天气还炎热得利害。每天从十一点钟到三点钟的时候，就是极有坚决力的人也不能出去行猎，最忠顺的狗都咬起猎人的鞋跟来：懒洋洋的一步步跟在后边，张着条大舌头。

这是耿济之翻译的屠格涅夫《猎人笔记》第三节的开头，刊载于《小说月报》第12卷第5号。在这一期《小说月报》上，周建人翻译的梭罗古勃的《微笑》这样开头："大约十五个男孩和女孩，和几个青年男女，都会集在舍密波耶里诺夫别装庄的园中，庆祝家里的一个儿子的生日，他名叫莱莎，是一个二等的学生。莱莎的生日，真是一个为着他的年长姐妹招致可以中选的少年到家里来的好机会。"

上述小说作品的翻译显然充分照顾到外文原文的表述习惯，包括其用语习惯以及从句方略。有些词语的翻译因时代差异而变得有些令人费解，如"二等的学生"①之类，但总体上显现的是那个时代翻译语体的基本风貌：中国的读者既能顺畅地阅读和理解这些文句表述的小说描写内容，又能非常明显地感受到，这样的语言表述是翻译语体的呈现，带着鲜明的外文表述的语言痕迹与味道。如果与当时优秀的汉语小说创作进行比较，会发现汉语书面语的表达与翻译语体的明显差异。仍然是这一期《小说月报》，刊载着许地山的小说《换巢鸾凤》，作品一开头这样写道："那时刚过了端阳节期，满园里底花草倚仗膏雨底恩泽，都争着向太阳献他们底媚态。"没有从句拆散的痕迹，没有冗长、庞杂的补充语，而"端阳节"等词语透露的是中国风情，"膏雨"、"恩泽"等词语传达的是

---

① 应该相当于现代所说的"二年级学生"。英文表述应为 sophomore。不过从翻译语分析，此处应为"grade two"的翻译，因而才有"二等的学生"之说。"grade"确实也有等级的意思。

传统汉语文化的魅力与信息，整段文句表述得是这样典雅、异趣而超凡脱俗，但却与翻译语体表述的截然不同。即使是许地山的小说表达已经融入了较为浓厚的现代意味，将满园的花草之美都描述为向太阳献媚的媚态，其语言的表述呈现的仍然是典型的现代汉语书面语，与翻译语态大相径庭。

那时候德国作家斯托谟的代表作颇为中国读者和翻译家所关注与器重，唐性天等最初翻译为《意门湖》，颇为创造社文人所诋诮，随后他们推出了较为成熟的《茵梦湖》译本，创造社中期核心人物周全平还以此作为模本创作了他的小说代表作《林中》。斯托谟的《茵梦湖》后经张友松的翻译，成为汉语新文学翻译的经典之作。成熟的汉语翻译仍然保持着汉语翻译语体的基本特性，请看《茵梦湖》开始赖恩哈晚景的描写："晚秋的一天下午，一个衣冠楚楚的老人沿着大路慢慢地走着。""他挟着一根金头的长手杖；他那双黑眼睛好像凝聚着全部早已逝去的青春，衬托着雪白的头发，显得很不一般；这双眼睛平静地眺望着周围的景色，或是凝视着他前面低处那座被傍晚薄雾笼罩着的小城。"中国作家自己的创作也可以作类似的场景和人物的交待，但语言表述一定是从那个人物所看到的景象写起，而不是从他的那双眼睛的"动作"写起；现代书面语可以描述这双眼睛中传达的衰老、忧伤和无尽的回忆，一般不会描写它们所"凝聚"的"全部早已逝去的青春"，在它们的面前，可以是一座小城笼罩在夕烟和薄雾之中，而不会使用"被傍晚薄雾笼罩着的"作为"小城"的定语。显然，现代汉语翻译语体不可避免地带有基本的汉语白话成分，但它的表述习惯和句式结构显示着外语固有的文化因素和语法要素。

事实正是如此，翻译语体实际上是现代汉语语种中不可忽略的一种主要用于进行汉语翻译的语言体式，它反映了现代汉语翻译文本对目标语言表述习惯的充分尊重，以及在特定的历史阶段翻译者对于翻译文本的特别尊重。很少有其他语言能够像汉语这样如此重视翻译文本，以至于在自己的语言锻造中为外文翻译准备了一种特别的语言体式，而且这种语言体式在语言规格、文化地位方面甚至优越于我们的日常语体和书面语体。这种语体的准备完全是为了完成上述的"尊重"语态。中国现代文化是在普遍尊重西方文化和外来文化的时代语境下形成、发展起来的，这种关于翻译的"尊重"语态造成了中国现代文化史上的两种特别现象：第一是最为杰出的时代文化英雄大多涉及翻译工作，诸如鲁迅、周作人、沈雁冰、郭沫若等新文学设计者、缔造者和实践者都同时致力于外国文学作品及文学理论的翻译，这使得中国现代文学翻译取得了前所未有的时代文化制高点，也使得后来的翻译者不得不以高山仰止、景行行止的心态从事可能的文学翻译。与此相联系，第二现象便是现代语言表述在充分"尊重"外来语言，充分"尊重"翻译文本的时代心态下自然形成了现代汉语的翻译语体。

翻译语体的形成并不是早期的文学翻译者刻意为之的结果，而是现代汉语语体形成过程中的一种特别成就。

近代翻译文体一度使用汉语传统语体，也就是文言文。严复对《天演论》的翻译，林纾对西方小说的翻译，成为这种翻译文体的经典代表，他们的翻译取得了巨大成功，影响了几代中国知识精英的思维、理论与创作，同时也成就了自己作为古文大家的历史地位和文化地位。这样的地位后来都分别成了他们的声名之累，以至于他们这两个西方文化的积极引进者赫然充当了新文化运动绊脚石的角色。其实，新文化倡导者将这两位西方文化的积极引进者列为新文化运动的反对者乃是一种错误，因为他们仅仅是在语体意义上反对白话文及其所代表的新文化倡导，对于向西方开放的新文化自身并没有持有特别的异议。新文化倡导者的偏激在于将语体上的不同见解视同于文化倾向上的敌人。林纾攻击的新文化是在语体上的“引车卖浆者流所操语”现象，而不是后者倡导的以西方文化为根底的新文化内容。

翻译语体在新文学形成期不仅已经生成，而且还相当流行。其原因盖在于，新文学家以仰视的态度对待西方文学与文化典籍，在翻译处理方面总是尽可能以翻译源文本为基准，在语言策略甚至用词习惯上都尽量靠近源文本，这样，就形成了以源文本的语言形态为主要语言表达参照系的翻译习惯。而外语，尤其是英语等西方语言，其语法习惯、修辞习惯和用语策略都与汉语的表述有较大的距离，汉语翻译要接近源文本语言，就自然会挪移甚至疏离主体语言的某些语法习惯、用语习惯和修辞习惯，这就造成了多少有些陌生感的翻译语体。希莱尔马诃(Friedrich D. E. Schleiermacher)曾经指出有两种翻译法：一种尽量“欧化”，尽可能让外国作家安居不动，而引导我国读者走向他们那里去，另一种尽量“汉化”，尽可能让我国读者安居不动，而引导外国作家走向咱们这儿来。[①] 这段引语同样是翻译的结果，它的翻译策略和语言体式明显属于“让我国读者安居不动”的那一类，而新文学最初不自觉地建构的翻译语体则明显属于“尽可能让外国作家安居不动”的范畴，翻译者和想象的读者都自觉地“走向他们那里去”。

这里体现出翻译者和读者对外国源文本，对外国作家，对外国文化以及对外国语的一种由衷尊重的心态。我们的文学翻译和理论翻译现都已经养成了这样的习惯，所使用的语言不仅是现代汉语的书面语言，而且是在语法上、修辞上、用词习惯上以及表述方式上，都已经显露出明显趋近于西方源文本语言的翻译语体。这同时也意味着现代汉语书面语语言已经非常成熟，成熟到能够毫无问题地将世界各国语言的学术观念、文章、概念转变成自己的书面表述。一些文学、理论作品的译作甚至比汉语母语者日常写作的语言还更精致、更凝练，更富有表现力和逻辑性，体现出汉语书面语中翻译语体的魅力。

---

① 引自《论不同的翻译方法》一文的中译本。该文的英文资源为：Schleiermacher F, “On the Different Methods of Translating.” Andre Lefevere, *Translation/History/Culture*, London and New York, Roughtledge, 1992, pp. 141 - 166.

第十章
汉语新文学的空域之维及其方法论意义

中国现当代文学研究一般多关注时间之维。时代精神、时代背景、时代因素的考察成为文学史研究的主要关注点。而空间之维则落实在都市与乡村、都市文学与乡土文学等具体的“场景”范畴。我们的研究方法探讨可以从文学的“空域背景”深入下去，探讨“空域之维”之于中国现代文学史的意义。

之所以说“空域”，是因为此概念中包含着“空间”和“地域”的意涵。

文学创作体现一定时空中的作家情感与粹思，同时也反映这种情思的时代背景与空域背景。但在文学研究中，人们比较容易重视文学的时代背景，而对空域背景则很少关注。这样的学术状况影响了“五四”新文学研究的成就。其实，“五四”新文学的重要思想特征和文化特征之一便是空域背景的强化，而不仅仅是业已为人们普遍注意到的时代因素的敏感。

在“五四”之前，文学家早已经注意到了文学与时代背景的关系，无论是歌诗合为时而作论，还是一代又一代之文学论，强调的都是文学的时代背景因素。“五四”新文化运动发扬了近代启蒙主义者将中国的改良和发展置于世界大势的广阔背景下加以思考与论述的传统，养成了在世界甚至宇宙的空域背景中考量中国现实的思维习惯，并将这种习惯融入了文学创作之中，使得“五四”新文学凸现出引人注目的空域背景[①]。然而，中国现代文学的研究者对“五四”新文学的如此特征缺少相应的学术敏感。新文化和新文学研究一直非常重视文学的时代背景，而相对忽略文学的空域背景。闻一多在《创造周

---

① 在与“时代背景”相对应的意义上，最为顺理成章的应是“空间背景”和“地域背景”，但现代汉语业已赋予“空间”与“地域”的语义又似乎未能完成对于“时代”的对应，因而考虑将此二义合并为“空域”一词，庶可在概括范围和表达力度上与“时代”取得平衡。当然应该注意到航空航天科学中所用的“空域”并不包括地面上的区域即地域，而是指控中的某个区域。因此，“空域背景”仍然是一个需要作出解释与说明的词语。

报》论述《女神》，首论《女神》之时代精神，次论《女神》之地方色彩，[①]似乎将文学创作的空域背景与时代背景放在同等重要的位置上进行考察，不过他所论述的地方色彩主要侧重于文化内涵，具体地说是中国传统文化精神，而不是作为创作背景的空间和地域因素。如果说文学的时代背景考察经常会遭遇到政治化的涂抹和附会，则文学的空域背景研究也有可能会遭到文化学的冲击或淹滞。在这个意义上说，莎士比亚文学的"福斯泰夫式的背景"所被赋予的文化意义冲淡了空域内涵，而巴尔扎克的"都是生活场景"、"外省生活场景"则又仅仅显示出某种生活题材的意义。文学的空域背景与一定的社会文化背景和作品展现的具体场景都有相当密切的关系，但又有着原则的区别和鲜明的学术界限，它是指文学构思和文学写作中的空间因素和地域因素，承载着并通过不同方式呈现出某种文化、思想乃至政治的内涵。在新文学的时代背景研究已经成为不言而喻的学术前提的情形下，新文学的空域背景研究便须追寻新文学家空域背景意识的获取途径及表现特征，进而厘清空域背景的处理模式及其对新文学发展的影响。

一、"五四"新文学家的空域意识

所谓空域背景，就是文学构思乃至文化写作中作为背景起着某种参照、召唤作用的空间和地域因素，有时候，这种空间和地域因素也能作为写作对象出现在作品之中。一般而言，特别是在新文学语境下，这种空间和地域因素往往带着相当浓厚的文化内涵、思想意味乃至政治寓意。新文学研究者通常比较容易发现这些文化、思想乃至于政治内涵的时代品质，于是较多地关注时代背景之于新文学创作的意义。其实，新文学的空域背景同样值得重视，因为这里更直接地呈现出"五四"新文学的丰富景观，其中蕴含的文化、思想乃至政治含义也同样明显。

自从近代启蒙主义思潮打开了国人的眼界，引入了世界思潮，中国人的文化、思想乃至政治思维便获得了世界性的空域背景，而"五四"新文学运动大张"赛先生"的旗帜，将"宇宙"概念纳入文化思考和文学构思之中，陈独秀认为古典文学的一大罪状便是"所谓宇宙，所谓人生，所谓社会，举非其构思所及"[②]，非常明确地要求文学表现包括宇宙在内的广大空域，这样的认知大大强化了新文学论辩与文学写作的空域背景意识，并且将这种空域背景意识在世界性乃至宇宙性的意义上实施了有效的拓展，从而使得新文学理念和新文学创作体现出非常鲜明的现代时空感。他自己的文学理念便突出地体现

① 见闻一多：《〈女神〉之时代精神》，《创造周报》第 4 号；《〈女神〉之地方色彩》，《创造周报》第 5 号。

② 陈独秀：《文学革命论》，《中国新文学大系》（建设理论集），上海良友图书印刷公司 1935 年，第 46 页。

出这样的空域背景，《文学革命论》通篇便是以“今日庄严灿烂之欧洲”来比照中国文学、艺术和国民精神。更侧重于从“进化”的时间之维思考文学问题的胡适，也时时以欧洲学术和拉丁语体为参照，[①]其世界性的空域背景对他的文学观念显然很有影响。连林纾批判白话文和新文学的议论，也不得不据引“英之迭更，累斥希腊腊丁罗马之文为死物”[②]的近代西方典故，也即无法脱离世界性的空域背景阐述自己的观念。林纾意识到这是自梁启超以后的一种思想风尚，其实这更是“五四”时代的理论风尚。

这种兼具世界视野和宇宙意识的空域表现和想象凸现的正是被称为“五四”时代精神的神韵、风范和气度，它突出地体现在郭沫若的诗歌创作之中。从闻一多的相关评论开始，人们一直没有怀疑过《女神》在表现“五四”时代精神方面的典型与精彩，而这种时代精神恰恰是通过世界性和宇宙性的空域背景加以展示和凸现的。《女神》中最为刚劲暴烈、恣肆汪洋的诗篇，都在空域表现上具有鲜明的世界性和宇宙性。《晨安》表现的是新时代的诗人敞开胸怀拥抱世界的踔厉激情，这激情的展示方式便是将全世界的空间和地域有序或无序地召唤在一起，然后热忱地对之道声“晨安”：祖国的扬子江、黄河、万里长城，更北方的俄罗斯，西方的帕米尔，喜马拉雅，恒河，尼罗河畔的金字塔，欧洲的比利时、爱尔兰，还有大西洋、太平洋，以及太平洋上的诸岛，又有美国的华盛顿和东瀛的扶桑。这里自由地呈现着诗人在空间与地域上的世界性联想，无论从诗性构思还是从诗兴表达方面而言都跳荡着一种自由的欢悦与欣喜，那超越无待的情感深呼吸所传达的确实是一个开放的时代、一个崛起的民族的声息与气概。如果说这种世界性的空域表现还与近代启蒙文化中的世界意识以及横向铺展式的空域思维有某种精神的或现象的联系，则《地球，我的母亲》、《立在地球边上放号》等以地球为对象的诗篇绝对属于“五四”式的自由狂放的宇宙思维，——当以地球为对象进行构思并实施讴歌之际，诗人和读者所意识到的空间背景当然就在地球之外，那是巨大而空茫的宇宙！《凤凰涅槃》面对着“茫茫的宇宙”歌哭，《天狗》甚至叫嚣着“我把全宇宙来吞了”，呈现出一种更加宏观更加放恣的空域意识，而且完全是“五四”式的、现代性的空域背景意识。

在“五四”时代，很少有人作郭沫若式的诗兴暴喊，但幽婉地表现出这种世界性空域意识的诗人并不罕见，康白情的《送客黄埔》以及朱自清等人类似的送别诗都表达着这样的世界关怀，展示着开阔的空域背景。闻一多在“五四”时代的诗篇，尤其是游美之后的写作，如《太阳吟》等，在融入中国传统文化的“地方色彩”之余传导出世界性的空域意识，同样体现那个时代的精神气质。郭沫若所开创的宇宙性空域的表现传统，既感染着惠特曼式的诗风，又体现着屈子的风范，更鼓荡着“五四”时代开放进取和科学精神的生

① 胡适：《历史的文学观念论》，《中国新文学大系》（建设理论集），上海良友图书印刷公司 1935 年，第 59 页。

② 林纾：《附林琴南原书》，《中国新文学大系》（建设理论集），上海良友图书印刷公司 1935 年，第 172 页。

息，成为新文学之初弥足珍贵的文学成果。这样的传统在后来的新文学创作中仍有机会得到发扬光大，无名氏在《野兽、野兽、野兽》一开始描写“四千万万万团太阳在燃烧，宇宙永远是一场大火灾。火灾避难空间一片辉煌星斗。……星云在狂逃，一秒钟七千哩，要冲出去，冲出宇宙”，体现的正是这种宇宙性空域的思维特性。

现代生活的空域跨度增大，使得“五四”新文学创作获得了世界性的空域背景，这在郁达夫、许地山、张资平等新文学家的小说中都有明显体现。即便是在微观的意义上，由于新文学为人生观念的作用，空域背景的强化也仍可被视为新文学的一大特征。从新潮社到文学研究会，“五四”新文学家都倾向于将为人生的文学观念当作主流意识，连鲁迅也乐于承认并在后来的著述中常常追溯。为人生的文学须如周作人所言，是“用这人道主义为本，对于人生诸问题，加以记录研究的文字”，[①]而这人生的记录须告别传统文学“某生体”的概述路数，人物、场景和人生情节都必须细致生动而精彩，或如陈独秀所言：须“赤裸裸的抒情写世”[②]。胡适曾批评中国传统小说类似于“笔记杂纂”的毛病：“某生，某处人，幼负异才，……一日，游某园，遇一女郎，睨之，天人也，……”谑称之为“烂调小说”[③]。之所以将这种“某生体”称之为“烂调小说”，是因为它全无精彩的个性化描写，总是非常一般地从人物的姓名、籍贯、身份说起，一律的陈词滥调。这样的小说虽然交代了人物的籍贯，但与作品情节的展开似乎并无关联，不足以构成作品的空域背景。例如林纾的文言小说《柏梵娘》，开头便交代人物的籍贯乡里，而且交代得并不简单：“柏世禄者，辰州之泸溪人，祖大丰，以进士官济南。世禄随宦山东，遂世为济南人。”问题是下面的故事以及人物性格和命运的变异等与这个地域并无任何关系。吴福辉在讨论这个问题时，很有说服力地说明“五四”新文体建设“理论上的输入由胡适、周作人、沈雁冰诸人完成，创作实践便是鲁迅、郁达夫的《狂人日记》、《沉沦》！小说是这样，新诗的创立，话剧的引进，英国随笔的渗入也是这样，白话文体的全面革新以前所未有的规模和深度铺开”。他通过巴金《家》所写到的“销售新书报的‘华洋书报流通处’”，能够透视“偏僻的成都所能达到的‘五四’影响的深广度”，这正可以说明新文体的力度乃在于具体、生动的空域背景描写非常有力地呈现时代的氛围。[④]

的确，至少到了鲁迅的经典作品如《阿Q正传》、《祝福》、《孔乙己》等小说中，“某生体”的概略性和陈词滥调式叙述已经无影无踪，取而代之的是具体生动的人物，含有丰

---

① 周作人：《人的文学》，《中国新文学大系》（建设理论集），上海良友图书印刷公司1935年，第196页。

② 陈独秀：《文学革命论》，《中国新文学大系》（建设理论集），上海良友图书印刷公司1935年，第46页。

③ 胡适：《论短篇小说》，《中国新文学大系》（建设理论集），上海良友图书印刷公司1935年，第272页。

④ 吴福辉：《寻找多个起点，何妨返回转折点——现代文学史质疑之一》，《文艺争鸣》2007年第7期。

富细节内涵的情节，显示人物性格的语言，更重要的，便是具有丰富的时代气息和地域文化含量的空域背景，未庄、鲁镇甚至咸亨酒店等虽然微观但十分独特生动的空域与鲁迅的名字、文笔一起早已沉淀为新文学的经典名词。

尽管新文学家们并没有充分意识到，具体生动且带有丰富文化底蕴的空域背景的展示已经成为新文学和新文体的基本特征与标识，然而他们的批评已经习惯于从空域背景观察处于萌动状态的新文学创作。沈雁冰在 1921 年 8 月分析 4 月到 6 月这 3 个月的 120 多篇小说创作，其统计分析都立足于空域场景："关于男女恋爱关系的，最多，共得七十余篇；农村生活的，只有八篇；城市劳动者生活的，更少了，只得三篇；家庭生活的，也不过九篇；学校生活的，五篇；一般社会生活的（小市民生活），约计二十篇。"①虽然小说展现的人生场景与文学创作的空域背景并不完全等同，但足可说明，新文学家已经初步获得了观察人生乃至观察文学本身的空域背景意识，他们对于创作的关注角度往往更容易偏向空间和地域方面，而不完全是像人们一般印象所认定的偏于时代因素。

周作人提出"人的文学"的命题，揭示了新文学创作表现空域可能具有的两面性："（一）是正面的。写这理想生活，或人间上达的可能性。（二）是侧面的。写人的平常生活，或非人的生活，都很可以供研究之用。"②周作人当然不会从空域背景的角度发表这样的议论，但他的议论可以为透视新文学创作空域背景的双向拉伸特性提供一种方法论的参照。新文学创作可能是受易卜生主义的影响，一般都呈现出两种空域相向辉映的格局：一是此在空域的表现，即作品中表现的空域场景，人物活动的主体空间，犹如《伤逝》中涓生生活的吉兆胡同与通俗图书馆；一是主要人物甚至与作者的期诣空域，即期望抵达的空域境界，或可以用"愿景"二字加以表述，也就是周作人所说的"理想生活"的场景，亦如涓生所向往的渔夫奋搏其中的大海怒涛，士兵浴血的战壕，投机家如鱼得水的洋场，豪杰出没的深山密林……对于涓生而言，现实生活的此在空域与内心向往的期诣空域构成了紧张的对峙，彼此作双向拉伸运动，以几乎同样的力度以及永难达到均势的动态撕扯着人物的情感和作者的灵魂。这种此在空域的力量与期诣空域的召唤力之间构成的双向拉伸甚至灵魂撕扯，是以鲁迅为杰出代表的"五四"新文学家一种最为焦虑的写作心态、最具特色的构思路数，也是较为显著的文学贡献。当然可以将这种情形简单地概括为理想与现实的冲突，但通过具体生动且饱含文化内蕴的空域背景体现，则比抽象形态的理想与现实精神的表现更符合文学规律；更重要的是，期诣空域未必就是理想的境界，诚如《伤逝》中所展示的，那种战壕、洋场、深山密林与怒涛汹涌的大海不过是人物期盼冒险期望刺激的一种愿景，未必就是人物理想中的人生场景的象征。

---

① 郎损：《评四五六月的创作》，《小说月报》第 12 卷第 8 期。

② 周作人：《人的文学》，《中国新文学大系》（建设理论集），上海良友图书印刷公司 1935 年，第 196 页。

鲁迅对易卜生《玩偶之家》的理解和深刻的阐述也表明，期诣空域与理想的人生境界其实距离很远。娜拉不满于家庭，向往着外面的世界，就她而言，相对于家庭的此在空域，外面的世界便是期诣空域。但期诣空域显然并不是理想的乐土，鲁迅在《娜拉走后怎样》这篇著名的演说中深刻地指出，在女性独立的经济权未得到解决之前，娜拉出走以后的前途只有两个：一是堕落，二是回来。这种悲观的估计分明指出，作品中人物的期诣空域远不是理想的境界。

鲁迅的创作和观念中有关这种空域背景的认识，在"五四"新文学时期并不偶然，许多新文学家也在超越于通常所谓理想与现实的冲突的意义上表现着此在空域与期诣空域的双向拉伸对于人物情感与灵魂的撕扯与煎熬。庐隐的《海滨故人》是一个在空域描写方面相当丰富与生动的作品，它似乎比那些同时代的小说更在意于空域意识：云青等来到旧游的海滨，看见"海滨故人"的房子，感叹着"海滨故人！也不知何时才赋归来呵！"其间不过与露沙分隔了才一年多，时间的长度远不足以作如此沧桑之感和伤感之叹，关键是空间上的空茫距离："屋迩人远"的感叹强化了这样的沧桑。小说中几位青年女子对于空域的分隔特别敏感，即便是一个暑假，她们都为这将要发生的空域的分隔感伤不已："露沙回到上海去，玲玉回到苏州去。云青和宗莹仍留在北京，她们临别的末一天晚上，……残阳的余辉下，唱着离别的歌儿道：潭水桃花，故人千里，/离歧默默情深悬，/两地思量共此心！/何时重与联襟？/愿化春波送君来去，/天涯海角相寻。"这歌曲抒发的同样是空域分隔的痛楚，而不是时间意义上的沧桑。作为小说情节主线的是海滨构屋，那也是为了构筑一个期诣的空域，一个并非理想的愿景，正如露沙的信所披露的："吾辈于海滨徘徊竟日，终相得一佳地，左绕白玉之洞，右临清溪之流，中构小屋数间，足为吾辈退休之所，……唯欲于此中留一爱情之纪念品，以慰此干枯之人生。"干枯的人生需要慰籍，而海滨佳地小屋只是她们情感的纪念，并非理想的栖息地。即便如此，也只是部分友人来此洒泪，现实命运的波弄与海滨故地的向往在人物和作者的心底构成了永无止息的情感漩涡。孙俍工《前途》和《海的渴慕者》也都展现了这样的情感漩涡：此在的空域令人窒息，而期诣的前景则依然空茫，可怜的人们在这种双向拉伸以至于撕裂的空域背景下忍受着情感的煎熬与理念的紧张。

典型地体现在双向拉伸的空域背景中灵魂撕扯之感的还有鲁迅所概括的"乡土文学"，这一类作品更能说明新文学空域背景的双向拉伸并不像理想与现实的冲突那样简单。鲁迅在《中国新文学大系·小说二集》导言中对来自贵州的蹇先艾、来自榆关的裴文中和来自浙东的许钦文等人关于故乡的作品作了如此概括："凡在北京用笔写出他的胸臆来的人们，无论他自称为用主观或客观，其实往往是乡土文学，从北京这方面说，则是侨寓文学的作者。但这又非如勃兰兑斯(G. Brandes)所说的'侨民文学'，侨寓的只是作者自己，却不是这作者所写的文章，因此也只见隐现着乡愁，很难有异域情调来开拓读者的心胸，或者眩耀他的眼界。”[①]这些作家的故乡写作固然表现的都是故乡的风物，但他们的“胸臆”却以自己侨寓的北京为依托，因此“隐现着”的乡愁其实是故乡空域与此在空域——北京或都市双向拉伸所造成的情感撕扯之痛和灵魂撕裂之感。这里的任何一方空域都与所谓理想的境界无直接关系。

二、“五四”新文学空域背景的独特性

“五四”新文学在与传统文学的意向性断裂过程中，留下了许多无论是令人快慰还是令人难忍但总是非常醒目也令人难以忽略和遗忘的断痕，由各种政治文化氛围和社会生活样态构成的时代背景的巨大差异是其中最显在、最辉煌、最不容置疑的断痕，不过有些断痕却显得相当潜隐，这就是相关研究历来缺乏探讨的空域背景的殊异。揭示出新文学空域背景与传统文学乃至与近代文学之间的差异性，有利于更加准确和更加深入地把握新文学的特征和精神本质。

传统文学同样是在一定的时空背景下产生的精神创造现象，因而它同样带有属于并体现自己本质特性的空域背景。千古《离骚》是空域背景表现得最为强烈的诗篇，该诗篇对于空域的拓展直接影响了新文学领域的郭沫若和闻一多。郭沫若《女神》和《星空》中的诗篇对于空间和地域性描写和想象的恣肆汪洋给新文学留下的印迹相当深刻，以至于闻一多试图从类似于空域背景的角度研究诗歌时首先想到了郭沫若。不过《离骚》开创的文学传统将空域的描写与想象在“上下而求索”的纵向层面加以展开，“上”求则饮马于咸池，总辔乎扶桑，折若木拂日，与雷师交往，这分明是在后人所说的天堂之上的作为，后文所谓“吾令帝阍开关兮，倚阊阖而望予”表达的也正是这样的空域；“下”索则“吾将从彭咸之所居”，按王逸的说法，彭咸是殷代贤臣投水而逝者，他所居住的应是鬼域泽国，即后人所说的黄泉地狱之类。传统文学即便是沿着诗骚传统中“骚”的一脉流传以下的创作，也未必全部按这样的空域描写和想象构思作品，但这种以天堂—人间—地狱为基本空域构架的思维无疑反映着传统的文化思维模式，甚至与神话思维发生直接的联系。神话思维的主体“原始人是生活在和行动在这样一些存在物和客体中间，……他感知它们的客观实在时还在这种实在中掺和着另外的什么实在”，[②]于是对自己所处世界之外的另外的世界确信不已；又由于这种原始思维既强调从因果律的逻辑链接上观察世界，认定“没有偶然的事物”，同时又对自然原因漠不关心，“不耐烦去查

① 鲁迅：《中国新文学大系・小说二集序》，《鲁迅全集》(6)，人民文学出版社，2005年，第255页。
② [法]列维-布留尔：《原始思维》，商务印书馆1997年，第58页。

明引起或不引起"某现象的自然原因,[①]于是将不同世界之间理解为相互联系互成因果的关系,从而形成了类似于天堂—人间—地狱的空域概念,以中国传统的"碧落黄泉"之说最为形象。这种纵向叠加式的空域概念对中国传统文学的影响既普遍又深刻,甚至连早已超越了布留尔所说的以"集体表象"作思维单位的《红楼梦》这样的小说,其构思中的空域背景也都沿袭着天堂—人间—地狱的思维习惯,虽然对这些空域概念作了相应的文学处理和诗性渲染。于是,陈独秀批评中国的旧文学"其内容则目光不越帝王权贵,神仙鬼怪,及其个人之穷通利达"[②]。钱玄同则说中国古代小说"十分之九""非诲淫诲盗之作","即神鬼不经之谈",[③]虽然言词偏激,但并非全无根据。其实西方的传统文学也是如此,从西方的《离骚》——但丁的《神曲》中,蔡元培看出了这样的文学和美学特性:"其内容虽尚袭天堂地狱的老套,而其所描写的人物,都能显出个性,不拘于教会的典型……"[④]这清楚地表明,在蔡元培的价值观念中,西方传统文学的"老套"便是"天堂地狱"的空域布置,与中国传统文学相类似,体现为纵向叠加式的空域思维习惯。

中国的近代文化思维打破了传统文学思维的这种叠加式的空域框架,建构起平面地、宏观地观照世界大势的空域思维模式,无论是被称为"附以近代人文主义的新义"的康有为的"大同"思想,[⑤]还是梁启超动辄"全地球"、"各国"[⑥],抑或是孙中山著名的"世界潮流浩浩荡荡"说,都将目光从纵向叠加的世界——天堂的瞻望,拉向横向铺展的世界——全球的考量,文学和文化写作的这种空域背景的变异宣示了思维方式的变易,同时也通向价值观念的变更。天堂—人间—地狱这种纵向叠加的空域视界将人们的观念、信仰和精神寄托引向上层的神谕境界,导致思想价值以道德完成和灵魂飞升为目标,在后一种意义上显示出的便是蔡元培所概括的"教会的典型"。而"全球"、"世界"这样的横向铺展的空域思维模式,将人们的视野拓宽到同一层面的各个角落,唤起人们的共时比较意识,从而激发出一种批判的热忱,这种批判往往基于在不同的空域寻求一种可比性,通常是在外国与中国之间,在政治、社会、文化、文学等通常的领域。

与传统文学的空域思维相同构,近代启蒙主义者同样将写作背景的空域划分为此在空域与期诣空域。传统文学构思中往往以人生生活场景为此在空域,真正作为背景加以向往和力图抵达的愿景往往是天堂。近代文化思想的阐述则在宏观的意义上以中

---

① [法]列维-布留尔:《原始思维》,商务印书馆 1997 年,第 372 页。

② 陈独秀:《文学革命论》,《中国新文学大系》(建设理论集),上海良友图书印刷公司 1935 年,第 46 页。

③ 钱玄同:《寄陈独秀》,《中国新文学大系》(建设理论集),上海良友图书印刷公司 1935 年,第 51 页。

④ 蔡元培:《总序》,《中国新文学大系》(建设理论集),上海良友图书印刷公司 1935 年,第 4 页。

⑤ 蔡元培:《总序》,《中国新文学大系》(建设理论集),上海良友图书印刷公司 1935 年,第 7 页。

⑥ 梁启超在《立宪法议》一文中说:"今日全地球号称强国者十数,除俄罗期为君主专制政体,美利坚、法兰西为民主立宪政体外,其余各国则皆君主立宪政体也。"

国现实为此在空域，将先进的西方作为期诣空域甚至是理想的愿景，甚至于煞有介事地美化和神化西方文学和文化传说。梁启超的文章经常将诸如此类的西方传言写得宛在目前："法国奇女若安，以眇眇一田舍青春之弱质，而能退英国十万之大军；曰惟：'烟士披里纯'之故。"①文化精神的西方，此刻便成为作者心向往之的空域，他对于中国现实的思考与议论，对于中国政治的批判与设计，无不以西方社会政治文化作为参照，作为寄托，作为空域背景，甚至是作为写作者愿意抵达或诚心向往的"愿景空域"。

作为新文学直接的思想文化基础，"五四"新文化运动在空域背景的意义上一开始与近代文化思维完全接轨。《青年杂志》的《社告》显示，他们从近代文化启蒙思潮中获得的"世界"眼光构成了其价值观念的空域背景："今后时会，一举一措，皆有世界关系。我国青年，虽处蛰伏研求之时，然不可不放眼以观世界。"②陈独秀在《敬告青年》一文中则力主"世界的而非锁国的"。③ 这时候，他们的空域认知与近代文化启蒙者非常接近，皆以世界大势为期诣空域，以期诣空域为愿景，为理想之所，用以比照本国此在空域的落后与黑暗。与"习为委靡"的中国风俗和"国力索矣"的中国现实相对照，④"庄严灿烂之欧洲"⑤便理所当然成为倾心向往的理想之所，成为一种愿景或期诣空域。胡适试图用易卜生主义来防御民族主义和爱国主义可能对世界文明愿景造成的干扰，他分析道："易卜生从来不主张狭义的国家主义，从来不是狭义的爱国者……我想易卜生晚年临死的时候（一九〇六）一定已进到世界主义的地步了。"⑥世界的向往与认同这时成了新文化的主流意识，这种主流意识使得新文化运动者与近代启蒙主义者相一致，将文明的世界和欧洲视为期诣空域或理想空域。

这样的观念直至1919年才有所改变，《新青年宣言》明确宣示："我们相信，世界各国政治上道德上经济上因袭的旧观念中，有许多阻碍进化而不合情理的部分。"⑦这体现着理性地看取他国文明的态度，同时也预示着将期诣空域的世界和欧洲当作理想愿景的时代正在过去。新文化界和新文学家以可贵的清醒与冷静宣告了，作为宏观参照的期诣空域与作为精神归宿的理想愿景并不一致。鲁迅对易卜生主义的批判深刻地揭示了这一点，而他的《伤逝》等作品又对这样的空域背景框架进行了卓越的勾画和揭示。从鲁迅开始，经过郁达夫等人的强化，从古代文学表现到近代文化观念所揭示的期诣空

---

① 梁启超：《烟士披里纯》，《清议报》第99册，1901年。

② 《青年杂志》第1卷第1号。

③ 《独秀文存》，安徽人民出版社1987年，第7页。

④ 陈独秀：《敬告青年》，《独秀文存》，安徽人民出版社1987年，第7页。

⑤ 陈独秀：《文学革命论》，《中国新文学大系》（建设理论集），上海良友图书印刷公司1935年，第44页。

⑥ 胡适：《易卜生主义》，《中国新文学大系》（建设理论集），上海良友图书印刷公司1935年，第188页。

⑦ 《新青年》第7卷第1号。

域与理想境界合一的状况，在新文学界得到了深刻的清算，郁达夫《沉沦》和张资平《她怅望着祖国的天野》中的主人公虽然都在受尽欺凌的日本以祖国为自己的期诣空域，但贫穷、落后的祖国仍然难以充任理想的乐土。于是，也同样是从鲁迅开始，经过庐隐、孙俍工以及乡土文学家的强化，在空域背景刻画的意义上，"五四"新文学所凸现的是严酷的此在空域与并不理想的期诣空域之间的双向拉伸，以及由此拉伸给予人们的情感撕扯和灵魂撕裂的痛楚。这是"五四"新文学最有深度与潜力的价值展示，也是新文学在空域背景的表现方面最富有力道、最富有特色的内涵：它既迥然区别于传统文学的空域背景表现，又与近代文学和文化的空域意识拉开了显豁的距离。传统文学通常的空域思维是纵向叠加，处在上层的想象空域，类似于天堂之类，不仅代表着期诣空域，而且代表着信仰的最高层次，不言而喻地代表着理想；近代文学与文化虽然已习惯于在横向铺展的格局中安排空域背景，但往往将文明世界的空域视为理想的乐土和幸福的愿景，吸引着并召唤着人们的精神认同。在传统文学和近代文学的空域思维之中，期诣空域与理想愿景合二为一，则在文学处理中就显得相当简单，简单到真可以用理想与现实的关系加以概括。而以鲁迅为杰出代表的"五四"新文学撕破了期诣空余的理想愿景或乐土图景，只是作为一种参照的因素对人们的灵魂作另一番牵扯，因而作品有可能通向复杂与深刻，通向情绪的茫然与精神的痛楚。

问题是，随着革命热潮的澎湃以进，理想的愿景即便是在幻想的意义上也成为文学描写的必须，"五四"新文学双向拉伸式的空域表现便受到挑战，现代文学大量表现的期诣空域由于获得了政治含义的填充而重新染上了理想甚至天堂般的色泽，文学的空域表现又复归到简单化的程式之中，可能带着传统文学所具有的浓重的迷信意味：天堂与地狱，碧落与黄泉，乐土与泽国。中国现当代文学创作其深刻性和复杂性在许多方面都有逊于"五四"新文学，从空域背景的角度考察应能得出同样的结论：期诣空域由于被赋予了理想的意义乃至神圣的色彩，成了一种绝对的愿景，导致文学处理的简单化甚至概念化，新文学原本具有的在空域背景处理方面的情感撕扯之感和精神撕裂的痛楚便无法附丽，无由产生。

三、空域研究与文学地理学的切入

近些年，文学地理学研究趋热。这是文学的文化研究进入较深层次的学术标志。在这一专题研究中，杨义教授、曾大兴教授和梅新林教授的成就最为醒目。三位都是我很熟悉的著名学者，每每有机会奉读他们的著作，同时也产生一些感想。曾大兴在这方面的学术准备最早，而且他有关文学地理研究的学术兴趣的激发也很自然。他 1990 年就已经在词学研究方面崭露头角，出版了学术专著《柳永和他的词》[①]。那还是一个出版专著相当困难的年代，尤其是青年学者，一本书几乎就可以确立其"江湖地位"。但他并不满足于已有的这种"江湖地位"，还在满腔热忱地进行新的学术设计，兴致勃勃地进行新的耕耘。由宋词的研究延伸到词学，甚至对20世纪兴起的新词学作历史的和学术的梳理，此外，踌躇满志地进行"文学家的地理分布"的学术设计与系统研究[②]。在当时这显然是一个绝对前沿性的课题，那时候的学者正在被大而无当的文化研究所激发，很少人像他这样踏踏实实地从一个具体的文化（地理文化）视角别致地打开，细致地统计，潜沉地分析，试图解开中国文学南北疏隔、地方差异之谜。这样的学术开拓后来被证明是有价值的，包括杨义这样的卓然大家也倾其心力在这块学术土壤上作勤恳的耕耘。越来越多的文学研究者加入了这个耕耘的行列，使得这一课题赫然初备了学科的形制。

但如果要作为一门学科，需要考虑和解决的问题还有很多。因为文学研究最重要的对象是人，而且是人中之杰的文学家，他们的创造性决定了他们早已越过被动地适应自然条件的动物生存阶段，他们的艺术感性及其文学表达的主体性和审美倾向性，在许多情形下都会突破自然条件和地理因素的制约。因此，类似于文学地理学的研究一般难以从人格学意义上进入相当的深度。但同时，从文学风格学的意义上，文学地理学的因素又往往会非常明显。文学地理学在以文学家为主体的学术建设中，必须厘清它应分属于人格学和风格学的意义。此外，不同的时代，人们之于自然的生命感应强度，人们的审美方式都有所变化，文学地理因素的影响力也会随之发生变化。总之，从人的主体感兴切入文学地理学的研究，应该是非常可靠的学术路径。

1. 从文学家的地理分布到文学家生命意识的分析

杨义从《重绘中国文学地图通释》[③]开始，至《文学地理学会通》[④]，逐步明确了他在文学地理学建构中的学术思路，也同时明确了他作为这一新兴学问倡导者的身份与姿态。梅新林的《中国文学地理形态与演变》[⑤]，提出"场景还原"和"版图复原"的文学地理学理论，并梳理出"本地地理"、"流域轴线"、"城市轴心"、"人文流向"等富有动态感的关键命题，为文学地理学准备了较为充分的理论思考，不过其学术重心仍然在文学家的地理分布，只不过更多地强调了文学地理因素的变异性和流动性。

曾大兴从研究词学出发，转而对文学家地理分布的研究可谓顺理成章。在中国经典文学作品中，词作的社会文化和自然文化感兴较为强烈，其地区差异往往比其他体裁

① 中山大学出版社，1990年。
② 《中国历代文学家之地理分布》，湖北教育出版社，1995年。
③ 当代中国出版社，2007年。
④ 中国社会科学出版社，2011年。
⑤ 复旦大学出版社，2006年。

的文学作品更其明显。颜之推《颜氏家训·音辞篇》所言:“南方水土和柔,其音清举而切诣,失在浮浅,其辞多鄙俗;北方山川深厚,其音沉浊而化钝,得其质直,其辞多古语。”虽然并非专议词作,但以“音”、“辞”为关键词,则指涉显然更偏向于词类。曾大兴的踏实和深入之处在于,以切实的考察集中进行文学与气候关系的研究,认为在一切作用于文学家的地理自然因素中,气候和物候是最重要最关键的因素。他以类似的题目申报并获批国家社会科学基金项目,并完成了《文学与气候之关系研究——论气候对中国文学家的生命意识之影响》[①]。这部著作看似在原有的作家地理分布研究的基础上缩小了论述范围,其实则是大大深化了原来的命题。这样的研究将中国传统文论中的“应物斯感”与西方文论中的“风格即人”这两个关键命题别致地结合在一起,发现了这样一个文化事实:中国文学家及其创作的地理学影响,往往集中体现在气候和物候的感应方面,而这种气候与物候的感应,其关节点乃在于文学家的生命意识。不同的地理方位刺激起文学家生命感兴的因素乃是有规律的同时又是动态的气候与物候,文学家将此生命意识衍化为审美情怀和文学情怀,于是不同地域的文学家其感怀内容以及其表现风格,都会出现较明显的差异。一定地理环境的气候、物候,激发起文学家相应的生命意识,由这种生命意识衍化为或对应为一定的文学感怀及其表现风格,这是曾大兴揭示和描述的一条重要规律,这条规律的学术支点和力点是找到了生命意识这样的中间环节,实际上也是文学的地理学研究的内在文化奥秘。

曾大兴的相关学术论述中很少将这样的学术发现称为规律。我觉得将之称为规律并无太大的学术冒险。由生命意识的感触引发出文学的情思,这是古已有之的理论自觉和审美自觉。历代文人所乐言且有深解的“感时”文思,无论是“感时凄怆”或者是“感时伤物”,都是由时间维度(时序)触发生命感兴进入文学情怀的表现,而时序对生命意识的激发也应该体现在气候、物候的变化与触发中。这是非常容易理解的,也是为古代文学家和文学理论家所反复揭示了的规律。杨义、曾大兴的研究不过是对这一规律的一种重新阐发,但曾大兴的阐发则是从空间维度上展开的。他由文学家的地理分布发展到对古代文学进行地理学的研究,进而深入剖解地理学因素对文学家影响的内在奥秘,重新发现了气候、物候对生命意识的激发等“感时”现象,与古代文论中的“感时”文思说殊途同归。显然,“感时”文思说是历代文学家通过类似的文学母题及其文学表现提炼出来的审美规律,而从地理学、气候学、物候学抵达生命意识的“感时”现象,则是研究者的学术发现和创见。从地理学及相对应的气候学、物候学的空间维度进入了已成学术定论的时间维度,在与时间维度相重合的意义上进一步确认:气候、物候影响文学家的生命意识,影响文学家对生活与写作环境的选择,影响文学家的气质与风格,影响文学家的灵感触发机制,乃至影响文学作品的主题、人物和内部景观。这一空间维度的

① 部分成果刊载于《文学地理学研究》一书,商务印书馆,2012年。

有关文学规律的揭示，与时间维度的相应的文学规律顺利地完成了无缝对接，不仅意味着其学术任务的圆满完成，而且也彰显出其学术开拓的鲜明与圆润。

前人的“感时”文思说，已经充分揭示了文学创作对于季节、气象、物候甚至天气的感应与反应，乃集中体现于相应的生命意识，而曾大兴则由文学的地理学研究、气候学研究，从空间维度抵达了这一理论，并且揭示了相应的规律。这种规律所包含的理论深度似乎与古已有之的“感时”说形成了某种“对冲”关系，但一种规律的揭示哪怕在相对浅显的理论层次上都具有弥足珍贵的学术价值和文化意义。斯达尔夫人在《论文学》中阐述了这样的规律或者现象：北方天气阴沉，居民十分忧郁，基督教的教义和它最早那批信徒的热忱加重了他们忧郁的情绪，并给他们提供了方向；而南方人民禀性偏于激奋，现在则易于接受与其气候及趣味相适应的沉思默想的生活。① 其实这样的理论和判断早在中国的隋代就已存在，前述颜之推学说虽然理论有些武断，立论含有偏见，例如将南方音词理解为浮浅、鄙俗之流，殊失公允，但对南北方文脉风格的差异性的解读，足以与斯达尔夫人的理论形成“对冲”关系。不过即便如此，斯达尔夫人的理论毕竟揭示了远在西欧的南北方文学差异的规律与现象，其超时代的学术影响和世界性的理论意义从未被这种可能的“对冲”所磨蚀。在这样的意义上，曾大兴的学术贡献和理论贡献更不可能被“感时”说的理论“对冲”所磨蚀，他揭示的规律具有自身的理论内涵，他从一个完全不同的维度——空间维度揭示了生命意识对气候、物候感应的规律，他因此证实了甚至可以以自己名字进行命名的那种文学的地域性定律。

2. 从文学的地理学研究到文学地理学建构

杨义教授从文学地图的绘制开始，走上了令人瞩目的通向文学地理学的路径，所贡献的成果与他的东方叙事学研究同样厚重，而他卓越的学术影响无疑为文学地理学的诞生提供了特别强大的助力。一些富有学术锐气的学者在这方面显得更加成竹在胸，已有步骤、有节奏、有板有眼地铺展起文学地理学的学术构架，虽然这方面更充分更丰沛的学术实践者如曾大兴、杨义等都还在左顾右盼，异常审慎地将自己的研究标示为文学的地理学研究，都还只是将在他们的相关著述中已成熟到呼之欲出程度的文学地理学视为一种正逐步抵达的学术目标。

杨义的专著《文学地理学会通》，虽然沿用了文学地理学这一概念，但他的立意却只是在于“希望画出一幅比较完整的中华民族的文化或文学地图”，仍然是文学地图的一种学术绘制，其大的志向在于“要与当代世界进行平等深度的文化对话”，“显示我们现代大国的文化解释能力”，但在文学地理学建构的学术企图心方面，还显得相当低调。曾大兴在相关研究中，对文学地理学也始终保持着热忱而矜持的态度，体现出他学风的

---

① 斯达尔夫人：《论文学》，人民文学出版社，1986 年。

严谨与持重。当然,学者都会有类似的冲动,将自己的学术研究独立为一门学问或者擢升为一种理论,那样的成功无异于思想家对某种“主义”或者“学说”的精彩建构。那是一种成就的诱惑,更是一种境界的召唤,因而可以演化为一种巨大的学术冲动。没有这种学术冲动的研究者很可能只属于在学问上行之不远的那一类,于是,对文学进行地理学研究的学者都有理由投身于文学地理学的建构,并在这方面表现出应有的热情与冲动。重要的是应善于将这样的学术冲动掩藏于翔实、缜密及多方位、多维度的学术考察和学术解析之中,以具体而丰富的学术成果确证文学地理学的学术特点、学术优势和学术可能性,为文学地理学的学科建设和学术体制建构做一些扎实、踏实而且朴实的文学史准备和理论准备。对于正在建构中的文学地理学来说,学者所做的工作应该不是忙于挂招牌,展旗帜,而是先求其学术范畴的步步为营和研究方法的切实可行。所有的这些工作虽然不是默默地进行,但却是有条不紊地、有秩序有系统地进行着。

于是,学术界虽然从来没有放弃过文学地理学的建构以及相关的倡言,可是更倾向于低调地将文学地理学视为一种文学研究的视角与方法,作为这门学问建构的理论与实践的基础。文学家的地理分布研究,的确已经为中国古代文学研究带来一个崭新的研究视角。这一研究视角突破了单纯从时代背景认识作家、分析文学现象的习惯性视角,将文学产生的空间和地域条件当作文学认知背景和作品分析要素,使得南北文学的区别、东西文学的分野、山海文学的迥异、朝野文学的悬隔,在地理学的空间关照中得到学术的凸显。这是地理学在文学研究范畴的一种应用,也是文学研究引入地理学知识系统的一种开拓,是文学研究借地理学这一他山之石拓展自己学术空间的成功尝试。这方面可贵的学术精神体现在不断拓展中,伴随着不断追问,不同的地理环境影响了文学的风格与文学家的精神气质,然而这种影响是通过怎样的途径实现的?非常接近事实本真的回答已经得出:不同地理环境所提供的气候条件和物候条件,是这种地理因素影响力发挥的主要方式。学者们找到了这种影响发生和深化的学术理路和逻辑方式:一定地理环境中的气候条件或物候特征,刺激起或作用于文学家的生命意识,由此造成文学风格的不同甚至文学家人格风范的差异。以生命意识研究文学与地理的关系,当然更研究文学家与自然条件的关系。生命意识及其与气候、物候的联系,也是前人学术智慧中时有隐现的内涵。但前人的气候、物候与生命感兴的关系研究都从时间之维展开,“春游芳草地,夏赏绿荷池。秋饮黄花酒,冬吟白雪诗”,或者“春水满泗泽,夏云多奇峰。秋月扬明辉,冬岭秀孤松”等气候与物候相结合的描述,乃是前人通行的认知和审美表述习惯,这一习惯将所有的空间、地域理解为同一的对象,只有时序在流动、变化并生发出差异。文学家与地理和气候关系的研究对人们的这一学术和文学习惯作了有力的补正,甚至从方法论上作了颠覆性的修正:对于地大物博的古老中华而言,不同的地理环境所呈现的气候序列与物候特征,及其给予文学家生命感兴与审美感性的冲击力,存在着关键性的差异,这样的差异构成了文学地理认知的主要依据。

3. 文学地理学面临的挑战及发展余地

当然，文学地理认知并不就是文学地理学。作为一门学问甚至一个学科，文学地理学所要求的框架内容要复杂得多。它的学术内涵和外延需要进行详细而缜密的论证，它需要框定属于自己的资料系统和理论系统，它需要阐明独特而可行的研究方法。更重要的是它须揭示文学地理的一般规律。

只有成功地揭示了相关规律性的内涵，学问的力度和学科的可能性才能得到彰显与保证。文学的地理特征包括文学地域的风格差异，作为文学现象和文化现象可谓彰明较著，然而作为一种文学规律，则存在着许多学术问题。一般而言，一定的地理条件、山川风貌、气候景象，会对长期活动在这一区域的文学家产生长久的影响，在他们的作品中会有较强烈的反映和较厚重的沉淀，这样的反映和沉淀会造成某种风格特征，那么这样的风格可谓文学和审美上的地缘风格。然而，这是否意味着在同一区域活动的文学家都会有同样的风格？文学家生活的地理空间和相应的自然环境，对其生命意识和生命感兴无疑会产生相当的影响，这是一种人文学的必然；而这种影响如果诉诸文学表现，则往往体现为文学表现的风格，风格的构成因人而异，其所涵容的主观性因素十分复杂，人文学的必然一般来说很难转化为风格学的必然。研究文学地理学需要非常谨慎地面对这种人文学与风格学的必然差异。

文学家创作风格的形成，其资源相当复杂，地缘因素和地理条件仅仅是其中的一个方面的因素，而且对于一些文学家来说，这方面的因素所起的作用可能较为显著，可对另一部分文学家来说就可能较为潜隐。更为复杂的是，文人对某一地域山川风貌、气候景象的感受与表述，其强烈程度和频度往往并不都是与他们在该地域生活的时间甚至体验的深度成正比，一个初来乍到的诗人面对从未目揽过的神异的群山或者从未亲临过的浩瀚的大海，其讴歌的热忱可能远远超过常住山间与海畔的文人。李白来自西北高寒地带，但对大海讴歌的热忱冠绝当时。文学家常常对陌生的地理风貌有一种难以阻挡的新鲜感和难以遏抑的歌唱欲，这其中可能包含着人类审美认知的一般原理：人们对空间物象的审美感受往往表现出趋异性，而对时间形态的审美感受则常常体现出认同性。忆旧的情结属于时间的感兴，面对时间之维，每个人都有回不去的故乡，一群人、一代人会拥有一个永久难以忘怀的集体记忆，特别是这样的集体记忆承载在特殊的声音之中，例如歌曲等等，便很容易唤起这群人或这代人的集体认同感。然而空间之维的情感反应就不会这样简单。人们熟悉的空间、地域与相关的风物固然能令人魂牵梦绕，但每当人们接触到他乡的风景，异地的景致，特别是那种至大至美的陌生景观，往往会形成巨大的审美冲击力，令人酣然久之而难以释怀，令人怦然心动而至于难以自持。如果是诗人，如果是作家，会非常自然地将自己的笔墨浸入这陌生的空间，将自己的情愫倾注于这神异的景象，其讴歌的力度或描写的频度可能会远远超过对他们故里俗景的文学表现。这给文学地理学的研究就增加了许多困难与变数。文学地理学必须直面这样的困难与变数,在更加深蕴的理论开掘中解决这样的问题。

同时,在文学创作的构思环节,地理风貌等空间意象的占位又呈现出不同的层次。异域、异地的风物景观可能会非常频繁地出现在文学和审美的表述之中,但一般不会对文学家的意象思维产生深刻的影响和长久的作用,能够产生这种影响和作用的地理风貌和物候现象,只能是与特定文学家深刻的生命体验密切相关的那些自然因素,包括该文学家长期濡染并置身其中的原乡风物与故地景观。现代著名诗人郭沫若的创作情形或可以说明这一点。郭沫若在1950年代与蒲风等谈到自己30年前的早期创作时,矢口否认自己的山水构思与家乡的山川景象有关,认为基本上都是日本九州博多湾的景象描写。如果从实景描写的角度而论,他的说法是可信的,因为他太醉心于博多湾的松原与大海,诗文写作常实写那里的风物景致。然而在进行虚拟性的意象构思与表现时,故乡峨眉山和乐山的秀丽雄壮会起到深刻的甚至为作者自己所浑然不觉的影响作用。在一篇题为《月光下》的小说中,一个有良心的知识分子名叫逸鸥的,在忏悔自己前年在儿童剧社讲课的失误,便是将“江南可采莲,莲叶何田田”中的后一句误释为“田里种着荷花,一个田又一个田的”。这种意象虚构显然并不基于海边或平原的博多湾,而是基于有着层层梯田的南方高山景象:那一块块梯田满载着稻秧的碧绿在山腰中的呈现,恰能令人联想到一茎茎莲叶的摆舞。这种关于“田”的意象,在空间景象方面已经远离了平原地区硕大平展的农田,而深深印刻着南方山区远望如绿色叶片的梯田形貌。这种能够参与文学家意象构思的地理风物往往是深层地沉淀在文学家脑海中的桑梓元素或原乡景致,成熟的文学地理学应能揭示出这种深层的地理因素与作品表层面的地理物候描写之间的复杂关系。

可能还有许多现象、规律和问题,需要成功的文学地理学拿出自己的理论,作出自己的阐释。审慎的学者如杨义、曾大兴、梅新林等,也许意识到这些复杂现象和问题的存在,对文学地理学的学术和学科呈现持非常慎重的态度。然而这些现象和问题的存在,只是引起文学地理学的研究者更深入的研究兴趣,而不应该成为阻滞这一古老而年轻的学术课题进一步开掘与生发的障碍。

四、空域意义上的纪游文学研究

纪游文学虽然在文学研究中并不占显要位置,就像当代文学写作中纪游文学的写作并不占显要位置一样,然而,如果宽泛一点理解纪游文学,则会发现,纪游文学与人类最初的文学想象联系得特别紧密,与中外文学历史发展的主流线索直接相关,实际上是人类文学文化的一个重大主题。虽然到了新文学历史时期,尤其是在汉语新文学时代,纪游文学退隐为一个专题性写作，与文学发展的大势拉开了一定距离，但纪游文学还是给汉语新文学的现代运作和当代发展提供了许多有价值的参照，也为汉语新文学的学术研究提供了有意义的资源。

1. 中外古代纪游文学的原型意义

纪游文学对于世界文学史而言，具有比一般研究者想象的更为重要甚至更为本质的历史意义，它不仅仅是一种特殊的文学题材、文学类别，更是一种本质：通过神游对神话境界作想象性的抵达，反映着伴随神话原型崛起的原始思维类型。

公元前10世纪左右，东方世界出现了《山海经》；公元前8世纪，西方世界出现了荷马史诗《奥德赛》。差不多200年时间，东西方都以各自的经典构建了既属于自己也属于世界的神话系统。非常有意思的是，这些基本的神话系统都以主体虚拟旅行的方式，通过不断的行走和发现（当然是虚构性、想象性的景象和事物的"发现"）构架自己的叙述体式。这种共同的构建方式可以通向一个潜在的理论：古人不仅在远古时代设计了各自的原始神话，而且还设置了抵达这种神话境界的路径与方式。神话系统构成了人类文明的基本原型系列，而虚拟性的旅游（实际上可以称为"神游"）成为人类抵达原型文化的一种逻辑方式和一种历史途程。从这一意义上说，正像《山海经》与《奥德赛》所呈示的，人类的神游——旅游最初的形态和想象性体现——实际上具有文化原型的意义。

《奥德赛》是典型的神游文学。它的前篇《伊利亚特》可谓英雄传说的经典，《奥德赛》则是神话的原型。它叙说特洛伊战争结束后，希腊将士们陆续返回故乡，足智多谋的奥德修斯率领自己的船队在海上继续漂流。他们到了许多海岛和不同的海岸，经历过各种神奇的袭击，与包括海神、风神甚至是万神之神的宙斯在内的各路神祇展开斗争，同时与阿伽门侬、阿喀琉斯等英雄的幽灵相伴，历尽千辛万苦回到了自己的宫殿。因为所有的遭遇都来自强大的神祇的惩罚或报复，奥德修斯一路历险充满着牺牲的悲壮、痛苦的伤感和挫折的绝望，他们所借助于漂流海上的船筏等一次又一次地被众神发送的雷霆或巨浪、飓风甚至利剑等击溃，他们的每一步艰辛都包含着血泪和剧痛。

比《奥德赛》早约两个世纪的《山海经》则不是一个故事性的史诗，而是一部以神话传说为主线，以方物景象的叙述为主要内容的经典，涉及古代地理、动物、植物、矿物、巫术、宗教、历史、医药、民俗及民族等方面，其成书时间及过程多有异说，一般认为版本意义上的成书在于西汉刘向、刘歆父子的校刊，而内容上的成书则完成于周朝前期，所记载内容的时代背景一般认为推至大禹治水时代，有人甚至认为该书的作者就是大禹本人，书中所载不过是大禹治水并定九州之际的工作簿本，等等。《山海经》无疑是汉语文化中最早的神话，尽管它的传载方式很独特，不是通过情节性的叙事，而是通过地理、风物、方术等，但它所传载的神话精神与《奥德赛》非常接近：展示着人类未知世界的旷远、博大、神秘、奇诡，诉说着人类难以抵达的神话境界的伟美、壮丽，表达人类在希图抵达却最终无法抵达此一神话境界的悲剧感、疼痛感和绝望情绪。诚如其书《海外南经》所言:“地之所载,六合之间,四海之内,照之以日月,经之以星辰,纪之以四时,要之以太岁,神灵所生,其物异形,或夭或寿,唯圣人能通其道。”诉诸人力,显然无法抵达,至于人识,更属无法认知。

于是,在现有的文化人类学的神话原型认知系统中,神话自身的境界也即原型本身得到了较为充分的析理,但人类对神话境界抵达的冲动以及路径与方法的设计,也就是原始神游母题的开发,却很少得到关注与揭示。这或许应该留待于纪游文学研究视角的确立:原始神游文学应该被理解为现代纪游文学的审美原态。

《奥德赛》与《山海经》在神话原型的内涵构造方面拉开了东西方文明的距离。西方原型以海洋文明为主,正像奥德修斯的旅行以及后来鲁滨逊的漂流等所显示的那样,而东方原型以山林文明为主,《山海经》中一般都记叙山林奇物,即便是《海内东经》,从一般的常识出发应该是关于海的叙述了,但仍然充斥着山林文明:“大江出汶山,北江出曼山,南江出高山,高山在城都西。”直到现代武侠小说中,充斥其间的都是各种洞主和山头派别等等。重要的是,这两个经典在神话境界的抵达即神游方式上同样体现了东西方文明的原初距离。《奥德赛》中的主人公们始终离不开船舶、木筏等“现实的”乘载工具,这些乘载工具每每成为神祇们打击和破坏的对象;《山海经》中的各种神仙之境仅仅通过意念和想象庶可抵达,一般很难通过舟楫或别的交通方式实现抵达。这种对于神话境界抵达方式的原始预设,显示着东西方文明在思维惯性上的差异:西方文明侧重于对工具理性的重视与期待,东方文明却更多地借助于意念理性而不重视工具理性。东方文明给予这种不借重工具而实现神游的原始思维方式以一种充满意念理性和哲学意味的概念:“无待”! 庄子《逍遥游》中给“无待”作了这样的定义:“若夫乘天地之正,而御六气之辩,以游无穷者,彼且恶乎待哉。”

这种“恶待”也即“无待”的神游境界,不仅在《逍遥游》中有充分的体现,便是在屈原的《离骚》中也都得到了卓越的体现。而与之相比较,但丁的《神曲》主人公虽然上天入地,但每一步都需要借助于非常现实的行走,甚至都关注脚步的每一次迈动,在一种“有待”的“现实”状态中艰难而痛苦地串行着。

无疑,原始神话所设定的东方的“无待”神游使得后来的神话文学主人公一般都无须借助于某种特别的乘载工具,他们或腾云驾雾,像孙悟空所擅长的那样,或以各种离奇的神兽作为座骑。而西方的“有待”神游使得他们后来的神话文学主人公就无法那么潇洒,他们或者需要一个神奇的拖把、笤帚之类夹在胯下,或者在阿拉伯神话中需要一个神奇的毛毯作为飞行之器,或者,用非常踏实的脚在地上现实地行走。尽管神游的方式有别,但神游的精神体验却惊人地一致:都是抒写灵魂的痛苦,生命疼痛感的体验,用《离骚》中的话说,是“长太息以掩涕”的行旅:“忳郁邑余侘傺兮,吾独穷困乎此时也。宁溘死以流亡兮,余不忍为此态也。”而《神曲》第三首《地狱之门》则谓:“通过我,进入痛苦之城，/通过我，进入永世凄苦之深坑，/通过我，进入万劫不复之人群……”

中西方古典文学由此形成了共同的伟大传统，对于伟美壮丽的神话境界表达身不能至的痛苦和心向往之的焦虑。经过中世纪文学的锤炼，原始神游文学向俚俗的流浪汉文学过渡，西方在 15—16 世纪兴起了流浪汉文学的高潮，东方则在 16—17 世纪之交产生了传统汉语白话小说“三言二拍”，其中多含有流浪人的叹息或平民浪迹人间的故事。与此同时，英雄漫游的作品也从流浪汉文学之侧应势而起，西方典型的作品是西班牙塞万提斯的《唐吉诃德》，东方的代表作则是清代李汝珍的《镜花缘》。叙事文学长期盛行的这种由神游、漫游和流浪组成的空间频繁变换的表现法，从构思到表现都相当自由，对这种表现法的约束愿望也许发展成了 17 世纪以后古典主义戏剧“三一律”原则提出的强劲动力。然而文学构思和表现的自由终究难以遏制，冲破古典主义戒律的不仅是浪漫主义思潮，更有一股较为强劲的回归流浪和漫游文学的内在动力，这样的动力促成了 18—19 世纪感伤行旅文学和历险记文学的繁盛。劳伦斯・斯特恩的小说在中国被翻译成“感伤的行旅”，原题为《在法国和意大利的感伤旅行》，它开启了感伤主义的滥觞，同时也培养了中国一代新文学家的感伤气质，包括写有《感伤的行旅》同题作品的郁达夫。历险记类的文学作品则有斯威夫特的《格列佛历险记》、史蒂文森的《金银岛》、马克・吐温的《汤姆索亚历险记》等等。在中国，结束传统文学开启汉语新文学的代表性作品，刘鹗的《老残游记》等同样恢复了这一传统，沈三白的《浮生六记》也有这样的文化意义。其实，《红楼梦》等经典巨著虽非纪游体作品，但其中最具魅力同时也最见表现深度的恰恰在纪游性的内容上，如贾宝玉数次游太虚幻境、刘姥姥游大观园等。

纪游文学是东西方文学的一种原型形态，代表着人类文学原始生态的某种本质方面。这种本质与人类原始思维的本质属性密切相关：为了神话伟美壮丽、卓越神奇境界的抵达，文学必须忍受生命的疼痛，必须领略面临困境的悲苦，必须体尝远离的艰辛甚至绝望。纪游是一种人生历险和灵魂冒险的记录，它可以有效地拉伸人们本来蜷曲着的精神状态，寄托人们对于未知世界和无限空间的向往。

2. 汉语新文学最早独立的纪游书写

汉语新文学的兴起以人生的表现甚至自我的表现为精神目标，山林文学和休闲文学自然成为批判的对象，纪游文学又与传统文学有着紧密的联系，因而自然属于批判和清算之列，这样的文化语境决定了纪游文学不可能成为新文学的主流品类，也不可能得到特别的倡导与重视。

陈独秀的《文学革命论》是新文学倡导的发难之作，其赫然大书“三大主义”，对“贵族文学”、“古典文学”和“山林文学”发起锐利的攻击，其中“山林文学”体现的正是古典文学鼓吹隐逸、倡导神游的文学传统，这样的传统正好是新文化需要进行批判、新文学必须加以扬弃的对象。在这样的思想观念基础上，传统纪游文学必然难以直接赓续。

新文学面临着更为迫切的人生问题;现实人生中的痛苦与悲哀之深重,足以充实那个时代文学家所需付诸表现的悲剧感,无须通过想象性或体验性的纪游文学承当这样的表现职责。凡是现实主义或古典主义高涨的时代,纪游文学便不会大行其道,只有浪漫主义和感伤主义时代才会形成纪游文学的肥沃土壤。鲁迅及文学研究会的创作中纪游成分较少,而郁达夫、郭沫若等人的创造社文学中纪游成分明显增多,如郁达夫的小说《南迁》,郭沫若的小说《漂流三部曲》等,都有当时有影响的名篇。这样的现象也反映了文学倾向性与纪游文学的某种对应关系。一般而言,现实主义作品较多地观照人的物质生存状态,浪漫主义作品则侧重于表现人的精神生活层面;物质生存状态的困厄令人难以顾及浪游的选择,而精神的冒险和浪漫则鼓励着远行的冲动。

正如《感伤的行旅》所揭示的那样,郁达夫的游记散文带着感伤主义的强烈记忆,每一步出游或回归的旅程都充满着生命的疼痛、情感的挫折和情绪的感伤。他的小说如《南迁》也带着纪游色调。革命文学家瞿秋白通过著名的《饿乡纪程》,将纪游文学推向新文学的神圣祭坛。带着革命的罗曼蒂克倾向的文学家开始很自然地恢复纪游文学的文化传统,蒋光慈的《少年漂泊者》最为典型,主人公汪中就是一位感伤的浪游者。由此影响到革命宦游体的小说、洪灵菲的《转变》。

田汉的几乎所有剧作都或多或少地呈现出感伤的行旅的情感色调,最典型的当然是《南归》和《古潭的声音》。《南归》是田汉创作中的代表诗剧,主人公辛先生是一位为了爱与美浪迹天涯的诗人。有一天他告别了他曾经驻足休憩的江南小村,决心回到东北,去寻找他当年的恋人,一位美丽的牧羊姑娘。但他没能找到,带着身心俱疲的沉痛,带着无尽的伤感,他南归了,想来江村重会痴情地等待着他的春姑娘。然而,春姑娘的母亲却告诉这位诗人,春姑娘已与同村的小伙子结下亲缘,于是痛苦的诗人只得离开,背起自己的行囊,拿起自己的手杖,向着更远的未知世界继续流浪。这种流浪痛苦而感伤,但在春姑娘的心目中却充满着诗性的诱惑,她这样对那位一直痴情地追求她等待她的小伙子表述对诗人的向往——那竟然全是因为美丽的流浪:

> 你瞧他,他跟你是多么不同:他来,我不知他打哪儿来;他去,我不知他上哪儿去,在我的心里他就跟神一样。不管是坐着,或是站着,他的眼睛总是望着遥远遥远的地方……

这是春姑娘的表述,也是春姑娘的独白,还代表着田汉以及南国社的波希米亚式的审美理想。浪漫而伤痛的南国事业其实就是以行旅的方式呈现于历史与时代的,犹如一出悲怆的行为艺术的上演。那时候,田汉带着一批艺术青年,怀揣着艺术之梦的理想以及对于必然面临的人生困厄的坦然,流转于上海、苏州、杭州、南京之间,甚至于选择走向更远的广州,一边旅行,一边创作,一边进行戏剧演出,一边实践着南国艺术学院的教学事业。这是 1920—1930 年间中国文学和中国艺术现场的一场生动的行旅概况，一种永存于中国现代文化历史的艺术行为，其中充满着艺术的激情与无尽的感伤，一如那时候田汉的戏剧创作及其所显露出来的审美情调。

田汉及其艺术团队的艺术浪游行为被他们自己，也同时被评论者和戏剧史研究者比喻为艺术上的波希米亚现象。[①] 其实，他们的创作、演出和艺术追求在哲学命意和生命命意上完全属于他们自身，属于他们自身所处的时代，以及那个时代的文学生存方式的自我选择，特别是在创作上与外国的文学艺术行为方式的影响力并不直接关联。也正是在这样的时代，中国现代文学在大部分领域、大部分题材表现方面仍然沉陷在外国文学的强势影响之中，仍然多属于比较文学研究的当然议题，然而在纪游文学写作方面，甚至是在与外国文学艺术方式有密切关联的相关创作方面，却已经走出了比较文学的范畴，走上了中国现代文学家独立求索的写作之路。从文学题材方面来分析，与人生的现实体验和艺术的自我选择直接相关的纪游文学较早地取得了汉语新文学的自身独立性。既然人生的游历和心灵的游历都只能基于自己的生活体验和生命体悟，外国文学在这方面就难以成为先导与榜样，甚至于诸如《浮生六记》这样的性情文字，虽然在其文本被发现的时候确实热闹过一阵，但也同样难以成为现代纪游文学的仿效对象。因此，纪游文学可能是中国现代文学最能体现其原创性的类型文学，虽然它自身在那个时代并未真正形成气候。

如果说南国社的"浪游"反映着一批青年文学艺术家主体性的浪漫选择，则一批现代文学家在种种情形下被迫迁徙的纪游性文学，更构成了 1930 年代以后中国现代文学的独特景观。在这个意义上，以九一八事变后东北流浪情感抒发为主要内容的政治流浪文学是一种特别意义上的纪游文学。其中较为动人的记述来自两位杰出的青年作家伴侣，萧军和萧红。他们的家乡被日本帝国主义者野蛮强占，他们走上了艰难的逃亡之路，当他们走出"荆天棘地的大连"，"第一眼看到青岛青青的山角时"："啊！ 祖国！""我们梦一般这样叫了！"[②]

这"梦一般"的叫喊之中，显露出悲愤与伤感，以及相关的浪漫蒂克情愫等，仍然是这类作品的基调。田汉在电影《马路天使》中谱写的《天涯歌女》伴随着女星甜美的演唱典型地表达了这种因时事所迫不得不背井离乡作天涯之游的情形与情愫："家山呀北望，泪呀泪沾襟……"

这是典型的中国式的浪游情怀，也是与中国诗学的审美传统结合得最为紧密的审美情怀。虽然浪漫的伤感及其表述带着西洋文学的旧世纪痕迹，但这样的作品从来就不是比较文学的当然对象。

作为现代纪游文学的一脉主线，"感伤的行旅"几乎从未间断，与 1930 年代萧红、萧

---

① 朱寿桐：《论田汉的波希米亚式戏剧风格》，《文学评论》1998 年第 3 期。

② 萧军：《大连丸上》，《海燕》月刊，1936 年第 1 期。

军，艾芜的《南行记》、沈从文的《长河》等相衔接，1940年代出现的徐訏的《阿剌伯海的女神》，无名氏的《北极风情画》等作品，都延续着这样的纪游传统，同时也沿袭着感伤的情绪表现的传统。

纪游文学是汉语新文学的重要组成部分，而且由始至终都占据着文学创作的重要位置，包括周励等海外汉语文学家都致力于这方面的建构并取得突破性的成就。但纪游文学的研究一直被视为边缘化的课题。殊不知西方文学的原初形态例如荷马史诗等，其实都是纪游体的文学。某种意义上说，纪游文学是人类文学文明的原初形态，也是人类文学文明的基本形态之一。因此，应该从学术文化史和学术方法论的高度看待纪游文学的研究，以此恢复纪游文学在整个汉语新文学过程中的地位。

第十一章
媒介研究与中国现代文学研究方法的更新

中国现代文学与中国古代文学的重大区别最外在的体现是媒介不通，传播方式不同，因而研究方法也要作相应的变通。因此，中国现代文学研究更需要加入媒体研究，包括报纸、刊物研究，出版机构研究，丛书研究，等等。有些研究者聚焦于非主流媒体的文学研究，如发掘小报的文学资源，这些都是从媒介角度研究中国现代文学的一种理路开拓。

一、媒介文化与中国文化新旧传统

不但是在中国现代文化和文学时代，便是在传统文化的语境下，传媒与文学、文化的关系也相当紧密。只是，一时代有一时代之传媒，一时代有一时代之传播方式，这些都应该是文学、文化研究需要加以重视的。当然，媒介不单是桥梁，也是抵达的路径，是文学文化的大道与坦途；媒体介质的精彩在精彩的当下，媒介文化的深邃在深邃的往古。

1. 中国传统文化的传播特性认知

中国传统文化博大精深，体制浩繁，当然不是几句话就能够概括得了的，甚至是专门的文化研究者也常常都讲不透，说不清。中国文化的研究者总是在力图有效地、有力地概括中国传统文化，但最终只能在概括者所熟悉的某些方面抵达对中国传统文化的特征性总结。从思想史的角度看到诸子哲学的伟大传统，从文学史的角度看到了诗骚传统，从社会史的角度看到了农耕文明的传统，从经济史的角度看到了轻商文化的传统，如此等等。那么，在这样的专题意义上，应该也能从传播的角度审察中国传统文化的特色与规律及其所构成的伟大传统。

从这一角度可以总结出中国传统文化的一个重要传统，就是传播及其传播结果具有思想本体的意义。传播在我们一般的理解上只是手段，是桥梁，是路径，而不是思想和精神的本体。但由于中国传统文明具有特殊的发展节奏与程式，我们最终往往会将本来诉诸传播的文本当成经典文件本身。孔子的《论语》，应该就是关于孔子学说的传播文本的集合：他的弟子和再传弟子们决定为夫子编一本经典性的言论集，就各自依照自己的记忆写下自以为是孔子的言论，其实这些言论到底有多少成分是孔子的原话，我们根本无法考订。我们今天所读到的先秦典籍，可以判定的最古老、最可靠的文本也都是汉代的文本，是通过各种方式传播到汉代以后，才进行定型处理的结果。

传播即本体的传统文化思路，看起来似乎是为传播学"加持"的，其实也会造成一些不理想的后果。例如我们今天看到最古老的文字是甲骨文，而甲骨文主要承载的内容是卜辞，这就给后人留下了这样的印象：我们最早的文字书写就是印刻在甲背、兽骨上的，最早的文献就是占卜用的这些卜辞。这实际上是一种误导，已经有相当文明程度的中国人的祖先其实一开始可能哪里都写，包括在石头上（岩画之类便是），更多的可能是写在木头上，在树叶上，在地上，在动物的皮上，其内容可能与日常记事、记账、记天气多有关系，但是这些东西由于材质易腐无法付诸历时性的传播，很快就消失了，因而我们不知道它们真实存在的样貌。正好那些甲骨文流传下来了，它们坚韧地、勇敢地完成了历时传播，于是让3000多年后的人们还能看到它们，让罗振玉、王国维、郭沫若等天才的现代人看到它们并且辨识它们，亲近它们。它们的传播方式以及它们所承载的内容能够抵达后来的现代人，为后人所发现，所珍视，实际上纯属偶然。后人以这种传播的内容为远古时代文化的本体，甚至全部，这是一种误解。但这是一种无法确证因而也不必负责任的误解。

以传播代替本体的传统经典运行方式，积累而成的学术文化和文学文化便是传播途径的神圣化、神秘化，这种传播途径的神圣程度远远超过本体文献自身。在中国古代文学书写的幻想型情节中，总是常常出现各种神秘的秘籍，这秘籍的内容只有天知道，但它们的运行手段和传播途径非常重要。宋江得到的天书乃是九天玄女娘娘所授予，贾宝玉阅读的预示金陵十二钗命运的秘籍乃是警幻仙子所披露，而且是犹抱琵琶式的披露。于是唐僧孙悟空师徒克服九九八十一难取得的乃是无字经书，书中的内容，也就是本体，似乎并不重要，重要的是从何处获得，以及如何获得，重要的是传播过程。金庸《鹿鼎记》中的《四十二章经》是一部系列的武功秘籍，没见它有怎样的效用，但它的获得与秘密传播以及巧取豪夺的藏匿才是至关重要的。

也正因如此，中国古代经典文献运行中的所谓"鲁壁书"现象，其实也是一种传播策略和传播手段而已。没见那个文本与坊间流传的有什么特别，也就是说，经典文本本体并没有什么石破天惊的发现，这本身就说明鲁壁书传说的可疑性。

中国传统文化的建设还明显存在着"时间之维"盛于"空间之维"的传播范式。"文章千古事"是这种传播范式的价值理论的精确概括。也就是说，传之后世远比传至四方显得更为重要。《尚书・禹贡》:"东渐于海,西被于流沙,朔南暨,声教讫于四海。"这应该说是一个较为特别的个案,中国文化很少有这种海洋关怀,也很少有这样的空域关怀。《诗经》整理的结果是各个地方的"风"并列,基本上保持它们自身之间的差异性,这是因为孔子删诗的时候考虑的主要是纵向的历时性传播,至于同一时代不同空间的传播,则基本上未纳入考量。这样的时间之维的纵向传播思路衍生了一种非常消极也非常特别的古代传播方式,叫做"藏之名山,传之后世"。这是一种中国式的人文思维,考虑的重点是在时间之维对后世产生影响。

这样的时间之维和纵向传播的文化产生了独特的文化生态。第一是对纵向的"教"的重视。从孔子时代强调教化,到他兴办教育,强调的都是纵向教育的传统,即将思想和人文精粹通过一代一代的传承、教育而传播、延续,以图发扬光大。可以对比一下,外国人也重视教化、教育,但他们更加注意到空间之维的横向教化的推行,以传教士为典型代表的施教者固然也重视时间之维的延续,但主要致力于教化效果的空间拓展。传教士等西方文化的传道者上穷碧落下黄泉,东西南北到天涯,为了传播福音,为了推广教道,非常注重空间上的拓展与占领。中国传统文化教育中不能说没有这样的现象,但并不占主流。

第二是对文学和思想的表达尽可能精致、优美、圆满,因为要当作"不朽之盛事",以求"千古"相传。这使得中国传统文化典籍大然地带有"理想文体"的意味,思想和精神及其表达也带有"理想类型"的意味。无论是文学性和艺术行的作品,还是思想性乃至政论性的文章,都尽可能写得美轮美奂,因为要传之既久。于是诸如《刺世疾邪赋》、《盐铁论》、《谏佛骨表》以及前后《出师表》都成为经典的文学作品和旷世美文。中国文化传统非常警惕时文,因为时文是一定时间内的应用文体,不具有传播至后世的可能与价值。其实,时文可以用于空间之维的传播与普及,往往不求时间之维的传世,于是在文体和文法方面都不会太讲究,这就是诸如敦煌曲子词之类的文章所注定拥有的命运,也是这样的文体应该具有的品质与档次。原来,这些通常认为通俗文学的文体其品质和命运乃是由传播的维度、传播的需要所形成、所决定的。

2. 全球化时代的中国文化:传播视角的发现

中国的近代化应该是从文化传播、思想传播着手的,正是这样的传播革新将古老的中国拽进了世界发展的潮流之中,纳入了世界文明的秩序之中。无论是否愿意,或者有多少人愿意,中国这条古老的航船进入了走向世界的近代历史,走进了参与世界秩序构建的现代历史,走向了全球化时代的当代情境。

媒介文化就此发生了根本性的、颠覆性的变化。

如果说古代的传播文化和媒介文化基本上呈现出以传播代替思想文化本体的特征,那么,进入世界文明秩序的过程中,中国文化非常注重传播本体的思想素质和文化素质，而对传播的途径并不十分看重。这可以说是近代以来中国文化接受外来文化的一个非常重要的特征，这一特征决定了中国文化在近代以后的巨大开放性和包容性。如果近代中国文化特别强调传播的路径和传播方式，就不可能将明治维新以后的日本的近代文化以及日本近代文化所转传的西方文化当作中国文化开放、包容的直接资源。事实上，中国的近代化接受日本转运和传输的资源相当丰富，西方许多新概念、新术语、新名词，进入中国的近代历史语境和文化语境，都是通过日本的传达与转译而来的，如社会、政治、教育、思想等在我们此刻的论述中须臾不可离开的语汇，都来自日文的转译。有人认为"经济"也是日文转译的，但我们传统文化里面就有仕途经济直说，尽管中国传统的"经济"含有"经世致用"、"经国济世"的更宏大的意思，但这些宏大概念中也自然包含了现代的"经济"意蕴，所以这个词可以理解为中国固有的。总之，包括梁启超等先驱者和启蒙倡导者，都在那时候从日本的近代文明浪潮中借用了许多汉语词汇，以满足中国思想文化近代化的表述需要和传播需要。

须知中国的近代化是明确向西方学习的，是引进西方文化和西方文学的，用张之洞的话说是"西学为用"，所借鉴和选择的目标绝对不是日本文化。长期以来，至少在中国学术认知之中，日本文化是作为中华文化和汉语文明的附属部分得以存在和发展的，现在却需要中国的文化启蒙者向日本近代文化转借本属于中国的词语表述，这在传播途径上是一种逆向传播。但是，中国的文化启蒙者心博大的胸襟和海纳百川的胸怀，坦然接受这样的情状和文化格局，以一种"英雄不问出处"的豪迈与粗粝，积极接受日本文化的逆向传播和回馈性的汉语传输。这与中国古代文化传播中非常强调传播路径和传播方式的套路形成了鲜明的对比。

直接面对西方文学和文化，中国文化启蒙者和新文化倡导者同样是这样的心态，但看思想含量和文化倾向是否符合中国文化引进的需要，而不论这些文本的来路和传输路径。鲁迅重视西方"摩罗"精神和反抗的文学传统，但是更看重俄罗斯文学和文化，认为"俄国文学是我们的导师和朋友"："因为从那里面，看见了被压迫者的善良的灵魂，的酸辛，的挣扎。"鲁迅还认为，只要俄国文学中传达的精神是有帮助于我们的，就应该加以介绍，加以接受，加以研究，"这可见我们的读者大众，是一向不用自私的'势利眼'来看俄国文学的。我们的读者大众，在朦胧中，早知道这伟大肥沃的'黑土'里，要生长出什么东西来，而这'黑土'却也确实生长了东西，给我们亲见了：忍受，呻吟，挣扎，反抗，战斗，变革，战斗，建设，战斗，成功"①。鲁迅这样满腔热情地倡导接受俄国文学，同样是注重俄国文学的本体价值、主题价值，而不是从传播途径以及传播源的文化身份和文化地位进行审定的。免除"势利眼"就是在传播途径和传播源的选择方面更具有胸怀，"英雄不问出处"的胸怀。

① 鲁迅：《祝中俄文字之交》，《鲁迅全集》(4)，人民文学出版社，2005 年，第 473、475 页。

鲁迅一向具有这种“不问出处”而热心推介外国文学、文化的胸襟与气度。他早期与周作人编辑翻译《域外小说集》的时候，“因为所求的作品是叫喊和反抗，势必至于倾向了东欧，因此所看的俄国，波兰以及巴尔干诸小国作家的东西就特别多。也曾热心的搜求印度，埃及的作品，但是得不到”①。鲁迅是那么真诚地介绍和推荐弱小国家的文学家，在 1929 年有人推荐他和梁启超竞获诺贝尔文学奖的时候，鲁迅诚恳地指出，他自己和梁启超都不配获得这项奖项，他觉得倒是自己翻译的荷兰作家望·蔼覃值得获得这样的奖项。

中国现代文学的先驱者和中国新文化的建设者对于外国文学和文化的传播热忱，决定了他们从来就是重视文化资源的品质，而不计较其传播途径和文化主体的身份地位。《小说月报》等专门编辑出版“被损害的民族文学号”，②这一新文学传统到了 1930 年代得到了发扬光大，《文学》杂志编辑出版 3 期“弱小民族号”③。其他如左翼的《世界知识》、《译文》，国民党阵营的《前锋周报》、《现代文学评论》、《矛盾》等刊物都相继推出了“弱小民族文学专号”或登载弱小民族文学作品，一时之间成了一种风气。这风气固然与 1930 年代左翼文艺思潮，从阶级压迫和民族压迫的角度看取文化、文学资源有密切关系，但显然并不完全是这样的原因，国民党背景的刊物也加入了“弱小民族”文学文化的关注与介绍，表明这仍然沿袭、传承了五四新文化以来不计较外国文化资源的传播途径和主体地位的传统。

与中国传统文化的传播思维相对，中国近代文化、现代文化中的传播思维倾向于空间传播，而相对忽略文学和文化传播的纵向的时间之维。这同样是对传统传播文化的一种颠覆。近代以来，文学、文化以及思想、学术的传播主要以现代媒体为载体、为工具、为途径，针对现实、服务现实、立足时代、拥抱时代的文章成为传播的主要资源，这样的思想、文化、文学的传播就基本上显示出时文传播的特点。梁启超主办、主笔的《时务报》，严复的《论世变之亟》等文章，成为近代时文传播的代表性对象，也演化成当时文化的主流。《新青年》主导的所有的思想、文化、文学的讨论，都是对现实和时代作出积极、深刻、激烈的反馈与应对的文字。这种时文传播通向对许多急切的问题和状况的对应与解决，形成了许多以“问题”为标识的热点，围绕这些热点展开的讨论又及时地强化了这个时代言论的主流。这样的传播以纸质媒体迅速而广泛地发行在中国及周边地区铺扬开来，体现出现代媒体所必然具有的及时甚至即时，快捷甚至同步化的特征。无远弗届是这种空间之维传播的效率和能力的体现。传媒的现代化标志便是迅速快捷，及时即时。这样的传播特性在文学方面也有典型的表现。一个新文学社团，只要有实力和

① 鲁迅：《我怎么做起小说来》，《鲁迅全集》(4)，人民文学出版社，2005 年，第 525 页。

② 《小说月报》第 12 卷第 10 号(1921 年 10 月号)。

③ 《文学》第 1 卷第 3 号第 5 号；第 3 卷第 5 号。

精力，一般都会出版多种期刊。文学研究会除了《小说月报》还有《文学周报》和《文学旬刊》，创造社除了有《创造季刊》，又编辑出版《创造周报》，且在《中华新报》上海开办《创造日》的日刊。为什么要采取这样繁复、重叠的媒体策略？就是要反映本社团文学声音的及时性和即时性。对于这些新文学主流社团来说，《小说月报》和《创造季刊》这样一个月出一期甚至一个季度出一期的曝光频率实在太低太慢，于是他们要办周报甚至日报。

强调空间之维横向传播的及时与即时，实际上就是消解了传统文化语境中的“传之既久”、“文章千古事”、“不朽之盛事”的纵向的传播原则，思想、文化、文学传播的向度被调整为横向的空间之维的推衍，这样的传播文本随即被要求现实化、“时文化”、社会关怀性、人生批判性。从《新青年》到《新潮》再到文学研究会，包括鲁迅都认同文学“为人生”的观点。鲁迅认为，《新青年》、《新潮》都拥有“为人生的文学”群体，文学研究会自然也是“为人生的文学的一群”，①“为人生”并将此观点当作现代意识的呈现，现代文学理论的精粹。“为人生”乃是为现实的人生，研究人生，表现人生，批评人生，甚至以期改造人生，所有的努力和工作目标都是现实人生。鲁迅在《我怎么做起小说来》一文中说道，自己写小说“仍抱着十多年前的‘启蒙主义’，以为必须是‘为人生’，而且要改亮着人生”。② “这人生”便是现实的、当下的人生。立足于当下的人生，立意于人生批评，致力于改造社会的文学，当然会放弃了经典营造、“传之既久”的“传统的”文化传播策略与文化承传目标。鲁迅正是这样定位自己的文章的，他这样评价自己收录在《热风》中的作品：“我的应时的浅薄的文字，也应该置之不顾，一任其消灭的；但几个朋友却以为现状和那时并没有大两样，也还可以存留，给我编辑起来了。这正是我所悲哀的。我以为凡对于时弊的攻击，文字须与时弊同时灭亡……”③这里包含着鲁迅的自谦，但言明这些文字是“对于时弊的攻击”，也符合作者写作的原意，判断也相当真诚而中肯。陆逊认为这样的文字“适用性”都不会很久：“去年说的，今年还适用，恐怕明年也还适用。但我诚恳地希望他不至于适用到十年二十年之后。倘这样，中国可就要完了，虽然我倒可以自慢。”④虽然鲁迅的社会批评和文明批评至今并没有过时，也并没有速朽，但这的确不是鲁迅的愿望，他们的文学是“战斗”的，那当然不希望很长一段时间以后还需有这样的战斗，还有这样的时弊需要攻击，还有这样的恶劣现象需要揭露，还有这样的丑陋行径需要批判。在文化传播意义上希望自己的文章“速朽”，这是鲁迅这辈伟大的思想家和启蒙主义者的胸怀与气度，也是他们的初心与使命。

---

① 鲁迅：《〈中国新文学大系〉小说二集序》，《鲁迅全集》(6)，人民文学出版社，2005年，第249页。

② 鲁迅：《我怎么做起小说来》，《鲁迅全集》(4)，人民文学出版社，2005年，第526页。

③ 鲁迅：《热风·题记》，《鲁迅全集》(1)，人民文学出版社，2005年，第308页。

④ 鲁迅：《而已集·“公理”之所在》，《鲁迅全集》(3)，人民文学出版社，2005年，第514页。

3. 数字时代(传媒)文化传统的重续

中国近代以来特别是现代化生活以后的传媒文化,拥有了与传统传播文化截然不同甚至维度相对的新传统。我们应该重视东西文化交汇以后,古今文化融合以后,具有开放包容精神的中国文化的新传统,文学形成了这样的新传统,传媒文化也同样需确认这一新传统。

中国现代文化传播非常迅速地避离了传统传播文化的以传播载体与方式为本体的运作模式,将传播内容的本体属性放在非常重要的位置。这种重视传播本体的思路并不是西方文化思潮进来以后才形成的传统,其实乾嘉学派的兴起,已经为这种追寻文化文本的本体形态的风气作了很好的学术准备。中国现代文化和文学重视翻译,有时候有人认为翻译甚至比创作更为重要。1920 年 10 月,《时事新报》副刊《学灯》依次刊载周作人的翻译作品《世界的霉》,鲁迅创作的小说《头发的故事》,郭沫若创作的戏剧《棠棣之花》,以及郑振铎的翻译《神人》。郭沫若对这种将“死不通的翻译”排在“煞费苦心的创作”之前的做法颇为不满,并致信给《学灯》主编李石岑:“我觉得国内人士只注重媒婆,而不注重处子;只注重翻译,而不注重生产。”他还认为翻译只是“附属的事业”。①包括鲁迅在内的新文学家绝对不能接受这种偏颇的观察,郑振铎直陈这是属于一种“观察错误”的结果,②沈雁冰也明确表示反对,认为翻译与创作同样重要。这样的论证在此后的近 20 年中时时被提起,鲁迅更是经常对郭沫若的“媒婆”观进行讽刺:“从前创造社所区分的‘创作是处女,翻译是媒婆’之说,我是见过的,但意见不能相同,总以为处女不妨去做媒婆——后来居然他们也兼做了,——倘不过是一个媒婆,更无须硬作处女。”③这番争论说明不了别的是非,但可以说明,包括持“媒婆论”的郭沫若在内,新文学家都非常重视翻译的价值。

而且,为了尊重翻译对象的原貌,回归被传播文本的本体面目,鲁迅等还特别准备了一种“直译”体的翻译方法,也就是梁实秋等讽刺的“硬译”,或者陈西滢说的“死译”。“什么叫死译? 西滢先生说:‘他们非但字比句次,而且一字不可增,一字不可先,一字不可后,名曰翻译,而“译犹不译”,这种方法,即提倡直译的周作人先生都谥之为“死译”。’‘死译’这个名词大概是周作人先生的创造了。”④

这种“直译”法实际上是试图通过尽可能存真的翻译促使文化传播保持本源性的一种方法,它尽量减少对翻译文本词语和词组的处理和改造,而是尽可能保留原语的原貌,甚至有时候还保留原语的某种语法、句法和词法表述,让读者在接触翻译文本的时

---

① 《郭沫若书信集》(上),中国社会科学出版社,1992 年,第 87 页。

② 郑振铎:《处女与媒婆》,《文学旬刊》1921 年 6 月 10 日。

③ 鲁迅:《致〈近代美术史潮论〉的读者诸君》,《鲁迅全集》(8),人民文学出版社,2005 年,第 309 页。

④ 梁实秋:《论鲁迅先生的“硬译”》,《新月月刊》第 2 卷第 6、7 期合刊。

候能够揣摩到甚至还原到传播本体的原文本意味。其实，这样的“直译”方法在早先的日本已经相当普遍，梁启超关注和介绍矢野文雄的《经国美谈》，从周宏业的中译本可以读到，在后编《自序》的《文体论》中，矢野文雄告诉中国读者：“今者，我邦之文体有四：曰汉文体、曰和文体、曰欧文直译体、曰俗语俚言体。而此四体各具长短，概而论之：悲壮典雅之场合，宜用汉文体；优柔温和之场合，宜用和文体；致密精确之场合，宜用欧文直译体；滑稽曲折之场合，宜用俗语俚言体。”①可见，日本人已经注意到有一种“欧文直译体”，鲁迅应该非常熟悉在日本一度流行的这种翻译和传播范式。

中国现代文学界为了保持对翻译和传播的源文本的尊重，还在业已形成基本规范的现代汉语书面语系统中特别为翻译准备了一种雅致、精准、脱俗的翻译语体，也在一定程度上保留了西方语言的某种表述习惯，如倒装句、各种类型的从句表述法等等。这样的翻译语体是现代汉语特有的语用设计，其目的是为了让通过翻译在汉语语境进行传播的外国思想文化文本具有特别的语言魔力和魅力。②

数字时代对源文本的重视更为明显。大量的中外文对照阅读的出版物和数据库不断涌现，体现出传媒时代人们特别对传播源文本的本体尊重。网络传播的规范越来越健全，大量数据库借助版权保护的策略，以源文件文本的存储和使用，取代了原有的经过文字处理的文本检索和使用方法，实际上形成了对于源文本和传播资源原真性的保护、强调与尊重。这样的传播和呈现方式看起来是顺理成章的，其实包含着对传统文化语境下以传播方式、传播途径确定传播文本本体价值进行颠覆性反转的传播时尚。

中国现代文化传播的另一番对于传统文化传播的颠覆，便是注重空间之维的传播，而基本避开了时间之维的传承。中国现代文学的经典之作其实都不是按照传世经典的目标进行定位的，都带有为人生服务并展开批判的价值功能考量。中国第一部新诗集是胡适的《尝试集》，表明这就是尝试的示范性作品，从未想过让它作为“成功”的范本留之后世。鲁迅的经典作品《阿Q正传》，一开始是作为“开心话”栏目中的小品类作品写作的，不过写着写着忽然严肃起来，然后编辑者才不得不从“开心话”栏目中移出，因而出现了风格不尽协调的现象。巴金的《激流》由于媒体连载的安排而不得不尽快收尾，促成了其第一部《家》较为紧凑，干净利落，而后来的《春》、《秋》就显得有些拖沓、迟滞，整个三部曲节奏和风格都有参差。中国现代文学及以后的文学文本，由于很少作“传世”传播的定位，便常常显露出带缺陷、留遗憾的特征。这从梁启超当年试验“新民体”，倡导新小说等新新文体时开始，就已经成为近现代文学文化的一个传统。

这样的带缺陷、留遗憾的文本经营方式在数字时代则成为常态，精雕细琢、圆满圆

① 关于《经国美谈》的译者及在《清议报》的连载状况，参见邹振环：《〈经国美谈〉的汉译及其在清末民初的影响》，《东方翻译》2013年第5期。

② 参见朱寿桐：《翻译语体与汉语新小说》，《小说评论》2016年第6期。

润、美轮美奂的作品真的属于“昨日的文学家”追求的专利，数字时代的文学和文化文本显露出粗糙乃是特色，破绽显示真诚，文本的临时性、即时性似乎成了它的主要属性。甚至这样的粗疏和破绽文本已经成为一种文化时尚，已经不再当作缺陷。这在即时性传播定位中体现为一种必然，这并不完全归咎于数字操作者不负责任的态度和不尚经典、不求圆满的匆忙姿态，这是现代文化传播的一种注重共时性传播的传统在起作用。越是传媒时代越可能注重传播的即时性，而不关注传播的历时性和久远性。1920 年代，创造社文学家曾经讨论过“革命文学和他的永远性”这一特别话题，可是以后基本上再也不会运作这样的讨论，这样的话题在中国现代文学语境之下出现是相当偶然的，在数字化时代更不可能产生。

既然“永远性”的考量在传媒时代是偶然现象，既然传之后世的想法在数字时代变得那么不切实际，不仅是作品创作，便是各种文学和文化的理念运作和概念表述都会显示出即时性、临时性和消费性的特征，致使随意性的命名、调侃式的表述会得到即时流行。传统文化语境下，人们为了传之后世，一切立论和概念命名等都会慎重对待，反复琢磨，以至于有“一名之立，旬月踌躇”之说。可到了现代传媒时代，概念术语等经典术语是拼凑性的，临时性的，不过没想到这样的临时性、拼凑性的概念会一直沿用下去。“中国现当代文学”这一重要概念就属于拼凑性、临时性的命名，但现在成了一个重要学科的正式命名。类似的还有“朦胧诗”、“定向戏”、“杂文”等等。到了数字化的时代，这样以临时概念戏剧性、游戏般地付诸流行的现象甚嚣尘上，令人目不暇接。诸如“80 后”、“90 后”、“00 后”这样的命名简单得莫名其妙，但居然造成莫名其妙的流行，这样的现象便是忽略了时间之维和纵向传播之后出现的现象，只不过在数字化时代变得更加集中更加强烈。所有网络化的魅丑、媚俗艺术文化现象，也都是这种临时性、即时性传播心态操弄的结果，于是我们理解了芙蓉姐姐的作秀和余秀华诗歌的粗粝，我们理解了“吃瓜”、“内卷”、“躺平”、“普大喜奔”等术语的权威性和意义。

4. 传播媒介与中国文学文化复兴

应该指出，所有的这些数字化时代所形成的临时性、即时性传播结果，大多不值得过多留恋。这正是这样的文化现象所具有的社会性善意：正因为大家都觉得不值得留恋，其出现和流行带有某种随意和戏拟的成分，所以它会迅速被遗忘，不会对人们正常的审美生活造成多大的障碍和影响。可越是这样理解，人们越是会发现，这些现象的生存时间并不像我们概括得那么临时，那么转瞬即逝。人们依然在用“朦胧诗”概括本该具有严格审美定义的诗歌形态，人们依然在乐此不疲地使用“＊＊后”，甚至有了“10 后”的说法，人们依然“吃瓜”然后“普大喜奔”。

为什么传播接受者会那么轻而易举地接受这些匪夷所思地简单、粗糙，甚至有些笨拙和搞笑的命名？因为大家都认定这是一种临时性、即时性、消费性的概念与术语，当不得真，不会延续很久，于是带着权且一用而会心一笑的趣味接受了这些词语以及相关的现象。当然，也有文艺评论家和文化研究者非常认真地论证这些网络文化现象和网络术语的超前性、严正性和幽默诙谐，从文化上和审美上予以正名。

虽然不必高估这种有些媚俗嫌疑的学术论证和文学批评，但也大可不必为现在这种传媒时代过多过滥过俗的文学、文化和语言现象所担忧，甚至所痛心疾首。这种滥俗化的传播文化现象可以构成中国文化传统振兴的“负性背景”。所谓“负性背景”即是，表面上看似乎不利于某一种正面事物发声、发展的负面因素，可在一定条件下会转化为正面事物发生发展的背景与动力。五四前夕的中国“王纲解纽”，社会混乱，文化腐败，表面上看实际上看都是中国新文化产生、发展的负面效应，然而正是这样的混乱、腐败和思想文化的死寂状态，不仅不能形成阻碍新文化脱颖而出的体质力量和价值屏障，而且反过来还能作为现实的参照物，促进新生的文化一种罕见的朝气与活力出现并发扬光大。[①] 网络文化快速积累的这些简单、粗糙甚至滥俗的文化快餐现象，会从反面映衬中华优秀传统文化的精致与优美，反过来会对中华优秀文化的振兴起一种客观的呼唤和敦促作用。应该记得，代表中国文化精粹的传统戏曲，在改革开放以后的相当一段时间内几乎是奄奄一息，无人问津，院团解散，剧场门可罗雀，可是这十多年来，也就是中国进入全面数字化时代以后，传统戏曲复苏的局面简直令人瞠目结舌。这当然包含许多因素，但滥俗文化的蹿红和积累无疑构成了传统优秀文化复兴的“负性背景”，也从负面印证了优秀传统文化的可贵品质与不朽价值。

网络时代提供的最重要最常见的媒介平台，惠益于每一个愿意接受这种工具的受众，人们接触这样的媒体是一种前所未有的娱乐与资讯疆域的开拓。此前，人们从没有面对这样便捷的交流、参与、资讯和娱乐融为一体的平台，即便是家用电视机也不会这样便捷，更不会满足人们的参与欲与交流要求。人们指玩手机的时候很少想到文化接受、知识获取、品德教育、思想充电等传媒功能，甚至主要也不是用于艺术欣赏和音像娱乐，人们的发表欲、交流欲、参与感甚至一定意义上的创作感兴通过这个媒体得到了最大限度的满足，在这样的情形下，“一点正经没有”可能是非常普遍的心态。在这种游戏心态下操弄的网络视频上，只要能调节人的情绪，缓冲人的神经的紧张，解除人心灵的疲劳，则什么简单、怪异、奇葩甚至是一味的扭捏作态，都可能成为关注的对象和在嘲弄中复述的词语。加之即时性、临时性、一过性的传播定位，人们对待这些语言、文化、艺术现象便会有一笑置之的宽容和恶作剧般的复述甚至欣赏。

可这样的现象都不是否定数字化传媒和传媒时代科技人生的理由，毕竟，数字传媒对于媚俗文化和即时性传播的文本不会漫无边际地容忍下去或者怂恿下去，它会以强大的技术优势给经典文化留下足够的空间。这种当代传媒的先锋角色其实比谁都清

---

① 参见朱寿桐:《论中国新文学的负性背景及其影响》,《中国社会科学》2000 年第 4 期。

楚，中华文化中精粹的部分、经典的文本、传世的佳绩体现在哪些方面，都具有怎样的文本形态，一定的情况下，新兴媒体将挺身而出，为弘扬优秀的中国传统文化贡献精彩与辉煌。也许，高科技的电子情景画《清明上河图》是一个重要标志，各种文学、文化经典的数字化以及交叉传播系统的建立，使得经典文化的接受和欣赏变得比任何时候都方便、快捷，许多濒临灭绝的艺术样式、非物质文化遗产等等，现在都已经通过数字化技术得以留存、复制，可以随时随机演示，并发挥教学的功能。很难想象一部手机的内存可以收藏一个小型的图书馆，几百部影片或戏剧可以容纳在一个文件夹里面随时检视和欣赏。更不用说大数据给现实人生，给当代文化，包括研究和推广中国优秀传统文化的学术研究带来的巨大助益。这些都是现实的传播热点，都是已经成为事实的文化传播新潮，完全可以用来证明文化自信，用来参与中华文化的伟大复兴。

二、文学史与戏剧文化形态历史的媒介研究方法

戏剧从来就是一种高雅而有秩序的狂欢，与时代和时代媒体形态的变迁紧密相联。相当多的情形下它确实可以体现为“国家仪式”，然而这样的“仪式”，即使在革命的非常年代，也仍然包含高雅而有秩序的狂欢这样的主导因素。在一般意义上，戏剧的文化存在离不开一定群体的参与，离不开一定的艺术和技术程式，并构成一定的公共文化秩序。在西方自不必说，无论是古典悲剧，还是其附属品“羊人剧”之类，都与传统的祭祀和庆典仪式有密切关系。中国古代戏曲在起源上一般认为也与祭祀和喜庆的节令民俗仪式如傩戏、庙戏、社火戏剧相关，同时与宫廷典礼也有本原性的联系，而这些无不体现为朝野社会高雅或有秩序的狂欢现象。“唱大戏”这一俗常概念所蕴含的意义其实就带有中国式狂欢的意味。

于是，从艺术层面而言，戏剧从来就具有明显的社会文化属性，它与其他艺术种类的显著区别，便是纯粹个人化的匠心独运的创造成分常常被压缩到最低状态；从文学层面而言，戏剧的文体特性往往弱化为它的载体和媒体特性的前期准备，它随时会乐于为特定的载体形态和媒体要求奉献自己的文体性状。王国维在《宋元戏曲考》中已经意识到这样的问题：戏剧作为文学文体的单独定性注定是不完全的。“必合言语、动作、歌唱以演故事，而后戏剧之意义始全。”他这里关注的是戏剧载体的复杂性和独特性。随着戏剧的发展，戏剧（主要体现在表演艺术方面）的载体效应逐渐让位于戏剧的文体效应，这时候的戏剧其思想和文学价值得到凸现，剧本创作擢升为最重要的艺术创造元素，戏剧运作的文化功能得到了新的诠释。媒体的加入，特别是多媒体的复合介入，冲淡了戏剧作为艺术载体的文化形态，同时也弱化了戏剧作为文学文体的价值功能，戏剧重新复归为一种公共围观的艺术，只是减弱了表演载体质地，更多地体现为一种媒体特质和媒

体效应。载体效应、文体效应和媒体效应是戏剧发展的三个历史文化形态，它们分别体现出三种社会文化及其心理现象。

1. 载体效应

戏剧显然是一种特殊的载体艺术，文体和文本对于它来说只是它的一种必要的准备形态。戏剧载体便是王国维所说的言语、动作和歌唱之类，实际上是表演和舞台，或者说是演艺与剧场。这种载体状态下的戏剧体现出完全的艺术属性：演员的演出和相关的演技（在中国传统戏剧以及西方歌剧中，非常突出的因素还包括唱功）是戏剧艺术本体的最直接的体现，剧场等其他要素也是戏剧载体的必然要件。戏剧基本上依靠载体模态体现其艺术特性和艺术魅力，文本和文体内涵常常处于比较容易被忽略的地位。于是，在传统戏曲欣赏中，人们经常并非凝神于戏剧的内容，即便是人们对于戏剧中的情节了如指掌，甚至对戏剧中的台词倒背如流，对戏剧中的唱腔烂熟于心，可还是挡不住他们到戏院进行反复欣赏的热忱，他们的兴奋点聚焦于戏剧的表演，角色的唱做念打，以及围绕着这些主要载式并为之服务的各种剧场布置、设施、规则与氛围、情境。戏剧的文本载体的意义遭到了相对忽略。

这就是说，在传统的载体戏剧形态中，现场感和相应的仪式感成为戏剧欣赏的关键效应。尽管中国的戏剧观众不会像出入于西方歌剧院中的绅士淑女那样衣着庄重，风度俨然，观赏一场戏剧宛如参与一次盛大的节庆，他们可以穿着随便，甚至趿拉着拖鞋，在戏园中嗑瓜子，打手巾把，饮茶呷酒，边看戏边议论，或指指点点，或称赏有加，时不时随唱几句，动不动喝彩叫好，显然，中国传统观众所具有的现场投入的热忱以及现时参与的意识并不稍减于前者。角色开唱开打，甚至是一个暗唱，一个亮相，都期待着观众的现场评价，那当然是喝彩与叫好。观众的喝彩、叫好，已经成为戏剧载体的一个部分。这种喝彩与叫好，有时候也包括负面的倒彩和嘘声，属于传统戏剧观众的所有现场反映，早已超越了音乐与布景，超越了锣鼓与陈设，成为剧场氛围的主要承载方式，成为戏剧载体的有机组成部分。

在这种传统载体的戏剧文化中，人们对戏剧的欣赏自然集中在其艺术甚至技术载体等外在形态，对戏剧文体的内在精神及精神结构的把握放在其次的位置。人们走进戏园，当然也会计较所演的剧目，也会详究剧中的人物情节之类，但这种文本意义上的关心始终不会超过对演剧角色的关怀，不会超过对角色唱做念打诸种功夫及其风格的关注。正因如此，在传统的戏剧文化中，剧作家的地位几乎是可有可无，尤其是对于一般观众而言，但角色的影响力却非常巨大，一场戏剧叫座与否，往往与主演的“老板”密切相关，与写剧本的作家几乎没有直接的关系。戏剧的文本意义与戏剧作为演艺的载体形式相比，即便不是微不足道，也足可以称难以望其项背。诚然，中国的传统戏剧与西方有较大差别，西方戏剧“具有‘作家剧场’传统”：“从希腊悲剧开始，读比演还要广泛，还要持久，所以戏剧才会成为文学不可分割的一部分”，而中国的传统戏剧“原来就被排斥在文学的门墙之外，再加上剧场以演员为主，剧作常常只流为演出的脚本，而非为广大的读者而设”。[①] 剧场以演员为主，戏剧以表演为主，这就是中国传统戏剧所呈现的载体效应。

简单地说，这是一种戏剧形式大于戏剧内容，戏剧载体大于戏剧文体的戏剧文化。角色的演出是戏剧文化中关键的成分，其影响力和决定力在整个戏剧运作中占据到50%以上。剧作家的剧本创作当然不容忽视，但其一，剧作家创作的剧本，例如关汉卿、王实甫、汤显祖的杂剧，其实并不容易直接用于演出，这些剧本还需要经过演艺人员的重新创作、改编和艺术实践，才能锻造出适合于演出的演出本，于是原创剧本及其作者的影响力和决定力在戏剧实际运作中所占比例极小；其二，一个剧本往往会衍生出若干个不同的演出本，并在长期的戏剧艺术实践中反复使用，这样，剧本创作成分在一个具体剧目的戏剧运作中所占的比例也就非常微弱。于是，在传统戏剧文化格局中，剧作家所占权重远远低于演艺家，甚至比现场观众还要低。在戏剧运作之中，观众的作用显然高过剧作家，尽管他们没有名，没有身份，除了那些有钱有闲有资本的观众可以成长为票友，然后获得相应的文化地位而外，一般的观众都只能充当为文化上的“沉默的大多数”。但他们“沉默”的是他们的名气，并不是声音和影响。他们非常善于在戏园中发出各种不同的声响，或者喝彩叫好，或者起哄喧闹，以一种质直、坦率甚至夸张但彼此都已经非常熟悉了的方式表达自己对演出的评价。这样的声响不仅影响演艺家的情绪，也会修正戏剧的演出程式，甚至会修正戏剧剧情的发展。因此，观众反应和现场情绪的走向，对于戏剧运作所造成的影响力和决定力，一般来说大于原创剧作家的作用力。

于是，如果可以进行内部分析，一定剧目的总体影响力构成中，或者在戏剧文化影响因子的结构图式中，剧作家、演艺家和观众的权重关系显然是：演艺家和演艺因素如剧场等最为重要，观众次之，而剧作家所占分量最轻。这是一个大致的比例，反映出作为载体艺术的戏剧其现场性、表演性和剧场情绪性的基本特征。显然，这种十分依赖于现场，十分依赖于表演艺术和演出环境的载体艺术，一般来说会如何拒绝异质媒体的参与甚至冲淡、取代以现场表演为核心内容的载体。

载体艺术的戏剧凸显的文化意义和价值功能，显然集中在演艺层面甚至于表演和舞台相关的技术层面，这一种类和这一历史时段的戏剧欣赏也基本上多倾向于艺术和技术层面。这种欣赏活动在文化心理上包含有群体参与的狂欢意味。在中国文化的制约下，这是一种有秩序有节制的狂欢——狂欢是一种关于人人参与或者人人觉得有权力参与的精神结构方式，而不是自由奔放的外在行为的描述。

---

① 马森：《戏剧——造梦的艺术》，秀威资讯科技股份有限公司，2010 年，第 183 页。

2. 文体效应

在中国现当代戏剧研究的学术阵容中，戏剧的文体效应得到了特别炫张的呈现。戏剧评论主要精力放在讨论剧本文本方面，戏剧研究，包括戏剧史研究，也主要聚焦于戏剧的文学创作和剧作家研究，在这一时段，戏剧家常常主要是指戏剧作家。戏剧观众角色更多地转化为戏剧读者的角色，人们虽然依旧尊重并簇拥那些现当代演艺家，但后者不可能再拥有传统戏曲几代名伶大红大紫浩叹乾坤的威势和影响力，如果不是借助于影视等新媒体的作用力，他们很可能从现当代演艺文化中整体逊位。他们不可能拥有传统意义上的票友或新潮意义上的粉丝。现在我们之所以能够列举出于是之、朱旭、英若诚、顾永菲、苏民乃至濮存昕等著名话剧演员的名字，主要是因为他们得到了影视新媒体的助力，即便只是从戏剧艺术方面去考察，这些卓有成就的艺术家也不再被定格为某一类角色或者拥有某一种特技，他们每个人都以自己出色的表演才能为人瞩目，但在现代艺术格局中，他们作为演艺者的创造性无法与作品文本所闪发出的创造的光辉相媲美，对于戏剧作品在观众接受层面的实践影响力并不很大。观众接受戏剧作品更主要的途径是通过阅读，尤其是对于那些经典性的戏剧作品，到剧院看戏仅仅是接受环节中的一环，而且可能是并不十分重要的一环。即便是观赏过演出，也还是要阅读剧本，甚至在电视剧、电影等新媒体戏剧那里也是如此，因而许多热播或热映的影视剧作，其剧本或者根据剧本改编的读本都往往非常畅销。

这种对戏剧文本阅读过于依赖的接受习惯，在载体戏剧时代是很难想象的。在载体戏剧时代，阅读剧本或类似唱本的行为间或有之，但那是一种为读书人所轻慢的通俗性阅读，与走进戏园、追捧角色以及参与狂欢的文化行为相比显得更为逊格。这样的情形在《红楼梦》中有精彩的体现。大观园里的一群戏子可以排演“良辰美景奈何天，赏心乐事谁家院”，“如花美眷，似水流年”，可以作不加掩饰的公开演出，[①]甚至元妃省亲的大典上也公然点演《游园》、《惊梦》，[②]平时的排练更是不加掩藏，以至于其声袅袅，传入深闺，可以清晰地进入林黛玉的耳中，引起她的无限伤感。可见这样的戏在大观园里是可以任意上演的。但看剧本则是明显的越轨行为，只有贾宝玉、林黛玉这么心心相印、息息相通的两个人才可能一起偷偷地读《西厢记》。对于大观园这样的情感禁地而言，《牡丹亭》这种同情和鼓励怀春思春的戏剧，比起鼓吹尊重情感、然诺守信的《西厢记》来，“杀伤力”应该更大，但前者可以明目张胆地排练演出，后者却只能被偷偷地阅读，这期间的差异显然不在于哪一本“淫词”更“淫”，哪一出犯禁更烈，而是在于它们所依赖的体现形态：小说中的《牡丹亭》体现的是戏剧的（表演）载体效应，因而得到容忍与接纳，

---

① 《红楼梦》第 23 回《西厢记妙词通戏语，牡丹亭艳曲警芳心》。

② 《红楼梦》第 18 回《皇恩重元妃省父母，天伦乐宝玉呈才藻》。

而《西厢记》体现的是戏剧的文体效应，处于文本状态，则将存在着被禁毁的危险。这里的分寸难于拿捏，但却非常重要。林黛玉、薛宝钗们看戏，欣赏优伶们的表演几乎天经地义，但戏里的句段则不能拿来随便传诵，因为一经传诵，便成了文本文字，立刻就离开了载体效应而进入文体效应，那就变得相当敏感甚至非常危险。正是在这一意义上，在一次行酒令的活动中，林黛玉慌乱中说出了"良辰美景奈何天"，立即引起薛宝钗的警觉，事后又遭到后者的训诫。有趣的是，这是在大观园这样的深闺中也常常有机会演出的剧中唱词，偏偏在场除薛宝钗而外的所有人都没有警觉，这足以说明，那时候戏剧既然以演出载体呈现，则其文本载体多处于被忽略的状态。

中国现代戏剧的最显著特性，从其文化形态而言，便是文本载体的体现，也就是说，不同于传统戏剧的表演载体，所集中体现的是文体效应。剧本的创作与阅读，以及被接受、被研究，成为戏剧文化运作中最主要的环节。"剧本剧本，一剧之本"的俗语，准确地道出了戏剧文本载体的本质特性。戏剧运作中的这种文体效应从什么时候开始大行其道，尚需作较多考订，但显然是伴随着中国戏剧现代化和西方化的脚步渐入此境的。著名戏剧家马森认为戏剧的文体效应与"具有'作家剧场'传统的西方戏剧"有密切关系，他断定这种"读比演还要广泛，还要持久"的文学文体戏剧，应该是"五四"以后才逐渐形成。到了抗战时期，戏剧的文体效应已大成气候，那时候"剧本已与小说并驾齐驱，成为大众的读物"。他认为这形成了中国戏剧的"新传统"。[①] 其实，文体效应的戏剧，也就是重视戏剧文学文本的戏剧运作，应该追溯到文明戏时代。文明戏开启了中国戏剧现代化和西方化的漫长历程，其核心就是在戏剧文本建设方面融入新的文化价值观和道德精神，在戏剧形态上沿用或吸收西方戏剧的表演模式。虽然，文明戏的剧本文本相对较为薄弱，一度甚至还留有传统戏曲幕表制的痕迹，但对戏剧剧目思想内涵的重视明显高于对戏剧表演载体的重视，以至于在戏剧文本建设越来越见水平，不少著名作家如包天笑等都参与戏剧创作的情势下，文明戏剧团却相应地忽略了演艺的讲究，演出水平越来越下降，最终导致文明戏的路子越走越窄。文明戏在中国现代戏剧第一波潮势中的逐渐式微，逐渐败落，非常清晰地表明，注重表演的戏剧载体时代已经过去，文体效应已经上升为戏剧运作的首选效应。

新文化运动发动了对于传统戏剧声势浩大的批判，陈独秀、刘半农、钱玄同、周作人、郑振铎等都参与了这场批判。这场批判从中国戏剧现代化的促进方面而言，显然有积极的意义。它带着新文化如火如荼的观念正义，反思中国旧剧的思想内容"助长淫杀心理于稠人广众之中"，表演程式则呈"野蛮暴戾之真相"。[②] 新文化倡导者认为中国旧剧属于"'脸谱'派的戏"，扮的是"不像人的人"，说的是"不像话的话"，应予"全数扫除，

① 马森：《戏剧——造梦的艺术》，秀威资讯科技股份有限公司，2010 年，第 182 页。
② 陈独秀：《致张厚载信》，《新青年》第 4 卷第 6 期。

尽情推翻”，而倡导“西洋派的”所谓“真戏”。[1]

值得重视的是，他们认定所谓的“真戏”应该是在“黑暗的环境中”“创造光明”的戏剧，这样的新剧在内容上需足以“改造社会”，在表演方面则不妨业余化，提出“必自爱美的剧团（Amateur Stage）的组织始”：“爱美的剧团的组织，最适宜团员是学生，或是已有了别的职业的人。……演剧的地点最好在学校中，偶然借各剧场来演唱也可以。以不收剧券为原则。就是偶然收费也要收得极廉。所演的剧本必须用极有价值，极能与团员的理想相符合的，无论自己编或是翻译别国的著作，他的精神必须是：平民的。并且必须是：带有社会问题的色彩与革命的精神的。”[2]这样的戏剧建设观确立了戏剧文本主体的理念，与传统的戏剧观念确实拉开了很大距离：作为演艺家的劳动隐退到较为次要的层面，甚至主张专用业余演员，专用剧场以外的场所；剧本文本及剧本的思想内容则至为重要。

这种以剧本文本为主体的文体戏剧论将剧作家的地位推到了无比重要的位势，其影响力和对于戏剧运作的决定力不仅超越于演艺家，而且也超越于演艺家和观众（读者）两股要素的结合。演员的艺术要求和剧场的技术要求被降到了极其次要的地位，观众也被定格为被动的接受者、当然的被启蒙者，在戏剧创作环节将不充任任何能量，只有在戏剧的影响力发挥的环节才具有某种基数的意义。于是，在这样的戏剧文化运作的权重结构中，剧作家、演艺家和观众所形成的比值发生了巨大变化，剧作家的地位被推拥到最高层次。

对于传统“脸谱派”的戏剧，为其辩护的张厚载准确地看到了它的载体效应，那是与文体效应完全不一样的表演环节的“规律”，其实就是程式化的内容。“中国旧戏，无论文戏武戏，都有一定的规律。”而且是“一定不变的规律”，诸如“痛必倒仰，怒必吹须，富必撑胸，穷必散发”之类，“这都是中国旧戏做作上的规律，也可以算是一种做作上的艺术 Art of acting”。[3] 这其实就是中国传统戏剧表演载体的特性的体现，在讲求戏剧文本的思想内容和文体效应的现代戏剧中，这样的观念当然得不到赞赏甚至容忍。

无论是批判旧戏的新文化倡导者，还是相对保守的旧戏辩护者，其理论主张都有一定的偏颇。相比之下，新文化倡导者的偏颇更严重，常带着相当的偏激，这已经为论家所遍指。但论家一般都是从观念论的角度对这种偏颇和偏激详加指陈，很难从这样一个角度指出其方法论的缺陷：他们往往不能像张厚载那样，揭示旧戏的载体效应为本与新戏的文体效应为本的原则区别，而且常常用文体效应的标准去要求载体效应的戏剧，这多少有些方枘圆凿之嫌。新的时代注重社会改良和思想观念的创新，特别关注戏剧

---

① 钱玄同：《随感录》，《新青年》第5卷第1期。

② 郑振铎：《光明运动的开始》，《中国新文学大系》（文学论争集），上海良友图书有限公司，1935年。

③ 张厚载：《我的中国旧戏观》，《中国新文学大系》（文学论争集），上海良友图书有限公司，1935年。

文本主导的文体效应，这当然十分必要，但以此批判传统戏剧时，一概用这样的文本效应否定传统戏剧的表演载体效应，这使得新文化对于旧戏的批判流于简单和粗暴。

文体效应的讲求使得剧本创作成为戏剧活动最重要的环节和最关键的作为，戏剧文本的形成以及被接受因而也成为一定戏剧活动中影响力和决定力最大的因素。显然，这样的文体效应不会鼓励甚至容忍群体狂欢式的文化类型。观众和读者在文学本体的戏剧格局中，常常被定位为关注者和接受者。这非常适合于启蒙话语、训导场景和教化情境，其文化特性或许可以概括为启导文化。戏剧呈现并带动的启导文化在专家的描述中非常清晰："中国话剧从萌芽（19 世纪末、20 世纪初）、成长（20 世纪头 20 年）到成熟（20 世纪 30 年代），大约经历了 40 年的时间。现代启蒙主义精神贯穿其中，明灯般驱除人在思想、精神上的黑暗、蒙昧状态，引领着这一崭新艺术在曲折的道路上不断前行。"①这里所开列的中国现代戏剧启蒙、指导、引领等社会功能和文化价值，便可以概括为通过戏剧文体所实践的启导文化。

诚如文学的阅读一样，剧本的阅读，戏剧的文本接受，已经远离了狂欢的意味和娱乐的情境，而进入精神生活层面的欣赏与领悟，从中得到思想的启迪和性情的陶冶。文学经典的积累与传承，文学名著的阅读与欣赏，文学教育的发展与提升，其实都在强化着这样的一种启导文化，任何时代任何社会都会重视这种启导文化正能量的发挥。戏剧在一个强调启蒙或者宣传、教化的时代，只能形同于其他文学文体并发挥出比其他文学文体更加直接的作用，对于广大接受者来说，狂欢甚至娱乐的意味只能讳莫如深，启发、引导乃至教育的功能会得到强化甚至夸大。在戏剧文体时代，所有戏剧欣赏活动都往往与戏剧所具有的精神力量和思想意义相联系，而所有戏剧的精神力量和思想意义都往往直接来自戏剧文本。甚至，诚如新文化倡者所设计的那样，戏剧演出和剧场条件这些在戏剧载体时代至关重要的因素，在启导文化的历史条件下则可以被忽略。

3. 媒体效应

然而中国和世界一样，走出了寓含着启蒙、训导、宣传、教化诸种意味的文化启导时代，伴随着传媒的发达和精神生活多元化的趋向，产生巨大精神力量、思想意义的艺术独创将主要不再通过戏剧来承载，戏剧在文体独尊的时代通过精神和思想的独创性和艺术探索、情感激发来营造关注热点，引领文化时尚，聚焦文化生活，如《雷雨》、《屈原》、《茶馆》、《于无声处》、《车站》、《桑树坪纪事》等戏剧作品所曾经引起的社会文化效应那样。媒体时代的来临弱化了社会文化界和文学艺术界对戏剧的关注度，戏剧如果不借助于相关的新媒体，则会在社会文化生活中备受冷落。这样的文化欣赏和文化消费格

---

① 董健：《论中国话剧的现代启蒙主义精神》，沈炜元编：《阐释戏剧》，上海文艺出版社，2008 年，第 299 页。

局决定了戏剧运作的载体效应和文体效应都将让位于媒体效应。

现代媒体效应其实早已对戏剧的载体效应进行了解构。在传统戏剧中，演艺人员的演唱是至关重要的功夫，梅兰芳、周信芳等一代戏剧大师的卓越影响主要体现在他们的唱功方面。但自从麦克风等电声设备引入舞台和剧场以后，演艺家的这类足以体现戏剧关键魅力的功夫便受到了极大的抑制，难以得到畅快淋漓的发挥。同时，伴随着电子甚至镭射声光系统的介入，现代电子技术手段以一种先声夺人甚至是喧宾夺主的势头使传统演艺家的各种功夫显得相形失色。以表演和各种功夫作为基本载体的戏剧，在现代技术手段的冲击下风光不再，加之电影、电视、网络等传播媒介高视阔步地占领人们的文化生活，戏剧的表演载体功能正日甚一日地遭到人们的忽略。从电视中常常播出的戏剧“音配像”节目即可看出，现代科技手段和传播媒介对于戏剧载体的改造和更新以及达到了如何随心所欲的地步。戏剧已经完成了对表演载体的依赖，甚至已经失去了对表演载体的尊重，戏剧对媒体的倚重越来越得到凸显，戏剧文化的媒体效应正在全面地改造、冲击和覆盖其原有的表演载体效应。

戏剧媒体效应同样导致现当代戏剧文体效应的解构。在媒体并不发达的时代，人们的文化生活和精神交流主要通过书刊报纸的阅读，稍微鲜活一点的鉴赏活动便是看戏、看电影。长期以来人们习惯于从戏剧和电影中寻找到或者体味出丰富的甚至富有震撼力的精神营养，以此获得某种思想理念和情感方式方面的启导功效。而到了多媒体时代，文学阅读和文化阅读主要在网络等电子媒体上展开，传统的纸质媒介受到了限制，自然，传统的戏剧表演也相形失色。戏剧在失去了其载体优势以后，便从观众和读者聚焦的文化生活中心退隐了，在这样的情形下，戏剧的文体效应也相应弱化：很少有人再试图通过疏离了文化生活中心的戏剧形态酿造精神的热点和思想的范型，文化阅读和文学欣赏的关注点就此疏离了戏剧类型。这实际上就是戏剧作为社会关注的精神创造文体正在走向时代性萎缩的现实依据，与此同时，戏剧仍然会作为独特的艺术类型共存于多媒体的时代。

媒体效应在戏剧运作中所起的这种颠覆或者弱化文体效应的作用，从社会文化发展的逻辑层面看相当具有历史的积极性。文学学者伊格尔顿指出，戏剧文体效应下的启导文化必然面临这样的困境：“这种文化一旦被锁定为具有教化的意义，它自然就将事物区分为优等与劣等，其天性、意志力与欲望之间，其理性和激情之间，都出现了二元选择的可能性，但它随即又会提出克服这种二元性的方法。”[①]特别是后现代主义文化观念的不断涌现，有力地冲击着人们的这种二元对立的价值观，多元价值观得到前所未有的鼓励，于是启导文化必然面临着重蹈早已失落的教化文化之覆辙的命运。多媒体时代将多元文化精神和理念牢固地粘附于所有意识形式之上，戏剧文体效应的启导文

① Terry Eagleton：*The Idea of Culture*，p. 5，UK Oxford，Blackwell Publishing Ltd. 2002.

化在多元价值的映照下便呈现出远离生动的灰暗色调。在这样的意义上，媒体效应就成了戏剧克服二元对立价值思维的不二门钥。

在戏剧回归于艺术，褪脱了文学文体效应的同时，又最大限度地弱化了表演载体效应，所呈现出来的就是文化媒体效应。戏剧仍然在演出，但早已离不开多媒体的渲染与包装，在这种渲染和包装下有时候可能还相当火爆，但人们在争相观赏的同时已经失去了狂欢的热忱，虽然高雅而有秩序的仪式感仍然存在。人们仍然会推出新的戏剧作品，但仍然必须伴随着媒体的炒作与改妆，在这种炒作与改妆下，作品中的思想力量和感动力会自觉地逃离人们关注的焦点，虽然不少作品也许依然焕发出某种精神的力量甚至思想的光芒，但人们在媒体的眩惑之中只是对之采取某种围观的态度。

在戏剧运作方面的确如此，这是一个媒体效应空前迸发的时代，是一切创造力都可能被媒体效应绑架的时代。戏剧的媒体效应会严重地干扰戏剧载体效应中的有秩序的狂欢，也会大规模地削弱戏剧文体效应中的思想和精神的启导，它招徕并鼓励人们群起而围观：既远离欣赏的激动，又搁置理解的快感，抑制心灵的震撼，同时也掩藏自身的情感投入的愿望，对于其所观赏的戏剧粗看是兴致勃勃，其实并不触动自己的内心，只体现一种立在"槛外"作无心观望的姿态和热情，一如拿着鼠标孜孜不倦地浏览网页即便毫无所得也在所不惜的网民。这便是媒体效应下必然大成气候的围观文化的写照。

在新媒体时代，无论是鼠标族还是拇指玩族，都普遍地带有围观文化心态。对媒体上的一切都充满好奇，但大都作无心的观赏，所貌似关注的那些对象是否正确，是否精彩，是否经典，是否经得起逻辑的推敲或常理的衡量，甚至是否可以懂得以及是否真正懂得，这一切都无关宏旨。戏剧被媒体装扮或炒作之后，人们会依旧给予相当的关注，但带有浓厚媒体效应的戏剧，其演出的品质已经没有多少人关心，而剧作中表现的精神和思想，情感和心态，也早已远离了人们文化关怀的兴奋点，因为大多数欣赏者其实已经蜕变为围观者，同道路旁、广场上各种有趣与无聊事件的众多围观者一样。只有在这样的围观者漠不关心的接收状态下，才会出现对于人们并不真正懂得的戏剧却也热衷观看的奇怪情形。

对于不了解、不理解和不懂得的对象投诸观赏的热忱，是典型而深刻的围观者心态的体现。这样的围观者心态诉诸戏剧鉴赏，已经有了一定的历史。从各种现代主义戏剧特别是后现代主义戏剧兴起以后，这样的围观者心态常有显现的机会。许多观众都会对他们其实并不真正懂得（事实上，有些剧作家自己也都不真正懂得他们的作品）的现代主义或后现代主义戏剧表现出趋之若鹜的兴趣，他们不在乎从中领悟到什么或接受到什么，所要的只是围观的姿态以及相应的热情，当然还有面对皇帝的新衣所表现出来的那种宁可自欺欺人也不能丢掉面子的心理机制。台湾戏剧界在 1986 年到 1987 年间兴起的小剧场运动，就是新媒体来临之际消解文体戏剧的预演，那种现代主义意象剧

“以反叙事结构的意象剧场语言来取代了话剧或实验剧的文学剧场传统”,[①]宣告了戏剧由文体效应时代进入了媒体效应时代,可除了真正懂得并热心创作现代主义戏剧的马森而外,很少人发出看不懂的抱怨。只有像马森这样不想围观的观众和读者,而且有足够的勇气与底气,才会发出看不懂之类的慨叹。

这种看不懂却热心围观的情形还体现在对外语戏剧的热捧上。林克欢总结过这样的情形,那是 2003 年:“外国演出公司纷纷抢滩北京演出市场”,居然出现了“每场观众近万人至数万人的大型演出”,那些演出团体分别来自奥地利、德国、俄国、意大利、保加利亚等等。[②] ——不仅不是中文戏剧,甚至也不是国人相对比较熟悉的外语——英语演出,而且据说还是原汁原味的演出。外国剧团用绝大多数人都不懂的外语演出外国戏剧,竟然引起那样的一种群体追捧,难道那些观众真的都懂这样的语言和这样的戏剧?或许人们从“跨文化剧场”现象中可以找到解释:外国戏剧的外语演出其实不懂也没关系:“剧场文化的传播是基于一定的程序模式。首先是原汁原味的展演,外国来的剧团来到本国演出,即使语言不通,依然吸引观众。”[③]为什么“原汁原味”的展演即使语言不通也“依然吸引观众”,专家还是未能说清。其实这就是媒体时代极为普遍也极为时髦的围观文化的体现——围观的对象本来就不需要去理解它,懂得它,因为人们只是去围观,并不是为了接受它。石光生认为这是“剧场文化”,其实从围观的角度来说,这应该是广场文化。

媒体时代的许多追求媒体效应的戏剧,都逐渐丧失了剧场文化的特性,而基本上获得了广场文化的属性。广场文化就是供人们围观的类型。这些年有不少戏剧在媒体的包装和照拂下火爆过,曾拥有过可观的演出场次或者可观的观众人数,可能现在还依然延续这样的盛况,以后相当一段时间也都会存在这样的戏剧热门对象,但人们没有足够的理由就因此断言,媒体使得戏剧获得了巨大的发展空间和卓越的发展前景。媒体效应作用下的戏剧观众难以逃脱围观文化的诅咒,上述戏剧现象不过是一个个围观场景的呈现。

---

① 马森:《台湾戏剧:从现代到后现代》,佛光人文社会学院,2002 年,第 126 页。

② 林克欢:《分崩离析的戏剧时代》,国际演艺评论家协会(香港分会),2010 年,第 15 页。

③ 石光生:《跨文化剧场:传播与阐释》,书林出版有限公司,2008 年,第 12 - 13 页。

第三编

中国现当代文学作品研究与读解

第十二章
文学作品阅读与分析方法

文学现象的基础单位是作品，因此，文学研究的基础单位是作品阅读与分析。中国现当代文学研究更是如此，作品分析是这项学术系统工程的基础。中国现当代文学研究的学术水平，必先建筑在现代文学作品的精确阅读和个性化分析上。当然，作品阅读与分析也需要进行方法论的梳理。在文学研究方法论的专题，也须以作品阅读与分析为其学术基础。

一、作品阅读与分析的重要性

无论是从事中国古代文学研究还是从事中国现当代文学研究，无论是从事海外华文文学研究还是外国文学、比较文学的研究，无论是从事作家研究还是从事社团研究，无论是从事文学理论研究还是从事文学史研究，作品阅读与分析都是最基本的功夫，也是最基础的工作。对于以文学研究为志业的人来说，作品阅读与分析乃是其看家本领。

没有作品阅读就没有文学认知，对于文学研究者来说尤其如此。一个与文学研究无关的人士可以在没有读过某些文学作品的情况下谈论文学，甚至褒贬文学现象，但对于文学研究者来说这样的情形难以想象。我们现在大学的中文系课程设置大多忽略作品选的教学，原先的文学课程，无论是古代文学还是现代文学，都是分文学史和作品选两个系列，作品阅读在教学中几乎占据与文学史差不多的分量。当时不少大学中文系的教研室是这样配置的：有作品选教研室，另有文学史教研室。现在的情形是，文学史逐渐成为文学教育的主干课程，而作品选课程不再另外开设，作品选的内容并入文学史的相关部分。学术研究也多忽略作品分析，一般具体作品的评论并不会当作严格的学术论文。这样的情形会造成文学教育和文学研究基础不牢的问题。

这种基础不牢的问题在不少学者和大学生、研究生那里普遍存在。学者一般不习惯于写作品欣赏之类的文章，在文学研究中遇到作品分析的内容也往往草草而过，长此以往，对作家作品知识性的具体了解变少，感受性的欣赏和接受变迟钝，文学研究不仅少了文学的味道，而且慢慢会流于空洞、枯涩。勃兰兑斯的《十九世纪文学主流》是举世公认的杰出的文学研究成果，它那特别感性的学术表述大多与独到的人物分析和作品解读有关。于是，在“法国的浪漫派”这一部分里，作者可以连续用六节的篇幅分析巴尔扎克，几乎每一节都在流连于巴尔扎克作品的分析、鉴赏、批判乃至细读。分析《高老头》中的那个出身于下流社会，却拥有上流社会的婚姻的贪图享乐、心灵空虚、野心勃勃的岱尔芬时，他非常有把握也有充足依据地作出判断：“巴尔扎克的创造力比不上莎士比亚对朴素纯洁的珂岱丽亚的创造；他的意境不是高尚人物的意境；然而他所创造的里根和冈涅丽，却比这位伟大的英国人所创造的人物更合乎人情，更忠实于人生。”①即便是这样一部论述十九世纪文学发展潮流，主要关注文学的思潮流派的专著，勃兰兑斯在写作过程中也还是那样专注于作家作品的分析，以作品分析的结果作为文学史和文学思潮判断的基石。我们中国现当代文学研究的学术论文和学术专著，大都没这么从容，也没这么感性地分析作家作品，这样就很难像《十九世纪文学主流》那样将所有的文学判断建筑在具体而微的作品分析和细节把握之上。

对于学文学的学生也是如此，他们可以说出文学史的各种环节和基本事实，可以就作家的境况、文学社团的概貌、文学史运作的节奏等滔滔不绝，但对于具体作品哪怕是重要作品的细节乃至情节所知很少，更重要的是不知道如何看出一个作品的精彩之处、动人之处，或作家的藏拙之处，败笔之处；面对一个杰出的或优秀的作品，不知道如何跟它进行心灵的交流和情感的对话，于是无法准确地更不要说审美地表达出，甚至也无法真正调动起我们灵魂中被那些作品所拨动的感觉。如果一个学文学的人不会欣赏作品，不会阅读和分析作品，这就如同一个学泥瓦匠的人不会摆弄砖头，除了夸夸其谈可能什么都不会，而且那夸夸其谈也是空洞乏味的。

事实上，对于具体作品了解有限、阅读不多或分析不当，所造成的学术伤害是巨大的。前些年人们都曾谈论过，一部较有影响的当代文学史却将不少作品弄错了，将小说里的人物身份搞错了，这都是不注重作品阅读与分析的不良后果。我还看到过一个特别有影响的《大学语文》教材，恰恰是在进行作品分析的时候竟然没有好好阅读作品，在导读文字中居然从徐志摩的《再别康桥》中读出了亲情和“爱情”。这颇像一个滑稽小品的情节，但它却真实地而且可能永久地存在于我们的学术视野之中。

我们的作品阅读与分析可以分不同的种类，最一般的阅读和分析可能是欣赏性的阅读。为了休闲，为了消遣，我们可以随意地阅读一本文学作品，满足我们的欣赏心理。这也许是大部分人接受文学作品的较原始方法。这种欣赏性的阅读主要体现为对公认的经典性作品的欣赏阅读，几乎所有人在阅读这些作品时都能抱着欣赏的态度。欣赏

① 勃兰兑斯：《十九世纪文学主流》第五分册《法国的浪漫派》，人民文学出版社，1988年，第215页。

性阅读可以让读者感受到一种愉悦，心理上、伦理上、道德上、审美上的愉悦，达到一种心灵和情绪的抚慰与满足感。欣赏性阅读的最高境界是产生一种不满足的快感：当我们对一个作品非常兴奋地阅读着，但由于各种事务让我们不得不暂时中止我们的阅读，我们只得将它放下，这就是一种不满足的快感；当我们很快将这本书读完，但却意犹未尽，觉得结束得是那么仓促，许多事情还未理出个头绪，许多人物还未安排好下落，许多信息还没有得到充分的传达，这时候会有相应的不满足感，然而是满足了文学饥渴之后的不满足感。

这里提到的文学饥渴，其实是一种精神文化上的饥渴感。电子文明时代，精神生活和文艺欣赏的机会太多，人们比较难体验这样的饥渴感，而更多的可能是相反的餍足感：肥腻的东西吃多了的那种生理感受。精神文化上的饥渴感与生理上的饥渴感应该紧密联系起来才好理解，然而事实往往是，正是在没有精神文化的饥渴感的年代人们也在生理上、物质上远离了饥渴感，正是在电子文明时代精神接受处于餍足状态的时候物质上、生理上也常处于餍足状态。现在的许多读者都没有机会体验生理上和物质上的饥渴感，因此也很难让他们明白什么是精神文化上的饥渴感。读路遥的小说，读莫言的作品，读刘震云的作品，都应该对那种残酷的饥饿感有刻骨铭心的记忆。但体验却是需要亲历的，不能通过阅读获得。在物质贫乏的时代，生理和物质上的饥渴感主要是饥饿感，渴的问题非常容易解决，那时候的河水清莹碧透，随手操起一捧便清甜可口地解渴润肺。但饥饿就不容易解决了，那需要对于几乎所有时候和所有人来说都十分匮乏的食物。路遥的《在困难的日子里》有这样对饥饿的描写：

> 饥饿经常使我一阵又一阵的眩晕。走路时东倒西歪的，不时得用手托扶一下什么东西才不至于栽倒。课间，同学们都到教室外面活动去了。我不敢站起来，只趴在桌子上休息一下。我甚至觉得脑袋都成了一个沉重的负担——为了不使尊贵的它在这个世界面前耷拉下去，身上可怜的其它部位都在怎样拼命挣扎着来支撑啊！

我所体验的饥饿没这么惨烈，但记得读小学读初中都常常经受饥饿，几乎每天上课上到最后一节就已经饿得不行，渴望着能有食物充饥，想象中的一切食物都散发出诱人的香甜味道，然后好不容易下课了，还须挨着饿走过数里放学回家的路，不过回到家里毕竟还有杂粮饭或稀粥等着，不会像路遥所写的那么绝望。有所希望的饥饿感是幸福的，它让人更能加倍地体验哪怕是简陋食料对人的食物需求的某种满足感。对于食物的渴望能够最终以哪怕很简陋的方式和食料加以实现，那就是一种幸福。路遥作品中所写的那种饥饿感是极端的，是绝望的，根本谈不上这样的幸福感。在这样的意义上可以推论，没有饥饿感或者没有饥饿感的体验反而是一种不幸，因为无法获得补给食物时的那种满足感和快感，同时也无法懂得粮食的珍贵，无法从内心深处养成面对食品的节约与感恩的习惯。

与生理的饥饿相仿佛，精神文化方面的饥饿感也同样重要，拥有这种饥饿的记忆也同样幸福，不拥有这种饥饿的体验同样值得悲哀。现在我们就生活在这样的“悲哀”之中：每天可以看电视，可以通过网络的浏览阅读各种各样的信息与作品，纸质文本的阅读也很方便，如果想读一本书，直接到书店买来或从图书馆借来便是，或者几个指头敲击上网，马上就可以调书阅读。现在是信息爆炸文字泛滥作品充塞的精神文化餍足的时代，人们的阅读饥饿感也随之消失。精神文化方面的饥饿感，最基本的具体体现在于阅读饥饿感。我曾经长期体验过这样的饥饿感。那时候除了毛泽东著作而外基本上看不到任何别的书籍。偶尔看到有同学有一本小说，就想方设法借来一阅，由于借阅的人多，需要排队，且必须限时，我曾经三天之内将《水浒传》看完，一夜之间看完《林海雪原》。只要打听得谁有什么小说，一定用尽各种办法“贿赂”对方，哪怕只借得几个小时，也拿来翻翻过过书瘾。由此可以更深刻地理解莫言在自传中所谈到的，他年轻的时候没有书读，就读《新华字典》。莫言还好，因为他有个哥哥是知识分子，还能有途径得到一些书读，后来他去部队，居然做了图书管理员，那是多好的岗位，可以看书看个饱，虽然那个年代好看的书不多，但毕竟可以看书。我记得得知新华书店有小说《红石口》出售，居然特地从乡下骑车 30 里到县城去购买，营业员说没有了。我看到书架上有陈列，便说这不是么，为什么不卖。没想到营业员话说得更吓人：这书计划外的卖完了，这是计划内的书，不能卖给你。告诉你吧，我这里还有《一千零一夜》呢，能卖给你？是的，那时候确实有很多特供的商品，其中居然包括书籍。这种状况直到 1984 年还存在，那时候人民文学出版社出版删节本《金瓶梅》，就是特供给相当一级干部和知识分子的，我那时候正巧在北京，还是从我导师，当时在人民文学出版社编辑《茅盾全集》的叶子铭教授的名下拿到了一个计划，花 12 元钱从人民文学出版社边门旁边的窗口买得一套。《红石口》是一部“文革”小说，是《艳阳天》系列小说之后开始陆续出版的小说之一，与此差不多同时的还有《沸腾的群山》、《新来的小石柱》、《洮河飞浪》、《闪闪的红星》等等。不光是文学书籍、小说书是如此，科技图书、工具书也是如此。我记得还是在那个新华书店，似乎还是那个让我走了来回 60 里冤枉路的营业员，他跟一个看来很熟识的人一起翻看一本《英汉科技词典》，说是内部供应的，显出十分神秘的样子。我后来设法购得一本，保存至今，其实对我们学文科的人不太合用。

由于没有什么书可读，对于读书的饥饿感就更强。这种饥饿感既表现在对于未能读到的作品的热切期盼，也表现在对来之不易的阅读机会的倍加珍惜，还表现在对已读作品的细细回味和深深怀念。这有点像中学老师所希望学生做到的学习三部曲：课前预习，课间练习，课后复习。可想而知，阅读的效果应该很好，阅读的感觉就特别满足，特别幸福。

现在由于普遍失去了阅读饥饿感，对文学作品的阅读和分析的积极性就不那么强，作品阅读的幸福感也就随之降低乃至完全消失。没有幸福感和满足感的阅读是没有吸引力的，我们悲哀地发现，现在阅读对于我们自己来说也是一种任务，一种义务，一种没有幸福感和满足感的工作需要。在这样的情形下，我们才将文学作品的阅读和分析当作一项重要的工作加以强调，当作文学研究的重要基础进行强化。这完全是一种无奈之举。

二、研究性阅读与作品分析

无奈之处在于，对于文学研究者和文学专业的学生而言，对文学作品的阅读已经从欣赏性阅读转向了职业性阅读。职业性阅读意味着这种阅读是为了我们的职业所需，由于职业要求必须进行相关阅读，而不是凭着兴趣进行阅读。鲁迅曾在广州知用中学演讲时分析过：

> 说到读书，似乎是很明白的事，只要拿书来读就是了，但是并不这样简单。至少，就有两种：一是职业的读书，一是嗜好的读书。①

职业的读书便是我们所论及的职业性阅读，而嗜好的读书便是欣赏性阅读。更重要的是，鲁迅还严肃地指出：职业的读书和嗜好的读书“不能合一而来”，“倘能够大家去做爱做的事，而仍然各有饭吃，那是多么幸福。但现在的社会上还做不到，所以读书的人们的最大部分，大概是勉勉强强的，带着苦痛的为职业的读书”。② 严酷的现实主义者鲁迅打消了我们将作品阅读在兼顾职业性和欣赏性两方面的理想化梦幻，对于文学研究者和文学专业的学生来说，所面临的作品阅读就是职业性的阅读，兴趣化的欣赏性的阅读必须服从于职业性的阅读。

职业性的阅读带着职业要求的责任感。由于职业的关系，例如研究的需要，或者教学的需要，或者甚至于学习的需要，我们必须完成一定任务的作品阅读，不读这些作品就无法保质保量地完成研究、教学或学习任务，而所要完成阅读的这些作品也不可能凭兴趣和嗜好来选择，不能说你喜欢的作家作品就去看，去分析，不喜欢的就不去看。王朔曾这样评说金庸的作品——说得有点模糊，似乎是说《天龙八部》：

---

① 鲁迅：《读书杂谈》，《鲁迅全集》第3卷，人民文学出版社，1996年，第438页。

② 鲁迅：《读书杂谈》，《鲁迅全集》第3卷，第438－439页。

> 这套书是7本，捏着鼻子看完了第一本，第二本怎么努也看不动了，一道菜的好坏不必全吃完才能说吧？我得说这金庸师傅做的饭以我的口味论都算是没熟，而且选料不新鲜，什么什么都透着一股子搁坏了哈喇味儿。除了他，我没见一个人敢这么跟自己对付的，上一本怎么，下一本还这么写，想必是用了心，写小说能犯的臭全犯到了。[①]

王朔说得那么难受，说明金庸的小说不对他的胃口，这远不是什么大不了的事情，金庸本来就是一个面对最广大读者的作家，他的作品你可以喜欢，也可以不喜欢，何况，王朔对金庸小说的批评有些还真有道理。但问题在于，按照王朔自己提供的信息，他只看了这部书的七分之一就看不下去，然后就开始评头论足，还说得那么振振有词。其实从王朔的评论中，尤其是从他有时候一语中的，切中要害的批评中，可以判断他远远不只是读了《天龙八部》，更不是只读了这部书的七分之一；他要表现的是对于金庸这不喜欢的态度和不认同的架势。由此可以断言，王朔对金庸的批评是即兴式的、感想式的、非专业性的，包括金庸本人在内，人们不必严阵以待，备加责难。一个专业性的批评首先必须认真阅读作品，负责任地分析作品，无论评论家是否喜欢这样的作品。职业性的阅读是专业性的批评的需要，是其基础，是其责任，往往与兴趣和喜好无关。

连同文学专业的学生所进行的作品阅读都是所谓职业性阅读。这种阅读与一般的欣赏性阅读不一样，它对阅读的品质提出了要求。欣赏性阅读可以泛泛浏览，对于具体作品的内容也可以进行选择性阅读，选择你喜欢的部分章节或追踪你感兴趣的部分人物，而在职业性阅读中不能做这样的选择，你所阅读的这个作品中的任何信息都可能是有关作家研究和作品分析的有效信息甚至是必要信息，你甚至需要对作品中的一些遣词造句所带来的微言大义进行深入思考，对作品中的某些细节进行特别关注。也就是说，职业性阅读实际上会通往研究性阅读。阅读中的一切信息都可能成为作品分析和作家研究的基本材料、必要数据。

研究性阅读就是以学术的眼光对作品进行理性接受的阅读过程。研究性阅读是文学研究者在进行作品分析和文学研究之前必有的功课，是作品分析的基础性工作。研究性阅读可以包含欣赏性阅读，因而我们将文学欣赏的写作也算作文学研究和文学批评的一部分。但研究性阅读和作品分析主要是学术性和理性的接受，其中如果包含着欣赏的因素，那是为了在作品解读与接受过程中对人物对情节强化某些感性的认识、审美的认知，这样可以使作品欣赏在愉悦与快感的阅读体验中进行，同时也可能使相应的作品分析带有某种鲜活、灵动的成分。鲁迅在教青年人读书的时候，说读书应该是“不吃力”的，“因为不吃力，所以会觉得有趣”。“如果一本书拿到手，就满心想道，‘我在读

① 王朔：《我看金庸》，《中国青年报》1999年11月1日。

书了！'‘我在用功了！'那就容易疲劳，因而减掉兴味，或者变成苦事了。”鲁迅这里说的是欣赏性阅读，即鲁迅所说的“嗜好的读书”。[①] 研究性阅读如果能够带有欣赏性阅读的那种快感和惬意，那当然非常理想，不过如果无法获得欣赏性阅读的快感和惬意，即便只有勉强阅读的不快感或者不适感，研究者仍然需要作出情绪上的牺牲。研究性的阅读就是如此，为了达到分析作品、研究作品、评论作品的稔熟度，既能感知文学阅读中的快感，也能接受和忍受阅读中的不快感甚至不适感。莫言的小说，有许多人不喜欢。诚如《丰乳肥臀》、《檀香刑》、《酒国》所显示的，遍布于他书中的那种炫张的刺激场面，甚至血腥的、肮脏的刺激描写，很容易引起一些人生理上的严重不适感。但这种炫张的变形和刺激性的渲染，正是为了强调中国过去生活的残酷与腐恶，为了展示从这残酷与腐恶中催生的英勇和豪壮，坚韧与刚强。如果托尔斯泰是俄国社会的一面镜子，那么莫言就称得上中国社会的一面哈哈镜。他以凹凸不平的镜面将一切代表旧中国的上述特性和特质凸显出来，炫张出来，甫一看会觉得失真，但又不得不承认这就是中国，中国的昨天，中国昨天的质地。面对莫言那样的炫张与刺激，阅读时可能产生不快与不适，但莫言已经是汉语文学世界拥有的公认的文学存在主体，作为中国当代文学和汉语新文学的研究者，即便强忍着这种不快与不适也须阅读他的作品，即便不想研究莫言也无法绕开他的作品言说当代文学或汉语新文学的任何重要话题。

文学研究者需要养成研究性阅读的习惯。研究性阅读旨在解析作品，研究作家和相应的文学现象，通过阅读试图寻找一种学术发现的可能性，寻找作品当中有的或没有的、明显的或不明显的思想火花，寻找其中的情感节点或者文学描写的能量，以便付诸研究性写作。研究性阅读是研究性写作的基础，阅读和分析作品需要调动我们所有的知识、理论修养和审美感受，对所阅读的作品进行审美的和理性的把握，进行学术性的阐论。于是，研究性阅读与文学作品分析的关系是如此紧密，这种阅读的效率体现便是是否有利于研究的展开。

没有准确而精彩的作品分析，文学研究和文学评论就不能体现出较高水平，而没有踏实而丰富的研究性阅读，就不会有准确而精彩的作品分析。如果说文学研究的成果主要体现为文学理论的贡献和文学史的贡献，中国现当代文学研究则在文学理论方面不会有突出的建树，最主要的成果应该在文学史研究方面。文学史研究的成果依仗对文学现象做出准确、深刻、精彩的学术评估，而文学现象的这种准确、深刻、精彩的评估则基于文学作品准确而精彩的阅读分析。

文学作品阅读和分析的丰富积累，可以让研究者非常有底气地面对各种现成的理论。因为任何理论，无论其有多高深或者多新潮，都不过是对一定文学现象进行总结的结果，是对某种文学规律进行概括的结果，是对某些文学作品进行分析的结果。没有对

① 鲁迅：《读书杂谈》，《鲁迅全集》第3卷，第440页。

作品的阅读与分析，没有对各种文学现象和文学规律的了解与把握，文学理论的建树或创新都无从谈起。马克思对文学的发言全都结晶为精湛而深刻的理论，特别是关于莎士比亚化和席勒式的论述，但他的所有这类精彩的理论都来自对莎士比亚、席勒等文学家的作品分析。如果说社会实践是检验真理的标准，则由此可以推论，文学的作品分析及其所揭示的文学创作实践，同样是检验文学理论的标准和依据。

有充足的、丰富的文学阅读和作品分析做基础，一个文学研究者就拥有了对各种理论进行甄别、进行评估和批判的权力与资本。文学作品分析需要运用一定的理论成果，但作品分析等文学实践应能深化某些理论成果甚至修正这类理论。善于分析作品的研究者往往习惯于借助某些理论模型，这样会非常省事，而且也不失新意，如哈姆雷特情结、俄狄浦斯情结等都可以作为理论模型运用于文学作品和作品中的情节、人物分析。但过于依赖这样的理论模型就会使得文学作品分析成为某种理论模型的实验基地。文学研究者的正确态度应该是使得理论服务于作品分析而不是让作品分析来论证理论模型的合理性、有效性。同时，深刻的有力的文学作品分析能够对某些既成的理论模型提供修正意见。

研究性阅读是有层次的。基本层次是对作品进行完整性的阅读，对作品作整体性把握。确实有这样的评论者，他们基本上没有足够的时间读完需要评论的作品全部，往往读一些片段就开始进行评论。这样写出来的作品评论要么是高人的身手，要么是非常不可信的谰言。对于文学作品，欣赏性地阅读可以跳着看，挑选着看，追寻着看，而研究型的阅读必须对作品的完整性进行负责任的把握。这种对作品进行完整性和负责任的把握，不仅仅是指完整地阅读和分析一个独立的作品，还须尽可能地把与这个作品有关的其他资料和作品作为参照进行整体把握。因为，要完整地分析一个作品，要准确地理解一个作品，有时候单单从这个作品本身还难以找出足够的信息，只有将与这个作品相关的其他信息调动起来，加入阅读与分析，才可能很好地完成阅读和解析一个相对复杂的作品的任务。例如莫言的小说《红高粱》，应该说是一个构成非常复杂、人物更加复杂的作品，我们的阅读不仅限于那个特定的中篇，而是要将整个《红高粱家族》连成一片进行解读，这样的阅读和分析才是完整的，才非常有底气，这样的解读和分析也才会有相当的分量。

三、研究性阅读与作品的深化分析

在完整阅读的基础上，研究性阅读需要将作品分析引向深化。这是作品分析走向深入的关键步骤，把握起来有相当的难度，但对于研究性阅读和作品分析而言非常需要。一般可以从三个路径去把握。

第一个路径，从作品意义的表层面努力往深层面推进，了解了表层面意义之后不应停步不前，要沿着表层面意义的思路深掘一步，深挖一点，通常来说，可以通过反问的方法向前掘进，以图获得深刻的意义认知。我们阅读鲁迅的《伤逝》，表层意义是那么清楚：涓生对子君的忏悔。文字上面就写得相当明确：

> 如果我能够，我要写下我的悔恨和悲哀，为子君，为自己。
>
> ……
>
> 我愿意真有所谓鬼魂，真有所谓地狱，那么，即使在孽风怒吼之中，我也将寻觅子君，当面说出我的悔恨和悲哀，祈求她的饶恕；否则，地狱的毒焰将围绕我，猛烈地烧尽我的悔恨和悲哀。
>
> 我将在孽风和毒焰中拥抱子君，乞她宽容，或者使她快意……。

忏悔是如此地深彻，痛切，以至于那遣词造句充满着令人惊悚的刺激力。然而我们可以进一步追问：涓生忏悔的内容是什么？也就是说，他对子君犯下了怎样的罪错？是怎样的罪错使得他背负上了为子君的离世如此深切地责怪自己的沉重包袱？读下去我们会发现答案：

> 她早已什么书也不看，已不知道人的生活的第一要着是求生，向着这求生的道路，是必须携手同行，或奋身孤往的了，倘使只知道捶着一个人的衣角，那便是虽战士也难于战斗，只得一同灭亡。
>
> 我觉得新的希望就只在我们的分离；她应该决然舍去，——我也突然想到她的死，然而立刻自责，忏悔了。
>
> ……
>
> 我没有负着虚伪的重担的勇气，却将真实的重担卸给她了。她爱我之后，就要负了这重担，在严威和冷眼中走着所谓人生的路。

答案非常明显：涓生的罪错就在于没有一个人背负"虚伪的重担"，而是将严酷的人生真相毫无保留地揭示出来，这无异于"将真实的重担"卸给了子君那稚弱的肩膀。这是涓生的责任么？或者说这是涓生的罪错么？真的猛士敢于直面惨淡的现实，敢于正视淋漓的鲜血。虽然涓生还缺乏真的猛士那样的血性和素质，但不愿意以谎言和虚伪作为人生的前导，这或许是他的做人原则，即便是面对他所爱恋的子君，他也坦然表白自己的感触，同样不愿意用谎言和虚伪装饰生活的艰难。从这个意义上说，涓生其实没有罪错，在理性的意义上他是正确的。他的忏悔是情感上的包袱，而不是理性意义上的罪错。甚至于，在理性的意义上，子君的人生态度和爱情态度倒是大可商榷的：

> 这是真的，爱情必须时时更新，生长，创造。我和子君说起这，她也领会地点点头。

然而她没有真正领会，她依然故我地沉陷于左邻右居的琐碎争持，乐此不疲地奔忙于阿随与油鸡之间，当沉重的开销逼得两个年轻人无法浪漫以至于无法维持家庭生活的时候，她没有足够的警觉，更没有奋发与重振的豪气：

> 这才觉得大半年来，只为了爱，——盲目的爱，——而将别的人生的要义全盘疏忽了。第一，便是生活。人必生活着，爱才有所附丽。世界上并非没有为了奋斗者而开的活路；我也还未忘却翅子的扇动，虽然比先前已经颓唐得多……。
>
> 屋子和读者渐渐消失了，我看见怒涛中的渔夫，战壕中的兵士，摩托车中的贵人，洋场上的投机家，深山密林中的豪杰，讲台上的教授，昏夜的运动者和深夜的偷儿……。

涓生依然想奋斗，哪怕对着未来的虚空扑楞或扇动几下其实难以飞翔的翅膀。但子君不能，子君也不想，子君满足于有所谓的爱，殊不知，没有奋斗和人生拼搏作支撑的爱不仅不现实，而且是盲目的。于是，在"初春的夜，竟还是那么长"的时分，"活着"的涓生"向着新的生路跨出去"，那第一步"却不过是写下我的悔恨和悲哀，为子君，为自己"，这悔恨的不是自己的罪错，而是自己的无奈，面对人生严酷的无奈，面对命运不公的无奈，面对爱情与面包无法兼得的无奈，面对自己的无奈，面对子君的无奈。这些固然是涓生愧对子君的泣血之泪的尽情挥洒，然而可以发现涓生的忏悔表达的是一种生者对死者的怀念情绪，而不是针对自己所犯下的罪错。面对一个人剖心剖腹般的忏悔，内容是重要的。

这样的不断追问就能够使我们的作品分析沿着表层意义往深处进发。涓生在情绪意义上愧对子君，是一种情感的负疚感，但在理性意义上更多的是子君对不起涓生。在理性方面，一个希图奋斗的年轻人不应该把爱情作为自己人生的最终目标，而在情感意义上，则爱是至高无上的。年轻人因为爱建构自己的爱巢，但不应沉溺于此，将人生的其他要义都搁置一旁，而应带着爱走向更纵深的人生疆场。子君和涓生只是人生长途中以爱的名义结成的同路人，子君只要有爱就够了，而涓生有一种更高的人生奋斗追求。这种奋斗是带有个人色彩的冒险，正如他所象征的那样，犹如怒涛中的渔夫、战壕中的兵士、摩托车中的贵人、洋场上的投机家、深山密林中的豪杰、讲台上的教授、昏夜的运动者和深夜的偷儿，这一切都是冒险者的形象：生命的冒险，经济的冒险，身体的冒险，知识的冒险，道德的冒险。显然，冒险者也是奋斗者，而且是孤身前往的奋斗者。这是涓生的理想，也是涓生的生命价值的体现，是涓生超越于盲目的爱的理性的闪光。

阅读和分析作品时，我们的思路要超越表面意义，进行这种一层一层反问、追问式的深入拷问，从而将作品所蕴含的思想内容的丰富性和深刻性发掘出来，才能把作家描写的真正深意分析出来。这是研究性阅读中深化分析的一种途径，通过层层反问、追问将表面意义推向深透。

研究性阅读和深度化分析的第二个路径，就是通过集零为整的方式把作品中不同的闪光点、亮点结合起来，然后连缀成一种新的理念。这个方法在诗歌阅读和分析中比较有用。我们可以借此分析徐志摩非常著名的诗《偶然》，试着在《偶然》里将那些足以体现诗性亮点的意象集中起来。诗性亮点就是能抓住我们的那种诗性的表现，现在需要把那些能抓住人甚至能感动人的闪光构思结合起来。"天空里的一片云"是一般的意象，但是当它跟投影的"波心"构成某种对应关系以后，就有了引人入胜的效果。"黑夜的海上"作为意象也很一般，但与"相逢"这两个字连接，就构成了一种诗性关系。是的，徐志摩的这首诗设置的意象其实都很一般，但意象之间的关系结合起来，就构成了诗性亮点。于是他的这首诗真正的亮点在两种意象之间"你不必讶异，更无须欢喜"的诗性关系，在"你记得也好，最好你忘掉"的诗性关系，这种诗性关系的奥秘在于：后面的抒写是对前面"偶然"的否定。一般人写"偶然"都会给予肯定、认同、珍惜，因为偶然的机会太不容易获得，偶然的境界充满着神奇和炫异，然而徐志摩就是要打破这种逻辑的常规，运作对于偶然的否定关系以试图贲张情感的必然，由此生发出令人真正能够讶异的诗性。前一阕的最后一句是"在转瞬间消灭了踪影"，后一阕最后一句"在这交会时互放的光亮"，这是在宣布：偶然相遇、偶然获得的美只能保持在偶然状态，任何人都无法将它转换成必然。什么是必然？那就是互不相属，各自守候着自己的孤独，或飘逸，或奋斗，每一个个体都直接对宇宙苍穹，对世事人生负责，实际上有点像鲁迅在《伤逝》中通过涓生的忏悔所表现的那种忧伤的诗性，孤独的诗性。于是这首诗可以虚拟的情感关系就是，偶然的相遇互不相属，孤身前往未知的世界。这样的诗思打破了一般较为俗套的诗思：偶然相遇就要彼此相属，就要珍惜彼此的缘分。天空里的一片云，偶尔投影在池塘的波心，从此就不会移动它的身影，无论天空的风如何狂悖，都不能驱离那片云真情的守望；既然相逢在黑夜的海上，原来是各有其方向，但现在彼此珍惜，为对方放弃原有的方向，从此拥有了共同的方向。这样的诗思就很俗套，将诗中相互悖离的否定关系的亮点都暗昧了。因此，将作品中的亮点意象和亮点构思拼合起来，得到的意义远比表面意义深刻得多。

深化阅读与作品分析的第三个路径，是在广泛的历史联系中，寻找作品的纵深点，寻找意义的纵深度。文学作品分析需要分析出这个作品所具有的广博的历史联系和深邃的文化内涵，在文字篇幅上往往有很大体量，如一首《静夜思》，短短 20 个汉字，但我们应该能写出两万字的分析文章来，这就需要在相对广博的历史联系中作深邃的文化内涵的把握。这其实就可以通向深化阅读和研究性分析的纵深点,从思想的表层面深入内在的深层面,甚至可以对作家和诗人尚未清晰地意识到的内容进行深刻揭示。

广博的历史联系可以是历史学意义上的,更多的情形下是文化和美学意义上的。古代文化和文学中往往拥有许多内涵明确而含义深邃的意象,对于这种意象的文化解读可以帮助我们精微地了解作品,深入地分析作品。《静夜思》中的明月是中心意象,由此我们可以生发出许多文化想象。我们的古诗总是赋予明月一种很特别的意象内涵,那就是思乡。《古诗十九首》里面第一首就是"明月何皎皎",表达的恰好是思乡的情怀。这种明月意象的形成有复杂的历史原因,显露着古人的生活情境和生活方式。古人交通、通信极为不便,雁鸿往返不仅费时很多,而且往往无法通达,因而消弭空间距离的唯一办法只有思念,只有寄托。特定的人之间或许有特定的寄托之物,然而就一般人而言,唯有空中的日月可以共享。太阳热烈的光芒陪伴着人间的繁忙,只有明月,以它的娴静、温馨,启迪人们的怀远之情、乡愁之思。"望月怀远"成为古人一种比较流行的寄托和表达相关情感的方式,于是明月成为相对固定的表达旷远情思的意象,在我们的文化思想史,在我们的审美习惯中承载着重要意义。文学作品分析这样进行生发,就能获取文化的宽广度和思想的深度。明月作为古人特别喜欢吟诵的对象,表达乡愁情感,表达怀远情绪,表达思念之情等美好的情愫,所体现的内容非常丰富。我们的作品分析就可以将这种丰富性揭示出来,获得文学的思维纵深感和力度。

在当代文学作品中,我们偶尔也能读到明月乡愁的作品,或者如歌曲所唱的:"明月千里寄相思。"但那种感受应该不像古人那么普遍,那么深刻,那么刻骨铭心。都市化的生活让人们彻夜生活在光的世界里,明月不再那么明了,很多人已经失去了对明月的印象。当然,随着交通的发达、通信的方便,乡愁之情、怀远之思当然还存在,但如果一本正经地去宣泄,似乎就变得有些矫情。因而,明月这个意象所代表的情绪寄托因素也在崩坏和瓦解中。都市化的不眠之夜让我们失去了真正的明月,交通和通信的发达让我们淡漠了明月意象所承载的情绪,我们的文学对待明月的热情就少了许多。歌曲里还会唱到月亮,但不是美丽的明月,不是伴随着清新的空气,澄澈的天空的那轮明月,而是"月儿像柠檬"了。古人如果听到这样的比喻一定会窃笑:月亮怎么会像柠檬?然而现在空气质量差,加上都市灯光强烈,月亮真的像柠檬一样,又小又黄,蜡黄蜡黄毫无光泽,一副没精打采昏昏欲睡的样子。用这样的文化联系的方法解读《静夜思》,其历史的广阔度和思想意义的深度模式就能够得到很好的呈现。全诗只有20个字,而在区区20个字里还重复使用了"明月",可见"明月"意象的分量感有多重。李白实际上可算是唐朝的"后现代"诗人,他不顾一般的诗歌法则,大胆地使用俗语且不避重复,甚至将意象的重复当作一种特别的表现手法,如果让今天的后现代诗人来演绎,《静夜思》可能就相当于:

明月,明月,还是明月;

故乡，故乡，还有故乡……

那明月的情怀便带着历史的厚重，带着文化的繁复，带着远远超越于明月形象自身的丰富意涵。

汉语新文学中这类明月意象及其含义面临着削弱，但有些意象及其思想和政治含义得到了前所未有的强化，如太阳、乌云（古人对乌云或黑云不怎么敏感，大多关注白云）、星空、东风等等，有的意象的含义及象征意义与古人所理解的有联系，有的没有这样的联系，完全是现代人思想的感性呈现。分析作品时也当然需要充分揭示这些现代意象群的历史联系、美学联系和政治联系，这样才能使得作品分析走向更深的思想境界。

深化阅读和作品分析所要求的广泛的历史联系，除了作品内部意象、内涵的联系而外，还包括关注所阅读、分析的作品外部的创作关联，这样就比较容易使我们的作品分析具有文学的纵深感。如果要对现代名著《憩园》进行分析，就必须联系到《激流三部曲》，《憩园》实际上是《激流三部曲》的续篇。在《激流三部曲》中巴金以狂欢的调子鼓励年轻人冲出家庭加入时代的激流，甚至以激进的欢呼迎接大家庭顷刻之间的坍塌。不过这种时代激情完全是时代气氛激荡出来的，为一种外在的理想精神所包裹，作家真正的情感则是个人性的，个人的情感与人性的本真联系得更为紧密，那种情感自然会认同这个在时代风雨中飘摇欲坠的大家庭，会为这个已经败落了的、树倒猢狲散的大家庭唱起跟《红楼梦》类似的挽歌。《憩园》所表现的对于那个败落了的杨家，正是这种挽歌的调子。这个作品中原本处于次要线索的杨家，于是承载着《激流》之余旧家庭崩塌之后的复杂丰富的情感寄托，因而尤显得苍凉、悲哀和无奈。在巴金的作品中，这种苍凉、悲哀和无奈的情调往往更有感染力，也更有厚重感，它可能属于巴金的情感本色。再联想到《寒夜》，就更能清楚地说明这一点。

四、个性化阅读与作品分析的学术个性

此外，文学作品的阅读分析要尽可能体现批评者的个性化素质。作品分析是基础性的文学研究，而文学研究成果水平的高低与学术思维和学术结论的个性化程度相关，因此作品分析须承担从基础出发就显示出个性化阅读的学术责任。

如何达到个性化的阅读机作品分析，也可以有三个途径。第一条途径是理论修养的个性化。这是文学研究个性化的一条最为有效也最为可靠的路径。文学研究在所有的人文学术研究中，在理论修养方面可能是最鼓励个性化，也是最有可能个性化的学术门类。文学理论和美学理论最为活跃，新论迭出，五花八门，在成熟的理论中也显得十分丰富，积累很深。一般来说，要求文学研究者所运用或掌握的文学理论不会强求一

律，不会制定类似的标准或规则，“百花齐放”在文学批评和文学理论建设中，在外国文学理论和传统文学理论的接受与选择中，是可以行得通的学术方针，特别是在改革开放后的当代中国，文学理论及其翻译介绍的自由度已经相当大，这就造成了文学理论修养的多元化和个性化的可能。对于一个试图个性化地分析作品的研究者来说，除了阅读作品以外还要接受理论修养。可以说作品阅读与理论阅读，两手都要硬，这样才能练出过硬的研究功夫，分析作品才能体现出学术思考的个性。一般来说，理论的阅读面越宽泛越好，理论的营养最好多元地接受，多方面地培养。所阅读和接受的理论有一定的深广度以后，自然会形成自己的理论特性甚至理论个性，这样去分析作品、研究文学也就有了自己的学术主见，就可以通向研究的个性化。就分析作品这一研究环节而言，研究对象也就是作品就像人们耕种的土地，又称生产对象，而理论就是耕作工具，用来翻土、播种的农机具，又称生产资料。有了这两个重要方面，则农业耕作就可以进行。当然，这其中如果再讲究一些技术，尊重天气条件和自然条件，那么收获会更多，成就会更大。后面的这种技术和条件的利用等就是方法论。在这样的意义上，理论修养是文学作品分析的硬件之一，不借助于一定的理论，作品分析可能无从进行，就像没有足够的生产资料和生产工具，无法进行农田耕作一样。当然，实在落后的年代也可能因陋就简进行耕种，如原始农业文明的所谓刀耕火种，那种收获是可以想见的。我们的文学研究和文学作品当然不能以这样的收获和成就为满足。

在理论修养方面，研究者只要肯下功夫，应该比较容易形成自己的个性。哪怕是不同的人面对类似的理论资源进行接受，由于接受过程中主体消化程度和途径的差异，由于主体选择吸收的角度和敏感度的差异，仍然可以形成各自的理论个性，至少是理论特性。中国现代文学研究者比较习惯于接受丹纳的“艺术哲学”，在这个理论中，这位法国批评家提出“种族、时代、环境”是决定文学艺术产生、发展的三要素，有的中国现代文学理论的建设者对其中的某一些论断特别敏感，而另外的一些研究者则对其他部分比较感兴趣，这就容易形成同一理论资源接受与处理的差异。中国现代文学家茅盾接受丹纳理论最为积极，不过他比较侧重于从时代论的角度阐发和利用丹纳的理论。如果我们从文化人类学的新视角接受丹纳的理论，则人种学说这一因素会上升为主要因素。鲁迅对地方文化和地理因素比较重视，提出了乡土文学概念，面对丹纳的三要素理论，他显然会偏重于环境这一要素。杨义、曾大兴、梅新林等学者这些年大力倡导文学地理学，他们无不关注丹纳的三要素说，并且都对“环境”对文学家的影响予以更多的理论阐释。面对同一的文学理论资源，具有不同倾向和不同准备的研究者自会有自己的选择和偏嗜，由此形成的理论再生系统也会有较大差异。

如果说在政治领域一直存在着一个将西方的先进理论与中国的社会实践相结合的问题，在文学研究中，特别是在中国现当代文学研究领域，同样存在着如何将西方的文学理论与中国的具体作品相结合的问题。中国现当代文学的意识形态因素过重，其历史形成过程中文学理论的建树一直受到压抑，文学理论总是处在政治理论和社会理论的裹挟之中。因此，对于中国现当代文学的研究，当然包括对这一时期文学作品的分析，如果仅仅利用这段历史时期自发形成和自己产生的理论，往往显得很不够，需要借助西方的文学理论和传统的文学理论；又由于中国现当代文学的产生和发展主要借力于西方文学的理论催生与实践导引，中国现当代文学现象研究和作品分析当然也主要依仗于西方文学理论资源。重要的是，中国现当代文学研究和作品分析不是为了还原西方文学理论，或者是用我们的作品去论证西方文学理论，而是要从西方文学理论的资源中发掘一些对解读我们的文学现象和文学作品有帮助、有启发的因素，“拿来”为我们的现象研究和作品分析服务。在这样的意义上，我们甚至可以“浅尝辄止”地对待某些西方文学理论，只要能为我所用，能够启发我们的理论思维和文学分析的路径，就没必要对那种理论的原原本本彻头彻尾地把握准确、透彻。文学作品分析所借用的理论不一定等同于理论研究所面对的理论对象，我们关注的重点不应是西方文学理论自身，而应在它给予我们理论思维的启发亮点。有人将巴赫金的“众声喧哗”理论通俗化为“杂语”叙事，并以此分析莫言小说创作中的“杂语”叙事现象，而且分析的时候又完全抛开了巴赫金的概念和理论阐述，进入研究者自说自话进行现象和作品分析的地步。这样的分析和研究对于巴赫金研究来说是有缺陷的，但对于中国当代文学研究来说，对于莫言小说的分析来说，则是可取的理论选择，而且这样的分析才能显示自身的理论个性。

我们的文学理论个性如果缺少自我创造的根底或能力，那就可以借助外国文学理论和传统文学理论资源，在生发的意义上进行大胆的阐释，为我所用的阐释，然后寻求作品分析的个性化路径。如同他的“众声喧哗”理论一样，巴赫金的“狂欢”理论同样可以成为借重的对象。能否借重这种“狂欢”理论解读和分析鲁迅的小说《示众》？这部小说确实有“狂欢”的格局，但没有“狂欢”的气氛，我们的文学理论建设可以借此生发出一种有“狂欢”格局而没有“狂欢”气氛的理论模型，反过来用于分析这样的作品。或许可以给出一个“冷狂欢”的概念？冷是指沉默的气氛，而狂欢是作品的格局。一个示众的场面，那么多人、各式各样的人围着观看，而且只是事不关己地对待，面无表情地僵守，麻木不仁地旁观，这样的状态是他们自己的选择，并使他们感到惬意而舒适，这就有了集体狂欢的格局与架构，但气氛却是惊人地冷漠凄清，所以说属于一种“冷狂欢”。“冷狂欢”在社会生活的表层常常表现为群体围观，所反映的心理层次却相当深刻，既体现出人性的冷漠、隔阂甚至彼此赏玩他人不幸的阴鸷，也营造了集体参与的气场效应。“冷狂欢”在文学创作中常常通向深刻的悲剧性体验与表现，这种悲剧常常带有狂野式的悲凉，所谓“忧愤深广”，因而在鲁迅的作品中时常出现。

可以借助于巴赫金的“狂欢”理论，阐述出“冷狂欢”的社会现象和文学现象，进行理论再加工，总结出一番完全可以区别于“狂欢”理论的理论模态。“冷狂欢”与一般“狂欢”有着精神本质的联系，但是形态完全不同，主要是褪去了狂热的外在模态，抽取了内在的精神紧张，而所反映的心理状态往往更深秘，所呈示的心理层次及其所包含的文学批判力也更深刻。如果说“狂欢”理论主要反映集体的文化形式，“冷狂欢”理论则除了集体的文化形式而外，还能切近地反映、投射个体的文化心理。可以用这样的“冷狂欢”理论分析鲁迅的许多作品，其中包括《示众》，也可以用来分析《阿Q正传》。

理论思维的活跃可以使我们把握一切机会开发西方文学的理论资源并加以合理利用。我们不仅可以通过理论著作的阅读和消化吸取理论资源，还可以通过一些文学作品的构思思路和命名方式营构理论思路，生发新的理论。米兰·昆德拉的《生命中不能承受之轻》，不仅可以从创作上启发我们，从理论上同样给我们以启发。以前文学创作和艺术创作都倾向于思想内涵的“重”，情感内涵的“重”，“重”与深刻成为文学之笔承受和承担的唯一的分量形态甚至是价值形态。而昆德拉对此公然提出了“悖论”：“轻”作为心灵和情感的承担也是会令人不堪的。诚如现实生活中重量固然令人有承担感，失重时的感受将更加强烈，甚至更为恐怖，文学表现中心灵和情感的承担也是如此。这可以总结为一种“轻性理论”。“轻性理论”所关注和关涉的是生活和心灵的失重感以及类似的“轻”倾向所造成的生理不适和心理失衡现象，其要害是揭示出生命的“轻性”，消解生命价值的重量感，让人的感受往“轻”的方向引发，避开重量走向“轻”的价值审视。1980年代王朔的创作有相当部分是如此，他的创作倾向曾被王蒙准确地概括为“躲避崇高”①，其实也可以解释为逃避重量，逃避人生的重量承受，而向生命、情感和灵魂的“轻性”方面去发掘，去倾斜。固然，生命和灵魂的“轻性”表现，情感和精神中的“轻性”抒写，往往体现为一种文学构思和处理的险招，一种剑走偏锋的诀窍，但也未尝不可以理解为是文学表现路径的一种开拓，是更新文学构思方法和构思路向的智慧。其文学效果固然显著，社会效果也相当明显。王朔的作品流行以后，人们将原来非常习惯的对于“深沉”的价值承担，至少从文学的情感表现这一领域逐渐被抛撇在一边，“轻性”情感慢慢成为文学表现的主流内涵，抽取了政治严重性的文学情感逐渐成为人们普遍习惯于接受的文学内容。只要文学的内涵和精神不走向轻浮或者轻狂，“轻性”文学的出现是当代文坛值得关注且应予重视的现象，应该从理论上对这种“轻性”进行总结。

“轻性”文学理论可以帮助我们对许多作品进行独具特色的分析。除了王朔而外，王小波的作品如《白银时代》等等，也非常明显地体现出思想精神的“轻性”。甚至我们还可以用这样的理论来解释和分析鲁迅《示众》之类的作品。《示众》中的那个被失示众者，对于自己生命的相当漠视，对于生命的“罪与罚”采取了一种完全麻木的轻视的态度，而不是像一个英雄那样以超越生死的气概、视死如归的气度面对着生命之重。看客们同样呈现出生命的“轻性”，面对着被示众者的命运他们没有任何承受，没有人对这个被示众者的罪状或刑罚的轻重感兴趣，所有的一切悲剧和闹剧都是在无关痛痒的关系

① 王蒙：《躲避崇高》，《读书》1993年第1期。

中展开，呈现出的都是“轻性”的价值取向和精神走向。

分析文学作品既要熟悉作品，准确而深刻地理解作品，但更要从一个新颖而富有个性的理论角度迫近作品，进而进行富有理论个性的阐解和把握。理论就好像是解析作品这把锁的钥匙，只要拥有一把合适的理论钥匙，则什么样的作品之锁都可以打开。关键是这把理论之钥一定要造准、把准，而且与文学作品能相投合。

个性化理论修养和个性化作品分析的第二个路径，就是要将研究者自身的生活体验甚至生命体验融入作品的解读之中，将我们自己的人生感受带入我们的作品分析。由于每个人的生活体验、生命体验和人生感受都不可能全相雷同，因而只要融进自身的体验与感受，这作品分析就必然体现出个性化的深度和鲜活度。

这既是一个作品分析的问题，也是一个作品阅读的问题。文学创作是需要灵气的，这种灵气往往很难通过培养获得；文学研究和文学评论同样需要灵气，这种灵气就是对文学作品阅读的独特感受，以及这种感受的富有个性、灵动性的表述。有些研究者不善于分析文学作品，或者不能很好地、精彩地分析文学作品，这种基础性功力的缺乏自然会影响他们总体的文学研究水准和成就。一个成功的文学研究者应当首先善于分析文学作品，这种分析应富有个我的灵性，富有独特的体验，将自身的体验与感受投入文学阅读之中，然后对作品的精彩作出个性化的解读与阐述。有些杰出的作品能够令人读后泪水滂沱，一方面固然是因为作品创作水平高超，另一方面更加可靠，那就是阅读者将自身的体验和感受融入了作品之中，使得作品所表现的情感在阅读者情感的印证之下变得更其浓重，更其鲜亮，也就更其强烈，犹如本来强烈的光束照射到平正的镜面，产生的反射效果更强于原来的光束。一个从江南走出来的文学阅读者对“春风又绿江南岸”、“春来江水绿如蓝”的体验和感受，自然会与江南之春的记忆密切联系在一起，那种记忆中有绿得发黄发青的原野的春色，有白色的玉兰花和红色的杜鹃花点缀其间的色差间离，有细雨的迷蒙对绿叶的呵护与湿润，有春野的天籁之声从屋檐下溜过的润滑与温馨。有现代诗人写道：“我的忧愁随草绿天涯。”那是一种非常深切的春绿体验，它与江南诗人天生的多愁善感联系在一起。

个人生活体验和生命感受的独特性及其对于所阅读和分析的文学作品的对应性，是文学研究和文学鉴赏中的一个引人入胜的话题，其中包含着许多相当复杂的文学接受理论与规律。许多文学描写对于有对应性体验和类似感受的人来说，可能引起强烈的心理震动，而对于缺乏这种体验与感受的人来说可能全无意义。王蒙的作品《太原》，对于曾经盘桓过太原的旧城垣，踯躅过太原的老城头的人们来说，尤其是对于太多地体验过太原生活，但由于种种原因离开了太原并且多年未得机会旧地重游的人来说，那作品里写到的每一个街巷的名字，每一处旧曾相识的风景，每一个耳熟能详的楼宇店铺，都可能唤起种种甜蜜的、苦涩的、辛辣的、苍凉的记忆，让人留连不已，回味不已，激动不已。正如小说中写到的，与太原有相当渊源的人，想到太原，“那个醋味儿，让我吞咽了一口涌出的唾液!”而对于没有去过太原,或者对太原没有什么印象的读者来说,那种感受就不会太强烈。

个人体验和情绪感受的独特性对于文学作品接受的特定效用,在《红楼梦》第四十三回《闲取乐偶攒金庆寿　不了情暂撮土为香》中有着精彩的呈现。贾宝玉熟读过《洛神赋》,对于洛神的有无本来也在疑惑之间,甚至非议曹子建的凭空杜撰,可当他想在荒野的地方为实际上为他而死的金钏烧一炷香的时候,不期然进了供奉洛神的水仙庵:“宝玉进去,也不拜洛神之像,却只管赏鉴。虽是泥塑的,却真有那‘翩若惊鸿,婉若游龙’、‘荷出渌波,日映朝霞’的姿态。宝玉不觉滴下泪来。”从他未进水仙庵之前对曹子建的妄议和对洛神的怀疑,可知他原来并不会为《洛神赋》这个作品所感动,但为什么进了水仙庵看到斑驳的洛神像以后反倒滴下泪来呢?因为他此时心中有了跳井而死的金钏,金钏与水仙之间所产生的联想让他有了情感的寄托,这时候洛神的形象无论多破败、剥落,都能够调动起宝玉内心中的痛惜与感动的情感。对于金钏的枉死,宝玉内心中的痛惜和悲伤非常沉重。小说中没有直接描写,通过到荒野之外烧香试图了却这段“不了情”的情节,写出了这种沉重情感的寄托。此外,这段小说还有一段侧面托现:当宝玉到过水仙庵,并为金钏烧过香,回到府里为凤姐办的祝寿宴之后,他这样编派一番谎话搪塞对他外出的质问:

宝玉只回说:“北静王的一个爱妾没了,今日给他道恼去。我见他哭的那样,不好撇下他就回来,所以多等了会子。”

宝玉为金钏烧香的时候没有“哭的那样”,见到可以寄托的水仙神像时也只是“滴下泪来”,然而他所编造的谎话表明,在自己的内心里,他其实早已为金钏“哭的那样”了。

同是在《红楼梦》中的这一回,临末写到当日祝寿的戏演的是《荆钗记》,对于王十朋和钱玉莲生死相爱的故事,“贾母薛姨妈等都看的心酸落泪,也有笑的,也有恨的,也有骂的”。这种种不同的心理和情感反应,其实都与接受者不同的人生体验和情感体验有关:曾经历过生离死别者自然会心酸落泪,而涉世未深的人可能看到王钱否极泰来,重归于好的大团圆结局便欣喜而笑,心中有愁怨的人看到万俟丞相的阴谋诡计自然痛骂不已。文学接受者就是这样,可以从不同的人生体验和情绪感受对作品进行片面性的但是个性化的接受。

带着个人化的体验和感受阅读作品,接受作品,不仅可以达到作品把握的个性化,而且可以保持作品阅读和分析的鲜活度和新颖度。应该重视阅读作品的最初感受,并把阅读作品的最初感受进行珍藏,因为这是原汁原味的体验,与读者自己的人生体验和情感体验结合得可能最为紧密。只要保持对作品的个性化体验与感受,在进行作品分析和文学研究时就可能保持某种学术个性。由于各人的人生体验和情感体验不可能完全一样，即便是面对同样的作品，原初的阅读感受也可能有差异，这就是阅读个性和文学研究的学术个性可能形成的基本条件。因此，在作品阅读与接受中，应让自己的各种感官的感性反应，心理、情感体验的全部内涵都纳入和对应到作品之中，作品的人物与情节甚至细节之中，这样写出来的作品分析就可能带着研究者自身的感受甚至心率与体温。

个性化的文学阅读与文学分析，就是要尽可能地把自己的人生经验和相应情感调动起来，在生命和生活体验与作品情境体验相结合的意义上进行理解和分析。譬如我自己，阅读汪曾祺的作品就应包含着与别人不一样的人生体验。我没有写过汪曾祺作品的分析文章，如果写就应该融入自己生活的记忆与童年的体验，因为汪曾祺的家乡跟我的家乡距离很近，都在苏北的里下河流域，他作品中所描写的家乡的风俗跟我家乡的风俗完全一样，我跟汪曾祺相当一段时间所生活的世界是彼此重叠的。他所写的《故乡人》系列于我不仅读起来很亲切，而且能够调动起我的童年生活的感性。如《打鱼的》一篇提到的扳罾取鱼，确能唤起许多家乡故事的记忆，特别是用鱼鹰捕鱼，自己的记忆其丰富、充实甚至可以用来强化作品的解读与分析。作家写道："对于鱼鹰分清水、浑水两种。浑水鹰比清水鹰值钱得多。浑水鹰能在浑水里睁眼，清水鹰不能。湍急的浑水里才有大鱼，名贵的鱼。清水里只有普通的鱼，不肥大，味道也差。站在高高的运河堤上，看人放鹰捉鱼，真是一件快事。一般是两个人，一个撑船，一个管鹰。一船鱼鹰，多的可到二十只。这些鱼鹰歇在木架上，一个一个都好像很兴奋，不停地鼓嗉子，扇翅膀，有点迫不及待的样子。管鹰的把篙子一摆，二十只鱼鹰扑通扑通一齐钻进水里，不大一会，接二连三的上来了。嘴里都叼着一条一尺多长的鳜鱼，鱼尾不停地搏动。"其实作家还忽略了一种气氛烘托手段的记叙，那就是撑船的人会踩着船舱上面的脚踏板，发出有节奏的声音，而管鹰的人随着这节奏嘴里不停地吆喝，这样的声响鼓舞着鱼鹰，让它们始终处于狂欢的气氛中，积极投身于捕鱼的战斗。鱼鹰的深潜、跃动，渔翁的踩板、吆喝，水花飞溅，水声喧飑，多方面构成一种既激动着鱼鹰也激动着捕鱼人的狂欢气氛。如果我本着自己的人生经验从汪曾祺的这些作品中分析出乡野渔村的狂欢氛围，那就可能是一种非常个性化的解读，一种个性相对鲜明的独特分析。

文学作品分析的个性化，一个可能的路径还在于语言表述的感性化。作品分析既然是文学学术研究的基础，就需要进行一定的学术传达和学术表述，而这种学术表述的个性化往往直观地表现在学术语言的个性化方面。一般的文学研究论文都是板着面孔进行理性分析，理性分析的内容往往讲究逻辑表述和学理阐述，严谨有余而灵动不足，甚至将语言的感性和情绪化的描述完全摒除在外。而语言的感性或情绪化的描述，可能是从一个比较方便的角度抵达文学学术表述个性化的途径，过于强调理性和逻辑性论述的作品分析文章，有可能在这样的意义上很难达到学术表述的个性化。当然，这其中与评论者的学术自信有关。一般而言，自信的文学研究者，其语言自信往往体现在感性充沛同时也情感热烈的批评语言的大胆使用上，这样的语言使用是文学研究及作品分析体现个性风格的重要路径。李健吾就是这样的文学批评家，他的作品分析如收录在《咀华集》及《咀华二集》中的论文，以感性化、灵性化的评论语言以及美文策略，成为现代文艺评论的经典。鲁迅的作品分析在这方面所体现的经典意义更为明显。鲁迅从来就不屑于做一个冷静的作品阅读者和学术分析者，他的文学分析总是投入丰富的情感，总是调动起自己对作品感受的全部灵性，因而其学术表述完全没有学究气。鲁迅由殷夫的诗歌对左翼文学家的创作发表了自己充满深情的观察，用强烈的情感拥抱研究对象的一种批评，是以完整的灵性体察作品的一种解读，理性的判断让位于情感的认同，学术的评述让位于灵性的启迪，研究者以自己生命的体悟去测度殷夫作品所寓含的世界的宽度和长度，温度和深度。这样的文学作品分析和文学批评文字，注定是风格化的，个性化的，因为每个人的情感认同都不会完全一样，每个人的灵性表现都不会振动在同一个心理焦点。

作品分析语言表述的风格化、个性化，与研究者人生体验和情绪感受的个性化密切相关。没有人生体验和情绪感受的个性化，硬性营造语言的风格化，那只能是令人难堪的装腔作势，是故作姿态的搔首弄姿。因为情感与灵性与研究者本真的体验直接相连，以情感和灵性体验的独特性为基本内涵的风格独特的文学学术表述，便可能是学术研究和作品评论个性化体现的有效途径，也是呈现文学批评和作品研究个性化的最可靠途径。文学研究同文学创作一样，作品分析同作品营构相近，都吁求突出的个性化和风格化。文学研究应该从作品分析开始，努力在学术个性化和学术表述的风格化方面建立可靠的学术视野和学术目标。

第十三章

文学作品误读与分析方法

文学作品的学术分析，必须清楚地面对误读现象。文学作品在接受过程中会出现对作品中的人物关系、人物性格、情节细节、描写语句及其意义的无意误解或有意曲解的误读现象，无意误解显然是一种真误读，而有意曲解则属于一种假误读。

显然，真误读不是文学研究方法论所应该关注或者所讨论的现象，因为这种误读确实属于一种接受过程中的失误。有意误读的现象非常复杂，已经成为文学接受中的一个老话题，虽然同时也是一个饶有趣味的话题。西方的文学接受理论对文学误读和文化误读问题已经有相当复杂的学术阐析，甚至形成一定的学术派别。从文学作品分析和文学研究方法论的角度而言，我们固然无须对文化误读和文学作品误读理论进行穷根究底的还原，但对误读现象及其所产生的文化效应则不能不认真对待。

误读现象体现在文学阅读和接受上，常常导源于读者和研究者的理论自信和欣赏定力，其实也是文学文化的一种学术呈现。文学作品一旦形成、出版或发表，就获得了独立于作家的文学生命和艺术灵魂，对这种文学生命意义的解读，对这种艺术灵魂形态的分析，其第一依据便是已经取得了客观形态的作品本身，而它的缔造者和创作者如作家、诗人等，已经失去了对作品的控制权甚至解释权。不同的视角、不同的理论背景和不同的情绪感受导致的对于作品的不同阐释和解读，如果与作家、诗人的“原意”或与作品呈现的应有之义产生了某种龃龉甚至冲突，那就形成了误读现象。随着阐释学、解释学理论进入中国当代文坛，人们早已意识到了我们对文学作品的接受和解读的这种误读现象往往相当普遍。这正是文学所派生的一种社会文化现象，也是文学现象所引人入胜的方面。

一、广义的误读

误读理论不仅揭示了文学解释学意义上的普遍现象，而且也在文化接受和文化传播意义上得到了较为普遍的应用。文化意义上的误读一般来说体现为某种真误读现象，它可能指在文化继承过程中，一些已经形成的常识性观点和文化认知习惯，对于实际上的文化传统和文化内涵背道而驰的现象，也可能是指在文化交流过程中，由于知识储备不够或认知方式歧误，对其他民族文化产生的望文生义的误解甚至是完全隔阂的曲解。

这就是说，文学误读与文化误读属于不同的误读现象。相比之下，文学误读往往主要体现为假误读现象，而文化误读常常体现为由于接受主体准备不足或理解偏差的真误读现象；文学误读一般体现为文学研究和文学批评个体行为，而文化误读往往体现为文化认同和文化阐释的集体行为。我们的文学研究方法讨论主要关注的当然是文学作品的误读，这样的误读通常分为广义与狭义两类。

作为误读现象出现并为我们所讨论的文学的误读，一般不是由阅读者和接受者自身的知识准备不足或理解能力不足所造成的真误读，而是由文学体验有别和情感倾向差所造成的作品精神理解和气质内涵把握的偏差。广义的文学误读是客观存在的，人们对于一个作品的理解和把握往往会偏离甚至背离创作者的主旨或原初动机。一般的文学作品都会有机会产生这样的误读现象，它的出现往往不以创作者的意志为转移，事实上，创造者应该坦然接受这样的客观的误读现象，这说明他的作品已经获得了独立的文化生命。相对而言，狭义的误读主要体现在接受者主观方面的问题，有时候可能是接受者知识准备或理解力不足造成的，有时候则是接受者和研究者别出心裁的解释造成的奇异效果。

广义的误读之所以是客观的，是因为作为文学文化运作的基本规则，一个作品取得了自身相对于创作者的独立性以后，如何去理解和把握它的精神内涵、思想主体、文学形象、情节结构方式以及语言特色等等，都不是创作者自己所能左右的，文学评论家和文学研究者就如上问题提出各自的见解，显然无法都符合作者的初衷或者作者所期待的那种境界，这就产生了误读现象。从这个意义上说，误读不仅是普遍的，有时候甚至是必然的。作为创作者，作家和诗人对这样的误读现象可能会感到委屈，有时候甚至感到愤怒，但其实应该深感欣慰，这表明自己的创造物、自己的作品已经获得了独立的生命，已经拥有了自己的生命运行轨道，已经拥有自己的价值实现方式。这对于文学作品来说是一个非常美好的和非常理想的境界。

广义的误读中，最普遍的类型是文化误读型。文化误读的意思是，由于文化背景和文化心理认同的差异性，读者对于作品的阅读其侧重点将会远离作者创作基调。对于《红楼梦》，鲁迅曾这样揭示其误读现象："经学家看见《易》，道学家看见淫，才子看见缠绵，革命家看见排满，流言家看见宫闱秘事。"[①]其实还有，阴阳学家看见了谶纬，性学家甚至能看见春宫图、同性恋，教育学家从中可以发现很多儿童教育问题，对于内廷争斗过于敏感的人则可以看到"公党"与"母党"的斗争。偌大的一部《红楼梦》，内容驳杂，内涵深广，从误读的角度看一切皆有可能。这种丰富的误读现象正是《红楼梦》的魅力所在，它构成了《红楼梦》的文学文化场。

广义的误读在文化意义上说，是文化反映、心理认同导致读者关于作品的一般认识与作家原来的创作构思所形成的某种差异，误读其实就是差异。又由于作家的创作初衷有时候相当明确，有时候并不明确，甚至会得到有意模糊，作家的创作初衷有时候能够被作品所准确地体现，有时候难以为作品所明确体现，有时候甚至为作家有意误导，这样，误读几乎成了文学接受现象的必然，甚至成为作家所期待的结果。其实这也是误读的意义之所在。

可以拿鲁迅的《阿Q正传》来说明。鲁迅所塑造的阿Q这个形象，至少从创作初衷来说是作为悲剧形象处理、定位的，但是在我们的社会接受和文化阅读过程中，阿Q又基本上是一个喜剧形象，甚至有些滑稽。这就形成了在文化误读意义上的巨大反差。其实鲁迅对这个人物的把握也不是一以贯之的态度。一开始鲁迅也写关于阿Q的笑话，放在《晨报副刊》的"开心话"栏目中，"因为要切'开心话'这题目，就胡乱加上些不必有的滑稽"。[②] 虽然略有些悲凉，闹到阿Q连姓赵也不配，但滑稽的成分相当明显，在鲁迅看来，甚至有些"在全篇里也是不相称的"意味。全篇的情调应该是悲剧性的，鲁迅写着写着就发现不能再滑稽下去，阿Q逐渐转为悲剧人物，一个连自己为什么被处死都不知道，一个麻木到连自己饱受制度的摧残饱受人生的折磨却不知道受摧残受折磨的悲剧形象。阿Q被冷漠残忍的社会彻底地孤立彻底地抛弃，最后当作笑料的底料，当作垃圾里的灰尘一样处理掉，没有人为他洒一滴同情的眼泪，甚至也没有向他投来一丝同情的目光。鲁迅写到阿Q最后看到关注他的人群的眼光像狼一样，不，比狼还要可怕，那便是一种凶狠与冷漠，仇视与残暴的眼光：

> 四年之前，他曾在山脚下遇见一只饿狼，永是不远不近的跟定他，要吃他的肉。……那狼眼睛，又凶又怯，闪闪的像两颗鬼火，似乎远远的来穿透了他的皮肉。而这回他又看见从来没有见过的更可怕的眼睛了，又钝又锋利，不但已经咀嚼了他的话，并且还要咀嚼他皮肉以外的东西，永是不远不近的跟

---

① 鲁迅：《〈绛花洞主〉小引》，《鲁迅全集》第8卷，人民文学出版社，2005年，第179页。

② 鲁迅《〈阿Q正传〉的成因》，《鲁迅全集》第3卷，人民文学出版社，2005年，第396页。

他走。

这些眼睛们似乎连成一气，已经在那里咬他的灵魂。

这时候的阿Q已经拥有了灵魂！在鲁迅的笔下，拥有灵魂的人物即便不是相当高贵的人物，也是值得同情和受到一定认同的人物。面对着未庄的庸众，阿Q这时早已经是鲁迅同情甚至一定程度上认同的一个悲剧人物。

但是人们习惯上都把这个人物作为喜剧人物来把握，甚至当作滑稽人物来对待。人们愿意将阿Q理解成一个全无灵魂感应的麻木不仁、滑稽可笑的小丑，是一个不知人格为何物的贱民，这其实是一种严重的误读，至少严重地背离了鲁迅的创作主旨。我们理解鲁迅的批判性，我们认同鲁迅的批判性，但是我们任何时代的读者很少怀有鲁迅那样博大的情怀去同情这样一个可怜的可笑的甚至有些可耻的阿Q。一个伟大的批判者必须怀有悲天悯人的博大心胸，能够对可怜的可笑的甚至有些可耻的人物怀有同情。人们都认为鲁迅言辞锋利，为人苛刻，批判的力道常能入木三分，力透纸背，似乎很少恻隐之心，但恰恰忽略了鲁迅的批判性所隐含的大悲悯，那就是对那些可怜的可笑的甚至有些可耻的人物的大悲悯。一般的人或许愿意同情一个可怜的人，但很少有人愿意去同情一个可笑可耻的人。阿Q不可耻吗？他受尽了别人的欺负，可一旦有机会他会去欺负别人，欺负比他地位更低力量更弱的人，比如小D、王胡，特别是小尼姑。对于这样一个无论是地位还是人格都很卑微的人物，鲁迅却愿意同情他，并且最终赋予他灵魂的恐惧感和绝望感，这就是伟大批判者的宽阔胸襟的体现。阿Q被处死了，许多人都会微笑着或者狂笑着观看甚至欣赏他的死亡，但鲁迅没有，从他写到人们那些比恶狼还可怕的眼睛像要咬碎阿Q的灵魂那段描写，我们至少可以判断鲁迅依然是皱着眉头送走了他的阿Q。对这个行径与名字一样可笑和怪异的阿Q，我们误读了一个又一个时代，这种误读显然由于读者的文化心理不仅没有作者那么深刻，而且也没有作者那么健全。

有时候，作者关于作品创作意旨的表述，作品所传达出来的思想意旨，并不能真正反映和代表作者的情感倾向，由此造成的误读现象就更为隐晦。如果说《阿Q正传》的创作意旨较为明确，乃在于揭示阿Q的人生悲喜剧，偏重于展示其性格和命运中的悲剧，而且这样的创作意旨同样代表着作家鲁迅的情感投向，那么，巴金的《激流三部曲》就显得有些复杂，作家的创作意旨与他真实的情感投向呈现出某种分裂状态：作家希望一代年轻人从《家》中走出来，投身到社会的激流之中，那个被背弃的家实际上被批判为人间的活地狱一般，了无生气，阒无人气，充满着腐朽糜烂的气息。对于这种“家”的崩塌，作者和读者似乎持有完全一样的情感投向：欢呼与控诉的热忱。但是，作家作为这个家庭走出来的叛徒，与这个家有着深切的血脉联系和情感联系，不可能从内心情感上表达对这个家，对这个家的家长的毁灭性诅咒和刻骨仇恨。事实上，面对这个行将灭亡的故家，巴金的态度和曹雪芹相类似，一方面冷漠地直面它的崩坏和毁灭，一方面又带着无可奈何的怅然为它的崩坏和毁灭而无限伤感，对这个家里的各种人，包括封建家长等，都怀着某种恨铁不成钢的不尽亲情。对于《激流三部曲》的误读形成了一种文化惯性，迫使我们真的相信作家所表述的，是一种对于旧家庭的愤怒的控诉。其实，作者的切实意图正如《家》的题词所揭示的："我要向一个垂死的制度叫出我的'我控诉'！"

那控诉的锋芒针对的乃是制度，而不是家人。即便是专家也常常为巴金的外在的情绪所"干扰"，忘记了作者对于其"家人"，即便是封建家长的亲情，将作品误读为是对这些人物的控诉："从情绪上来说，这部小说是一张控诉状，写出了旧家庭制度的一切罪恶，如爱情的不自由、个性的压抑、礼教的残忍、长者的绝对权威和卫道者的无耻。"[①]其实高老太爷式的那些封建卫道者，其老朽的血管里仍然流淌着对于孙辈的某种亲情，他期盼着四世同堂的腐朽热望中当然包含着对这个家族中每一个后辈，哪怕有些叛逆的后辈的关爱。《家》中确实写到高老太爷与觉慧这对祖孙之间的敌意，他们相见的时候"仿佛"就是敌人，但最终他们不可能是敌人，他们是有血脉联系的一家人。不过由于高老太爷的思想观念太腐朽，到最后落得一个几乎众叛亲离的局面。面对这样的败残之局，高老太爷于异常孤独中死去，作者写道，他死去的时候内心中充满着前所未有的悲哀。对于他的这种悲哀，作者不会欢呼雀跃，甚至也不会无动于衷。对于《家》以及《春》、《秋》，普遍的误读就是顺着巴金那个时代的某种表述，像鲁迅当年欢呼雷峰塔的倒掉一样欢呼旧家庭的败亡，希图激起时代的激流去冲毁封建家庭的楼厦，而且越快越彻底越好，却忽略了潜藏在作家情感深处的那种真情，对于故家和家人的亲情。作者巴金真诚地鼓动觉慧这样的青年人冲破家庭的樊笼去拥抱时代的激流，去做时代的弄潮儿，但对家族的败亡显然又有一种沉重的负担，这种沉重的情感负担影响了他在激流冲毁大家庭时的狂欢，于是他不可挽回地留给这个"家"一种非常沉痛的挽歌的调子。如果说在《激流三部曲》中这种挽歌的调子还不太明显，更谈不上强烈，那么《憩园》作为《激流三部曲》的补充，则体现得非常明显，十分浓烈。

中国现代文学创作在各个重要历史时期都往往带着时代的激情，一种文化的激情，这是对五四时代个性主义的一种继承。鼓励青年人走出去，走出自己的家庭，投身到社会的激流当中，这样的作品主题在五四时代几乎就形成了一种母题。胡适等人在那时代倡导易卜生主义，这个主义的代表作品就是《玩偶之家》，对我们的这种文学母题的形成和实践影响很大，包括鲁迅的《伤逝》都是易卜生主义影响下的作品。这种易卜生主义让人摆脱家庭走入社会走向社会洪流，走出家庭就意味着苏生。这种出走—苏生的文学构思模式对 1930 年代的文学依然产生了巨大影响。《家》、《春》、《秋》就是这样的母题与构思格局，里面的青年人分两类：觉慧、觉民、淑华等一个一个走出去的青年人就获得了苏生，而没能走出去的，包括觉新、瑞珏等等，都遭到灭亡或者等待灭亡。类似的

---

① 罗成琰、阎真：《儒家文化与 20 世纪中国文学》，《文学评论》2000 年第 1 期。

作品不拘还可以联想到曹禺的作品如《雷雨》、《北京人》等。《雷雨》里的周萍，有一个强烈的意志行动就是走出去，繁漪拼命阻止他，最后他没能走成，饮弹而亡。《北京人》里的少爷曾文清，深爱着表妹愫芳，愫芳千方百计让她所爱的人走出去，哪怕以她的青春她的生命耗没在曾家为代价，就是要唤起她所爱的人文清能够走出去。但曾文清已是久困笼中的鸟儿，好不容易走出去却根本不会飞翔，于是又只得回来，让爱他的所有人大失所望。如果说巴金对"走出去"以后的人生和时代激流之类还有基本的概念，还有起码的写照，则曹禺基本上全无概念，也一无写照。作者、读者连同人物如周萍、方达生、曾文清等盼望或试图"走出去"的人们，都不知道走出去以后的人生会是怎样的图景。但即便如此，受五四时代易卜生主义的感召与激励，曹禺笔下的几乎所有有希望的人们都以"走出去"作为意志行动的目标，虽然他们最终基本上都走不出去，从而酿成了一个又一个悲剧。

从《家》、《春》、《秋》到《雷雨》、《北京人》，现代作家都似乎把大家族和旧家庭当作诅咒、抛弃的对象，但显然这是一种误读，巴金对于他故家的败落显然有一种挽歌的调子，对高老太爷仍然带有明显的悲悯。曹禺也没有把周朴园以及《北京人》里的曾皓等大家长们都当作敌对人物来刻画，而是带着深深的同情和怜悯。周朴园对侍萍的忏悔之心是那样地真诚、深挚，观之令人动容，这就是说，周朴园作为大家长，其性格是复杂的，不是单一的诅咒对象。对于《北京人》中的大家长，那种性格的复杂性以及作者态度的复杂性就更强了，类似于巴金之于《家》中的高老太爷。曹禺表述过这种复杂的情感："《北京人》中的曾皓这个人物，就有我父亲的影子，但曾皓毕竟不是我父亲的再现。我对我的父亲的感情也是很复杂的，我爱他，也恨他，又怜悯他。他是很疼爱我的，他盼着我出国留学。"① 对于作家的这种复杂的情感，习惯于误读者往往不暇顾及，看到的是青年人或者鲜活的生命勇敢地走出去，而这些老朽的生命则希望他们迅速灭亡。这不仅不符合作家的原意，也不符合作品及其所塑造人物的丰富性。

二、文化误读

文化的误读现象由来已久，并非从现代文学作品解读与分析开始。最明显的表现是在对民间故事的阅读处理上。几乎所有的民间故事都有机会遭遇文化误读。民间故事之所以能够长期流传是因为它的惩恶扬善，以及由此带来的教育意义。民间故事的传承方式一般是祖母传给她的孙子孙女，当孙女成为祖母的时候再传给她自己的孙辈。这是一种充满着爱和善的接力运动，道德教化的色彩自然非常明显而且必不可少。但

① 曹禺：《谈〈北京人〉》，原载《曹禺论创作》，上海文艺出版社，1986 年。

是,民间故事实际上吸引我们的,我们所乐意接受它的因素,乃是它富有人性魅力的精神,浪漫谛克的情节,而不会选择它劝恶扬善的思想内容。七仙女下凡的故事,之所以能够流传下来,是因为它宣扬了孝道,但是如果单凭一个孝道精神,是否就能激起人们一代又一代传说、转述的热忱?回答可能是否定的。人们之所以对它津津乐道,之所以为它所深深吸引,更多的是因为其中有一个人神相恋的神奇故事,一个仙女下凡嫁给一个很普通很贫穷很一般的小伙子,它满足了我们的民间梦想,许多人是在民间浪漫谛克梦想的虚拟性实现这一层意义上接受了这个故事。几乎每一个民间故事都经历着这样的误读,也只有这样的误读可以激励一代又一代人传述它们。梁山伯与祝英台的故事,能够为民间所流传,还是从道德教化的意义上展开它的精神理念:它是从反面来告诫那些怀春动情的青年男女:你自己做主的恋爱是不靠谱的,家族做主的爱情才会有结果。但是我们欣赏的是其"发乎情止乎礼"的生死爱情,悲剧性殉情的罗曼蒂克。还有不同版本的《海螺姑娘》或者《田螺姑娘》,说一个青年农夫或青年渔夫每天劳动回来就发现有一个美丽的姑娘给他做好了饭菜,这原是要教育人们勤奋劳动,心地善良,但是多数人读了这类故事都不会立即去劳动,而是为故事中的浪漫奇遇辗转反侧。民间故事本来是劝恶扬善的典范,但更多以人性的闪光、爱情的奇遇和浪漫的境遇深深地吸引一代又一代人。民间这样的故事很多,一般都经过误读。这样的一种误读是不是对于民间故事,我们欣赏的兴奋点是让我们鲜活的人性受到感动,心灵的灯火受到拨动的那个聚焦点,实际上已经远离了原来的那个道德教化格局。这就是误读,是合理的误读,是文化的误读。

文化误读还体现在语感的误读。不同的语言传达不同的文化,不同语言固有的语感文化在别一种语言中会构成某种误读现象。例如"梦"这个词在西方语言中可能有一个非常美好的文化语感,意味着梦吉祥幻美,与之相联的有梦想、好梦等等。英语里也有坏梦、噩梦,但在语言表述上却是另外一个词:nightmare,是与 dream 完全不一样的词。在"梦"这个吉祥美好的语感上,盛开过马丁·路德·金的《我有一个梦想》这一灿烂的花朵,"我有一个梦想"就成了美国梦的代表,非常美好且富有诗意。但在传统的汉语里,"梦"却不代表吉祥和幻美,而是相反,情感色彩、文化色彩都不正面。一枕黄粱梦,南柯一梦,春秋大梦,如此等等。传统汉语里的"梦"不仅不吉祥,而且也意味着痴心妄想之类,包含着严重的嘲弄、否定的成分。于是,任何写有"梦"带有"梦"的作品,无论是由西方语言进入中国语言,还是由汉语进入西方语言,都面临着必然的误读。这几乎成为一种宿命。

当然,随着语言交流的正常化,这种误读现象会趋于弱化。中西文化交汇的结果使得诸如"梦"这样的词语语感正在趋于统一,例如"中国梦"的说法其实就走出了传统汉语的语感,"中国梦"还能唤起关于"美国梦"之类的有气势有价值的价值联想,这其中的误读机会会大为降低。

语言误读现象还可以举出很多。不同的人生环境，不同的语言环境，造成文学的表述不同的文化背景，它会使我们对于一些文学作品的语言表述出现必然的误读。西方文学中，“夜晚”的意象及其表述一般都很浪漫，与歌舞、幽会、狂欢、咖啡屋、恳谈会等联系在一起，于是音乐有美妙的“夜曲”，诗歌有对夜莺的歌颂，戏剧中的《仲夏夜之梦》更是充满着浪漫谛克的想象。然而在中国人的阅读和接收中，夜晚意味着晦暗不明，意味着风高月黑，意味着长夜漫漫。于是，文学艺术中的夜晚意象及其审美表述，就很容易产生彼此误读现象。由于农业社会生存环境的不同，生产条件的差异，中国传统文学对农村和农业劳动的描绘总是相当悲情，从《诗经》里的《豳风·七月》，到李绅的《悯农诗》：“春种一粒粟，秋收万颗子。四海无闲田，农夫犹饿死。”“锄禾日当午，汗滴禾下土。谁知盘中餐，粒粒皆辛苦。”都是在控诉农民之苦，农业劳动之苦。农业生产活动对于中国传统文人来说，不啻一种灾难的生活。而在西方文学中，农业文明代表着希望，代表着财富，代表着宁静优美的乡村生活。塞林格《麦田里的守望者》是一个很好的诠释：都市里的中学生霍尔顿在学校，在旅馆，在舞场，在公园，在任何地方都找不到一个能够安息诚实的灵魂和善良的胸襟的处所，最后只好将希望栖息在游戏中和想象中的麦田，做一个麦田的守望者：

> 我将来要当一名麦田里的守望者。有那么一群孩子在一大块麦田里玩，几千几万的小孩子，附近没有一个大人，我是说——除了我。我呢，就在那混账的悬崖边，我的责任就是在那守望。要是有哪个孩子往悬崖边来，我就把他捉住，——我是说，孩子们都是在狂奔，也不知道自己是在往哪儿跑——我得从什么地方出来，把他们捉住。我整天就干这样的事，我只想做个麦田里的守望者。

将麦田的意象加以美化，几乎与真善美合而为一。哈代的小说《德伯家的苔丝》也写到农场里的劳动，无论是对男主人公还是女主人公来说，那种乡村劳动的场面都是最愉快最幸福最安宁的记忆。涉及农业文明的情景，西方作家笔下总是出现充满希望的、美好的、田园牧歌式的描写。托尔斯泰的《安娜·卡列尼娜》里有一个忧郁的贵族青年康斯坦丁·列文，他患有严重的抑郁症，但是什么重新燃起了他对生活的希望？那是在农村，看到农民劳作的和谐、幸福的场景，这种场景最终深深地感动了他，让他觉得原来生活可以这么美好，这么甜蜜，这么浪漫而充满希望。农村、农业、农民，农田里的劳动，在欧洲的文学作品里总是代表希望且充满希望，以至于作家本人如托尔斯泰、哈代等等，都希望自己成为农民。但这一作品是我们的文化环境中就可能遭遇到误读，因为我们熟悉的农田、农业、农村和农民，在传统的文学表述中并不代表这些美好与希望，在现代文学作品中，它们更代表着封闭落后甚至原始蛮荒。这样的作品可能西方人也很容易误读。

中外文学接受中的误读现象是地域性空间性的文化差异造成的。除此还应注意时代性的差异所导致的文学误读。时代性差异造成的误读在我们熟悉的读者群中会经常发生。曾有这样一个英语材料，也算是科幻式的文学作品，叙述的是两百年以后的学校生活，一个两百年以后的孩子吃完早饭母亲要他到学校去，他就进了自己的房间打开电脑，开始上课做作业，课间休息的时候自己独自去庭院中玩一会。今天上的课文讲述的是两百年前的学校，那时候是很多小孩，甚至有相当多是互相不认识的孩子聚集在一个共同的校园内上课、游戏、唱歌、跳舞，未来小孩当然非常羡慕，原来世界上还曾有过如此美好的学校。他告诉他的母亲，他恨他当时的那种学校。这也可以看作一个社会寓言。不同时代的人对原先的生活方式不了解，不理解，由此相互间会产生对流的误读现象。

我们曾经对路遥在《平凡的世界》和《人生》中关于饥饿的描写作过分析，现在同样可以用这样的作品来解析时代差异性的误读现象。对作品中表现的那种刻骨铭心的饥饿感，现今早已解决了温饱的人们已经失去了体验，没有了相应的体验就会怀疑作家的相关描写是不是夸张。莫言有一个短篇小说叫《粮食》，叙述一个母亲为了让自己的小孩吃到粮食，就在集体仓库里把豌豆吞进自己的喉咙里，回家后再吐出来给孩子吃。对于这样的情节许多人简直难以置信，因为没有经历过那个时代没有体验过没有粮食的绝望感，就会觉得这世界上饿肚子的问题很好解决。殊不知这正是社会生活体验差异所造成的误读。这种由时代的差异、生活的差异、体验的差异所导致的疑惑，所造成的误读，可能会对作品本身的真实感带来损害。与此相联系的还有“文化大革命”的描写，由于许多读者缺乏那种特定时代生活的体验，也可能产生某种疑惑，导致误读。

三、曲意误读

以上都属于无意误读，是一种真正意义上的文化误读。在文学阅读、文学接受甚至文学批评过程中，还存在着一种有意误读，或者叫曲意误读，即接受者或评论者明明知道这是一种对作品的曲解，但仍然执意而为，导致另一种阅读和批评的效果。有时候，这样的曲意误读体现出接受者或评论者的傲慢，对接受对象施行一种有意而为的轻蔑态度。由此可以联想到鲁迅与郭沫若在革命文学论争中的一段“公案”。郭沫若在1928年的《创造月刊》上刊载一篇小说叫《一只手》，说是有个名叫小孛罗的少年，在工厂里面做童工，有一次因为机器故障他的一只手被切断了，由此激发起工人们的群愤。这是通过这个惨痛故事鼓动大家革命的作品。鲁迅在燕京大学国文学会所作的演讲中对这篇小说进行了讽刺：

> 郭沫若的《一只手》是很有人推为佳作的，但内容说一个革命者革命之后失了一只手，所余的一只还能和爱人握手的事，却未免"失"得太巧。五体，四肢之中，倘要失去其一，实在还不如一只手；一条腿就不便，头自然更不行了。只准备失去一只手，是能减少战斗的勇往之气的；我想，革命者所不惜牺牲的，一定不只这一点。《一只手》也还是穷秀才落难，后来终于中状元，谐花烛的老调。①

这里所述说的小说情节显然都不是郭沫若原作中的，都是鲁迅的想当然之笔，与小说内容大相径庭。也就是说，鲁迅作出的姿态是他根本就没看这个小说，也不屑于看这样的小说；他完全是有意地曲解、误读郭沫若的这一作品，带着某种傲慢某种轻蔑有意误读。这种曲意误读表明了鲁迅作为批评者的一种态度。他在这里充任的决不是研究者，而是批评者，论争者，表示轻蔑，将其置于不值得一读的地位，便是批评者和论争者的一种策略。如果鲁迅作为研究者，这样的态度自然应受到诟病，但当他以论争者的面目出现的时候，对于论争对象的作品表示轻蔑，对它进行傲慢的误读，完全是曲意的误读，这是可以理解的。这是一种论辩者的策略，而不是研究者的作为，是一种批判的态度，而不是学术的对待。

如何对待鲁迅的这种曲意误读，在鲁迅研究者那里是一个难题。《鲁迅全集》注释者的态度相当严谨，在相关注释中概括了《一只手》的粗略情节，注明"内容和这里所说的有出入"。② 注释者一方面很严谨地阅读了郭沫若小说原文，另一方面又觉得不便于批评鲁迅的妄意猜测甚至是"强行栽赃"，只好用一句写实性的"内容有出入"作交待。其实，鲁迅在这里采用了曲意误读的方法实施了对郭沫若以及革命文学创作中的后来所谓"革命的罗曼蒂克"现象的批判。他向被批判者以及读者显示出：他就是不愿意看这些作品。这些作品之浅薄显而易见，无须亲劳阅读。一个处于论争中的批判者有权利采取各种各样的方式和态度进入论争，就像表示自己的傲慢和轻蔑可以采取各种方式一样。只要不是正式的拳击赛，双方出于义愤扭打起来，如何动拳脚出怪招，那是没办法规范的，除非一开始就定义说这样的扭打本来就不应该。

这种显示对于解读对象和认知对象的傲慢或者轻蔑态度的曲意误读，在一些地名的文化历史传说中时常可见。澳门的英文名是 Macao，来自葡文 Macau，这 Macau 又完全是从葡萄牙人那里来的。传说葡萄牙人最初在澳门上岸，恰巧就在今天妈阁庙的地方。他们问一个当地居民这是什么地方，当地人以为他们问这个庙叫什么名，就告诉说这是"妈阁"，他们则以为这整个澳门就叫妈阁，就命名这个地方叫 Macau。无独有

① 鲁迅：《现今的新文学的概观》，《鲁迅全集》第 4 卷，人民文学出版社，2005 年，第 138 - 139 页。
② 《鲁迅全集》第 4 卷，人民文学出版社，2005 年，第 142 页。

偶，马来西亚东部的沙捞越，其首府叫作古晋(Kuching)，有关“古晋”名称的由来有多种说法，传说之一是，这地方以前有很多老鼠，英国人进来后大量引进猫，由此猫满街都是，而马来语中的猫就叫古晋(Kuching)，因而得名，又称为“猫城”。老舍有一部一直有争议的小说，就叫《猫城记》。没有迹象表明老舍滞留新加坡的时候去过沙捞越，但他显然是从古晋的俗称中得到了启发。传说之二是：古晋盛产桂园，桂园俗名龙眼，由于龙眼核像猫的眼睛，马来语叫作 Mata Kuching，所以这地方也就叫古晋。传说之三则是，当初主要来自福建的华人来到古晋时，为了生活挖井取水。挖井在福建话里叫“Ku Jing”，当时的华人常说“我们去 Ku Jing”，这“Ku Jing”就成了地名。这些传说都有一定的道理，但我宁愿相信第四种，也是流传最广的传说：英国人最初到了这里，不知其名，就问当地人，而这个地方野猫很多，洋人发问的时候就有一只野猫蜷曲在近边。当地人以为英国人问这个动物的名，就告诉他们这是猫(Kuching)，于是英国人就以为这个地方就叫古晋。之所以宁愿相信这第四种传说，并非仅仅因为它流传最广，而是因为它符合南洋许多地名的命名特征，以英国人或洋人的故事为标志。这是一种习惯，也是一种殖民心理的反映。更重要的是，古晋命名的故事与澳门命名的故事太相像了，照例是洋人所问的都是一个地方名称，而当地人回答的都是一个具体的事物，然后洋人就将这具体事物的名称误读为这个地方的名称。这样的误读意味着什么？意味着殖民者的傲慢以及对当地文化的轻蔑，典型地属于一种曲意误读。这些傲慢的殖民者根本没有想去研究清楚这个地方到底叫什么，他们认为犯不着费这功夫去搞清楚，这个地方对他来说就是可以随意命名的，叫什么都无关紧要，哪管这地方究竟有什么历史，积累了怎样的文明。如果说殖民者想要真诚地对待这个陌生地方的文明，他会很快发现自己原以为是地名的那个名称是一种误会(如果确曾发生过这种雷同的误会)，他会很容易更正过来。因此从情理上可以推断，这样的误读属于曲意误读。

有时候作家为了创作上的深意布置，也会营造曲意误读。莫言的小说《檀香刑》里面反复提到一种民间艺术，就是职业的猫腔演出。据山东当地人提供的资料，这种艺术实际上叫作冒腔，也就是唱的时候非常高昂。莫言显然懂得“冒腔”的意思，对“冒腔”也应该有诸多濡染，《檀香刑》中还认真考证过“猫腔”的起源：雍正年间，高密东北乡出了一个叫常茂的怪才，他无妻无子，光棍一人，与一只黑猫相依为命，也许猫的声音对他有了启发，他的哭丧本领日益增强，终于成了专业的哭丧大师。这种起源于哭丧“专业”的艺术就成了这一带的民间戏曲样式。其实，“冒腔”应为“茂腔”。但在小说创作中他偏偏采用了曲意误读的方式，将其表述为“猫腔”。“猫腔”的语感既有趣又有戏，这是一个非常有意思的小说构思，其间透露了作家的某种幽默。

还有时候，我们的作家会对自己塑造的人物进行曲意误读，或者诱引读者走向某种误读。这几乎可以概括为一种趋势：我们的文学作品经常出现这一类误导迹象，对于一个肯定的人物往往从否定的方面写起，或者相反，对于否定的角色往往从其肯定的素质写起，这样在成功地误导了读者的情感投向之后，笔锋一转，专注地刻画人物的肯定品质或否定素质。莫言、贾平凹、陈忠实都善于这么布局。《红高粱》中的余占鳌一开始不仅匪气十足，而且行为方式极其宵小，当读者已经基本认定这是个否定人物的时候，作家立即在他英雄气概的刻画方面大开大阖，使得读者在误读的挫折中对这个人物的肯定素质留有更加深刻的印象。陈忠实刻画《白鹿原》中的主人公白嘉轩，一开始乃是从非常恶俗的角度摹写他的“能耐”，包括俗不可耐地炫张其身体器官的特异功能，这样调动起读者的误读趋向，让人们最初很容易将其定位为西门庆式的人物。随后，作者才慢慢展示其灵魂中的正直、刚强、善良甚至伟岸，进而展示其作为一个塬上男人的肯定形象。

曲意误读是文学误读以及文学写作中一种很复杂的情形，其中包含着值得肯定的创作构思，值得反省的文字策略，也有不值得效仿的学术谬误。无论如何，在文学研究中，在作品分析中，曲意误读都是不可取的，应该尽量避免。曲意误读如果用于创作构思和写作策略，特别是论争和批判的策略，一般情形下无可厚非，有时候甚至显得别出心裁。但用于作品分析和学术研究，则是一种严重的不负责任，甚至体现着一种极不规范的学风。

曲意误读的复杂性还在于，有些人出于各种目的，根本不是在误读意义上展开分析，而是曲意解读，然后强行用于论争和批判。曲意误读是一种文本误读现象，即便是鲁迅对郭沫若小说的曲意误读，即便是显露出傲慢和轻蔑，但误读的责任是批评者自己承担着的；而曲意解读的要害是，明明是对作品进行了曲意的很可能是错误的解读，但误读者仍然拒绝承担自己误读的责任，认为一切的误读结论甚至推导的结果都应该由原作者负责。最典型的例子就是 1960 年代震动整个中国文坛和政坛的对小说《刘志丹》的批判。

这部小说的作者李建彤，是小说主人公的弟媳，她“要写刘志丹和他的战友们，写陕甘宁根据地的人民群众，通过他们艰苦卓绝的斗争历程，歌颂马列主义、毛泽东思想，歌颂为中国人民指引解放道路的中国共产党”①。但恰恰是这样要歌颂中国共产党的作品，却被党的最高领导人解读为“利用小说反党”的罪名。有材料证明，作出这个判断的时候，批判者并没有看过这部小说，是当时的康生根据相关人士的汇报才了解到这部小说的。康生是曲意解读这部小说的重要人物。

这种曲意解读是一个出乎所有人意料的一种大有深意的解读。作品是否真的这样其实并不重要，批判者可以很傲慢地认为，作品的内容和作家的创作初衷就是如此，一切曲解的后果都应该由作者及其与之相关的人们承担。这样的曲意解读与前面所说的曲意误读比起来，是它将所有的责任都推卸给了阅读对象及其作者。这种曲意解读的

① 子舒：《小说〈刘志丹〉被批判内情》，《党史纵横》2002 年第 4 期。

套路后来在“文化大革命”中得到非常广泛的运用。显然，这样的解读其实与正常的文学批评没有关系，而且与误读，哪怕是曲意误读也相距甚远。这样的曲意解读有可能导致灾难性的结果，几乎所有的文字狱其实都含有这种曲意解读的意味，更不用说“文化大革命”中那种风声鹤唳，令人胆战心惊和毛骨悚然的“上纲上线”式的恶意解读了。是的，曲意解读其实就是恶意解读，与真正的文学批评没有任何关系。

四、误读的逻辑性

上述糟糕的曲意解读或者恶意解读，实际上基于一种逻辑，一种强词夺理或“无限上纲”的逻辑，一种阶级斗争的逻辑，一种政治斗争甚至是推翻政权的逻辑。凡是以非文学非美学的逻辑，而是以政治和种族的逻辑进行推导的误读，都可能与真正的文学批评两不相干。换言之，文学研究和文学批评应该始终坚持文学和美学的逻辑性，这样的误读才是可接受的。

现在我们的社会生活中充满着各种按照政治逻辑和种族逻辑对阅读对象进行误读的现象，这样的现象所导致的结果便是泛政治化和泛种族化。什么言论，什么现象，什么活动，经过这种政治的和种族的逻辑性推导，最后都解释为政治倾向问题和民族情感问题，那就会导致一个社会政治生态和民族关系的高度紧张。前者可以看看今天的台湾和香港，后者则可以看看中东地区。千万不要以为只有负面的力量才可能存在着这种泛政治化、泛民族化的逻辑性误读现象，便是我们自己的某种正能量，有时候也难免重蹈这种泛政治化、泛民族化的逻辑性误读的覆辙。有媒体曾经报道这样一件事：哈佛大学一位副教授在网络上订了一家川菜馆的外卖，川菜馆多收了四美金，这个教授几次发电邮要求川菜馆除了退还多收的四美金之外还要按有关章程支付八美金的赔偿，饭馆解释说，店里菜的价格已经上调了，只是网络上的价格表还没来得及更新，由此造成了误会，承认按照网络上公布的旧价格退还多收的四美金，但因为没有价格欺诈情节，不负责赔偿另外的八美金。副教授不接受，紧追不舍，导致其在网上引起围攻，最终以哈佛教授的道歉收场。客观地说，如果抛开民族情绪因素，你不得不承认哈佛教授的做法是合法合理的，他既是网络订餐，当然以网络上公布的价格为准；既然比网络上公布的价格多收了四美金，除了要回这四美金而外再追加多收额度两倍的赔偿，也属合情合理。但为什么他败了呢？显然是他的苛刻，他的得理不让人，他的尖酸刻薄惹起了华人社群的公愤。大家出于民族情感对这位副教授进行围攻，他自然就败下阵来。在异国他乡面对这样的事件，很容易把文化的民族的情感激发起来，这种泛民族化的情绪导致了对这一事件的“误读”。这种社会误读、文化误读，从民族情感的释放而言让人觉得非常舒服，但滥用了就会造成灾难性的后果。

文学创作，文学作品的阅读与分析，与这种社会误读、文化误读不一样，一旦与这样的政治逻辑和种族逻辑挂钩，就会演化为一场灾难，只不过这种灾难至多是有毁灭性的与非毁灭性的之区别。

文学的合理误读须以文学的和美学的逻辑作为推导的依据，其中一个基本的原则就是必须紧密联系作品，尊重作品的创作实际。如果离开了作品的创作实际，只是按照文学的和美学的逻辑对作品进行随意发挥，那就违反了文学批评和文学鉴赏的基本法则，滑向了以政治批评和社会批评代替文学批评的那种境况，甚至导致对文学史知识作谬误的把握。不愿意认真阅读就进入文学研究和文学批评的误读状态，这是一种学术不端行为的体现。不少人都能对类似的"误读"记忆犹新，其实这不是真正意义上的误读，而实在是一种失误的阅读或者错误的阅读，有时甚至是根本没有阅读，而是对作品或作品中的人物情节进行望文生义的逻辑联想，或想当然的"发挥"。

确实有一些文学研究者和文学作品的欣赏者，经常忽略作品的思想实际，沿着某种文学和文化的逻辑随意畅想，想当然地联想与编派，从而使得作品处于被动的逻辑性误读(其实是逻辑性误用)的境地。这种情形特别是在政治意识比较强的时候，往往相当普遍。例如郭沫若的诗《炉中煤》，原本是借煤的燃烧象喻"眷念祖国的情绪"之热烈，可有的解读者就是要作逻辑性的发挥，将这首诗中的这一段解释得活灵活现：

啊，我年青的女郎！
我想我的前身
原本是有用的栋梁，
我活埋在地底多年，
到今朝总得重见天光。

这是说煤的"前身"，那是一棵可以成为栋梁之材的大树，却因为种种自然条件的变化被埋在地底的黑暗中不见天日，化成煤炭，多少年重见天光之后，已经是一团黑奴，燃烧起来却有火一样的心肠。面对着这个碳化的传奇，有的分析家这样阐释被埋在地底层的这棵大树的"重见天光"：这里有双重象征寓意，一是象征诗人的爱国感情长期埋藏在心底，只有到了"五四"以后，这股激情才得以喷发；二是象征被封建主义束缚了几千年的中华民族，直到"五四"革命运动以后，才焕发出真正的青春活力。[①] 这样对象征的解读确实很有深意，将诗人的爱国主义和民族情感都落得很实。但逻辑运用上有明显的缺陷。第一，如果那棵栋梁之材就是"爱国感情"的象征物，那么是什么力量什么因素将它"活埋在地底多年"？为什么到了"五四"时代才得以重见天光？第二，如果那棵栋

① 《大学语文》，华东师范大学出版社，1988 年，第 197 页。

梁之材又是中华民族的象征物，束缚它的封建主义便是那厚重的土层，是什么力量让它在“五四”革命运动中焕发青春？煤的价值是在燃烧，而按照这样的逻辑进行象征性解释，岂不是那种“爱国感情”和民族情感从地底层发掘出来以后都面临着燃烧的窘境？郭沫若说得很清楚，这首诗表现的是一种情绪：“眷念祖国的情绪”；这种情绪像炉中正在燃烧的煤那样热烈，那样火红，甚至愿意粉身碎骨以显示自己的赤诚心肠！所有的比喻和象征物都不应该落得那么具体，坐得那么实，一旦具体化了，实体化了，下面的逻辑就难以跟进。逻辑上的断裂造成了误读走向歧途。后来人们一致否定的过度阐释，其实也与这样的一种缺陷型的逻辑运用大有关系。

从逻辑方面言之，判断文本误读是否合理或者是否得当，应该以什么为基准？我们已经分析过，以作家的初衷为基准是靠不住的，第一是因为一个创作文本，特别是规模较大内涵较复杂的文学文本，作家的创作初衷并不十分明确，或者并不那么统一、单纯，这样，创作初衷成为判断误读得当与否的基准就失去了准星。正如我们已经分析的那样，即如鲁迅写作《阿Q正传》，其创作初衷也未必统一，一开始是冲着“开心话”的栏目写的，即将阿Q写成一个滑稽人物，后来才转向严肃，转向悲剧性的刻画。将戏剧人物悲剧化，是文学创作中极见技巧的高难度动作。鲁迅完成得非常出色，同时也说明鲁迅的创作初衷存在着前后的差异性。如果以鲁迅的创作初衷为判断误读与否或者合理误读与否的依据，则会令人无所适从。其实有许多作品的创作，作家往往并未明确表述创作初衷，有时候还真的难以表述这样的初衷，研究者和评论者就更难以寻踪作家创作初衷去应对可能出现的误读现象。鲁迅对于《野草》中的有些作品，明确交代了创作初衷和创作契机：

> 因为讽刺当时盛行的失恋诗，作《我的失恋》，因为憎恶社会上旁观者之多，作《复仇》第一篇，又因为惊异于青年之消沉，作《希望》。《这样的战士》，是有感于文人学士们帮助军阀而作。《腊叶》，是为爱我者的想要保存我而作的。段祺瑞政府枪击徒手民众后，作《淡淡的血痕中》，其实我已避居别处；奉天派和直隶派军阀战争的时候，作《一觉》，此后我就不能住在北京了。[①]

其他还提到了《失掉的好地狱》，其余“仅仅是随时的小感想”而已，作者自己也说不清到底为何创作这些作品。例如《野草》中的《雪》、《墓碣文》等公认的难解篇章，就很难得到鲁迅的创作初衷和创作契机的自述，关于这些作品的读解，一直是现代文学作品分析中的难题。

第二，即便是作家有明确的创作初衷，而且表述得也非常清楚，但在文学存在的过

① 鲁迅：《〈野草〉英文译本序》，《鲁迅全集》第4卷，人民文学出版社，2005年，第365页。

程中，这些最初的创作冲动和创作动因经常会流失，会修正，甚至会迷失，会改变，有的时候作者也觉得无法按照原先的设想安排笔下人物的意志行动和命运。托尔斯泰怎么也没有设想到自己笔下的安娜·卡列尼娜会自杀，而且是卧轨自杀。作家对于这个勇敢追求自己幸福的女性改变了自己原先的构思，原先的构思是将她处理成一个堕落的女人，这样的女人在严肃的文学家那里会死乞白赖地活着。可在托尔斯泰写作过程中，安娜逐渐拥有了自己的生命方式，也拥有了自己的命运，她改变了作家最初的构思，她以正直和正义的意志力从作家那里挣得了自己的悲剧身份。正像阿Q一样，一个本来是喜剧的或者是滑稽的人物，因为拥有了性格和精神中的悲剧性，在作家那里就挣得了走向灭亡的资格。也只有这样，作家才真正正视他，同情他，甚至于赞美他。福楼拜《包法利夫人》中的爱玛从命运方面看也是类似的角色。

作家即便是对自己的作品有明确的理解和精准的写作宗旨，他的表述也同样不能作为作品分析的唯一依据。李健吾曾对卞之琳的《断章》、《圆宝盒》等诗做过解读，卞之琳则不以为然，说自己的创作初衷并未如批评家所揭示的那样。李健吾对此议论道："我的解释并不妨害我首肯作者的自白。作者的自白也绝对不妨害我的解释。与其看做冲突，不如说做有相成之美。"[①]非常准确地道出了文学批评与作家自述之间的理想关系。作为一个富有创作经验的文学家，李健吾甚至认为，在创作者与批评家意见相左的时候，批评家往往还会占有某种优势：

> 但是，如今诗人自白了，我也答复了，这首诗就没有其他"小径通幽"吗？我的解释如若不合诗人的解释吻合，我的经验就算白了吗？诗人的解释可以撵掉我的或者任何其他的解释吗？不！一千个不！幸福的人是我，因为我有双重的经验，而经验的交错，做成我生活的深厚。[②]

这时候李健吾是以读者和评论家的身份为自己辩护的，面对创作者具有绝对优势的自白与反批评，李健吾为文学批评和文学研究相对于创作者自白的独立性价值作了精彩的阐述。相对于创作者的自白，批评家的不同意见或不同解释就是一种误读，但这样的误读有时候比创作者自己的阐释更有深度，更见丰富性。

诗人曾卓若干年以后重温李健吾、卞之琳的诗见龃龉，既以诗人身份也以批评家的身份，阐述了这种误读现象的合理性及其学术认知价值：

> 诗人写一首诗，总是由于他在生活中有所感受、感知因而激发了他创造的

① 李健吾：《答〈鱼目集〉作者》，《李健吾创作评论选集》，人民文学出版社，1984年，第471页。

② 李健吾：《答〈鱼目集〉作者》，《李健吾创作评论选集》，人民文学出版社，1984年，第472页。

激情。诗里有他的体会、体验、审美情趣和追求。因而可以说，诗里包含着诗人的生命，至少是他生命结晶的一个侧面或一个部分。

但是，一旦创造出来后，诗就有着它独立的生命。读者是通过自己从诗中的感受去理解它的。由于读者的生活经验、审美情趣的不一，对于同一首诗的感受和理解就会有差异。即使是同一读者，由于年岁的增长和处境的不同，他的感受和理解也会有所不同。①

文学作品一旦离开创作者的母体，都拥有了独立的生命。读者包括误读者须按照作品所提供的线索、路径和可能性进行解读，同时也可以将自己的经验和情趣融入这种阅读或误读中，这样的阅读和误读当然不是毫无根据的胡乱发挥，而是要本着作品提供的逻辑可能性，以及阅读者自身的经验逻辑和情感逻辑展开合理误读。

既然文学作品的解读和合理误读不能以作者的创作初衷或作者的创作构思为基准，则文学批评家和文学研究者对于作品的解读和合理误读便拥有足够的学术空间；这种学术空间需要人们在进行作品分析的时候，将其合理误读控制在可以接受的范围之内。这时候，按照作品蕴含的逻辑线索和逻辑法则进行推衍分析，或者作阅读者自身所把握的理论逻辑进行自主性的分析判断，都是合理误读的学术保障。

第三，创作者的创作初衷或基本创作宗旨，有时候受到客观情势的制约，有时候受到时代气氛的裹挟，会出现有悖于审美规律甚至有悖于作者真心的现象，这时候，合理的误读就是要揭示出创作初衷或创作宗旨的某种历史性或时代性的歧误，尽可能按照作品的艺术逻辑展开分析和研究。一般而言，作者对自己重要作品的创作初衷的阐释，都要符合时代大义，符合主流道德，这是一种几乎本能的自我保护、自我辩护的预演，同时也是作者所具有的入世态度的积极体现。这样的态度无可厚非，但高水平的作品阅读，高质量的文学分析，须厘清作者的相关“自白”与作品实际之间的距离。《红楼梦》已开始这样表述创作宗旨：

当此日，欲将已往所赖天恩祖德，锦衣纨绔之时，饫甘餍肥之日，背父兄教育之恩，负师友规训之德，以致今日一技无成、半生潦倒之罪，编述一集，以告天下；知我之负罪固多，然闺阁中历历有人，万不可因我之不肖，自护己短，一并使其泯灭也。所以蓬牖茅椽，绳床瓦灶，并不足妨我襟怀；况那晨风夕月，阶柳庭花，更觉得润人笔墨。我虽不学无文，又何妨用假语村言敷演出来？亦可使闺阁昭传。复可破一时之闷，醒同人之目，不亦宜乎？

① 曾卓：《解诗之难》，《曾卓文集》第3卷，长江文艺出版社，1994年。

原来《红楼梦》的创作主旨是自我忏悔，是对少年和青年时期“背父兄教育之恩，负师友规训之德”的一种愧悔之情的抒写，是对“今日一技无成、半生潦倒之罪”的一种自忏自悯，更是想要用自己的“不肖”种种故事以醒人之目，发人之思。从传统家教和社会道德而言，这样的创作宗旨完全属于正能量，是对那个社会秩序和道德风尚的勉力维护。然而通过贾宝玉这个借拟性的人物所承载的精神价值，所表现的性情与性格，可以窥见《红楼梦》通篇刻画的是上述道德系统的腐朽与崩坏，上述大家庭的肮脏与腐败，赞赏和同情对于这个道德文化体制，对这个家族和对于这个社会的背叛与疏离。作家所表述的创作宗旨其价值倾向实际上正好与作品显示的主题精神，与读者能够强烈感受到的主题情绪相悖反。对于这样一个伟大的作品，相对于作家的自白，误读几乎是必然的，是合理的，甚至是必须的。从作品所搏动的情绪主脉及其价值流向可以看出，伟大的《红楼梦》在主题情感和主流理念方面都明显与小说一开始所宣传的正统观念和道德说教背道而驰。如何理解这样的一种合理的而且是必然的误读现象？可以说作者未写此书之先，或者是写完全书之后，心情中的悲凉及其对已败落的故家忏悔情绪占了上风，从内心里发出了自我忏悔的呐喊，所有的思绪和情绪都归向正统的教化和通行的道德。也可以说这是一种写书的套路，寻求道德安全的套路：越是小说家言越需要用正统的说教进行装饰与点缀，越是显示传统意义和正统意义上的惩恶扬善效应，其获得的道德安全系数就越大。中国古代小说经常采用这种道德包装法，往往在小说的开头或结尾用最通俗最庸俗的，或者最正统最一般的道德说教包装自己的传奇，让甚至有些诲淫诲盗的故事都因此得到了良心上的解脱。这在“三言二拍”中是相当普遍的境况，这些小说甚至常安排一个故事附在小说的开头用于阐释作者编撰故事的善良用意或道德指向。这样看来，作家创作往往会用道德包装作为作品行世的策略，无论如何不能以这样的道德包装作为创作宗旨来理解。这样的创作心理驱动下的文学作品，遭遇到误读几乎是必然的，也非常符合文学的艺术逻辑。

在中国现代文学作品中，这种道德包装的痕迹大为减少，但政治包装的痕迹则大为加强；不仅是那些政治倾向明确政治色彩强烈的作家常常如此，即便是那些疏离时代政治的作家，也会在一定时代气氛的感召下，将某种政治倾向作为自己作品的价值内涵，甚至通过各种途径进行强调。这就可能在作者的时代认知与作品的审美呈现之间构成某种差异，研究者的解读可以遵循时代的认知规律，更应该遵循艺术的逻辑规则，当然其间便产生了复杂的误读现象。

一个典型的例子就是曹禺的《日出》。曹禺的这部著名剧作一共四幕，基本都是以陈白露与上流社会的交往为主要情节，但这一情节到了第三幕突然遭遇干扰：插入了叫作“宝和下处”的下等妓院，陈白露一时间中断了与上流社会人物的往来，来到这个下等妓院拯救一个叫小东西的雏妓。这一插叙应该说破坏了陈白露与尔虞我诈、丑态百出的上流社会周旋最后绝望的情节主线，结构上也因此存有明显的缺陷，人物设置的自然性与合理性都受到一定的挑战。戏剧在当初排演时有人就觉得应该删除这一幕，但剧作家曹禺却坚持不删，甚至认为这一幕比其他任何部分都更其重要。这一幕确实重要，没有这一幕，整个剧本展示的就是“有余者”的世界，而作家的立意是要通过陈白露的故事批判和控诉“损不足以奉有余”的“天道”，缺少宝和下处这一场景和相关人物就无法呈现“不足者”的人生，就无法完成作家的立意。在左翼文学运动如火如荼的1930年代，揭示下层人民的血和泪体现着一个作家，哪怕是非左翼作家的时代良心，因而曹禺绝不愿意放弃这关键的一幕，而且会特别看重这一幕。这既是为了完成作品的创作立意，完成作品的批判主题，也是为了体现作者的时代良心，为了反映作者的时代意识。因此，曹禺可以不顾剧作的人物集中性、结构完整性和情节连贯性，坚持将宝和下处的这一幕置于全剧的中心。从剧本的出版和剧作的排演的角度，谁也无法改变剧作家的创作构思及其艺术实践，谁也不能罔顾剧作家的创作宗旨和表现心理，然而在文学阅读和文学鉴赏方面，读者和研究者保持有不可置疑的误读和批评的权力。可以按照戏剧艺术自身的表现逻辑，本着人物、情节和场景集中性的原则，讨论这一幕对于整个剧作的危害，检讨为照顾“不足者”社会所导致的以意害文、以意害剧的艺术短板。这时候完全可以取相对于剧作家的独立的阅读者和研究者姿态，完全可以按照文学艺术自身的独立品质来进行符合艺术逻辑和审美逻辑的阅读与误读，分析与研究。

作家对自己的作品比任何别的人都了解，都清楚，都有发言权，都有阐释权。但这不是绝对的。既然作品行世之后就拥有了自身独立的生命，任何阅读者和研究者因此也就拥有了独立于作者的逻辑判断和逻辑分析的权力。这也就是相对于作家本人的自白与陈述的合理误读的权力。对于曹禺的误读不仅仅《日出》这特殊一幕的处理是合理的，对他的另一个代表作《雷雨》也能得出同样合理的结论。曹禺一度非常不满意于《雷雨》，因为《雷雨》“太像戏了”。但许多人都特别喜欢《雷雨》，王蒙曾专门发表文章称“永远的《雷雨》”，《雷雨》在曹禺作品中被排演的次数显然远远超过任何别的戏。戏剧“太像戏”难道是缺陷？如果戏不像戏，别人看了是否会感兴趣？这就是戏剧文学的逻辑在推导，我的观点恰好相反，觉得戏就是要像戏。到今天为止，人们最喜欢的还是《雷雨》，所以王蒙有一篇文章叫《永远的雷雨》。北京人艺每换一届领导必排一次《雷雨》。曹禺的戏，从《雷雨》到《日出》，有一种强烈写小说的欲望，每一个人物出场都详详细细地交代，这是小说笔法。曹禺最喜欢的作家是契诃夫，他最欣赏契诃夫像写小说那样写戏剧，那种炫张手法。《雷雨》里的人物关系也是炫张的，这样的一种情节关系是禁不住推敲的，但是作为戏剧的观众他能容忍情节的夸张，所以在戏剧里，巧合、偶然是可以容忍的。但在小说里，不能这样。在戏剧里没有人去追究情节的真实性，但小说里如果你写得不好，别人就会去追究。再说回来，作家的原意还是要尊重，你要体谅作家为什么会这么说。作家有时会有意误导，龚明德老师说他对林徽因的每一首诗都搞得很清楚，比如《人间四月天》，林徽因说是写给自己的孩子的，但你读那首诗，你不会觉得这是写给三四岁的孩子的。后来拍徐志摩的电视剧《人间四月天》，梁从诫还写文章说这是误读，这首诗是母亲写给自己的。我想林徽因饱读诗书，她不可能不知道这两句诗——人间四月芳菲尽，山寺桃花始盛开。“人间四月”后面是“芳菲尽”，谁会把一个如此凄凉的结局写给孩子？

那么，我们在分析文学作品的时候，什么样的误读是允许的，什么样的误读是不允许的？不符合作家原意的误读，只要我们言之成理有理有据，这样的误读是允许的。违背文本的客观呈现，这样的误读是不允许的。从文化的、语言的和时代的这样的一种不同的背景出发，对一个历史的文本、文学的文本的误读允不允许呢？还是应该尽量尊重原著的语言、文化和时代风貌去理解作品，也可以从自己的语言文化时代出发去理解作品，这里的误读是有限度的。从结构主义的语言学里面我们得出了这样的概念，所指和能指。对一个文学作品，也有能指和所指之分，所指是作家所要表达的，能指是从作品中能够开发的东西，但是注意，不能离题太远。我们对一个作品的合理的阅读是认定它的所指，能够开发它的能指。比方说，郁达夫有一篇很好的小说《过去》，1927 年写的，写李白时遇到了三四年前的老相识，采用倒叙写法。年少的李白时和上海一家四姊妹的故事，李白时爱上二小姐，一个活泼、刁顽的丫头，同时他又被三小姐暗恋着。多年后遇到了三小姐，三小姐把李先生约到宾馆里，李先生蠢蠢欲动，三小姐就哭了，李先生手足无措。三小姐说我当年对你一片痴心现在却找不回当年那种感觉了，这是她哭泣的原因。李先生开始忏悔说以前太忽略你了，然后两人在相互忏悔同情中相拥而卧。郁达夫 1927 年渴望转变风格，摆脱以前一味地沉溺于男女之爱，是一个作家想改变自己的人生态度写作态度的表现。男女见面之后必然产生情欲之爱到男女相遇之后同是“天涯沦落人”的这样一种转变。《过去》这个作品能指非常丰富，从表面上看是过去一段感情没有抓住，后来再有机会也难以抓住。再进一步，一个人生时段当时没有抓住，就永远失去了。再更进一步，古希腊哲学家赫拉克里特说过：“人不能两次踏入同一条河流。”从人生的启发到哲学的启发，这种启示是郁达夫在写这个小说时没有的，他可能有朦胧的感觉，但他没有想清楚，所以我们的这种误读是作家很乐意看到的。

第十四章
文学作品的文本细读与分析方法

一、细读的方法与文学文本

作品分析需要文本细读的功夫。文学作品分析的细读方法，就是对文学的文本从一定的角度进行细部分析和仔细阐析的研究性结果。文学研究往往需要文本细读作为基础性建设的架构，因此，文学研究者往往要训练这种文本细读方法。

并不是每个作品都经得起细读，而那些不是为研究性细读所准备的文本，如果你硬是要对它进行细读，往往会导致阅读和作品评价的双重失败。不少现当代文学家的作品，就不是给你细读的，因为他创作时就像画泼墨画一样，把墨往宣纸上一泼，或抹或皴，随意渲染。这样的作品你如果用解读工笔画的方法进行细读，不仅比较困难，而且会隔靴搔痒，甚至无中生有，你在细说画家运笔如何工细，线条处理如何认真，可人家根本就没有用毛笔，更没用线条，那样的细读可能越细越露馅，越分析越不对头。

在汉语新文学领域，并不乏经得起细读的作品，如鲁迅的小说，曹禺的戏剧，徐志摩的诗歌，白先勇的小说，这些都是经得起细读而且要求细读的作品。白先勇的小说几乎每一篇都可以细读。它很精致，它很追求完美，从语言到结构都追求完美。白先勇的小说就像是工笔画一样，和泼墨画正好相对，经得起并且非常需要细读。当然，这不是一个价值判断的标准，并不是说经得起细读的就是好的作品，不宜进行细读的就是不好的作品。文学作品可以看作是精神食粮，有的宜精细品尝，有的则可以粗粗摄入，就像粮食有细粮和粗粮一样，营养的价值并不是根据其是否经得起长时间咀嚼决定的。特定的历史情境下，有作者可能会放弃文学作品的精致或精细，而追求粗犷的呐喊、粗粝的抒情或者粗线条的叙事与描写，这样的作品不适合细读。

矛盾解读法是文本细读的可靠方法。可以通过几组矛盾的解析细读曹禺和巴金的作品，将作品中的人物、事件和思想线索组合成各种矛盾。而能够作成矛盾组合分析的作品，就是经得起细读的作品。曹禺的戏剧《雷雨》，巴金的小说《家》，都可以组合成各种各样的矛盾来进行细读。对《雷雨》进行细读，可以组合成多少对矛盾？从家族来说，是鲁家与周家的矛盾，鲁大海、鲁侍萍、鲁贵和周朴园、繁漪、周萍、周冲构成两家的恩怨矛盾。然后可以析示新兴力量（鲁大海与周冲，还有四凤）与思想保守意识陈旧的力量（鲁贵、周朴园）之间的矛盾。我们可以通过不同的矛盾组合法来对一个复杂的作品进行解读。应善于在复杂的作品中进行不同组合的矛盾解读，一个复杂的作品往往能为矛盾细读法提供可能性。用矛盾分析的方法其实就是各种组合关系的分析方法。这是一种非常可靠非常有效的办法，可以成为作品细读及相应分析的一个基本方法。完全可以通过人物、事件、社会板块、家庭板块等，分析其中的各种矛盾关系。这是一种基本的文本细读分析法，能够在情节构成中析示矛盾的焦点，能够在情绪构成中揭示情感冲突的焦点。显然，比较可靠的办法就是找到各组矛盾来进行分析。这是一个比较好、比较常用也是比较可靠的办法。

二、文本细读方法

细读方法还可以导引我们对作品进行发挥的义理性细读，就是对隐含在作品中，具有微言大义内涵的内容进行义理性阐析。古人说举一反三，文本的细读当然也可以举一反三，就是对文本进行一种义理性的拓展，对于文本的义理进行想象性的发挥。但这样的解读和细读要注意两个原则：首先是必须保持对文本的尊重和对作家的善意。其次是必须从文本出发然后能够回归到文本，即围绕着文本进行。

文本细读必须以文本为本位，为基础，为中心依据，不能随意为之，不能无中生有。可以对文本进行想象性发挥，但不能是借题发挥，即要对文本负责，而不是只对解读者自己负责。如果只是借题发挥而不是对文本负责，那么就不是文本细读了。这个借题发挥在政治批评中经常用。不正常的政治批判常常使用这样的借题发挥法，将作者的解读强加给别人，属于典型的借题发挥。《由赵七爷的辫子想到阿Q小D的小辫子兼论党内不肯改悔的走资派的大辫子》，是特殊年代政治批判文章，作者将鲁迅刻画的阿Q的辫子强制性地挪移到不相干的人头上，借阿Q后面的小辫子来做文章。这就叫借题发挥。借题发挥从某种意义上来讲对文本尊重不够，甚至是把鲁迅当作棍子来借题发挥。这是革命大批判通行的文风。鲁迅有篇《论费厄泼赖应该缓行》，提出“打落水狗”的主张，革命大批判时期经常出现借鲁迅的棍子来打落水狗，这些都是不负责任的借题发挥。对作家要保持善意，就是文本细读不能细读到无理否定作家，不能通向对作者强词夺理的批判，而应该主要是通过文本细读来善意地对待作品，揭示其中善意的能量。我们细读阿Q,可以从阿Q的形象中生发出许多富有义理性的命题,如批判国民性的命题,甚至批评人性弱点的义理性命题,有些是鲁迅意识到的,有些可能还是鲁迅没有意识到的,但这些内容发挥出来不会离开鲁迅文本太远,可以解释为鲁迅的应有之义,这就是说,对阿Q形象的义理性解读实际上不会影响我们对这个形象思想意义的认知,也不会影响对深刻的鲁迅的崇敬,这样的义理性阐释就是积极的,有价值的。

有时候可以进行超时代的作品细读。革命历史小说《红岩》被改编为不少舞台剧本,其中有一个传统歌剧剧本《江姐》,这可以拿来做超时代文本细读。不同的时代,生活方式的不同,可以构成文本细读的一个角度。在这个剧作中,江姐是怎么被捕的?江姐是被叛徒出卖被捕的,那么叛徒是谁?是甫志高。甫志高又是怎么被捕的?甫志高是江姐手下联络的一个地下组织工作者,江姐乘船,甫志高送其去码头,一个细节被特务发现了,然后就被捕了。这个细节非常简单,就是甫志高穿的西装,但自己扛着一个柳条箱,那是江姐的行李箱。特务觉得不正常,因为一个穿西装的人,有东西带着肯定找别人拿着,可他自己扛着,就不正常。这个细节展开非常有意思,可以进行分析。一个穿西装的人自己拿着行李,在我们这个时代就不是敏感的事情,你扛着纸箱也好,抱着也好,你穿什么衣服也好,没有人会对你做文章,但在那个兵荒马乱的年代,战火纷飞,工农群众与知识分子之间无论是穿着打扮还是生活风格方面都有很大差距,如果知识分子不用工人却自己劳动,这就成了敏感的现象。这就是可以细加分析的那个时代的生活方式和我们这个时代的差异性。那个时候只要稍微有一点点钱,人们都习惯于雇佣别人,跟我们这个时代完全不一样。也许那个时候雇佣费用非常低廉。比方说找个脚夫,把行李从站台运到人力车这边,就给点小费,给一点点钱就可以。那个时候劳动力报酬非常低,使得那个时候的知识分子的生活方式普遍依靠雇佣劳动,这样的现象在胡适、郁达夫、鲁迅的作品中都可以看出。知识分子作为脑力劳动者,只要涉及体力劳动的方面都依赖于雇佣劳动,搬行李要找脚夫,出行要找轿夫或者人力车夫,哪怕是很穷的知识分子,也都是这个习惯。

这个甫志高被发现真的很冤枉,虽然他是知识分子,却保持着劳动分子的本色,不习惯于出门坐车,不习惯于有行李就找个脚夫帮他拿,莫明其妙被怀疑,遭逮捕,加之他革命意志不坚定,一审就叛变了,然后引起了一系列的事变。接着,一批伟大的革命者被捕,然后牺牲,演出了一系列可歌可泣的时代的悲壮剧,但是建立的基础竟然是这样一个荒诞的细节。从这样的细节可以看出《江姐》这样的作品是不是写得也有些荒诞?我们从来没有想过围绕着江姐的这样的一些情节很荒诞,但是由这个细节可以看出其中的荒诞,这些细读分析都是有可能的。文本细读从这些方面来展开会非常有意思。当然不一定借此就要把歌剧《江姐》,甚至小说《红岩》最后都解释成荒诞作品,但通过文本细读可以看出其中的细节所含有的荒诞成分。

还有一种非常常见的文本细读方法,就是心理细读,分为社会心理和人物心理细读法。人物心理细读可以分为常态心理和病态心理的细读。自从弗洛伊德学说被运用于社会学和文学以后，文学研究的心理分析方法就成为文本细读的非常普遍的方法。文本细读经常必须通过心理分析。奥地利的弗洛伊德把心理学推向了社会，推向了文学，然后荣格把弗洛伊德的心理学用于一般的社会学和人类学。这两个杰出的心理学家把20世纪的文学研究带入了一个令人意想不到的境界，让人们有机会看到文学研究中可以充满了心理的因素。社会心理分析使我们很容易看清楚一个文学作品所具有的多层面的社会意义，它的社会意义不仅在社会的政治、文化上面，也很可能在社会的心理意义上面。在心理学没有得到使用之前，人们解决不了这个现象。借助社会心理学可以更好地解读莎士比亚的《威尼斯商人》。威尼斯商人安东尼奥是个宽厚为怀的富商，与另外一位犹太人高利贷放贷人夏洛克恰恰相反。安东尼奥的一位好朋友巴萨尼奥因要向贝尔蒙特的一位继承了万贯家财的美丽女郎鲍西娅求婚，而向他告贷三千块金币，而安东尼奥身边已无余钱，只有向夏洛克抵押那尚未回港的商船而借贷三千块金币。夏洛克因为安东尼奥借钱给人不要利息，影响了自己的高利贷行业，又侮辱过自己，所以仇恨安东尼奥，乘签订借款契约之机设下圈套，伺机报复，夏洛克要求安东尼奥承诺不能兑现还款条约时须割下他身上的一磅肉代价。安东尼奥借得了钱款让巴萨尼奥欢天喜地到贝尔蒙特去求亲，在他们幸福结婚的日子里，接到了安东尼奥写来的一封信，信中说由于他的商船行踪不明，他立刻就要遭到夏洛克索取一磅肉的噩运，因这一磅肉可能会导致他的性命不保，所以，他希望见到巴萨尼奥的最后一面……听到这个消息，巴萨尼奥与鲍西娅立即动身去救安东尼奥。在法庭上，鲍西娅聪明地答应夏洛克可以剥取安东尼奥的任何一磅肉，只是，如果流下一滴血的话（合约上只写了一磅肉，却没有答应给夏洛克任何一滴血），就用他的性命及财产来补赎。因此，安东尼奥获救，好人皆大欢喜。

夏洛克是个贪婪的、凶恶的、奸诈的商人，但是我们对这个坏人却无法真正痛恨起来，甚至，我们还会对他饱含怜悯。莎士比亚戏剧中的很多所谓的坏人并不是我们所痛恨的人。莎士比亚在刻画这些人物的时候几乎是咬牙切齿，也就是说作家很可能是恨这样的人，但是我们读者作为观众却无法痛恨他们，有时候还会怜悯他们。心理学的学问兴起以后，我们这才明白，原来作家创作的时候刻画一个反面人物歌颂一个正面人物是从创作的道德心理出发，对一个人进行伦理判断，是一种道德心理上对反面人物进行全面否定。夏洛克人性中所有不好的方面，缺乏同情心，贪婪，残忍，阴险狡诈，这样的人在道德层面就是一个可恶可恨的人。但是我们观众或者读者在接受这个作品的时候，并不单单从道德心理出发，我们还会从一般的社会心理出发。原来夏洛克这个人物从社会心理来看，他是非常值得同情。为什么呢？他的身份是商人，他是一个犹太人，来自东方的边缘世界的人，同时是一个不受待见的民族的成员，主流的欧洲社会对他们有一种习惯性的歧视。夏洛克是被上流社会歧视的人，在莎士比亚的这个作品中，一种社会心理在我们普通读者这边就产生了一种“同情效应”，这不是一种对某人道德方面的同情，这里是一种社会心理意义上的同情，在道德心理上被否定的东西在社会心理上可能会受到肯定，这构成了一种“夏洛克情结”，这是从社会心理切入进行文本阅读的一个非常好的机会。把社会心理的因素引进作品细读，这种解读可以帮助我们解决很多问题，我们可以把社会心理和道德心理这两种心理加以区分。在道德心理上被否定的人物，可能在社会心理上受到肯定。

社会心理分析的引入，还可以在另外的意义上引起对作品细读的思想阐发。从冯梦龙的小说《杜十娘怒沉百宝箱》中，可以引发出远远超出作者创作思想的社会心理观察。小说中被骗卖的杜十娘对负心汉李甲诉说的内容是：“妾风尘数年，私有所积，本为终身计。自遇郎君，山盟海誓，白首不渝。前出都之际，假托众姐妹相赠，箱中韫藏百宝，不下万金。将润色郎君之装，归见父母，或怜妾有心，收佐中馈，得终委托，生死无憾。”这里传达的重要社会心理信息是，作为一个风尘女子，如果有机会随着富家子弟李甲回家，或许可以因为她带有“不下万金”的资产而得到同情和接纳。这是在明代中后期资本主义萌芽时代的一种社会心理变化的重要信息：原先的贵族家庭可能会因资产因素接受一个风尘女子作为家族的成员，而这样的情况在白行简的《李娃传》中终究不可能出现。《李娃传》中的风尘女子李娃尽管也最终受到官宦之家的接纳，但其结果是官宦人家“感其德”，不是因为李娃带有“不下万金”的资产。

从社会心理的角度来分析中国现当代文学作品，可以写出非常有价值的文本分析文章。从五四时期到 30 年代，社会运作所培养的一种新文化观念，同时也反映出一种新的道德，就是重视劳动，把劳动者当作最可靠最光荣的人物。这样的观念和价值判断可以通过许多文学作品分析出来。曹禺的戏剧《雷雨》中鲁大海的戏非常少，但是这个形象几乎是唯一的一个充满生命力充满激情的人物。因为他是劳动者，是从社会最底层走出来的一个劳动者。曹禺一向对来自社会底层的劳动者充满了敬意，认为这才是充满了生活力量、充满了希望的一个群体。尽管他不了解他们，但每当作家笔下写到这样的人物时都在作心灵的颤抖。《日出》有一个背景让我们很难忘，就是在陈白露的客厅上演各种各样的奢华的故事、丑恶的故事、令人窒息的故事的时候，后台的背景是非常雄壮的工人在搞建设时打桩的声音。那是一个强有力的背景，那个背景是作家所喜欢所向往的。《日出》最后结束时劳动工人在欢呼，希望是属于那群人的。作家很向往那种劳动者的场景。田汉有一部戏叫《丽人行》，写几个知识女性生活的悲哀，她们在生活中遭到各种摧残，然后代表希望的是城市里的工人群体，这成了一种“情结”。40 年代很多作家都写这种知识分子没有希望，知识分子的生活就像巴金的《寒夜》里写的，前途都是非常绝望的，那么希望在哪里呢？希望在民间，在工人和农民手中。1940 年代都是这样创作的，凡是属于知识分子的，属于官僚高层的生活都是灰色甚至黑色的，没希望的，而希望在于劳动者群体之中。电影《一江春水向东流》的主人公张忠良，其所走的路代表的是知识分子的幻灭。白杨饰演的女主人公选择死亡之前对自己的孩子说："你要走二叔的道路，不要走你爸爸的路。"他爸爸就是一个知识分子，投身政治道路，然后越走越悲惨，越走越绝望，他的二叔就是走的工农路线，然后生命力越来越旺盛。1940年代有一部电影《万家灯火》也是这样，知识分子穷困潦倒破产后失去生活希望，最后是一个在工厂做工的表妹将他们一家接去工厂的厂房里，这一家人得到了很好的安置。那个时代的作家都非常真诚地写工人农民代表着希望，代表着力量，这就反映出那个时代的共同的社会心理。

尊重劳动、尊重劳动者一度成为现代知识分子深入骨髓的一种价值观。经过新文化运作，社会心理已经完全移向了认同劳动阶级的一面，认为工人和农民是最有活力、最有希望、最有前途的力量。平民教育家陶行知在南京的晓庄农村里建了一个平民学校，后来发展成晓庄师范，再后来发展成晓庄师范学院。田汉去晓庄师范讲学，陶行知陪着田汉，田汉讲课时幽默地说，我叫田汉，但我不是真正的"田汉"，陶先生才是真正的"田汉"。如果是在现在，把别人称为真正的"田汉"可能会让别人很不高兴，但在那时的社会心理机制下，"田汉"才是真正的褒扬。那是一种以"田汉"为荣的社会心理。那个叫田汉的人认为自己不够格做"田汉"，因为自己没有在农田里进行工作，而陶先生更有资格做，因为陶先生在农田里办起了教育。那个时代的人以自己是真正的农民而感到光荣，就好像"农民"就是奉承、褒奖别人的一种称呼。只有明白了当时的这种社会心理和价值观，才能真正理解那一批中国现代文学作家和他们的作品。我们要从这种社会心理出发，才能明白田汉、曹禺这批文学家是真正向往着农民和工人的生活，真正把希望寄托在他们身上。这符合那个时代的社会心理。这个分析方法很管用，你不懂那个时代的社会心理，你就很可能不能仔细地读懂作品。30年代，被左翼批判的现代派作家穆时英的《南北极》就讲工人农民比知识分子有力量，在这部小说集里有一篇文章叫作《咱们的世界》，"咱们"指城市贫民、工人，这篇文章是一个对话体，是在火车上青年工人与知识分子的对话。"咱们的世界"是青年工人说出的话："你们太可怜了，你们这些别着钢笔的人生活太艰难了，要受老板、警察、房东的欺负，甚至车夫的欺负，别人欺负了你们你们连话都不说，你们忍受着，回到家里面没有修养的人就把怒气撒在老婆孩子身上，你们就是这样一群人。我们不一样，如果老板欺负我们，我们可以罢他的工，房东欺负我们，我们拔他门前的树，警察根本不敢欺负我们。咱们的世界，是根本不会受到欺负的。"穆时英写的多是"城市流氓无产阶级"，他们组成了一帮力量，但绝不是黑社会，而是帮助穷人的力量。一般的黑社会有雄厚的资本背景，他们就是一帮穷人，为了生存得到自我保护而兴起的流氓无产者的阶层，这个非常有意思。这个小说集非常值得读和研究，这个研究仍然可以从社会心理角度来进行。同情和赞赏工人阶级，和从乡村到城市的农民力量。在政治上，流氓无产阶级是受到批判的，但从社会心理上，这样的人在不同的社会历史阶段，会有不同的社会评价。在普遍仇视资产阶级和上流社会的人文环境中，社会的同情面很自然地会调整到同情下层平民、同情第四阶级的立场上，文学也会做相应的调整。五四时期对下层平民，被压迫的被奴役的人群的同情，与当时这样普遍的社会心理有密切关系。不过，到了 1930 年代，城市已经在中国发展到一定的规模，都市空间中被压迫的人群——工人阶级和城市平民被运作成一种特别的社会力量，处在这下层社会的某种闲散、游离状态的力量便是流氓无产者群体。他们以特别的方式争取自己的生存和发展权利。自然，他们身处于各种法律保护的范围之外。穆时英的《南北极》是最早比较集中关注这群城市流氓无产阶级的一个作品，从社会心理上很值得分析。施蛰存的《四喜子的生意》写得也特别好，是非常适合心理分析的作品。写一个人力车夫拉洋车，拉到了一个衣着暴露穿着入时的女士，老是觉得后背发热，最后他实在忍不住了，就停下车想仔细看看这个女士，哪知道那女士非常惊慌地吹哨子把警察叫过来。"车夫老觉得后背发热"这实际上是城市贫民的性心理苦闷的表现。

从人物心理这方面展开可做的文章更多，进行人物心理分析时大家要注意人物性格的差异性。田汉不是以心理描写著称的剧作家，但他的作品非常经得起心理分析和心理解读。他在 20 年代后期有部戏《名优之死》，主人公刘振声是一个著名的演员，他看好他的女学生小凤仙，他对他的学生充满了希望，但是女学生心理上对艺术不忠贞，老是想通过自己的演艺在上流社会登堂入室，然后混入上流社会。这个女学生让刘振声非常失望，尽管这个女学生条件非常好，他希望把她培养成名角，一个对艺术有贡献的新人；可是这位有前途有条件的女学生却不像她的师傅那样专心于艺术，她总是幻想通过艺术的阶梯在上流社会登堂入室，于是在一个洋场恶少杨大爷的勾引下步入堕落的边缘。刘振声勉力挽回，最后刘振声觉得没有希望，自己粉墨登场，带着悲愤的情怀壮丽地死在舞台上。在这个故事里面，非常神奇的就是刘振声这个名角唱了一辈子的戏，最后以自己的全部功力完成最难唱的那一句，那个恶少带着一批坏人喝了一声倒彩，就把他全部的希望和功力都震垮击溃，脑卒中倒在舞台上。田汉的这个《名优之死》可以进行非常多层次的人物心理分析。刘振声和这个女学生之间的心理分析，可以揭示出三种心理：父爱心理，将她引上正道的心理，还有一种导师的心理，一个"师心"，对事业的忠贞，一个老师对学生的心理就是希望学生能够忠诚于他们的行当、职业。在这部戏剧里，田汉把它叫作"玩意"，玩意儿就是艺术。这里还交织着刘振声作为男人对他的可爱的女学生的某种爱情心理，一种"暧昧情愫"。父爱、师心、爱情这三种心理交织在一起，最后每一种心理都崩溃，使得名优不堪打击而死。多层心理分析是我们把握一个作品和把握一个人物时经常运用的一种细读方法。对于像曹禺作品里的陈白露、蘩漪、周朴园这些人物，都可以运用这样不同层次的心理分析。可以从这些人物的亲情、爱情、道德心理、性心理等多层面多方面揭示其心理构成。

在人物心理分析方面要特别注意到人物心理中有一种病态心理，就是把人物心理里面不是常态的病态心理分析出来。莫言《丰乳肥臀》中的上官金童的“恋乳癖”就是种病态心理，莫言非常习惯于刻画病态心理，包括心理病态和心态变异。对于莫言的多数作品而言，病态心理的分析往往是最为对症的。莫言是有意识地进行病态心理刻画，而王蒙是不自觉地对自己心理的某种病态进行无意识的描写，比方说王蒙的半自传性的小说《闷与狂》，虽然作者未必承认其中包含着病态心理描写，可我们可以借此进行病态心理分析。他在这部作品中理直气壮地写对于所谓“红歌”和样板戏的赞赏，写到他听到红歌时的热血，荡气回肠精神振奋，写得非常正面。他真诚地喜欢和赞赏那些红色歌曲，这些歌曲积淀着特定时代人们的情感记忆，伴随着那个时代人们耳熟能详的旋律，当这些旋律响起的时候，那个年代的记忆就会相伴而现。这里面包含着作家某种心理的病态，因为在唱这些歌的时代，他是被管制的右派分子，是革命的对象，人民是唱着这样的歌去斗争他去改造他，但是他喜欢这样的歌曲。这里面就可以展开病态心理分析，虽然唱这些歌的时候他在受难，他受难不是一天两天，而且不止一个时代，是他的青年时代和中年时代，而人的青年时代和中年时代的记忆是非常深刻的。这样的记忆无法被其他事物所标记，只剩了这些歌这些戏，虽然带着受难时代的深刻印记，但是这些歌声这些音乐这些戏剧毕竟提醒了作家这个主人公对于那个时代的记忆，所以在这种情况下他对红歌产生了好感，这是一种非常复杂的心理病态。唱红歌当然不能算是病态，喜欢唱红歌并不是病态心理。但是，对于红歌时代受迫害、受摧残的人来说，唱红歌的心理应该较为复杂。一方面，红歌曾代表着他们风发的意气和崇高的理想，凝聚着青年时代美好的希冀与真诚的向往；另一方面，红歌又曾代表着时代的正义，代表着正义的力量，撕裂了他的青春梦想，毁坏过他的人生向往，并且以一种特别难以忘记的旋律将他送进苦难与绝望。这一切他可以声讨，可以追究，可以谴责，可以痛心疾首地加以面对，当然也可以忘却，可以淡然，可以大度地报以一笑，笑对俱往，这都可以算是一种健康的、正常的心理反应。但是如果以一种斯德哥尔摩情结对待那些过去了的声腔，对这些声腔产生了依赖，产生了完全的审美认同，甚至产生了非此不美的判断，那可能就多少体现了某种病态心理。作家王蒙的情结显得更为复杂，青少年时期的革命传统教育与特定历史时期的意识形态处于难解难分的状态，这样会导致对于一些艺术认知的边界模糊。

最后一种方法是结构性细读，也是一种最难的细读。20 世纪 80 年代汉语文化世界引进了西方语言学的成果，叫结构主义，以瑞士的语言学家索绪尔的语言学为主，化育而为文化批评上的结构主义方法，并且主要用于文学批评。该批评方法就是特别关注文本的语言结构，对文本内容的关注甚至少于结构关注，而是主要分析外在的语言结构。这种结构分析有总体结构、情感结构、人物结构、情节结构、句法结构等，这些都是我们在文本分析中能够遇到的一些分析方法，但并不是全部。当然，适用于结构分析的一般都是内在结构或外在结构较为复杂的作品。

总体结构分析是根据作家的构思，对一个复杂作品的总体框架进行仔细的分析得到基本的结构图。莫言的《生死疲劳》比较适合这种总体结构分析。《生死疲劳》通过一个叫西门闹的人六次轮回，变成牛猪狗猴等不同的投胎体构成作品的总体的结构图式。还没有人好好地从总体结构来对这部作品进行分析，这个作品可先不必分析具体内容，可从变成不同投胎动物的序列来看莫言的总体思路，还原其写作思路。进行这样的总体结构分析会有别开生面之感，也能清楚地把握作品的脉络。

情感结构分析特别适合用于诗歌作品的解读，特别适合于那些初看起来觉得很难读懂的诗歌，可以通过情感结构分析法逐层展开，以达到把握全诗中心情感的目标。比方说丁西林的诗篇《圆宝盒》，这个作品连现代诗歌研究大师和著名专家都读不懂，宣布像迷宫一样难读。其实对于这样一首诗歌，大可以从情感结构上来进行分析，可先把一首诗分成若干个单位，分成段，比方说前三句是不是一个单元，是不是一个段，不是按照它的自然段，而是按照这三句诗是不是说的一个意象一个事情，如果是，那么这三句表达的是什么情感，是容易把握的，再难懂的诗一般两三句表达的是什么情感是很容易把握的，然后下面也许三句也许五句又是一个意义单元，它表达的是什么情感，这样一步一步走下去，将一首完整的诗分成五六个意义单元，各个意义单元表达的什么情感，然后把它排列组合起来，就可以作出判断，就可以判别这首诗的情感结构是这样的，作者想要表达的情感是怎样的结构。应该说，这是对那种迷宫式难读的诗一种非常好的解读方式。在这里，大家可以用情感结构方式尝试着分析闻一多的诗作《红烛》，这首诗比较长，它没有丁西林的诗那么难懂，但是它里面的情感内容还是比较复杂的，因此适合于用情感结构的分析方法来分析。

人物结构分析也是对复杂的小说、戏剧进行分析的方法。比方说《丰乳肥臀》，里面的人物关系太复杂了，主人公金童有八个姐姐，这八个姐姐又有各种社会关系。这边的家里还有一个“妖怪般”的祖母，能够在很肮脏艰难的环境下生存。类似于这样的作品就非常适合去绘制一个人物关系图，然后来分析作品的内在人物关系。然后把这个人物与那个人物，他们之间有什么交叉关系，跟其他作品进行比较，就可以发现在人物结构方面作家在人物关系处理上做了哪些尝试。

情节结构分析往往适用于戏剧作品，戏剧研究常用的一个关键词叫“意志行动”，所谓意志行动，即一个人物在戏剧情境中一以贯之并最后努力完成的行为趋向。戏剧创作必须本着有效性、节约性原则设计人物，每一个人物都必须在戏剧中起一定的情节结构、情感结构、叙事结构的作用，因而，每个人物都必须有着明确的意志行动。任何一个出现的人物都是有效的，戏剧里面每一个有效人物都有自己的意志行动，这便是他出现在戏剧之中被作者赋予的使命、责任，并且形成了他自己都无法抵抗的意志力。在《日出》里，陈白露的意志行动就是要守住现在的生活状态，她知道自己的生活状态现在朝不保夕，因为她依靠的大佬潘月亭有可能破产。而潘月亭要保住自己不破产，那个顾八奶奶要和男宠结婚，方达生的出现是想办法要带走陈白露，每个人出场就有自己的意志行动，然后不同的人物带来的不同的意志行动就构成了作品的情节，每个人为自己的意志行动而服务，就构成了矛盾冲突。一个意志行动与另一个意志行动产生碰撞，这就构成了冲突。方达生的意志行动是要带走陈白露，而陈白露的意志行动是要保持现状，于是这对昔日的恋人就在戏剧中构成了冲突。

还可以对作家作品进行句法结构甚至词法结构分析。作家的文学创作，需通过自己的语言文字实践自己的文学构思，其语言表达和文字表述都会体现出自己的风格、特性和习惯等等。有些作家喜欢用长句，有些作家喜欢用状语从句，而有些作家可能更喜欢用定语从句，不少作家则不喜欢用从句，这些都体现出作家的语言习惯和文字风格。有些作品偏重于“翻译语体”，有些作品则习惯于用流俗化的口语，这些都能体现风格上的差异。文学研究者应该引入语法研究者的学识和思路，对所要分析的作品进行语法分析、句法分析甚至词法分析。这样分析的结果往往更能生动、充分地体现作家的创作风格。从构词的角度分析和评判莎士比亚的作品之真伪，已经得到一些研究者的尝试。我们可以通过作家的用词造语习惯来分析作家的语言风格。比方说莫言的小说语言方式是不庄严的，他破坏语法的统一性，用一种粗暴的方式来破坏语法结构，形成一种语言的粗犷，这和其表现的生活粗犷是和谐的，我们可以对此进行句法结构分析。王蒙的小说《闷与狂》是很特别的，没有人对其进行句法结构分析。王蒙也开始营造一种语言的奔放到了不顾一切，包括不符合语法句法的风格，不符合语法的语句越来越多。当代文坛的这两个领袖人物已经让我们的汉语走出了改病句的时代，病句可以成为一种风格。其实这些突破原来语法、句法和词法习惯而进行风格重构的语言表述，不再在乎原来的语言规范，并不是简单地造病句现象，而是一种语言表述上寻求突破和新创的努力。应该从文学风格学的角度看待这样的语法、句法和词法突破的现象。当然也应该研究什么样的作家可以在这方面做出自己的创新与尝试，这是需要文学研究者和语言研究者共同合作的新课题。

第四编

中国现当代文学学术本体与文学批评

第十五章
文学批评与文学的学术研究

一、文学批评的感兴传统及其当代性发挥

中国古代文学研究具有厚重的批评传统，《文心雕龙》、《诗品》等学术名著除了文学理论的表达，便是对作品进行诗学批评和学理评论。中国现代文学研究处在新的学术体制之中，文学批评的传统有所减弱，而文学史和文学学术研究的成分加重，形成了重要的学术传统。中国现代文学学术体制化的结果，便是文学史研究和文学学术研究逐渐取代了理论批评特别是感性批评的传统。

中国现代文学可以说是在文学批评的氛围中诞生的，文学批评中充满着论争的意味，但这样的批评离感性批评、审美评论还比较远。创造社与文学研究会在新文学倡导、建设之初便是从义气性的批评开始的。创造社由于成立于远离中国文坛的日本，最初依托的是上海出版业中弱小企业，其成员大多为日本留学生，而且与新文化运动的主将都没有师承关系，一开始便将自己定位在新文学的边缘，边缘化的定位便于他们以反抗者的姿态出现。创造社最初名世是郁达夫来上海主事时，在1921年9月末的《时事新报》上刊载《创造季刊》出版预告，在预告中明确表达了向“垄断文坛”者发难的意思，从此与文学研究会结下了嫌隙。① 虽然郭沫若后来辩称这里所反对的“垄断文坛”者不是指文学研究会，而是指鸳鸯蝴蝶派或李石岑等人的《民铎》杂志，但在新文化运动之中，这些文学势力显然都不如文学研究会具有“垄断文坛”的气势与嫌疑。其实，《创造季刊》出版预告中所倡导的“艺术独立”论，通常被视为创造社属于“为艺术的艺术”的群体的基本证据，也清楚地表明这一派别与倡导“为人生的艺术”的文学研究会针锋相对

① 这则广告题曰《纯文学季刊〈创造〉出版预告》，载《时事新报》1921年9月29、30日。

的文学意向。

从这样的新文学论争传统可以发现，我们的文学评论已经成为文学评论家发表一般意见的文体，而不是发表思想显露才情的文体；已经成为作家寻求一般社会反响的一种学术证据，而不是对理论和学术批评的一种聆听途径。我们的文学评论失去了它存在的本来意义，而且，正在与文学史论文相混淆。

文学评论应该与创作一样可贵，而且也应该是文学的一种特殊的本体文本，需要表达鲜明的思想，需要显露批评的才情，需要让人读后有一种感喟，有一种震撼，有一种回味甚至反省的力道。文学评论可以是散文，甚至是诗意的散文。像丹麦的勃兰兑斯《十九世纪文学主流》，像鲁迅写的许多评论，如《白莽作〈孩儿塔〉序》，还有《中国新文学大系·小说二集》序，以及李健吾的评论，后来胡兰成的评论，这些评论文章所评论的对象是文学现象，表述的却是自己的灵性感悟，自己个性化强烈的思想悸动，自己的生命感受和审美感受，自己的心灵叹息和情感愉悦。文学评论应该是文学作品中的一个独特的文体，它应该属于文学，而不仅仅是学术。

这就是一个重要命题：文学的学术研究与文学评论的分野。在现在的学术语境下似乎更应该尊重学术，而不是重视评论，但实际上应该看到，有艺术魅力的评论，有分量有价值的评论，能够作为文学的独立文体留存下去的评论，更需要才情，更需要文字表述的魅力，更需要功夫和功力。

为什么文学评论一定要写成论文，搞那么多注释，征引那么多别人的理论，为什么不是自己的理论加上自己的审美体验？随着大学越来越重视论文，文学评论论文化的倾向越来越重，最后是既毁坏了评论，同时也毁坏了学术论文。如果习惯于对文学的学术论文与文学评论的含混化处理，会导致没有精彩的文学评论，同时也使得学术论文的质量大受影响。

所以，应该重新认识文学评论，重新建构文学评论的文体品格，重新恢复文学评论应有的尊严和魅力。

中国的文学研究，经过近30年的学术发展，经历了从社会批评话语到学术文化建构，形成了巨大规模的学术队伍，积累了丰硕辉煌的学术成果。在这种巨大成就的背后，中国现当代文学研究乃至于文学理论研究领域，还是凸现出相当多的理论问题需要积极反思，其中包括如何界定和区分文学批评与文学的学术研究这样的问题。文学批评也是一种文学研究，但同文学史的研究、文学规律的探询和文学理论的探讨等并不完全相同，后者一般属于学术研究的范畴，而文学批评更多地属于文学评论。也许有人会说，有必要做这样的区分吗？而且能分得那么清楚吗？后一个疑问可以说是切中要害：文学的学术研究与文学批评（文学评论）的区别，确实很难截然分清楚，但这并不意味着分不大清楚就没有区分的必要。许多理论问题都是如此，如什么是美的概念问题之类，注定在相当一段时间内讲不清楚，但这并不意味着有关这些问题的讲述都全无意义。

显然，特别是对于现当代文学研究者来说，在理论上区分文学的学术研究与文学批评，哪怕有这样的意识，无论对于建构学术研究的某种规范，还是对于增强文学批评的活力，都具有一定的积极意义。

二、区分文学学术本体与文学批评的必要性

中国的文学研究经过近30年的学术建设与积累，成就非常显著，但就中国现当代文学研究和文学理论研究而言，学术的规范性建立似乎还有欠火候，这不仅影响了相关研究成果水平的提高，而且也部分地造成了这类研究门槛较低、学风粗糙的状况。造成这样的状况固然应有许多原因，但未能从理论上和学术把握上区分文学批评和文学的学术研究，应该是其中一个较为深层的原因。从学术评价、学术推介到学术管理、学术生产等各个环节普遍忽略这样的区分，导致文学的学术研究失去了相对于文学批评的规范性，导致文学的学术研究成果呈现出批评化、评论化的趋向，同时也导致文学批评和文学评论在学术化、经院化的运作处理中失去自身的活力和灵性。这是文学研究体例上的型类的混杂，确有必要加以克服，以促进文学研究有序、健康地发展。

诚然，在实际的学术操作中明确区分文学批评与文学的学术研究并不容易，但中国文学研究界面临的情境恰恰是，人们从来没有试图以致无意于作这样的区分，甚至通过学术权力主导着这两种型类的混杂。中国文学研究的最高学术刊物叫作“文学评论”，这样的命名尽管体现着某种历史的政治的无奈，却在权威性的暗示中模糊了甚至抹煞了文学的学术研究与一般文学批评的界限，同时有力地阻止了区分两者的努力。这样的刊物定位使得这个刊物发表的文章——尤其在现当代文学研究领域，也常常是型类混杂：文本论析的评论文章可以与文学史论述的学术论文同时出现，并且在各类学术评价中取得同样的份额，全然不顾两种类型的文章从学术定位到投入的工作量的巨大差异。国内各个大学或者研究机构的学术成果统计中，理所当然地对这两种类别的文章不加区分，一视同仁，长此以往，必然导致文学研究类学术评价的严重失衡，既不利于文学的学术研究的规范化发展，也不利于文学批评的健康发展。

文学的学术研究成果需要具有一定内涵的学术传统，具有相当实力的学术习惯，同时还应具有一定的文本体式。这些方面都会与文学批评的自由和个性化的鼓励拉开相当的距离。文学的学术研究和文学批评的区分当然不仅仅体现在这些相当微观的基点上，其实从研究者的学术构思，治学理路，包括材料的准备，资料的厚实度、可信度，理论的厚重度，论证方式的严密度等各方面来看，文学的学术研究都远远高过文学批评。由于文学的学术研究通向对对象的本真与本质尽可能多的迫近，其学术结论的严肃性甚

至学术表述过程与方法的严整、严密，都成为必须加以考量的重要因素。一般文学批评可以含糊其辞的史料史实，在学术表述中则必须言之凿凿，一般文学批评可以概略表述的内容，在学术表述中必须精确无误，当然，一般文学批评中的充满感性甚至情绪色彩的词语，在学术表述中则应三缄其口。

这就是说，文学批评可以任凭批评家的聪明才智尽情地发挥，而文学的学术研究则须在一定的学术规范制约下谨慎从事；前者像文学创作一样需要足够的天才与悟性，而且也往往只需要这样的天才与悟性，后者作为学术操作的内容，则需要充分的学术训练和理论功底，还需要对于文学史料和文学规律的熟悉以及游刃有余的驾驭能力。于是，文学批评家可以凭借天分和出众的表述能力进入角色，而可能不必经过严格的学术训练，但文学的学术研究者则必须经过足够的学术训练和充分的学术规范培养，对于他们来说，在学术认知和学术传统上的训练有素远远比个人的聪明才智以及灵性感悟重要得多。

对于文学批评、文学评论和文学的学术研究文本的型类混杂现象不试图加以克服，任其放任自流，乃是文学研究界对于上述辨别的必要性认识不清的缘故。人们习惯于模糊这之间的差异，这样的模糊非常吻合于社会的世故，同时也非常投合于学术投机者的宵小心理。文学研究界的事实情形是，常常有一些毫无学术训练的人凭借着文学评论的"写文章功夫"，在现当代文学学术研究甚至在古代文学研究领域登堂入室，俨然跻身于文学的学术研究者之列，然后以那种连三脚猫都不如的"学术"培养文学硕士和文学博士，指导学术论文，甚至还参与掌管各级政府学术评估之类的权力。这样的情形怎可能指望严格尊崇学术规范？从个人来说，这固然属于缺少自知之明，鸭子自上架式的恬不知耻，而从允许这种现象存在的文学研究界而言，则是放弃了区分文学的学术研究与文学批评这样的理论环境造成的怪胎。这样的怪胎继续存在甚至大行其道，则文学的学术研究势必沿着低水平低层次的评论化甚至是读后感式的文章路数走下去，至少在现当代文学研究领域其恶劣的风气难受遏制。

当然，文学批评和文学评论本身从来就不应是低水平低档次的，出色的文学批评充满着批评家的聪明和感悟，充满着富于激情的笔墨并给人以灵性的享乐或精神的愉悦，从这个意义上说，文学批评所需要的天才和悟性超过文学的学术研究，对于普通读者的重要性也大大超过后者。文学批评更富有创造力，更需要才力和悟性，它应能引领读者的灵魂，向一个更加美好、完善的方位做成文学伸展运动。甚至，文学批评和文学创作具有同等重要的价值，大可以成为读者欣赏的对象，让人从中感到一种美、一种抒情，读精彩的文学批评就像读好的抒情散文一样。丹麦批评家勃兰兑斯的《十九世纪文学主流》就是这样一部广受欢迎的文学批评专著，文笔非常优美，加上中文翻译的精彩表达，使它成为一种完美的批评文本。洋洋六巨册，它几乎就不是在批评，而是作者自我灵魂的一种自语和对话，是批评家借助于19世纪文学现象在做审美的深呼吸运动，充满了文学的情感，经常有大段的抒情。如在谈到英国感伤主义作家缪塞的时候，他几乎是带着眼泪在诉说："那时候的天才，他被由来自他自己内心的苦闷压扁了，我们就再也找不到苦闷的灵魂，因为他们脸上都擦了玫瑰制的胭脂。"评论家这时已经进入了角色，他是在和作家对话，他自己也在对话中袒露自己的心灵，他同样在塑造自己的形象与灵魂，这时候的评论者实际上成了名副其实的创作者。鲁迅先生很推崇勃兰兑斯，他在写《中国新文学大系·小说二集》导言时就常常采用这种笔法。他关于世纪末果汁的精彩论述，对于沉钟社用诗歌表达他们内心难以名言的隐曲之歌的描述，都充满着感性和灵异的悟解，读来就如同读一段优美精致的散文。李健吾先生的批评经常令作家不服，卞之琳等都对这位批评家有过质疑乃至抗议，但他们哪里知道，李健吾在进入某些作品的批评之际，他完全进入了自我表现的精神境界，批评家与其说是在批评作品还不如说是在披露自己的心灵隐曲。在这种情形下，人们只应该为批评家的自我表述所迷惑，而不应去指责他是否"忠实地"解释或理解了作品。批评家富有创造性地发挥自己的灵性和感悟，在文学批评的文本中是不应受到指责的。这些文学批评都是理想的境界，成功的范例，这样的成功往往是一般的学术研究所难以企及的境界。

只是，中国当代文学批评的层次与这样的理想状态相差甚远，这种不理想的情形一方面由批评家自身的素质所决定，另一方面，也与文学研究界对文学批评本质属性的认知不够清晰有关。当人们没有打起足够的精神从文体特征和学术品质上厘清学术研究与文学批评之关系时，人们就不可能对文学的学术研究及其规范性有足够的重视，同样，也不可能对文学批评的应有素质和特征作出清晰的认知与准确的把握。批评家的才力、悟性跟不上，是影响精彩的文学批评产生和盛行的一个重要因素，但更重要的因素则是，批评家根本不清楚什么是理想的文学批评，根本不知道文学批评是可以而且应该和文学的学术研究完全分开的。其实，文学评论只有和学术研究分开后，才可以获得独立的地位，而只有获得独立的地位后，才可能有更大的发展空间。而在文学研究现实中，大部分批评家、研究家没有进行这种区分的意识，当然更没有区分的努力，长期造成这之间型类的混杂。长此以往，自会导致文学评论不像评论，批评不像批评，没有批评的灵性和创造力、冲击力，而倒是染上了文学的学术研究常有的经院式习气，这样的习气如果不充实以可靠的学术内涵，则会迅速酸腐化，本应精彩的评论让人读来味同嚼蜡；长此以往，自会导致文学的学术研究往批评和评论方面趋近，从学术缺少规范到严重失范，学术最终成为不学无术者上下其手的工具与器械，既失掉了学术的分量，也失去了批评的灵性与冲击力，型类的混杂最后导致型类的破产，文学的学术研究既受到严重干扰，合格的精彩的文学批评也同样难以产生。

三、文学的学术研究与文学批评并行的可能性

虽然从实际操作层面硬性将文学的学术研究与文学批评区分开来往往吃力不讨好，但从学术建设的必要性以及为文学批评发展的前景计，至少必须在理论上体现出这样一种区分的学术努力，甚至哪怕仅仅体现这样的一种区分的意识，也对现当代文学学术研究规范的建立以及文学批评本质特性的把握较为有利。其实，从理论上作这样的区分并非没有可能，关键是要解决人们的学术认知和这方面的学术自觉问题。

从文学事业的整体上考虑，文学批评和文学的学术研究显然都属于合理的价值构成，各自具有不可替代的价值，因而彼此之间的分别不仅必要，而且可行。如果循着法国艺术哲学家和文学理论家德里达的思路把文学的社会运作称为“文学行动”，则这个“文学行动”中所包含的文学写作，至少包括文学创作、文学批评和文学的学术研究，分别构成文学行动的创作本体、批评本体和学术本体。文学批评与文学的学术研究虽然都可以笼统地称为文学研究，但其实分属于两个不同的文学本体，因而可以而且应该加以区分。

文学的学术研究与文学批评之所以应该加以区分并可以区分，是因为两者的研究指归有着明显的差异。文学的学术研究同其他各个领域的学术研究一样，以揭示对象的本真，解释对象所显示的内在运行规律和现象本质为价值指归，这与文学批评很不一样；文学批评是批评家就文学文本或一定的文学现象提出自己的判断、评论意见，其以表述批评家自己的聪明才智和灵性感悟为价值指归。简明一点说，文学的学术研究是以客观的学术阐述，尽可能接近对象的本真与本质，其可能的学术结论往往通向事实的唯一性（尽管我们也许永远抵达不了这种唯一性），文学批评和文学评论则是以批评家的自我感悟及其表述，通向新异和别出心裁的理念丰富性。

文学的学术研究的目标是从一个学问的继承出发，按照一定的学理，遵从一定的规范，谨慎客观地抵达某一种学术结论。它也跟文学批评一样要得出一个学术结论，但是这个学术结论并不是随便得出的，它必然要从学问出发，按照一定的学理，在一定的规范的方法的导引下去抵达这个学术结论。如果这个学术结论可以成为目标，则要求这个结论尽量是客观的，尽量符合文学史的最基本史实，符合文学规律的最一般的实质，符合文学理论的最普遍的真理。虽然实际情况下，大部分的学术研究往往最后都达不到这个目标，但理应成为文学的学术研究者所矢志追求的目标。

为什么文学的学术研究往往很难企及这样的一种学术结论唯一性的目标？第一，文学史实自身的复杂性以及经年日久的遮蔽，使得文学史研究很难抵达历史的本真。文学史的很多史实被历史的烟尘所覆盖，学术研究如何去拂拭干净这样的历史烟尘，回

归史实的本真，这就是一个特别的难题，而且很多情形将会是，即使回归到了历史的本真也很难做出肯定的判断和恰如其分的评价。但这样的难题哪怕注定千古难克，也不应成为阻止文学的学术研究努力迫近这种唯一性结论和目标的理由。事实上，这样的努力与追求应该被理解为文学的学术研究的内在动力。第二，文学理论的普遍真理也很难抵达。理论的特性就是要在不断的言说中产生和发展，而这样的特性也就决定了很难产生出能足以被奉为“真理”的理论。苛刻一点或者绝对一点说，任何关于文学的理论都难以抵达真理的境界，因为所有的理论都余留下巨大的空隙供人们去反复盘诘，供文学实践去不断开拓；哪怕是可被视为公理的关于文学的定义，则其中几乎每一个关键词都似乎有商榷的余地。比如说文学是用语言塑造形象，反映社会生活的一种艺术形式，如果仔细推敲，则这些关键词都不够准确。文学里面除了语言文字等载体，还应包括图像、符号等其他要素；现在的很多文学作品根本不热衷于塑造形象，有些文学作品热衷于追求抽象，表现意象；而且文学不一定非得反映社会生活，至少它可能曲折地反映社会生活。也有理论家提出文学本质上不是艺术，因为艺术的基本特点是形式可以脱离内容而存在，形式可以成为单独的欣赏对象而被接受，但文学不能这样。所有的这些反诘和质疑之论都可能有些偏激，但又都可以消解文学定义的权威性和真理性。不过文学理论真理性的消解并不能成为文学的学术研究放弃追求真理性结论的口实，学术研究所运用的理论，以及学术研究所论证的理论，都应该尽可能稳妥、精当，并努力接近真理性。

与文学的学术研究相异其趣，文学批评所通向的结论，包括所运用的理论，都无需而且也不应迫近学术研究所要求的唯一性或真理性，相反，它鼓励多样化和新异感。在文学批评和文学评论的意义上，分明应证着俗语所说的“一千个读者有一千个哈姆雷特”的现象——文学批评家理应以一个单个的当然有些独特的读者的身份发表自己富有创见的意见。一篇好的评论应该通过评论者跟评论对象之间的对话和相互间的否定，然后擦出思想和情感上的火花，照亮蒙昧中的读者，让他们的灵魂不仅在作品当中找到对应，而且在批评当中得到伸展。作为文学的学术研究者，则就不应属于这样一种读者，他应该以历史真相的揭示者、文学规律的客观总结者出现，他的学术结论理论上不属于他自己，而应该属于公理甚至真理。

这就是说，由于学术指归的差异性，文学批评和文学的学术研究即使在行文风格上也应有不同的规范。文学批评可以以第一人称的句式出现，而文学的学术研究则不应该经常以第一人称表述论证语言。第一人称的理论表述本质上不应属于学术研究。文学的学术研究的态度应该尽可能是客观的，而文学评论的态度则可以是主观的，而且鼓励主观：既然文学批评的目标是多样化的，当然鼓励主观性强的观点。文学的学术研究的目标是通向唯一的真实，所以研究者的态度就必然要克服自己的主观，要使自己的主观服从于学理，服从于资料，服从于大家普遍认同的史实和理论，因此，文学的学术研究论文必须以事实形态，以共有的立场，以通行语气说话。既然学术研究的论文是以客观的态度，公理的形态，公共的形态，以普遍的原理的姿态出现的，那么它必须尽量回避第一人称，如“我以为”、“我认为”、“笔者以为”等等。学术研究论文的观点应是以综合的研究推导出来的，要求以尽可能客观的态度，以史实、公理和普遍的姿态说话，而不应该以主观的态度出现，因为它已经不再属于个人，只有属于史实，属于普遍的原理，这样才更有说服力，更有分量。学术研究的“我”应该湮灭在普遍真理的探寻中，消歇在普遍的历史史实的寻觅之中，融入文学发展规律的总结之中。同样的道理，文学批评在行文之中可以不带任何的引文和参考资料，而文学的学术研究则不可以如此。文学的学术研究对注释有严格的要求，因为作为一种综合的研究，需要调动各种与此相关的材料，调动各方面的观点，所以引用是必不可少的。

撇开研究的指向和归宿，单从研究者的构思特征、学术准备而言，文学批评和文学的学术研究也应具有明显的区别性。文学批评倚重于批评者自身的颖悟与聪明才智，倚重于对文学作品的独特而新异的了解与阐发，而文学的学术研究倚重于对文学史实和文学规律的熟练而准确的把握，倚重于对文学理论以及其他各科理论娴熟而精切的运用。不同的研究思维路数和不同的学术准备所产生的成果样态自然会有所不同。固然，这两者所需要的学术资源绝不可能彼此绝缘，但由于研究指归和研究对象的不同，侧重点显然并不一样。文学批评重要的是包括审美判断在内的各种判断，依据的甚至可能是批评家自己的好恶。当然也需要学理，但在有的文学批评中，学理不是必需的，然而在多数文学的学术研究之中，学理的缺席则不被允许。总之，文学评论的理论目标应是在于鼓励人们的思想、判断的多样化。文学批评更多地倚重于批评家的才气、灵性、感悟力以及相应的表达能力。文学的学术研究倚重的是学问、学理和学术训练。文学批评与文学的学术研究之间最大的区别是，文学批评不一定要求受过什么学术训练，可以依靠天才，而文学的学术研究则一定要求进行系统的学术训练。

从文学的研究方式来说，文学的学术研究最常用的是综合式的方式，综合各种学术、学问，然后进行富有逻辑性的推导。文学批评和文学评论一般来说不需要综合，而且越是综合的批评或者评论往往越会显得平庸。人们阅读文学批评就是为了欣赏文章中的闪光点，而综合性的学术研究却往往是要去磨平这样的闪光点。文学批评的论点常常越新异越好，观点常常是越鲜明越好——当然要言之成理；但学术论文则不一样，一篇学术论文的观点如果过于新异，跟公认的论点和常识距离拉得过大，则会显得稚嫩、摇晃，缺少综合力度。究其原因，也仍然是文学批评与文学的学术研究之间的学术指归不同，因为有这样的区别存在，读者对文章的预期也就会不同。人们对于文学批评的文章，会有结论、观点多样化的预期，就需要倾听新异的论点；读者面对学术研究论文，则希望此文章的结论同样代表他的观点，这时候人们就会对学术结论保持高度的警惕，只有运用综合沉稳的研究方法写成的学术论文，才能如愿地给人以富有定力的印象。

文学的学术研究和文学评论从学术目标到研究方式再到文体形态等等，都存在着不可抹杀的差异。当然，对于这两者之间的区别不宜看得过于简单，这只是理论上的一种可能性，在实际的学术操作中要想截然分开这两种文体相当麻烦和复杂。套用鲁迅当年在文学的阶级性与人性论论辩中的言语，人们所看到的批评文章可能“都带”评论的性质但不是“只有”评论的品性，或者，人们所看到的学术研究论文也常常是“都带”学术研究的性质，但又不是“只有”学术研究成分。绝大多数的文章都是如此。这是型类混杂时代的特产，也是中国现当代文学学科常出现的怪胎。

由于在中国现当代文学研究界，从事学术研究和文学批评的研究者都同时倾向于模糊两种研究的不同界限，因此现在人们在写文章时就没有明确的意识给自己的文章进行定位，从不试图明确自己写的是学术论文，跟写作批评文章应有不同的心态和姿态，甚至拥有不同的格式与语汇。这样的后果不仅是学术研究的有失规范，趋向平庸，同时也使得文学批评同样趋于平庸并且安于平庸。这种平庸是因为研究者的学问、悟性、天才、功夫不够，但是更重要的是在观念当中没有建立学术研究和文学评论的分别意识。

第十六章
文学批评及其理想形态

一、文学批评与文学评论

曾提出过将文学批评和文学的学术研究进行学理区分的意见，[①]并在许多场合讲述过类似的观点。显然，文学研究界一直都没有形成一个清晰的概念：文学的学术研究与文学批评并不应该是一回事。这两者之间没有形成必要的学理分野，严重地影响了文学研究的学术规范性建构，特别是中国现当代文学研究领域，造成了一定的类型混杂。现当代文学研究类的各级专业刊物所发表的论文便常常是文学批评与学术研究相含混，一篇可能是随意性的作品评论完全可以与一篇严谨的文学史研究论文置于同一档次，在各种评价体系中，这样的两篇文章也常常处于同一档次。同样，这两者之间如果不形成必要的学理分野，则会严重地影响高档次、高水平的文学批评建设，让人们误以为文学批评不过是文学学术之余，对于文学批评放弃了独立经营的兴趣和意识，放弃了文学批评独特品格的坚持。

文学批评是对各种文学现象和文学作品的富有个性的评介性文字，文学的学术研究则是对文学现象包括作家作品进行学理分析或历史价值判断的学术性阐论：前者鼓励批评家自陈好恶，后者却要求研究者尽量掩藏自己的好恶；前者强调批评家批评视野和观点见识的独特性，后者强调研究者研究结论的正确性与可信度。一般而言，“一千个人有一千个哈姆雷特”是概括的文学批评现象，文学的学术研究则以尽可能还原历史的真确为价值指归，无论多少个研究者，研究结论应该尽可能指向同一个哈姆雷特，那可能是原型意义上的戏剧人物。

---

① 详见朱寿桐：《文学研究：批评与学术的乖谬》，《探索与争鸣》2009 年第 2 期。

注重这两者之间的分野，有助于加强文学研究的规范性建设，使得现当代文学的学术研究有别于文学批评的评论文体；有利于遏制现当代文学研究论文“文章化”的势头，有利于现当代文学论文在其规范性上朝着古典文学研究等较为成熟的学科趋近。同时，这种分野的注重有助于提高文学研究的门槛，让那种从未进行过良好的学术训练的学术投机者在文学研究的殿堂之外有所忌惮。

显然，这样的意见面临两个尴尬的隐患。其一，当我们面对一篇具体的相关文章时，我们其实很难清晰地判断出它是属于文学学术研究论文还是文学批评文章；在实践意义上将这两者进行清晰的区别常常会陷入徒劳，然而这种徒劳在理论把握上又是十分必要的。其二，发表这样的意见时，秉持的是学院的立场，选取的是学术规范的角度。然而对于文学及其批评事业而言，学院立场和学术规范并不是一切，甚至并不十分重要。从文学的立场和角度讨论文学批评的形质问题，必须对原先从学院立场和学术规范视角看取文学批评所可能造成的误解进行明确的澄清。从学院立场和学术视角言说文学批评及其与文学的学术研究之区别，很容易形成学术本位的言论张力，似乎文学的学术研究才是需要很高门槛的专才，而文学批评则无需训练，因而人人都可以操作。其实，真正的文学批评，理想的文学批评，属于天才的创造性的写作，不仅一般不学无术者难以驾驭，便是具有相当学术训练的专家也难以一蹴而就。理想的文学批评与学术的关系不大，文学批评的理想形态更应疏离学术，因而本无需理睬学术体例的制约。理想的文学批评应该比文学创作更自在，更洒脱，更需要才情和灵性，因此也更不像学术论文。

更令人尴尬的是，我们在谈论从学术论文的固化模态中挣扎出来的文学批评时，往往还难免离不开学术论文的某种固化模态。一方面出于写作习惯，甚至出于思维习惯，出于我们对某种评价系统的依赖和自觉的臣服；另一方面，也因为上述原因导致的文学批评能力的降低，文学思想创造力、表述力的下降，以及由此引起的文学批评自信心的下滑。要摆脱这样的一种批评的困境及其批评写作的困境，就须确立正确的通向理想形态的文学批评观。

二、文学批评非文学学术之余

文学批评是文学活动和人类文化活动的一个有机组成部分，是批评者本着一定的感性和理念，对文学作品和各种文学现象作出审美欣赏、心灵拥抱、理解分析和定性评价的表达。一般的文学批评定义总是将文学批评放置在文学研究体系、文学理论框架和文学学术范畴内加以阐析，于是强调文学批评的理性成分和学理成分，甚至强调文学批评的标准。这便是长期以来我们将文学批评当作文学的学术研究之一种，将其含混在文学学术之中的观念基础。

这是一种对文学批评本质的极其片面的理解。如果文学批评就是一种理性解读的活动，就是按照一定的理念标准对文学作品或文学现象进行学术分析的结果，则必然纳入文学学术的范畴加以理解；在文学学术之中，对于文学历史及其规律的揭示，对于文学美学乃至文学哲学理论的设计，对于文学与其他艺术门类乃至于人类社会生活之关系的解析，无论在选题意义上还是在学术影响上，都比文学批评大得多，也正宗得多。在文学学术的格局中定位文学批评，则只能将它锁定在“次余”的位置，而且似乎作为文学的学术之余，就已经很高抬它了。

这也许正是文学批评在文学学术中始终挺不直腰杆，抬不起头颅，把不清方向，寻不到归宿的原因。在中国现当代文学研究中，文学批评拥有一支规模浩大的队伍，但这支队伍总是在左顾右盼，不少人随时准备从文学批评的行列中挣脱出去，去做文学理论，哪怕是国外文学理论的介绍；去做文学史，哪怕自己都还没有系统地学过文学史。一些原来从事文学批评的写作者，不惜发扬没有条件创造条件也要上的精神，奋力向文学史研究和文学理论的学术殿堂跻身进发，就是希望摆脱文学批评者的尴尬和屈辱的境地。虽然外国新批评派思潮的引进多少给文学批评界带来了些许安慰的空间，然而这种挣脱之风仍然十分强劲。

从事文学批评的人们之所以想“脱籍”，“委身”于文学理论和文学史研究，就是因为文学批评在学术体系之中没有稳固的更不用说主导的地位，就是因为文学批评在这样的学理认知中没有任何前途当然也没有明确的发展方向。事实上，既然将文学批评当作文学学术的呈现，则其学科归宿便顺理成章地成了问题：它究竟属于什么学科？中国当代文学学科能够有条件地容纳它，文艺学也常常跃跃欲试地收容它，有时候写作学也一厢情愿地吸纳它。这三个学科从学理上都各有其收编文学批评的理由，但又无一例外地都将它当作可以团结可以争取的力量，在文学批评这方面而言，任何一个学科都是暂时的栖身之所，而非长久的归宿之地。文学批评在文学学科中的这种游离的张皇状态，长期以来极大地影响了它的健康发展，而这一切都恰恰是文学批评理解上的学术化倾向直接导致的恶果。

文学批评虽然在文学事业中没有理由独占鳌头，但也绝不应该附庸于文学学术之骥尾；它与文学学术密切相关，但其自身的品格和特性决定了它应有足够的自信和条件独立于文学学术之外，因为文学批评不仅仅是学理的和理性的精神评判活动，它还必须包含感性的审美欣赏和灵动的情绪抒写，记录着从具体文学作品和文学现象激励或引发起来的一种美学嗟叹的音域或情感怡悦的脉息。其实，重视文学批评的波德莱尔早就指出文学批评中情感和灵性的重要性：“最好的文学批评是那种既有趣又有诗意的批评，而不是那种冷冰冰的、代数式的批评，以解释一切为名，既没有恨，也没有爱。”[1]那种冷冰冰的、没有人性温度的、代数式的批评，那种消除了一切审美情趣与情感方式的批评，不正是文学学术性的批评吗？

虽然文学批评的美学的和情感的书写往往并不能离开某种学理的韧性或理性的风骨，但它毕竟是人们的情感围绕着文学现象进行舒展翕张的另一种独特的舞姿，毕竟是人们的心灵借助于文学作品的解读发生跳荡悸动的另一番别致的旋律，与文学创作同属于一种创造性的劳动，而且是富于知识性审美的创造性劳动。它是文学这一特殊运动中的“自由人”，既处身于文学学术之内，又置身于文学学术之外。它是一种独立的文体形态，与文学学术是近邻关系，而绝不是文学学术之余的附属品。

文学批评是否有足够的资格向文学学术闹独立？当我们对文学批评从批评本体论的角度进行定位的时候，就会觉得这样的资格相当充分。

文学批评一方面固然是指批评家对文学作品和文学现象的评价与评论，另一方面，也包括以文学家的身份所进行的社会批评和文明批评。这两方面相综合，构成了文学的批评本体写作，这种批评本体同文学的创作本体和学术本体相并列，共同构成了人类文学行为的基本体系。[2] 也就是说，文学行为不单是指一般意义上的文学创作，此外，文学学术和文学身份的批评也是本体性的文学行为；文学的本体行为除了创作本体这一基本形态以外，还有文学的学术本体和批评本体形态。批评本体形态既不言而喻地包含着文学批评，也包含着文学家的社会文明批评，后者一般体现为杂文类的写作。对于文学家来说，除了进行文学创作和文学批评，他还可以以文学家的身份对任何社会现象甚至自然现象自由地发表议论，自由地进行批评，这是文学家的社会责任之所在，也是文化良心的体现。文学家的笔锋所及较之其他身份的写作者和批评者更为广阔，更加自由。举凡历史与现实，当下与未来，思想与情感，内心与世界，当然包括政治、经济、文化、法律，绯闻轶事，家长里短，宇宙之大，苍蝇之微，如此等等，无不可以成为批评本体的文学写作对象和内容。德国狂飙突进运动的领袖施勒格尔就曾这样将莱辛在更广泛的意义上命名为批评家，这个批评家所从事的不仅仅是戏剧批评和文学批评，“他的大部分作品，无论是涉及历史的，戏剧学的，还是语法的，甚至包括文学的论文，就算按照比较粗略的理解来看，也属于批评范畴”[3]。他甚至认为，正宗的批评应该充当“介于历史和哲学之间的一个中间环节，它的使命是把二者结合起来，使这二者在批评当中统一起来，成为一个新的第三者”。[4] 一般思想偏激的理论家，往往不会放过任何机会赞同并鼓励文学家的批评性写作，他们将文学批评与文学家的社会文明批评混合起来，以

---

① [法]波德莱尔：《波德莱尔美学论文选》，人民文学出版社，1987 年，第 215 页。

② 参见朱寿桐：《论中国现代文学的批评本体形态》，《文艺研究》2006 年第 9 期。

③ [德]施勒格尔：《浪漫派风格——施勒格尔批评文集》，华夏出版社，2005 年，第 258 页。

④ [德]施勒格尔：《浪漫派风格——施勒格尔批评文集》，华夏出版社，2005 年，第 265 页。

此确认批评实际上是非常独立而且更具价值的典范性的文化工作："这个批评应当和甚至具有讽刺形式的一切偏颇的热情融合一致为争取新文化而斗争，即是为争取新的人道主义、批评风尚、意见和带着美学的或纯粹艺术的批评的世界观而斗争。"①

新批评的崛起无论在文学界还是在文化界，虽然不能说是受到了这样的言论和思潮的激励，但在充分评估批评的文学价值，并将这种价值评估往超越文学的文化品质方面去提升，这样的思路是相通的。德里达的"文学行动"理论大致就是在这方面作出了非凡的贡献，它成功地让文学批评和文学家的文明批评走出了文学"纯文本"的固有框架："没有任何文本实质上是属于文学的。文学性不是一种自然本质，不是文本的内在物。"②

我们重点讨论的文学批评是文学批评本体的基本形态，即与文学密切相关的批评性写作。这样的写作在本体论的文学意义上，获得了两方面的自由或者独立资格：一方面从文学的学术本体那里，另一方面从文学的创作本体那里。从文学的学术本体那里获得自身独立的意义非常大，它让文学批评彻底摆脱了学术之余的被动地位，告别了学术挑剔的审视，告别了学术规范的制约，这样，文学批评获得了自身的本体自由和文体自由，它可以在文学的天地里施展自己的审美的腾挪，在自身的价值框架内找到行进的方向，进而厘定自己的文化归宿。这样的文学批评才是有神气的，也才可能获得理想的形态。

那么，作为批评本体体构内的文学批评，可否从文学的创作本体中获得自身的独立性？这又是一个值得探讨的问题。

三、文学批评的理想形态

话题引领着我们走进了文学批评以及文学批评家的另一番尴尬和暧昧。

能言善辩、能说会道的文学批评家，常常都避开文学批评与文学创作的关系这一过于敏感以至令人沮丧的话题。在这样的话题上，哪怕是在再木讷的作家面前，批评家也只能是苦笑以对，理不直气不壮，原因是，无论是创作家还是批评家，都一直以为文学批评是文学创作的附庸，文学批评家在一定意义上就是作家的陪伴者，是创作的被动反应者。有时候也会出现某种反客为主的现象，作家的创作需要批评家抬轿子吹喇叭的时候，批评家也可以短暂地露出"颐指气使"的神气，然而如果真有这样的时候，则更能说明文学批评之于文学创作的附庸地位。

---

① ［意］安东尼奥·葛兰西：《葛兰西文选》，人民出版社，2008年，第387页。

② ［法］德里达：《文学行动》，中国社会科学出版社，1998年，第11页。

这样的理解不仅对文学批评家很不公平，而且于文学历史发展的情形上绝对说不过去，更重要的是，从根本原理上来说，这样的认识或者评价完全错误。

文学史的发展情形清楚地表明，文学批评从来就不可能成为文学创作的附庸。如果文学批评的价值总是附庸于文学创作，则简单的逻辑可以推导出这样的结论：文学作品的水准越高，有关它批评文字的水准就越高。这显然是极其荒唐的推论，它会给所有相关文学行动的参与者带来无比尴尬的难堪。同样，如果推导出一个时代的文学创作繁荣，则文学批评也同样繁荣，这样的结论仍然经不起历史的检验。中国文学创作最初繁荣的时代是春秋与战国时代，那时候的创作辉煌成就了中国文学千古流传的诗骚传统，而文学批评的黄金时代则迟至魏晋六朝时期。唐宋韵文学极其发达，可谓极中华文明之盛，但那一时期的文学批评却乏善可陈。文学史的史实常常显示着这样一种较为普遍的“不平衡现象”：文学创作的辉煌、卓越常常与文学批评的平庸、萧条相伴随，文学批评发达兴旺的时代每每是文学创作相对平庸的时代。这样的一种不平衡现象至少可以说明，文学批评不可能作为其附庸随着文学创作的发展而发展。

文学批评是一种独立的文学活动，它与文学创作一样，同时诉诸人们的理性运作和情感运作；如果说诉诸情感的批评不应该算作文学学术之余的产品，则诉诸理性的批评也不应该算作文学创作的附庸。文学批评文章的写作可以调动人们内在的全部灵性，无论是理念还是情感，无论是知识还是灵性，而且可以以一种完全不让于文学的笔法表达出来，使之成为久享盛誉的美文。文学批评可以写成这样的文字：

> 这是东方的微光，是林中的响箭，是冬末的萌芽，是进军的第一步，是对于前驱者的爱的大纛，也是对于摧残者的憎的丰碑。一切所谓圆熟简炼，静穆幽远之作，都无须来作比方，因为这诗属于别一世界。①

这是鲁迅对于殷夫诗歌的评论，彼时，这位年轻的诗人已经丧身于龙华。鲁迅拿起了手中久不抒情的笔，为中国失去了的这个“很好的青年”，为他用血和生命撰写的诗篇，承担起批评的义务，充满深情，充满激愤，同时也充满审美的意趣。这样的文字即便是放在美文之中也是上品，这样的批评又怎可能让位于写作的价值？

真正理想的文学批评就是这样，包含着一定的学理和逻辑的成分，例如上述示例中的“一切所谓圆熟简炼，静穆幽远之作，都无须来作比方”之谓，但未必需要抵达学术和真理的层次，因为它毕竟是一种富有灵性和情感的书写，毕竟是对文学作品及文学现象进行审美拥抱的结果，其中学理的运用即便需要，也是带着情感温度和人性热度的热理性的。同样，真正理想的文学批评，需要包含着一定的情感和灵性的内涵，例如上述示

---

① 鲁迅：《白莽作〈孩儿塔〉序》，《鲁迅全集》第6卷，人民文学出版社，1981年，第494页。

例中的一连串生动、形象而饱含着感叹与赞颂之情的比喻，但未必一定写成诗性的颂歌，或者写成情感之水无关拦地倾泻的泣血文字，美丽的词句固然是需要的，但也不能像徐志摩写散文那样，一如抛洒着指间缤纷的花雨。这时候的情感与灵性都要通过凝重的过滤，通过冷隽的处理，使之充满着价值思维的韧性，即便是满腔热忱也要划归冷凌的性灵与情感。真正理想的文学批评无疑包含着审美欣赏的全部柔性与魅力，同时还需要有真理的刚性气质与历史内涵的力量。是的，真正理想的文学批评，应该是这种热的理性与冷的性情的结合，是这种美的欣赏与力的拥抱的杂糅。

它在本体论意义上的独立性，应该表现为文体形态上的独特性。它不是纯粹的论文，无须理会学术规范甚至学术装饰的制约，因而也拒绝任何学术殿堂恩赐给它的末位宝座；它也不是一般的散文随笔，因而无须套用散文的文章体例，同时也不能跟随着随笔体的信马由缰。它是一种特别的论文，又是一种特别的散文，是散文之余的灵动文字，是文学批评本体意义上的一种特殊的体构，足以昭示着写作者的胆识、才情、魄力、情绪、灵感，而这一切又是他与文学作品和文学现象倾情拥抱的自然结果。

这样的批评文体在鲁迅的笔下时常出现，它经过大师手笔的锤炼所散发的风雅之气历久弥香。鲁迅撰写的《中国新文学大系·小说二集》导言经常显示着这样的批评魅力，令人读后神思联翩，伴和着某种情绪的激动。鲁迅赞赏和承续的是丹麦文学批评家勃兰兑斯的批评传统与批评风格，后者在其力作《十九世纪文学主流》中，从来就没有想到循规蹈矩地铺叙十九世纪欧洲文学的历史，而是抓住这段文学史上若干个重要对象进行审美的和心理的解读，以富于情感和人性的笔法审视他们的人生与创作，以充满同情和悲悯的笔调言说他们的惆怅与怡悦，在洋洋六卷的巨帙中性灵的脉息在汩汩流淌，在不同国度的文学评介中批评的真髓娓娓道来。那部巨著从来就不是一般意义上的文学史著作，也不是通常所理解的理论著述，而是规模浩大的批评文字，其中有热烈而富于人性温度的热理性，有真率而富于逻辑韧性的冷性情，有审美的鉴赏，有抒情的力道，是一种风格鲜亮、文体特别的经典性的批评文字。

在文学批评的观念没有得到大幅度改革和提升之前，不仅很难指望我们的文学批评文字达到这样的境界，而且也很难希望人们对这样的批评风格予以准确的把握和真诚的了解。不少人宁愿将这样明明是理想形态的批评理解成一种较为浅显的批评异类。李健吾的文学批评正是充满着灵性与感悟的理想文体，然而在庸俗批评观念中常常被人解释为印象式的批评，鉴赏式的批评，似乎别人的批评总是比这样的批评更深刻，更高档，更能超越鉴赏层次而进入理性分析的水准。这不单单是一种浅薄的误解，更是一种僵化的批评观念所长期造成的颠倒性认知。什么样的文学批评令人读而忘返，令人感念不已？是那种按部就班千部一腔的人物分析主题揭示式的批评，还是这种充满着个性化的欣赏与感悟，浸透着写作者的灵性与粹思的批评？当然是我们现在所看到的并正在无法冷静地谈论着的这种理想的批评文字。

文学批评至少应该与创作一样可贵，而且还应该是有别于文学学术和文学创作的一种特殊的本体文本，需要表达鲜明的思想，需要显露批评的才情，需要让人读后有一种感喟，有一种震撼，有一种回味甚至反省的力道。文学批评可以是散文之余的写作，甚至是诗意的散文之余，而不是学术之余。类似于丹麦的勃兰兑斯《十九世纪文学主流》，类似于鲁迅写的许多评论，类似于我们刚刚提及的李健吾的评论，以及尚未提及的胡兰成的评论，它们都在清晰地表明，文学批评所评论的是文学现象，表述的却是写作者或批评家自己的灵性感悟，自己个性化强烈的思想悸动，自己的生命感受和审美感受，自己的心灵叹息和情感愉悦。有分量有价值的理想的文学批评，是那些能够作为文学的独立文体留存下去的文字，既需要热的理性，更需要冷的性情，需要才情，需要文字表述的魅力，需要写作者多方面的功夫和功力。

只有在这种理想的批评形态中，批评家才取得了独立于作家甚至超越于作家的地位和优势，才能在整个文学活动中获得备受尊敬的待遇。批评家笔下风格特异的文本不仅向文学学术强势地宣告了自身地位的凛然，而且也向文学创作清晰地展示了自身特性的鲜明。学术需要学术的根柢，创作需要创作的天才，批评则需要批评的性情与才情，这些写作素质可能在文化的脉管中不断地交流，但并不能相互取代，更不能相互取消，它们通过各自所依附的文体形态参与到社会性的文学行动之中，然后各自显示自身的优势与光彩。文学批评在这样的意义上才能真正确立自身，也终于才对得起自身。

批评的形态是丰富的，批评的风格是多元的。与文学学术和文学创作一样，文学批评具有非常广阔的空域背景，能够容纳各种富有个性和创造性的文体形态。批评家的文体选择是自由的，正像他的观念选择本来也应该保持自由一样，他如果愿意，可以继续选择文学学术型的批评。事实上，与文学学术联系得过于紧密的那种为我们所司空见惯甚至所不胜其烦的文学批评，其实也还是文学批评，而且有时候如果经营得当，处理有力，会酝酿出相当精彩的批评文字。但既然这样的批评文体和批评风格已经固化为一种规范，并且存在着借此消弭批评本体写作与文学学术本体之间距离的危险，我们便不得不予以批判甚至谴责，因为它通向思想和观念的固化。

当然提倡选择我们所论述到的理想的批评形态，而理想的批评形态也不可能一成不变，它可以是散文随笔式的批评，可以是充满诗性的批评，也可以是保持着理性的热忱和性情的冷峻的独特的批评文体。一切以释放和发挥批评家的性灵、才情与文字魅力为指归的批评写作都值得我们鼓励。

这其中仍然包含着太多悖论的空隙。英国的批评家利瓦伊斯曾论及理想的批评家，说是“理想的批评家就是理想的读者……”[①]，这话绝对正确，当然也绝对毫无用处，因为谁都知道批评家首先必须是读者。理想的批评家其实更应该是理想的批评观念的

① F. R. Leavis: “Literary Criticism and Philosophy,” *Scrutiny* 6:(1937): 60 - 61.

接受者和阐释者，最好更能成为理想的批评文体的写作者和维护者。

理想的批评观念首先必须从文学学术的思维框架中走出来，有效地拉动文学批评与文学学术之间的固有缝隙并使之进一步扩大，直至形成理念的鸿沟。文学批评是文学行为的有机组成部分，是一种创造性的精神劳动，是一种艺术性的审美表达，而不再是一种学理的阐释或者学术的细读，正像"反对阐释"者所论述的，"我们现在需要的绝不是进一步将艺术同化于思想，或者（更糟）将艺术同化于文化"[①]。这种同化的结果就是让本来是作为艺术呈现的批评悲剧性地化归于文学学术，那种类似于思想或者文化的固化形态。

并非只有理想的批评才是文学批评，甚至，理想的批评到最后可能仍未必理想，甚至可能并非严格意义上的文学批评。但是，在文学批评普遍"学术化"、经院化、"规范化"了的今天，我们除了矫枉过正地倡导和确认一些理想的批评形态而外，还能做些什么？

① [美]苏珊·桑塔格：《反对阐释》，上海译文出版社，2011年，第3页。

第十七章
中国现当代文学批评的文体形态与主体意态

在汉语新文学界，文学批评一直得到足够的重视，几乎任何时代都有重要的文学批评现象出现并施展其一定的影响。文学批评的建树也与文学创作的收获一样，纳入了各种文学史考察范畴。这就说明，文学批评从来就不应该是从文学创作那里衍生出来的，文学批评在社会形态和文化形态上有着自己无可置疑的独立性。然而，正因为这样的独立性，围绕着文学批评所暴露或衍生出来的问题便一向很多，并且有逐渐增多的趋势。对于这些问题，需要进行理论的考察和论辩，而从文学批评的文体形态和主体意态这两方面进行论证，乃是这种学术考辩的一种尝试。

一、文学批评与文明的议述功能

可以毫不夸张地说，批评是人类文明的一个重要文化功能的体现。人类文明有创造本能，也有议述功能，即对于事物进行叙述，进行评议，以达到交流与评价的目的。后来的各种批评，包括文学批评，都是这种议述功能的体现。当然这是一种文化功能，不能说是本能，也就是说，议论和陈述是人类文明发展到一定程度的时候所产生的然而也是不可遏止的要求。人们可以进行文明批评、社会批评，也可以进行审美批评和文学批评。与文明批评和社会批评相比较，文学批评和审美批评超脱甚至可以远离一定的社会功利性，因而具有某种特别明显的安全感，这种安全感与某种自由性相伴而生，因而它的内涵会比较丰富，学理可以较为深入，作为批评文体可能也容易体现出批评的典型性，故而一般提到批评，都往往可以举文学批评的示例供言说。

批评可以看作人类初期文明叙事的申述与概括，在文学意义上也是如此。中国上古时代的诗歌《击壤歌》，其中歌吟道："日出而作，日落而息，凿井而饮，耕田而食。帝力于我何有哉？"如果这确实来自上古的先民，则这首歌典型地表现了原初叙述与批评（议论）的关系：前四句是一般叙事，最后一句却是申述和议论，具有某种传达价值观念的批评功能:“帝力于我何有哉?”表达了一种自尊、自由、自得的人生价值观,包含着对王权的批判和对自由境界的肯定。这样的人生观和意识情调,在人类文明的上古时代非常难得,代表着一种很高的人生境界和审美自觉。这样的境界和自觉是通过议论和批评的方式以及语调传达出来的,显然,如果光是叙述,很难传达这样复杂的人生观念和文明观念。

只要带着比较的意识省思古代的文化传述,就会轻易地发现,作为原初形态的文学批评和艺术批评往往体现出比原初文学和原初艺术等原初的创造物更加复杂和更加深厚,同时也可能更加富有境界的思想与精神。古代传奇中关于“高山流水”的故事,讲述俞伯牙对锺子期琴音的评论:“巍巍乎志在高山,洋洋乎志在流水。”就是一种高于当时音乐创作水平的批评之论,无论这批评之论是表述为“善哉,峨峨兮若泰山,洋洋兮若江河”(列子),抑或表述为“善哉乎鼓琴,巍巍乎若泰山”,“善哉乎鼓琴,洋洋乎若流水”(《吕氏春秋》),相对而言都是一种很高水平的批评之论,也是相当有艺术魅力的批评。再如孔子关于《诗经》首章《关雎》的评论:“乐而不淫,哀而不伤”,其批评水平即便是在两千多年以后的今天看来,也具有登峰造极的思想力量和审美内涵。这样的批评之论其语言传达既极为美轮美奂,其思想力度也足以感人感己,毫无疑问包含着原初批评冲动的某种快感。

当然,并非上古时代的所有文学批评都会如此精深、准确而富有力度,其中也多含有一些看似正确其实并不科学的批评意见。《春秋公羊传解诂·宣公卷十六·十有五年》中有这样的概括与批评:“男女有所怨恨,相从而歌,饥者歌其食,劳者歌其事。”以此解释上古时代文学和歌谣产生的社会和心理契机。这种解释有非常深刻和精切的判断,如原初的“怨恨”说,可以成为文学批评和文学起源的基本学说。但“饥者歌其食”,就带有某种主观臆断的意味。文学和艺术的起源与人生的余裕有直接的关系,鲁迅即持有这样的批评观点。一个饭食无着的饥饿者不可能拥有足够的余裕而作歌吟。其实古人早就注意到文学和艺术的起源与人生余裕之间的紧密联系。《淮南子·道应训》中有记:

> 惠子为惠王为国法,已成而示诸先生,先生皆善之,奏之惠王。惠王甚说之。以示翟煎,曰:“善!”惠王曰:“善,可行乎?”翟煎曰:“不可。”惠王曰:“善而不可行,何也?”翟煎对曰:“今夫举大木者,前呼邪许,后亦应之。此举重劝力之歌也,岂无郑、卫激楚之音哉?然而不用者,不若此其宜也。治国有礼,不在文辩。”

这段记载包含的文学批评含量极为丰富,理论深度也异常可采。首先,被后人如鲁迅等推崇的“举大木”说确乎印证了认同度非常高的关于文学艺术起源的“劳动说”,但更印证了文学艺术起源的余裕说：无论是“举大木者”的群体还是其中的某一个，他们劳动了，同时还能匀出足够多的力量来呼应“邪许”，而且还需有足够的余裕的精神传达劳动的快感，这样才能产生歌唱的欲望。其次，通过翟煎的口，表述“文辩”不足以治国，文辩之类应该发乎情而诉诸文字，但无关乎治国兴礼。这就表明，文学艺术包括批评之类，可以远离政治和社会管理，而且可以与礼仪文明拉开距离，它只可属于文化事务。这是科学地、准确地、稳便地把握文学及文学批评与政治文本之间差异性的一种批评努力。

批评或者文辩，是人类文明到达一定程度之后必要的文化活动，体现着较为丰富的社会心理和人生内容，体现着文明社会普遍存在的议论和批评倾向。议论和批评的社会行为和文化功能发展和发达之后，迅速培养起人的思辨能力、表述能力和对事物的认知判断能力，这无疑会更大地促进人类的文明进步。在这样的意义上可以理解孔子在《论语·阳货》中说出的那句名言：“诗可以兴，可以观，可以群，可以怨：迩之事父，远之事君，多识于鸟兽草木之名。”为什么“远之事君”后会跟着一句“多识于鸟兽草木之名”？这其实就是论说与文辩的需要，也就是在批评意义上进行表述的需要：如果将《诗经》中的鸟兽草木之名都信手拈来，信口道来，必然显得言之凿凿，言之有物，言之有据，言之有力，能够以强辩的姿态和实力显示自己超卓的事君之能力。这确实是很重要的一种势能。

当然，这不是一般的文学批评。这种在社会人生意义上甚至在世俗之用意义上的泛批评体现着人的社会价值实现的一种方式与途径，体现着人们内在的一种申述、议论和论辩的欲望。如果说这样的泛批评常常会令主体冒着巨大的风险，付出较大的代价，战国时代的辩士虽然有腰悬六国帅印的赫赫荣耀，可也有身陷囹圄甚至身首异处的危险，那么，文学批评或者在文学范畴内的批评就安全得多，也自由得多。在文学尚未独立为文学的时代，文学批评当然也就失去了独立于其他泛批评的依据，这是人们从批评起源的意义上言说文学批评必然面临的尴尬境地。不过，明白了泛批评是人们在社会生活中发挥议述功能的必然结果，就能对各种批评包括文学批评的社会文化意义及其必然性有一个更加清晰的认识。

众所周知，中国的文学批评至魏晋南北朝时期走向成熟，这种走向成熟的批评其显著标志便是文学批评理论的体系性的形成。这样的批评史观并不影响我们对泛批评产生和发展的历史性把握。中国的文学批评从来都是围绕着一定社会条件下的述议功能展开的，体现着一定时期的人们言说文学以及言说文事的热忱，也就是说，这种批评从不以建构文学批评理论及其系统性为指归。正因如此，《文心雕龙》既可以就一系列理论命题展开论述和论证，也可以就《离骚》等作品进行辨析与分析。它满足的不是理论建构的需要，而是借助文学作品和文学现象进行自由言说的述议功能的实现。有时候，这样的文学批评还是写作主体个人才情显露的结果。陆机的《文赋》便是如此。

二、文学批评价值构成的功能层面

中国不是一个富于文学批评传统的国度，但自汉语新文学诞生以来，逐步形成了十分重视文学批评的新传统。《新青年》和《新潮》都从批评开始倡导新文化运动和文学革命，专门从事批评的文学期刊和文化期刊在新文学运作的初期也十分活跃，《语丝》甚至兴起了颇有传统的“语丝文体”，连鲁迅都深溺其中，而且一发不可收拾地走上了以杂文及社会批评和文明批评为写作主调的文学道路。标志着新文学创作最初实绩的文学刊物如文学研究会的《小说月报》不仅重视文学批评，发表了郎损（沈雁冰）等人连篇累牍的批评文字，对新文学初创时期的创作和运作起到了一定的导向作用，而且还刊载文学研究和文学史研究的大量成果。创造社以“异军突起”的姿态崛现文坛，更以文学批评的推崇为其社旨方针，人们甚至认为，倡导浪漫与重视批评是创造社的本质特征，且正与倡导写实和重视创作的文学研究会相对应。新文学自《新青年》时期，经由文学研究会和创造社等社团运作期，直到革命文学的倡导、左翼文学的运动和抗战文学的号召，都是理论批评为先导，有时甚至为旗帜。中国的各个党派和政治力量在领导文学方面，都长期分别重用周扬、张道藩这样的理论批评家，也充分说明文学批评和文学理论在整个新文学运作过程中的重要性。

不同的时代不同的文学批评家对文学批评的重视往往从不同的角度摄入。文学批评之所以在文学事业中显得比较重要，大概不外乎其所具有的这样的功能意义：社会功能意义、文化功能意义和文学功能意义。不同的历史时期，面对不同的文学家和文学批评家，文学批评所展开的意义可能完全不同。这种差异性在历史上和在现实层面所构成的冲突常常产生巨大的能量，这种能量常常增添了文学史的喧闹、精彩与无休无止的琐碎的纠缠。从学理的角度而言，这种对于文学批评功能理解的参差显露出文学批评界基本认识的混乱。

政治功能意义方面，在特别重视文学的政治功能和意识形态意义的时候，文学批评和文学评论的作用异乎寻常，它可以为政治和意识形态制造许多话题、命题，同时也相应地衍生出许多理论，可以用来褒奖和鼓励符合政治取向和意识形态的创作现象，也可以用来打压和救正偏离政治倾向抑或反对意识形态的文学现象。马克思主义文艺批评以及苏俄前后的文学批评，特别是车尔尼雪夫斯基、别林斯基、杜勃罗留波夫、普列汉诺夫、赫尔岑的文学批评在俄国历史乃至在世界社会运动史上所起的作用和影响，几乎令所有的作家都难以望其项背。中国现代文学史上，左翼文学评论所起的巨大作用，中国当代文学史上关键时期的文学评论所激起的反响，无不超越于文学界而影响到当时社会生活的各个层面。如果能够承认或者期盼文学批评可以发生对于社会生活的有效号召和巨大影响，那么这就是从社会政治功能意义上理解和建构的文学批评。这样的文学批评往往着眼于宏大的历史观察和深远的政治寓意，其气度和胸襟自非一般的文学批评可比。它们中的有些篇什，甚至能够成为一定时期一定社会的政治文本和社会运作教科书。例如马克思、恩格斯关于哈克纳斯《城市姑娘》及典型环境论的批评，以及对拉萨尔的《弗兰茨·冯·济金根》批评及对悲剧的历史性界定，其意义早就溢出了文学自身而成为一种政治文化理论长期指导着社会主义运动。在这个意义上，毛泽东《在延安文艺座谈会上的讲话》，甚至鲁迅的《对于左翼作家联盟的意见》等等，都体现出充分的政治功能意义。

当一种文学批评在政治功能意义上发挥作用的时候，它对于文学和文化的效用具有一种垂直型的自上而下的效应。这样的文学批评很可能成为一定时期一定范围内的文化原则的体现，甚至可能成为文学创作者所必须遵循的理论依据。这是文学家普遍向往的一种境界，但这样的境界并不是为文学批评家准备的。特雷·伊格尔顿在《二十世纪西方文学理论》一书的"结论：政治批评"章节中，反复强调文学批评的社会功能和"政治"作用，申明了文学批评"介入"现实的"政治"立场，突出文学的意识形态功能，放逐文学接受的个体维度、审美价值和精神功用，得出文学必须死亡才能得救的结论。[①]这是从政治功能意义上解读文学批评的极端的论点。

文学批评的文化功能意义是基本的，某种意义上说是批评的本意。一个社会的文明运作离不开批评，一种文化的基本态势与批评连在一起。批评可以在人类文明生活的所有领域展开，但在文学中展开时最安全，也是最自由的。但在文学中展开的批评活动，也就是文学批评，其功能指向常常不会局限在文学自身，而体现一种文化的评述。以西方新批评为典型模态的文学批评虽然谈论的是文学，但其价值功能早已溢出文学的域限，而进入人们的文化视野之中。与文学批评相伴而行的一些后现代主义批评、后殖民主义批评等等，在当代思想史和文化史上建立的殊勋，早已超越了文学的功绩。批评文化的发达是后现代文明的重要特征，而这样的批评在文学领域展开的频度和力度往往都超过其他领域。这样的文学批评借助各种非文学的知识系统，例如心理学、社会学、历史学、语言学、政治学，当然更有文化学等等，但它的建树和贡献也同样耀眼地呈现在这些领域，并且放射出更加炫异的文学光芒。德里达（Jacques Derrida，1930—2004）的解构主义理论是从文学出发抵达文化层面巨大影响的典范，他的文学行动理论虽然谈论的是文学，却完全疏离了文学创作，而是在文化甚至在文明的意义上谈论文学这个客体，给予读者的主要是文化认知上的快感。类似的情形还可以追溯到弗洛伊德和荣格对于文学的批评与解读。

沃尔夫冈·伊塞尔早就意识到文学批评甚至于文学自身的社会文化属性，"文学作

---

① 引自牛寒婷：《重返文学批评的场域》，《文艺评论》2011年第6期。

为一种独特文化的产物，它产生于一种文化背景，它的活力来自这一背景的紧张关系以及对这一背景所施加的影响。它尤其强调与决定自身环境有关的不同物，以此介入自己真正的环境并确定自己的独特性。文学以这种方式显示出自己位于业已制定的文化地图上新的区域”①。文学批评作为文学的一种衍生物，其文化功能意义也在于此。

事实上，文学事业早已进入这样的文化时代，文学创作虽然并不会在意文学批评，文学批评也跃跃欲试地摆脱文学创作的拘囿，而试图在更开阔的文化话题上建立自己的话语场，以此构成一种独特的文化现象甚至是文化热点。在这样的话语场中，文学已经不再是纯粹以创作为中心的阅读对象和欣赏对象，而是文化言说的一个题材，是文化传播的一种手段，是文化讨论的一个契机。这样的文学可以是传统意义上的创作，也可以是一种文学行为②，包括文学批评乃至于文学家的批评本体的写作。文学批评和纯粹的文学评论在这样的意义上具有某种原则性的差异，虽然它们之间的联系仍然那么牢不可破。

当然，文学批评最基本的还应该是文学功能意义上的价值呈现，是文学的内在美感和外在价值得以理论揭示和学理评判的文本样式。这是文学批评的本源形态，也是文学批评在其余功能意义上进行价值发挥的基础。这也不妨称之为纯粹的文学批评。人们所喜见常闻的也多是这样的批评。这样的文学批评对文学的文本及其制造者——作家负责，它的理想状态在于体现、描述、论证文学的审美性能和美学规律。这样的文学批评其理想的状态应该是艺术的和审美的，也只有这样的文学批评可能是文学的笔法和审美的感悟。

文学批评的文体形态实际上应该由其不同的功能意义来决定。政治功能意义上的文学批评应该是气势磅礴的论文，是逻辑严谨的辩论和步步为营的立论，其中充满着政治的激情和社会批判的张力。文化功能意义上的文学批评可以是社会批评和文明批评的典型模板，可以是鲁迅式的杂文，甚至可以是与文学关系不大的理论阐述和现象评论。文学功能意义上的文学批评则最好是文学性的写作，显露着批评家的激情和灵悟，体现着写作者的才情和理论及语言的魅力。文学批评主体的价值定位决定着文学批评文本的理想的文体形态。

主体价值感的差异导致文学批评文体形态的必然差异，这一文化规律决定了人们无法也无理由将所有的文学批评主体一视同仁，更无法也无理由用一种文学批评文体的特性、功能要求另一种批评文体。也就是说，要求政治功能意义上的文学批评写出文学功能意义上的批评文体的美感和灵悟，显然是很荒唐的，同样，也不应要求文化功能

---

① 沃尔夫冈·伊塞尔：《走向文学人类学》，王晓路译，载拉尔夫·科恩主编：《文学理论的未来》，中国社会科学出版社，1993年，第297－298页。

② 德里达的命题“Literary Action”，汉语翻译为“文学行动”。考虑到“行动”一词的动作性强调因素，似译为“文学行为”更妥。

意义上的批评承载政治意义上的功能，甚至能够起到相应的社会动员作用。文学功能意义上的文学批评可以发挥文学的审美作用，可以在文学鉴赏和文学价值的内部认定方面有所作为，但并不能要求它起到文化功能意义上的某种示范作用，更不应要求它在社会政治功能方面发挥作用。

当然，一定的文学批评文本未必都是为了对应一定的文学批评功能而产生的，在众多文学批评文本中，人们很可能很难找到一个非常典型的属于哪一种功能意义的批评文本。但明确这三种文学批评的功能属性，有助于在一种科学的可框架中确认文学批评的属种与归宿。

三、文学批评文体形态的多样化问题

对文学批评的历史、类型及其社会文化机制进行初步分析之后，对批评文体形态的论析就变得顺理成章。显然，要求千篇一律、千部一腔的文学批评文体形态的观念早已站立不住，因为它违反了文学批评的历史及规律，也不符合文学批评功能架构的格局。文学批评文体形态的多样化，是文学批评学应该集中思考的问题，也是文学批评家们应在学术实践中不断探讨并加以解决的问题。

经过数十年来学术学院化的运作，文学批评的文体到今天也已经学院化到僵硬甚至僵死的地步。所有的文学批评都伴着一副学院派的面孔在那里装腔作势、煞有介事，在那里故作姿态、莫测高深。文学批评的从业人员中，有一些其实并未受过系统的学院训练，但偏偏就是这样的人员特喜欢端起架势。这样的风气挟持着近些年文学学科评估以及论文分等的势头，愈演愈烈，沸反盈天，使得好端端的文学批评，在这种莫名其妙的学院化潮势中变得灰头鼠脸，死气沉沉，不三不四，了无生意。

要改变这样的状况，必须明确文学批评文体多样化的必要性，同时必须从学术认知上区分文学批评、文学评论与文学的学术研究之间的必然联系与必要区别。

文学事业博大精深，其内涵的丰富性与其固有的精神魅力相吻合。从事文学事业的杰出人士，大部分致力于精美作品的创作，习惯上被称为作家、诗人等，他们的工作成果体现为文学的创作本体。一部分文学家从事文学研究工作，包括对文学理论进行思索与研究，对文学史和文学现象进行学术型的总结与阐论，大量的文学教授所做的正是这样的工作，这样的工作类型可概括为文学的学术本体。如果文学家或文学工作者利用文学的平台进行社会批评和文明批评、文化批评，其所从事的工作便属于文学的批评本体。无论创作本体还是学术本体和批评本体，都属于文学行为，都是文学写作的价值呈现。

有的研究深厚的学术，有的奉献犀利的批评。这就构成了文学事业的三种本体形态:创作本体、学术本体和批评本体。创作本体基于主体的生命体验,在经验层次上表现对于世界的审美感受,并以文学的经典性、规范性为价值目标,踏踏实实地创作,力图拿出在文学史上有影响,在一定的时代有一定社会审美效应的文学作品。学术本体是指对于文学理论和文学历史进行学术研究的相关建树,这种学术研究不仅服务于文明的积累,而且贡献出不同时代的文学观念。批评本体的文学家以社会、文化、文明批评作为自己的主要目标,作为自己从事文学活动的主要内容,通过文学视角进行社会批评、文化批评和文明批评,以这种批评方式参与社会和时代。并不是任何国度任何时代的文学都会全面地、均衡地凸显文学的这三种本体形态。创作本体是每个国度文学事业的主干,是一定历史时期文学发达与否的主要标志。学术本体常常游离于文学领域而往哲学、美学、"文化"或"思想史"方面趋近,因而其文学本体的性质有时较为模糊。不过文学本体性质最模糊同时又不该模糊的还是履行批评职责的文学写作,它们分明是文学文本,特别是杂文和随笔之类,但通常又因其非创作性、非虚构性、非幻想性以及较为直接的社会文化功利性而显示出文学身份的暧昧。偏偏在中国现代文学史上,由于历史的风云变幻和社会的急遽转型,批评本体写作的时代功能和历史地位得到了格外的凸显,包括《新青年》的文学发轫,包括鲁迅主要的文学成就,都突出地体现在批评本体的写作方面。人们意识到这种批评性文字是中国现代文学构成中不可或缺甚至极为重要的部分,但苦于无法从理论上对其进行文学本体的定位,以至于只能在散文文体的特殊类别上论定其功能价值而外,而不能理直气壮地认定此类文字的文学本体意义。

在文学本体论意义上理解此类文字,可以准确地把握其文学特性,并有效地免除其在中国现代文学价值构成中既不容忽略又难以定位的暧昧与尴尬。"只有从艺术作品的本体论出发","文学的艺术特征才能被把握",这是汉斯-格奥尔格·伽达默尔的一个基本判断。① 其实对于包括鲁迅杂文在内的中国现代文学批评本体文本来说也是如此,如果只是从它们外在于文学的思想、理论、资料价值以及有限的文体开拓意义加以评价,即使再突出它们的有用性,也无法准确把握其本体性特征。提出"文学本体"概念的新批评派代表人物兰塞姆认为,文学本体的意义就是避免把文学看成某种意识、意图的"载体",而是展示文学现象固有的本质性的内涵与功能。② 中国现代文学的创缔者认为文学固有的本质性内涵和功能是"对于人生诸问题,加以记录研究"③,"记录"的结果通向表现,"研究"的表达便是批评,文学的本质如此可被简约地概括为表现人生和批评人生。新潮社骨干罗家伦比当时的其他人更清醒地意识到文学之于人生可有"表现"

---

① 汉斯-格奥尔格·伽达默尔:《真理与方法》,上海译文出版社,1992 年,第 210 页。

② 参见约·克·兰塞姆:《批评公司》,戴维·洛奇编:《二十世纪文学评论》(上),上海译文出版社,1987 年。

③ 周作人:《人的文学》,《新青年》第 5 卷第 6 期。

和“批评”之分，他明确提出白话文学是“表现和批评人生的”。[1] 这就是说，批评人生的文学写作与表现人生的文学创作便具有了同样的本体论意义。傅斯年认为“文学原是发达人生的唯一手段”，文学“发达人生”的途径不仅在于“表现人生”，更在于以“新思想”“抬高人生”，[2]后者所言其实就是文学的批评本体。

由此可知，我们所讨论的文学的批评本体远远不是“用文字所表达的对于艺术作品的评论和解释”[3]的文学批评（在前文的论述中，文学批评已被明确地归属于文学的学术本体范畴），也不是指一般文学文本中必然表现出来的人生批评意向和社会批评内容，而是指在亚里士多德所说的“最本真、最本原和最优先的意义上”展示的批评性的文学性能。这种批评很可能采用的不是一般意义上的文学文体，甚至可能不是被人们理解为尚具有“形象性”和“艺术性”的鲁迅式的杂文样式，而可能就是一般的论文，只是文学家、作家撰写的批评性论文而已。作为文学家、作家撰写的社会批评，如果与作为政治家所作的社会批评拉开一定的距离，即不从特定的政治立场、党派立场出发，而是从普遍的人生逻辑和审美理念出发，即使是与文学文体无关的论文，也同样体现了文学本体的意义，同样可以被看作文学性文本。巴赫金甚至从小说分类的角度提出过有一种相对于“社会生活小说”和“社会心理小说”的“社会思想小说”，这种小说“表现了社会伦理理想的某种思想命题，正是从这一命题出发对现实予以批判性的描绘”。[4] 这可以理解为是从小说类型迫近了文学批评本体的界定。可惜巴赫金的思路这时仅仅局限于小说，不能从整体的文学观照中认定文学批评本体的存在，当他分析老托尔斯泰在后期“把自己的世界观表现在文章、政论、思想家箴言集里(《每日一言》)”时，他不知道其实托翁的这些文章、政论和箴言就是批评本体的特殊的文学形态，因而对托尔斯泰作出了“越来越远离文学”的认定。[5]

显然，并不是杰出的理论家都会如此拘谨。关于文学的批评本体的认定至少在萨特那里会得到明确的呈现，这位“存在主义”代表人物兼有“哲学家”与“文学家”的双重气质，他在整个西方哲学界、文学界的巨大影响使得他的后继者德里达拿出了足够的理论勇气来消解了哲学与文学之间的界限，同时将几乎一切文本都看成是“文学”文本。德里达感兴趣的早已是“并非美文学或诗歌”的“文学”，这种“文学”“具有一种‘批评作用’”，说到底就是文学的批评本体。他不无遗憾地指出，“文学的这种批评—政治作用

---

① 罗家伦：《驳胡先骕君的〈中国文学改良论〉》，《新潮》第1卷第5期。

② 傅斯年：《白话文学与心理的改革》，《新潮》第1卷第5期。

③ 维吉尼亚·伍尔芙：《批评的功能》，戴维·洛奇编《二十世纪文学评论》(上)，上海译文出版社，1987年，第141页。

④ 巴赫金：《小说理论》，河北教育出版社，1998年，第19页。

⑤ 巴赫金：《小说理论》，河北教育出版社，1998年，第18页。

在西方一直是很不明确的”,[①]他不知道在现代中国,文学的这种批评—政治作用一直很明确,且很受重视,只是中国的文学研究者没有能像他那样从本体论意义上去认知这样的文学现象和“文学文本”。

当然,在确认文学的批评本体的同时,未必一定要像德里达那样将一切文本都看成文学文本,将文学的批评内涵界定为“能够讲述一切”;文学研究仍应尽可能多地贴近文学,贴近传统意义上的文学现象。但有关文学的如此开阔的批评本体理解确实有助于跳脱既定的文学文体框架的限制,在一种更加自由更加充满可能性的理论平台上分析中国现代文学的批评本体形态。

于此可以对中国现代文学的批评本体传统有着切实而深入的认知。中国现代文学从清末维新运动中承继而来的主要就是以社会批评、政治批评、文明批评和文化批评为本体的“新文体”理念传统,而不是梁启超式的创作实践与文学想象;《新青年》正式开启了中国现代文学的批评本体传统,《新潮》等杂志延其端绪,其所刊载的大量非(传统意义上的)文学文本成了言说中国现代文学难以忽视甚至难以绕开的经典,作为社会政治文化综合杂志的《新青年》因此也就成了文学界最关注和最重视的刊物,它的文学色彩不仅仅体现在《狂人日记》等创作作品的发表和对西方文学的译介上,也不仅仅体现在关于文学革命和文学改良的理论探讨上,也体现在大量的文学家从普遍人生的逻辑和审美理念所作出的社会批评、政治批评、文明批评和文化批评上。这后一方面之于中国现代文学的未来发展期传统意义更加明显。

于此可以超越特定的散文文体归宿去把握鲁迅杂文等文本的特定价值。鲁迅直接参与了中国现代文学批评本体传统的倡导与建构,并以自己大量深到而有力的杂文写作实践、维护和发展着这一传统,由此创造了中国现代文学史上一种辉煌的奇观。但鲁迅杂文内容庞杂,文艺性小品与战斗性论文并重,在传统的文学“创作”意义上很难确切地评估其“艺术价值”,相当多的人认为这些文字甚至算不得文学。只有在批评本体的意义上才能克服散文或杂文文体的拘囿,还鲁迅此类文学写作以恰当、客观、公正的历史评价。

于此可以从一个特别的视角析示中国现代文学运作批评文派众多的现象。从《新青年》和《新潮》开始,充任现代文学运作角色的社团组织和文人派别大多倾向于批评本体,文学研究会的最初定位是创作本体、批评本体和学术本体并重,创造社、现代评论社等开始向批评本体倾斜,而语丝社、莽原社和狂飙社等基本上属于批评本体。有些文学团体如浅草—沉钟社和弥洒社都明确表示拒绝批评。《浅草》季刊表示“不批评现在国内任何人的作品”,“别人批评我们的,也概不理论”,并宣布取消批评栏,[②]可实际上他

---

① 雅克·德里达:《文学行动》,中国社会科学出版社,1998年,第5页。

② 林如稷:《编辑缀话》,《浅草》季刊第1卷第1期。

们至多尽可能地绕开对于作品的批评，尽可能避免对于政治的批评，却无法绕开对于人生的批评。弥洒社一开始也是表示放弃批评的，说是“最好批评的功夫，专让批评家去做”[①]，然而他们的写作也无法真正放弃人生批评。批评本体在中国现代文学传统中的主导作用在左翼文学兴起之时得到了更加有力的发扬，批评本体意识其实从此已经渗入中国现代文学家的深层思维之中，他们早已经不安于一般的“创作”，而养成了发散“批评”能量的习惯，遂致于文学创作也发生了种种复杂的变化。

文学的批评本形态并未能在整个中国现代文化建设的过程中贯彻到底。当文学家被赋予社会、政治、思想、人生的批评职责，并且自觉地承担起这样的时代职责的时候，批评本体的写作才会成为他们的自觉行为，从而构成文学类别中的荦荦大端。然而自上个世纪 30 年代之后，随着社会运作体制化越来越得到加强，社会分工给愈益壮大的文学队伍带来了重大的影响，那就是文学家、作家的身份进一步明确，社会、政治、思想、人生批评的职能发生了历史的逊位，批评本体的写作总体上走向衰微。

中国新文学产生于波澜壮阔的五四新文化运动，而新文化运动与西方文艺复兴的人文主义和中国 20 世纪初期的启蒙思潮相连，这就决定了它的最深刻的特征是带着强烈的批评本体因素。确实，中国现代文学不是以创作开始，而是以批评启动的。人们往往用欧洲浪漫运动的勃兴比喻中国现代文学的产生，其实中国现代文学的最初发轫并非出现欧洲浪漫主义兴起时那种以创作本体作为先导的现象：欧洲浪漫主义的勃兴皆以如雨果的《欧那尼》、施雷格尔的《卢琴德》等具体作品开启先河，随之兴起的所有批评皆围绕着这类创作进行。即使是国语的建立，也与西方由创作本体出发的历史情形不同，乃是由一系列倡导和论争开始的白话文运动，显示着批评本体的特性，诚如沈雁冰当时观察到的那样：“西洋各国国语成立的历史，都是靠着一二位大文学家的著作做了根基，然后慢慢地修补写正，成了一国的国语文字。”而中国的国语文学则需要批评先导的新文学运动。[②] 国语的白话文运动是这样，中国现代文学的总体发生都是如此，乃是以对国家的政治、文化，民族的前途、命运的批评为前导，从而一开始就凸现出批评本体特征，启动着批评本体的文学传统。

或许是由于时代浪潮峻急的播弄更加粗犷地扰乱了艺术的清商，中国现代文学倡导者在新文学的初倡时期，甚至未能像提倡“新民体”的梁启超那样做到创作本体与批评本体兼顾。梁启超从批评本体出发夸大小说的“群治”作用和“新民”力度，在《论小说与群治之关系》一文中认为“小说有不可思议之力支配人道”，故“欲新一国之民，不可不先新一国之小说”，因此身体力行地倡导和创作“政治小说”，使得旨在“新民”的“政治小

---

① 钱江春：《一封叙述弥洒起源的信》，见贾植芳主编《中国现代文学社团流派》(上)，江苏教育出版社，1989 年，第 324 页。

② 沈雁冰：《新文学研究者的责任与努力》，《中国新文学大系》(文学论争集)，上海良友图书印刷公司，1935 年，第 146 页。

说”与他从事政治批评、文明批评的“新文体”相映成趣，相得益彰。在这样的“新民”思想指导下，梁启超否认了缺乏“国家思想”的文学作品的价值：他认为类似于《天雨花》、《笔生花》、《再生缘》这样的作品虽然具有“今日妇女”之思想，可谓“妇女教科书”，“然因无国家思想一要点，则觉处处皆非也”。[①] 这一理念表明，近代启蒙家从“国家”、政治、“群治”等宏大视角确立文学之本，将文学的本体价值功能作了前所未有的夸饰，然后强调宏大思想之于文学表达的决定性意义，虽然他始终没想到以思想批评代替他理想的文学表达。

五四新文学倡导者显然继承了梁启超的文学理念，也不惜以更加夸大的语气论证文学之于社会和国家的意义。陈独秀想通过德先生和赛先生的介绍，“破坏孔教，破坏礼法，破坏国粹，破坏贞节，破坏旧伦理（忠孝节），破坏旧艺术（中国戏），破坏旧宗教（鬼神），破坏旧文学，破坏旧政治（特权人治）”，力图“可以救治中国政治上道德上学术上思想上一切的黑暗”，[②]因而创办并主持了《新青年》杂志，因而积极倡导白话文和新文学。他“承认政治是一种重要的公共生活”，但这种公共生活需要文学的作用，因为“新时代新社会生活进步”需要新的“文学道德”。[③] 傅斯年甚至认定“未来的中华民国的长成，很靠着文学革命的培养”。[④] 不过这里认定的“文学革命”显然不单单是“文学创作”，从他对思想和人生批评的强调中可以看出，他实际上是在批评本体意义上阐述着文学之于未来民国“长成”的巨大的价值功能，与梁启超在创作本体论上强调的“群治”、“新民”说有原则差异。

在现代文明的背景下强调文学的批评本体意义虽然不是自五四时代始，但五四新文化运动和文学革命确实偏重于文学批评本体而相对忽略文学的创作本体，并由此形成了新的传统，无论这样的新传统应能得到怎样的历史和学术的评估。《青年杂志》的“社告”对新文化运动所定的基本策略是，“以平易之文，说高尚之理”[⑤]，所规定的本体作为便是“说理”，明确了批评本位的定位。《新青年》初倡新文学，讨论较为热烈，但这些讨论涉及创作本体的极少，即使偶有涉及，也只是泛泛而谈。文学革命倡导提出之后，有识之士致信《新青年》编者陈独秀，所提议的第一条便是：“《新青年》杂志，既抱鼓吹文学改良之宗旨，则此后本志所登文字，即当就新文学之范围做去。白话诗与白话小说固可登，即白话论文亦当采用。”明显地将白话论文纳入新文学的范围，且其重要性并不下于诗歌和小说等创作本体。陈独秀对此深为赞同，表示诸项提议“均应力谋实

---

① 梁启超等：《小说丛话》，《新小说》第1—2卷。

② 陈独秀：《本志罪案之答辩书》，《新青年》第6卷第1期。

③ 陈独秀：《本志宣言》，《新青年》第7卷第1期。

④ 傅斯年：《白话文学与心理的改革》，《新潮》第1卷第5期。

⑤ 《青年杂志》第1卷第1号。

行”。[①] 无论是胡适的白话诗还是鲁迅的《狂人日记》等小说，其崛现于文坛都明显滞后于各种有关新文学的理论批评，以及包括这些作家自己在内的新文学家的社会文明批评。这样的历史状态其实也正显示出新文学初创时期的批评本体特征。新潮社比《新青年》社更注重文学，其所倡导与文学结合得比较紧，而且对于从批评本体的角度倡导新文学的定位也十分明确。《新潮发刊旨趣书》确认“以批评为精神”，要“与人立异”。[②] 新潮社在进行理论批评和理论倡导的同时，虽已注意提倡新文学的创作，在刊物上发表了一些小说，如叶绍钧的《这也是一个人》、罗家伦的《是爱情还是苦痛》等，但这些作品基本上都是通过简单的人事阐述一个思想和人生的道理，通过生硬的情节和心理述说批判人生的不平和世道的怪诞，其社会人生批评的宗旨完全覆盖了作品的艺术构思，与其算是小说还不如说是批判和控诉的檄文，于是这些作品与其说展示了新文学创作的实绩，还不如说开辟了新文学批评本体性写作的先河。西方新批评派也注意到类似的小说现象，他们提出一种“观点小说（novel of point of view）”概念，说是“作品的活动逐渐与主人公的意识一致”，[③]应该说与作者的意识逐渐一致才对，实际上是作者对社会观察和人生批评的代言体作品。

总之，以超越于文学的视野和气概看待文学，从文学的外部关系思考和表述文学改良的问题，这使得新文学倡导者必定立足于批评本体，相对来说忽略新文学的创作本体建设，甚至以致力于批判的姿态和勇气凌驾于文学和文学创作。这是新文学初创时期批评本体建树卓荦而创作本体一度萎靡的主要原因。

新文学初创时期批评本体的卓荦建树，当然包括自《新青年》为始，以超越于文学的气概破坏孔教、礼法、国粹，破坏旧伦理、旧艺术、旧宗教、旧文学、旧政治的崇论宏议的推出，那些连篇累牍的檄文在那个时代激发起了远远超过梁启超新文体影响的社会反响；当然包括以类似于小说创作的方式建构的批判性文体，那些批判意识远远大于情节叙述和人物塑造的作品，例如上述可以直接接引一连串问号的五四式作品；还应包括《新青年》独创并迅速形成影响的随感录文字，这些短小精悍的批评语体显然是现代杂文之先导，同时又是当年新文学家发挥灵活犀利的批评功能的最便捷的文体。《新青年》从 1918 年 4 月 15 日第 4 卷第 4 期起设立《随感录》栏目，到 1920 年 12 月第 8 卷第 4 期，共发表《随感录》103 则。或许是这样的批评文体最适合鲁迅的发言方式，鲁迅加盟《新青年》之后迅速成了撰写“随感录”的急先锋，先后发表了 26 则，超过了这段时间《新青年》《随感录》栏目总数的四分之一。受《新青年》的影响，《新社会》、《创造日》等都曾辟有《随感录》栏目，郑振铎、张友鸾等分别发表过数则随感录体的批评文字。此外，

---

① 失名：《与陈独秀书》，《新青年》第 3 卷第 3 期。

② 《新潮》第 1 卷第 1 号。

③ 弗雷德里克·詹姆逊：《元批评》，《詹姆逊文集第 2 卷　批评理论和叙事阐释》，中国人民大学出版社，1999 年，第 9 页。

《文学旬刊》在《杂谭》栏目中辟有《什么话》等类似随感录的专题，针对梅光迪等人的言论发表过《复辟派的反动》和《投机派的提倡文言者》等。

这些批评本体的建设工作无疑开辟了中国现代文学的重大传统：将文学外部关系的批判看得比文学内部规律的探索更为重要，将文学性的批评作用理解得比文学的审美营构更为重要。这种批评本体或者说批评本位的新文学传统在其形成过程中具有两个明显的逻辑链接点：一个是思想的强调，一个是人生的关注。

批判旧文学、提倡新文学的人士无不重视思想的力量，这是自梁启超以来启蒙主义者心目中最重要的共同关键词。周无等人在分析旧文学的种种缺陷时曾明确概括，旧文学的最根本的弱质是在它们的“无思想”。胡适提出文学改良的最首要的指标便是要“言之有物”，要有“思想”和“情感”。在《文学改良刍议》中，胡适论述了文学离不开思想的观点，说是“思想不必皆赖文学而传，而文学以有思想而益贵”。① “思想”的重要性不仅在于其能体现文学相当可贵的品质，而且能体现文学固有的价值功能。傅斯年认定“文学革命”可以“培养”中华民国的“长成”，其关键途径就是“以新思想夹在文学里”，从而“把这思想革命运用成功”。② 有这样的认识基础，他们就顺理成章地将“思想革命”置于文学革命的首位，是文学革命成功的关键。包括胡适在内，几乎没有一个人认为不进行思想革命就可以独立进行文学改良。周作人在《思想革命》的专文中梳理过思想革命之于文学革命的关系，认为“文学这事物本合文字与思想两者而成”，“若思想本质不良”，则光有文字的改良没有任何用处；如果不“将旧有的荒缪思想弃去”，“无论用古文或白话文，都说不出好东西来。就是改学了德文或世界语，也未尝不可以拿来做‘黑幕’，讲忠孝节烈，发表他们的荒谬思想”。因此，他认定，“文学革命上，文字改革是第一步，思想改革是第二步，却比第一步更为重要”。③ 鲁迅当时与钱玄同在通信中也讨论过类似的话题，认为“倘若思想照旧”，不加改良，则即使是使用了白话也无益处，因而更加明确地提出，“改良思想，是第一事”。④ 直至近 10 年以后，文学革命的话题早已成为过去，鲁迅对当时的这种思想认识仍颇为自得：“单是文学革新是不够的，因为腐败思想能用古文做，也能用白话做。所以后来就有人提倡思想革新。思想革新的结果，是发生社会革新运动。”⑤

强调思想革新和思想革命的另一个直接的结果，便是新文学界对批评本体传统的开辟与坚持。思想革命需要的是大量的系统的思想文化批评，思想范畴的各种批判和改革，落实在批评文体上要比落实在文学作品上更直接更方便也更有效，因此，当文学

① 《文学改良刍议》，《新青年》第 2 卷第 5 期。
② 傅斯年：《白话文学与心理的改革》，《新潮》第 1 卷第 5 期。
③ 周作人：《思想革命》，《周作人文选》，上海远东出版社，1994 年。
④ 鲁迅：《渡河与引路》，《新青年》第 5 卷第 5 期。
⑤ 鲁迅：《无声的中国》，《鲁迅全集》第 4 卷，人民文学出版社，1981 年，第 13 页。

界将思想革命放在文学革命和新文学建设首要的和最重要的位置进行认知并进行运作的时候，本应处在文学革新观念核心地位的创作本体论在实际把握上自然会退避一时，批评本体论会顺势上升。事实正是如此，在轰轰烈烈的文学革命运动中，各种各样的社会批评、人生批评、思想批评、文化批评热热闹闹，而讨论文学创作问题的文章能有凡几？包括鲁迅《狂人日记》式的开辟，都似乎是在一派沉寂中悄悄进行的，甚至与胡适白话诗甫一出现便引来不少人模仿与讨论的情形都形成了鲜明的对照。重要的是，思想革命的批评本体意识在新文学倡导者头脑中几乎是自明性的，陈独秀创办《新青年》固然是立足于思想界标举批评大旗，胡适、鲁迅等积极投入与甲寅派、学衡派的论争，也是重视将自己置于思想的领域而不仅限于文学的领域，连周作人也以“思想界”中人的姿态发言，开口的语气常常是“我看现在思想界的情形……”①。新文学传统的开创者自觉地认同于思想界的情形，本身就可以说明，新文学传统的思想革命和批评本体现象在所难免。

新文学传统建构中的另一关键词应是“人生”，这同样是新文学批评本体观念的一个重要的逻辑链接点。新文学产生的一些文学观念，一开始体现出理论批评的实验倾向，如胡适的《文学改良刍议》、陈独秀的《文学革命论》等名文，就是这样一种实验性的批评文本。面对强大的中国文化传统，在批评理论上展开实验性的实践，不仅非常必要，而且也顺理成章，这种批评理论的实验目的，就是代表尚在襁褓中的新文学与积重难返的古代文学作抗争，以便使新文学得到时代的和历史的认定。陈独秀在《文学革命论》中指责旧文学“所谓宇宙，所谓人生，所谓社会，举非其构思所及”，正与梁启超等人从宏观视角确认文学之本的思路相通，只是他比梁启超等人的视野更开阔，更宏大，将宇宙和社会、人生列为文学观照的对象。人生的关注将文学表现思想的内涵进一步具体化，可以使新文学从思想批评的宏观视角落实到贴近人生的人的关怀，同时，也便于建设和发展中的新文学从更近切的人生批评角度涉入其本体。于是，人生这一关键词其实是文学革命观念运作中从思想革命走向文学考量的一个中介点，所起的作用仍然是强化新文学的批评功能和批评本体意义。当新文学倡导者明确提出文学为人生，而且要“改造这人生”的重大命题时，新文学传统中的批评本体因素自然会沿着思想革命的路数趋于上升——思想改良和思想批判需要批评本体观念的支撑，人生改造和人生批判当然同样需要批评本体的支撑。

新文学建设初期，周作人提出的“人的文学”的主张，是在胡适、陈独秀等人对旧文学实施了大规模大幅度的否定之后，从正面提出新的规范和标准，是一种更加富有建设性的批评本体思维的展开。“人的文学”成为影响最大的新文学建设理念，甚至到了30年代《中国新文学大系》编撰之日，人们还对“人的文学”的口号的重要性及其影响称赏

---

① 周作人：《思想界的倾向》，《周作人文选》，上海远东出版社，1994年。

不已，胡适称“人的文学”是“一篇最平实伟大的宣言”。[①] 很多人都把这一口号当作新文学立身的标志。

“人的文学”的口号与胡适的文学改良观念问世时间相距并不长，但标志着文学界已经从对旧文学的批判否定开始转向新文学的建设，从批评理论的实验走向批评本体，也就是从文学批评走向批评文学的建构。

“人的文学”口号的关键是将人的尊严、人的价值、人的发展等，视为文学写作和文学批评的首要着眼点和根本归趣点，傅斯年撰文《人生问题发端》，提出“文学原是发达人生的唯一手段”，则是从另一向度揭示了文学与人生的密切关系，这样的关系往往不是通过文学表现的手段，而是通过文学性的批判手段来实现的，于是着重点仍在于批评本体而非创作本体。在“人的文学”概念的阐述中，周作人表示：“用这人道主义为本，对于人生诸问题，加以记录研究的文字，便谓之人的文学。”[②]可以看出这种理念看重的是对人生的批评，并不十分强调文学作品的营构、文学作品的文体构思、文学的审美特性，可见周作人构建的基本上属于批评本体的文学观念。

由上可知，中国现代文学建立在“思想革命”和人生观照的视角之上，这种视角当然可以通过梁启超式的“政治小说”或“时事小说”等文学样态加以展现，更多更直接的方式则是通过各种批评文本的营构。这种批评本体的写作除了明确写作主体的文学家或文化人性质而外，其所批评的对象，所写作的内容以及所采用的写作文体可能与文学都没有什么直接的联系，也同时与文学批评拉开了很大距离。它们的内容或许只是社会、人生、思想、文化的批评，有时甚至只是政治批评。这对于新文学的倡导者和建设者来说似乎游离了自己的本职，然而这正是那个时代的需要，正体现了历史的某种必然要求。在新文学倡导之初的讨论中，先驱者们并非没有充分注意到创作本体的重要性，但实际情形要求他们必须以理论批评为前导，以批评本体为新文学的主导方面。新文学倡导的参与者朱希祖分析说：“文学家的责任，本来不干预政治的，惟对于旧思想旧主义须破坏，新思想新主义须建设，这是他的最大的责任。”[③]要履行这样的责任，要完成这样的使命，就必须以文学者的身份批评社会，批评人生，批评思想与文化，当然也批评政治。

确立了批评本体的新文学理念传统，在很大程度上强化了新文学家的社会责任感和历史使命感，大大提升了新文学家在历史转型时期的社会地位，同时也使得那些纯文学理念，包括为艺术而艺术的叫喊，在中国现代文坛一直没有稳定的立足之地。创造社一度试图奉行和推进“艺术派”的主张，强调文学应“除去一切功利的打算，专求文学的

① 胡适：《导言》，《中国新文学大系》（建设理论集），上海良友图书印刷公司，1935 年。

② 周作人：《人的文学》，《新青年》第 5 卷第 6 期。

③ 朱希祖：《非“折中派的文学”》，《中国新文学大系》（文学论争集），上海良友图书印刷公司，1935 年，第 88 页。

全 Perfection 与美 Beauty”，可一旦想到要融入如火如荼的文学革命运动，便不得不认同文学“对于时代的使命”：“现代的生活，它的样式，它的内容，我们要取严肃的态度，加以精密的观察与公正的批评，对于它的不公的组织因袭的罪恶，我们要加以严厉的声讨。”[①]——顺便也就加入了对文学批评功能的本体价值的确认，同时加入了新文学批评本体的理念传统。

如果说文学研究会在人生批评的意义上以自己的理论和创作，特别是王统照式的和冰心式的人生批评写作，部分地继承和实践了五四新文学的批评本体传统，则创造社便是在思想革命领域间接地继承和拓展了五四新文学的批评本体传统。当《小说月报》等文学性杂志纷纷创刊，文学杂志和文学社团的行业特征已经得到历史性的凸显与强调之后，创造社的《洪水》杂志等依然立足于思想批评，将思想革命与政治批评同文学批评与文学建设紧密结合在一起，并以此迎接中国现代文学批评本体建设的第二次浪潮。这第二次浪潮便是革命文学和左翼文学运动。在这次运动中，革命文学家连同他们的社团和杂志将思想批评、政治批评、文化批评、人生批评纳入文学运作的系统工程之中，他们创办的《文化批判》、《思想月刊》、《太阳月刊》以及左联时期的许多不断变换名称的刊物，都成了以文学家的姿态进行政治、社会、人生、思想、文化和文学批判的综合性阵地，所有的这些乍看起来属于非文学的作为，其实都是批评本体意义上的文学运作。批评的势头重新压过了创作。这似乎重新返回到《新青年》、《新潮》时代，重新恢复了新文化运动时期文化人兼济天下的气魄和胆识，重新接续并振兴了中国新文学的批评本体传统。

毋庸讳言，批评本体的理念传统常常裹挟着时代的偏激，呈现出历史的谬误，对于新文学的创作本体建设无疑会带来负面的影响，甚至会影响中国现代文学创作的总体成就，但它毕竟呼应了中国现代文化建设的时代要求，凸显了中国现代文学发展的历史特征，并且从更广泛的意义上重新厘定了中国现代文学的概念，使得我们所论述到的文学比任何语境下的文学都显得更加宽泛，也更加富有现代中国的时代气息。

以卓越的写作实践弘扬中国现代文学的批评本体传统并体现其辉煌实绩的，是语丝社这个重要社团和鲁迅这个杰出作家，他们的文学实践，主要是以杂文为文体形式的文学耕耘，是现代文学家以文学手段进行社会批评和文明批评的最直接、最锐利同时也最富有时代气息的历史运作，其相关的作品同时具有思想批评成果和文学写作成果的性质，其所营造的批评本体的文学风尚或许会成为中国现代文学历史过程和未来发展中最为特别的一道风景。

当确立了现代文学批评本体的观察视角之后，语丝社作为文学社团的地位就得到了合理的、充分的凸现。这是一个在文学上没有特别的主张，在创作上缺少开拓性作为

① 成仿吾：《新文学之使命》，《创造周报》第 2 号。

的文学社团，虽然它开辟了被誉为“语丝文体”的散文风格，虽然它包含着鲁迅、周作人等文学大家的辛勤的努力，但从创作本体的角度它所能获得的文学史评价显然与它的实际地位并不相称。于是人们在文学史叙述中总不会忘记语丝社，它在20年代社团运作的历史现象中几乎是一个无法绕过的存在；但同时人们无法给予它非常准确的定位，从文学创作和文学运动等方面都无法解释它实际具有的文学史地位何以会如此之高。批评本体的视角解开了这样一个文学史之谜。像语丝社这样在文学运动和文学创作上都没有突出的表现，但在批评一途却有着锐意开拓和丰富积累的文学社团，就是中国现代文学批评本体意义上的中流砥柱，体现着中国现代文学史学术结构中不可或缺的一种格局。

所谓语丝文体，其实也不是创作本体意义上的开拓成果——那种杂文风格岂是语丝时代才开始有的？按照语丝社同人当时对语丝文体的解释，乃是“随便说话”，“说什么都是随意，唯一的条件是大胆与诚意”，①也即鲁迅后来概括的“任意而谈，无所顾忌②”。其实这里所说的与其是语丝文体不如说是语丝文章的风格（虽然文体与风格在英文表述上似乎可以相通），这种风格便显示着批评本体的鲜明特性。

人们注意到语丝社是对新潮社的一种继承。从人员上来说，语丝社与新潮社关系确实密切：钱玄同、周氏兄弟、孙伏园等人，都是新潮社的骨干；从地点看，语丝社成立时干脆以新潮社作为自己活动的地点。当然，最重要的一点是，语丝社直接继承了新潮社的批评本体传统，并立意将其发扬光大。

语丝社是中国现代文学史上第一个以批评为文学本体的文学社团。周作人在《发刊词》中这样为《语丝》定位：“周刊上的文字大抵以简短的感想和批评为主，但也兼采文艺创作以及关于文学美术和一般思想的介绍与研究，在得到学者的援助时也要发表学术上的重要论文。”③这是对于《语丝》周刊的完整的编辑规范表述，传达了两个重要信息：一是《语丝》的基本定位是批评本体，二是《语丝》不会办成单一化的批评本体刊物，而会兼容创作本体乃至学术本体的内容。当然，语丝社同人倾注的热忱则主要集中在批评本体上，创作本体是“兼采”的对象，学术本体更是招引别人“援助”的一个有限的预留空间。

语丝社不宣传什么主义，“个人的思想尽自不同”，达成的共识则是“提倡自由思想，独立判断，和美的生活”，④是在批评本体的框架内获得了统一。在《语丝》上发表的文字主要是杂感和随笔，孙伏园提出“语丝的文体”的概念，⑤立即在同人间引起强烈的反

---

① 周作人：《答伏园论“语丝的文体”》，《语丝》第54期。
② 鲁迅：《我和〈语丝〉的始终》，《鲁迅全集》第4卷，人民文学出版社，1981年，第167页。
③ 《语丝》第1期。
④ 《发刊词》，《语丝》第1期。
⑤ 孙伏园：《语丝的文体》，《语丝》第52期。

响，周作人、林语堂等都分别撰文予以确认和阐解。其实，这都是他们自觉地意识到《语丝》以批评为本体的总体特征后，试图对这一特征作出概括的一种尝试。正如前文所说，《语丝》刊载的杂感、随笔与以前的杂志以及同时代其他杂志的类似文章没有多少差别，“语丝的文体”概念的提出其意义就在于表明他们对于批评本体的自觉。作为语丝社的成员和组织者，孙伏园等人意识到批评是文学的一种形式，批评就是一种文学，或者说经过他们的有意识的努力，批评开始成为一种自觉的文学文体。

对于批评文体，鲁迅不仅得心应手，而且可以说情有独钟。在《新青年》时代他就是“随感录”的圣手，此后各个历史阶段，他会时或变换某些文体的写作兴趣，但从没有怠慢了杂感和随笔的写作。鲁迅对于小品文之于新文学史上的地位，有过这样的断语：五四运动以后，“散文小品的成功，几乎在小说戏曲和诗歌之上”①。这是一种实情，也是一种对散文小品偏爱的表达，这种偏爱显然出于鲁迅对于批评本体的认同。

鲁迅对批评本体和小品文体的认同，还生动地体现在对莽原社的组织上。这一社团的组织可以表明鲁迅对语丝社的批评本体建设仍觉不够痛快，因为正是在语丝社走向红火的时候，鲁迅团结了一拨青年文学者组成此莽原社，所阐述的办刊宗旨尤与语丝社相近：“其内容大概是思想及文艺之类”，“总期率性而言，凭心立论”。②仍然完全是以文明批评和社会批评为主导，是鲁迅率领一批文学青年向新文学的批评本体、与语丝并肩进发的一个社团。鲁迅借莽原社希望青年人参与到新文学的批评本体的建设之中，表明他对批评本体建设的希望之殷切。他表示：“我早就很希望中国的青年站出来，对于中国的社会，文明，都毫无忌惮地加以批评，因此曾编印《莽原周刊》，作为发言之地。”③他觉得中国新文学领域最需要且也最缺乏的便是批评本体的建设，说是“中国现今文坛(?)的状况，实在不佳，但究竟做诗及小说者尚有人。最缺少的是‘文明批评’和‘社会批评’”，鲁迅说这是“我之以《莽原》起哄”的原因，“大半也就为了想由此引起些新的这一种批评者来，……继续撕去旧社会的假面”。④

《莽原》中也刊有小说和诗歌之类的创作，但在鲁迅看来，这些都不体现他办《莽原》的真精神，他的精神就是要对中国的社会、文明作毫无忌惮的批评。于是他不无焦虑地谈到《莽原》来稿情况的不理想：“我所要多登的是议论，而寄来的偏多小说，诗。”⑤也正由于这一原因，他通过莽原社对向培良、高长虹等青年作家的批评文字都给予了热情的关怀和热切的支持。这种主导倾向使莽原社呈现的是与语丝差不多的批评本体的倾向。向培良虽是写戏剧、小说的作家，但在莽原社时期的主要贡献却是杂文集《槟榔

① 鲁迅：《小品文的危机》，《鲁迅全集》第4卷，人民文学出版社，1981年，第576页。

② 《〈莽原〉出版预告》，《鲁迅全集》第8卷，人民文学出版社，1981年，第424页。

③ 鲁迅：《华盖集·题记》，《鲁迅全集》第3卷，人民文学出版社，1981年，第4页。

④ 《两地书》(17)，《鲁迅全集》第11卷，人民文学出版社，1981年，第63页。

⑤ 《两地书》(34)，《鲁迅全集》第11卷，人民文学出版社，1981年，第100页。

集》,高长虹的《心的探险》也是杂文和散文的结集。这批莽原青年与鲁迅共同实践着批评本体的建构。

从鲁迅阵营中反了出去的文学社团狂飙社,依然坚持批评本体。高长虹等人仍然延续莽原社的批评本体的价值倾向,甚至将批评的矛头指向新文化阵营内部,包括"新青年时期的思想",包括鲁迅、周作人、胡适、郭沫若,[①]也许是由于脱离了鲁迅权威的笼罩,他们更为偏激的态度得到了无所顾忌的发挥。这实际上是在批评本体意义上走向极端了。"狂飙"其名,以及高长虹等以中国的查拉图司屈拉式的"超人"为标榜的作派,也表明他们在批评本体意义上走得太远。与莽原社相比,狂飙社也并不是光剩下偏激,它在批评本体的建设意义上仍有自己的贡献,特别是对于用科学作前导的倡言。他们不再满足于一般的思想批判,主张建立科学的权威,引导自己的批评。《狂飙周刊》的发刊词说,"我们的重要的工作在建设科学艺术,在用科学批评思想。因为目前不得已的缘故,我们次要的工作在用新的思想批评旧的思想"。[②] 尽管他们并不清楚所说的科学是指什么,是否与五四时代的赛先生是一回事,但他们能够设想以科学批评思想,而不是简单地用新思想批评旧思想,这就是对批评本体建设的一种思想贡献了。其实,如果高长虹他们真能像他们所标榜的这样以科学来批评鲁迅、周作人等先驱者的思想,而不是用自己那过于"新"的"超人"式思想和态度进行这样的批评,他们这个团体的批评价值要比现在所看到的大得多。但他们没有能用一定的科学思想去批评,而是以"超人"式的"新"思想和偏激态度对待鲁迅、《新青年》,就必然导致他们的不可收拾的偏激甚至狂妄。

中国现代文学的批评本体的传统,通过语丝、莽原这两个团体的弘扬光大,通过狂飙社以及偏激的创造社、太阳社等的过度运作而一度走向极端,再联系到30年代"鲁迅风"等杂文文派的建树,可以看出它们的批评运作形成了中国现代文学批评本体的重要板块。鲁迅则始终处在这个板块的中心位置。即连反对杂文的人也承认这一点。《中央日报》1933年10月31日《中央公园》栏刊载署名洲的文章,题为《杂感》,文中说道:"目下中国杂感家之多,远胜于昔,大概此亦鲁迅先生一人之功也。中国杂感家老牌,自然要推鲁迅。他的师爷笔法,冷辣辣的,有他人所不及的地方。《热风》,《华盖集》,《华盖续集》,去年则还出了什么三心二心之类。照他最近一年来'干'的成绩而言大概五心六心也是不免的。鲁迅先生久无创作出版了,除了译一些俄国黑面包之外,其余便是写杂感文章了。"

这种充满偏见的文字从反面证明了鲁迅在中国现代文学批评本体意义上的中流砥柱地位。其中既包含着对杂文的无知的攻击,也包含着对鲁迅创作的误解。实际上,鲁

① 《狂飙周刊的开始》,《狂飙周刊》第1期。
② 《狂飙周刊的开始》,《狂飙周刊》第1期。

迅即使在进入创作本体的道路以后，其文学体现出来的真正的精神，也就是对人生的各种问题加以研究，就是一种批评本体的传统。鲁迅一直倡导精神界之战士的风范，吁求人生批评、社会批评的勇气和精神。这种批评本体观不仅体现在他早期的杂感当中，他的大多数小说从另一意义上说，就是社会批评、文明批评和文化批评的批判文本。有人曾为鲁迅所谓"创作的中断"扼腕叹息，这完全是从创作本体出发误解了鲁迅的批评本体传统。鲁迅从来就处于批评本体的新文学传统之中，他的小说也充满着对于社会人生的批评，在现代小说中属于最贴近批评本体而不是实践创作本体的那一类。从批评本体方面而言，鲁迅的"创作"一直并未中断，他的创作就是履行一个人生批评家和社会历史批评家的职能，在履行这一职能时他是自由的，可以启用包括小说在内的任何一种文体，也可以放弃小说这样的文体而一心一意地写作杂感。

从批评本体阅读鲁迅的小说应当与从创作本体阅读有不同的感受，有不同的解释，当这不同的解释出现时，相信从批评本体角度出发的解释更符合鲁迅作品的实际，因为他的创作立意就在于社会批评和文明批评。在这一论题上《故事新编》更值得研究。当人们将鲁迅的这一系列小说作品定位为历史小说时，立即会因作品中包含的随意的成分、"油滑"的构思和漫画式的描写而深感为难。克服这一难题的方式不外乎两点：一是否定鲁迅创作的严肃性，指责鲁迅对历史的"真实性"作过于随意的处置；二是大肆赞美鲁迅对于运用历史题材的大胆开拓，认定鲁迅在与现实紧密结合的意义上处理历史人物和历史事件，属于历史小说创作的伟大创举。王瑶等还从审美、幽默等美学命题上对鲁迅的"油滑"进行过细致的学术分析。其实上述对《故事新编》的否定固然属于偏颇之论，即对于《故事新编》作为历史小说的创造性的肯定，又何尝切中肯綮！关键是有关这些作品的学术定位出了问题。鲁迅写作《故事新编》中的小说时，他哪里是在关注"历史"？甚至他就没有十分在意他是在写"小说"；他所从事的不过是批评本体的工作，通过"历史"描述进行的是一种社会批评、文明批评，从这个意义上说，他是在用历史小说的方式写杂文，他是在"随意"使用材料并将之引入他的批评本体。鲁迅甚至并不认为《故事新编》是"创作"，他知道"油滑是创作的大敌"，然而他使用起"油滑"来并不顾忌很多。鲁迅明确说《故事新编》中"还是速写居多"，"不足称为'文学概论'之所谓小说"，[①]并不全是自谦之词，因为鲁迅完全可以轻蔑地讲论那些个"文学概论"；鲁迅想证明的还是，这些小说不属于人们一般意义上的创作本体而只是批评本体的文本。

从文学的批评本体的角度来解读《故事新编》，会使我们很自然地免除对于鲁迅"历史小说"创作方法定位的尴尬。当年成仿吾对鲁迅小说评价的尴尬就在于，他没有从最切合鲁迅的批评本体去评价鲁迅的《呐喊》，而只是从创造社的"自我表现"创作本体观来分析鲁迅的小说，这是一种严重的本体错位。面对这样的错位，鲁迅一定认为这属于

---

① 鲁迅：《故事新编·序言》，《鲁迅全集》第2卷，人民文学出版社，1981年，第342页。

不伦不类之论，他本可以不屑置辩，但还是不能容忍成仿吾对《不周山》的赞赏，[①]于是在新版《呐喊》中依然抽去了这一篇。当然，鲁迅从《呐喊》中抽去这一篇是否完全出于对成仿吾评论的反感，还可以研究，因为1930年新编《呐喊》时，鲁迅显然早已有了撰写和编著《故事新编》的计划，他自述道，1926年秋天就开始"拾取古代的传说之类，预备足成八则《故事新编》"，[②]数年后重编《呐喊》，预留《不周山》作为《故事新编》篇目似也是很自然的做法，何况改题为《补天》的《不周山》确实是这"八则《故事新编》"中不可缺少的一则。不过，成仿吾从创作本体的角度作出的批评确实使处于批评本体思维中的鲁迅"不能心服"。

最典型地体现鲁迅批评本体思维的当然是他情有独钟且著述宏富的杂文写作。鲁迅是现代中国杂文写作成就最大，同时对杂文文体最有信心，对杂文功能性质认识也最清楚且为杂文辩护最力的作家，他的一系列关于杂文的论述以及相应的写作实践，无异于为中国现代文学批评本体运作提供了有力的科学论证。

鲁迅虽然没有明确提出区分创作与批评两种本体性的文学，但他的许多论述包含了这样的思想意蕴。在为《中国新文学大系·小说二集》写导言时，鲁迅先将《新青年》放在文学范围内加以认知："凡是关心现代中国文学的人，谁都知道《新青年》是提倡'文学改良'，后来更进一步而号召'文学革命'的发难者。"接着又认定"《新青年》其实是一个论议的刊物，所以创作并不怎样著重"，从而将文学性的批评放在与创作相对的意义上，实际上给予批评以文学本体的地位。在《准风越谈·后记》中，鲁迅承认"文人的确穷的多，自从迫压言论和创作以来，有些作者也的确更没有饭吃了"[③]，把言论者与创作者放在相对的意义上，且都标明为"作者"，显然是在观念上确认了，言论者虽与创作者不一样，但他们同具有文学作家的身份。这里的言论者就是批评者，是像鲁迅这样的杂文家，关于其从事的批评，鲁迅再次明确指出，是"批评些社会的现象"，还有文坛的情形。这样将批评（显然不是狭义的文学批评）与创作从本体意义上进行区分的思想一直延续到鲁迅思想的最后阶段，在临终前由别人记录的一篇文章中，他指出，抗日文学"提口号，发空论，都十分容易办。但在批评上应用，在创作上实现，就有问题了。批评与创作都是实际工作"[④]，这里的批评也显然不是狭义的文学批评，而是批评本体意义上的包括社会批评和文明批评在内的广义的批评。

鲁迅对杂文所承担的社会批评和文明批评的批评本体价值认识得非常清楚，认为虽然杂文与一般的创作并不一样，但其价值不一定比创作低。当有好心的人劝告他不要做这么多杂文时，他回答道：他"也并非不知道创作之可贵"，"然而要做这样的东西的

① 详见成仿吾：《〈呐喊〉的评论》，《创造季刊》第2卷第2期。

② 鲁迅：《故事新编·序言》，《鲁迅全集》第2卷，人民文学出版社，1981年，第342页。

③ 《鲁迅全集》第5卷，人民文学出版社，1981年，第384页。

④ 《论现在我们的文学运动》，《鲁迅全集》第6卷，人民文学出版社，1981年，第591页。

时候，恐怕也还要做这样的东西”[①]，为什么呢？因为鲁迅清楚在社会批评和文明批评方面“现在是多么切迫的时候”，“作者的任务，是在对于有害的事物，立刻给以反响或抗争，是感应的神经，是攻守的手足。潜心于他的鸿篇巨制，为未来的文化设想，固然是很好的，但为现在抗争，却也正是为现在和未来的战斗的作者，因为失掉了现在，也就没有了未来”。[②] 这就是说，批评本体显然要比创作本体更为社会时代需要。因此，鲁迅凛然地宣布：“小品文的生存，也只仗着挣扎和战斗的。”“生存的小品文，必须是匕首，是投枪，能和读者一同杀出一条生存的血路的东西；但自然，它也能给人愉快和休息，然而这并不是‘小摆设’，更不是抚慰和麻痹，它给人的愉快和休息是休养，是劳作和战斗之前的准备。”[③]

一方面，从杂文在批评本体意义上的如此重要的社会价值和时代功能出发，鲁迅对那种将杂文视为非文学和非艺术品类的观点嗤之以鼻：“我以为如果艺术之宫里有这么麻烦的禁令，倒不如不进去。”可另一方面，鲁迅还是愿意从文学和艺术意义上确认杂文的品性。他印象中的杂文写作不仅仅是社会和文明批评，还充满着作者的自我体验和情感激发，有如“站在沙漠上，看看飞沙走石，乐则大笑，悲则大叫，愤则大骂，即使被沙砾打得遍身粗糙，头破血流，而时时抚摩自己的凝血，觉得若有花纹，也未必不及跟着中国的文士们去陪莎士比亚吃黄油面包之有趣”[④]。他强调小品文必须“能给人愉快和休息”，同样是从文学的功能品性上提出的要求。在给徐懋庸《打杂集》所作的序言中，鲁迅对杂文的艺术性和文学功能提出了这样的要求：“生动，泼剌，有益，而且也能移人情。”这确实是很高水平的批评文体，具备这种水平的杂文，鲁迅断言，“我却恐怕要侵入高尚的文学楼台去的”[⑤]。

在四面八方轻蔑杂文、攻击杂文的时候，鲁迅坚定地写作一批又一批杂文作品，甚至就此放下了各种“创作”的念头；同时他论述杂文应有的品质，为杂文的社会和时代功能辩护，更为杂文在文学领域的合法性呼吁。他的杂文写作实践为中国现代文学的批评本体提供了无数经典文本，他的辩护和呼吁则在理论上明晰了杂文在批评本体意义上的文学身份，连同他组织文学社团从事社会批评和文明批评的艰辛努力，他所有的这些作为都是中国现代文学批评本体最辉煌、最有成效的运作。

综上所述，中国现代文学从一开始就确立了批评本体传统，这非常适合于中国现代文化的基本情形。中国的新文化以西方文化为背景，在中国古老文化的空气、土壤中，显示出来的都是异质文化的艰难。中国文化这个古老的机体具有很强的排异性，新兴

---

① 鲁迅：《华盖集·题记》，《鲁迅全集》第 3 卷，人民文学出版社，1981 年，第 4 页。
② 鲁迅：《且介亭杂文·序言》，《鲁迅全集》第 6 卷，人民文学出版社，1981 年，第 1 页。
③ 鲁迅：《小品文的危机》，《鲁迅全集》第 4 卷，人民文学出版社，1981 年，第 574－577 页。
④ 鲁迅：《华盖集·题记》，《鲁迅全集》第 3 卷，人民文学出版社，1981 年，第 4 页。
⑤ 《徐懋庸作〈打杂集〉序》，《鲁迅全集》第 6 卷，人民文学出版社，1981 年，第 291－292 页。

文化每进一步，都会遭到传统的抵抗，也就是说，新文化的每一步推进都会充满论争。这就需要新文化倡导者和新文学建设者确立批评本体意识，也从客观上决定了中国现代文学作家在批评本体的意义上将会有突出的建树。

中国现代文学批评本体传统的强势发展，使得创作本体的发展和完善受到影响，致使中国现代文学创作的经典性成果积累不是很令人满意。当然，创作成就所受到的影响是多方面的，比如说政治形势的影响等等，而批评本体传统的比较发达对于创作本体构成了明显的抑制，特定时期的这种抑制对于创作本体的负面影响能够达到非常深刻的程度。中国现代文学的创作本体，应是以现代的中国语言，借助于西方的现代理念，来审美地并富有创造性地表现中国人的现代经验。在这一点上，我们的创作远远不够，创作中往往是包含的批评理念太多，许多创作往往热衷于消化西方观念，而不是致力于将现代中国人的经验、情感方式发送到世界文化中去。中国 20 世纪的经验应该引起世界的关注，但在现代中国文学的表现中缺乏相当的创造性和力度，因而没有多少作品为世界所瞩目。这一重要的遗憾是对中国在现代文学批评本体意义上的巨大收获的一种偿付。伟大的文学家如鲁迅等孜孜以求的是在批评本体上的历史性建树，这无论如何都会对中国现代文学创作本体的发展与繁荣造成影响。许多现代作家由于受批评本体的影响较大，不是把创作的经典化视为文学贡献的本质，不是以体现中国人的现代情感和经验为价值基点，而是倒过来，思路集中在如何把西方理念贯彻到中国社会和文明的批评中去。这样的历史发展格局自然不利于中国现代文学走向世界。这是现代中国文学历史的深刻教训。

所以，应该重新认识文学评论，重新建构文学评论的文体品格，重新恢复文学评论应有的尊严和魅力。

在强调文学的诗性批评或文学批评文体的灵性的同时，也不宜形成独尊此体、罢黜别家的专制型思维。文学批评是自由的，文学批评的文体也应相应地自由，至少关于文学批评文体的认知应有充分的自由。当我们带着某种向往的神色谈论文学的诗性批评之际，也应考虑到这样的声音，例如巴赫金的观点："要克服艺术研究领域中方法论上纷呈的歧说，不能走创造新方法的路子，即再加一种独特的利用艺术事实性的方法，参与到多种方法的共同斗争中去，而应该在人类文化的整体中通过系统哲学来论证艺术事实及艺术的特殊性。"[①] 充分考虑到各种批评文体的特殊性，才能充分尊重批评文体的多样性。

① 巴赫金：《巴赫金全集》(1)，河北教育出版社，1998 年，第 308 页。

第五编

中国现当代文学学术论文的写作与操作

第十八章
学术论文的选题

学术论文的选题是对研究对象所包含问题的一种设问与选择，是对研究对象进行问题提取，以及对学术论证方法、思路进行选择的最原初形态。懂得问题意识，就懂得了选题。中国现代文学研究者在进行选题时应先了解学术选题的禁忌：写作者要防止出现伪问题现象，这种伪问题现象包括把常识性结论当成问题，也包括把已被其他学者解决的问题当成有待解决的问题；还要防止选择不良导向性问题，避免挖掘无意义的个人隐私以及缺乏善意的偏见预设；不合时宜、不合地宜的选题都要尽量避免。学术选题本身有许多层次，最高层次的选题是攻克似乎难以解决的学术难题。此外，优秀的学术选题应有某种破解密码的力度，写作者选题时应注意克服纠正习惯性错误，要重视选题本身包含的理论质地。一篇学术论文真正实现从微观向宏观的突破很难，但学术选题要体现这种意识，写作者要有理论突破的雄心与魄力。选题十分重要，因为它不但体现作者的学识功底，也在学术可持续性发展、研究风格等方面对作者产生深远影响，而且还可以作出不同于论文正文的独立的学术贡献。具体选题时，写作者应重视并抓住可能出现的拥有新材料、特定理论视角、特殊人生经历等优势，同时要注意回避热点话题、时髦话题，注意选题的适当性原则；论文题目应本着实诚的精度，具有合理的设计感，体现写作者对读者的尊重。

一、学术论文选题的几个问题

一个选题的好差在于它是不是从研究对象中生成相应的问题意识。在对选题问题具体进行提取与解决时，写作者要防止下面几种现象：

一个是伪问题现象。所谓伪问题现象，即指从一篇学术论文的选题及文中围绕选题展开的论证来看，写作者确实提出了问题，可是这个问题也许对作者自己成立，但对其他学者而言并不成立，或者说论文中的“问题”换个视角来看根本不是一个问题。这种伪问题现象在学术研究具体操作之中大面积存在，比如中国现当代文学领域的伪问题现象就很不少。就选题环节而言，一位作者撰写学术论文，并不是有问题就满足条件，写作者必须同时保证这个问题不是伪问题。伪问题的表现有很多，比如很多伪问题表现为把常识性的结论当作需要研究说明、需要加以论述的问题，这是十分常见的伪问题类型。

也许可能举出反例：其他学科经常存在把常识性结论当作一个课题，然后去加以研究的现象。这里的关键点在于，其他学科与文学研究、语言学研究有非常大的不同，文学、语言学的研究对象整体来说是在社会人文发展当中由人的创造力和人对于创造的理解力所产生的文化现象，这种文化现象在产生时，在我们意识到它存在时，就已经隐含其存在的合理性及其产生发展的某种隐形规律，也即当我们开始认知这些文化现象时，我们实际上就已知道其生成产生的原因，比如：研究者知道五四新文学当中存在着现实主义热潮，文学研究会和鲁迅还有新潮社，他们都非常重视现实主义，于是，当研究者作出这样一种基础性知识认知时，当研究者开始关注这一现象时，研究者就已经有能力理解这一现象的成因。这里确实存在着类似“我们只能认识我们理解的对象”的情况。五四时期很多人都关注现实，都要解决现实问题，而关注现实解决现实问题的这种文学思维方法，就是现实主义的。这也就意味着，当研究者了解了历史的真实性，同时也就基本理解了历史的某种必然性。因此，将五四新文学归结为现实主义，就不是一个真正的学术问题，因为它是一种常识性的认识。如果一位学术论文写作者还是把五四新文学为什么以现实主义为主导作为一个学术问题加以郑重论述，那么不太可能作出很好的学术贡献。这就是中国新文学研究选题的角度问题。

在自然科学的一些课题里面，隐含着一些表面上看起来是常识性的问题，但实际上追溯这些常识性问题的所以然，就成为非常重要的选题。比如像“哥德巴赫猜想”以及数学几何当中的“四色定理”，它们解决的都是非常简单的算术现象问题、常识现象问题，但对于造成这种常识认知的内在逻辑，则属于非常深奥的研究范畴甚至学术难题。对于中国现当代文学研究而言，将一个常识性的现象当成问题来研究，就可能带有伪问题的意味，只有是追问造成这种现象的内在逻辑和社会发展机制，才是真正有价值的学术选题。

另外一种伪问题现象是：已经被解决的问题，被写作者选择并研究。在文学研究特别是在中国现当代文学研究领域，存在不少重复研究。客观而言，如果一位研究者的“重复”研究与之前成果存在一种学术递进关系，这种意义的重复研究是必要的，有意义的，但是有大量论文将别人已经解决了的问题主观地当作一个尚未被解释的新问题来加以研究，这些论文也提出了问题，可那是伪问题。如果这种论文的写作者是由于学术无知，由于未认真作前人学术成果梳理，这属于学风问题；但如果这种论文的写作者是出于一种故意或恶意的动机，那么这将牵涉学术道德问题。面对前人已经研究的问题，只有当写作者本着学术递进的动力，发现能够实现更精进、更深入的研究时，亦即意味着写作者有新角度、新观点生成时，才可以将其作为论文选题重新提出，而且，在论文撰写时，写作者必须客观如实地将此前的学术研究状况予以展示。

学术选题要防止的第二个倾向是选择不良导向性问题。学术研究具有某种导向性，但有些不应该的学术论文会存在一种不良导向性，比如无意义地挖掘他人隐私。文学家、作家都有私人生活，有些隐私方面的信息对理解其文学创作有帮助，对文学理论的研究阐述可能也有意义，但有些是没有意义的。一篇论文如果致力于发掘没有研究意义的生活隐私，其文章体现的就是一种不良导向性。这一点应被特别注意，因为整个社会正在向现代文明迈进，我们在强调社会伦理、文化伦理的同时，也要强调学术伦理。挖掘文学家生活隐私，因为没有触犯法律，客观来说是被允许的，但对于年轻学者，对作家隐私不应有太多嗜好，不可以让这种不良导向性选题过多吸引自己的注意力，耗费不必要的学术资源，因为这里有一个边界问题。也许有人会说还未进行研究，无法判断那些隐私与文学研究有无联系，事实上，正因如此，所以如果写作者有足够的学术资源，应该有分寸地展开研究，而不是把它作为自己的主导性学术选择。

不良导向性问题还体现为一种偏见性设问，即一种不是出于学术善意，而是出于批判和否定目的的文化偏见，写作者带着偏见去发现问题，提出问题，论证问题。这种选题现在比较少，在讲阶级斗争、讲文学论争的年代，在对立双方或多方互相论争的时候，这种偏见性选题很多。写作者首先进行观点立场预设，在研究对象里边刻意设计有利于自己立场的问题。这种选题乍一看可能十分新颖，但实际上不是善意的问题。比如：丁玲在30年代曾创作《莎菲女士的日记》，在左翼文学框架里书写小资产阶级人物的孤独彷徨、对个性的强烈追求以及个我反抗意识。40年代在延安时期，丁玲创作了不被当时解放区革命文坛认可的作品，如《在医院中》、《我在霞村的时候》等，这些作品都突出了小资产阶级的情调，与工农兵组成的解放区文化格格不入，这种隔阂及冲突导致丁玲在解放区受到批判。后来，到了50年代再批判运动，一些人对于丁玲历史上的问题又重新搬出来进行再批判，其中就有人写过一篇批判文章叫《莎菲女士在延安》。就提出的问题而言，这篇文章非常有新意，很有吸引力，对于丁玲这样的作家把她30年代的个人主义、40年代的小资产阶级情调联系在一起，进行历史的清算，这可是切中要害。但从学术角度来看，选题背后的批判预设不是学术研究应有的态度，先偏见性地假定罪名——小资产阶级、思想情调有问题、与革命格格不入，然后再把丁玲笔下两个不相关的历史人物，40年代《在医院中》中的陆萍与30年代的莎菲女士勾连起来，这个勾连很新颖但是没有多少道理。30年代的莎菲带着一种个性解放，甚至于通向性解放的梦想来跟男性社会、城市文明进行抗争，发出自己的声音。批判者把她与《在医院中》的一个投身革命的小知识分子，一个有自己梦想和抱负、希望投入革命事业的进步青年混为一谈，这对被批判者是不公正的。这样的问题设计是一种偏见性的设计，应该引以为戒。

但在政治批判或者派系间文学论争时，写作者往往无意考虑这些，源自偏见性假设的问题往往导致不顾事实，包括鲁迅当年也写过这类文章。在那场关于革命文学的论争中，创造社、太阳社跟鲁迅产生了尖锐的冲突。鲁迅在回击创造社、太阳社时，也经常采用偏见性的问题设计，当然，鲁迅并不是在写学术论文，他当年的背景是进行战斗，作为一个战士面对许多敌人，拿着匕首和投枪，与围攻他的人展开肉搏，所以他常常用战斗的方式写文章进行论争、批判。比如，鲁迅在《现今的新文学的概观》这篇讲演稿中讽刺创造社，尤其是讽刺郭沫若的革命文学，文中写道：

> 郭沫若的《一只手》是很有人推为佳作的，但内容说一个革命者革命之后失了一只手，所余的一只还能和爱人握手的事，却未免"失"得太巧。五体，四肢之中，倘要失去其一，实在还不如一只手；一条腿就不便，头自然更不行了。只准备失去一只手，是能减少战斗的勇往之气的；我想，革命者所不惜牺牲的，一定不只这一点。《一只手》也还是穷秀才落难，后来终于中状元，谐花烛的老调。①

郭沫若1927年创作的《一只手》写的是：在一个名叫尼尔更达的小岛上，一位名叫孛罗的十五岁工厂苦工被机器轧断了一只手，面对管理人以及资本家的冷酷无情，工人们发生大暴动反抗压迫剥削，和爱情、恋爱、爱人没关系。应该说，鲁迅没读过这个小说，但是他根据一种偏见对文章进行十分主观的解读，并以此来讽刺革命加恋爱。鲁迅在这里提出了问题，关于革命加恋爱那种简单的机械拼合的问题，但是这种问题设计不符合文学事实，鲁迅这里偏见性的设问，当然不是学术研究，鲁迅有自己特殊的历史语境，在这里更多地是论战中向对方公然展示蔑视，甚至对论争另一方创作的公然拒绝，不牵涉学风问题，学术研究如果这样设定问题，那是非常不应该的。

学术选题的另外一种禁忌是要防止不适当的问题，要小心违反学术论题设计的适当性原则，比如不合时宜。假如有一种政治气候不鼓励学术研究进行某方面的选题，而一个论文写作者偏要去做，这就是不合时宜。这不仅是政治问题，也是学术问题，是学术上不适当的问题选择。不合时宜是写作者在学术逻辑上不符合学术论题倡导的适当性原则，容易吃亏。这也是学术选题当中的一个禁忌。学术选题要符合适当性原则，不能绝对化地把学术选题理解为"学术无禁地"，学术有其自身有限性。身处现实文化秩序、文化格局之中，大部分问题写作者都可做研究，但是有些不可以。不光特定的时期，任何历史时代都是这样的，都存在不合时宜、不适合进行研究的选题。学术选题适当性原则要求学术论文写作者要符合所处时代文化的格局。

---

① 鲁迅：《现今的新文学的概观》，《鲁迅全集》第四卷，人民文学出版社，2005年，第138－139页。

学术选题还有一种情况是不合地宜，即学术论文写作者的选题与地方文化的格局设定不吻合。当谈论不合地宜时，可能会有人反驳：既然学术研究通向对真理的揭示或对历史真实的揭示，那就不应该限制研究者的时间和空间这些问题。这种想法前半段没错，但是应该承认，由于学术研究都是在一定的时空格局里发生，是作为在一定的文化环境里所发生的文化事件存在，因此，不合时宜和不合地宜会不可避免地、非常直接地影响研究者的研究成果与该成果影响力的发挥。比如：一位论文写作者居住地的地方文化是一种成熟而且发展态势良好的文化，在这种情况下，写作者的选题公然与这种地方文化唱反调，这样的选题就可能不合地宜。如果在澳门，不少学者正在千方百计地倡导澳门文学澳门文化，可偏偏有人设计否定性的题目：论澳门文化的虚幻性，或者论澳门文学的虚假性。这种选题谈不上触犯忌讳，但是它在某种意义上触碰了文学选题的禁忌：不合地宜。每个具体的人都身处具体的地方文化格局之中，人们需要对地方文化这种外在环境持有一种应有的尊重。语言学特别是方言研究领域也会出现类似问题。我们现在身处粤语区，我们对广东话的研究就有一个地宜问题，假如一位广州研究者致力于对粤语的文化功能、地域品质和审美取向进行否定与批判，这恐怕就属于不合地宜。

合时宜、合地宜是一种学术问题揭示当中的伦理选择，研究者的学术研究需要体现某种学术伦理，不能在学术选题当中以求真或追求学术自由的借口触犯这方面的禁忌。这种做法没有必要，而且会耗费写作者很多资源，写作者付出的学术努力也很难收获好的效果。合乎时宜、地宜是一种文化伦理与学术伦理，它体现了一种伦理意义上的尊重。鲁迅在《野草》中有一篇作品叫《立论》，文章提到：

> 一家人家生了一个男孩，合家高兴透顶了。满月的时候，抱出来给客人看，——大概自然是想得一点好兆头。
>
> 一个说：“这孩子将来要发财的。”他于是得到一番感谢。
>
> 一个说：“这孩子将来要做官的。”他于是收回几句恭维。
>
> 一个说：“这孩子将来是要死的。”他于是得到一顿大家合力的痛打。①

在这篇文章中，说虚幻的祝福话的客人受到欢迎，说真话的人得到了打压，当我们反思这部作品、这种现象时，在应该给予庆贺的背景之下，我们的文化伦理和学术伦理就是要说吉祥的话，而不是以求真为借口说出完全与环境背景不相宜甚至相忤逆的话。因此在这个意义上，客人说这个孩子将来会死，他说的是真话，但是他是在不合时宜、不合地宜的情况下说出来的。这个说真话的人也应在孩子满月的语境下对主人及所处文

① 鲁迅：《立论》，《鲁迅全集》(第二卷)，人民文学出版社，2005年，第212页。

化伦理保持基本敬意。对于学术论题的选择，以及学术判断，我们绝不鼓励研究者这种在小孩满月时走过去说他将来会死的行为，它不合时宜和不合地宜。学术研究应该追求真理，追求历史的真实，但同时不能违背学术伦理和文化伦理。

二、学术论文选题的境界

学术选题本身有许多层次，最高层次的学术选题是一种很高的境界，是那种能够攻克表面上不可能解决的学术问题，亦即学术难题。研究者要有克服学术难题的意向，勇于把学术难题当作学术选题的攻克目标。研究就是为了解决问题，研究所解决的问题的质量、价值如果高，那么学术研究本身的含金量和意义相对来说也更加突出。学术难题在各个学科都存在，如果说一个学习者在经过一段时间的学习之后，还不知道自己所学领域的难题有哪些，那么，这个学习者的学习状态是有问题的。较高层次的学习者应该十分熟悉自己所关注的学术方向领域存在哪些学术难题，这个任务值得去认真做功课。了解这些难题不是要求学习者立刻予以解决——如果三四年就能解决，这样的题目本身就不应该是学术难题——而是要引导学习者有清晰的意识，知道学术难题的具体情况，并早早树立攻克难题的雄心，有为之努力的动力，这是一种境界。

优秀的学术选题要带有某种发现性的破解，具有破解某种密码的力度。这点很难，尤其在文学研究领域非常难，想要具有一种发现性的破解密码的成就感，即使是企图心，都非常难。一位研究者能够在某个选题之上，意识到里面隐含着一种发现的可能或密码破解的可能，这本身就是一个比较高的学术境界。自然科学的奥秘或魅力就在此处，它们会不断地让研究者拥有一种发现性的密码破解的可能，因为它们是对自然现象的认知，其本身的发展就是由无数个发现和无数个密码破解的某种链接构成。人文学科的学术研究，一般来说不可能在史料意义以外的方面有比较多的机会去发现或进行密码破解，因为人们所看到的文学现象、语言现象、语言社会运作现象、文学社会运作现象等等，其背后存在一种必然性的逻辑，当某种现象被意识到时，实际上也已被大家认识，很少存在自然科学那种现象背后的神秘与密码。在这个意义上，有人认为历史也是科学是有道理的，因为历史学科和文学学科不同，但和自然科学很相像，人们看到了某种历史现象，但其背后的原因逻辑并不是立刻被人们获得，它们需要学者去进行专门的研究发现与密码破解。文学的研究确实不同于自然科学，但我们可以在文学史研究层面，寻求文学史研究的某种发现性的或者那种密码破解的学术环境，这样它会在一定程度上提高研究者学术选题的境界。

此外，在很多优秀的学术选题之中，写作者会克服并纠正习惯性错误。学术选题要有创新性，这种创新性不是凭空生成，很多正是源于研究者对之前学术认知的习惯性错误的纠正和克服。对于习惯性的学术认知和文化认知的错误，写作者能够指出错误点，并能够加以纠正，这种学术选题的境界往往也比较高。如果说前面提到的两个学术选题境界，一个是攻克不可能解决的问题，另一个是发现性的密码破解，难度都很大，那么这种对学术习惯性错误的克服纠正，研究者遇到的机会相对较多，难度亦相对较小。因为在人类学术研究不断前行的道路上，前人的步伐脚印有时非常扎实、非常深、非常清晰，有时则显得比较粗糙模糊，在这些粗糙的足迹当中会留下各种各样被后人习惯性认为是正确的结论，但实际上错误的结论与问题永远鼓励研究者予以突破和创新。

在中国现代文学和中国当代文学研究中，常有机会寻找到习惯性认知错误，有些问题的解决难度很大，有些难度相对不大。对于中国现代文学，如果人们进行文学流派的序列性的认知梳理，那么陈独秀、沈雁冰等人都认为中国文学同西方文学一样，由古典主义进入浪漫主义，再进入写实主义、新浪漫主义或者叫现代主义。[①] 这种习惯性认知是将世界文学发展序列照搬作为中国现代文学的发展序列，得到很多学者的认同。但是如果有人认为巴金早期的《灭亡》、《雾》、《雨》、《电》等作品带着现代主义笔法，后来写《家》、《春》、《秋》的时候是现实主义，40 年代写《寒夜》、《憩园》时巴金又回到了现代主义的感性，这样的分析有道理，尽管用简单的主义来套巴金的文学有些勉强，可比较符合巴金文学创作历史序列的实际情况。但是，如果认为现代主义比现实主义先进，浪漫主义又比现实主义落后，所以认为上面的巴金创作序列，从现代主义走向现实主义，又从现实主义走向现代主义，不符合文学史发展的程序，这种认知是非常可怕的。这种认知与陈独秀、沈雁冰刻板地照搬西方文学发展序列的做法本质上是一样的，都是一种习惯性的错误。论文写作者必须从文学事实出发，对文学家的倾向性进行符合事实的学术阐释，而不是从一个习惯性的序列认知出发研究问题。学术研究应该克服人云亦云的习惯性错误，以学术创新为目标。

另外，优秀的学术论文选题要非常重视其本身包含的理论质地。无论文学还是语言学同文学理论都有差别，但是学术论文写作者时时都应有这种意识，即通过学术论文选题去叩击理论的门径，打开理论之路，写作者的学术选题与研究必须有理论的参与。如果说学术选题是一种问题的设计，那么这个问题要与理论有关，有理论内涵，要能体现写作者的理论素养。

中国现代文学研究更应鼓励理论素质与理论内涵的展现。前面提到陈独秀、沈雁冰他们在认知外国文学发展时，把古典浪漫主义、现实主义和现代主义进行排序，尽管他们生硬地套在中国现代文学上肯定不对，中国新文学有自己的发展节奏，但他们的排序不是简单的主观臆想，背后是一种理论素养的体现。郑伯奇在《中国新文学大系·小

① 如陈独秀：《现代欧洲文艺史谭》，《新青年》第 1 卷第 3 号，1915 年 9 月 15 日；沈雁冰：《“小说新潮”栏宣言》，《小说月报》第 11 卷第 1 号，1920 年 1 月 25 日。

说三集》导言有一段有问题但同时非常精彩、影响很大的话：

> 若把这个臆说大胆地应用在文化史上面，我们也可以说，人类文化的进步，是将以前已经通过了的进化过程反覆一番而后前进的。在文化落后的国家或民族，这种现象更为显著……如今，让我将这学说应用在文学史的上面罢……回顾这短短十年间，中国文学的进展，我们可以看出西欧二百年中的历史在这里很快地反覆了一番。①

确实，古典主义、浪漫主义、现实主义、现代主义，这些都在这十多年的中国新文学发展中得以展示，都留有相应的发展痕迹，但是否就是按照郑伯奇所描述的这种序列进行展演或展示，还需进行研究与考察。不过，郑伯奇显示出非常强烈的理论总结和理论表述的愿望，以期对中国新文学发展的初期历史进行富有个性的概括，这样的学术精神非常可贵。学术论文应有理论含量，甚至应有理论突破的意图，作者不应仅满足于被动引用理论，更应该在学术研究中具有寻求理论突破的雄心、魄力与情怀。这种有理论突破雄心，体现出相当理论含量的学术处理，往往比那种苍白地处理理论问题或者柔弱地面对理论问题的选题，更有内涵，更有优势，更有活力，更有创新的可能。

此外，学术选题最好能够有从微观通向宏观的突破意识。学术研究的对象往往是具体的，研究的角度是微观的，但研究者要通向宏观的文学史，或者比较宏观的理论突破，选题中要蕴含这样的一种力度和诉求。如果前面所说的理论引领是通过文学史的研究，通过文学现象的研究去通向理论的突破，那么这里所说的是由微观研究通向宏观的突破，研究者可能达不到，但是研究者选题时要有这样的一种内力、蓄力，学术上的企图心。具有这样内力、企图心的写作者的选题不会太俗。严羽《沧浪诗话》有言："取法于上，仅得其中；取法于中，不免为下。"其实就是这样的一个道理，"取法"很重要。学术选题时，在学术选题的境界设定方面，要记住"取法"与所得之间的这种关系。论文可以写得不好，但是选题不能弱，不能俗，不能平，选题非常重要，选题就是一种学术"取法"。

三、学术论文选题的价值考量

学术论文选题可以"先声夺人"，当然这不是应该倚重的现象，但是这种现象确实存在。在信息碎片化的时代，人人忙碌，学术论文本身质量如何，可能并不会有许多人关心，但是很多人会看到论文题目，写作者的选题如果具有启发性，写作者背后具有一种

① 蔡元培、胡适等：《中国新文学大系导论集》，岳麓书社，2011 年，第 123－125 页。

学术企图心与理论突破的魄力，那么选题题目本身会令很多读者留下很深刻的印象。

扫描式阅读在学术界非常普遍，有特殊任务的读者比如论文评审者会认真阅读论文，有学术目的的读者，比如同样研究相关问题、相关题目的读者也会认真阅读，但其他一般读者往往是浏览式、扫描式阅读。在这种情况下，选题具有能够让其发挥自身独特的学术影响力、学术作用的空间，在这个空间，未经阅读的学术论证反而无法发挥作用。通过合适的题目传递选题在今天的阅读风气之下变得特别重要。

学术选题之所以重要，还因为它直接体现写作者的学识功底和理论修养状况。学术研究者如果没有经历很好的学术训练，其题目经常都存在问题，这会直接表明他的选题本身存在缺陷，有时是理论缺陷，有时是学术积累不够，有时甚至源自语言修养、汉语能力的缺乏。而每一种明确、干净、有力度、有理论含量的学术选题则都体现出论文写作者良好的理论修养、学识积累以及学术功力。

对于年轻学者，学术选题的重要性还体现在相关学术研究的可持续性发展方面。学术选题要有前瞻性，能令读者看到选题的开放性及能量持续展示的可能性，此时的论文题目应能为将来的后续研究提供可能与空间，对于课题先机的占领有时比论文本身更有价值。当然，中国现当代文学在这方面不太明显，学者甲研究张爱玲的同时，学者乙也可以研究张爱玲，众多学者可以同时研究张爱玲，很多研究者可以在论题重复的意义上不断向前推进。但是有些学科有很好的学术传统，在选题上面尽量不撞车。中国现当代文学研究在80年代初期也是如此，常常出现“选题避让”现象。那时较为普遍，现在却很少见，所以，课题的“占领”在今天的中国现当代文学研究领域不太合适。

优秀的学术选题还有一种表现，即选题本身能够直接显示出学术突破的可能性。做一个题目，它的效益评估风险评估只能写作者自己完成。能不能成功，能不能产生好的效益，是否能够获得学术突破，有学术经验的学者就能够从题目本身、选题范围、切入角度获得答案，所以，博士研究生在毕业论文正式写作前都要开题，开题的意义就在于借助成熟学者的学术经验和学术修养，对自己选题的学术突破可能性进行效益评估和风险评估。

中国现当代文学的学术选题，是实现研究者学术贡献的重要途径。学术论文当然是一个学者作出学术贡献的主要途径，可是写作者的选题本身也可能成为一种学术贡献，比如某个学术选题显示的某个研究角度或视野给人以启发。上世纪90年代，研究古代文学的张伯伟教授写过一篇文章，令人印象十分深刻，无须阅读正文，仅论文的题目已经让人觉得他的学术修养与学术研究的敏锐度十分出众，那篇文章叫《摘句论》[①]。摘句这种现象历史悠久，它本身不但体现了中国古代文献学的一种价值，同时也体现了中国古代文化学的某种方法。这篇论文题目本身呈现出的这种学术敏感度以及学术启

① 张伯伟：《摘句论》，《文学评论》1990年第3期。

发性非常值得借鉴。一个好的学术选题，在学术论证还未正式展开时就完全可以赢得读者认可，作出不同于论文正文本身的学术贡献。在某种意义上，好的学术选题是学术研究成功的一半，甚至高于一半。

在中国现当代文学研究论文写作之前，学术选题非常重要，选题的学术性和技巧性都应该得到重视。

首先，学术论文写作者尽量拥有新材料，这是一种优势，不能轻易放弃。拥有一种或一批新材料，这本身十分不易。拥有新材料，就要把它作为学术选题的十分重要的出发点，把它作为学术突破的很重要的契机。当然，如果相关学术材料本身不存在服务帮助某种理论、某种历史事实论证的可能性，那是另外一种情况。如果相关材料有可能帮助写作者实现对某种学术结论的修正，对某种学术理论进行突破，对某种学术历史的论述进行补救，研究者一定要充分发挥这种能量，要非常妥当地对待、处理这种材料。著名诗人傅天虹教授善于搜集中国现当代文学家的重要资料，他拥有王映霞先生的书信若干，特别是拥有1930年代象征派诗人沈宝基的一些手迹，这对于研究郁达夫以及象征派诗都会有重要价值。特别是沈宝基，中国现代文学研究界一直忽略，认为象征派诗人只有李金发、王独清、穆木天等，殊不知沈宝基建树也非常明显，需要展开对这位重要的然而又是被长期遗忘的象征派诗人的研究。还有，《鲁迅手稿全集》最近已经出版，这些手稿中实际上掩藏着许多重要的材料：鲁迅修改作品的痕迹，反映出他的原初构思以及后来的改变。这样的选题是从材料入手求新求异的。当然，这样新异的选题需要相当好的研究条件。

其次，如果写作者寻找到一个特定的理论视角，有一种特定的理论方式被发现，写作者应充分发挥理论视角的优势，从这种特定的理论视角出发来设计论题，将实现理论突破的可能性发展到比较理想的状态。推进到极致很难，但确实要把它发挥到比较理想的状态。有时一种理论能帮助研究者突然照亮他学术研究世界中原本昏暗的角落，直接给研究者提供一种思维的、灵感的或者其他方面的重要启发。在这种背景下，研究者必须充分利用理论视角来设计自己的问题，选题本身应具有理论的力度。

如果研究者拥有自己特定的修养与人生经历，而且与某个学术选题非常吻合，这时候研究者应尽量发挥这方面的优势。比如在比较文学领域，一位写作者研究波兰作家与鲁迅的关系，正好他有在波兰生活的经历，那么这位研究者就应该充分利用这段特殊经历，把这个题目设计到别人不能为之，而自己可以从容为之的状态。如果一位写作者同某位中国现当代作家之间有亲戚关系，他对这位现当代作家的研究就应被给予鼓励，因为他的特定社会关系使其在研究方面比别人更有条件更有优势，在材料的取得、对一些重要作品的解读，以及作家人际关系的挖掘方面比他人更容易取得别人不易取得的成果。

此外，在学术选题设计方面，写作者还要注意回避的技巧。一般来说，不应鼓励青年学者去蹭热门，相反，青年学者要回避一些热门的题目。因为学术研究的社会接受是一种非常复杂的文化现象，热门的东西可能容易发表，容易被人关注，但是应注意，参与热门学术往往会影响人们对一个学者整体身份的评价。蹭热门有的时候占便宜，但是更多的时候它会对写作者产生负面的影响。同时，学术论文写作者一般情况下也要对一些人有所回避，人文学科与自然科学的研究不同，自然科学研究鼓励青年学者跟老师或老师的团队合作，导师选题之下的一些子课题往往成为学生的选题，而人文学科不大鼓励青年学者加入导师的研究。一般来说，青年学者最好要避开导师的研究，这样一方面自己施展能力的余地比较大，另外一方面，学术评价上面不是和导师亦步亦趋，在学术评价方面对青年学者是一种优势。

前面提过学术选题的禁忌包括不要不合时宜、不合地宜，但写作者同时也要注意不能追时髦，要避开时髦，同时髦保持一定的距离，这种回避体现的是技巧性，这个技巧性不是一种原则性规定，非执行不可，但是写作者要注意这样一种技巧的执行，这对于写作者自身的学术评价很有帮助。关于选题原则，应遵循适当性原则，小题大做、大题小做都有问题，对于题目应大做还是小做，应根据适当性原则依据题目具体情况来定，大题大做，小题小做，尤其对于年轻学者，不能盲目追求小题大题。

因为论文题目是学术论文选题最直接的呈现，它能够体现一位写作者的选题水平，所以在标题的选择与设计方面，写作者首先要追求真诚，追求真实，追求一种理论的原真性和事实的真实性的精度，及实诚的精度。标题一定要明确，不能藏头露尾，含糊其词。学术论文跟其他文章不同，其他文章标题藏头露尾、虚实相生都是一种艺术技巧，但学术论文以论题的明确性为主导，标题必须明确清晰。在这个意义上，我一般不鼓励学术论文采用正副标题的形式，正副标题首先表明写作者主标题的明确性不够，当然，这不是一个非常严重的原则，对于正副标题形式的论文，有时是源于学术选题本身的覆盖面很大，但是文章本身论述的内容范围较小，所以写作者用类似“以某某为例”的副标题，这就是“大帽小头”的文章，这样的论文写作者尽量少写，最好不写，因为这类题目首先就表明写作者的研究目标不明确，或者说他的选题目标设计过大，而他用来论述的材料，用来展开论述的研究对象又比较具体，这里存在一种不匹配不适当的问题，说明写作者的选题不成熟或者不老道。客观来说，学术研究确实应该善于从微观当中去揭示宏观，但“大帽小头”的文章是写作者从宏观再去透视微观，方向截然相反。

学术论文标题应该有某种合理的设计感，但是这里的设计感不是大而不当或者故弄玄虚，原则依然是不能违反实诚的精度，不能违反明确性的原则。学术论文应努力创新，论文标题在展示创新时不能“虚假宣传”，标题中的创新度很大，但论文内容没那么创新，这是不可以的。

整体来说，标题的设计会显示写作者对学术论题的把握能力，显示写作者在学术论题把握上的修养和相关学术积累的功夫，同时也应该显示写作者对于读者的一种尊重。

四、论文选题的学术原则

学术论文选题有许多原则，在“博”与“专”的层面，学者应认识到中国古代传统文化存在“褶皱”及揭示这些“褶皱”的绝学，而在当下中国现当代文学领域，研究者则应放弃对绝学的追寻，习惯在广泛的历史联系中把握研究对象。“一”与“多”本属于西方哲学范畴，在现代学术研究背景之下，它要求研究者一方面牢守学术主脉，另一方面需善于借鉴利用其他学科的视角方法。“正”与“偏”的学术选题原则实际上体现着不同选题适于不同写作者的客观规律，对于成熟学者或大规制学术论文，研究者应尽量正面突入，对于年轻学者或小规制论文，研究者一般则应注意选题的机巧感，善于从旁支切入。所有研究者都需要承认：我们的学术研究在学术资源开发广度、理论发掘深度以及意义攀升高度方面存在有限性，在中国现当代文学领域，研究者更应该注意避免一味探究哲学或科学意义上的终极答案。学术研究可以为社会批评、道德批判服务，但不等于社会研究道德批判就是学术研究。真正的学术研究需要研究者自觉摒弃主观情感的喜好与厌恶，需要研究者始终秉持善正的学术目标。

1. 选题的“博”与“专”

“博士”这个词语很值得回味，其汉语命名的字面含义与博士生今天所从事的事务正好不同。“博士”一词的命名体现了一种人们对“博”的期待，这是人们在文化程度相对有限情况下的一种想法，希望“什么都懂”，但是现在博士学位的培养目标，高层次学位设置的理想目标其实是“专”，而非“博”，尤其当历史进入网络时代后，“博”变得越来越不像以前那么重要。历史上，我们推崇博闻强识，很多学者非常令人敬佩，很多老先生非常厉害，可以将众多书籍甚至是十三经里的大部分内容倒背如流，而在今天，情况发生了变化，学者随时可以利用电脑网络非常迅速而且准确地查出相关资料。

此处要讨论的“博”与“专”是从传统学问系统延伸出来的话题，在传统学问知识中有两种学问：一种就是在研究范围、覆盖面层面抵达得比较远，比较多，涉及面比较大，还有一种学问则是非常专门化的学问，是对非研究者而言非常陌生的学问。在中国，在以国学以及传统学问为主要研究领域的学问系统之中，很多是非常专一的学问，中国文化博大精深，在悠久漫长的历史积累当中，产生了很多历史的、文明的“褶皱”。从某种意义上来说，文化史、文学史描述了历史文明运作浪潮中被人们所看到的那部分内容，但是在浪潮运作当中形成的某种“褶皱”，被折叠在历史的重叠层，在被专业学者揭开前处于不为人知的状态，这部分内容之中有很多学问就是绝学。很多绝学就是人们打开历史文明运作中的“褶皱”，它们在被发现之前是不为大家所看到、所了解的那些挤压在重叠层内部的内容。

作为学问，这些绝学很艰深，也很“专”，比如在古代戏曲研究领域，关于南戏的研究就属于这种绝学。而中国现当代文学一般不含容非常“专”、非常冷僻的学问，一方面因为现当代文学从时间来说比较近，近代人当代人对这段时期的情况信息十分熟悉，另一方面是因为中国现代文化是在现代传播条件下运作，大众传播已经不仅在参与，甚至已经主导着人们如何去面对这一百多年的社会文化。所以，被历史遮蔽的部分很少，研究中国现当代文学、语言学的学者不应对拥有类似古代文化领域里存在的独家“绝活”抱有希望。

古代文化领域的绝活比较多，比如特殊的方言在某种意义上也算绝活，学者郭熙曾考察南京附近的方言岛群①。这个发现很有意义，但它不是我们前面意义上的“绝活”，因为当我们阅读他的论文之后，很多外行学者也能基本理解其内容，理解语言岛群的形成机制，但比如有一个学者研究古代琴谱，那是绝活。在古代，琴谱并非直接以宫商角徵羽为唯一标准注音符号，它有自己的符号系统，如果有学者的研究对象是这个符号系统，且不说这个系统有些知识已经失传很多年，当代学者尤其是外行学者想要入门，看懂其研究论文都有很大难度。在现代文化背景之下，追寻精专的学问不现实，现代文明浪潮的背后推涌动力都与大众传播有关，社会文化的程式和内涵大部分已经彰显，人们很难再发现一个“桃花源”那样的隐藏世界，非常困难。从思维与形态而言，现代文化、现代文学的运作越来越远离闭锁性、封闭性。在中国现代文学史的历史之中，如果有人做隐士，这种可能性极低，因为整个社会的运作都从属一种他洽性，都与他人或其他因素密切相连，其自身价值只有通过他者才能得到体现，所以即使像李叔同这样的高人，亦必须进入社会运作体制，在社会文化的某种潮兴当中显示自身存在。李叔同先生最有资格成为隐士独立于那段历史之中，但绝对的隐世独立意味着他的文化理想、理念、能量将无法彰显，因此作为一个高人，他还必须至少是有限度地参与社会文化运作。在这个意义上，中国现当代文学的资源特性决定了有关它的学问不可能向精专的方向推进。

一些研究者有时可能会发现不为人注意的研究对象或材料，但是这些都并不足以构成精专的学问，因为当研究者打开这些对象时“风化”与“消解”就已经开始，使得它不可能精专。之所以这么讲，一方面，当研究者打开被认为是陌生的研究对象或者研究资料、学术资源时，源自历史主流的冲击会立即发生，历史主流往往都是社会性、时代性、文化性的运作，这种社会时代文化的运作在与研究者的发现对比、映照过程中会直接消解其学问的精专性。比如：有学者从中国现代传媒史上的小报着手研究，小报由于十分零散很容易被人忽视，这类研究成果有时也十分精彩，但它们并不构成精专的学问，因

① 郭熙：《苏南地区的河南方言岛群》，《南京大学学报（哲学社会科学版）》1995年第4期。

为所有小报几乎都是在时代、社会浪潮的喷涌之下涌现出来——在抗战时期，中国社会上有很多小报，其背景是当时大量文化人满怀抗战热情，都想投身抗战宣传，《申报》等主流报纸已经不能满足大众的需求，于是有志者自己动手创办小报。所以，当研究者打开被人们忽略的小报世界时，这个“新世界”其实只是社会时代主流浪潮里的一朵浪花，浪花中的一个水沫或者水沫里面的一个分子。就仿佛我们在海边发现一汪波光闪烁的清水，可能觉得它十分独特，但我们终将发现它只是浪潮推涌的结果，而且这汪清水终将被浪潮卷回大潮。这些研究都很有价值，但它们无法被称为精专的学问。

另一方面，那些看上去像是精专学问的学问，其自身事实上隐含着打破自身锁闭性、建立自身他洽性的属性。这类学问乍看上去可能非常完整、非常有特色而且十分独立，但是当研究者打开其内部世界，会发现这个对象包含着解除自身闭锁属性、与外部潮流融合的内在要求，比如：上世纪60年代当夏志清在《中国现代小说史》中研究张爱玲之后，人们开始关注张爱玲这位长期被学界冷落、研究非常不充分的女作家，考虑到当时学界对张爱玲研究依然没有形成普遍关注的态势，张爱玲领域似乎可以算作精专的学问。可是，不久之后，在中国的改革开放浪潮冲击中国学术界时，中国学术界以一种十分包容的学术真诚迎来了夏志清的《中国现代小说史》，并且对张爱玲研究给予极大关注。作为结果，人们发现在张爱玲极为另类的鲜明个性背后，其创作都与历史社会环境存在着极强的他洽性关系，张爱玲无法在充分自洽性状态中把自己闭锁成一个非常独立的对象。我们今天回首这段历史，发现张爱玲这样的学问都能成为中国现代文学热门学问时，这其实显示了中国现当代文学领域确实很难生成或存有精专学问。

所以，在这个意义上，中国现当代文学的研究不应执着于寻找精专学问，所有研究者意外获得的“精专性”学问可能都是虚幻，虽然我们始终承认，如能收获真正的精专性学问那是极为理想的，如果一位学者能有某种“绝活”，包括类似魔术界里的绝活，只有他自己理解把握其内在精髓，这非常了不得。文学、语言学研究领域，如果一位研究者能拥有一项绝活，这是最理想不过的，但是在现代学问语境之下，在以现代文学和文化作为对象的研究领域之中，研究者不可执迷倾心于获得“绝活”，而应该习惯于在广泛的历史联系当中去选择学术研究对象，把学术研究对象的分析、解释与时代文化运作大的趋势结合在一起进行思考。确实，这样的学问会有相当难度，某种意义上，远难于精专学问的开展，因为它要求研究者具有广博的社会关怀、时代关怀和文化关怀，对研究对象必须具有更加精准的把握、更加深刻的思考，研究者需要时刻铭记创新的使命，要树立自己的学术形象，研究者必须以不同于其他研究者的阐释来揭示自己研究对象与社会、文化、时代之间的关系，而这些要求都具有正当性，其逻辑深处与中国现当代文学不存在精专学问有着极深的关系。

2. 选题的“一”与“多”

“一”与“多”属于西方哲学范畴，从亚里士多德时代开始，西方的哲学范畴里面就有

“一”与“多”，其古老性以及文化原型的意义，在中国学问体系里似乎可用老子的“道生一，一生二，二生三，三生万物”来比拟，当然两者区别非常明显。“一”与“多”作为哲学范畴后来有多种解释，其英文表述是：something of everything and everything of something。“一”与“多”在哲学意义上与本体论紧密结合，“一”就是本体，“多”就是现象，“一”与“多”的关系就是本体与现象的关系。

郭沫若《凤凰涅槃》里面曾有令很多读者费解的表达：“我们更生了，我们更生了。一切的一，更生了。一的一切，更生了。”[①]这其实就是借用西方古典哲学“一”与“多”的范畴，单独的“一”就是本体，“一切”就是现象，这段诗句展示的就是其背后的哲学关系。文学理论和美学理论把“一”与“多”的关系，尤其是“多”表述为“杂多”，即丰富性。国学大师南京大学程千帆先生有一篇极为精彩的文章，《古典诗歌描写中的一与多》[②]，因为历史文化差异，中国古人尽管没有“一”与“多”这种哲学范畴，但是在古典诗歌当中的文学体现却比比皆是：“一片孤城万仞山”中的“一”与“万”，“浮云一别后，流水十年间”中的“一”与“十”，“欲穷千里目，更上一层楼”中的“千里”与“一层”，包括“两个黄鹂鸣翠柳，一行白鹭上青天”中的“两个”与“一行”：这种“一”与“多”的对应是一种极为精彩的诗性构思，让读者不得不惊叹诗人对大千世界的把握力度如此神奇。而在学术研究尤其是学术选题语境下，研究者可将“一”与“多”的关系理解为：以自己所在专业、学科或课题为本体，同时将许多交叉的学问学科融会贯通在研究之中。

关于学科交叉问题，学科当然可以交叉，但难度很大，要求很高，目前这方面的实践整体不够理想。对于文学与传播学结合产生文学传播学，文学跟语言学结合产生文学语言学，这方面的倡导早已有之，但“一”与“多”真正操作处理时非常不易。众所周知，诗歌音律、声律、节奏以及押韵等等，这是所有诗歌创作者、鉴赏者以及研究者首先要面对的问题，但是这方面的研究十分薄弱。文学研究一般不涉及这块，因为文学背景研究者很难从专业的语言视角切入，语言学背景研究者一般也不关注这类问题，研究语法的成果很多，但大家很少专门讨论诗歌语法。再比如，中国四言诗发展到五言诗，这是一个很了不起的进步，中国汉语诗歌中的五言与七言是最经典、最典型、成就也最高的诗句排列，其原因是什么，这既不是文学能彻底解决的问题，也不是语言学自己能彻底解决的问题，这个问题的解决至少需要文学和语言学真正结合，是否有可能存在一种“汉语声律美学”的学问，这种可能十分真实而且重要。中国诗歌有六言诗，“清平乐”很多就六个字一句，但是它不是最普遍、最流通、最为世人认可的形式，作为以单音节字为特征的汉语是否存在一种内在稳定性要求，这些问题都需要一种独立的语言美学、汉语声律美学来解决，需要一种真正意义上的学科交叉。

---

① 郭沫若：《郭沫若全集文学编卷》第1卷，人民文学出版社，1982年，第43页。

② 程千帆：《古典诗歌描写与结构中的一与多》，《古代文学理论研究》（第六辑）1982年9月。

作为学科交叉，文学传播学是比较成功的，尤其在进入网络化时代后，从网络传播的角度来定义文学、诠释文学、研究文学的成果越来越多。中国现代文协将文学创作融入传播过程的现象早已有之，当年的鸳鸯蝴蝶派的创作就有类似于今天网络时代经常出现的“集锦小说”、“接力小说”，多个文学创作者在文学传播中共同合作。但需要注意的是，下面这些情况都不属于学科交叉，比如用政治学、心理学、社会学、美学、哲学来研究文学，这些情况都是通过运用、借鉴一种研究方法论来推进文学研究，并非严格意义上的学科交叉。在方法论意义上借鉴、利用其他学科，并不能改变文学研究的自身本质，交叉学科应如前面所讲，是两种不同的学科在交叉之后将产生一种诸如汉语声律美学的“新的学问”；如果研究者仅仅是在学术研究当中在方法层面借鉴不同学科，这属于学术研究中处理“一”与“多”关系的具体操作体现。学术研究中“一”与“多”的关系就是要研究者针对自己的研究本体，借用多个学科的研究方法，予以更高效、更深入的推进。

在这个意义上，研究者不应庸俗、泛滥地理解学科交叉，而应该在学术研究“一”与“多”的关系上去理解把握学术研究本体与不同学术方法之间的关系问题。现在的学术研究，特别是现代学问已经处于不可避免借鉴其他学科研究方法的状态，甚至可以说，如不借用其他学科的研究方法，研究者已很难出色地完成学术研究。对于现当代文学研究，研究者如果对现代政治没有理解把握，将无法真正开展自己的研究，因为任何研究者都无法真正排除现代政治文化对相关题目所产生的极为直接而且深刻的影响，研究者如果对现代社会政治学毫无了解，其对中国现当代文学与现代文化的理解必然迷失方向。同样，社会学、心理学、美学都必须为文学研究者所借鉴，随着时代的发展，学术研究要求研究者必须妥善处理“一”与“多”的关系。

需要注意，研究者在处理“一”与“多”的关系时，还要防止某种失控现象，尤其是青年学者不应执迷于“多”，冲淡甚至遗忘了“一”的本体，“一”才是研究者的立身之本、学术主脉，众多不同方法的存在都只是源于为学术主脉服务的目的。

3. 选题的“正”与“偏”

“正”与“偏”这个问题很重要，尤其是从事文学研究。选题的“正”即正面，从学术论题的正面入手，“偏”即旁支、偏门，从学术论题的旁支介入，这是切入学术问题的两种方法。应该承认，“正”与“偏”都是学术研究正当而且必要的策略，一般来说，比较大的学术论文，比如博士论文应采用从正面突破的方式对论题展开研究，正面叩击问题，而一些比较小的学术论文，往往应迂回地从旁支切入问题，这样更容易产生理想的学术效果。

通俗地讲，“正”与“偏”的问题就是研究者选择一个理想的、适合自己的角度来研究问题。合适角度的选择往往能够使研究者收获事半功倍的效果，但是对于规制较大、篇幅较多的论文，不鼓励从旁支角度切入问题，那样研究者的格局不够宏大。同时，对于成熟的学者，其选题一般亦应该选择正面突入问题，彰显自身气魄；而年轻学生平时写论文，则要慎重选择论述角度，尽量避免正面突入，当然，博士论文选题比较特殊，要尽量正面突入，研究者要有这种格局。

研究者撰写学术论文要习惯并善于选择适合自己的角度，年轻学者尤其如此。这里的"正"与"偏"，仅指论文角度问题，不含价值判断。一般来说，如果研究者选择正面突破，这时对读者会产生一种暗示，即写作者的学术敏感度足够高，因为正面突破性选题往往意味着在已有研究成果相对较多的背景之下，论文撰写者有着特殊的学术自信及可能的特别的学术敏感。

这是一种辩证的关系。对于一些特定的学术问题，选择一个十分新颖的、非常规的切入角度，同样也会令读者对写作者产生十分卓异的评价。尽管如前文所说，成熟的学者应尽可能体现正面突破的气魄，但事实上，每一位学者即使在年龄较大、成就较大时，依然会追求这种别开生面的卓异感。这里需要特别注意，研究者不能把学术资源的碎片性发现、碎片性阐述，当作选题卓异感的体现。在文学各个研究领域，常常会有研究者发现某些被人忽略的资料，但这些资料往往是碎片性资料，确实可以说明一些现象，但不足以从整体框架上矫正前人对历史发展节奏的判断，不能形成对整个历史结构的颠覆性的重新阐释。有些学者误以为对碎片化资源处理之后、对意义容量扩大之后可以影响此前的学术整体判断，但其实很难实现。

成熟的学者之所以更应该正面突破问题，在于持重感和学术自信对每一位学者都很重要。研究者选择一个十分巧妙的角度容易产生选题的机巧感，对于年轻的学者来说，学术机巧感意味着一种聪明，一种思路的活跃与敏锐，但对于成熟的学者来说，总是追求选题机巧感意味着持重感不够。非常有意思的是，学术论文选题确实存在年龄的考量，如同穿衣打扮，学术论文写作者的年龄、资历不同，其标准与要求也不同。包括论文选题原则中的"大"与"小"、"新"与"旧"、"冷"与"热"问题，它们其实都与写作者的年龄、资历有关系。一位年轻的学者如果蹭热点，某种意义上可以理解，甚至无可厚非，但一位比较成熟的学者如果频繁蹭热点，说明其持重感不够。文学研究、语言学研究都是如此，有些选题适合学生研究，有些选题适合老师研究，不同的题目适合不同的学者。

就理想状态而言，论文选题应有立体感，即论题包容性很强，既能够包容满足技巧心态之下的旁枝斜出的角度选择，也能够关照学术正面突破的胸怀和格局，亦即同时含容选题的敏锐感与正面突破的魄力。当然，从观念真正落实到具体论文研究操作很难，研究者首先要具备这样的学术认知，这些内容虽然理解不难，但相关意识的确立很重要。

4. 学术定位的"无限"与"有限"

研究者一定要承认，我们的学术研究在学术资源开发广度、理论发掘深度以及意义攀升高度方面都存在有限性。研究者当然应该向无限广度、深度及高度努力，但研究者应首先客观承认自己的有限性。这是一个关涉学术理念的问题。即使在中国现当代文学研究这样一个资源相对易于获得的研究领域中，即使对于一个非常小的学术论题，任何一个研究者也不可能做到穷尽所有相关资料文献。作为理想的拥有全部资料在实际上是不可能实现的，在学术资料的广度层面，任何研究者都无法实现全覆盖或无限覆盖，这就是研究者的有限性。还有在理论深度、意义高度方面，研究者能抵达的境界都具有有限性，在客观意义上，研究者无法把任何一个问题解决到最彻底的程度。这是一种学术自觉，拥有这种自觉，研究者学术上可能出现的狂妄心态就能够得以扼制，所谓"不知天高地厚"，在学术研究层面，就是不承认自己学术研究资源广度、理论深度、意义高度方面的有限性。

在这个意义上，对自身有限性的理解把握，可以帮助研究者在学术研究方面更多地聚焦于对具体的问题的解决，而不是盲目执迷于哲学的甚至科学层面的问题的探寻。文学研究领域中的现象研究、历史研究都是聚焦于具体问题的解答，并不通向问题的终极解决。这种现实情况体现的就是学问的有限性，研究者要尽力触摸学问有限性的边界，放弃或搁置对学问的无限性的追根究底。如果研究者对所有一切问题都追根究底到最终答案，那么他往往会在追根究底过程中遗失了问题本身。中国现当代文学许多问题就不适合进行终极哲学层面的追问，不能像鲁迅《狂人日记》中"从来如此，从来如此就对么?"这样地穷追不舍，研究者在学问层面要懂得适可而止，否则论文主题非常容易走偏。这方面有点类似人们都知道的一个现象：三分之一。顾名思义就是一定单位平均分成三份，取其中一份定量就是三分之一。三分之一是分数化的表述，当人们选择小数化的表述时，三分之一就是 0.333 333 333…，无穷多个 3，这意味着当人们用具体的自然数表述分数三分之一时，最终是无解的，无法做到完全对应的精准表述。从现实层面而言，三分之一是真实存在的，但是在自然数的表述层面无法找到完全精准对应的表述，如要深究，这是人类在原始认知时，自然数在诞生之时就存在瑕疵或不完满，或者说，世界就不应该按照 123 这种形式数下去。人类最原始的认知与真实世界并不完全匹配——注意，当我们讨论到这里的时候，我们其实已经离开了对三分之一表述问题的讨论，我们进入对人类文明最初计数思维发生怎样偏差的问题讨论，当我们论述到这点时，我们就偏离了原初的问题。

在现当代学术研究领域，研究者会面对各种各样的难题，这些难题很多都直接体现了此前或现有学术定位的有限性，比如：现当代文学里面有通俗文学，也有非通俗文学，常见的表述是"俗文学"和"雅文学"，我们都知道这样划分不正确，通俗文学完全可能很雅，雅文学完全可能写得很俗，文学的雅俗分类有问题，而且，雅俗在古代文学领域还存在不断转化的现象，曹操写诗时四言诗就是高雅的，五言诗不登大雅之堂，当后来五言诗写作成为主流时，长短句又是通俗的。到了今天，人们显然无法说词是通俗的，词比相声小品雅致得多。事实上,我们无法真正区分雅俗文学,甚至界定雅俗概念都成问题,这个问题很难解决,有学者直接说文学不应分雅俗,但这种想法显然不可取,我们不能否认雅俗文学是客观存在的事实,普通读者不懂学术研究但他们都能判断一个作品是雅文学还是俗文学,研究者无法辨析雅俗关系是因自身理论把握能力的有限性,我们不能否认问题本身的存在,就仿佛三分之一客观存在,研究者不能否认这一事实,但三分之一在自然数表述中是不存在的,这也是客观事实。研究者应该接受并承认这种“无限”与“有限”的关系。

5. 学术目标的“善正”与“苛酷”

今天的研究者一般不涉及这个问题,但这个问题确实存在。研究者应明确:学术研究不是道德评判,更不是政治、社会伦理的分析评价,研究者的学术目标要具有一种善良、正义的出发点或立场属性,警惕并避免大批判式的、苛酷的立场与思维。在学术运作过程中,各个时代都会出现并非从学术角度立场出发,而是从政治、伦理道德立场去研究历史人物以及文学的现象,这类研究有存在的权利,政治批评、道德谴责都有其自身存在的理由,这是历史发言的一种方式,但它绝不是学术研究的应有之意,它们是政治评论家、社会评论家、道德审判者的工作。学术研究即使是为历史批评提供材料、条件,即使以这样的用途为目标,但研究过程始终应该秉持一种善正的态度,不能在研究这一环节本身就直接进入批判。即使学术研究的结论是批判某个现象或某个具体人物,但研究本身应该是善良公正的。

学术研究可以为政治服务,为政治批判服务,但不应成为政治批判本身,不能以批判冲击学术研究,甚至代替学术研究。无论后续用途是什么,作为可靠材料的提供者,学术研究的研究者要从善正的学术目标出发,所有问题不可以依据流行的或者历史曾有的批评文风与思路去处理。就个人而言,如在《新月派的绅士风情》书中所展示的,梁实秋显然不受欢迎,在梁实秋与鲁迅论战时,鲁迅很苛刻,梁实秋也很恶劣,甚至更苛刻,梁实秋不但在《鲁迅与牛》中讥讽鲁迅是“乏牛”,更不应该的是在《“资本家的走狗”》等文章中揭露鲁迅与某个政党有关系,在白色恐怖时期,这可能是令对方被捕被杀的罪名。很多人可能对梁实秋都没有好感,但是,如果研究梁实秋,那么同时亦必须承认,梁实秋关于普遍而伟大的人性的观点确实有其正面价值意义,并非像鲁迅批判的那样一无是处,梁实秋的部分观点确实有道理,包括他对中国浪漫趋势的批评是有道理的,梁实秋对人性的鼓吹亦有正确性,相反,鲁迅用阶级性否定人性的观点,其历史局限性在今天十分明显。

在学术研究过程中,研究者不能因为自己的主观喜好而失去学术目标应有的善正。这种学术目标的善正包括研究者对历史人物、文化应持有基本的尊敬。在这里,对郭沫若的态度特别具有代表性。在相当长的时间里,郭沫若一直处于“被骂”的境遇之下,各种声音骂他人格不高尚，屈服于政治，这种否定有其自身道理，但如果此骂出自学者，则有违学术善正，也即有违学术伦理之善良与学术态度之公正原则。从学术目标的善正角度而言，所有研究者应该理解：郭沫若作为中国近代史当中一个有影响、有贡献的历史人物，应该享有被置于客观历史语境去解读的权利。郭沫若并非不可被骂，但有资格骂他的学者并不多见，或许，有资格骂郭沫若的人尚未出生。常常有人热衷于骂郭沫若，但很少有人反躬自省：自己是否有骂他的资格，“骂人者”在境界、修养、贡献各方面是否有资格来审视被骂对象，郭沫若在文学、古文字学等诸多方面的贡献之全面和巨大，当代人无人能及，骂人者更未抵达郭沫若的高度。所以，研究者进行学术研究一定要有善正的目标，要善良、公正地对待自己的研究对象，无论主观是否欣赏认可，研究者不可以先行摆出审判者一般的苛酷面孔，毕竟，能够成为研究者认真研究对象的人物与现象这本身就意味着其至少在某些方面值得我们秉持善正的态度去对待。超越历史与时代语境，不去认真考虑人物在特定历史时空的无奈与种种现实，只依凭自己的习惯与喜好或情感判断去进行研究，这不但非常危险，而且并不是严格意义上的学术研究。

第十九章
学术论文的规格意识

确定选择以学术研究、撰写学术论文为人生道路与方向后,我们在保持虔敬心态的同时,还需自觉培养学术论文写作的规格意识。学术论文是具有最高规格的文章种类,合格的学术论文写作者需有一定的学术训练背景、一定的学术功力、真诚朴实的学术态度和虔悫深切的学术认同。学院派常被作为负面词语使用,然而学术论文写作需要重视并遵从学院派背后的写作特征:正规化的思维、正统化的材料、学问化的语言以及规范化的表述。学术论文的最高规格还体现在其读者无论是理想意义上的权威学者,还是现实意义上的导师评审,其专业水准都明显高于写作者,而且即使面对可能意义的后起学者,从社会学意义上讲,撰写同样会产生保持自己高水准的自觉。同时,由于学术论文始终致力于靠近并揭示真理与历史事实,这一明显不同于其他文章的学理目标也体现了学术论文的高规格,同样的体现还包括学术运作体制、论文评审发表平台等外部因素日益专业化。从研究主体来说,学术论文写作的规格意识则体现在:尊重研究传统与前人成就,尽可能丰富地获取学术资源,理念方法与材料搜集都向最理想状态推进,学术论文结论需通向唯一性,相关材料需有唯真性,论文写作应具有唯此性。

也许我们有时可能会认为将青春岁月赋予学术论文写作何其可怕,但其实我们不但应该解除这种惧怕、逃避甚至是恐惧感,而且要自觉培养建立学术论文写作的规格意识,在这种规格意识的基础上,以虔敬、虔悫的心态对待学术论文和学术论文的写作。

一、学术论文写作者的资格

当我们选择以学术研究、学术论文写作者的资格步入人生时,我们首先需要意识到能够拥有此种选择十分不易。攻读博士研究生,选择学术研究,选择学术论文的撰写,是当下很多人青春时代的梦想,倘能如愿以偿,我们则应以积极心态面对学术研究与论文写作,以深切认同的态度迎接新挑战。众多挑战中的第一个重要挑战就是:树立学术论文写作的规格意识。

在阐述学术论文写作的规格意识、规格认知之前，可能很多学习者都不曾很好地去思考下面的问题：谁有资格可以选择以学术研究为自己人生的主要内容？众所周知，获得这样的资格非常不易，竞争越来越激烈，在今天能够进入博士阶段学习的学习者应该说都是同辈人当中具有高度竞争能力的人。但即使是极具竞争力的学习者，想真正以学术论文写作者这样一种特殊身份开始自己新的人生征程，他还需要具有以下四个方面的资格：

一是要有一定的学术训练的背景。当学习者步入博士阶段，尽管未来的工作生活可能不涉及学术论文撰写，但是因为拥有了相关学术背景与训练，他在这一层面上就具备了学术论文写作资格。这点与其他职业有些相似，现实的社会分工并没有任何一个条文规定从事学术研究、学术论文写作事务的人必须具备相关领域专业多少年的学术教育与训练，而且尽管现在大学招募和录用专业教学人员往往要求应征者须具有相同或相关专业的博士学位，但这点不具有法律效力，它只是在我们人才资源异常丰富的情况下，在相应的人才储备比较充沛的情况下，人为设定的门槛。尽管如此，从事专业学术研究和学术论文撰写的人，还是需要具有相应学术训练，缺乏系统学术训练经验和背景的人当然也可以写学术论文，也可以从事这方面的工作，但他们取得成就的可能性会大大降低。而且，缺乏系统学术训练的写作者即使收获少量成果，但其成果成色总是和经过训练的学者的成果有所不同。当然，这并不是说学术论文写作如何了不起，因为自己身处这样的工作与人生选择当中所以我们自吹自擂，这里要表达的只是：如果要选择学术研究、撰写学术论文作为自己的目标或事业，系统的学术训练是一个十分重要的学术资格。

二是要有一定的学术功力。一般而言，如果一个人拥有成系统而且有素的学术训练背景，我们则可以假定他具备一定的学术功力，或者说，当一个人有一定的学术基础，学术基础达到一定积累，这种积累便可形成一种学术的功力。基础厚实的学术功力可以弥补学术背景不足的缺陷。我们的学历教育、学术训练，其基本目的实际上就是夯实研究者的学术基础，然后锤炼学术论文写作者的学术功力。提高学术功力和夯实学术基础，这实际上是教育的一个主要效果。有些学者可能学术训练的背景存在缺陷，比如没有获得过高等级学位，但是他通过其他途径积累了非常厚重的学术基础，具有非常优厚的学术功力，那么这也可以弥补学术训练背景的不足。在过去，有的学者由于特定历史原因可能连大学本科文凭都没有，但由于家学渊源非常深，家庭背景是书香世家，他们从小在父辈指导下读书，同样可以写出非常优秀的学术论文，成为优秀学者，在顶尖大学做教授。这样的学者就是通过卓越的学术功力弥补了以文凭学位为标志的学术背景的不足。

三是学术论文写作对其写作者是有资格要求的，这种资格首先就是要有教育背景，要有学位学历的保障。如果说，学位学历的保障可以通过另外一种资格条件的途径来弥补，这就是对写作者拥有厚实学术基础和较好学术功力的要求，那么这种理想的学术基础和学术功力的养成则需要一种培养机制来实现。既然当今社会大部分人没有极为深厚的家学渊源这种条件或机缘，那么我们则只能必须到教育体制当中去扎实地攻读学士、硕士和博士学位。攻读的目的不仅仅是取得文凭、学位，而是要训练我们的学术能力，夯实我们的学术基础，培养和造就我们相应的学术功力。

生活中，我们经常看到一些反例，有的学者没有很好的学术训练背景，同时也没有条件从诸如家学渊源中去取得较好的学术基础和学术功力，仅凭借着悟性与聪慧也走进学术研究的队伍、从事论文的写作，但是由于上面两个资格条件的欠缺，其学术成就往往终归会受到影响，这样的学者也可以产出很多成果，写出很多学术文章，但其论文往往局限在相对狭小的选题范围，与视野和水准同具有相当学术背景、学术基础和学术功力的学者区别比较明显。

在中文学术研究领域，在任何一个时代、在任何一个地区都可能出现一些自学者的进入。各个领域里面都有，不过中文方面的自学者似乎最多。他们并不具有相应的学术背景和相当的学术训练，也不具有厚实的学术基础和学术功力，仅仅通过自学，凭借某种得天独厚的材料获得途径，或者某种悟性，就能够完成一些学术研究方面的工作，但是他们的成就终归非常有限。有必要指出，民间学者对学术极为虔壼的认同态度以及那种超乎常人的辛勤努力是非常值得敬佩的！对于这样的朋友，我们永远不应该先入为主地轻视、小瞧他们，虽然他们在某些方面确实训练不够，需要做一些基础性的弥补与积累，但我们应该尊重他们，对他们保持一种敬意。这是第四个资格。

在这方面，江苏浙江一带特别值得我们研究中国现当代文学的学者重视。在这些地域我经常遇到一些民间学术爱好者，他们的特点是没有相应的专业训练背景，学术基础和学术功力都有所欠缺，但是他们对某些学术问题保持着一种非常虔壼的认同，对学术非常热忱，而且他们都非常聪慧，都取得了一定的成绩。比如浙江十分令人尊敬的姚辛先生，他专门研究左联，亲自北上南下四处寻访，搜集并核实了非常翔实丰富的史料，先后出版了十分有分量的《左联辞典》、《左联画史》、《左联史》等书籍，就那些资料的整理而言，姚辛先生做得非常优秀。

浙江还有一位可敬的学者：顾永棣先生。他也是研究徐志摩的民间学者，没有相应的学术背景，但是他利用和徐志摩同乡的优势，数十年如一日地寻访、查找、整理相关资料，《徐志摩诗全集》、《徐志摩传》、《徐志摩书信日记诗精选》都是他的成果，做得也非常优秀。浙江类似的民间学者还有王敬三先生，他的背景与中文学术研究没有任何关系，但是他对金庸的小说特别喜欢，并且付出了极大的努力去做研究，并取得不错的成果。

这些学者都非常可敬，他们的学术热忱要比一般专业学术人士高很多，他们凭着这份热忱，利用业余时间去坚持钻研学术，坚持撰写学术论文。很多时候，这些研究者写作者都不具备前面提到的两个资格条件，但是他们具备另外两个资格：真诚朴实的学术态度，虔悫深切的学术认同。有些学者甚至有着为学术献身的精神。

从事学术论文写作并非需同时具备上述四个资格条件，某些方面不具备，可利用其他方面来弥补。但是假如你是一个有志于学术研究、学术论文撰写的学习者，没有前面提到的特殊的学术渊源背景，也没有特别巧合与丰富的学术资源搜集优势，或特殊的天赋和才能，那么我们最好在充分利用社会相关专业培养机制的基础上，尽量同时具备上述四点。一般来说，只有这样，当我们选择学术研究与学术论文写作作为自己终身职业时，我们才会比较自信，而且能够取得相当水准的收获，并同时拥有轻松愉悦的感受。

既然并不是所有的人都可以从事学术研究和学术论文的写作，从事者必须具备上面提到的条件，那么我们现在可以理解，想要成为合格的学术论文撰写者十分不易。学术论文本身也是文章，但是它同一般文章不同，学术论文是一种高规格的文章，它要求写作者必须有相当的资格，有相当的训练、相当的功力、相当的积累，而且还要有端正的学术态度，对学术有虔悫而深切的认同。学术论文写作对写作者有资格要求，这本身就说明学术论文本身有非凡的规格，有不一样的规定。在学术论文写作的意义上，我们有必要为学院派正名。

从人们对西方文化经典进行解读开始，我们就批判所谓的经院哲学，自此“学院派”也常常作为一种酸腐气十足的因循守旧、规行矩步、思维凝固、表现教条的文章和学术成果的学术风格概括而存在。一般来说，以学院派作为称谓的都是在否定意义上使用这个词语。可是学术研究，学术论文的写作恰恰需要学院派这样的风格，需要学院派这样的做派。

许多场合都会有这样的主张，我们的文学研究，应该文体活泼，应该把批评者、批评家、研究者、学者的思维灵性体现出来，通过富有诗性的词语表达出来，让我们读到文学研究文章时，不那么枯燥乏味，应具有一种诗性的灵动和灵性的光彩，也就是说走出学院派传统。① 不过作这样的表述时，针对的问题对象是文学批评、文学评论，而不是文学史研究和文学研究的学术论文。曾有专门文章强调文学研究的学术论文应该与文学评论或文学批评的文章有所区别②，但是学术界在这方面的自觉意识很薄弱。《文学评论》是文学研究领域最权威的学术刊物，其刊名是“文学评论”，但其定位实际上把文学评论跟文学的学术研究整合在一起。其实《文学评论》1957 年创刊时就叫《文学研究》，1959 年才由于当时的历史政治等原因改名为《文学评论》。

文学评论文章与文学学术论文在规格上完全不一样，这个问题对于研究生的学术训练来说非常重要。明白它们之间的差异性，我们可以避免在学术训练方面走弯路，它可以让我们非常清晰地明白学术功力的训练应该往哪个方向走。需要说明的是，从文

① 如朱寿桐：《文学评论的历史形态与当代发展》，《创作与评论》2014 年第 2 期。
② 如朱寿桐：《重新理解文学批评》，《文艺争鸣》2012 年第 2 期。

章角度而言，学术论文的规格是最高的，它的要求也是最严的，但并不是说文学评论文章就不如学术论文，这是两个问题。就个人而言，包括在文学研究方法的范畴内，我经常对鲁迅的文学批评、文学评论文章表现出五体投地的崇敬，但这与我们应自觉重视学术论文写作的特殊性并不矛盾，文学学术论文规格是高的，但高并不一定意味着好，写得真正最精彩的最好的文章还是文学评论。

学术论文的写作目标是揭示真理性的或者真实性的学术发现，而文学评论和文学批评可以揭示真理性或者真实性，也完全可以不揭示，它完全可以按照评论者、写作者自己的感觉观察，说出只属于个人的主观感受。对比之下，具有良好学术训练基础以及学术把握能力、学术功力的学术论文撰写者，其笔下的论文必然会形成学院派风格，其写作特征主要体现在下面四个方面：

第一，思维的正规化。整体而言，用于指导学者学术研究的理论方法，必须是公认的经典性的资源，支配着学者思维的理论方法必须是公认的经典。中国经典古代文论、西方经典理论，还有现代的经典理论，这些思维往往是比较正规正统的。我们在思想界也会偶尔遇到一些非经典理论，这种非经典理论有时非常富有启发性，但它不够经典，一般来说，我们不能指望用这种突如其来的、标新立异的思维方式或思维框架来指导我们解决文学研究领域的问题。一种突如其来、旁枝斜出、极富挑战性同时也极富启发性的、别致的思维，不能够取代正规的经典性的理论和思维方式。我们的学术研究应该依托公认理论经典、正规思想理论资源，通过它们来调试我们的思维，指导我们的学术研究。非经典的、有时让我们耳目一新的、富有刺激性甚至侵犯性的思想资源，一般来说不宜用来解决学术问题。

第二，材料的正统化。学院派学术论文写作要求我们的学术研究有新观点、新方法，还有新材料，这是最高境界，而且这种材料的选择应源自正统、正规的路径。比如我们引用的书证必须是源自比较可靠而且权威的出版机构，对于新发现的材料，则一定要认真分辨其来历是否可靠正统，这一点特别重要。在20世纪70年代，郭沫若就曾因疏于认真考证《坎曼尔诗笺》来源的正统性、可靠性而闹出笑话，而当时中国社科院文学所的研究员杨镰则经过大量认真细致考证，揭示了这个历史上颇为有名的骗局。使用的材料是否正统可靠，这是写作者学术系统训练是否有素的重要标志之一。

第三，语言的学问化。学院派的学术论文写作还要求语言表述要有学问意识，要有学问化的语言处理的自觉。一篇文学评论可以用非常时髦的语言，文学化、口语化、网络化的语言都可以使用，但撰写文学学术论文，要离开口语化、时髦化，包括文学化的表达，学术论文要尽可能学问化、学理化和书面化。

钱锺书先生曾经对文言与白话文、述学语言有很深入的思考，他在《林纾的翻译》、《与张君晓峰书》等文章中都谈到语言处理的自觉意识、古文的特殊性及表达雅化等问题，而其《谈艺录》、《管锥编》等著作正体现了这种非常强烈的学理化、学问化特征。关于述学文体雅化、学理化问题，撰写《现代中国的述学文体》的学者陈平原曾阐述说："倘若正文（白话）的质朴清新与引语（文言）之靡丽奇崛之间落差过大，作者与读者都会感觉不舒服。也许是耳濡目染，古书读多了，落笔为文必定趋于'雅健'。"①应该承认，语言的学问化要求尽可能使用学理化和书面化的语言，有时候也不乏包含比较古雅的表述方式和表述要素，文学学术论文正应该通向那种精确雅致的表述。

第四，表述的规范化。学术论文表述的规范化首先包括字体、结构、注释等格式规范，除此之外，还包括论文表述细节部分的规范。这些都是源自学问本身的要求。博士生、硕士生提交的课程论文经常出现表述不规范的问题，这是我们的责任，主要原因是学术训练还不够。比如："现代文学如何如何"、"当代文学如何如何"，在学术论文中我们必须要表述为"中国现代文学"、"中国当代文学"，"现代文学"和"当代文学"是一种口头表述，还有另外一些简称，如"文学研究会"写成"文研会"，以习惯性的口语化表述纳入学术表述，是一种学术习惯，体现为学术训练不够严格，写作者缺少自觉的表述规范意识，需要特别注意。一般而言，学术论文不鼓励在表述中使用简称和缩略语，尤其是在汉语学术中，我们更要自觉使用正式正规的表述。

二、学术论文的读者及其规格

关于学术论文为什么是最高规格的文章，从学术论文读者视角而言，我们要意识到文章的规格往往决定于作者特别是读者的规格。因为学术论文的理想读者是从事相关学术研究的专家，现实中他们不仅仅是专家，他们之中必然包括学术论文作者的导师或者导师辈的对论文有评审权利和评审资格的学者。这意味着学术论文的读者有理由被界定为学术水平、学术能力和学术判断敏锐性都高于写作者的专业人士。或许会问，秘书写给领导看的讲话稿，算不算是最高规格的文章？当然不算。否定回答的理由在于：仅就文章的学术水平而言，秘书的水平未必低于他所服务的领导，而且那些文章真正的理想的读者并非领导本人，而是在相关方面比领导和秘书水平相对低一些的干部或群众，在这个意义上，领导的讲话报告是居高临下的，和学术论文的情况截然不同。因此，正是因为学术论文的读者，特别是理想读者的专业水平常常比作者更高，所以，学术论文有理由被界定为在所有文章类型中（学术）规格最高。

当然，就可能性而言，学术论文的读者也有可能是后起学者、后辈学者，是撰写者学术上的后来者。但当面对这样的读者时，学术文章的规格并不会因此被降低，因为学术论文作者健康的主体意识不会将自己"下调"到"次格"的地位。从理论上讲，我们在权

① 陈平原：《分裂的趣味与抵抗的立场——鲁迅的述学文体及其接受》，《文学评论》2005年第5期。

力、能力、影响力比我们高的人面前，比如同行、专家、师长、领导面前，我们会尽可能表现出更高的人格水平，但是在后人面前，在后起者面前，包括在学生面前，我们往往并不会降低自我要求，反而甚至以更加努力的姿态来保持较高的人格水平。这点在生活中的体现有很多，很多老师自己开会时可能也会有小动作，不专心认真，但如果身边有学生，大部分老师都会比较克制。

从这个意义上讲，学术论文的读者无论是作为理想意义上的专家权威，还是作为现实必然意义上的导师与评审，还是作为可能意义上的后起学者，无论读者从哪个层面审视，学术论文都应是最高规格的文章。

从读者的位格来设定文章的规格是非常重要而且有效的。曾有一段时间，人们对中国文学学术论文用汉语而非英语撰写很有异议，但倘若用“异格读者”的原理来分析，这个问题会变得很简单。中文领域的资源绝大部分是以中文语言即汉语形态存在，这意味着它最理想的表达语言也应该是中文也即汉语，外语固然可以表达汉语学术成果，但外文表述的学术成果的读者是怎样的群体？我们都知道国外真正能够深刻理解中国文化、中国学问的是懂中文会汉语的汉学家，对于其他那些不懂中文但又希望了解中国文化的读者，他们的首选阅读对象不是我们的学术论文，适合他们的是用外文介绍中国文化、中国文学常识性内容的文章书籍。对于用汉语撰写的研究中文资源的学术论文而言，我把那些不懂中文的读者称作“异格读者”，他们完全是在不同的话语体系、不同的思维状态、不同的文化历史以及不同的语言使用习惯背景之下的读者，我们不可能把学术论文这种高规格文体之下的学问，通过他们熟悉的语言传导给他们。对于异格读者来说，只有当我们将相关知识或学问通过他们所能阅读与接受的语言翻译之后，他们才有可能理解，当然，翻译之后的文字必然是介绍性、常识性、普及性的文章。

对于学术论文的读者而言，明确论文的规格意识，有助于正确理解论文的规范性呈现的必要性，以及对作者提出相应要求的正当性。一般来说，学术论文的读者有足够的理由和权利要求他所阅读的对象本着学术规范和学术呈现的既定范式完成自己的形态，学术论文的读者可以随时带着商榷性的态度完成他的阅读，并且作出相应的读后反应。学术论文、学术论文的作者和学术论文的读者之间构成的质疑、商榷关系，可能反映着一种正常的学术环境和学术状态。这正是学术论文处于文章规格的高端状态的原由。于是，学术论文的理想的读者其实是最高端的读者，他的阅读是真正的学术阅读和学术性接受，依然是最高规格的接受。这样的读者意识、阅读意识，以及关于阅读者的规格意识，是论文作者认知学术论文规格及相应要求的理念保障。中国现当代文学的学术论文以及相关的学术操作，与传统的学术保持着相当的距离，又受到西方学术文化的持续影响，因而其学术形态、学术方法、学术表述和学术呈现的路径等等，都缺少自身的原创性，都需要在传统与现代的夹缝中寻找自己的生息空间和发展空间，这种情况下，与论文的规范意识相联系的论文规格意识显得尤为重要。

对于中国现当代文学学术论文操作中的规格意识问题，张福贵曾在一次研讨中表述了不同的意见，认为中国传统学术并不以论文呈现，其常态往往是评点、校注、编集等等，传统文学的学术论文写作所体现的学术意识更多来自现代学术。这样的观察是准当的。作为中国现当代文学研究的领军人，他一直在论证中国现当代文学的学术自信，其实也正体现着他对中国现当代文学学术论文规格的认知。传统人文学术体现着浓厚的“学问”意识，在探问中求学，时刻准备应对来自各方面读者的探讨和诘问，这同样是高规格的学术意识的体现。

三、学术论文的学理目标与规格意识

从学理目标角度来看，学术论文也是最高层次、最高规格的文章。作为学术研究的成果，学术论文的目标是向揭示真理的方向努力，揭示真理，哪怕是部分真理，同时揭示历史的本真，哪怕是部分的历史真实。

杨义先生最近几年热衷并致力于还原学，先后出版了《庄子还原》、《论语还原》等著作，他把先秦诸子一一还原，尽可能地还原到历史的原真态。学术论文和学术研究就是对历史的真实性进行揭示，对理念上的最接近真理的部分进行揭示。这样的学术诉求和学理目标决定了这样的文章必须是高规格的。其他领域的文章也有高规格的呈现，但如果不是以真理性的解释，或者不是以历史的原真性的揭示为目标，就不会体现出这样的高规格。类似于管理学的、社会学的、商学的、法学的文章，它们更要解决很现实的问题。中国现当代文学研究论文固然也要对现实面临的问题作出回答，不过主要还是对文学现象和文学史中包含的相对真理性的或者历史真实性的对象进行揭示和还原。

学术研究与学术论文写作，避免不了现实的、临时的、突发性的问题，但不应以解决这些问题为旨归。中国现当代文学研究越贴近文学理论和文学史的学术解析，或历史真实的意味就越强，因为当它离现实性、实用性和功利性有一定距离时，它就更有可能接近探索真理和原真事实，作为研究成果的学术论文其规格自然也就显得更高，而且这样的学术论文，学术研究成果占据历史高位的时间会更长，影响力会更久。

如果说学术研究、学术论文写作追求抵达相对性真理或者揭示相对性事实，那么，这些都自然会通过一种极为客观的学术结论予以展示。而我们的主观性或者主观所蕴含的魅力，思想的魅力和风格的魅力则体现在：当我们抵达这个学理目标时，它的抵达方式应具有我们的个性，以及我们对学术事实的揭示，应有某种独特的发现的眼光。所以，抵达方式和抵达载体方面是集中体现研究者研究个性和魅力的窗口。因此，我们更加有必要清楚地认识学术论文表述方式和结构方式与一般文章的区别。学术论文对于学理的表述必须有自己学问化的表述方式，不可太风格化，要体现出一种学问的严整性、严肃性，这也是学术论文规格的一种体现。

有些论文经常出现“我认为”、“我觉得”，或者把“我”换成“笔者”，“笔者认为”、“笔者觉得”，这样的论文表述经常出现，其老气横秋之风在年轻研究者笔下也屡见不鲜。这样的表述并不是错误，主要是显示作者缺少论文的规格意识，因为一个高规格的学术论文应该是揭示真理，揭示相对真理或者揭示一种基本的历史，不是表达个人主观观点，作者的观点必须是在真理性的揭示和事实性的还原当中自我呈现，而不是以极主观的方式把自己的观点直接说出来。学术论文揭示的是相对真理性的结论，或者是对历史事实真相的还原，而不是某个写作者的主观感受。学术论文的表述，应该尽可能地在相对真理性的层面展开，在一种相对的历史事实的原真性的意义上展开。自己的建树，自己的风格，自己的独特的贡献，应该隐藏在富有个性的学术目标的实现当中，或蕴含于发现性的学术资源的阐述当中。

文学评论可以有主观的表述，但是学术研究不能以自己的爱憎好恶作为论述依据，因为它不符合学术研究、学术论文写作的学理目标，我们的学理目标是要揭示某种真理性的东西，某种事实上的原则性，正因为这样，学术论文才是一种我们不得不承认它是最高规格的文章。郑重地补充一点，所谓最高规格是在学理的层面而言，是在对写作者有所要求的基础层面而言，是在学术论文的理想的读者设定的层面而言。学术论文是最高规格的文章，并不是说它是最好的文章，比所有其他文章更优等、更美的文章，也并不是说每一篇学术论文不管你写得如何，它都是最高规格。正因为从写作者、撰写者的定位上角度而言，应该把学术论文确认为是最高规格的，所以我们更要正确、准确、郑重地对待学术论文写作。

就目前而言，我们的学问运作体制已经注意到学术论文是一种最高规格的文章，比如：现在学术论文一般都是依托专业化的平台发表出版，这是一种规格的体现。学术论文媒体平台日益专业化，而且这些媒体平台被划分等级，这种等级制就说明我们已经把学术论文视为一种必须对它提出规格要求的文章种类。对其他文章而言，比方说在小说、诗歌等文学作品发表方面，等级意识、专业化意识并不强。从表面上看，这是对学术论文的挑剔性评价，但实际上它是人们关于学术论文自觉的规格意识的体现。包括人们对论文规范性的要求，特别是对论文原创性的强调，对于这些我们都要意识到其背后是人们把学术论文视为具有特别规格的一个文体来对待，对其他的文章不会有这样一种外在的、程式化的规范性要求。

除了在社会评价体制方面体现着我们对学术论文的规格意识，在学术论文内在运作规则方面也体现着我们的规格自觉，比如：现在学术论文的专家评审制度越来越健全，越来越突出。在社会运作层面，不管它有多少缺陷，多少不合理，但是它至少把学术论文视为一种应该有规格要求，而且规格要求比较高的特殊文体。

在研究主体方面，我们自己也应该有相应的规格意识，这种规格意识主要体现在以下几个方面：

第一，撰写学术论文与写其他文章不一样，我们必须尊重学术传统和已有的学术成果。换句话说，越是正规的学术论文，越是有规格意识的学术论文，越应该尊重相关研究传统和已有成就。

第二，撰写学术论文要尽可能丰富地去收集各种各样的学术资源。撰写一般的文章，当写作者一时无法找到某本书或某篇文献，可以选择忽略或回避，但是写学术论文不可以，撰写者要尽可能地收集全所有资料，而且尽可能地开发相关的资源，“上穷碧落下黄泉”，只有这样才可能真正抵达收获可靠的，相对真理性的、原真性的结论。

第三，学术论文必须向最理想的状态推进。最理想的状态表现在无论是理念层面、方法开拓层面，还是材料的搜求方面，都要尽可能健全，尽可能深入，尽可能在表述上达到自己最满意的水平。相应地，相关论文的发表途径、发表平台，以及发表后的学术反响等，也尽可能地达到最为满意的境界。

王瑶先生自己或者他信奉的治学名言是“板凳宁坐十年冷，文章不写半句空”，这应该是对学术论文理想状态的一种描述，同样体现出有关学术论文的可贵的规格意识。这样的意识表明，学术论文写作和操作是一种非常严肃的治学行为，必须将它推向理想的、不留遗憾的状态。唯有明确的规格意识，才可能将学术研究包括中国现当代文学研究的学术论文写作和操作推向理想的状态。葆有这种规格意识在学者那里是非常可贵的。范博群教授是中国现代通俗文学研究方面最有建树的大家，他研究的是通俗文学，但他从来不把自己的学问看成是通俗的写作，他总是带着他的团队将通俗文学研究当作严肃的文学史研究课题，他们总是在学术的理想层面展开他们的研究成果，这同样是他正确的学术规格意识的体现。

学术论文的高规格意识决定了学术论文的高品格，品格是规格意识的一种外化，也是规格意识的实践结果，撰写学术论文时必须要有规格意识。

第二十章
学术论文的品格意识

学术论文的高规格决定了其品格同样具有区别于其他种类文章的高规格特点，学术论文的学术品格要求学术论文必须具有学术可信度，其行文风格往往规范严谨甚至死板，写作时忌讳花拳绣腿、引而不发、绵里藏针、声东击西。学术论文的学术品格要求学术论文必须彰显学术真诚，写作者要有真功夫，体现真见识，显现真品位。学术论文的学术品格还要求文章必须体现严重性和严肃性，表述不可轻飘随意，态度不可非学理化，同时，学术论文的品格还要求写作者对学术论文要具备直接性与合度性的目标感，能够准确预判论文的最终状况，也能够比较合适地控制选题大小和具体写作。从文化品格而言，学术论文还要求写作者的文章是蕴含自己特定文化见解的有思虑的表述、有传统的表述、有准备的表述以及有分寸的表述，这四点也正是学术论文文化品格的体现。只有建立良好的学术论文学术品格及文化品格意识，写作者才能写出高品质学术论文。

当建立学术论文规格意识的任务已经完成，写作者对学术论文品格的认知也应继续深入。学术论文的高规格首先取决于论文作者与理想读者之间由下而上的关系状态，因为生活中极少有文章无论从理论角度还是从现实情况角度而言，其读者都是水平更高、素养更深厚的专业人士；学术论文的高规格亦取决于学术论文其自身学术性、真理性、原真性探索的根本属性，学术论文本质上是我们与真理、原真性事实的一种对话，而且，学术论文的价值实现途径也决定了其自身的高规格特点，在所有文章种类之中，唯有学术论文是通过其自身学理性力量而不是通过行政、道德、政治、商业等其他途径因素实现价值的。学术论文既然是一种高规格的文章，那么其文章内容的品相、学术品格以及文化品格自然也都同样具有区别于其他种类文章的高规格特点。

一、学术论文的学术品格

学术论文品格主要体现为其学术品格，学术论文追求的是学术原真性、真理性事实，通过不断接近真理而取得自己的学术可信度。这是学术论文与其他文章的主要差异所在。

这一追求真理、追求历史原真性的学术品格也决定了学术论文不可能像其他文章那样丰富多彩，相反，严格规范甚至死板枯燥往往是人们对学术论文的第一印象。学术文章当然也可以写得生动有趣，比如鲁迅先生的学术演讲《魏晋风度及文章与药及酒之关系》，这篇学术讲稿学术性极强，但是鲁迅先生以其惯有的幽默讽刺笔法让全文非常生动，只不过这样的文章极少，大部分学术论文总是让人感觉仿佛板着面孔，我们应该承认，严肃、严谨、规范甚至死板是学术论文的常态。要写出《魏晋风度及文章与药及酒之关系》这样的学术文章，其背后对作者的学问储备、表达功力等诸多方面要求极高，鲁迅先生这篇文章确实十分生动而有趣，不过它不是学术论文的常态。

在研究台港澳文学和海外华文文学方面非常有成就的古远清先生，一方面写严肃的论文，一方面也注意克服这种沉闷的学术写作，曾使用学术相声的形式进行发言，以插科打诨、幽默风趣的方式谈论学术问题，分享学术见解。古远清先生的发言很生动有趣，但这样的成果一般来说不太适合发表于正规学术期刊，因为它不是正规严肃的学术论文，不能真正体现学术论文的学术品格。正是在这个意义上，学术论文为了保证其自身学术品格，凸显其自身学术可信度、规范性、严肃性，其行文风格及引用注释格式等诸多细节要求远远更多于、更严格于其他文章。这些要求在带来“不便”的同时，正凸显了学术论文的学术品格，也决定了在实际学术论文撰写过程中，写作者必须谨慎对待，心有忌讳。

写论文，忌讳花拳绣腿。撰写学术论文时，我们需要考虑各种各样的论证方式与方法，但是要注意，一般来说我们所采用的方式方法越传统、越朴素、越经典越好，不能盲目选择很炫酷、新潮、时髦、很出人意料的论证方式。要警惕异常烦琐、故弄玄虚的论证方式，因为学术论文的目标是求真，接近真理性，寻求历史事实的原真性。

撰写其他种类文章时，比方说写一个批判性的驳论杂文，我们批驳一个观点是可以独辟蹊径、出其不意，鲁迅的杂文就经常如此，但是写学术论文恰恰不能这样，学术论文尽量要回归学术论证的原真态，为真理服务，要采用大家都能接受的论述方式。并不是不能独辟蹊径采用新的论证方式和表述方式，也不是不能使用富有个性的论述方式，但一定要慎重对待。当新方法还没有成熟到大家都能理解与接受时，或者我们没有能力完全掌握它时，标新立异的方法要慎用。因为学术研究的真理性、原真性尤其是可信性要求必须建立在一种大家都能够接受理解，能够达成某种共识的方法基础上，新方法的运用应该提倡，但是使用者必须首先自己熟练掌握，而且能够使读者同样接受理解这种新方法，在此基础上，大家可以共同运用这种比较新的方法推进相关学术研究。

对于其他种类的文章，方法新颖，别人不十分理解，或可得过且过，但对于学术文章，其高规格与高品格的特性决定了其无论行文表述还是研究方法途径，都应以大家能够接受理解为基础。

写论文在论证说理方面不能引而不发。一般的政论文、社会批评的文章可以引而不发，有的文章蕴含某种暗示力在行文中，不直接显露这种暗示力甚至是一种很好的行文方法，但学术论文不能如此，学术论文需要说理充分，结论明了，逻辑清晰，文中的事实形态被揭示得越清楚越好。学术论文和外交辞令不同，外交辞令有时可能会闪烁其词，引而不发，像打太极，但其有自己的原因，外交发言人和学术论文撰写者的身份不同，两者的使命更不相同。

在我们丰富的人生中，的确会有一种或数种职业要求我们的表述尽可能含糊其辞，或者引而不发。除了外交场合，还有处身于金融行业掌握某种重要信息的人们，他们的发言往往具有影响市场行情的作用，因此不得不采取闪烁其词或者引而不发的方式发言。但这样的表述方式与学术论文的写作并不一样。学术表述需要准确到位，畅快淋漓。学术论文的学术品格要求我们不但要每句都言之有物，而且要尽量清晰明确，言之确凿。

学术表述忌绵里藏针。我们做学术研究时，思路观点都要尽量清晰明确，直截了当，尤其涉及某种预期时，更应该有充分的学术自信，用非常清晰的语言予以明确的阐释，不能用暗语、暗示、依赖读者自己揣摩揣测的方式进行，否则即使事后证明之前的预测思考是正确有道理的，这个过程本身依然极不爽快。学术品格要求学术论文必须具有学术可信度，而学术可信度必须建立在学术真诚的基础上，当我们通过自己的研究获得发现、收获，应该毫无保留地展示出来，分享出来。掩藏学术论文的核心观点，用不切题无关宏旨的话语进行缠绕，掩盖论文的真正学术发现或结论，这些都是要避免的。

论文表达不能声东击西。学术论文写作不能言在此，意在彼，也不能言犹未尽。学术真诚要求我们的学术成果应毫无保留地呈现出来。学术研究的方法，学术表述的风格与规范，所有这些细节都必须回归到学术对于原真性、真理性的追求层面。这样才能达到一种境界，保证学术论文其自身品格与其他文章，如文艺性杂文、社会批判性文章有根本不同。学术文章必须以争取学术可信度，追求事实的原真性和理论的逻辑的真理性为基本诉求。这样的学术论文自然也就应该以一种朴素、真诚、规范的，当然也可能以比较死板的形式样态呈现，这是学术论文学术品格的内在要求。

学术论文必须彰显学术真诚。从学术品格来说，学术研究从来都是真诚的事业。关于学术真诚，我们可以将其概括成三个“真”：论文写作者要具有真功夫，要体现真见识，要显现真品味。这三方面都是学术真诚的具体表现。

学术论文的学术品格要求撰写者体现一种真功夫，这里的功夫首先包括理论功夫，写作者需有相当的理论修养，不仅读过、读懂相关理论，而且经过自己消化，能够将理论娴熟自如地应用。有许多学术论文，文中确实有理论，但是理论像结石一样非常生硬地存在，作者没有将其化解，读者能看到，但更加化解不开，这可以说是“理论结石”，就像肾结石、胆结石一样，它是一种“结石现象”，作者没有化解的理论慢慢不断积累，直至变成让作者、读者都不舒服的“结石”。这种现象其实就是缺乏理论功夫、缺乏真功夫的现象。对于理论，我们必须应该在充分理解接受的基础上，能够熟练地、圆熟地、精炼地把它们化解成可以为自己灵活所用的元素、资源，这才是真的理论功夫。通过临时恶补查阅一些理论，然后写论文，就可能出现类似的问题。

真功夫还包括资料功夫，学术论文写作要求写作者有真的资料功夫，它一方面体现为对资料深度的揭示，对某种资料把握到别人无法把握的历史深度；另一方面体现为对资料广度的把握，涉及某一些作家、某些文学的现象，写作者不光阅读直接相关的具体资料，还应在边缘外继续延伸拓展。查阅资料时边缘感太强，将文献资源边缘“切割”得过于整齐明确都是资料功夫缺乏的体现。中国现当代文学研究原不像中国古代文学研究那样，以翔实的史料和版本校勘取胜，但这一学科同样形成了资料研究的优良传统，孙玉石、陈子善、刘福春、陈福康等学者在这方面的贡献殊为明显，傅天虹、刘俊、陈瑞琳等在台港文学和海外华文文学方面也积累了充实的资料研究成果。澳门文学的资料建设也功不可没。

此外，真功夫还要求有真的论证功夫，就是进行逻辑论证，或者统计学论证的功夫。撰写者在论证方面要具有扎实的逻辑把握、归纳推理、对比分析的功力。然后，则是写作功夫，写作者能够通过自己的语言，把论文比较完美地呈现出来的写作的功力。

于是，我们可以看到，即使是一篇不长的论文，撰写者都要把自己的看家的本领全部使用上，应该把自己的几乎所有的功夫、所有的积累、所有的力量都投放上去，毫无保留，这显然是学术真诚的体现。

其次，学术真诚的彰显还体现在论文写作者必须要有自己的真见解，真正属于自己，经过独立思考、独立推导而得出的自己独立完成的学术结论。作为学者，无论具体从事什么研究，必须奉献自己的学术真诚，把自己通过学术研究推导出来的结论观点，非常真诚地呈现出来。这一点不容易，有时会受到各种各样的干扰。面对这些干扰，我并不主张不合时宜地跟某种社会思潮刻意对抗，但是作为学者一定要有自己的学术真诚，这种学术真诚可以在与某种社会思潮对接的时候，既合时宜合地宜，又能够固守我们的学术良知，坚守我们对于学术真理性追求，或者对于历史原真性探索的热情。

学术品格的真品位则主要体现在对论文选题的把握，对论证方式方法的意趣，以及学术展现的倾向性几个方面。真品位意味着撰写者在几个方面体现着完全源自真实内心的喜好、热忱与意愿。学术选题、学术论证如果不是从自己真实的学术兴趣、积累、爱好出发，而是源自其他因素，比如为了满足某种外在要求，非学术性要求，这样的研究往往在真品位方面会有一些欠缺，其成果一般都水准有限，选题往往比较勉强，不能体现我们学术研究的真品位，实际上也缺乏必要的学术真诚。现实生活有各种可能，但作为一种学术品格意识，这种意识我们不能放弃，学术研究与论文写作要讲品格、品位、见识、功力，要在这些方面体现我们自己的学术真诚。

就真诚的呈现而言，学术论文是最讲究的，其他文章的写作者完全可以把文化真诚、学术真诚放在一边，甚至可以把真诚进行技巧性的处理，置换为一种风格的展示或构思的方式。学术论文要求写作体现学术上的真功夫、学理上的真见识和学风上的真品位，进而彰显写作者的学术真诚，这是源自学术论文自身品格的必然要求。

学术论文必须规范严肃。学术品格要求学术论文必须规范、严肃，而且体现一种严重性。学术论文的文章形态确实相对比较死板，这种死板背后其实正体现着严重性和严肃性。所谓严重性，是指研究的对象、内容，包括选题都应具有比较重要的意义价值，有些选题意义价值过轻，很可能不适合用学术论文的方式去承载或展现。合格的学术研究对象在价值和意义方面都应具有一种严重性，有足够的分量感，这种存在于文化意义、社会意义，或者思想意义、历史意义，以及其他某个环节的分量正是研究者倾注学术真诚，全力以赴去对待的动力。

学术论文的学术品格要求论文的构架，从论文的外形到语言都应具有自己的特点。学术论文的外形与其他文章不同，学术论文的外形本身体现着一种严肃性和严重性，言必有据，言必存逻辑、言必呈真，学术论文必然要通向一种真实或真理性存在，这决定了学术论文的语言必须是一种规范的、书面化的、雅洁的语言。口语化、生动的，甚至网络化的语言表述可以写文学评论，但学术论文的语言必须要有严肃性，除非这些网络的、时髦的语言是以研究对象的方式在论文中存在。

另外，学术论文因为其学术品格，所展现的学术态度也必须是非常严肃的。学术论文不能用非学理的批评方式，这是一个有关学术态度严肃性的问题。生活里的一些文章可以采用嬉笑怒骂甚至侮辱和谩骂的方式行文，但学术论文的学术品格决定了学术论文是讲真理的地方，讲逻辑的地方，讲知识的地方，这个地方不应有非学理判断、非学理辱骂的文字。一本学术质量很高的中国现代文学史，这样描述新文化产生的背景：当时清廷对内“加强专制”，对外“屈膝投降”，从而激起了青年和民众的反抗。事实上，许多学术表述，许多中国现代文学史专著，可能都习惯于作这样的表述，但这样的表述就是采用了非学理性的语言，显然并不能体现学术性。事实是，那时的统治者做不到加强专制，因为那是一个“王纲解纽”的时代。周作人在 1920 年给《近代散文抄》做序时曾说

“小品文是文学发达的极致，他的兴盛必须在王纲解纽的时代”[①]，五四新文化运动正是在王纲解纽的那一态势之下产生的。事实上，当时的历史情况恰恰就是王纲解纽——想独裁专治，但无法真正实施独裁专治，天下大乱，各自为政，各自为主。关于对外屈膝投降，当事人确实算不上抗击外国侵略的民族英雄，但是李鸿章在签订丧权辱国的不平等条约后被人骂为卖国大臣。其实，作为朝廷大臣，李鸿章这样的人谁不想踏着红地毯接受别国的降表，难道他会愿意在丧权辱国的条约上签字？一本相应的传记曾让李鸿章这样“教训”周围的青年，“国真的那么好卖？”而且正是李鸿章，在签下《辛丑条约》不久后病逝，临终前留下绝笔诗，其中后四句是：“秋风宝剑孤臣泪，落日旌旗大将坛。海外尘氛犹未了，请君莫作等闲看。”所以，对于历史中的当事人，包括很多历史事件不可以用一两句口号简单定性，学术论文之中的学术判断更应该以历史事实和学理性的推导为依据，不加学理推导就给历史做一个批判性的非学理性的定位是不应该的，也是不符合学术品格的。

我们要有这样的意识，非学理性的判断体现的是非学理性的态度，非学术性的态度不具有学术态度应该具有的严肃性。尤其对于曾对国家民族做了产生负面效应事情的人，一骂了之，这不是学术品格的体现，学术论文写作者应该言必有据，努力恢复历史的原真，以学理性的理性推导为依据，说话负责任，以严肃的态度行文，这才能体现出学术的品格。

勃兰兑斯在《十九世纪文学主流》中曾提到一个例子[②]：在 1801 年，德国早期浪漫主义运动创始人之一的弗里德里希·施莱格尔为获得博士学位，在耶拿大学讲坛进行论文答辩，答辩时有一个教授指责弗里德里希·施莱格尔论文中研究的小说《卢琴德》充满色情，弗里德里希·施莱格尔直接回答说答辩的教授是傻瓜，全场哗然，另一位教授宣称三十年来哲学讲坛从没有被如此亵渎过，弗里德里希·施莱格尔则回敬说三十年来谁也没有被如此对待过。就事论事，施莱格尔没有错，他的博士论文和博士论文研究的小说本身有着根本上的区别，答辩教授的指责与判断，表现上也是维护学术研究学术写作的严肃性，但其评价就弗里德里希·施莱格尔的学术论文而言，是非学术性的，他混淆了文学创作和学术论文之间的定位差异，也混淆了学术论文与文学创作的品格差异。文学创作可能品格不高，但研究这篇品格不高作品的学术论文拥有其自身的学术论文的品格，不应混淆。作为学术品格在学术论文写作上的体现，学术论文的叙述一定应具有严重性和严肃性，不论我们研究的对象是否具有同样的严重性与严肃性，都应如此。

---

① 蔡元培、胡适、郑振铎等著：《中国新文学大系导论集·现代散文导论（上）》，岳麓书社，2011 年，第 160 页。

② 勃兰兑斯著，刘半九译：《十九世纪文学主流》第二分册，人民文学出版社，1981 年，第 63 页。

学术论文之学术品格另外一个体现是学术论文要有一种目标感和成就感。这里的目标感是指:写作者对学术论文最终篇幅规模、框架结构、学术深度等学术目标状态的把握,而且,写作者在论文目标感的把握方面要具有直接性,即不需其他周折便可比较准确地匡算出论文最终的大致形态。也就是说,当写作者确定一个学术论文选题后,在对选题相关学术背景情况进行基本梳理的基础上,便能够直接判断出这个选题是否可行、论文能否完成、完成后的学术水准等情况。

在学术论文目标感的把握方面,我们必须注意:学术论文是学术阐述的结果,是写作者结合学术研究目标,经过理论分析处理,然后经由一种学理性的陈述而形成的文章样态。对于研究者来说,无论研究对象的情况怎样,研究者都需要以一种学术论文的目标感为基础,对文章的具体开展尤其是最终样态能够有一个直觉的判断,事实上,这是研究者进行学术研究非常重要的动力,它通向一种成就感,虽然真正的成就感的最终获得需要写作者最终实现预定目标,但这个环节非常重要。

我们完全可以说,一个学者成熟与否的一个衡量标准,就在于他能否在选题之初就准确判断其研究的最终状况,准确判断写作者通过其理论推导、学理性论证是否可以到达一个相对理想的真理性程度,或者写作者对事实的揭示是否可以到达一个理想的原真性程度。对于学术训练不够的学者,他们往往在这方面比较薄弱,这也正是为什么博士生导师这一角色经常需要在目标感上帮助博士生对具体学术课题进行把握。一般来说,比较资深的学者,学术训练背景比较丰富的学者,在对一个学术研究课题和一个研究范围的把握方面其目标感是比较清晰的,能够很早就比较准确地判断相应课题是否有深入推进,实现预期目标的可能。

学术论文的目标感还需要具有分寸感、合度感。学术论文的选题非常忌讳大而空,选题太大很容易导致论述的空泛,但是学术论文选题也要避免太小,对于学术论文选题而言,并非越小越好。之前讨论学术品格严重性时曾提到,研究题目过小会导致选题分量感偏轻,选题的意义和价值分量感太轻时,就不适合做学术研究。在这个意义上,当一个写作者从目标感对学术论文选题进行把握时,大题小做固然不可以,小题大做也非常不合适。生活中,有些学者可能会不无谦虚地说自己只是做一些小题目,以小见大。这往往是一些有成就的学者,非常有经验的学者,他们可能确实小题大做,做出大文章,但这种情况只是对于他个人或对于他那样水平的研究者才可行,从普通学者尤其是学习者的学术品格的角度来说,小题大做也是一种学术目标感不清晰明确,学术分量感、把握分寸感不够的体现。对于初学者或年轻学者来说,不仅不能大题小做,而且也没有资格小题大做。

写作者应该具有的学术论文目标感要求我们大题目就要大做,小题目就要小做,中题目就要中做,这就是学术把握的“度”,是学术论文应有的合度感。对于一般研究者提倡甚至要求他们小题大做是非常不合适的,是不懂得学术品格,不懂得学术论文品格中要求写作者对论文的目标感需要有适度性、分寸感的体现。小题大做应有的含义是一个学术大家侃侃而谈，他谈论内容的学术切入点非常小，但是内容涉及面非常宽，视野非常广，见解非常深，背后的各种学术研究方法丰富多样，凡是相关的内容都被吸收其中，形成一篇很大也很厚重的学术文章。王朝闻的《论凤姐》一书可以说是典型的小题大做的学术文本，但也只有他这样的学者才有资格有条件作这样的学问。

二、学术论文的文化品格

从文化品格而言，学术论文应该是一种针对写作者特定文化见解的有思虑的表述，有传统的表述，有准备的表述，有分寸的表述。这些都是学术论文文化品格的应有体现。

首先，从社会文化及其建设的角度而言，我们有权利要求学术论文应该是一种文化见解的有思想的表述，这也是学术论文文化品格的第一点体现。学术论文应体现写作者自己的真知灼见，即使是学术资料整理性质的学术论文，也应该体现一种相当的思想表达的诉求。写作者整理、考证相关资料，整理统计相关数据，都应是为了证明拥有某一特定思想内涵的结论，而不是单纯罗列、排列数据或资料，进行一种数字排列游戏或资料统计游戏。游戏具有无功利性的特征，学术论文具有极其明确的思想见解与学术态度。

其次，学术论文不但是蕴含清晰明确思想内涵的学术性表达，而且其思想内涵常以一种焦虑的方式呈现出来，或者说，学术论文解决的常常是一种思想的焦虑。写作者的行文表述背后是一种"有思虑"的表达。所谓"有思虑"的表达，就是指学术论文背后的学术思想、理念长期困扰着写作者，令写作者产生了某种焦虑心理，这是学术论文的文化品格的一种展示。相关例子很多，比较有名的是鲁迅先生早期留学时发表于《河南》杂志的五篇文言文论文，尤其当我们结合许寿裳后来分享的："鲁迅在弘文学院的时候，常常和我讨论下列三个相关的问题：一、怎样才是最理想的人性？二、中国国民性中最缺乏的是什么？三、它的病根何在？"[①]《摩罗诗力说》、《文化偏至论》这些文章的"思虑"性特点显得异常突出。

学术论文文化品格的第二点体现是学术论文必须是有传统的表达。作为一篇学术论文，其研究的对象往往是写作者、学者长期焦虑、思考很久的对象，而且这种焦虑的思考常常并不是从今天的写作者这里才开始，往往是前人早已有之，甚至是极久远之前的古人。在这个意义上，写作者的学术论文必须要对历史、学术史、学术传统有担当，学术

---

① 许寿裳：《鲁迅传》，九州出版社，2017年，第23页。

论文尤其是人文领域的学术论文表述注定与传统紧密关联。戏剧研究领域有一种说法，说人物形象是性格的历史，这个表达背后的逻辑同样是：一种学术研究和学术论文的呈现，是写作者对于该学术话题的传统的推演的结果。学术论文是在传统的基础上进行的又一次一定程度上的创新，作为论文写作者必须尊重传统，而且事实上也无法做到无视传统。

学术论文文化品格的第三点体现是学术论文应该是写作者文化见解的有准备的表达。学术论文无法临时抱佛脚，它必须在写作者理论积累到一定程度、论证方法积累到一定程度的基础上进行。学术论文不是即兴诗歌，它必须是有准备的表达，突如其来的灵感确实可以作为学术的内容，但是无法成为学术论文的主体内容，学术论文的主体必须是写作者经过相当充分准备与学理性推理论证的有内涵的真理性发现或原真性事实还原。

学术会议可能会有学者在发言中说自己没怎么准备，只是简单谈几点感受。一般来说，大部分这样说的学者都是谦虚而已，而且学术论文不同于会议发言，作为严肃学术成果的学术论文，必须是有准备的表达。对于研究者，尤其是初学者，学术领域的谦虚更应该体现为在内心当中保持对学术的尊重，对学术研究对象以及学术受众的尊重。"没有准备"作为会议开讲的谦虚套话问题不大，如果作为学术论文写作者，这个问题没有准备，但还是要来说几句写几句，这就明显违背了学术论文的文化品格，学术论文的品格在文化层面要求写作者必须有备而来，而且是充分的准备。

学术论文文化品格的第四点体现是学术论文的表达应是有分寸的表达。简单来说，由于学术研究往往无法抵达绝对真理，只能相对接近真理，因此，这种客观现实要求写作者的学术表达应有分寸，不可太过绝对，不可做不负责任的学术判断。诸如评价某某作家的作品可能在中国现当代文学创作中最具什么什么的，或者说某某题材有某种可能，但之后又使用含有"最"的评价，这些都属于在逻辑上面没有分寸的表述，不符合学术论文的品格意识。其他种类的文章可以有类似表达，比如鲁迅在《阿Q正传》里开篇就说"他似乎是姓赵，但是第二日便模糊了"①，在阿Q第二次被抓进栅栏时，鲁迅又写道："他以为人生天地之间，大约本来有时要抓进抓出，有时要在纸上画圆圈的"②，这里的"似乎"、"大约"、"有时"都是意味着模糊不确定的副词，但这是文学作品中的表述，并非学术论文中应有的表述。

作为学术研究者、学术论文撰写者，我们可能很难在每一点都做到最好，但是我们要有学术论文的品格意识，只有这样才可能写出高品质的学术论文。

---

① 鲁迅：《鲁迅全集》第1卷，人民文学出版社，2005年，第513页。
② 鲁迅：《鲁迅全集》第1卷，人民文学出版社，2005年，第550页。

第二十一章
学术论文的规范意识

学术论文要有规范，这种规范性源自学术论文本身的求真品格、创新品性、可信品质以及严整品相的要求。学术论文以追求真理性、历史真实性为使命，这种求真的学术品格要求学术论文必须规范严谨；学术论文的创新品性看似与规范矛盾，但学术创新只能也必须建立在具体的论文规范的基础之上。事实上，学术论文的规范性就是为了更好体现自身的求真品格、创新品性、可信品质与严整品相。对于学术论文写作者，建立和养成学术论文规范意识非常必要，因为学术论文是最高规格的文章，其文章本身具有说明文章思想内容、作者资格、作者学术能力的“三重说明性”，而且学术论文的求真品格决定了学术论文必须是范式的呈现，学术论文揭示真理、真相的风格与特征也要求学术论文应疏离想象性、个人性，讲究规矩与范式。由于人文学术论文的原始形态源自古老的阐释经典的西方经院哲学传统，以及其价值呈现方式面向未来，因此学术论文具有规范是必然的，学术论文的规范意识是实现学术价值超越时代的有效呈现的重要保证，同时规范意识也是学术论文文化功能的体现。作为具体的学术论文规范要求，学术综述、切题、规矩的语言表述、文献应检则是其中最为基本的要件。

一、学术论文规范的必然性

所谓学术论文的规范性，是源自学术品格、学术品性、学术品质和学术品相等方面对学术论文的要求，亦即学术论文的规范性包含四个方面的要求：对学术论文品格的要求，对学术论文品性的要求，对学术论文品质的要求，以及对学术论文品相的要求。

首先，学术论文的规范性表现在其能够体现或者必须体现自身应有的学术品格：对真理性或历史真实性的追求。这一求真性品格要求论文写作者在学术论文操作、设计与呈现方面，都必须遵守某种规范。学术论文规范性是实现学术论文自身学术品格的路径，或者说，一篇论文如果旨在揭示某种真理，揭示历史的事实或文献真貌，其写作者就不可以用轻率随意的口吻、框架来完成，其文风必须严肃，其行文必须中规中矩，其论文整体必须体现一种范式。学术论文的格式不可为追求个性而自说自话，不管论文写作者平时写作的风格如何独特创新，学术论文写作必须要受到求真品格的约束，必须服从论文的规范。比如依据学术论文规范，论文写作者必须就选题梳理此前学术研究成果，进行学术综述，于是不管写作者是否把综述片面理解为拾人牙慧，不管写作者只想表述自我想法的意愿多么强烈，只要写作者将写作的文章定位为学术论文，综述就必须存在。无论写作者个人喜好、习惯如何，规范必须要遵守，这就是学术论文求真的学术品格的要求。

相较而言，人文学术研究其实已经非常自由，非常容忍个性，理科比如物理或者数学领域的学术论文，其规范性几乎将撰写者的写作个性压抑到最边缘地带，几乎是绝对格式化的写作要求，可以将科技类的学术论文独立为一种特别的文章类型，几乎可以说是与公式、图表相类似的呈现形态，庶几可视为这种文章类型的典型样态。这样的学术表述与人文学科的论文形态拉开了距离。它不像文科学术论文那样必须要字斟句酌地表述出来。当然，文学研究、语言学研究的学术论文不可能像理工科文章那样“机械”，但写作者应该认识到这种“机械”实际上就是规范。规范性的原则就是要维护学术论文的品格，体现学术论文写作的严肃性，在自然科学领域可以说直接体现学术研究的科学性。中国现当代文学研究虽然不必抵达科学性的要求，但作为一门严肃学问和学科成果的体现，亟需建立相应的学术规范。20 世纪末，卓有影响的《学术批评网》曾组织过学术规范化的讨论，《福建论坛》也作出相应跟进，这番讨论正是从学术论文的品格和规格意识出发的。

其次，学术论文的规范性还体现在论文的学术品性方面，这是论文学术品性的一种承载方式。学术论文的学术品性就是创新性，这里的创新与规范不但不矛盾，而且事实上，人文学术论文正因为有创新性，强调创新性，才要求写作者必须按照规范性操作，以规范性的论文呈现创新，因为创新的有效“认定”从不是来自写作者自身的声明，而是来自规范的论证。

论文的品格要求鼓励创新型的学术反思。例如对文学研究会，以前人们习惯性认为其文学倾向是“为人生”，是“现实主义”的或者说“写实主义”的①，其实也可以定其主要倾向不是或者说主要不是“现实主义”，而是“象征主义”。《小说月报》改版时，沈雁冰作为文学研究会骨干、《小说月报》主编，他倡导的是“现实主义”之后的“自然主义”，而他所倡导的“自然主义”是模糊的，一部分确实是左拉、龚古尔法国的“自然主义”，这是

---

① 这种认识在论文甚至教材中极为普遍，比如 2016 年中国人民大学出版社出版“新编 21 世纪中国语言文学系列教材”中曹万生主编的《中国现当代文学史：1898—2015》(第三版)，20 世纪 90 年代王康艺发表的论文《文学研究会小说创作的现实主义倾向》(《语文学刊》1997 年第 6 期)以及 21 世纪李建平发表的论文《文学研究会文学主张与创作实践论析》(《社科纵横》2007 年第 4 期)都持这种看法。

真正的“自然主义”。可是他倡导的“自然主义”还有一部分，他把梅特林克、斯特林堡这些文学也都归入“自然主义”或“新浪漫派”[①]，实际上这是后人所说的“神秘主义”和“象征主义”。陈独秀的观点与沈雁冰相近，陈独秀也觉得“现实主义”之后，“写实主义”之后，“自然主义”包括王尔德、波特莱尔[②]。陈独秀和沈雁冰同样把“象征主义”、“表现主义”、“神秘主义”都归到了“自然主义”里面，因此这样的“自然主义”在田汉的描述当中，被表述为“写实主义”之后的“新浪漫主义”[③]，“新浪漫主义”包含了各种各样的现代主义思潮。郭沫若也是同样观点。[④] 从陈独秀到沈雁冰、田汉以及郁达夫，他们有一个共同点，就是对“古典主义”、“浪漫主义”、“现实主义”讲得都非常清晰准确，而对“现实主义”之后的讲述就不甚清晰准确了，对于“现实主义”之后的新潮文艺，有的就改口叫“自然主义”，有的叫“新浪漫主义”。这种种概括都说明在文学研究会崛起的 1910 年代到 1920 年代，这期间的世界新潮文学不是自然主义，也并非我们现在认知中的左拉的自然主义，而是容纳了各种各样现代主义潮流的新潮文学。

事实上，文学研究会在着力强调“为人生”的现实主义的同时，也在极为努力地推动中国新文学的“新浪漫主义”运动或者说“现代主义”运动，理解这一点之后，我们才能理解为什么沈雁冰及其胞弟沈泽民在那个时期如此大力介绍西方象征主义、唯美主义和神秘主义文学。在文学研究会中，冰心的作品有非常明显的心理分析特点，茅盾特别欣赏其笔下的《超人》，再比如庐隐等文学研究会中非常重要的作家，他们的作品都有着非常浓厚强烈的象征主义倾向，还有文学研究会最重要作家之一的许地山，其作品主要特征显然不是“现实主义”。所以，从这个视角来看，文学研究会主导的文学倾向，包括相关创作、翻译、理论推介主张等等，都包含着明显的“后现实主义”倾向。对于如何概括“现实主义”之后这种新潮文学现象等问题，“后现实主义”是一个比较好的解决方案。

上面这种理解与概括如果核实之后发现之前确实无人提出，自然属于学术创新。当我们要把这个创新的学术观点用学术论文方式呈现时，写作者的表述方法、写作方法恰恰不能创新，要按照既有的学术论文规范格式，中规中矩、谨小慎微地推导论证自己观点的创新性。历史上，确实也有人用创新的、新颖的表述方式呈现自己的创新观点，比如尼采，还有鲁迅，但是尼采和鲁迅当时的语境不是作学术研究，对于极优秀的思想者，当他们的思想进入极为深刻的揭示与发现境界时，他们可能会沉浸于迷狂状态，因

---

① 比如沈雁冰：《“小说新潮”栏宣言》，《小说月报》第 11 卷第 1 号，1920 年 1 月 25 日。此外，沈雁冰在《自然主义与中国现代小说》、《“左拉主义”的危险性》等文章中也有相关类似看法。

② 参见陈独秀：《现代欧洲文艺史谭》，《新青年》第一卷第三号，1915 年。

③ 参见田汉：《新罗曼主义及其他——覆黄日葵兄一封长信》，《少年中国》第 1 卷第 12 期，少年中国学会，1920 年 6 月 15 日。

④ 比如郭沫若发表于 1923 年 8 月上海《创造周报》第十六号的《自然与艺术——对于表现派的共感》明确提到“未来派只是彻底的自然派”。

为他们可能会发现原有的语言表达习惯根本上不能容纳自己思想的创新度，不能抵达自己思想创新的那种情绪和温度，他们必须自创一套语汇，一种表达风格，甚至于自己开辟一种新语言范式使思想得以传递。

很多人无法读懂尼采的文章，类似于很多人无法读懂中国古时的老子、庄子。当思想极为深邃的思想家发现日常的语言表述不足以容纳他的想法时，他们往往会开创一套属于自己的、自我迷狂式的情感表现和思想表现风格。但是学术研究不能这样，因为学术研究虽然强调创新，可学术论文的学术品性决定了这里的创新必须是一种分享，必须有一种分享的属性，也就是说必须让所有读者读得懂，也能抵达你的创新高度或者深度。在这种情况下，作为写作者创新成果的论文，其表述应采用大家都能接受并理解的方式。学术的创新和艺术的创新是极为不同的，特别是在表述上，特别是艺术的创新，创新者可以进入自我，沉浸于自我，而学术的创新者必须要将创新的成果进行分享，而且是确保他人可以接受、理解的有效分享。在这个意义上，我们就应该明白 20 世纪 80 年代后期到 90 年代，一些文学批评者引进了西方新批评理论，在文学研究和文化研究方面确实取得了不少新发现，但问题是，如前所述，当学术研究有新发现后，这个新发现真正成立的前提是其必须具有可共享的属性，必须得到规范性的呈现，而当时的新发现只有少数研究者自己可以理解，甚至于连他们自己都不能理解，只是一批呓语式、莫名其妙的让大部分读者无法读懂的学术论文。随着学术发展进步，这种状况现在很少，但在 20 世纪 80 年代后期曾有这样的现象，其根源就在于这些学术论文未遵循学术论文应有的规范性，未遵循学术论文必须要服从分享属性的原则。

如果一篇学术论文不能按照约定俗成的学术规范来表达，作者学术成果的创新性其本身很可能就无法被认可。依然以前面提到的“后现实主义”为例，为什么类似想法是创新？因为别人面对同样材料没有能够推导出类似结论。于是，作为论文撰写者，对于这一判断的证明就应该按照学术论文操作规范进行一种学术陈述、学术综述，然后进行有条不紊的、尽可能充分的学术论证，将象征主义、表现主义和自然主义的某些共同特性，以及被称为后浪漫主义的理论历史，进行条分缕析的排比分析，从文学研究会属于现实主义的传统理念中析理出足够的历史空间和理论空间，将各种新潮“主义”与现实主义之后的理论趋向进行历史联系的论证和理论联系的分析，将文学研究会或者中国新文学的早期文学主导倾向概括为“后现实主义”的倾向，以完成此一观点的创新。只有经过如此中规中矩的综述、分析，写作者才可能证明自己的观点具有创新性。

再次，学术论文的规范性还体现为学术品质的要求，学术论文的学术品质就是真、可信、确实。在一种求真的学术品格之下，学术论文必须要有极高的可信度。关于学术论文品质的可信性，人文学科与自然科学存在差异，自然科学要求学术论文的学术品质必须具有绝对可信性，而人文社会科学的学术论文的学术品质要求具有相对可信性。就两个领域里的学风反例来说，在自然科学领域，非常不应该的情况比如研究中数据造假，这种情况一旦被认定，不但研究者会声名狼藉，已经发表的论文也会被论文发表机构撤销。但人文社会科学一般没有撤销论文的做法，因为人文学术研究包括中国现当代文学研究不具有自然科学研究的叠层效应，任何人都不会真的去完全依据某篇人文学术论文的学术观点或者学术材料，在其基础上，以它为最真实的资源，完全以此成果为基础进行研究。人文研究“叠层效应”不强，而在自然科学领域，这种做法不仅是可以的，而且是应该的，别人已经研究到这一阶段，那么新的研究者必须以这一阶段为基础，再继续进行下一步的研究。也正因如此，自然科学领域才一定会对“不可信”的成果进行撤销，以保证其学术影响不至于影响到后续研究。应该承认，自然科学领域撤销论文的方法，是良好的学术伦理的体现。

学术论文的学术品质讲求可信度，这种可信度同样要求论文写作者严格遵守论文写作规范。写作者应该认识到：学术论文约定俗成的规范其实就是保证写作者使用的论文材料、方法结论数据具有相对可信性的一种构架和格局。写作者的语言、结构、写作程序、方法，必须遵行既有规矩，只有这样，写作者的论文在品质方面才具有可信度、诚信度。

最后，学术论文的规范性要求论文具有严整的学术品相。所谓学术品相，就是读者面对文章从形式上就可以判断它属于学术论文的形式感，具体来说，也就是可以通过直观形式判断它具有严整的操作和呈现，比如论文的标题、摘要、关键词、参考文献等都符合要求与规范。这是我们大家最为熟悉的，也是众所周知的。事实上，确保能够更好体现学术论文求真品格、创新品性、可信品质、严整品相而对于写作的要求，这就是学术论文规范性的使命。

二、学术论文规范意识的养成

学术论文是最高规格的文章，这种高规格本身决定了我们的学术论文写作要具有规范意识，我们的学术论文必须受规范性的制约。学术论文的规范性本身同时亦具有对文章思想内容、作者资格、作者学术能力给予说明与证明的作用，具有“三重说明性”。关于思想内容的说明性，很好理解，所有的文章都首先要把内容表述清楚，清晰表述内容是文章存在的最大要义，但是作为最高规格的文章种类，学术论文的规范性还有另外两重说明性：一是对写作者资格的说明，对这篇学术论文的撰写者是否有资格给予明确或含蓄的说明，所谓明确的说明比如论文中的“作者简介”，所谓含蓄的说明是指通过间接的陈述的方式让读者明白这篇文章的作者具有怎样的学术历练与储备。显然，“作者简介”并非所有种类文章都有，而学术论文之所以往往会有“作者简介”，正和前面所说的学术论文的品质要有可信度有关，一篇学术论文的可信度一方面从论文的论证的结果当中产生，另外一方面，读者也希望从作者的资格性说明当中获取信心。因此，学术论文事实上除了需要说明论文本身解决了怎样的问题，同时亦包含着对写作者自身写作资格、研究资格的说明。

学术论文的另外一重说明是对写作者学术能力的说明，证明这篇文章的写作者面对文献材料具有足够能力、足够的学术素养来解决文章中的学术问题。这种说明与证明当然不能由作者直接声明来完成，只能通过规范的学术文章来展现学术训练与学术素养的积累。学术论文是唯一一种被要求具有对思想内涵、作者资格和作者学术能力三重说明性的文体，而这三重说明都要求学术论文必须依赖一种规矩、规范来提供保证。因此，作为学术论文撰写者，一定要自觉建立对学术论文的规范意识，这些规范本身就是一种呈现，一种不同于文章文本字面内容本身的对研究成果自身、学术论文撰写者自身的十分必要而且重要的呈现。

学术论文规范意识之必要性，须从学术论文品格的内在要求进行理解。学术论文的品格决定了学术论文需要进行范式性的呈现。学术论文的品格就是求真，就是追求真理性的揭示或者历史的真实性的揭示。当学术论文要完成对于真理性的论证或者最后真实性的论证时，它必然要采取一种规范的方式来加以呈现。和学术研究一样，生活中凡是揭示真理性的或者保证真实性的文化操作，一般也都要具有一定的程式与规范。比如在审理案件时，法庭为了保证其背后的公正性、真实性需要一种程式感，开庭、审理、宣判、调解都需要有固定的程式、范式，必须通过各种各样的规范性的方式呈现。再比如当人们举办一些特别重要的活动，尤其是需要彰显或体现公正真实时，主办方往往会要求公证员到场，公证员所宣读的公证词就是具有一定范式的文本。我们的学术论文虽然不是法律文书，不是法律意义上的行文与实践，但因为学术论文的学术品格乃是追求真实性、真理性，所以学术论文必须是范式的呈现，而不可以是随意恣意的呈现。

于是学术论文有一个基本的风格和特征：接近真理的揭示，接近最后的真实性的揭示。学术论文呈现的风格，也即学术论文的特点、学术论文自身的魅力就是具有自身独有的规范性。学术论文就是要突破个人性、自我性，以一种真理性的姿态来揭示自己，疏离想象性，回归最终的真实。而真实性的对象、真理性的对象往往需要通过中规中矩、符合范式要求、符合程式表现的途径获得呈现。讲究规范，讲究规矩、范式是学术论文的一种风格，学术论文不鼓励张扬个性。

是学术论文就必然具有规范性，这一判断的理由，首先在于我们现在的学术论文的原始形态源自古老的经院哲学的传统，经院哲学的传统主要源自西方，是对经典的阐释与解读，包括解释与注释。西方人文学术有着鲜明的阐析、解读和注释经典的传统，而我们中国的人文学术的原始形态是对于文字的阐释。中国文字学的传统非常古老也非常发达，中国的学问传统，中国式的经院传统其原始形态都跟文字阐释有关。从甲骨文、金文、石鼓文走过来，我们不断地进行文字阐释，中国的文字学在古代不断发展壮大，训诂学、音韵学都围绕文字进行阐述。中国最传统的学问是文字阐释，后来当然也有经典阐述，比如对儒家《论语》、道家《道德经》等典籍的阐述，而西方从一开始就主要是经典阐释，围绕着圣经贤传及其他经典一代一代不断地加以解释、阐述。

所以，这样一种经院哲学的经典阐释的传统，形成了必然的规范性。阐释文本不可以僭越经典，不可以远离经典，不可以对经典采取任何怀疑和不恭敬的态度，这是基本的经典阐释的经院传统，它促使人文学术研究的成果从原始形态开始就需要遵守一定的规矩、规范，一定的态度，一定的操作原则。引经据典不但必须要有，而且要客观准确、严肃恭敬，因为对于经典里的内容我们不可以随随便便使用，写作者、研究者对于经典的版本、真实形态等诸多方面都必须非常清楚，而且一定需将其以真实本真的面貌呈现给大家。

于是，假如我们现在的人文学术论文的原始形态确为西方古代经院经典阐释，那么它的撰写者从一开始就必须要有规范意识，作为现代人文学术论文的撰写者，则应该秉持这种原有的经典阐释的经院学术传统的规范意识。这是人文学术论文规范意识的第一个必然性体现。

人文学术论文的规范意识还须体现学术的未来价值意识。从学术论文的价值形态呈现方面来说，我们也必然要有规范性。因为可信性是学术论文的基本品质，所以学术论文的价值形态应该是最可靠的。做学问、做学术研究就是解决各种各样的学术问题，这种讲求可信度的价值形态必须要有规范性保障，需要通过一种范式加以呈现。学术论文写作者必须明白一点：我们的学术论文面向未来，作为一种面向未来的价值形态，学术论文不仅要对学术发展的历史负责，也要对学术研究的未来负责。作为面向未来的价值呈现者，今天的学者更不可以随心所欲，不讲规范地去进行自我个性化的呈现。如果今天有一位尼采式的学者，他传递出一些不按照规范来进行论证的学术结论，某种意义上今天的人还有可能读懂理解其含义，但是未来的学者再来回看这样的文章，可能一点都理解不了。时间越久，这种可能性越大。所以从面向未来的价值呈现这个角度来说，学术论文的价值体现必须要有规范性，写作者要有规范意识。规范意识是确保我们的学术价值实现超越时代有效呈现的重要依凭。

人文学术论文的规范意识具有文化内涵。规范意识是学术论文文化功能的体现。学术论文的文化功能在于研究者对一个特定学术问题的解决，或者说是一种解决的姿态。社会之所以需要学术，是因为各个领域都确实存在着各种各样的学术问题。这些学术困惑、疑问、挑战、难题不但被我们意识到，而且亟待我们加以解决，这是我们整个文化的格局中会有学术研究、学术论文存在的根本原因。对于人类任何一个时代的文化运作来说，其辐射面都无比宽阔，所蕴含的内容都无比丰富，但是其中永远存在一些具体的问题、一些具体的社会文化需要，只有学术研究可以解决、可以满足。人文学术研究确实很难为人类提供物质层面的直接帮助，但人类文化生活之中确实也同时存在着大量的文学问题、人文疑惑没有得到解决，而且这些问题还在不断生成出现，比如20世纪七八十年代的文学研究者无法预料到后面会出现诸如网络写作、穿越小说的新文学现象与问题。任何一个时代的文化都需要开辟出一定的空间，释放一定的能量，投入一定的人力资源去研究这些问题。这就是人文学术论文的一种文化功能。这种文化功能意味着具体的人文学术问题需要并且能够在对应的学术领域获得解决，而研究者解决之后需要有一种“入场式”，研究者需要分享自己的解决方法和研究结论，“出场式”的主角、主人公就是学术论文。

因此，每一篇学术论文在社会文化功能层面都有理由被界定为一个学术问题的解决，尽管具体的某篇论文可能并未完全解决相关问题，还存有疑问，但是从整个社会文化功能的结构格局方面而言，人们有理由相信每一篇学术论文的出现，都意味着一个学术问题的解决。因为学术论文所关注的问题，至少在理想意义上，必然具有真理性和真实性的特征，所以学术问题解决的最终实现需要一种仪式感，学术论文的完成就仿佛带有某种仪式感的入场式，或者更准确地说，在社会文化功能的展示平台上，不管是否有人喝彩，甚至不管台下是否有人观看，学术论文都仿佛一个旗手扛着旗帜正步走入会场，向众人展示自己成功解决了一个具体的学术问题，现在出场以供时代、历史检阅，而其身后则是无数的其他旗手，举着不同的旗帜展示自己解决了其他什么文学问题。正像所有开幕式闭幕式的入场都有其严肃性和程式性，学术论文的“登场”同样需要以程式性、范式性的形态展现自己。

三、学术论文规范的要件

就常见的学术论文规范而言，其主要包括以下几个要件：第一个是学术综述。学术论文，无论是篇幅很长的如博士论文，还是比较短的学术论文，都要对此前的相关学术研究进行一种综合性的追述与阐述，也就是必须要有学术研究的综述。无论写作者是否喜欢，这项工作必须认真完成，因为这是对已有学术积累的承认与尊重。就这一点而言，中国现当代文学研究论文普遍做得不尽理想，很多文章都不如古代文学领域的研究论文，也不如语言学领域的学术研究论文。的确有研究者作出这样的声言：我只写自己的论文，不参阅别人的东西。显然，这有违学术规范。

在比较长的时间里，中国现当代文学论文经常是在学术评论的意义上展开，而非人文学术规范性写作。虽然文学评论同样是一种高规格甚至高难度的写作，但文学评论性的文字的确可以对人们已有的观点不闻不顾，的确可以在我行我素的意义上自说自话地进行主观阐述，于是，这样的文章可能不顾及规范性，更不会按照规范程式进行学术综述或学术总结与追溯。但是学术研究不可以，当其他学者此前已经做过类似研究，并且已有结论，今天的论文写作者就应公开、坦诚地借鉴相关研究成果，并且对研究者表示敬意，在此基础上，研究者在更深、更好、更精致的层面展开自己的新的学术研究。学术论文写作者只有承认、尊重、概述此前的学术研究成果，才能保证自己确实是在更深、更好、更精致的层面来展开学术论证。学术论文写作者需要认识到学术综述的意义和重要性，而且，因为今天的人文学术研究是从过去的经院的经典阐述传承而来，这就意味着我们必须尊重和正视此前的阐释，新的学术论文成果一定意味着新的、更深、更好、更精致的阐释，而不是随便换一个表述者用一种不同的表述风格表述别人已经表述过的内容。

不少学术论文，尤其是中国现当代文学研究论文，在学术综述方面存在比较多的问题，总结之后，有问题的综述主要包括以下这些类型：一是"应付式"综述，写作者知道缺少综述不合适，于是"应付式"地进行综述。写作者从根本上就缺少穷尽此前文献成果的欲求和观念，只是应付式地摆出若干历史成果。有的学术论文甚至仅仅用几句类似"关于某某问题最近有某某观点"的表述作为综述，而且写作者对"最近"本身也不说明是一年前还是一个月前。事实上，对于这种综述里的学术问题，在 20 年前、30 年前完全有可能已有学者得出这位研究者的结论。此外，这种"应付式"的研究综述表述往往十分模糊，经常出现只是感想评论式的表达，比如："最近看到某个研究者的某篇文章，这篇文章解决了某某问题，但也有一些不足"等等。这种文章的学术综述存在与否差别不大，而且这种文学评论式、发言式的表述根本不是学术研究应有的表述方式，这种"应付式"的文献综述影响的不单是文献综述这部分的文章质量，也会对整篇论文的可信性可靠性产生负面影响。

另一种是"蜻蜓点水式"综述，写作者也查找了此前一定数量的学术成果，但是没有认真细致去阅读论文，并不了解文章作者的论证研究究竟如何展开，像是拿着点名簿点名一样道出某个作者写过某篇文章，讨论过某个问题。这样的学术综述也是毫无存在价值，蜻蜓点水似的论说无助于读者，读者根本无法了解此前的学术成果积累状况如何，而且这种综述也无助于写作者解决任何学术问题。

其他非常不应该的学术综述还有"人情式"综述，常见的如论文写作者在学术综述中主要介绍其熟悉的老师、领导、朋友的研究成果，对其他人不问不顾，这是典型的"人情式"综述。"虚幻式"的学术综述，比如在综述时根本上不说明此前研究成果的文章名称或书籍名称，对相关学者姓名也一概不提，只用"一般人"、"有些人"代指，不具体，很虚幻。整体来说，这些类型的学术综述都是学术论文写作者规范性意识薄弱的表现。学术论文的规范性要求写作者必须有认真扎实的学术综述，这点非常必要，因为规范扎实的学术综述不但帮助写作者在解决学术问题时具有更好的视野和储备，同时亦能够使得论文阅读者迅速进入相关话题，迅速把握本论文是否创新以及创新程度如何，优秀的学术综述能够帮助写作者实现其学术研究的真正创新。

学术论文写作的第二个规范要件是"切题"处理，也即对论文题目及其所设计的关键词进行明确界定，或进行理论阐证，用学术的方法阐释论题的内涵和外延。这是一种规范性的写作姿态：承认论文论述内涵、论述范围和学术力度的有限性，尽可能以特别清晰的范围说明或理论指涉说明凸显论文的学术目标。在汉语人文学术的有些地区，这样的"切题"工作是必须完成的论文撰稿程序。在中国现当代文学研究领域，这样的"切题"工作常常显得更为重要，原因是中国现当代文学研究的论文所涉及的论述对象，以及相应的概念、理论，等等，往往都需要进行空间范围、时间范围的学理认定，这样的认定常常包含着一定的学术方法论，必须本着严肃的学术态度加以完成。如果这一领域的学术论文论述某个对象在某一特定历史阶段的文学行为，就需要作者进行这样的"切题"处理：应该通过一定的理据说清何以截取这一时段论述该对象。之所以特别强调学术综述和切题，投入相当多的精力去明确论题的内涵和外延，是因为学术研究面对的选题都有相对的范围界限，要承认我们选题的相对性就必须要对题目所涉及的边缘进行剪裁、切截，亦即切题。

切题的意义是让研究者受到规范性的制约，不至于太自由、太无边际、太顾左右而言他。题目外延和内涵的明确可以帮助读者包括作者迅速判断相关文字是否与题目紧密联系。就这一点而言，中国台湾地区和日本学术界更习惯于"切题"，以体现学术的严谨。当然，这里面也存在分寸问题，他们的学术论文有时切题的功夫花得太多，比如一篇论郁达夫小说心理现实主义特征的论文，在切题时首先要说明此文中的郁达夫生平如何、籍贯何处、成就概略等等，都需进行交代。接着就"心理主义"等关键词进行内涵的学理界定和外延的范围匡定，有时与此关键词相关联的词语概念也会进行补充说明式的"切题"处理。更多的情形下，还会对郁达夫的相关创作进行范围性的梳理，包括作品范围与作品创作的时间范围等等。这样的"切题"处理有时显得有些累赘，有些内容显得并无必要，但作为学术规范，所体现的是学风的谨严。尽管我们研究的是郁达夫小说的心理现实主义，论述的可能只是从《沉沦》到《茫茫夜》，但所有这些涉及题目内涵与外延的问题都要阐述清楚。辩证关键词的概念意义，是"切题"处理的应有内容。如在本题的处理中，无疑须对"心理现实主义"的概念进行辩证性的梳理，包括理论来源，代表论述，中国现当代文学研究领域的引进和运用过程，如此等等，都需要有清晰的表述。这样的"切题"处理无疑会增加论文的容量，台湾、香港的学术论文之所以普遍在篇幅上较长，常常体现在这种"切题"的功夫要求上。

学术论文规范的第三个要件体现在论文语言表述方面。学术论文的表述应该具有现代汉语书面语言的规范性。学术论文的语言须规范、严肃，切忌为了文风的活泼把不规范的表达，或者一些过于生活化的白话语言或者新潮的语言都纳入学术论文表述中。学术表述语言一定要有完整健全的语法和规范的语汇，而且要保证学术用语的客观化，不能使用有明显主观性色彩的表达，应非常谨慎地使用"最"、"第一"之类的词语，这些表达都缺少一种规范性，因为学术论文必须致力于体现真实性或者真理性的发现，与之匹配的学术语汇只能是客观化的语汇，不能将作者自我的抒情性或具有偏爱价值的表述充斥于论文之中。

学术论文的表述语言应具有洁净性。使用洁净的人文语言是学术论文规范中很重要的一点。学术论文的语言应是洁净的人文语言，也要排除庸俗化、低俗化、时髦化的成分，也要排除为了解气可能出现的过于污浊化的语言。同时，学术论文的语言还应具有庄重的文化语态，学术论文的规范要求其自身的语言严肃持重，能够体现研究者的求真求实精神以及对未来负责任的态度。

学术论文应该将文献处理置于规范性建设的重要内容，这是第四个要件。论文所采用的文献，应该准确并且可以检核。一篇学术论文或一本学术论著，其中的引文必须要经过确证，不能随便使用。只要是参考文献一定要极为细致地查实，今天重要的学术刊物都非常看重这一点，引文必须要准确。比如《中国社会科学》杂志，它明确要求投稿人单独专门将引用文献梳理出来，并提供所有引文所在页面完整内容，以及被引用著作的封面和版权页，这些要求就是为了确保引文的准确性，是学术论文自身规范性、严肃性的体现，也是学术论文文献应检意识的体现。

文献应检意识，即指论文中引用的文献，随时准备面对来自任何人对其引用准确性的检查，这是学术论文的一种姿态，一种必须有的姿态，这就是规范。这也正是为什么学术论文写作对注释等细节要求那么细致、严格。学术论文的引用注释越详细，越有益于确保对应引文的准确性，而且其他读者与期刊编辑也更容易实际验证相关材料的准确性。此外，一篇学术论文的文献引用严谨准确，客观上也方便被引用的理论资源以及文献材料被其他学者持续使用。当然，这里的持续使用不是指后人写学术论文可以不看文献原典，只是直接引用此篇论文即可，这是不对的，对于论文写作者来说，撰写学术论文时必须要回到原典。

大家真正理解了学术论文规范意识的必要及规范要件的意义，就能够心平气和地去面对学术论文写作如此琐碎而又严格的要求，所有这些要求都是有原因的，也是正当的。

第二十二章
学术论文的品相

毛泽东作为政治领袖，非常关注文章体格。“整顿文风”是他经常思考和阐述的问题。在这方面他有一篇名作题为《反对党八股》，从这篇名作之中，可以发现他对文章做法，包括文章的品相非常敏感，甚至提高到对革命事业的“妨害”乃至“祸国殃民”的高度上去看待。他认为有些文章“无的放矢，不看对象，语言无味，像个瘪三，甲乙丙丁，开中药铺，不负责任，到处害人；流毒全党，妨害革命；传播出去，祸国殃民”，可见其对文章品相的高度重视。这篇名文实际上是从文章的内在品相和外在品相两个维度论证了文章的作法与作风，值得深入研究。

从学术论文写作、评估的角度看问题，也可以总结并阐述论文的品相，包括其内在品相和外在品相。论文的内在品相是指论文在论文表述中的文字链接方式与呈现状态，而外在品相是指论文呈现的外在形貌与结构。论文品相在一定程度上体现着论文写作者相应的学术修养、特定的学术认知以及个性化的学术风格。

一、学术论文的内在品相

学术论文的内在品相，是关于文章表述的规范性乃至精致性，以及文体修饰的严密感等基本印象，虽然与论文内容密切相关，但总体上还属于文章品相方面的考察。文章的外在品相可以通过外观的观察得出相应的判断，但文章的内在品相则需经过阅读，当然可以是粗略的阅读而得出的某种印象。这种关于论文内在品相的判断虽然无须太多涉及论文论证的内容，但应该会比外在品相的观察更容易影响对于论文质量的判断。

还是从论文题目说起。如果说题目的长度属于论文的外在品相，则主标题与副标题的设置与搭配，属于论文的内在品相。主副标题的设置需要一定的必要性。一般而言，学术论文题目的设计应该本着经济的原则，除非必要，一般可尽量减少副标题的设置。不少论文的主副标题设置并无必要，原来的副标题已足以表示论文的主旨和要义，所拟就的主标题常常只是摆设。摆设性的主标题在论文品相上至少显得不够大气。

什么情况下需要主副标题结构？一是论文的主旨或主要的观点较为新颖，具有一定的发现力或创造性，即有必要在标题中明确标示，因而需要采取主副题联合呈现的结构。例如《中间状态的文学之盟——浅草-沉钟社研究》[①]一书，其标题设计就呈现出这样的合理结构：主标题揭示非常鲜明同时也较新鲜的观点，那就是将论述对象界定为"中间状态"，同时也须将论述对象通过副标题进行明确界定。二是主副标题之间的学术涵盖面有所参差。当主副标题的涵盖面不完全一致时，往往是副标题涵盖的学术面更小一点，具体一点，主标题所标示的学术涵盖面则更宽阔一点。实际上，副标题是主标题的具体化。如论文《文学是战斗的——论左翼文学的理论创新》就符合这种合理的标题结构："文学是战斗的"，是一种判断，是左翼文学的核心观念，副标题则具体点示出论文对这种观念一个方面性的考察，也就是理论创新方面的考察。《台湾中生代诗人两岸论》[②]一书中收录的论文《给他光，于是他有了诗——论向阳的灯光诗思》，就属于这样的主副标题联袂呈现现象。这样的主副标题设计可以奏相互补充、相得益彰之效。三是副标题论述的对象与主标题表明的观点、态度，可能处于某种参差状态，需要分别加以呈现。例如一篇文学论文的标题是《五详〈红楼梦〉，三弃〈海上花〉？——张爱玲与中国言情文学谱系的断裂与重构》[③]，主标题以疑问姿态和语态出现，副标题显示出作者对论述内容的把握与肯定，这就造成了论题观点、态度的互补性，拓展了题目表达的信息面和学术张力。

主副标题的设置切忌两者相互构成同义反复的关系，或者主标题过于虚张，无助于拓展论文的信息面和张力。设计主副标题，经济原则、有效原则至为关键。当然，另一方面也应看到，有些论文必须以主副标题联袂呈现的方式才能完整，但由于论述内容属于举例型的，论文的品相仍然会因此而大打折扣。这里说的是那种常见的论文，主标题可能有款有型，副标题却是"以什么为例"之类，这样的论文题目设计必须有副标题，否则主标题标明的学术任务无法完成，可副标题又显示着文章不过是举例型的说明，显示作者对这个论题实际上没有充分的学术准备，也无力进行全题把握。这种论文设计格局令人觉得作者借主标题虚晃一枪，而副标题则表明他的学术把握力已捉襟见肘。

论文的内在品相从文章的结构方式上也很容易进行观察。一般而言，论文的结构如果呈现出"平面设计"的品相，其学术质量就会显得比较一般化，而如果论文结构呈现出层层深入的立体纵深品相，论文的质量就比较容易得到保证。如果论文的内在结构都是"平面化"的，即一个基本立论，分别从并列的三个方面和两个方面进行论述，这三

① 丁亚芳著，中国社会科学出版社，2010 年。

② 傅天虹、白灵主编，创世纪诗杂志社，2014 年。

③ 《华文文学》2011 年第 1 期。

两个方面既不构成逐步深入层次，也不构成逐层叠加规制，那就是一种典型的“平面设计”。“平面设计”的文章结构或许比较适合于讲课，但用于学术论证则显得有些平俗，可惜的是这样的论文往往并不鲜见。“平面设计”的论文往往像高中生做问答题一样，根据“知识点”分别铺开加以说明，而不是履行论文的论证责任。一个观点的论证需要层层深入的说理，或者需要不断提升的观照，吁求的是论文的立体化结构效应。一个文学理论的观点或者文学史的观点，在论文中如果能进行三个层次的步步深入的论证，或者进行两到三个层级的提炼，其学术力度无疑会得到有效增强。例如，《鲁迅的文学身份、批评本体写作与汉语新文学的发展前景》[①]一文所设计的结构：首先是“鲁迅杂文性质的论辩”，认定鲁迅杂文并不属于“文学创作”；其次是“批评本体的理论意义”，进一步论证，鲁迅杂文虽不是“文学创作”，但是一种特别的“文学写作”，是批评本体的文学写作；再次更深一步，论述这种写作对于汉语新文学发展的意义。这在论文内在品相上就是层层递进的结构，应该比“平面设计”的文章写法更有效果。

从小标题和内在结构上能够让人看出论文有步步递进或者层层叠加的品相，会使人感到论文具有相当的学术气质，甚至具有一种力度逼人的内在品质；而如果满足于“平面设计”会令人感受到文章的拼凑痕迹，至少是没有锋芒，缺乏力量的。

论文的内在品相还常常体现在论文语言上。这里所说的当然是比较外在的学术操作语言。论文的语言应该具有真理性的气度和逻辑性的力量，这样的语言气度和力量从文章表述的品相(字面)上就能作出初步判断。一般来说，较多地使用第一人称代词“我”，或者类似的指代词如“笔者”等等，就会较大幅度地削弱论文语言的真理性气度，同时也会减弱论文语言的逻辑性力量，因为真理性的表述首先应该具有某种客观姿态，尽可能隐退个人主观的发言角色，故最好少用第一人称；至于论文语言的逻辑性，常常需要远离主观判断甚至是情感语态，因而也不宜多用“我”作为主语。论文语言运用方面这也许就是一个规律：内在品相较好的论文一般不会常用第一人称作强加式的、武断式的，其实可能是外强中干式的表述，如果论文语言中较多地出现“我认为”、“我觉得”、“我感到”或者“笔者”如何如何等等，这就表明这篇论文的内在品相不够好，这样的论文语言，不能给人以真理性、逻辑性的语感。其实，类似于“什么什么之我见”的文章题目，突出了个人的见解，相应地削弱了论文观点的客观性和逻辑性，用在学术论文上同样显得品相不高。

学术论文的规格和属性要求它所论证的观点、它所举证的材料、它所提出的见解必须反映某种真理性或者公理性的内容，必须体现历史的客观形态，必须表述不以人的意志为转移的真实的规律，这样的内容都需要尽可能远离个人的主观观察和主观判断，因而，第一人称“我”及其类似的指代在学术论文中不宜过多出现。

---

① 《鲁迅研究月刊》2012 年第 8 期。

除了第一人称代词而外，影响论文内在品相的论文语言因素还有一些敏感的结构助词和判断词的使用。现在的写作网络化现象较普遍，网络化写作常常只强调表达的效率而不求表述的精致，结构助词乱用、混用现象越来越司空见惯，导致许多论文写作者常常滥用“的”字，而忽略结构助词“的”、“得”、“地”的传统分别。这样的结果虽然可能对于语言使用规范方面并无大碍，但在论文品相上就给人以一种粗糙、不够精致的印象。

网络语言，除非是必需的引用，一般在学术论文中应该避免使用。这种语言现象的处理原则应该视同于俚俗语言。“引车卖浆者流所操语”当然有丰富的文化资源和美学营养，可以用于文学创作以及一般的讲稿，但在学术论文中基本上应该避免。网络语言也是如此，如果并非研究网络及网络语言的学术论文过多地倚重于网络俚语，论文中充塞着诸如“普大喜奔”、“颜值”、“80后”、“90后”甚至“00后”等过于网络化的词汇，就会使得论文的内在品相大受影响。学术论文的语言应该是最富于逻辑性和规范化的书面语言，所表述的概念应该具有相对稳定的成熟命意，而网络词汇一般不具备成熟稳定的概念意义，常常带着某种戏谑、调侃的生动意味，有时明显是临时性的表达，即使作为概念使用也往往消解了其中的意义厚度，在学术论文中使用就非常不合适。也许用于讲课、作报告可以起到“接地气”、活跃气氛，便于与观众取得互动互信效果的作用，但用于论文语言，于文章体格不合，至少会影响论文的品相、气质。

学术论文语言的规范性、严谨性是论文内在品相的必然体现。除了网络语言、通俗俚语慎重使用而外，一些缩略语、简称等也要慎重对待。鉴于学术论文科学性、严肃性的品质考量，语言表述的严密、准确、规范，甚至包括无可挑剔的逻辑性，便是论文内在品相的当然之义。在语言运用方面，哪怕是约定俗成的语言现象也要慎重对待。一般来说，在一篇论文中，众所周知的缩略语在第一次出现时，也需要以全称的方式呈现。之后，为了语言的简练和论述的方便，或可以用简称，例如“社科联”、“作协”、“文联”等都可以如此处理。但有些名称的缩略形式却并未经过约定俗成的锻炼，一般而言就不应用缩略形式。中国现代文学研究领域，在论文中将“文学研究会”缩成“文研会”者就不够严肃，不够规范。这样的处理会给人一种论述的粗疏感。

外国作家的名字也是如此，第一次出现在论文中的时候最好名和姓氏都写全，之后为了简便才可以只写其姓。另外，同一个外国作家的名字，在文章中出现两种和两种以上的同音异形的汉字书写，如有时候将弗洛伊德写作弗洛伊特，甚至是弗罗依德，都会给人以不严谨的观感。当然直接出现在引文中又另当别论，鲁迅就曾将弗洛伊德写作弗罗特，直接引用时反而不能有任何“规范化”的处理。

学术论文的语言强调逻辑力量，这当然主要须通过论证过程的逻辑方法的运用，但文字的干练、严密和精准也常常是达到这种效果的重要途径。甚至论文表述的语气也会对论文语言的逻辑性产生影响。如果语气足以显示干练、严密和精准的风格，论文的品相就会自然地呈现一定的学术力量。而论文语气显示干练、严密和精准的语言方法有多种多样，尽量少用判断词＋结构助词即“是……的”语式，少用“笔者以为”之类的强行判断句式，相信是这些语言方法之中的应有之义。论文写作者应有能力避开“是……的”这种拉声拉气、老气横秋、拖泥带水、软弱散漫的表述句式，尽可能使得论文语言趋向于干练、干脆、干净利落。例如，“新批评是上个世纪五十年代在英美文坛流行起来的”，如果微调成另一种句式，“新批评流行于上个世纪五十年代的英美文坛”，避免了判断语的迟缓和黏滞，显得特别干净利落。其实在艺术文体的使用中也是如此。郭沫若的话剧《屈原》在重庆排练时，扮演婵娟的张瑞芳排演到要训斥叛变了老师的宋玉：“宋玉，你是个无耻的文人。”演员比划着，总觉得力道不够，终于建议将这句台词中的“是”改成“这”，变为“你这个无耻的文人”。郭沫若拜服，称张瑞芳是他的“一字师”。“是”是判断词，没有力道，变成“这”，使得主语与宾语不再是判断关系，而是更为肯定的同位语关系，语气顿时就强化了许多。

学术论文的写作需要研究者谦虚谨慎的态度，但在论文语言表述方面需注意分寸。对论文提出的内容和观点，研究者应该保持充分的自信，如果自信不够，体现在论文语气方面就会出现与谦虚初衷不相符合的问题。论文写作中为了彰显谦逊、谨慎的态度，往往习惯于用“似乎”、“好像”、“几乎”、“也许”、“或许”等显得比较低调的语辞，语气是不那么生硬了，但应该知道这样的谦辞和让步词语用多了，在论文品相上就会影响该文体表述应有的确定性、严谨性，反而不美。

上文从标题设计、结构方式和语言策略三个方面，阐证了论文内在品相的问题。但需要特别指出，论文的品相并不代表论文的品质。即便是外在品相和内在品相都非常好的论文，也未必是品质很好的论文，但如果品相不够好，一般会影响到论文品质的成就。毕竟，论文品相是其品质的一种表现形态。

二、学术论文的外在品相

一篇学术论文，读者还没开始读进去，就可以从外貌品相上做出基本判断：作者是否经过比较好的学术训练。这样的外在品相判断可以分别从题目设计、内容提要和关键词、段落安排、标点符号与注释等四个方面进行。

题目，就像是人的头部，是论文外在品相的第一观。论文的题目品相如何，与题目的长短、装饰性等都有关系。论文的题目一般较长，与小说和诗歌等文学作品不同，后者的题目比较短。学术论文的题目有一定长度的预期。字数太少，如三四个字的题目一般不对头。如果这样的短题目用于学术书籍往往是可以的，王朝闻的专著《论凤姐》书名只有三个字，但这用于一篇论文就太不合适。题目的长度往往跟论文统筹的内容成反比:题目越短,所包含的内容就越多;题目越长,所限制的内容就越多。论文题目之长实际上就限制了内容的表述。当然,限制内容再多的论文题目也不可太长,如果过长则表明作者对论文内容把握的力度不够。我们一般不大见到长得太过的论文题目,是因为毕竟是学术论文,作者对所论的对象总归有相当的把握,无须靠限制太多的长题目来表明自己对论题把握的失控。我们见到过这样一种长题目文章:《由赵七爷的辫子想到阿Q小D的小辫子兼论党内不肯改悔的走资派的大辫子》。虽然有"兼论",但毕竟不是学术论文,而是大字报体的"杂文",那题目本来就是一种"批判"的武器,学术论文的题目设计"不能走那条路"。

学者通常通过使用副标题的办法化解论文题目过长的限制性要求,同时尽可能将论文的内容信息明确体现在题目中。这种办法是可行的,也是有效的,相信大多数学者都曾使用过,而且可能经常使用。但不宜造成学术依赖。是否设立副标题,以及如何定位主、副标题的关系,这同样是一个学术把握是否成熟的问题。常见到有些论文,主标题是一个诗意的概括和描述,副标题才是论文内容的显示,这固然使题目好看多了,但造成某种资源"虚耗"的结果,反而让人不能产生好的印象。

内容提要和关键词,常常是文章做好以后加上去的,属于论文的附件,因而不怎么受到重视。曾经处理过这样的文章,作者径直把论文的第一段内容(相当于引言)直接充作论文提要。显然,这样的论文品相就不过关。论文内容提要显然应是整个论文的概要,将论文的第一段直接抄来作为文章的内容提要,显示出作者没有认真处理自己的文章,甚至连重读一遍的兴趣也没有,这不免会给人留下草率行事、敷衍了事的印象,这第一印象就让读者对论文及其作者产生不信任感。其他如内容提要词不达意,"挂一漏多",或者衔接不吻、句子不全等现象,都会影响论文的整体观感。很多人误认为内容提要和关键词只是一种编辑体例的要求,其实它们也是文章的有机组成部分。内容提要和关键词的总括如果能够投入相当的功夫甚至不惜投入才情,可以使论文的精彩论述以最经济的方式呈现出来,而且还从论文的外相品貌获得高分。

论文和一般的文章一样,应该划分段落,这是体现论述和阅读的节奏感的需要。一篇文章如果从头至尾就是一段,那就像戏曲《乌盆记》中鬼魂的表演,上下一统,浑如黑罐,让人看得很不舒服,也就是外相上有很大缺陷。当然,从内容表现上来说也要不得。同样,如果一篇论文划分若干段落,每个段落的大小都很整齐,比方说从头到尾各段落都是6行,给人一种过于拘谨的整饬感,这可能也不行。这样的段落安排体现不出论述应有的节奏感,或者节奏感不够自然。要克服这种论文外观上的缺陷,就要尽可能体现全文论述的节奏感。如果段落变化较大,大的段落如黑云压城,小的段落如蜻蜓点水,相互夹杂,错落有致,这样的论文外观就显示出论述者具有不断变化的内在节奏感,文章就给人一种气势不凡的魄力。

标点符号是文章的有机组成部分,对于学术论文来说,标点符号的运用能够组成论文的外观。读论文的人可以感受到，有的标点非常特别，不需细看，就可以跳入眼睛。长度符号一般会相当刺眼，如破折号、省略号等等，还有些形状上刺眼的标点符号，如感叹号、问号。这些刺眼的标点符号在学术论文中如果出现得较多，较密集，就会特别刺眼。也许正是因为标点符号在外观上对人的感性有如此鲜明的影响，现在写诗的人一般都不用标点符号了，正像当年马雅可夫斯基的未来派宣言所宣告的那样："我们取消了标点符号！"

刺激性的标点符号一多，就表明论文内容上有许多漏洞。如果允许很多问号出现在论文中，那就意味着论文在阐述论点表达意旨的时候未能尽责，留下许多反问、设问、疑问在文中，如果是反驳性的文章，那当然可以，但立论的论文，余留那么多的问号就是问题。鲁迅写杂文常用反问，甚至出现"乎？乎？乎？"这样咄咄逼人的句式，那是一种特定的修辞法，这种修辞法正是要将外观上很鲜明的问号用多用足。学术论文应该不沿此道。与此相似的还有感叹号。感叹号自身并非那么有力量，但它能体现一种力量。学术论文如果用较多的感叹号，可能正好是论述自身没有力量的表现。从一个充满斗争意味的年代走来，我们对感叹号太熟悉、太了解了，那都是装腔作势者常用来壮胆造声势的东西，这样的东西如果在论文中较为频繁地出现，反而会凸现作者的力度不强。有理不在声高，感叹号常常是强词夺理的副产品。在以论述和说理为主的学术论文中，除了直接引语，一般不适合使用这样的标点符号。

现在我们较少使用破折号，这在文章的外观上就好看多了。破折号和省略号都是拥有一定长度的符号，用多了自然就影响文章的外观。以前人写文章，由于用笔行书于纸张，边构思边写作，涂抹修改诸多不便，于是有时候将一些需要补充的内容，需要释义的因素，需要说明的成分，处理成文句中间的插入成分，这样就用破折号连接。这往往是一种无奈之举，文气因此中断也只好在所不惜。我们的学术论文一般来说无须破折号的修辞，我们就是要慢条斯理、有板有眼地讲道理，摆论点，作求证，言语秩序和内容呈现的次序都须经过周密的设计，这时候以不用破折号为好。破折号注定是引人注意的符号，用多了不仅会破坏论文的整体外观，而且会提醒人们，作者的论文写作在语言表述方面不是太周密、严谨。

同是长度符号，省略号的运用同样需要慎重，至少不要滥用。即便是引用原文，不应太依赖省略号。我们的引用应该尽可能地截取一个比较完整的资料段，而尽量避免断章取义，将自己以为不怎么重要的部分用省略号略去，这样的办法用多了，让人产生一种很随意处置资料、文献的印象。省略号意味着什么？意味着有相当部分的内容来不及说，或者不需要说，或者说不清楚，所以要省略。一般的文章可以，有时候省略号一用，还说明其中大有不尽之言的深意。但对于学术论文来说，省略号同样意味着卖破绽。既然来不及说，为什么要提起来引而不发？那样的论文显得不够从容。既然觉得在文章中无须说，那就干脆不说。还是那句话，论文需要直面真理和事实，无须那么多修辞手法来表明自己的难言之隐，难言之尴尬，难言之无奈。论文表述的内容都应该清清楚楚明明白白，而不应藏藏掖掖吞吞吐吐，省略号自然就应该少用。

上述标点符号有一个共同的特点，它们都不直接表示停顿，或者主要不是表示停顿。表示停顿的标点符号对于论文而言是必须的，而且只要使用得当，无论怎样的密度都能够被接受。但上述标点符号则由于具有了非停顿的意义，用起来就须慎重。虽然它们都是合乎规范的写作辅助符号，当然可以在任何文体中使用，只是使用得过多，就会对论文外观上的观感有所影响。学术论文也许是最不自由的文章体裁，使用标点符号都有许多需要慎重对待的地方。写小说写散文何等自由，标点符号爱怎么用就怎么用，喜欢用谁就用谁，有时候，在写作中，一个单独的句子还可以直接用标点符号如省略号、问号、感叹号来代替文字，文字根本就可以不出现。但写论文绝对不可以这样，只有逗号、句号常用，顿号、冒号都很少用。这是没办法的事情，就像一个学者的出场不需要太耀眼的装饰一样，一篇学术论文在外观上也不需要太多的装饰，特别是用标点符号作装饰。严谨而规范地、严格限制性地使用标点符号，是学术论文的文体要求，也是一个学者的学术素养的显示，而且是一种外观上的显示。

论文注释，也是从外在的品相把握文章品质的一个视角。

注释的体例是否严正，就是论文外观的一个重要看点。如果一篇论文注释体例不统一，很随便，或者不全，论文的外观品相就很不美观，论文给人的第一印象就不可能完美。注释，体现的是学术操作的规矩。即便是论文初稿，如果给人看，注释等外观方面也要修整好，这体现了良好的写作习惯，同时也体现了对读稿人的尊重。如果注释不全，或者注释体例不一，体现出的首先是论文不够成熟，这样的稿件如果正式拿出来，则更体现为对读者的不尊重。在此必须指出，不应该提倡论文注释体例的烦琐化以及过于技术化，有些杂志要求的注释体例出奇地繁难，好像要掌握电脑文字处理的某种特技才能够胜任，这种为技术而技术、为注释而注释的做法实在不该鼓励。但即便如此，学术论文的注释还是必须的要素，学术论文注释的体例统一性同样是必须的论文品相。

论文注释的处理还需要有相当的诚实度。对于有经验的编辑来说，注释的诚实度的高低，从注释文本的外观同样能一眼洞穿。有些论文间接引用外文材料，注释却显示直接来自某个外文资料，注释的样貌立即会出卖了作者，因为懂行的人一眼就会看出外文资料引述的种种漏洞。再有一些史料，明明来自第二手资料，但注释显示它分明来自第一手的文本，对这样的资料深有了解的专家同样能看出其中的破绽。有的人引用现代作家的某段文字，其实并未见到作家哪本书的出版本，但偏偏就注明来自那个出版本，这些都是诚实度不够的注释处理方法。

注释的诚实度不够，表明了论文作者学风的不够严谨：注释的问题上都不能够诚实，那么这篇学术论文，或者说这个作者的论文，是否还值得信任？由外观的问题引出对学风的疑虑，这是一种不小的伤害。我们的研究者应该从论文外观的整治入手，尽可能避免这种伤害。

注释尽可能诚实，找不到第一手资料必须转引的，应该老老实实标明。凡是能够找到第一手资料的都应该检核、使用和标注第一手资料。问题是，一篇论文打开来很多材料都是转引的，这在外观品相上看仍然不漂亮。所以从注释的外观品相而言，一篇好论文往往会要求很高的资料功夫。

注释的外观品相有时候还能从注释的规格意识体现出来。同样的文献都可能来自不同的出版机构，论文注释选用哪一家的版本，所反映的就是这个论文作者的规格意识。规格意识高的作者在版本选择方面会很注意，甚至很挑剔，倾向于引用权威，或者是规格比较高的版本，如果一味使用规格较低的版本，从注释品相方面同样反映出这篇论文的规格不够高。

以上诸端，看起来都是些很小的事情，它所体现的不过是论文的外在品相。但这些外观的品相直接通向论文的基本品质的评价，而且还事关作者论文写作的成熟度、诚实度、用功与否等等。因此，论文写作过程中，以及论文写成之后，先就外在的品相作一番修饰、妆扮、整理、调适，尽可能让人看着舒服，看着没有明显的缺陷，看着觉得较为完美，从而争得一副好面相，这既是对读者的一种尊重，更是对自己的负责。文章有品可相，论文也是如此。

第二十三章

余论：中国现当代文学研究方法的论文实现

中国现当代文学研究论文与其他类型文学研究论文相比较，具有偏重于理论性，注重作品分析的特点。文学研究论文必须要融进对于具体文学作品的分析、理解。文学论文价值很大程度上取决于对作品的分析和理解。一篇成功的文学的学术论文，固然要看它的观点、论证材料、总体结构的合理性，但除此之外，还要看对于一些经典的、有代表性的作品的分析是否到位。在中国现当代文学研究以及汉语新文学的学术论文中，理论的阐述与分析至关重要，还要包含对于大家所认同的具有典型性和经典意义作品的一种新的解读和非常到位的解释。这是这一学科的学术研究与其他学科研究较大差异的特征。

中国现当代文学研究论文中必须有相当的理论含量，可以对中国现当代文学涉及的各种文学现象负责，但最基本的品格要求，是必须将所有现象和文学史分析落实到重要作品的解读分析之中。这是文学研究论文的品格，如果失去这些东西，那就是“失格”。所以，在论文操作当中一定要记得对于典型、具体的文学作品的关怀。

在论文的操作构成当中，对于作品的重新解读是一种功夫和能力。这种能力需要训练，几乎跟创作一样，既需要天生的才能，也需要不断地锤炼之后的心得。一个文学研究者有没有前途，关键是要看他在论文当中能不能体现出足够的文学解读的素养、作品分析的能力和理解经典性作品的才能。这也是论文操作的必要准备。即使是写资料性的文章，我们也不要忘记对具体作品的关怀和具有一种灵性的解读。作品分析本来不应成为文学学术研究的主要内容，但是若一个文学的学术论文包含着非常精彩的作品分析，这个论文就非常有价值。我们要善于培养自己对作品分析的能力，调动自己在这一方面的才情，并且要尽量地挥洒此方面的才情。文学研究需要想象力，这个想象力就在作品的解读当中。在作品解读的时候不要害怕挥洒自己的想象力，因为现在有新批评理论作我们的坚强后盾。新批判理论给我们这样一种权利：放开我们的想象去解读作品。当然这必须要符合整个论文的框架。在研读作品时将自己最初的印象和感想都记下，将作品的优美之处、关键点发掘出来，而不是在阅读别人的评论之后再去阅读作品。训练这方面的素质非常重要，这是论文操作的基本前提。一个成熟的学者应该做到能够在看任何作品时都会有与别人不一样的体会。

中国现当代文学的学术研究要发挥自己的天赋能力，往往体现在作品的解读方面，其他方面都是按部就班的，比如如何确立自己的观念、处理理论问题、处理材料，这些都是有规范的。只有作品解读可以调动自己的聪明才智、才能，这是论文操作一个非常重要的前提。读每一个作品，都要有这种准备。有时候，可以通过简单的作品来训练自己这方面的能力，将自己的想象力不断地钻进作品之中，发掘出自己看到的东西，甚至发现作家都没有意识到的东西。这样有助于提高自己论文的档次。任何一篇学术论文写作中，如果有两到三篇经典文学作品解读，解读出自己的观点，这个论文基本上就是成功的。但在论文操作之前，如何培养自己的这种能力呢？就是设法穿透，设法让自己的理解和想象有一种穿透的功能。穿透本来有些荒谬，但文学是由文字构成的，在文字中透露了作者的思想、潜意识，因此可以穿透，不必满足表面的理解。不妨以顾城的《远和近》这首诗来分析：

你
一会看我
一会看云
我觉得
你看我时很远
你看云时很近

表面看，这是一首爱情诗，描写的是在荒郊野外的两人世界中的事情。但将之只看作爱情诗是否有些简单？于是，第二层将之定位为哲理诗，其意义是说，人和自然之间的沟通是很容易的，而人与人之间的沟通确实比较困难。看山、云、星星等所有自然的东西都是亲切的，人与自然的心理距离是最近的；而人与人之间的心理距离则是很远，人与人之间终究很难沟通。从这个层面看，哲理诗比第一层的爱情诗就更有意义。但这是不是最后的表达呢？于是我们可以对它做第三层的解读，继续穿透。简单的人称代词“我”、“你”以及“云”，还有更简单的“远”和“近”，就构成了一个开放而有边沿的世界。假如我们自己是诗人，如果要表达上述的哲理意义，能否想到“你看我时很远”这样的句子？这样精彩的句子作者是怎样发现的？仔细想，这是一个非常切身的人生体验。在恋爱的对象互相盯着彼此的眼睛时，企图从对方的眼中看见自己的影子，这时注定呈现在对方眼眸中自己的影像是遥远的，这是由眼睛成像的规律决定的，只有拉远了才可以看清。到此，我们发现这首诗重点写的是“眼睛”。但是“眼睛”这个主题却没有出现在诗歌中。这时我们就明白顾城终其一生最大的贡献就是发现了眼睛。他的诗的高明之处，就在于写眼睛。所以有《一代人》的眼睛，他编的最有名的诗集名就是《黑眼睛》。顾城还有一首《眨眼》：

我坚信
我目不转睛
彩虹
在喷泉中游动
温柔地顾盼行人
我一眨眼——
就变成了一团蛇影

时钟
在教堂里栖息
沉静地嗑着时辰
我一眨眼——
就变成了一口深井

红花
在银幕上绽开
兴奋地迎接春风
我一眨眼——
就变成了一片血腥

为了坚信　我双目圆睁

所有一切美好的东西都是在眨眼的时候变成了泡沫，狰狞、丑恶的东西。所以为了坚信，要双目圆睁。最后说“为了坚信　我双目圆睁”，这说明“我”不能再眨眼睛了。这句是非常震撼的，这说明这一代人要坚信的东西竟然经不起眨眼。就不能眨眼，这是非常深刻的忏悔录，是撕心裂肺的体验，是通过眼睛来写的。因此，顾城的诗最精彩的就是对眼睛的发现。这时，我们重新回到《远和近》这一诗中，就明白一切了，原来这一切都是眼睛造成的。这时重新读会觉出无限的韵味。假如将诗歌改为“你一会看我，一会看云，你看我时很远，你看云时很近”，将“我觉得”去掉，使诗歌更加干净简单，怎么样呢？顾城虽然死了，很显然他的诗歌才能远在我们之上，但是作者却一直保留了“我觉得”，原因何在呢？看改后的诗歌，我们不禁发现，这首诗容易引起歧义，容易将注意力放在“你”的身上，诗中的主体是“你”，而不是“我”，这就和作者的本意相违背了。应该看“我”，所以他将“我觉得”深深地塞在诗歌之中，作为一种提醒，设置一种理解的障碍，引起注意让读者明白，这一切都是“我”发现的，是我在目不转睛、双目圆睁地看“你”才发现这一切的。

这里面隐含着的哲理，是通过非常简单的眼睛发现出来的。诗人发现眼睛是具有欺骗性的。这时候可以回到爱情诗、哲理诗，回到爱情上面，我非常地爱你，所以既不是像傻子一样地爱你，爱得很深，你看我时很远，不应该是这样，而是眼睛造成的错觉。人和自然的沟通很容易，而人与人之间则是很难。从《远和近》开始到《黑眼睛》再到《眨眼》，顾城都把“眼睛”处理成造成我们现实、恋爱、人生悲剧的罪魁祸首。通过对《远和近》的解读，兜了一个圈，一方面穿透爱情、穿透哲理；另一方面，发现眼睛之后再回到爱情、哲理诗本身。

将文学作品分析到一定的深度，这就完成了一种穿透力。我们研究中国现当代作家，就需要对他们的作品进行富有穿透力的解读。这样才能够使得我们的理论或让我们所发现的材料价值有最大可能的发挥。

中国现当代文学研究要求妥当的论文写作姿态。进入一个比较大的学术论文操作之前，应该调整自己的姿态。

一种是务实姿态，就是老老实实地按题目完成论文。这是最基本的姿态，这个姿态给我们的初步准备就是指，必须自己操作论文，完成论文，完成论证的任务，完成论文结构，写够一定的字数的务实姿态，而不是取巧的姿态。务实姿态是一种基本姿态，但不是高层次的姿态。学术论文的高层次的姿态是什么呢？文学写作有一个“全知视角”，论文操作之前也要有一种“全知姿态”。全知姿态非常难，它包括以下内容：第一个层次，掌握了这个研究对象所有的材料。如果还有没有掌握的资料，但是知道为什么那个资料自己没有掌握，也就是清楚地知道自己处在什么样的学术位置，这也叫全知姿态。写论文就要进入这个层次的全知姿态。如果不知道自己所选的题目有哪些材料，有哪些人论证过，或是历史上有过什么论争，整个写作就会没有中气，写起来很困难。对相关材料没有全知姿态，就缺乏一种全知姿态，写论文的时候就会非常痛苦，别人看了也会觉得痛苦，这样的论文不会是好的论文。这里表面上讲的都是论文操作的前提，似乎还没有进入论文操作的过程，但实际上这些都非常重要。为什么要进行学术训练，为什么要做那么多的工作，就在于具体论题的材料方面能不能建立起一种全知的姿态，这就需要很大的功夫。全知姿态是对具体材料的完全把握，但是有些材料所有人都根本无法找到，但是如果能清楚地知道找不到的材料是什么，同样也是一种把握。这就是全知姿态的第一个层次。

第二个层次是对于研究课题的相关观点和理论的全部把握。现在有各式各样的检索途径，所以这一点相对来说比较容易。这在以前是很难的，因为中国太大，哪个地方出了哪篇文章，根本不知道，这样自己就很可能没有底气，不知道自己的观点别人是不是已经出了书。只要有这种担心，全知姿态就建立不了。

第三个层面，对所研究的对象与整个现当代文学发展的历史和规律之间关系的把握。研究的对象不管是作家作品，还是文学社团、文学思潮，这些文学现象都只是文学发展中的一个点，在整个文学发展中这个点处在哪个关节上，具有怎样的意义，需要一种清醒把握的全知姿态。有了这样一种全知姿态，整个论文操作的语气都会发生变化，会有充分的自信和游刃有余的操作姿态，使得自己能够全面把握所研究的对象，一切关于这个对象的外延也都能够避免错漏。建立了全知的姿态以后，写出来的东西自然而然就会中气十足，所说的每一句话都有依据，都能落在实处，这样说的话就有分寸，有力度，论文写起来也会很顺。写论文前要学会读论文，读论文要学会判断作者是装腔作势还是心有底气，有没有全知姿态。没有全知姿态的论文，往往像好斗的公鸡一样，拿着笔，左顾右盼，生怕出现一个和他吻合的观点，然后片面地坚持自己的观点，自己的观察，这样的论文往往显得单薄苛刻，或非常空洞。因为心中无底，说十句话可能没有一句话让读者觉得是有依据的。这样的文章往往是因为作者在进入论文操作之前太匆忙，没有准备进入一种全知姿态，所以就显得苛刻、单薄和空虚。操作之前的准备工作，在论文的操作中很可能用不到其中的材料，但是对建构论文的全知姿态非常有帮助。

在某个方面可能显得比较敏锐，比较有才能，但是写的文章就往往缺乏全知姿态，左右失据，不能在深厚的学术积累和充满气度的学术透视中去显示才能。一个人是否受到良好的学术训练，从文章中可以看出来。不是看他对材料的熟悉程度，也不是看他论证起来有没有才气，有没有观点，而是看他的全知姿态的体现。有些材料也许与论文题目和研究对象没有直接关系，但是它可以让你有一个全知姿态。学术论文的操作之前的全知姿态，应该要有这种要求。只有建立了全知姿态，才可能在论文的操作中不那么拼命强调自己的角色，强调“我以为，我认为，我觉得”，而是以一种全知姿态提出代表真理性和历史的本真性的观点。

中国现当代文学，包括海外华文文学研究的汉语新文学学科，原本缺乏厚实的学术研究的基础建设，又在时代性运作中屡屡遭到批评化甚至批判化的非学术性改造，相关的学术研究仍然面临着艰难发展的境地。这一学科的学术论文也在富有特征的状态下体现出一直存在的不确定性。因此，特别需要进行反思和探讨，从研究方法到论文写作、操作、运作方式，都需要进行理论探讨和经验总结。

本书原拟从学术方法论的思考到学术论文的写作、操作和运作等方面的总结迫近汉语新文学研究特别是中国现代文学研究的诸多课题，但一进入这一专题的展开，发现其中包含的问题实在比预想的复杂而繁难。本来还想从论文的“顶层设计”（论文题目设计）、论文结构安排等诸多实践环节展开讨论，可忽然发现即便是在经验总结层面涌现的问题，常常也属论者所力不能的范围，于是，只能就作者学识所及的范围进行粗浅的阐述。这就意味着本书设计的内容基本上属于一种学术尝试。书中的大部分内容来自相关专题的课程讲授，自然很不成熟，带着强烈的经验色彩和个人心得意味。参与此课程的博士研究生和硕士研究生也参与贡献了他们的体会与精力，谨向他们致以谢意：田榕、严家炜、杨文佩、张筱玲、陈军、方亚男、沈心妤、马绘淋、陈丹丹、李虹瑶等等。